KB005646

식민과 냉전하의 **대만문학**

지구적 세계문학 총서 6

식민과 냉전하의 대만문학

최말순 지음

글누림

책을 펴내며

이 책은 최근 몇 년간 한국에서 발표한 글을 추려 모은 것이다. 비록 각기 다른 학회의 요청에 응해 작성된 문장이어서 통일성은 부족하지만 대만문학을 전반적으로 소개할 수 있겠다는 작은 소망으로 잠시 부끄러움을 접어 두기로 한다.

그간 한국을 오가며 느낀 것은 대만문학에 대한 한국학계의 흥미와 관심이 이전에 비해 상당히 높아졌다는 점이다. 1990년대 인문사회과학 분야에서 광범위하게 운위되던 '동아시아론'의 시각이 한·중·일에 국한되지 않고 실체적 동아시아로 눈을 돌리기 시작했음을 의미하는 것일 수도 있겠고, 탈냉전 기류와 더불어 주변 지역학에 대한 관심이 많아진 이유일 수도 있을 것이다. 어찌 되었든 서구근대 중심주의에서 벗어나 주변의 경험과 관점을 토대로 다원적인 세계인식의 틀을 찾자는 것이 이들 시각과 방법론의 목표라고 한다면, 그간 도외시되었던 대만이란 지역에 대한 이해는 반드시 필요한 일이라 할 것이다. 특히 한국과 매우 유사한 길을 걸어 왔다는 점에서 대만의 역사경험과 그 경험의 반영물인 대만문학은 지역적 체험에 대한 이해와 주변적 시각의 건립에 있어 필수적인 참고자료라고 생각된다.

세계사적 차원에서 양국의 유사한 역사경험이란 식민지배 하의 근대 적응과 냉전질서 하의 반공 체험일 것이므로 이 두 시기에 초점을 맞추어 '식민과 냉전하의 대만문학'이란 제목을 붙였다. 책의 구성은 모두 3부로 나뉘어져 있다. 1부 '해설'은 한 세기에 걸쳐 발전해 온 대만문학의 개략적 면모를 현대와 전통의 두 가지 지향이란 측면에서 소개하여 각 시기 대만문학의 시대, 역사적 조건을 이해하는 데 도움이 되고자 했으며, 2부 '식민지 시기'에 실린 8편의 논문은 프로문학운동, 식민지 자치론, 문학의 전쟁동원 등 근대 동아시아 문학의 보편성과 함께 대만문학의 특수성이라 할 수 있는 근대문학의 언어문제와 내용상의 향토성을 다루었고, 3부 '해방 후 시기'에 실린 5편의 논문은 반공 내용으로부터 모더니즘 경향으로 옮겨가는 대만문학의 전반적인 변화를 주로 미국 원조문화와의 관련성 측면에서 고찰하여 냉전문학의 한 유형으로 파악하고자 했다.

이 책의 출판이 대만문학의 소개뿐 아니라 한국문학과의 비교이해를 위한 참고자료의 제공에 그 의도가 있는 만큼, 동아시아 지역학의 구체적인 사례로 혹은 지구적 세계문학의 한 유형으로 대만이란 지역이 통과해 온 근대 식민과 현대 냉전의 궤적을 이해하고 그 대응의 소산물인 대만문학에 대한 진일보한 인식을 갖는 데 도움이 되었으면 하는 바람이다. 비록 논문집이란 한계로 인해 문장별로 특정 주제에 편중된 감이 없지는 않지만 '식민'과 '냉전'이란 프리즘을 통과해 굴절, 분산되어 나온 대만문학의 여러 모습과 색깔을 찾을 수 있으리라 기대해 본다.

출판을 준비하면서 한국에서 책을 낸다는 것이 매우 두려운 일임을 알게 되었다. 자신의 활동 무대가 아니라는 생소함도 있지만 대만문학에 대한 연구서가 희소한 터여서 발언에 대한 책임감이 더욱 무겁게 느껴지기 때문이다. 그렇기는 하나 스스로 모자람에 대한 부끄러움을 깨닫고 채찍을 가할 수 있는 기회이기도 하여 한편으로 희망이 생기기도 한다.

이 자리를 빌려 원광대 국문학과 김재용 선생님께 특별히 감사 말씀을 드리고 싶다. 그간 대만문학에 대한 남다른 식견으로 동아시아 식민지 문학연구의 새 길을 열어 주셨고 대만문학 연구서의 필요성과 중요성을 거듭 강조하며 출판을 독려해 주셨다. 이 책이 지구적 세계문학 총서의 이름으로 세상에 나오게 된 것은 전적으로 김재용 선생님 덕분이다. 더불어 흔쾌히 출판을 허락해 준 글누림출판사와 편집에 많은 마음을 써 주신 이태곤 편집이사님께도 진심으로 감사드린다.

2019년 12월

타이베이에서

최말순

차례

3부 해방 후 시기

1부

해설

대만문학 한 세기, 현대와 전통의 두 가지 지향성

동아시아에서 대만만큼 우리와 비슷한 근, 현대 역사경험을 가진 나라도 드물 것이다. 양국은 서구 자본주의가 식민지 개척과 통상요구를 수단으로 진행한 제국주의 활동과정에서 근대 역사시기로 편입되었고, 시기와 방식 상의 차이는 있었지만 이 과정에서 후발 제국주의 국가로 부상한 일본의 식민 지배를 받았으며, 해방과 더불어 세계 냉전 질서하에서 동일하게 미국이 주도하는 자유진영의 일원으로 정치적 반공주의와 경제적 개발주의의 강력한 영향 아래 놓여 있었다. 또한 1980년대 말부터 시작된 냉전의 와해와 최근 부상한 중국의 소위 평화적 굴기 정책에도 적대적 양안관계가 지속되고 있는 대만의 현실 역시 우리의 처지를 연상시킨다.

양국의 이러한 역사경험은 범박하게 말해 세계 자본주의 발전추세와 밀접한 관련성을 가지는데 이로 인해 근대 초기부터 양국 문학 역시 서구근대에 대한 추종과 극복이라는 시대, 역사적 과제를 부여받았다. 따라서 모더니티의 큰 틀에서 구체적으로는 각 시기 대만문학이 지향했던 가치와 방향성을 현대와 전통의 관련양상과 추이라는 측면에서 소개하고자 한다. 앞서 말한 바와 같이 대만 근대문학의 시작이 제국주의 확산과 세계 자본주의의 영향 아래 이루어졌으며 우리와 동일하게 서구 근대와의 접촉, 충격과 그리고 이에 대한 대응이란 양상을 보여주기 때문에, 이러한 매개항의 설정으로 유사한 경험을 가진 우리 문학과의 비교와 대조를 통한 이해가 가능할 것이라 생각되기 때문이다.

대만 근대문학의 기점에 대해서는 여러 가지 의견이 제기되어 있지만 1920년대 신문화운동의 일환으로 시작되었다는 것이 학계의 일반적인 견해이다. 물론 그 이전에도 『대만일일신보(臺灣日日新報)』 같은 근대 매체인 신문을 통해 현대적 사고와 문명이 수입되었지만 이 신문은 식민지에 대한 관방의 선전 성격이 강했다. 1920년대를 대만 현대의 진입시기로 보는 이유는 비록 당시 식민지 처지에서 자주적인 발전은 제한을 받았지만, 자본주의 생산관계의 성립, 교통과 통신망의 발달로 인한 단일한 정치, 경제 공동체가 형성되었고 대만 지식인들에 의한 신문잡지 등 공공미디어가 탄생하였으며 또한 이를 통한 의식의 각성, 문화의 근대화 개조가 가능해졌기 때문이다.

대만의 식민지 전락은 1895년 청일전쟁에서 패배한 청제국이 대만을 일본에 할양하면서 이루어졌는데, 초기 조정 관료와 사대부들은 대만민주국(臺灣民主國) 건립을 통해 정치적 개혁을 시도했지만 실패했고 그 후 15년여에 걸쳐 대만 각지에서 무장항일투쟁(武裝抗日鬥爭)이 봉기했지만 이 역시 실패로 돌아갔다. 그러다 1차 대전 후 세계 문화주의 대두와 1920년대 일본의 문화주의 정책의 영향 아래 문화개조와 신문학의 보급을 통한 식민지 처지의 개선을 내세우는 민족저항운동이 시작되었다. 이렇게 이미 주권이 상실된 식민지 상태에서 대만 지식인들은 주로 일본을 경유한 서구 근대와의 접촉을 통해 소위 모더니티를 추구하게 되는데, 그 선결 과제는 종래의 봉건적 사회질서와 문화적 구습을 개혁하는 것이었다. 그러기 위해서는 서구의 풍속과 현대문명을 전통적인 인습과 대립시켜 공격하는 방법이 채택될 수밖에 없었다. 1920년대 초기 『대만청년(臺灣青年)』, 『대만(臺灣)』, 『대민민보(臺灣民報)』 등 대만 지식인이 발행한 잡지와 신문에는 서구 현대문명으로 구습을 개량하자고 주장하는 의견이 많은 지면을 차지하고 있으며, 얼마 지나지 않아 이 문화개량운동은 문학개량과 신문학건립 주장으로 나아간다. 신문학운동의 전개과정은 문자개혁 주장, 중국문학혁명운동의 소개, 신문학 이론의 건립 등 순서를 거치며 진행되었다. 문자개혁은 전통 고문인 문언문(文言文)이 쓰기가 어려울 뿐만 아니라 신문명을 받아들이기에 부적합하므로 언문일치의 백화문(白話文)이나 일용문(日用文)을 창조, 사용해야 한다는 주장인데 문자, 언어의 개혁과 동시에 국가문학의 건립을 주장한 중국 오사문학혁명운동(五四文學革命運動)이 일정한 영향을 미쳤다. 이 과정에서 신문학 주장에 대한 전통 지식인의 비판으로 인해 신구문학논쟁(新舊文學論爭)이 발생하기도 했지만 대체적으로 신흥 지식인들이 제기한 신문학의 사회적 효용성과 문화계발에서의 긍정적 역할이 시대적 추세로 인식되었다. 또한 이들에 의해 창작된 초기 단편들이 현대의 이성적 사고능력과 비판적 관점으로 식민지 처지의 대만 상황을 고찰하거나 근대적 개인의 문제, 예를 들어 신구사회 교체기에서 근대적 주체의 내면과 불안감, 자아정체성에 대한 탐구 등을 주로 취급함으로써 전통보다는 현대 지향성을 너 상하게 보여주고 있다.

하지만 대만의 신문학운동에서 특기할 것은 구문학과 봉건관습에 대한 비판은 제기되었지만 중국에서와는 달리 전통에 대한 전면적 부정으로까지 나아가지는 않았다는 점이다. 그 이유는 대만의 경우 주권이 상실된, 즉 자주성이 박탈된 상태에서 현대로 진입하였기 때문에 민족적 전통의 보존이 저항의 수단으로 여겨졌기 때문이다. 앞서 본 신문화와 신문학운동의 무대이자 매개체 역할을 담당했던 신문과 잡지 등 공공영역에는 현대적 제도, 문명의 소개와 동시에 중국 전통의 사상과 학술에 대한 재해석을 보여주는 문장도 상당수 게재되면서 전통에 대한 지향도 다소 보여주고 있다.

식민지배 30년이 지난 1920년대 중반에 이르러 대만 신문학은 정면으로 식민하 대만민의 생활, 그중에서도 인구의 대다수를 차지했던 농민의 생활상과 농촌의 변화를 그리기 시작했다. 특히 식민통치에 유리한 방식으로 진행된 소위 제도적, 물질적 근대성에 대한 의문과 비판을 제기하기 시작했다. 대만신문학의 아버지로 불리는 賴和(1894-1943)는 특히 식민지 법률의 임의적, 자의적 시행에 비판의 초점을 맞추며 매우 날카롭게 일본이 대만에 전파한 근대성의 상징인 법률과 제도의 문제를 검토했고, 陳虛谷(1896-1965)과 蔡秋桐(1900-1984)은 각각 출생에서 무덤까지 대만민의 일상을 관리한 일본경찰 개인의 비도덕적 행위와 교통건설, 위생, 청결 등 각종 식민정책이 실제로 어떻게 시행되고 관철되는지에 대한 고발을 통해 현대국가임을 자칭한 일본의 식민통치에 대한 정당성에 의문을 제기하고 있다. 그밖에도 이 시기 광범위하게 식민지배와 각종 규제 아래 대만민의 생활과 현실을 그리고 있는 소설을 살펴보면, 식민성에 대한 강한 비판과 더불어 봉건적 관습과 사고의 잔존에 대한 성찰도 상당수 발견되며 특히 식민통치로 왜

곡된 대만사회의 근대성 양상을 검토하고 있음을 알 수 있다.

대만문학의 다음 단계는 1920년대 초기부터 지속된 자치(自治)주장과 대만의회설치청원운동(臺灣議會設置請願運動) 등 자산계급 지식인 위주의 민족운동이 실패로 돌아가고 동시에 국제적 사조인 사회주의 좌익사상이 유입됨에 따라 초기 문화운동을 주도하던 대만문화협회(臺灣文化協會)가 1927년 좌우로 분열된 시기인데, 민족운동의 일환으로 전개되던 문학운동 역시 그 영향을 받아 계급적 인식을 드러내면서 강한 현실비판을 담은 좌익문학이 주류를 이루게 된다. 이러한 사정에는 식민정부가 시행한 대지주와 제당회사 위주의 토지집중으로 인한 소작농의 증가, 자경농의 세농화(細農化) 등 대만 내부의 계급적 분화, 그리고 식민지 약소민족의 독립을 지원하는 코민테른(Communist International)의 방침과 영향 등 대내외적 원인이 공동으로 존재한다. 즉 계급모순과 민족모순이 중첩된 상황에서 자산계급 문화운동이 부진한 데 따른 노선변경이라고 볼 수 있다.

넓게 보아 좌익문학의 범위에서 진행된 1930년대 대만문학은 앞 시기 식민지 근대화에 대한 부정적 인식에서 한 걸음 더 나아가 계급성의 기초에서 반봉건과 반제국주의 내용을 전파하였고 모순된 현실을 무산대중의 힘을 통해 혁파하고자 하는 전망을 드러내었다. 우리의 카프(KAPF)와 같은 프로문학단체인 대만문예작가협회(臺灣文藝作家協會)가 시기적으로 늦은 1931년에서야 결성되었고, 게다가 그 기관지 『대만문학(臺灣文學)』이 얼마가지 않아 정간되면서 조직적인 프로문학운동은 지속되지 못했지만 1930년대 중반까지 두 빈의 새선노력을 통해 좌익내용의 시와 소설이 창작되었다.

좌익문학은 賴和, 楊守愚(1905-1959), 楊逵(1906-1985), 楊華(1906-1936), 林克夫(1907-?), 朱點人(1903-1951), 王詩琅(1908-1984), 呂赫若(1914-1951) 등 많은 작가들에 의해 씌어졌는데 노동자, 농민, 여성의 처지를 주요 소재로 하여 민족과 계급모순이 중첩된 식민지 대만의 현실을 비판하는 내용이 대부분이고, 그 외에도 대만민의 노동력 착취로 진행된 식민지 현대화의 실상을 폭로하거나 자본주의 금전지상의 가치관 아래 인간소외 현상을 그리는 내용도 상당수 등장한다. 이들 소설의 내용과 의미를 정리하면 첫째, 식민자본주의의 진전이 가져온 현실 조건을 부정적, 불합리적으로 파악하고 이를 극복하고 개선하기 위한 노력을 보여주었으며, 둘째, 계몽운동을 주도한 자산계급의 개량화와 진보성의 상실에 대해 불신임을 표시하고 무산대중을 민족운동의 주체로 설정했고, 셋째, 직접적 혹은 암시적 방식으로 인간평등의 유토피아를 지향하였다. 비록 작품 내에서 체제전복을 통한 무산계급의 승리를 그린 내용은 발견하기 어렵지만 이들 소설들을 통해 식민지 시기 대만작가들이 자본주의 현대성에 대한 부정, 비판과 반성의 태도를 보여 주고 있음을 알 수 있다.

식민지 처지에서 사회주의 사조의 수입과 적용은 그 자체로 적극적인 역사성과 시대적인 정합성을 가지고 있다. 1920년대 초기의 신문화 계몽운동이 주로 인간성의 해방, 자아와 개성의 추구, 박애와 자유, 인도주의 정신 등 '보편적 현대성'을 강조했다면 약소민족, 무산계급의 이익을 대변하는 사회주의 방안은 보편적 현대성의 추구가 불가능한 현실에 대한 회의에서 시작해 식민자본주의가 주도한 '도구적 현대성'아래 민족차별의 심화, 분배의 엄중한 불균형 현상이 가속화되는 현실에 대해 압박/피압박, 착취/피착취 관계라는 틀을 통해 식민지배의 실상을 드러내었다. 나아가 이 불평등의 지배/종속의 관계를 해소하자는 사회주의 이념과 문학실천은 광범위한 민중의 지지를 받았을 뿐 아니라 민족평등과 인간다운 생활을 추구하는 '해방의 현대성'에 대한 지향을 보여주었다.

이러한 사회주의 현대성의 추구는 대만뿐 아니라 한국, 중국, 일본 등 동아시아 국가에서 동시기 주류적인 문단세력을 형성했는데 이로 인해 반작용 성질의 전통 지향성을 환기시키기도 했다. 대만의 경우 1930년대 중반기 일시적으로 민간문학을 통한 전통의 보존과 좌익문단에 대한 대타의식에서 비롯된 '제삼문학'(第三文學) 혹은 '도덕문학'(道德文學)이라 불리는 대만문학의 고유성 논의가 생겨났고, 1934년 좌우 연합전선을 형성한 대만문예연맹(臺灣文藝聯盟)의 결성과 이 조직을 통해 나왔던 예술 대중화, 민간문학과 향토문학 논의 등에서 비판적 이성보다 대중의 민족감성에 호소하는 전통 지향성을 찾아 볼 수 있다.

이 시기의 역사를 회고해 보면, 좌익문학과 민족문학의 대립은 근본적인 차이보다는 식민지 처지에서 각기 대만민의 생존권과 자유권을 지키기 위한 노력과 방법의 차이에서 기인한 것이라 하겠다. 하지만 이러한 노력은 1931년 만주사변과 1937년 중일전쟁을 도발한 일본이 식민지 내 좌익세력에 대한 사상탄압을 가속화하고 문학잡지에서의 일본어 사용 압박을 강화되면서 좌절되었다. 사상의 검열과 문학내용에 대한 제한은 1930년대 중반 사회주의 좌익 내용과는 다른 경향의 문학을 발생시키는 데 일정정도의 영향을 미쳐 현대화와 도시화의 진전이란 물질적 기초에서 일본을 통해 들어온 모더니즘 사조가 문단에 도입되었다. 楊熾昌(1908-1994)과 林修二(1914-1944)이 주축이 되어 성립시킨 풍차시사(風車詩社)는 일반적으로 서구 초현실주의와 주지주의 성격의 시를 창작한 것으로 평가되고 있고, 翁鬧(1908-1939), 巫永福(1913-2008) 등 작가의 소설은 개인적 감각과 자아 정체성을 주요 내용으로 하고 있어 일본 신감각파 문학과의 영향 관계도 언급되어진다. 이들 모더니즘문학은 그리 많은 량은 아니지만 서구와 일본문학의 강력한 영향 아래 심미적 현대성을 추구하는 동시에 현대 물질문명에 대한 부정적 인식을 드러내고 있어 식민지 모더니즘문학의 보편적 양상을 보여준다고 하겠다.

1937년 중일전쟁 발발을 전후하여 잡지의 한문란(漢文欄)이 폐지되고 대만문단은 몇 년간의 공백기를 거치게 된다. 그러다 1940년 일본이 전장의 확대에 따른 효율적인 전쟁동원을 위해 '신체제'(新體制)를 출범시키고 일원화된 정부기구인 대정익찬회(大政翼贊會)를 건립하여 식민지를 일본의 외지로, 지방으로 편입하면서 소위 '외지문단의 건설'과 '지방문화의 진흥'을 내세우게 되자 이 담론 공간을 전유한 전쟁기 대만문단이 형성되었다. 이 시기 활동한 대만본토 작가로는 楊逵, 呂赫若, 張文環(1909-1978), 龍瑛宗(1911-1999) 등이 있는데 이들은 지원병, 혹은 군노동자로 참전하는 종군의제나, 증산과 근로보국, 대내친선(臺內親善), 황민연성(皇民煉成) 등 황민화 정책과 요구에 대응한 작품을 생산했다. 이들은 동시에 봉건 유습이 건재한 대만의 구가족제도와 자본주의 가치관의 침식으로 해체되어 가는 농촌과 가족관계, 가부장제 아래의 신음하는 여성의 처지 등을 주로 그려 내었는데 이로 인해 서구 현대 이성을 비판하고 일본전통의 직관(直觀) 미학을 강조하면서 적극적으로 국책에 협조하는 문학을 요구하던 일본문인들과 갈등을 빚었다. 식민지 시기 대만문단의 마지막 논쟁인 '개똥현실주의논쟁'(糞寫實主義論爭)이 그것인데 이 대립은 대만인 작가들이 그린 대만 현실이 서구 현실주의의 아류에 불과하다는 일본문인들의 비판에서 비롯되었다. 지목된 작품들의 내용을 자세히 살펴보면 봉건적 유제의 부정적인 면에 대해서는 비판적 태도를 보이고 있으나 부모에 대한 효도, 형제간의 우애 등 전통적 가치에 대한 옹호가 드러나고 있어 전통 지향성이 두드러진다. 물론 이러한 내용은 일본이 구축한 전쟁 이데올로기 중의 하나인 동양담론으로 수렴될 가능성도 배제하기 어렵지만 대만의 전통으로 황민화요구에 대항했다는 의견도 제시되어 있다.

한편 황민연성 등 소위 '일본인 되기'를 둘러싼 대만인의 자아 정체성과 민족적, 문화적 정체성 위기를 다루고 있는 일련의 소설들에서는 물질적, 정신적 측면에서 낙후된 대만을 반성하고 일상적, 생활적 측면에서 일본화로 개조하는 '생활의 연성'에서 시작해 일본정신과 전통의 습득 방법을 둘러싼 논의로 나아가지만 일본인으로부터 인정을 받지 못하는 상황에 처하면서 결국은 지원병으로 종군하는 소위 '피의 연성'으로 끝을 맺고 있다. 황민화 문제를 다루고 있는 소설에서 공통적으로 등장하는 이러한 일련의 과정은 서구 현대성의 지향에서 일본 고유의 정서와 감각, 직관에 호소하는 비논리적, 비합리적 전통 지향성으로 옮겨가는 과정이며 이것이 또한 전쟁 시기 일본이 추구한 대서방 논리인 소위 '근대초극'(近代超克)의 문학적 구현 양태이다.

이렇게 식민지 시기 대만문학에서 보여주는 현대 지향성과 전통 지향성의 관련양상을 통해 대만의 초기 현대문학이 일본을 통한 서구 현대와의 접촉과 충격에 부단히 대응하면서 때로는 현대 지향성을 통해 서구를 따라잡고, 때로는 전통 지향성을 통해 민족성을 보위하려는 노력을 기울였음을 알 수 있다. 그리고 이 두 가지 지향성이 국가의 상실이란 요인으로 해서 변증법적으로 지양될 수 없었던 사정도 알 수 있으며 초기 대만 지식인들이 서구의 현대를 수용하여 서구의 자본주의 현대가 만든 식민지 곤경을 벗어나고자 했기 때문에 직면해야 했던 진퇴양난의 모순된 국면도 발견할 수 있다. 따라서 현대 초기라 할 수 있는 식민지 시기 대만 지식인들의 현대화 방안은 민족적 고유성을 지니면서도 서구 현대가 표방하는 현대 문화와 문명의 보편성을 함께 추구하는 이중적 성격을 띠게 되었다고 정리할 수 있을 것이다.

1945년 2차 대전의 결과 주어진 해방과 이후의 역사적 전환은 식민지로의 편입과 다를 바 없이 대만인의 의사와는 무관하게 이루어졌다. 강대국 간에 이루어진 카이로 선언과 이 내용을 재확인한 포츠담 회담의 결과 대만은 중화민국으로 편입되었다. 중화민국 정부는 전후 국토수복계획에 따라 일본이 장기 점령했던 대만과 동북지역에 행정장관의 권한을 강화한 특별행정제(特別行政制)를 실시하고 접수 작업에 들어갔다. 이 결정과 조치로 대만은 이어 발발한 국공내전(國共內戰)에 휘말리게 되었을 뿐 아니라 식민지 시기 내내 염원했던 대만인의 손으로 대만을 건설하고자 했던 자치(自治)의 희망 역시 수포로 돌아갔다. 해방 후 국민당정부가 완전히 철수해 온 1950년 이전까지를 전후초기(戰後初期)라고 부르는데, 전쟁이 남긴 파괴와 사회적 질서가 회복되지 않은 상태에서 국공내전의 영향과 접수인원들의 부패로 인해 물자 부족, 물가 폭등 같은 민생문제와 중국에서 파견된 관료들의 대만인에 대한 차별과 편견이 야기한 인사 상의 불평등과 독단, 전횡 등으로 양안(兩岸) 민중들 간에 정신적, 심리적 골이 깊어지기 시작했다. 흔히 이 시기를 낙후된 봉건 중국이 현대화된 대만을 접수, 통치하는 상황으로 파악하는데 이런 과정을 거치며 대만인은 광복에 대한 희열에서 점차 조국에 대한 실망과 절망으로 심리변화를 겪게 된다.

전후초기 이러한 상황 속에서도 대만인 지식인들은 식민지 시기 검열로 인해 억압되어 왔던 정치적 견해를 분출시키며 대만의 미래를 기획하였다. 짧은 시간에 많은 잡지와 신문이 발간되어 관방/민간, 좌익/우익, 중국/대만 지식인을 망라하는 다양한 의견이 제기되었다. 그 중에서 문학부문의 토론을 보면, 새로운 역사 전환기를 맞이하여 대만문학이 가야할 방향, 미학이념과 창작방법을 둘러싸고 일어난 대만문학건설논쟁(臺灣文學建設論爭)을 특기할 만하다. 이 논쟁에서 현실주의 인민문학, 휴머니즘 문학, 개성과 감정의 존중 등 다양하고 건설적인 문학 논의가 이루어졌고, 주권의 회복으로 현대 민족국가의 건립이 현실적인 가능성을 가지게 됨으로써 문학논의는 다시 한 번 현대를 지향하게 된다. 특히 대만문학이 세계문학의 일원으로 성장할 수 있는 동력으로 식민지 시기 좌절되었던 '해방의 현대성'을 다시 추구하는 데서 찾았고, 동시에 내전을 종식시키고 새로운 국가를 건설함에 있어 대만이 맡아야 할 모범적인 역할을 문학 역시 외면해서는 안 된다는 주장 등은 1920년대 신문학운동이 추구했던 서구 현대성을 다시 환기시키는 것이었다. 또한 국민당 관료의 봉건적 사고와 행태, 정책상의 오류, 대만인에 대한 차별과 편견 등에 대한 비판과 반성을 촉구하는 점에서도 민주, 과학, 인권, 인성 등 보편적 현대가치를 그 근거로 삼고 있어 현대성의 쟁취를 시대적 임무로 받아들였음을 알 수 있다.

하지만 국공내전에 패배한 국민당정부가 1949년 말 대만으로 전면 철수하고 반공주의가 강화되면서 문학을 포함한 전반적인 문화정책은 중국대륙에서의 패배를 설욕하고 국토를 회복하자는 목적을 담은 '반공항아'(反共抗俄)와 '전투문예'(戰鬥文藝)의 구호 아래 관방이 주도하고 중국에서 건너 온 문인들이 주류가 되는 반공문학체제가 형성되었다. 1950년대 전반기를 지배한 반공문학은 공산주의의 척결이란 목적의식하에 민족전통 지향성이 강화되는 결과를 초래하였다. 대부분의 반공소설에서 보이는 전통파괴에 대한 비판은 비록 전통사회로의 회귀를 주장하는 것은 아니지만 전통 미풍양속과 공동체 사회에 존재했던 인간의 존엄과 인간미 등에 대한 향수를 자극하면서 공산당 세력이 발생하기 전의 사회를 이상적인 시기로 그리고 있다. 또한 사회주의 사조의 외래성과 집단성, 목적성을 비판하고 민족 고유의 정서와 전통적 가치관을 강조하면서 반공문학에서의 전통 지향성은 매우 선명하게 드러난다.

이어 1950년대 중반부터 시단에서 현대의식과 순수시를 내건 모더니즘 경향의 문학이 창작되기 시작했는데 현실을 인식하는 새로운 방법으로 지성과 이성을 내세웠다. 전통의 계승을 일컫는 '종적 계승'(縱的繼承)에 대하여 서구문학의 이식을 의미하는 '횡적 이식'(橫的移植)의 이 경향은 상징주의 이후의 모든 서구 모더니즘 유파의 문학을 참고하여 현대의식, 참신한 형식과 기교로 현실을 그려야 한다는 주장으로 이 시기 문학을 강력한 서구 모더니즘 지향성으로 인도했다. 覃子豪(1912-1963), 紀弦(1913-2013), 周夢蝶(1921-2014), 瘂弦(1932-), 洛夫(1928-2018), 余光中(1928-2017), 鄭愁予(1933-) 등의 초기 현대시는 생경한 언어의 조립과 낯선 이미지의 조합으로 형식적이고 기교적인 새로움을 추구하여 난해하다는 평가를 받기도 했다. 하지만 동시에 오사문학운동 이래 중국의 신시 발전과정에서 볼 때 개인적인 감성과 새로운 감각을 통한 현실의 인식이란 점에서 문학사적 평가를 받고 있다.

시에서 시작해 곧 소설로 확대되며 1950년대 중반에서 1960년대 중반까지 이어진 이 모더니즘 경향의 발생 원인에 대해서는 많은 의견이 제기되어 있지만, 반공체제 아래 문학에 대한 검열이 가져온 심리적 압박감으로부터 해방구를 찾기 위한 노력이란 점이 설득력을 얻고 있다. 또한 한국전쟁 이후 미국의 보호 아래 양안이 격리되면서 정치적으로 안전한 상황에 놓이고 수출 위주의 산업화와 도시화가 진행되어 모더니즘문학의 물질적인 기초가 확립되었다는 의견과 동시에 주도 인물들이 국민당과 함께 건너 온 문인들이 많았다는 점에서 단시간에 이루어진 역사적 격변이 개인의 심령에 미친 영향과 양안의 격리와 단절이 지속되면서 뿌리 뽑힌 자들이 가지는 단절감을 문학화했다는 해석도 가능하다. 白先勇(1937-), 歐陽子(1939-), 陳若曦(1938-), 王文興(1939-) 등은 각기 다루는 소재는 다르지만 거대한 역사의 수레바퀴 아래 적응해야 하는 개인의 삶과 본능적, 심리적 욕망과 현실 사이의 괴리로 인한 이상(異常)상태, 집단과 개인 간의 관계 탐구 등 주로 개인적 관점과 금기된 욕망의 문제를 문학 속에 도입하여 반공문학과는 별도의 경향을 추구했다. 또한 급속한 산업발전과 도시화가 가져온 도시와 농촌의 차이, 지식인의 사회참여 욕구, 현대화에 대한 부적응 현상 등의 증가는 대만 본토 문인들도 모더니즘 기류에 참여하는 계기가 되었다. 본토 모더니즘문학의 대표 작가로 불리는 七等生(1939-)은 의식의 흐름, 비논리성, 환상성, 낯설게 하기 등의 기법을 운용하여 급격한 시대변화가 가져 온 인간관계의 불안과 황폐를 그려내었다.

대만 모더니즘문학의 발전은 앞서 든 내재적인 원인 뿐 아니라 한국전쟁 발발과 동시에 동아시아의 공산세력 확대를 방지하기 위한 미국의 대만에 대한 원조재개와 깊은 관련성을 가진다. 1951년부터 1965년까지 15년에 걸쳐 지속된 미국원조는 군사적, 경제적 지원 뿐 아니라 전담기구를 두고 각종 문화 활동과 문예보급의 방식으로 미국적 가치를 전파하였고 이를 통해 소위 미원문화(美援文化)가 형성되었다. 미국을 위주로 한 서구문학의 자유주의 정신과 개성의 강조, 개인의 창작에 대한 절대적 자유보장 등 관념의 도입은 반공문학에 균열을 가했으며, 미원문화의 형성과 전파 메커니즘 속에서 번역, 출판, 창작을 담당했던 반공성향의 작가들과 청년 학생들을 모더니즘문학으로 이동하게 하는 계기가 되었다. 특히 미국신문처(美國新聞處, USIS) 와 아시아 재단(亞洲基金會, The Asia Foundation) 등이 출판사를 경영하면서 미국소설의 대량 번역과 서구문학의 소개를 통해 문화냉전의 전략을 구사하는 가운데 심리묘사와 형식적 기교로 잘 알려진 제임스(Henry James), 헤밍웨이(Ernest Miller Hemingway), 포크너(William Cuthbert Faulkner) 같은 작가의 미국 현대소설은 대만문단에 강력한 영향을 미쳤고 서구 현대로의 지향은 더욱 짙어졌다.

모더니즘 시의 난해성은 몇 차례의 논쟁으로 비판을 받았는데 그중 전통 한시(漢詩)의 품격을 완전히 파괴하고 일반 민중과 괴리되었다는 지적에 대해서는 1970년대 들어 시단의 자기반성을 통해 민족풍과 현실성을 강화하는 방향으로 현대시의 변모가 이루어진다. 모더니즘

소설 역시 대만 현실을 제대로 반영하지 못했으며 서방문학의 모방으로 인한 '창백(蒼白)의 과잉'이란 평가를 받아왔다. 이런 상황에서 1960년대 중반부터 『문계(文季)』계열 잡지를 통한 현실주의 향토문학과 『대만문예(臺灣文藝)』 잡지를 중심으로 한 대만의 역사경험을 문학화하는 움직임이 일어났고, 1970년대 초 일본의 조어대(釣魚台) 주권 주장과 중국의 유엔 가입으로 인한 대만의 중국대표성 상실, 이어 미국, 영국 등 세계 주요 우방과의 단교사태가 이어지는 가운데 대만 지식인들은 애국주의를 고취하면서 동시에 반공대륙(反攻大陸)의 허황된 구호에서 벗어나 대만의 현실을 직시하자는 민족적 향토주의를 주장하였다.

향토문학파의 사상적 근거와 이유는 민족의 처지와 민중의 현실을 직시하자는 데 있으며, 이로 인해 모더니즘문학이 거부한 민족전통의 문제 역시 재사고의 기회를 맞게 되었다. 이렇게 소실된 역사 전통과 괴리된 현실의 복구 주장이 1970년대 문단을 지배하자 비판적 시각으로 사회현실을 그리는 향토문학에 대한 견제로 1970년대 후반에는 소위 향토문학논쟁(鄕土文學論爭)이 발생하였다. 정치와 문학의 관계를 재정립하는 계기가 된 이 논쟁은 반공 진영과 모더니즘 진영이 향토파 작가들에 대해 중국의 농공병(農工兵) 문학과 다를 것이 없다고 하여 정치 이데올로기 문제로 비화될 위기를 맞기도 했다. 이 논쟁은 향후 대만문학의 추세와 경향을 대만현실과 대만역사에 대한 고찰로 되돌리는 기회가 되었다.

향토문학의 주요 소설가로 알려진 黃春明(1935-)의 작품은 향토사회의 공동체 의식, 현대화의 물결 속에서 적응하는 소시민의 이야기를 대만의 향토를 무대로 하여 그리고 있으며, 陳映眞(1937-2016)은 대만의 역사와 그 역사의 부채의식 속에 명멸해 가는 향촌 지식인의 이야기와 미국과 일본을 위시한 외국자본의 대만 침식과 세계 자본주의 체제하에서의 대만의 위치 등을 그려내었다. 이들은 대만의 현실을 토대로 현대화의 속성과 자본주의 본질에 대한 비판적 검토는 물론 문학으로 이에 대항하려는 시도를 보여주었다. 이 시기 문단에서 민족전통의 추구보다는 그 전통이 잔존하고 있는 대만의 사회현실을 객관적, 현실적으로 묘사함으로써 현대와 전통 간의 문제에 대한 깊이 있는 인식을 드러내었다.

향토문학의 발전은 정치적인 민주화 운동과 동시적으로 진행되었고 이는 또한 중국과 구분되는 대만본토의식(臺灣本土意識)의 대두와 밀접한 관련을 맺고 있는데, 향토문학논쟁에서 이미 문학이 그려야 할 '현실'과 이 현실을 어떤 시각으로 인식할 것인가를 두고 葉石濤(1925-2008)의 대만의식(臺灣意識)과 陳映眞의 중국의식(中國意識)이 대립되기도 했다. 이로 인해 향토문학논쟁이후 대만문학의 추세는 급속히 본토의식, 대만의식의 성장으로 기울게 되고 1980년대 후반 38년간 지속된 계엄이 해제되면서 대만인의 정치적 이익을 대변하는 정당이 성립되고 그간의 정치적 폭압에 대한 비판과 대만민족주의(臺灣民族主義)로 불리는 일련의 대만성(臺灣性) 회복운동이 일어났다. 그 결과 1980년대의 문학은 농후한 정치문학적 성격을 띠게 되었다. 금기로 남아있던 2·28사건의 문학화가 다양하게 이루어지고 대만의 식민지 역사경험에 대한 재인식과 전후 국민당 통치에 대한 비판적 관점이 표출되었다. 동시에 대만의 문학, 장래 독립국가로서의 대만의 민족문학이란 의미의 '대만문학'(臺灣文學)이란 명칭이 정립되어 오랜 기간 중국문학의 지류로 논의되던 대만지역 문학을 포괄하게 되었다.

대만은 십여 족의 원주민과 중국에서 건너온 한족(漢族)으로 이루어진 다족군(多族群)사회이다. 또 같은 한족이라도 명청(明淸) 시기를 거쳐 복건성을 중심으로 한 중국 해안지역에서 온 민남인(閩南人)과 광동성을 중심으로 한 내륙지방에서 온 객가인(客家人), 그리고 1949년 국공내전에서 패배한 국민당과 함께 철수한 외성인(外省人)으로 나누고, 대만성 외부에서 온 외성인이란 칭호와 구분되게 그 이전부터 대만성에 거주하던 한족인 민남인과 객가인을 합쳐 따로 본성인(本省人)이라 부른다. 이들 각 족군은 대만에 이주하여 정착한 시기와 그에 따른 역사 경험이 다르고 생활습관과 사고방식에도 차이가 있으며 현재 중국과의 관계나 대만 내부의 정치적 문제에서도 견해를 달리하고 있다. 특히 각기 다른 언어를 구사하고 있어 각 족군의 문화적 정체성을 뚜렷이 드러내고 있다. 대만문학의 개념이 정립된 이후 이들 구성원의 다양한 경험과 입장을 모두 포함하는 문학이 대만문학의 구체적 내용으로 받아들여지고 있다. 동시에 포스트모더니즘 사조가 서방으로부터 이입되어 탈중심과 다원성이 논의되면서 그간 억압되었던 사회 소수자의 목소리도 분출되어 대량의 여성문학, 동성애문학, 원주민문학의 발전도 가져왔다.

따라서 1987년 해엄 후 대만문학의 경향은 한편으로는 그간의 중국관점에서 벗어나 대만의식과 본토의식의 구체적 내용을 찾아 독립된 민족국가의 서사를 만들고, 다른 한편으로는 내부의 다양한 입장과 목소리를 대변하는 수렴과 확장의 두 방향이 공존하게 되었는데 이를 탈식민주의와 포스트모더니즘의 대만적 변용이라 일컫기도 한다. 정치소설에서 본토소설로 발전하는 1980년내 이후 문학에서 사실적인 묘사를 곁들인 대만 민간의 전통적 농촌공동체와 집단적 기억에 대한 지향을 찾아보는 것은 어렵지 않다. 이는 대만인의 공통된 기억과 경험을 장래 국가문학의 내용으로 삼고자 하는 의식의 소산이라 하겠다. 이에 비해 동일한 시기인 1980년대 후반부터 시작되어 1990년대를 거쳐 현재까지 진행되고 있는 도시를 중심으로 한 신세대 작가들의 문학 활동에는 작가마다 정도의 차이는 있지만 개인 존재의 탐구, 감각에의 치중, 정치적 냉감(冷感), 현실 외면 등 전통과 유리된 측면도 공존하고 있다. 이는 전지구적 자본주의 확산, 포스트모더니즘적 소비사회의 발전, 중국과의 관계를 둘러싼 정치국면의 난항 등이 그 배경으로 작용하여, 문학적 진정성을 획득하고 있기는 하나 단자화된 개인의 고독에의 집착이 세계화란 신자유주의 이데올로기를 비판적으로 사고할 수 있게 하는 유일한 방법은 아니라는 점에서 진일보한 사색이 필요하다고 하겠다.

이상 현대와 전통 지향의 관련양상을 매개로 약 한 세기에 걸친 대만문학의 역사를 개괄해 보았다. 문학을 이해하고 인식하는 방법에는 여러 가지 길이 있겠으나 이 방법이 유사한 역사적 경험을 가진 우리 문학과의 비교를 통해 보다 용이하게 대만문학에 접근할 수 있을 것이라 판단했다. 대만과 한국 현대문학의 시작과 발전이 제국주의 확산과 세계 자본주의가 가져온 서구 현대성에 대해 부단한 대응을 해 온 과정이라는 측면에서 이 두 가지 지향성의 추이에 대한 고찰은 대만문학이 동아시아 문학, 나아가 세계문학에서 가지는 보편성과 특수성의 면모가 어떠한 지를 알아보는 계기가 될 것이라 생각한다.

I. de Me
po ou Liampo
KIANG
Futcheu
Toloman
I. Formos
de Zelande

2부

식민지 시기

식민지 시기 대만 좌익문학운동의 형성과 발전

1. 서언

식민지 시기 대만의 좌익문학운동은 사회주의 민중운동의 영향을 받아 형성, 발전되었다. 대만에 사회주의 사상이 도입된 것은 식민지 자본주의가 급속하게 성장하던 시기였다. 1926~7년 당시 미쓰이(三井), 미쓰비시(三菱), 후지야마(藤山) 등 대만에 진출한 일본 대기업들은 당시 대만의 핵심 산업이었던 제당업(製糖業)부문에서 총생산량의 95.3%, 총생산액의 98%를 차지했다. 또한 제당업으로부터 수탈한 이윤을 기반으로 이들 기업은 금융업에까지 뛰어들어 자본 규모를 끊임없이 증식해 갔다. 일본 기업들은 차, 장뇌(樟腦), 쌀, 파인애플, 바나나 등 전통산업과 식민지 편입 이후 흥기한 토목, 전력, 기계, 비료, 시멘트 등 신흥 산업에도 적극 참여하였다. 총독부의 보호망을 배경으로 일본의 독점 자본가들은 대만의 모든 산업을 완전히 지배했으며 독점 자본주의의 구조는 더욱 견고해졌다.[1)]

대만인의 입장에서 볼 때, 이러한 급속한 자본주의화는 일본 제국과 일본 자본에 의해 이루어진 피동적인 근대화에 불과했으며 기본적으로 대만인의 이익을 수탈하는 방향으로 진행되었다. 가령 일본은 농업 부문에서의 이익을 확보하기 위해 자본주의적 방식을 시행했지만 토지 소유권의 관계에서는 여전히 봉건적인 틀을 유지시켰다. 따라서 대만 농민들은 지주·소작인이란 봉건적 예속 관계에서 빠져 나올 수 없었고, 식민경찰과 이익을 같이하는 지주층의 지배 아래 종속되었다. 공업 부분에서도 일본 대기업의 발호와 수탈로 인해 전통적인 본토 자본가가 몰락하는 상황들이 초래되었다.

이러한 배경 아래 1920년대 중, 후반 전국적인 농민조합(農民組合, 1926)과 대만노동자총연맹(臺灣工友總聯盟, 1928)의 성립을 기점으로 프롤레타리아 민중운동이 시작되었다. 또한 1928년 上海에서 성립된 대만공산당(臺灣共産黨)은 약소계급의 이익을 대변하는 것을 넘어 대만 민족의 독립을 주장하였다. '해방'의 시기로 규정된 이 무렵[2] 대만 민중과 지식인은 이미 일본 제국주의의 통치 본질을 꿰뚫어 볼 수 있는 정확한 안목을 구비하고 있었다.

식민지 시기 대만 좌익문학과 관련된 연구는 陳芳明의 「일제강점기 좌익 문학운동의 발전배경」[3]이래 여러 편의 성과가 나와 있다.[4] 이들

1) 관련 내용에 대해서는 臺灣銀行經濟研究室, 『日據時期臺灣經濟史』, 1957; 矢內原忠雄, 周憲文역, 『日本帝國主義下之臺灣』, 帕米爾, 1985; 喜安幸夫, 『日本統治臺灣秘史』, 武陵, 1995 등을 참조할 것.

2) 陳昭瑛, 「啓蒙, 解放與傳統:論20年代臺灣知識份子的文化省思」, 『跨世紀臺灣的文化發展』學術研討會發表論文, 1988.10.

3) 宋冬陽, 「先人之血, 土地之花—日據時代臺灣左翼文學運動的發展背景」, 『臺灣文藝』 88期, 1984.5.

4) 예컨대 다음과 같은 것들이 있다. 胡民祥, 「臺灣新文學運動時期'臺灣話'文學化的探討」, 『先人之血, 土地之花』, 前衛, 1989; 松永正義, 「關於鄉土文學論爭(1930~32)」, 『臺灣學術研究會誌』, 1989; 廖祺正, 『三十年代臺灣鄉土話文運動』, 成功大學歷史語言研究所碩士論文, 1990; 黃琪椿, 『日治時期臺灣新文學運動與社會主義思潮之關係初探(1927~1937)』, 清華大學文學研

연구는 대부분 사회주의 운동과 좌익문학의 관계, 대만화문(臺灣話文)과 향토문학논쟁 등을 다루거나 당시의 민간문학(民間文學) 정리와 관련시켜 논의하고 있다. 이러한 기존 연구는 각각의 주제에서 상당한 성과를 보여주고 있기는 하지만 아쉽게도 대만 좌익문학운동의 형성과 발전과정의 전체 면모를 해명하는 데 까지는 이르지 못했다. 본고는 이를 보완하기 위해 선행 연구를 기초로 하여 식민지 시기 대만 좌익문학운동의 전체적인 흐름을[5] 고찰하고 좌익문학운동이 추구한 방향과 지향한 가치를 살펴보고자 한다. 이러한 논의를 통해 식민지 시기 여러 문예잡지를 통해 산발적으로 표출된 좌익문학 관련 언급을 좌익문학운동이란 틀에서 파악할 수 있을 것이다.

2. 초기 문학운동 중의 민중 지향

대만의 신문학운동은 1920년대 신문화운동의 일환으로 식민지 사회, 정치운동의 영향 하에서 형성, 발전해 간 것이다.[6] 이 시기의 문학론은 언문일치(言文一致)의 문자개혁과 문학의 사회적, 민족적 임무를

究所碩士論文, 1994; 施淑, 「文協分裂與三十年代初臺灣文藝思想的分化」, 『兩岸文學論集』, 新地, 1997.

5) 증천부는 『일제시기 대만좌익문학연구』(세종출판사, 2000)에서 형성기(1920~1926), 정착기(1927~1932), 심화기(1933~1936), 위축기(1937~1944)로 나누고, 대만 좌익문학 이론의 형성과 발전 및 그것과 좌익사회운동 사이의 관계를 고찰하였다. 이 책은 각 단계의 좌익소설과 시에 대해 분석하였으며, 한국의 프로문학과도 비교하였다. 좌익문학 이론의 전개과정에 대한 본고의 내용은 이 책의 내용을 일부를 참고하였다.

6) 陳芳明 등 대만 신문학운동 연구자들의 공통된 관점이다. 예컨대 葉石濤, 『臺灣文學史綱』, 文學界, 1993; 彭瑞金, 『臺灣新文學運動40年』, 自立晚報, 1991; 許俊雅, 『日據時期臺灣小說研究』, 文史哲, 1995 등 서적에서도 같은 인식을 볼 수 있다.

주로 강조하는 계몽주의문학이 주류를 이루었다. 그러다 1925년을 전후해 농민운동 등 민중운동의 급속한 발전으로 좌익문학 단체의 성립과 프롤레타리아문예 주장이 점차 모습을 갖추기 시작했다. 하지만 사회주의 이론과 시각, 프로문예사조는 신문화운동 초기에 이미 대만으로 유입, 소개되었다.

처음으로 프로문학이 소개된 것은 1922년 林南陽(林攀龍, 1901-1983)이 제1차 세계대전 이후의 세계문예사조를 소개하면서였다. 林南陽은 프로문학이 '인생을 위한 예술' 조류와 사회주의 사조의 결합으로 형성된 것이라고 설명했다.[7] 또 黃朝琴(1897-1972)은 「한문개혁론(漢文改革論)」에서 대만 사회가 정체된 원인이 난삽한 한자를 지식 전파의 매개로 삼았기 때문이라고 주장했다. 그는 어려운 한자를 개혁하여 지식을 일반 민중, 특히 인구의 대부분을 차지하는 무산대중에게 보급해야 한다고 주장했다.[8] 1925년에 발간된 최초의 백화문 문학잡지 『인인(人人)』은 창간사에서 소수의 사람에게 독점된 문학을 해방시켜 일반인의 생활면에까지 확대시켜야 한다고 언급하였다. 동시에 인생과 연결된 실용 문예 및 일반 민중의 노동생활도 예술이라고 칭했다.[9] 張我軍(1902-1955)은 마르크스(Karl Marx)의 말을 신문학운동을 추진하는 정당성의 근거로 삼았다. 그는 노동자가 땀을 흘린 뒤 빵을 쟁취하는 것처럼, 민중은 자신의 두 손으로 기회를 쟁취해야 하며 그러기 위해서는 현실에서 이탈한 구문학(舊文學)을 배척하고 신문학운동을 적극 추진해야 한다고 주장했다. 그는 또한 당시에 진행되고 있던 자산계급 중심

7) 林南陽, 「近代文學の主潮」, 『臺灣』 3年5號, 1922.8.
8) 『臺灣』 4年2號, 1923.2.1.
9) 器人, 「發刊詞」, 『人人』(1925.3)에서 "소위 인생예술주의는 노동예술 (…중략…) 예술의 민중화"라고 언급하였다.

의 대만의회설치청원운동(臺灣議會設置請願運動)과 무저항주의, 그와 유사한 부류의 소극적 저항 행위에 대해서 회의를 표시하였다. 그는 민중을 계몽시켜 그들 스스로 자신의 자유와 행복을 쟁취하도록 해야 하는데, 이것이 바로 신문학운동의 정당성이라고 했다.[10] 무산문예를 직접적으로 언급하지는 않았지만 張我軍이 당시 세계 문학의 조류에 대한 이해를 기반으로 대중들의 이익에 부합하는 문학을 추구하고 있었음을 알 수 있다.

위의 몇 가지 예를 통해 신문학운동 초기의 대만 지식인들이 무산대중에게 서서히 다가가고 있음을 확인할 수 있는데, 다음으로 蔡孝乾(1906-1982)에 이르면 '프롤레타리아문예'가 바로 신문학의 도리(道理)임이 명확하게 천명되었다. 그는 중국의 신소설을 소개하면서 다음과 같이 언급하였다.

> 전 세계가 이번 대전의 세례를 받았으며 독일의 군국주의는 소멸하고 러시아의 독재 정치는 붕괴하였다. 세상의 이른바 피압박 계급—노동자, 부녀자 등—이 모두 일어서기 시작했으며 이른바 '개조', '해방'의 소리가 전 세계에 울려 퍼졌다. 동시에 또한 '프롤레타리아문예', '제2의 문화' 등의 슬로건이 생겨났다. 따라서 종전의 이른바 '예술을 위한 예술'(art for art's sake)은 죽은 말이 되었으며 '인생을 위한 예술'(art for life's sake) 역시 그다지 성행하지 않게 되었다. 지금은 '새로운 사회를 위한 예술'(art for new social's sake)이 피할 수 없는 추세가 되었다. 이로 보건대 현대 중국의 신문학, 특히 신흥 소설은 이 조류를 벗어날 수 없게 되었을 뿐만 아니라 이러한 조류를 향해 적극적으로 전진하는 중에 있다.[11]

10) 「致臺灣青年的一封信」, 『臺灣民報』 2卷7號, 1924.4.

1차 대전 후의 세계 문학이 새로운 사회의 건설로 매진할 것이며 그것은 바로 피압박 계급의 흥기를 반영하는 것으로 중국 신문학이 이 길로 나아가고 있다고 하면서, 대만의 장래 문학 역시 신흥 프롤레타리아문예가 될 것이라고 예고했다. 甘文芳(1901-?)은 『대만(臺灣)』 잡지사 창립 5주년 및 『대만민보(臺灣民報)』의 만 부 발행을 기념하여 쓴 문장에서 일본의 착취와 자본주의의 유입이 가져온 근대사회의 모순으로 인해 대만 인민이 고통에 처해 있음을 분명하게 제기했다. 또한 이러한 상황을 이해해야 식민지의 불평등한 현실을 제거하고 새로운 대만을 건설하려는 노력을 전개할 수 있는데, 새로운 대만의 건설은 정치적 억압과 사상의 해방, 이 두 측면의 노력을 통해 달성되어야만 한다고 주장하였다. 그는 사상해방이 경제 불평등을 해결하는 전제 조건이라 판단했으며 마르크스이론을 인용하여 이 점을 설명하였다.

(구사상가들은) 동서의 사정이 다르다고 말한다. 그들은 경제제도의 변화와 도덕, 관습, 법률사이의 인과관계를 알지 못한다. 마르크스의 한 절을 발췌하여 노선생들에게 참고용으로 제공하려 한다. "사회질서의 기초는 모두 사회 속의 생산과 교역 형태에 있다. 따라서 인류사회의 가장 원시적이고 근본적인 모습을 관찰해 보면, 바로 한 나라를 통제하는 도덕과 법률이 그 나라의 사회와 경제에 따라 정해진다는 것을 알 수 있다. 사회와 경제는 사회생활의 물질이요, 사회생활의 실체이다. 바꾸어 말한다면 사회와 경제는 기초이다. 법률과 도덕은 이러한 기초 위에 수립된 것이다. 따라서 사회와 경제에 중대한 변화가 생긴다면 사회 질서를 통제하는 방식 역시 이에 따라 변화한다." 문예 또한 마찬가지인데 이것이 바로 문예의 시대

11) 『臺灣民報』 3卷15號, 1925.5.21.

성인 것이다. 문예가 '시대의 거울'이라 칭해지는 것처럼 시대와 함께 움직이는 색채를 면키 어렵다.[12)]

이 문장은 비록 문학에 대한 논의는 아니지만 마르크스의 사회구조 이론을 근거로 삼아 문학과 사회조직의 관계를 설명하고 있다. 한 사회의 도덕, 법률 등과 같은 상부구조가 이 사회의 경제적 기초 위에 세워지는 것이라면 이와 같은 등급의 예술, 문학 역시 의심할 바 없이 사회 경제적 기초와 밀접한 관계를 지니고 있다는 것이다. 따라서 이러한 관련성을 이해한 후에 창작과 직면해야 비로소 자신이 처한 시대를 명확하게 파악할 수 있다는 것이다. 이 문장이 나오기 이전에는 사회의 발전을 막연히 문학의 혁신 위에 세우고, 신문학이 사회를 개조하고 문화를 일깨우면 민족 진흥에 유리할 것이라고 생각하였다. 그러나 이제 문학과 사회의 상호 관계가 마르크스의 상부·하부구조 이론 속에서 필연적인 관련성을 획득하면서 사회주의 문예의 이론적 근거가 갖추어지게 된 것이다.

1925년을 전후해 등장한 이러한 문장들을 통해 당시의 대만 사회가 이미 민족 모순과 계급 모순이 매우 심각한 상황에 이르렀으며 농민운동 등 프롤레타리아의 자구(自救) 노력 역시 발걸음을 떼기 시작했음을 알 수 있다. 그 배경에는 1920년대 초기부터 여러 해 동안 지속되던 자산계급 중심의 대만의회설치청원운동, 보갑제(保甲制) 철폐운동과 악법철폐운동 등이 모두 실패로 귀결되었으며 부르주아들은 개량화로 나아간 점을[13)] 들 수 있다. 사회운동의 중심은 서서히 민중 진영으로

12) 「新臺灣建設上的問題和臺灣青年的覺悟」, 『臺灣民報』 67號, 1925.8.26.

13) 犬羊禍事件(동경의 대만 유학생이 林獻堂과 楊吉臣의 변절을 풍자하며 이들을 각각 개와 양에 빗댄 犬羊禍라는 표현을 쓴 사건) 외에도 문화협회 총회 개최 당시 의장을 맡

옮겨가게 된 것이다.

같은 시기 『대만민보』는 「대만의 농민운동」,[14] 「노동자의 자각」,[15] 「중대한 대만의 농민운동」,[16] 「약소민족의 분기」[17] 등 사회주의 이념을 선전하는 문장을 게재했는데 사회운동의 전환 분위기가 갈수록 농후해져 갔음을 알 수 있다. 신문학과 관련된 토론이 이러한 기류의 영향을 받았음은 의심의 여지가 없다. 또한 신문학운동의 주도자들은 대부분 사회운동에도 참여했기 때문에 민족의 생존과 대다수 민족 구성원의 복지가 위협에 직면해 있음을 깊이 자각했다. 그로 인해 민중에 대한 휴머니즘적 관심과 프롤레타리아를 중시하는 사회주의 문예사조를 더욱 쉽게 받아들일 수 있었다.

이러한 기류하에 1925년 10월 張維賢(1905-1977), 張乞食(1895-1948) 등 무산청년들이 대만예술연구회(臺灣藝術硏究會)를 조직하고 『칠음연탄(七音聯彈)』이란 잡지를 발행했다. 대만 최초의 이 무산문예 잡지는 아직 출토되지 않아 상세한 내용은 알 수 없으나 하층계급의 생활로부터 문학예술의 창작 자원을 흡수했다고[18] 알려져 있다. 대만예술연구회가 무산계급 문학을 표방한 첫 번째 문학 단체이자 1920년대 좌익 문학이론의 형성에 주요한 지표라고 하겠다.

이렇듯 1920년대 초기의 사회주의 문예이론의 주요 내용은 고전문

았던 林子瑾 또한 훗날 문화협회가 주도한 일부 활동들을 반대하는 公益會에 가입하여 중요 역할을 맡기도 했다.

14) 『臺灣民報』 3卷12, 13號, 1925.4.21~5.1.

15) 『臺灣民報』 3卷16號, 1925.6.1.

16) 『臺灣民報』 3卷18號, 1925.6.21.

17) 『臺灣民報』 61號, 1925.7.19.

18) 林瑞明, 「日本統治下的臺灣新文學運動—文學結社及其精神」, 『臺灣文學的本土觀察』, 允晨, 1996, 2~34면.

학의 귀족적 경향을 비판하고 평민문학을 제창했으며 민중의 범주를 노동자와 농민 등 무산대중을 포함하는 것으로 보았다. 무산계급 문예 이론의 형성이란 측면에서 볼 때, 이 시기의 이론가들은 식민지 대만에서 이른바 일반 대중이란 바로 프롤레타리아 대중임을 이미 명확하게 인식하고 있었던 것이다.

3. 프롤레타리아 문예운동의 전개와 좌익문예잡지의 발행

1927년을 전후하여 대만 사회에는 일련의 중요한 변화가 발생했다. 대만문화협회(臺灣文化協會)의 분열, 농민운동에서의 혁명주의, 노동운동의 고조 및 신문협(新文協)과 대만공산당의 성립 등 좌익성격의 사회, 정치운동의 적극적인 전개가 그것이다. 동시에 대만민중당(臺灣民衆黨)의 좌경화로 인해 사회주의 시각이 『대만민보』에도 스며들었다. 전체적인 구도에서 본다면 이 시기 민족운동의 주도권은 이미 민중진영으로 옮겨갔으며 사회주의 사조가 사회 각 영역에서 이미 상당한 영향력을 발휘하고 있었다.

黃琪椿의 정리에 따르면 당시 대만 청년들은 마르크스주의뿐만 아니라 무정부주의, 합작주의, 민생주의 등 사회적 공의(公義)를 강조한 거의 모든 사조를 흡수하여 연구하였다고 한다.[19] 하지만 식민지 대만의 계급 모순과 민족 모순이 점차 심화되고 전 세계 프롤레타리아 혁명운동이 발전함에 따라 마르크스레닌주의(Marxism-Leninism)가 점차 주

19) 黃琪椿, 『日治時期臺灣新文學運動與社會主義思潮之關係初探(1927~1937)』, 清華大學文學研究所碩士論文, 1994, 5면.

도적 위치를 차지하였다. 1927년 코민테른이 「일본 문제에 관한 강령」을 통과시키면서 규정한 '식민지의 완전 독립' 조항의 영향을 받았기 때문일 것이다.

당시의 지식인들은 기본적으로 유산자와 무산자의 대립 국면으로 그들이 처한 대만의 현실을 이해하고 이를 민족 문제와 결합해 사고했다. 따라서 계급투쟁을 통해 민족운동의 구체적 성과에 이르는 것을 매우 긍정적으로 생각했다. 이는 『대만대중시보(臺灣大衆時報)』와 『신대만대중시보(新臺灣大衆時報)』의 평론들을[20] 통해 확인할 수 있다. 심지어 좌익 인사들로부터 반동(反動) 잡지로 지목된 『대만민보』[21] 조차도 계급대립과 무산자 흥기의 관점으로 쓰여진 문장을 게재하였다. 당시 민족운동 진영이 좌우로 분열된 상황이었지만 양 진영이 모두 사회주의적 태도를 수용하고 인식을 같이 하였으며 이러한 상황이 문학계에 신속하게 전이되었다. 프롤레타리아문예운동이 본격화된 것이다.

> 대만 공산주의 운동의 발전으로 인해 프롤레타리아 문학, 연극 등을 포함한 프롤레타리아 문화운동에 대한 세상의 관심이 점차 높아지기 시작했다. 그들은 쇼와 3년(1928) 3월 25일 동경에서 결성된 전일본무산자예술연맹(약칭 NAPF)과 접촉하고 이를 근거로 삼아 공산주의 문학운동의 발전을 선전·선동하는데 전력을 기울였다. 또한 쇼와 6년(1931) 11월 27일에는 일본 공산당의 지도하에 일본 프롤레타리아 문화연맹(약칭 KOPF)이 설립되었다. 문화투쟁과 정치투쟁을 결합시키고 조직의 기초를 공장과 농촌에 두었으며 공산주의 단체의

20) 두 신문에 관한 자세한 내용은 陳芳明, 『殖民地臺灣—左翼政治運動史論』, 麥田, 1998, 193~213면과 崔末順, 「日據時期臺灣左翼刊物的朝鮮報導-『臺灣大衆時報』和『新臺灣大衆時報』爲觀察對象」, 中國言語文化學會, 『中國言語文化』第二輯, 2012.12, 71~95면 참고.
21) 1927년 문화협회 분열 이후 『대만민보』는 우익 민중당의 기관지가 되었다.

조직 원칙을 채택하려 하였으니 외관과 내용 모두 일본 공산당의 외곽 단체로서 활동을 전개한 것이다.[22)]

대만총독부가 분석한 것처럼 프롤레타리아문예운동의 성장은 좌익 정치운동의 활발한 전개로부터 그 기회를 얻었다. 좌파의 항일운동이 최고조에 이른 1927,8년 당시 臺北 고등학교의 학생들은 잡지 『문예(文藝)』를 발행하고 사회주의 선전 활동을 시작했다. 1929년 봄, 나프(NAPF) 기관지 『전기(戰旗)』가 대만으로 운송되었고 대만 내에서 발행량을 점차 늘려갔다. 같은 해 12월에는 전기사(戰旗社)의 대만지국이 설립되었다. 이와 동시에 대만공산당 중앙 및 문화협회, 농민조합 등 관련 인사들의 『전기』에 대한 관심이 끊임없이 높아졌으며, 대만공산당 소속의 국제서국(國際書局) 역시 이 잡지를 불법적으로 들여와 독자들에게 발송하였다.

이러한 상황에서 좌익사회운동은 시간이 갈수록 상당한 발전을 이루었다. 그 과정에서 서로 다른 이론을 지닌 인사들의 의견 충돌로 사회주의 세력의 분열이 초래되기도 하였지만, 한편으로는 그러한 갈등이 보다 심화된 사회주의 이론에 대한 운동가들의 욕구를 강렬하게 만들었다. 사회주의 사상의 확산을 위한 선전 활동의 전개가 갈수록 치열해져 간 것이다. 이러한 요구에 호응하는 신문과 잡지들도 등장했는데 1928년 5월 신문협(新文協)이 창간한 『대만대중시보』와 1930년 상반기 출현한 『오인보(伍人報)』, 『대만전선(臺灣戰線)』, 『명일(明日)』, 『홍수보(洪水報)』, 『적도보(赤道報)』, 『신대만전선(新臺灣戰線)』 등 프로잡지가 그것이다. 대만 프로문예운동의 선성(先聲)으로 평가되는[23)] 이러한 잡지

22) 警察沿革誌編纂委員會, 王詩琅 역, 『臺灣社會運動史—文化運動』, 創造, 1989, 505면.

들 가운데 『대만전선』만이 문예잡지를 표방했고 다른 것은 모두 종합지의 성격을 지녔지만 이 종합지들은 문학과 사회주의 사조가 융합되는 기회를 제공하였다.[24)]

이러한 자료들은 공산주의와 무정부주의에 초점을 맞춘 연구와 그 확산이 프롤레타리아 문화운동에 대한 사회적 관심을 제고시켰고 나아가 프로문학운동에까지 연계되는 과정을 잘 보여준다. 『경찰연혁지(警察沿革誌)』는 『오인보』의 성격을 다음과 같이 언급했다.

> 그 기간은 6개월이 채 안되지만 王萬得 이외의 대만 공산당원, 대만 좌파 문학청년들의 기고문들을 실었고 그 분포망도 대만 전체에 70여 개로 각지에 퍼져있었다. 당의 연락처를 따라 일본무산자예술연맹, 전기사(戰旗社), 법률전선사, 농민전선사, 프롤레타리아과학동맹 등 단체와 대만대중시보사와도 밀접한 연락을 유지하는 등 대만 프롤레타리아문예운동의 선구가 되었다.[25)]

인용문을 통해 『오인보』가 대만 공산당원들과 밀접한 협력관계를 유지하면서 프롤레타리아문학을 전파하고 일본의 프로문학운동과도 긴밀한 관계를 유지하고 있었음을 알 수 있다.

『대만전선』의 다음 발간 선언은 매우 명확한 문제의식을 보여주고 있다.

> 프로문예를 통해 고통 받는 수많은 군중의 이익을 도모하고, 자본

23) 施淑, 「文協分裂與30年代初臺灣文藝思想的分化」, 『兩岸文學論集』, 新地, 1997, 15면.

24) 이 시기 문학 이론이 연구한 초점은 향토문학논쟁과 대만화문논쟁이었는데 黃石輝가 『오인보』에 게재한 문장이 바로 이 두 논쟁의 도화선이었다.

25) 警察沿革誌編纂委員會, 王詩琅 역, 앞의 책, 508면.

가의 발굽 아래 소나 말 같은 생활을 하고 있는 모든 압박받고 고통받는 군중들을 해방시키기 위해 활동하려 한다. 이처럼 중대한 의의와 목적하에 본 잡지를 창간하였다. 우리는 이를 대만 해방운동의 선봉이 되는 유일한 문학투쟁기관 및 나침반이 되게 하려 한다. (중략) 이러한 때 우리는 더 이상 주저할 수 없으며 문예를 프롤레타리아의 수중으로 탈환해 와 대중의 소유물이 되게 함으로써 문예혁명을 촉진시키고자 노력해야 한다. 이 과도기에 만약 정확한 이론이 없다면 정확한 행동도 없다. 이는 우리가 잘 알고 있는 사실이다. 따라서 고통 받는 군중들이 자기 뜻대로 마르크스주의이론 및 프로문예를 발표하게 해야만 한다. 이렇게 하여 프롤레타리아의 혁명운동과 합류시키고 그것을 더욱 빠른 속도로 발전시켜야 하며 이로써 역사적 과정을 단축해야 한다.[26)]

'프로문학의 창도'라는 종지(宗旨)를 분명하게 밝히면서 지식인의 수중에서 문예를 탈취하여 무산대중에게 넘겨주자고 주장하고 있다. 이 글은 무산대중이 이미 문예운동의 중심적인 위치로 부상하고 있음과 동시에 그 초점이 점차 프롤레타리아 이데올로기의 강조와 구체적 실천의 문제로 발전하고 있음을 보여준다. 문학운동이 프롤레타리아 혁명운동과 결합되고 있었던 것이다. 비록 이들 잡지의 전모를 확인할 수 없어 구체적 내용을 정확히 알 수는 없지만 상술한 단편적인 자료만으로도 1926년을 전후하여 사회주의 이념을 이론적 근거로 삼는 민중 진영이 민족운동의 주도권을 행사하였으며 프롤레타리아문예와 문화운동을 좌익정치운동에 합류시켜나간 정황을 확인할 수 있다.

계급투쟁을 중심으로 전개된 민족운동의 이러한 급속한 성장은 필

26) 警察沿革誌編纂委員會, 王詩琅 역, 앞의 책, 508~509면.

연적으로 총독부의 엄중한 탄압을 불러왔다. 1931년을 전후하여 대부분의 좌익인사들은 검거되거나 체포되었다. 하지만 좌익인사들에 대한 검거와 좌익정치운동에 대한 압박은 오히려 프롤레타리아문학운동의 발전을 조장하는 결과를 초래했다. 좌익정치운동의 압박으로 인해 무력함을 느끼던 인사들이 문학운동으로 방향을 전환했기 때문이다.

1931년 두 차례에 걸친 좌익분자에 대한 대량 체포가 이루어지는 가운데 대만에 체류 중이던 일본의 좌익 청년 히라야마 이사오(平山勳), 후지와라 센자부로(藤原泉三郞), 벳쇼 고지(別所孝二), 하야시 코조(林耕三) 등은 王詩琅(1908-1984), 張維賢, 周合源(1903-1993), 徐瓊二(1912-1950), 廖漢臣(1912-1980), 朱點人(1903-1951), 賴明弘(1909-1971) 등 대만 좌익 청년들과 연합해 문예단체 대만문예작가협회(臺灣文藝作家協會)를 결성하고 기관지 『대만문학(臺灣文學)』을 간행했다. 이 협회는 공산주의사상 연구기관의 성격을 지녔는데, 특히 프롤레타리아문화운동과 나프 기관지 『전기』의 영향권 내에 있었다.[27] 그들은 '신문예를 탐구하고 그것을 대만에 확립시키는 것을 목적'으로 내세우며 마르크스주의에 입각해 대만의 자주적 문학을 성립시키고 프로문학 이념을 지닌 일본인들과 협력하며 식민지 민중의 고난을 체험하는 시각에서 문제를 사고해야 한다[28]고 주장했다. 그리고 이에 의거해 조직적인 활동을 전개했다. 협회 설립 전의 '요지문'에는 다음과 같은 기록이 있다.

27) 그 의도가 대만 공산주의운동의 일익을 담당하는 프롤레타리아 문화운동에 있었다는 것은 의심의 여지가 없다. 발기인과 일본 좌파 단체는 매우 밀접한 관계를 유지했다. 연락 방식은 주로 『戰旗』와 나프를 통해서였으며 물론 다른 루트도 있었다. 警察沿革誌編纂委員會, 王詩琅 역, 앞의 책, 520면 참고.

28) 塚本照和, 張良澤 역, 「日本統治期臺灣文學管見(上)」, 『臺灣文藝』 69期, 1990.10.

> 행동에는 이론이 필요하며 이론은 행동을 요구한다. 만약 예술이론이 행동으로 스며들지 않거나 예술운동이 이론의 규정을 받지 않아 이 양자가 변증법적 상호작용을 일으키지 못한다면 그 이론 및 행동은 존재할 이유를 잃을 것이다.[29]

그들은 프롤레타리아운동에서 이론과 실천의 중요성을 동시에 강조했는데 여기서 『오인보』와 『대만전선』 등 좌익잡지로부터 발전하기 시작한 프롤레타리아문화운동이 문예운동의 방향으로 자리 잡아 가고 있음을 알 수 있다. 협회의 기관지 『대만문학』 역시 '신문예의 확립과 문예의 대중화에 매진하는' 것에 목표를 두었고 중심 임무를 '신문예의 탐구 및 그 확립'으로 규정했다. 그리고 노력 방향을 '제재에 대한 선택 방법, 사물에 대한 관점, 그것을 처리하는 방법—작품의 내용과 형식 방면'으로 정했다. 이는 작가의 사상적 경향과 이데올로기가 제재의 선택과 처리 방식에 영향을 준다는 점을 그들이 명백히 인식하고 있었으며, 당시에 이미 대중문화와 대중문학의 관념과 실천 사이의 근본적 문제에 대해 변증법적 이해를 획득하고[30] 있었음을 말해 준다.

협회 성립 이후 동경(東京)으로부터 온 서명 'J.G.B. 서기국'의 축전은 1930년 하리코프 국제혁명작가 2차 회의의 결의를 반영하여 나프와 관련된 식민지예술운동의 영향에 관심을 강화하자는 내용을 담고 있었다. 대만문예작가협회에 대한 건의 중에는 이론과 창작 실천, 계

29) 警察沿革誌編纂委員會, 王詩琅 역, 앞의 책, 409면.

30) 『대만문학』은 아직 완전히 출토되지 않아 자세한 내용은 알려지지 않고 있다. 이 잡지의 좌익 성격에 대해서는 다음의 글들을 참조할 수 있다. 明弘, 「談我們的文學之誕生——頂提議」; 林原晉, 「把『臺灣文學』帶進大衆之中—給編輯部的一句話」, 『臺灣文學』 2卷1號, 1932.2.1; 秋本眞一郎, 「臺灣文學運動的霸權, 目標, 組織—以大衆化爲中心確立文學的黨派性」; 瀧澤鐵也, 「主題的積極性」, 『臺灣文學』 2卷3號, 1932.6.25.

급투쟁, 전위(前衛)의 눈, 지도권 문제 등의 문구가 있는데 이를 통해 국제프로문예운동의 영향을 받았음을[31] 어렵지 않게 알 수 있다. 협회 또한 회신을 보냈는데 1932년 초 고베(神戶) 경찰에 의해 몰수된 세 부의 자료에서 그 내용을 찾을 수 있다. 그 가운데 한 부는 「우리의 긴급 자문(我們的緊急諮問)」이란 제목의 문건이었다. 그 내용은 협회가 일본의 나프와 마찬가지로 대만의 프롤레타리아작가동맹이 될 수 있게 지시를 내려달라는 것이었다. 다른 두 부는 히라야마 이사오(平山勳)가 서명한 문건으로 협회의 연혁과 업무 내용을 상술하고 대만문화와 민족문제, '신문예의 탐구 및 그 확립'의 문제, 그리고 대만문예작가협회의 장래 문제 등을 언급한 것이었다.[32]

그 내용을 자세히 살펴보면, 대만문예작가협회는 한편으로 국제프롤레타리아혁명운동의 한 지류가 되기를 희망하고, 다른 한편으로 그 자신이 순수한 프롤레타리아문예운동으로서 일본 제국주의의 지배하의 민족문제를 더욱 깊이 있게 고려하기를 희망했음을 알 수 있다. 다시 말해 이 협회는 계급문학의 당파성, 국제주의, 계급투쟁의 무기 등 1930년대초 사회주의 문학사상에서 가장 급진적인 관점과 태도를 지니고 있었다고 하겠다. 문학을 정치에 종속시키는 후쿠모토이즘(福本主義)의 영향하에 탄생했음에도 문학 노선의 선택에서는 민족 문제를 명확히 인식하였고 지역성과 향토성을 중시하여 대만을 본위로 하는 프롤레타리아작가연맹의 수립을 소망했던 것이다. 이는 그들이 식민지로 전락한 대만의 특수한 역사 조건에 대해 명확한 인식을 갖고 있었기 때문에 가능했던 것이다.

31) 「致臺灣文藝作家協會創立大會的賀電」, 그 내용은 施淑, 앞의 논문, 19~20면을 참고.
32) 平山勳, 「臺灣文藝作家協會的歷史」, 『我們和臺灣文藝作家協會』. 자세한 내용은 施淑, 앞의 논문, 20~22면 참고.

그렇기 때문에 『대만문학』은 총독부에 의해 창간호부터 발행이 금지될 운명에 처했다. 이듬 해 협회는 방침을 바꿔 프로문학의 보급을 강화하는 동시에 나프와의 긴밀한 관계를 유지하기 위해 하야시 코조(林耕三)를 일본에 파견하였다. 그러나 하야시는 고베에서 체포되었으며 그가 지니고 간 서신에서 프롤레타리아작가동맹을 조직하려는 의도가 드러나 『대만문학』 5호는 발행이 금지되고 6호도 판매가 금지되어 결국 폐간되었으며 협회 역시 해체되는 운명을 맞이했다.[33] 이렇게 대만 프로문학운동의 조직적 단체 설립은 총독부의 압박으로 중도에 유산되었으며 통합적 프로문학운동의 전개 시도 역시 실패하게 되었다.

이러한 상황은 이후 대만 무산계급문예운동의 방향에 절대적인 영향을 미쳤으며 같은 시기 동아시아 지역의 무산계급문예운동과 차이가 생겨나는 원인이 된다. 대만문예작가협회가 의도한 프롤레타리아작가동맹 계획이 무산된 후, 대만 프로문예운동은 부득이 우익단체와 연합전선을 구축하여 지속적인 생존을 모색했다. 이는 같은 시기 중국, 한국, 일본의 프로문학운동과는 다른 양태이다. 그리고 좌익정치운동이 완전히 궤멸된 상황에서 문예잡지를 무대로 한 문예상의 프로운동만을 추진할 수밖에 없었던 점은 대만 좌익문학 발전에 제한을 가져왔다. 그러나 비록 대만문예작가협회의 기획은 실패했지만 그 노력은 향후 진행된 문예 대중화 논의의 이론적 기초가 되었으며 계속해서 무산대중을 대상으로 삼아 진행된 대만화문(臺灣話文) 주장의 주요 논거로 작용했다.

33) 대만문예작가협회의 결성 및 『대만문학』의 발행과 관련된 내용은 河原功, 葉石濤 역, 「臺灣新文學運動的展開—日本統治下在臺灣的文學運動」, 『文學臺灣』 1~3期(1991.12.~1992.3.)을 참고.

4. 좌익 정치운동의 위축과 좌우합작의 조직적 문예운동

1931년 만주사변을 시작으로 급속하게 팽창주의로 기울어진 일본은 그 내부뿐만 아니라 식민지에 대한 사상적 감시를 강화했으며 그 중에서도 특히 좌익정치운동에 대한 탄압이 두드러졌다. 이런 가운데 대만의 좌익정치운동은 자체 내 끊임없는 내분으로 급속하게 위축되었다. 이 해에 대만민중당의 해산을 비롯해, 대만 공산당원과 대만 노동호조사원(勞動互助社員)에 대한 대대적인 검거 및 이로 인한 노동자연맹, 신문협, 농민조합의 쇠퇴 등 거의 모든 사회운동이 와해되었다. 식민지 현실을 인정하고 체제 내의 개혁을 주장한 대만지방자치연맹(臺灣地方自治聯盟)만이 남아 간신히 명맥을 유지하였다.

단체와 구성원이 검거, 체포되는 가운데 남아있던 사회운동 구성원들은 그 시각을 문단으로 돌렸으며 이로부터 소위 문학 본위의 시대라 불리는 문학운동기로 진입하게 된다. 1931년 이후 각종 문학 동인단체가 속속 결성되었고 문학잡지도 이러한 시대적 요구에 의해 생겨났다. 그러나 대만문예작가협회의 와해에 따라 조직적인 작가동맹은 성립되기 어려웠으며, 지식인들 역시 총독부의 감시를 의식해 무당파(無黨派)를 표방하고 일반 문예잡지로서의 성격을 천명하며 산발적인 문예주장으로 일관했다. 따라서 이후의 좌익문학운동은 좌우의 합작의 연합전선 시대로 진입하게 된다.[34)]

연합전선 시기의 첫 번째 단체는 1931년 가을에 결성된 남음사(南音社)[35)]이다. 남음사는 "과거 타이완 내에서 각종 잡지의 수명이 길지 않

34) 陳芳明, 『臺灣新文學史(上)』, 聯經, 2011, 108~128면.

35) 남음사의 회원으로 張垂勝, 葉榮鐘, 郭秋生, 周定山, 賴和 등이 있었다.

은 것이 대부분임을 감안하여 우리 회원들이 글쓰기의 측면에서 응당 일본인을 호되게 꾸짖어야 하겠지만 즉각 칼을 뽑아 활을 잡아당기고 적의 요충지를 곧바로 공격하는 방식으로 검열자의 신경을 건드리는 것은 그다지 바람직하지 않다. 의미 없는 희생을 하는 것보다 어떻게 함축적인 필법을 운용하여 독자들이 쾌재를 부르게 하고 검열자들을 망연자실하게 만들까 고민하는 것이 필요하다"[36]라고 하면서 온건한 방식으로 출발하였다.

기관지『남음(南音)』역시 총독부의 검열과 감시를 피하기 위해 당파를 가리지 않는 무사무아(無私無我)의 정신을 강조하였으며,[37] 심지어 출판 시 일본 관리에게 기념 글자를 청탁하는 방식으로 이목을 숨겼다. 하지만 오래지 않아 黃石輝(1900-1945)가 '문예 대중화' 방안으로 제기한 향토문학 주장이 대만화문논쟁(臺灣話文論爭)으로 번지면서 대만 화문 제정을 둘러싼 실험과 토론의 무대가 되었다. 또한 사회주의 사상을 지닌 毓文의「최근 소비에트 문단의 전망」,[38] 芥舟의「권두언—사회 개조와 문학청년」,[39] 一吼의「문학을 자극하는 연구」,[40]「민중을 팔아넘기다」[41] 등 강력하게 사회개혁을 주장하는 문장들을 게재하였다. 따라서 비록 프로문학가 賴明弘과 편집부 사이에 계급 문제 상의 의견 대립이 있었고,[42] 자본주의 계급의 오락물 혹은 무봉파(霧峰派)의

36) 黃郇城,「談談南音」,『台北文物』3卷2期, 1954.8.
37) 起(葉榮鐘),「發刊詞」,『南音』創刊號, 1932.1.1.
38)「最近蘇維埃文壇的展望」,『南音』1卷5期, 1932.3.14, 16~21면.
39)「卷頭言—社會改造與文學青年」,『南音』1卷11期, 1932.7.25, 2면.
40)「刺激文學的硏究」,『南音』1卷11期, 1932.7.25, 1~5면.
41)「拍賣民衆」,『南音』1卷6期, 1932.4.2, 21~24면.
42) 天南,「合弘仔說幾句閑話」, 1卷5期, 1932.3.14, 21~22면과「宣告明弘君之認識不足」, 1卷6期, 1932.4.2, 24~25면을 통해『남음』내부의 의견 대립상황을 알 수 있다.

졸개들이란 비판을 받기도 했지만[43] 일본 경찰의 발행금지 처분을 받고 정간될 때까지 『남음』은 줄곧 진보적, 비판적 관점을 지닌 작가의 작품 및 평론들을 게재하였다.[44] 창작의 측면에서도 賴和의 「귀가(歸家)」, 「일을 저지르다(惹事)」, 周定山의 「노성당(老成黨)」, 赤子의 「구두닦이(擦鞋匠)」 등 풍부한 비판성과 현실성을 지닌 소설들을 게재하여 일정하게 좌익 경향성을 드러내었다.

대만에 비해 총독부의 감시가 느슨했던 동경 유학생들 역시 이 시기에 집단적인 움직임이 있었다. 林兌(1906-?), 吳坤煌(1909-1989), 王白淵(1902-1965), 葉秋木(1908-1947) 등 좌익 청년들은 대만프롤레타리아문화연맹 조직을 계획하였다. 그러나 대만인들이 동경에서 일본 공산당 계열의 조직이나 기타 특수 조직을 설립하는 것은 모두 코민테른의 지도 원칙에 위배되는 것이었다. 따라서 그들은 이후 조직을 대만으로 옮긴 뒤 연맹을 재결성하기로 하고 일단 일본프롤레타리아연맹(KOPF)의 지도하에 임시적인 조직을 결성했다. 1932년 2월, '문화를 골간으로 하여 민중에게 민족혁명을 이해하게 한다'[45]는 취지를 내걸고 KOPF 소속의 문화 단체인 대만인문화권(臺灣人文化圈)을 설립해 『시보(時報)』 70부를 발행하였다. 하지만 얼마 지나지 않아 맹원인 葉秋木이 반제국주의 시위에 참가하여 체포당한 뒤 조직 결성 사실이 폭로되어 와해되었다.

그러자 이듬 해 蘇維熊(1908-1968), 施學習(1903-1995), 王白淵, 劉捷(1911-

43) 黃邨城, 앞의 글.

44) 『남음』의 반프로문학의 성격과 프로문학 성격의 공존과 내부 대립의 상황과 관련해서, 施淑는 프로문학운동 중의 민족주의와 프롤레타리아의식 사이의 모순 문제와 관련된다고 했다. 施淑, 「書齋, 城市與鄉村」, 『兩岸文學論集』, 新地, 1997, 50~83면 참고.

45) 施學習, 「臺灣藝術研究會成立與福爾摩沙創刊」, 『新文學雜誌叢刊2』, 65~71면.

2004), 吳坤煌, 巫永福(1913-2008), 張文環(1909-1978) 등이 동경에서 합법적인 문예단체인 대만예술연구회(臺灣藝術硏究會)를 조직하였다. 이 단체는 목표를 "편협한 정치와 경제의 구속에 절대 복종하지 않고 문제를 높고 심원한 곳에서부터 관찰하여 대만인의 문화에 적합한 새로운 생활을 창조 한다"[46]로 정하고 선동성이 강렬한 문구를 되도록 억제하였으며 합법성 여부를 신중하게 고려했다.[47] 비록 3호에 그쳤지만 기관지『フォルモサ(폴모사)』는 대만에서 진행된 향토문학논쟁에 대해 지극한 관심을 보였다.[48]『폴모사』의 출현은 신세대 일본 유학생들이 문학운동에 참여하기 시작한 하나의 이정표이다. 그들은『남음』에 대해서,『남음』이 비록 프로문학을 강조하고 있기는 하지만 여전히 귀족문학의 성분이 남아있다고 비판을 제기했다. 이들은 '대만인의 문예를 다시 창작한다'는 기치를 내세우고 좌익 문인들의 대만문예작가협회 결성과『대만문학』의 출현을 상당히 긍정적으로 평가하였다.[49] 그들이 제기한 '신생활'과 '신문예'의 주장은『남음』에 드러난 프로의식과 비교해 볼 때 더욱 구체적이었음을 알 수 있다.

잡지 발기인 중의 한 사람인 吳坤煌은 장편 논문「대만 향토문학을 논함」[50]에서 상당히 심도 있는 의견을 제기했다. 우선 그는 그 당시의 향토문학 논자들의 향토에 대한 개념이 회고, 낭만과 같은 막연한 정

46) 施學習, 앞의 글.
47) 당사자 중의 한 명인 巫永福는 당시 좌익과 중간노선을 채택하는 것 사이에서 논쟁이 있었지만 성원 대다수가 학생이어서 극단을 피해 중간노선을 채택했다고 회고하였다.「臺灣文學的回顧與前膽」,『風雨中的長靑樹』, 中央書局, 1986.
48) 예컨대 다음 문장들이 그러하다. 蘇維熊,「臺灣歌謠に對する一試論」,『フオルモサ』創刊號, 1933.7.15, 2~15년; 吳坤煌,「臺灣の鄕土文學わ論す」, 2號, 1933.12.30, 8~19면; 劉捷,「一九三三年の臺灣文學界」2號, 1933.12.30, 31~34면.
49) 楊行東,「臺灣文藝界への待望」,『フオルモサ』創刊號, 1933.7.15.
50) 吳坤煌,「臺灣の鄕土文學わ論す」,『フオルモサ』2號, 1933.12.30, 8~19면.

서로 점철되어 있어 대만의 현실에 맞지 않으며 그들의 주장에 일정 한 방향성이 없어 물거품처럼 금시에 사라질 수 있다고 지적했다. 또한 이른바 향토문학이 사실상 부르주아적 관점을 거쳐 취사선택한 봉건시대의 문학적 유물이며, 그것의 내용은 현실과 유리돼 있고 형식상의 민족적 특색은 프롤레타리아를 지배하려는 마취약일 뿐이라고 지적하였다. 그리고 자본주의가 이미 제국주의로 발전된 단계에서는 농후한 봉건적 사상과 내용을 가진 향토문학이 무산자를 지배하는 가장 강력한 문화적 무기가 된다고 판단했다.

이러한 관점에 따라 그는 당시의 조건 하에서 만약 대만 향토문학을 제창하려면 반드시 '민족적 동향, 지방적 색채'라는 이 두 가지 핵심적 요소를 고려해야 한다고 단호하게 지적하였다. 그가 제기한 이러한 논점으로 보아 철저한 프로문학의 입장에 서서 대만의 향토문학을 사고하고 있었음을 알 수 있다. 吳坤煌이 제기한 개념과 의견은 이전 시기 『대만전선』과 대만문예작가협회의 이념과 사실상 일맥상통하는 것이다. 그가 참여한 『폴모사』는 국제 사회주의의 노선의 입장에서 식민지 대만의 프로문예 창작문제를 해결하려 했음을 알 수 있다. 비록 다른 문인들의 열렬한 반응을 얻지 못했고, 또 좌익문학 창작의 근본 문제에 대한 구체적인 해결방안도 제시하지 못했지만, 그가 제기한 사고의 방향과 범위는 일제강점기 대만 좌익문학의 토론이 국제주의와 민족주의를 동시에 고려한 시대와 현실 정합성을 갖춘 것이었다.

동경 유학생들이 대만예술연구회를 결성하고 기관지 『폴모사』를 발행하자 『남음』 이후 활기를 잃었던 대만문단에 커다란 자극이 되었다. 1933년 10월, 臺北의 문인들은 대만문예협회(臺灣文藝協會)를 성립시키고 조직적인 문학운동을 진행하고자 했다. 이 협회는 郭秋生(1904-1980)

과 廖漢臣이 발기하였고, 黃得時(1909-1999), 王詩琅, 朱點人, 蔡德音, 徐瓊二, 陳君玉(1906-1963), 林克夫(1907-?), 吳逸生(1889-1959), 黃靑萍 등이 주요 성원으로 참여했다. 총독부의 감시와 압박을 피하기 위해 자유주의를 협회의 기본정신으로 표방했지만 대부분의 성원들이 강렬한 프로경향을 지니고 있었으며 이로 인해 1934년에 발행된 기관지 『선발부대(先發部隊)』는 총독부의 감시대상이 되었고 2호부터 부득이 『제일선(第一線)』으로 이름을 바꾸었지만 더 이상 발간되지 못했다. 『선발부대』는 이전의 문학운동이 개혁 측면에서 적극성과 노력이 부족했음을 반성하고 선명한 목적의식을 구비한 프로문화 및 문학운동을 제창하였다.

> 분산에서 집약으로, 자연 발생기적 행동에서 본격적인 건설로의 일보 전진은 필연적인 자연 진화의 과정이며 동시에 난관에 부딪친 대만 신문학이 우리에게 가르쳐준 전향적 계시(啓示)이다. 우리는 이와 같은 행동만이 새롭고 획기적인 발전의 도래와 대만 신문학 운동의 실제화를 가능케 한다고 생각한다.[51]

위의 「선언」에서 신문학의 내용이 가리키는 것이 무엇인지 구체적인 설명은 없지만 자연발생기의 분산을 언급하고 집약적이고 정식적인 문학운동을 구비해야 한다고 주장하고 있는 것으로 보아 목적성의 문학운동이 가리키는 것이 무산문예임을 짐작할 수 있다.[52] 郭秋生의

51) 「宣言」, 『先發部隊』 創刊號, 1934.7.15.

52) 施淑은 「선언」 중의 자연 발생기의 행동, 복석의식, 문학운동의 실제화, 내재관념과 표현형식 간의 관계, 정확한 인식 등의 용어를 들어, 그것이 일본 프로문예 이론가 靑野季吉의 논문 「自然生長與目的意識」의 영향을 받았다고 했다. 施淑, 앞의 글, 50~83면 참고.

「권두언」은 이 협회와 『선발부대』가 지향한 문학운동의 방향을 비교적 명확하게 보여주는데, 이 글은 『오인보』 등 1930년대초 프로잡지의 정신을 계승하고 『남음』, 『효종(曉鐘)』보다 더욱 적극적인 문학운동을 전개할 것을 주장하였다.[53] 다시 말해 郭秋生이 제기한 것은 목적성을 지닌 프로문학운동이며 그가 강조한 전환기란 1930년대의 사회적 상황을 진정으로 반영할 수 있는 사회적 리얼리즘 문학의 진일보한 발전을 의미한다. 『선발부대』의 이러한 각성과 노력의 제창은 1931년 6월 좌익정치운동의 완전한 궤멸 때문이라 할 수 있으며 그 역량을 문학운동을 통해 분출하고자 한 시도에서 비롯된 것이다.

『선발부대』는 '대만 신문학의 출구 탐구' 특집을 기획하고 목적의식과 문학 예술성을 겸비한 문예의 길을 동시에 찾을 것을 제기하였다. 예를 들어 「권두언」에서 볼 수 있듯이 郭秋生은 대만 신문학의 방향 전환을 줄곧 강조하였다. 그는 신문학운동이 시작된 이후 지금까지의 소설은 모두 불행한 현실의 실제 면모를 묘사하는 데만 치중했다고 하면서 앞으로는 반드시 '행동의 본격화 · 건설화'를 지향해야 한다고 주장하였다. 그는 일본 작가 기타무라 가쯔오(北村壽夫)의 『우아한 비구니(縹緻的尼姑)』를 예로 들며 이 소설이 간절히 이야기하는 것이 바로 자신이 주장하는 것이라고 했다. "그러므로 우리가 보아야 할 것은 열렬한 생명력을 가지고 냉혹하고 나쁜 환경을 극복하여 인생의 개선가를 부르는 새로운 인물의 출현이다."[54] 郭秋生이 프로문학의 방향을 능동적으로 문제를 제기하고 실천할 수 있는 새로운 인물의[55] 창

53) 「臺灣新文學的出路」, 『先發部隊』, 1934.7.15.

54) 郭秋生, 「解消發生期的觀念/行動的本格化建設化」, 『先發部隊』, 18~29면.

55) 여기서의 소위 '새로운 인물'은 사회주의 소비에트 소설에 나오는 민중 혁명가와 같은 전위적 인물, 다시 말해 루카치가 말하는 '완결된 인물'로 해석할 수 있다. 그는 비판

조로 확정지음으로써 현실 변혁의 내용을 보다 적극적으로 묘사하려 했음을 알 수 있다.

이밖에 周定山(1898-1975)은 과거의 소설을 계급소설, 연애소설과 정치소설로 나누고 이에 대한 자신의 견해를 제시했다. 그 중에서 계급소설은 보편적으로 작가의 충분한 체험이 결핍됐기 때문에 내용의 형상화가 철저하지 못하다고 하면서 농촌 및 농민의 문제에 주의를 기울이자고 제의했다. 또한 과거의 계급소설이 농민 문제를 소홀히 했다고 반성하면서 빈농 문제를 무궁한 보물이 숨겨져 있는 옥토로 비유하고 이를 잘 개간해야 한다고 주장했다.[56] 농민이 전체 인구의 80% 이상을 차지한 식민지 대만에서 농민과 농촌의 문제는 대만의 현실을 가장 잘 표현해낼 수 있는 제재이기 때문에, 비록 프로문예의 발전에서 보면 좀 늦은 감이 없지는 않지만 그래도 이 시기에 핵심적인 문제에 주목했음을 알 수 있다.

楊守愚(1905-1959) 역시 과거의 소설이 남녀 문제의 탐구에만 집중되었던 잘못된 현상을 비판하고 농민소설의 대량 창작을 기대하였다.[57] 이밖에 이 특집을 통해 黃石輝(1900-1945), 賴慶(1903-1970)은 문예 대중화의 실천 방안을 제기하였고[58] 朱點人은 글을 쓰는 데 있어 창작 방법과 내면묘사를 중시하였으며[59] 吳逸生은 문학의 시대성을 강조하였다.[60] 『선발부대』 특집에 발표된 이러한 문장들을 살펴보면, 대만문예

적 리얼리즘 소설 속의 '문제적 개인'이 아니라 사회주의 리얼리즘 소설 속의 '긍정적인 인물'이다.

56) 「還是烏煙瘴氣蒙蔽當待此後」, 『先發部隊』, 4면.

57) 「小說有點可觀, 閑卻了戲曲, 宜多促進發表機關」, 『先發部隊』, 8면.

58) 黃石輝, 「沒有批評的必要, 先給大衆識字」; 賴慶, 「文藝的大衆化, 怎樣保障文藝家的生活」, 『先發部隊』 1~2, 5~7면.

59) 「偏於外面的描寫, 應注意的要點」, 8~11면.

협회는 본격적인 계급문예운동을 지향하는 동시에 문학의 예술성에 대해서도 주의를 기울였음을 알 수 있다. 그들은 전위적 인물의 중요성을 인식하기 시작하였고, 이 인물을 통해 작품 속에서 현실을 비판하고 현실을 변혁할 수 있는 방법을 모색해야 한다고 주장하였다. 이는 사회주의 리얼리즘의 서사 수법중 하나로 소설 속에 개혁을 담당하는 인물을 설정하고 그의 활동을 통해 현실 변혁의 목적에 이르는 자는 것이다.

이어 『제일선』은 郭秋生의 「왕도향(王都鄉)」, 王錦江(王詩琅)의 「비 오는 밤(雨夜)」 등 사회주의 색채가 농후한 소설들을 게재하였고 「소련 예술의 조망(蘇聯藝術的眺望)」[61] 등 신사실주의적 묘사 방법을 주장하는 평론을 수록하였다.[62] 그밖에 『제일선』에 게재된 「대만 민간고사 특집(臺灣民間故事特輯)」은 대만화문운동이 가져온 중요한 성과인데, 이 특집은 민족 고유의 문화유산에 대한 흥미를 제고시켰을 뿐만 아니라 문예 대중화의 실천 방안으로 향토문학의 방향을 모색한 것이다.

일본 東京의 대만예술연구회와 臺北의 대만문예협회는 오랫동안 지속되지는 못했지만 이 단체들의 활동은 전국적 문예조직의 결성을 촉진시켰다. 1934년 5월, 대만문예연맹(臺灣文藝聯盟)이 臺中에서 조직되어 전체 대만 문인들이 함께 참여하는 통일된 문학운동의 문을 열었다. 설립 당시 좌우문인들의 의견차이로 인해 일시적인 혼란에 직면하기도 했다. 예를 들어 대만문예협회의 성원 王詩琅과 郭秋生 등은 "문예를 이야기하려면 자신의 터전을 꿋꿋이 지키지 않으면 안 되며, 통일된 입장을 가져야 한다는 말은 이치에 조금도 맞지 않다"[63]라고 하면

60) 「文學的時代性」, 33~34면.
61) 安田保 譯, 「ソビエット藝術の眺望」, 『第一線』, 1935.1.6, 59~65면.
62) HT生, 「傳說的取材及其描寫的諸問題」, 『第一線』, 36~39면.

서 대만 전체의 통일된 문예연맹의 결성식 참가를 거부하였다. 彰化 지역의 회원들 역시 고의로 지각하는 방식으로[64] 연맹 성립을 보이콧 했다. 하지만 팔십여 명의 문인들이 전국 각지로부터 참가하여 대회는 순조롭게 열렸고 각지에 지부를 설립하고 기관지 월간 『대만문예(臺灣文藝)』의 발행을 결의하였다.

전국적 문예연맹이 성립된 뒤, 동경의 대만예술연구회는 동경지부로 흡수 병합되었다. 대만문예협회 또한 회원의 자유로운 가입을 허락했으며 따라서 연맹은 좌우익 문인들을 망라하는 전국적인 문예조직이 되었고 조직적이고 계획적인 문학운동을 전개하기 시작했다. 그렇지만 서로 다른 이데올로기를 지닌 문인들의 총연합은 곧이어 입장 차이를 노정했다. 특히 『대만문예』가 동경지부 회원들의 일본어 작품의 게재 비율을 높이면서 잡지의 주요 경향이 민족성에서 순문예성으로 바뀌어갔다.[65]

비록 범민족적 문학운동의 필요성이 대만문예연맹의 탄생을 촉진시켰지만 초기에 張深切(1904-1965)와 賴明弘 두 사람이 견지한 공통 입장, 즉 문학운동을 통해 쇠퇴해 가는 사회운동을 대체하자는[66] 주장은 점차 작품과 평론 혹은 문예이론 등의 게재와 투고된 작품의 심사, 편집 과정에서 의견 차이를 드러내었다. 이로 인해 식민지 검열에 대항하면서 대만 문화인의 대단결을 이루어 내자는 최초의 바람은 끝까지

63) 林瑞明, 앞의 글, 2~34면에서 재인용.

64) 張深切, 『里程碑』, 聖工出版社, 1961, 478면.

65) 張深切는 앞의 책 490면에서 "대만문예연맹의 편집 방침은 실제 상황에 따라 변화할 수밖에 없었는데 민족성에서 정치성을 향해, 다시 정치성에서 순문예성을 향해 방향 전환했으며 창립 당시의 취지는 점차 유지하기 어렵게 되었다"라고 말했다.

66) 대만문예연맹을 주도한 張深切와 賴明弘은 회고문장에서 이 조직이 이민족의 지배에 반대하는 정치운동 성격을 지녔음을 공통적으로 지적하였다. 林瑞明, 앞의 글 참고.

관철할 수가 없게 되었고, 『대만문예』는 뒤로 갈수록 일본어의 비중이 증가하고 내용면에서도 정치성이 감소하는 방향으로 편향되었으며 동시에 서로 다른 주장이 어지러이 난무하는 국면에 직면했다.

이러한 상황의 지속은 필연적으로 분열을 초래하였다. 농민조합 간부를 지냈으며 농후한 사회주의사상을 지니고 문학의 정치적 기능을 주장했던 楊逵(1906-1985)는 문예연맹의 문학운동을 통해서는 좌익 정치성의 목표를 관철할 수 없다고 여겼다. 그리고 우익 인사 張星建(1905-1949)과의 사이에 편집권 문제로 충돌이 일어나 문예연맹 내부 분열이 지속되었다. 楊逵가 『대만문예』에서 나오기 전 일본의 『문학평론(文學評論)』지에 발표한 다음 문장에서 당시 그의 입장을 읽을 수 있다.

> 사상적 측면에서 본다면 지금의 대만 문학운동에서 가장 중시되는 문제는 진보문학 간의 제휴이다. 그러나 지도부의 이완적인 업무 처리 때문에 다른 단체와 가까이 다가갈 기회를 상실하고 있으니 이는 매우 안타까운 일이다. 현재 약진(躍進) 중에 있는 대만 문학운동은 반드시 진보적 경향을 포용해서 단결해야 한다.[67]

여기서 그의 불만이 진보적 경향을 지닌 문학과의 단결을 이룰 수 없음에서 비롯됐음을 알 수 있다. 결과적으로 楊逵는 그의 부인 葉陶(1905-1970)와 대만신문학사(臺灣新文學社)를 따로 차려 나왔다. 대만신문학사는 賴和, 楊守愚, 吳新榮(1907-1967), 郭水潭(1908-1995), 王登山(1913-1982), 賴明弘, 賴慶 및 다카하시 마사오(高橋正雄), 다나카 야스오(田中保

67) 「臺灣文壇の近情」, 『文學評論』 2卷12號, 1935.11.1.

男) 등을 주요 성원으로 하여 1935년 말 중국어와 일본어 병용의 『대만신문학(臺灣新文學)』을 발행하였다. 『대만신문학』은 창간호부터 일본과 조선의 좌익작가 도쿠나가 스나오(德永直), 하야마 요시키(葉山嘉樹), 이시카와 다쓰조(石川達三), 후지모리 세이키치(藤三成吉), 장혁주(張赫宙) 등의 축전과 성원의 글,[68] 「고리키 특집(高爾基特輯)」[69]을 게재하는 등 농후한 사회주의 경향을 지닌 채 출발했다. 楊逵가 말한 '진보문학'의 실체가 바로 사회주의의 기조 아래 적극적으로 대만 현실을 파악하는 좌익문학이었음을 확인할 수 있다.

그러나 사실상 『대만신문학』은 총독부의 감시를 피하기 위해 창간호에서 "본 잡지는 어떠한 단체의 기관지에도 속하지 않으며 전체 대만 문예 동호인들의 공통 무대이다. 누구라도 무대에 올라 공연할 수 있는 권리가 있으며 동시에 누구도 이를 지지할 임무가 있는 것이다"[70]라는 주지(主旨)로 출발하였다. 그러나 동인들 모두 자신들이 '현실을 제고하는 진보문학'[71]의 지향을 가지고 있다고 여겼다. 대만문예연맹의 기관지 『대만문예』와 비교하면 그 차이가 분명히 드러나는데, 『대만신문학』은 확실하고 분명한 리얼리즘적 경향을 보여주었으며 楊逵가 주장한바 빈곤한 일반 민중과 연합해 현실의 모습을 있는 그대로 그리려는 입장을 분명히 하였다. 따라서 일본 좌익 작가들과 긴밀한 연대 관계를 유지했을 뿐만 아니라 일본 나카사(那卡社)의 『문학평론』, 문학안내사의 『문학안내(文學案內)』 및 『시국신문(時局新聞)』, 『실록문학(實

68) 「臺灣新文學に所望すること」, 『臺灣新文學』 創刊號, 1935.12.28, 29~41면.

69) 「ゴ——リキイ特輯」, 『臺灣新文學』 1卷8號, 1936.9.19, 22~35면.

70) 「啓事」, 『臺灣新文學』 創刊號, 1935.12.28, 99면.

71) 吳兆行(新榮), 郭水潭, 「臺灣新文學社に對する希望」, 『臺灣新文學』 創刊號, 1935.12.28, 65~66면.

錄文學)』, 『노동잡지(勞動雜誌)』 등 좌익잡지의 대만 지부의 역할도 담당했다.[72)]

楊逵가 주장한 바와 같이 기타 진보 문학 진영과의 제휴를 이룬 것이며 1931년에 결성되자마자 와해된 대만문예작가협회를 이어 일본 좌익작가와의 연합을 통해 좌익문학운동을 재개한 것으로 볼 수 있다. 이러한 사실을 통해 대만의 좌익문학 진영이 줄곧 국제 사회주의 문예의 진전에 관심을 가지고 있었으며 일본 좌익문학 단체와 긴밀한 관계를 유지했음을 알 수 있다. 이후 『대만신문학』은 이러한 프롤레타리아 문예잡지 성격 때문에 여러 차례에 걸쳐 내용이 삭제되거나 판매금지 처분을 당했고 1937년 4월 대만총독부가 모든 잡지와 신문의 한문란(漢文欄) 폐지를 선포할 때까지 모두 15호를 발행했다.

지금까지 『남음』에서 『대만신문학』에 이르기까지 1930년대 좌익문학운동의 발전 경과를 개략적으로 정리해 보았다. 앞에서 언급한 것처럼 이 시기의 좌익문학운동은 총독부의 감시 등 객관적 조건으로 인해 우익과 연합해 발전을 모색할 수밖에 없었다. 따라서 『남음』, 『대만문예』, 『대만신문학』 등 간행물에는 좌우세력이 대립한 현상이 상당히 뚜렷하게 나타나 있다. 이 뿐만 아니라 좌익문학 진영 내부에서도 '정확한 이론' 및 그 응용을 둘러싸고 대립이 있었다.[73)] 예컨대 王

72) 楊逵 역시 이러한 잡지들에 대만문학의 발전개황과 관련된 많은 글을 게재하였다. 예컨대 「臺灣の文學運動」, 『文學案內』 1卷4號, 1935.10.1; 「臺灣文壇の近情」, 『文學評論』 2卷12號, 1935.11.1; 「臺灣文學運動の現況」, 『文學案內』 1卷5號, 1935.11.1; 「臺灣文壇の明日を擔ふ人」(臺灣文壇的明日旗手), 『文學案內』 2卷6號, 1936.6.1 등이 그것이다.

73) 林克夫는 「詩歌的重要性及其批評」(『臺灣新文學』 1卷7號, 1936.8, 85~86면)에서 1935년 문예연맹 대회 때 楊逵와 劉捷 사이에 종파성 문제로 인해 격렬한 토론이 일어났다고 말했다. 玄影은 「沈默」(『臺灣新文學』 創刊號, 90~91면)에서 劉捷을 대만의 구라하라 고레히토, 도쿠나가 스나오, 魯迅 운운하며 풍자했는데 이런 기록들을 통해 종파적 분쟁이 있었음을 알 수 있다.

詩琅은 당시의 좌익이론 진영에 대해 "공식적인 이론을 어떤 곳이나 적용할 수 있는 것이 아니다"라는 비판을 제기했다. 다른 곳에서 베껴온 추상적 이론은 무슨 쓸모가 없다고 생각한 것이다. 그는 프로문학의 국제성뿐 아니라 대만 지역의 특수성 또한 중시해야 한다고 주장했다.[74)]

이와 비교해 볼 때 '대만의 구라하라 고레히토'이자 '공식주의자'라는 칭호를 얻고 있던 劉捷는 세계적인 차원의 공산주의문예 발전 추세를 더 중시했다. 그는 일본의 이론과 관념을 수용했을 뿐만 아니라 소련 혁명 이전의 러시아 사회민주주의자 벨린스키(Belinsky), 소련의 문예이론가 루나찰스키(Lunacharskij), 사회주의 리얼리즘을 수립한 고리키(Maxim Gorky)까지를 모두 대만에 소개하였다.[75)] 그의 글은 부르주아 유미주의, 예술지상주의 비판에 국한됐지만 이데올로기와 세계관, 자연 발생과 목적의식 등의 문제에서 단순한 구호에서 벗어나 이론적 근거를 제시하는 등 대만 좌익문학 이론 중 비교적 깊이를 갖춘 문장으로 평가된다.[76)]

이 시기의 좌익문학운동은 1930년대 초기의 프로문학 정신을 계승했고 식민지 대만의 현실을 명확히 인식하였으며 주로 문예조직의 결사(結社)를 통해 목적의식을 강력하게 드러냈다. 일제 통치 하의 이른바 프롤레타리아는 곧 노동자·농민 등 절대 다수의 대만인이었기 때문에 그들이 주장한 프로문학은 민중 연대성을 확보하였고 강렬한 목적 지향성을 지녔으며 식민지 현실의 곤경 및 현실 변혁을 우선적인

74) 王錦江(王詩琅), 「一個試評」, 『臺灣新文學』 1卷5號, 1936.5.4, 94~96면.

75) 郭天留(劉捷), 「創作方法に對する斷想」, 『臺灣文藝』 2卷2號, 1935.2.1, 19~20면; 「臺灣文學に關する覺え書」, 『臺灣文藝』 2卷5號, 1935.5.5, 44~49면.

76) 施淑, 「書齋, 城市與鄉村-日據時代的左翼文學運動及小說中的左翼分子」, 앞의 책, 71면.

방향으로 설정했음을 알 수 있다.

5. 결어

이상의 정리를 통해 대만의 좌익문학운동은 1920년대 신문학운동 초기부터 시작되었으며 프롤레타리아민중운동의 성장에 따라 프로문학운동으로 발전해 갔음을 알 수 있었다. 그리고 1930년대초 일본의 극심한 탄압으로 좌익 정치, 사회운동이 와해된 후 운동가들이 문예운동으로 집결했으며 동시에 총독부의 언론에 대한 감시를 피하기 위해 좌우합작의 문예운동을 추진했다. 이 과정에서 좌익 문단은 구체적 이론으로 '문예 대중화' 방안을 제기하며 진정한 무산대중을 위한 문예가 짊어져야 하는 시대적 사명을 깊이 있게 사고하기 시작했다.

문예 대중화가 강조한 것은 수많은 군중과 함께 느끼고 무산대중과 함께 호흡하며 작가가 고통 받는 군중을 대상으로 그들을 대변하는 문예활동을 할 것을 호소하는 것이었다. 이러한 주장은 대만 신문학의 역사에서 매우 중요했던 언어 문제와도 관련되어 향토문학논쟁과 대만화문논쟁을 일으키기도 했다. 그중 향토문학논쟁은 주로 내용에서 대만 무산대중의 현실과 처지를 문학화하자는 논의였으며, 대만화문논쟁은 무산대중에게 문예를 보급하기 위해서 대만화문과 중국 백화문 중 어느 것이 더 효과적인지에 대한 논의였다. 논쟁의 초점은 주로 대만화문의 사용 여부와 대만화문의 실용성 여부에 집중되었고 문학의 내용을 무산대중 현실에 두자는 점에서는 대체적으로 의견이 일치했다. 즉 논쟁에 참가한 좌익 문인들은 거의 똑같이 프롤레타리아문예

입장에서 무산대중이 진정으로 이해하고 감상할 수 있는 문예의 내용과 형식을 사고한 것이다. 민중을 문예의 주체로 설정하는 이러한 관점은 사회주의 문예 이론인 예술대중화론, 즉 예술은 민중에 속하고, 민중은 예술 창조 및 향유의 주체이며, 동시에 예술 또한 민중의 이해관계를 반영하고 민중에게 봉사한다는 데서 나온 것이다. 무산대중이 곧 전체 대만 인민을 대표하던 당시의 현실적 상황에서 좌익문학운동의 발전과 그것이 제기한 문학이론은 정확한 역사인식과 현실인식을 구비했다 할 수 있겠다. 그리고 문학의 민중 연대성 및 민족해방의 추구라는 시대적 사명에 부응했다는 점에서 의의를 찾을 수 있다.

이처럼 1920년대부터 전통적이고 인습적인 구문학과의 투쟁으로부터 출발한 대만 신문학은 식민지 자본주의로 대표되는 당시 상황에서 대다수 대만인들의 현실과 민족의 처지를 좌익 사회주의를 통해 비판적으로 사고하는 길을 찾았으며, 문학이념과 방법론에서 무산대중을 중심으로 하는 반제·반봉건 및 리얼리즘을 채택하여 대만 근대문학의 길을 개척했다.

식민지 자치론과 대만 지식인 葉榮鐘의 조선행

1. 머리말

대만과 한국은 1945년 2차 대전이 종결될 때까지 동일하게 일본의 식민지 처지에서 현대를 경험했다. 식민지로의 편입방식과 피지배 기간에는 차이가 있지만 후발자본주의 국가로 출발한 일본이 대만과 조선을 식민지화하면서 제국주의 국가로 성장해갔기 때문에 식민통치과정에서 강한 폭력성을 드러내었으며, 식민지배 이데올로기와 방식에서 동일하게 동화주의를 채택함으로써 양국의 대응 역시 상당히 유사한 방식으로 전개되었다.

흔히 제국주의와 식민지의 관계를 파악하는 데 있어서 식민지민의 저항과 협력의 양상 및 그 성격을 이해하는 것이 필요하다고 한다. 이는 여러 측면에서 고찰 가능한데 식민지배 기간 동안 꾸준히 지속되어온 정치운동도 그 중 하나라고 하겠다. 일반적으로 식민지 정치운동은 두 가지 형태로 나눌 수 있다. 하나는 제국주의 식민지배와 그로 인해 형성된 국가체제 및 사회구조 자체를 근본적으로 부정하고 그에 맞서 새로운 근대국가와 사회구조를 형성하려는 방식, 즉 정치투쟁으로서의 민족해방운동이고, 다른 하나는 식민지배로 인해 형성된 국가체제 및 사회구조 자체를 당장 부정하지는 않고 그 현실을 인정하는 가운데 어떤 식으로건 참여의 형태를 띠는 경우이다.[1] 비타협적인 민족해방운동으로 평가되는 사회주의, 공산주의 운동은 전자에 속할 것이고, 본문에서 고찰하게 될 자치론을 포함한 우익계열의 민족주의운동은 후자에 속한다고 할 수 있다. 같은 일본의 통치라고 하더라도 대만과 한국의 민족운동 상황, 즉 그 범위와 방법, 주체가 누구인지에 따라 달라지므로 이 두 형태를 단순하게 저항과 협력으로 양분할 수는 없으며 여러 복잡한 상황을 충분히 고려해야 그 성격과 각 지역 정치운동에서 차지하는 위치와 의의를 파악할 수 있을 것이다.

식민지 정치운동 중 자치론 혹은 자치운동을 고찰하고자 하는 이유는 일본의 대만과 한국에 대한 식민정책과 이에 대한 대응을 비교 고찰할 수 있는 자료이며, 실제로 대만의 지방자치운동에서 조선이 계속 비교의 대상으로 호명되었기 때문이다. 1930년대 葉榮鐘(1900-1978)의 조선행(朝鮮行)은 바로 이런 상황에서 이루어졌다. 그의 조선행은 또한 식민지내 지식인의 교류나 왕래, 일본제국주의에 대한 공통의 대응 등 대만과 한국의 관계사라는 측면에서도 고찰이 가능하다. 따라서 본문은 일제시기 양국에서 제기된 자치주의 운동 자체에 대한 집중적인 비교, 분석보다는 葉榮鐘의 조선행과 그가 고찰한 조선의 상황을 하나의 예로 하여 양국 자치론의 전개양상과 그의 조선 인식을 살펴보는데 목적을 둔다.

1) 변은진, 「식민지인의 '정치참여'가 갖는 이중성」, 변은진 외, 『제국주의시기 식민지인의 '정치참여'비교』, 선인, 2009, 21면.

2. 식민지 대만과 조선의 (지방)자치론

식민지시기 대만의 정치운동 중 규모나 내용으로 보아 대표적인 것으로 대만의회설치청원운동(臺灣議會設置請願運動), 대만민중당(臺灣民衆黨)의 정치활동, 대만지방자치연맹(臺灣地方自治聯盟)의 지방제도 개혁 촉진 운동을 들 수 있다.[2] 이들 정치운동의 시작은 악법으로 유명했던 육삼법철폐운동(六三法撤廢運動)에서 비롯되었는데, 소위 육삼법은 1896년 제정된 법률63호 「대만에 시행되는 법령에 관한 법률」로 핵심내용은 '대만의 법률에 대한 사항은 원칙적으로 총독의 명령으로 규정한다'는 것으로, 다시 말하면 대만총독은 일본의 헌법의회를 거치지 않고 자유로 명령을 반포하여 대만인민의 권리와 의무를 지정 혹은 박탈할 수 있다는 것이다.[3] 육삼법은 입법의 성격으로 보면 대만의 지방 특수성을 승인한 특별입법주의를 채택한 것이고, 구체적인 율령의 내용으로 보면 일관되게 엄형과 준벌, 위협과 보복의 수단을 채용하고 있으며, 행정과 법제방면에서 보면 강력하고 절대적인 행정 권력에 기초한 고압적인 통치 질서 건립으로 제국의 세력을 확장하고 공고히 하는 것을 목표로 삼고 있는 것이다. 한 마디로 육삼법은 일본이 대만에서 실시한 전제통치(專制統治)의 근거로 작용했다.[4] 특히 그중의 비도형벌령(匪徒刑罰令), 아편단속령(鴉片吸食取締令), 부랑자단속령(浮浪者取締令), 보갑연

---

2) 대만의 첫 정치결사는 1923년 성립한 新臺灣聯盟이고 1927년 이후 臺灣同盟會, 臺政革新會, 臺灣民黨 등 조직이 출현하여 민족주의 지식인들에 의한 정치체제의 개혁주장이 지속적으로 이어졌다. 물론 이밖에도 1928년 상해에서 성립되어 지하에서 新文協과 農民組合을 대리하여 정치운동을 진행한 臺灣共産黨도 있다.

3) 黃靜嘉, 「日據下臺灣殖民地法制與殖民統治」, 『臺灣文獻』 10卷1期, 臺灣省文獻委員會, 1959. 3.27, 84~85면.

4) 吳三連, 蔡培火 등, 『臺灣民族運動史』, 自立報社, 1993, 53면.

좌법(保甲連坐法) 등의 내용은 대만인의 기본권을 임의로 박탈할 수 있는 근거로 철폐운동이 일어나게 된 주요 원인이기도 했다. 육삼법철폐운동은 1920년 일본에서 유학하던 학생들이 제창하였는데 이들은 특별 입법제를 폐지하고 대만을 일본의 법제시스템에 귀속시켜 대만인도 일본국민과 동일하게 일본헌법의 통치를 받게 하자는 주장을 펼쳤다.

그러나 이후 林呈祿(1886-1968) 등에 의해 육삼법이 비록 대만총독부의 전제통치로 일본헌법의 정신에 맞지 않기는 하나 그 존재 자체는 대만의 특수성을 인정하는 것이므로 이러한 정신에 기초하여 1920년 말부터 대만의회의 설치를 요구하는 대만의회설치청원운동이 시작되었다.[5] 이 운동의 이론적 기초는 우선 일본이 입헌 법치국가이며 따라서 삼권분립의 원칙을 관철할 것이라는 점을 인정하고, 그 다음으로 대만은 일본 본토와는 차이가 있으므로 반드시 단독으로 대만의회를 설치하여 대만의 특수한 요구에 부합하게 해야 한다는 것이었다. 육삼법철폐운동부터 대만의회설치청원운동까지 주로 일본에서 공부하던 대만 유학생 蔡惠如(1881-1929), 蔡式穀(1884-1951), 林呈祿 등이 1910년대 말부터 조직한 단체 啓發會(1918), 新民會(1919)가 주축이 되어 활동하였고 林獻堂(1881-1956) 등 대만 본토의 자산계급 민족주의자들이 후원하였다. 이런 가운데 1921년 대만 도내(島內)에서 설립된 대만문화협회(臺灣文化協會)는 비록 비정치성과 문화계몽운동을 표방했으나 각종 문화강연, 강습회와 하계학교 운영을 통해 정치운동의 필요성을 역설하고 전파했다. 대만의회설치청원운동은 1921년부터 1934년까지 14년 동안 모두 15차례에 걸쳐 진행되었는데, 청원의 방식은 우선 대만에서 각 인사들의 서명을 받아 대표단을 구성하고 이들 대표단이 도

5) 앞주와 동일, 32~36면.

쿄로 가서 일본제국의회에 청원서를 제출하는 방식으로 이루어졌다. 이 운동은 초기에는 문화협회가 주도했으나 1927년 분열된 후 대만민중당이 이어받았으며 1931년 민중당의 활동이 금지된 후에는 대만지방자치연맹이 그전의 청원 인사들을 망라하여 지속적으로 추진했다. 그러나 모두 실패하고 1934년 결국 활동이 종결되었다.

육삼법철폐운동이나 의회설치운동은 기본적으로 국민으로서의 권리, 즉 국민이 구체적인 정치의사의 최종 결정자라는 뜻에서 같은 국적에서는 같은 권리와 의무를 갖는다는 기본 원칙이 대만에 관철되기를 주장하는 것이며, 그 근저에는 일본의 식민지배 체제를 승인하고 식민지의 특수성에 기초하여 대만인의 권리를 찾고자 하는 생각이 깔려 있다고 하겠다. 그러나 결론적으로 말하면, 제1차 세계대전 이후 비록 민족자결주의사상의 전파와 더불어 식민지 참정권 정책이 실시되었지만 제국주의 역사에서 제국주의 국가와 동일하게 정치적 제 권리를 식민지에 부여한 경우는 세계 어느 곳에서도 없었으며 대체로 자문, 협의 등의 방식을 통한 통치보조기구의 역할만을 담당했다.[6] 특히 동화주의(同化主義)를 표방한 일본은 전쟁에 패망하는 순간까지 민의를 대표하는 의결권을 가진 입법의회를 대만과 조선에 허용하지 않았다. 참정권이나 의회의 허용은 제국주의국가의 입장에서 보면 식민통치에 대한 최소한의 정당성을 확보하고 식민지민의 동원을 용이하게 하기 위한 도구라고 할 수 있다. 그러나 식민지민의 입장에서 보면 이 문제는 보다 복잡한 정치적 의미를 가진다. 가령 식민세력을 인정하는 기초에서 적극적으로 참정권을 요구할 것인지, 제한적이나마 부여된 권리를 수용할 것인지, 협력세력을 양성하여 식민 지배를 공고히 하기

6) 주1과 동일, 25면.

위한 수단에 불과하므로 무조건 거부할 것인지 등에 대한 문제를 둘러싸고 논쟁이 제기되었고 이로 인해 민족운동이 분열되기도 했다.

1927년 대만문화협회의 분열은 민족운동 세력의 좌우분열을 의미하며 이로부터 각기 다른 노선을 취하는 정치, 사회운동이 전개되었다. 그중 1930년 蔡培火(1889-1983), 林獻堂, 楊肇嘉(1892-1976) 등 자산계급 민족주의자들이 결성한 대만지방자치연맹은 문화협회 분열시 우익노선을 견지했던 민중당이 날로 좌경화하면서 노선이 다른 蔣渭水(1890-1931)가 헤게모니를 장악하자 이들이 따로 나와 조직한 단체로 1931년 일제시기 대만의 4대 정치, 사회운동 단체[7]가 당국의 검열과 검거로 해산된 후 1937년 중일전쟁 발발을 거쳐 1939년까지 유일하게 정치운동의 명맥을 이어갔다. 연맹은 단일 목표로 지방자치의 추진을 지향했는데 구체적인 요구는 주(州), 시(市), 가(街), 장(庄) 협의원을 민선으로, 협의회를 의결 기관화하는 것이었다. 지방자치연맹은 좌경화의 가능성을 차단하기 위해 경제력이 막대한 지주와 자산가를 흡수하였고 목표가 완성된 후에는 즉시 조직을 해산하기로 의견을 모았다. 또한 대만의회설치청원운동을 추진하던 인사들을 대거 망라했지만 청원운동에 대해서는 적극적이지 않았다.

당시 대만에는 극좌의 비밀결사였던 일본공산당 대만민족지부(대만공산당), 지식분자와 도시소시민 위주의 문화협회(구문협),[8] 자경농과 빈농, 농촌노동자를 대상으로 하는 농민조합, 도시노동자로 조직된 대만노동자총연맹, 정치결사인 대만민중당 등이 정치운동을 진행하고 있었는데 자치연맹은 민중당에서 나온 일부 간부가 조직한 것으로 蔣渭

7) 臺灣工友總聯盟, 臺灣民衆黨, 臺灣農民組合, 新文化協會를 가리킨다.
8) 王敏川(1889-1942)이 이끌던 두 번째 단계의 新文協을 말한다.

水, 謝春木(1902-1969), 黃旺成(1888-1978) 등 민중당원의 비판과 盧丙丁(1901-1945) 등 노동자총연맹 성원의 극렬한 저항에 부딪혔다. 이에 지방자치연맹은 원래의 민중당 당원과 자산계급 지식인 외에도 대만 사회운동에서 소외되어 있던 일본인들과 대지주, 예를 들어 판교 임씨 가문의 林柏壽(1895-1986) 등 상층사회의 신사 계급과도 접촉했다.[9] 대만공산당의 조사에 따르면 대만지방자치연맹은 진보적인 자산계급이 발기한 조직으로 주요 지지층은 자산계급과 중간지주이며 자경농은 그들이 적극 영입하려는 대상이었다고 한다. 그렇기는 하지만 일본 내지의 기성 정당을 모방하여 성립한 연맹은 본질적으로 명망가형 정당이지 대중정당은 아니었으며, 계급과 사상적으로 우파 토착자산계급이 이끌었고 간부들이 친관방의 우익 아세아주의 혹은 대만과 일본 합작을 촉진하는 단체인 동아공영협회(東亞共榮協會, 1933)에도 가입하는 등 대만 토착 자산계급의 의식과 이익을 대변했다.[10] 한 예를 들면, 미곡수출 문제에 대해 오랫동안 각종 좌담회, 설명회 개최와 선전물 발행으로 총독부와 일본 국회, 내각에 유세하여 대만 미곡의 일본수출 제한을 철폐해 달라고 요구한 것을 들 수 있다. 미곡경제의 이익은 전통적으로 대만토착 자산계급의 경제적 명맥으로 이러한 농업정책에 대한 항쟁과 요구과정에서 자치연맹의 간부는 1920년대 적대적인 관계에 있던 공익회(公益會, 1923)[11]와도 연계하였고 평소 정치운동에 관심이 없던 일반 지주계급과도 제휴하였다.[12] 전체적으로 보아 자치연

9) 陳俐甫, 『日治時期臺灣政治運動之硏究』, 稻鄕, 1996, 91~92면.

10) 앞주와 동일, 86면.

11) 문화협회와 대만의회기성동맹회의 민족운동에 대항하기 위해 1923년 자산가 辜顯榮이 조직한 친일단체로 그 배후에는 대만인민의 반일정서를 우려하는 대만총독부의 책동이 있었다. 이 조직은 다음 해 따로 유력자대회를 만들어 의회설치청원운동을 방해했다.

12) 이로 인해 자치연맹의 기관지 『臺灣新民報』는 내용과 편집방침 상의 문제로 많은 비

맹은 비록 진보적 지식분자들에 의한 정치개혁운동을 지향했으나 결과적으로는 식민지 엘리트들이 식민통치당국에 의해 이용, 분열되고 심지어 경제적인 명맥을 통제당함으로써 합법적 운동단체의 열정을 잃게 되어 식민지 중반기를 넘어서면서 저조한 정치참여 시기로 접어들게 된다.

식민지 조선의 정치운동은 크게 독립운동론, 참정권론, 자치론으로 구분되며 이중 참정권론과 자치론은 식민 통치에의 참여 논리로, 독립운동론은 이에 대한 저항의 논리라고 본다. 이중 기존 체제를 인정하는 범위 내에서 식민지민의 정치참여를 주장하는 참정권론과 자치론은 앞에서 본 대만의 의회설치청원운동, 지방자치연맹의 논리와 비교가 가능하므로 간단하게 그 논리와 성격에 국한시켜 살펴보기로 하겠다.

일제는 식민지 조선을 대륙 진출을 위한 교두보로서 일본의 국방상·안보상 사활적 위치로 인식하고 있었기 때문에 일본 군부를 비롯해 일제 권력 핵심부는 조선의 경영에 큰 주의를 두고 있었고, 식민지 조선에 일체의 정치적 권리를 부여하지 않았다. 심지어 일제는 제국을 통치하는 데 있어 본국인 내지와 식민지인 외지를 정치적으로 차별하여, 식민지 조선에 수십 만여 명의 일본인이 진출했음에도 이들 재조일본인에게는 정치적 권리를 부여하지 않았다. 때문에 재조일본인들의 상당수는 참정권, 곧 일본 중의원 선거권 및 귀족원 선임권을 요구하거나 또는 자치권, 곧 식민지 조선에 독자적인 자치 의회를 설립해 줄 것을 희망하였다. 또한 일제의 한국 지배에 협력한 친일파 한국인들도 조선의 독립이 불가능한 것이기 때문에 식민 통치를 인정하는

판을 받기도 했다. 廖佩婷, 「『臺灣新民報』文藝欄硏究：以週刊至日刊型式的發展與轉變爲主」, 政治大學臺灣文學硏究所碩士論文, 2013, 39~43면.

전제에서 자치권을 얻는 것이 최선이라고 주장하였다.

1919년 전 민족적 항쟁인 3·1 운동을 계기로 일제의 식민 통치는 커다란 변화에 처하게 되었다. 일제 군부는 3·1 운동을 강제 진압하였지만, 3·1 운동 발발의 책임 문제와 일본 본국에서의 특권 군벌 세력의 약화 및 정당 정치 진전에 따라 식민 통치에서 일시 후퇴할 수밖에 없었다. 일제는 종래의 무단 통치에서 내지연장주의와 문화정치를 내세우며 식민 통치의 위기를 극복하려고 하였다. 그러나 식민지 본국과 식민지와의 차별은 상당수 남아 있었고, 여전히 정치적 권리는 부여하지 않았다. 재조일본인과 한국인 간의 차별도 여전하였다. 그렇지만 육군 특권 세력의 영향력이 약화되고 정당 세력의 영향력이 강화되면서 식민지 조선 내의 재조일본인과 친일파 한국인들 사이에서 참정권과 자치권을 주장하는 운동이 일어나기 시작했다. 3·1 운동 직후 유민회(維民會)는 자치청원운동을, 1922년 동광회(同光會)와 내정독립기성회 등은 내정 독립을 주장하며 자치 운동을 전개하였다. 또한 1924년 갑자구락부(甲子俱樂部)와 각파의 유지연맹 등도 참정권 운동과 자치제 운동을 추진하였다.

한편 일제의 무단 통치가 결국은 한민족의 전국적 항쟁인 3·1 운동을 발발하게 하여 식민 통치에 위기를 초래했다고 보는 일본 식민학자, 일본 내 일부 자유주의 지식인과 헌정회 계열의 정치인 등에서도 식민지 조선에서 자치제를 실시할 것을 주장하였다. 그러나 이들의 자치제 주장은 식민 통치의 안정을 유지하기 위한 것으로 한국인이 중심이 되는 자치가 아니라, 재조일본인이 중심이 되고 여기에 한국인을 일부 참가시키는 것이었다. 그렇지만 이런 자치제 주장도 식민지 조선이 일본의 안보, 국방상 갖는 전략적 위치, 군부의 반발, 추밀원과 궁정, 귀족원, 일본 관료집단 내 보수 세력들의 강한 거부, 정·관계와 민간의 국가주의 세력의 반발, 우경화하는 국민 정서 등으로 인해 1920년대 중반부터 소멸되어 갔다.

1924년 일본에 헌정회 연립내각이 수립되면서 조선 총독부의 정무 총감 이하 일정한 인사 개편이 이루어지고, 일부 총독부 관료들을 중심으로 자치제 주장이 제기되었다. 한편 미츠야 미야마츠(三矢宮松, 1880-1959) 경무국장과 사이토 마고토(齋藤實, 1858-1936)의 자문인 아베 미츠이에(阿部充家, 1862-1936)는 경성일보사장 소에지마 미치마사(副島道正, 1871-1948)를 내세워 자치제를 매개로 한국의 민족주의 세력과 민족 운동을 분열시키려는 자치 공작을 전개하였다.

천도교 신파의 최린(崔麟, 1878-1958) 등 일부 세력은 이에 연결되었지만, 대부분 한국 민족운동 세력에게는 외면 받았다. 한국 민족운동 세력들은 1926년 국공합작에 기반을 둔 중국 국민혁명군의 북벌(北伐)을 계기로 적극적인 민족운동 단체 결성에 나서, 결국 1927년 2월 민족주의자와 사회주의자가 연합한 민족 협동 전선으로 신간회(新幹會)를 결성하였다. 이렇게 한국의 민족 운동이 급진전하자, 사이토 총독은 일부 측근을 통해 비밀리에 참정권안과 예산과 결산 심의 등에 제한적인 권한을 갖는 조선지방의회안을 마련했다. 그러나 이는 조선의 독자적 의회 설치를 주장하는 기존의 조선의회안이나 내정독립론에서 훨씬 후퇴한 것이었고, 내용에서도 총독부가 절대적 권한을 가지고 완전히 통제하면서, 재조일본인이 중심이 되는 대단히 문제가 많은 것이었다. 그러나 이 안조차도 본국 정부와 제대로 협의도 못한 채 사문화되고 말았다. 사이토는 조선 총독에서 물러났다가 1929년 조선 총독으로 재 부임하는데, 이때 그는 조선 총독부 관료들과 함께 조선지방의회안을 다시 마련하였다. 그러나 이 안은 1927년에 마련한 방안보다도 더욱 후퇴된 구상이었고 10년 후에나 실시한다는 것이었다. 뿐만 아니라 이런 안조차도 일본 보수 세력의 반대에 부딪치자 곧바로 포기하고 말았다. 그리고 지방 제도 개정에만 합의하면서 도(道), 부(府), 면(面), 회(會)를 대단히 제한된 권한만을 갖는 의결기관으로 한다는 지방 행정제도 개선이 이루어지게 된다. 이렇게 되면서 1920년대 제기되었던 자치론은 결국 일제의 지방 행정제도 개선책으로 귀결되게 된다. 일제의 이런 지방 행정제도 개선에 대해 대부분 민족운동 세력은 크게 반발하면서 거부했으나, 일부 친일파 한국인들이 이에 적극 가담하였고 총독부의 민족 분열 정책에 회유된 일부 민족운동 세력이 참여하면서 일제 식민 통치 지배에 이용되게 되었다.[13)]

이들 세력이 총독에게 제출한 의견서의 자치론 내용은 조선은 조선인으로 하여금 다스리게 할 것, 빠른 시일 내에 조선에 조선의회를 설치할 것, 일본인 총독의 감독 하에 조선정부를 설치할 것[14)] 등인데 이는 일본 천황의 통치하에 외교, 군사를 제외한 일체의 내정을 독립시켜 달라는 것이다. 즉 자치론은 조선의 독자적 의회를 설치하고 내정문제는 조선인에게 맡길 것을 주장하는 것이다. 자치론 주장의 형성과 전개과정을 볼 때 자산계급의 이해를 대변하는 것임을 알 수 있는데 우선, 3・1 운동이후 독립청원운동에서 실력양성운동으로 전환하면서부터 등장했다는 점에서도 이를 확인할 수 있다. 실력양성운동은 주로 교육과 경제 분야에 한정된 것이었는데 이들은 경제적 자유를 위해서는 최소한도의 권력, 즉 정치적 권리가 필수불가결하다는 것을 깨닫고

13) http://contents.history.go.kr/front/tg/view.do?treeId=0201&levelId=tg_004_1960&ganada=&pageUnit=10, 2016년 9월 5일 다운로드.

14) 近藤劒一編, 『萬歲騷擾事件』2, 1964, 116~123면.

총독부에 접근하여 자치의회의 개설과 같은 최소한의 정치적 권리를 얻어 보고자 타협적 자치론을 제창하게 된다. 자치운동의 기관지 역할을 했던 동아일보를 통해 본 자치론의 목적은 민족자본의 성장에 필요한 보호관세, 금융자본의 지원, 외래자본의 투자제한을 쟁취하기 위한 것이었다. 즉 자치론을 주장한 인사들은 자산계급 지식분자들로 이들은 일본유학을 경험한 지식층이며 국내에서 상당한 사회적 지위를 총독부로부터 인정받고 있던 인사들이고 또한 토지 자본가적 위치에 있었던 인사들이었다. 이에 기초하여 연구자 이나미는 식민지 조선의 참정권론, 자치론, 독립론의 논리를 비교분석하고 내린 결론에서 자치론은 조선이 독립국가가 아님을 인정함으로서 일본과 다르다는 것을 분명히 한 것이라고 했을 때 이는 조선의 특수한 식민지성을 강조한 것이므로 자치주의야말로 진정한 식민주의라고 할 수 있으며 또한 인도의 자치운동과 비교하여 인도의 자치론이 저항운동이며 독립운동인데 비해 조선의 경우는 일본협력세력이 주도한 일제협력운동의 성격을 가진다고 했다.[15)]

3. 식민지 대만과 한국의 지방제도와 葉榮鐘의 주장

식민지의 자치문제는 사실 제국주의국가가 식민지민을 자신들과 동일한 인간으로 취급할 것인지의 인식을 말해준다. 만약 자신들과 같은 시민적 권리인 참정권을 부여할 경우 제국-식민지 관계를 근본적으로 부정하는 것이 되는데 식민지민보다 문화적으로 정신적으로 더 우월

15) 이나미, 「일제지배하 조선인의 '정치참여'」, 주1의 책, 191~225면.

하다는 전제 속에서 출발한 것이 제국주의이기 때문이다. 제1차 세계 대전 후 세계적으로 민족자결주의와 민주주의 조류가 퍼져 나가게 되면서 서구 제국주의 국가들과 같이 일본 역시 그 영향을 받았다. 이로 인해 매우 제한적이기는 하지만, 대만에서도 지방제도가 실시되었는데 첫 문관 총독이었던 덴 겐지로(田健治郎, 1855-1930)는 민족자결의 풍조에 대응하여 점진적인 내지연장주의(內地延長主義)를 내세우고 일대융합(日臺融合), 일시동인(一視同仁) 방침을 표방하였다. 이렇게 내지연장주의의 정신 아래 지방제도 개혁을 단행했는데 1920년 7월 주, 시, 가, 장에 관선 협의회 설립, 1921년 2월 대만총독부 평의회 설치, 1922년 1월 삼일법(三一法)을 법3호로 수정하는[16] 등 일련의 개혁이 있었다. 이 밖에 대만인 관리 특별 임용령을 반포하고 교육령을 개정하여 대만인과 일본인 아동의 공학제와 대만인과 일본인의 통혼을 승인하였다. 1920년 이전의 통치방식이 경찰조직과 보갑제도(保甲制度)에 의지하여 중앙집권적 권력을 행사하는 경찰 만능 시대였던 것에 비하면 이 시기의 지방제도 개정은 기층 행정조직의 공공화, 제도화를 일정 정도 이루었다고 하겠다. 하지만 이는 대만인의 자치요구 압력에 순응한 결과로 여전히 진정한 의미에서의 자치는 아니었다. 총독부는 일본형 지방자치 정신에 근거하여 지방단체를 국가를 구성하는 하나의 세포조직으로 보는 견지에서 대만인들에게 의무와 공공정신을 강조하고 제한된 지방자치제도를 실시한 것이라고 하겠다.[17]

16) 삼일법은 1906년 일본정부가 공포한 법률 제31호로 대만총독에게 법률제정의 전면적 권한을 부여한 점에서 육삼법과 본질적으로 차이가 없었고, 1922년 공포하여 식민지배가 끝날 때까지 시행된 법률 제3호(법3호)는 특수한 상황이 아니면 일본 본토의 법률을 대만에 적용하는 내용으로 총독의 입법권이 그전보다 감소했다고 하겠다.

17) 藍奕青, 『帝國之守-日治時期臺灣的郡制與地方統治』, 臺灣師範大學臺灣史硏究所碩士論文, 2010, 187면.

이런 과정 속에서 1930년 8월 5일 성립된 대만지방자치연맹은 곧바로 각지에서 지방자치제 개혁촉진운동 강연회를 열고 『자치연맹요람(自治聯盟要覽)』, 『입헌정치소론(立憲政治小論)』 등 책자를 발행하여 지방제도의 개혁을 주장하게 된다. 이로써 총독부는 시제(市制, 율령 제2호), 가장제(街庄制, 율령 제3호) 등 대만 지방제도 개정과 관련한 율령을 공포하고 시행하게 된다. 위의 율령에 의거하여 시(市)에는 의결권을 가진 시의회가 설치되고 가장(街庄)에는 자문기관 성격의 협의회가 설치되었다. 그러나 실제로 시의회 의원과 협의회 의원은 모두 반수만 민선이고 나머지 반수는 관선이었고, 25세 이상 5원(圓) 이상의 시세(市稅) 혹은 가장세(街庄稅)를 납부하는 남성에 한해서 선거권과 피선거권이 주어졌다. 이에 1935년 제1차 선거에서 지방자치연맹은 '정당한 권리를 옹호하고 합리적인 의무를 부담하자'는 표어를 내걸고 '관선을 민선으로 자문을 의결로'하자는 공민자치권을 일본정부에 요구했다. 여러 해의 투쟁을 거쳐 1935년 시회, 협의회 의원의 반수에 대한 제한적인 선거를 실시하게 되었다. 당시 대만의 행정구역은 5개의 주(州), 7개의 시(市), 34개의 가(街), 323개의 장(庄)으로 구성되어 있었는데 총독부는 각 행정구역의 공민수에 의거해 의원수를 공포하고 관련 선거규정에 관한 율령과 선거규정 위반에 대한 단속방법을 공포했다. 실제로 대만자치연맹은 이 역사적인 첫 선거를 매우 중시하여 정당에 준하는 방식으로 추천장을 쓰고 정당추천과 유사한 방식으로 각지에서 정견 발표회를 열었으며 민중들에게 민주 선거에 대한 인식을 제고시켰다. 당시 제1회 지방자치의회 투표일에 식민당국은 특별히 자치연맹의 지도자인 楊肇嘉(1892-1976)를 초청하여 각지의 투, 개표소를 시찰하게 하고 개표 상황을 공포했는데 투표율이 95%에 달해 부분적으로나마 주민

자치의 형식을 갖추었다고 하겠다. 하지만 실제적으로 1935년에 실시된 이 선거는 진정한 지방자치라고 하기 어렵다. 왜냐하면 여전히 완전한 민선이 이루어지지 않았고 단체자치에 기반한 것이었기 때문이다. 따라서 일제시기 대만의 지방자치는 위장된 지방자치라는 평가를 받고 있다.[18)]

1910년 일본에 병합된 이후 조선은 대만과 마찬가지로 식민지 특수법제의 통치를 받았는데 대만과 동일한 시기인 1920년 지방제도의 개정이 있기 전인 1914년 부제(府制)를 공포하였다. 이는 일본인이 밀집 거주하는 부(府)에 동급 행정구역인 군(郡)과 달리 부협의회(府協議會)를 두어 일본인의 지방정치에의 참여를 다소 허용하는 방식을 취했다.[19)] 당시 조선의 행정구역은 13개 도(道)와 각 도에 부(府), 군(郡), 읍(邑), 면(面)이 있었다. 내선일체의 식민지배 이데올로기로 인해 부협의회에는 조선인과 일본인이 함께 참여하였으나 이는 의결권이 없는 자문기관이었다. 그 구성원인 협의회원도 전원 부윤(府尹)이 임명하는 관치행정이었으며 실제 지방자치와는 거리가 멀었다. 따라서 부제 실시 이후에도 재조일본인이 많은 부산부(釜山府) 등에서 지방자치에 대한 요구가 지속되었는데 이는 1920년 및 1931년부터 적용된 1930년의 지방제도 개정에도 상당한 영향을 미쳤다. 1919년 3・1 운동 이후 일제의 식민통치에 대한 조선인의 불만을 무마하기 위해서 내놓은 1920년의 지방제도 개정 때 종래 임명제였던 부협회는 선거제로 바뀌었고 협의회원 수도 대폭 증원되었다. 1931년부터 부회로 명칭이 바뀌고 그 성격도 의결기관화하였다.

---

18) 郭弘斌, 「臺灣人的臺灣史」, http://www.taiwanus.net/history/4/100.htm 2016년 9월 5일 다운로드.

19) 郡에는 協議會를 설치하지 않았다.

물론 두 번째의 지방제도 개정에서도 부회의 의장은 여전히 부윤이었기 때문에 실질적인 지방자치와는 여전히 거리가 먼 것으로, 이런 점을 감안하면 1914년 부제 실시 이후 재조일본인들이 그토록 끈질기게 요구하고 원했던 지방자치제는 결국 실현되지 못했다고 하겠다. 이는 겉으로는 내선일체를 주장하면서도 실질적으로 조선인에 대한 차별을 통해 식민지적 수탈을 추구할 수밖에 없었던 일제의 식민통치가 안고 있는 내적 모순에 기인한 것이었다. 그러나 비록 완전한 자치의 실현은 아니더라도 일제시기 두 차례에 걸친 지방제도 개정을 통해 부산부를 비롯한 일부 도시에서 부협의회(부회) 또는 면협의회(면회) 선거권이 주어지는 등 자치의 외형이 확대되었다. 그리고 그러한 행정상의 변화가 주로 재조일본인들의 정치적 권리의 확대라는 필요성에서 비롯되었다는 것은 두말할 필요가 없다.

이러한 제도는 실상 조선인의 자치운동보다는 조선에 거주하는 일본인들에 대한 배려가 우선이었다고 생각된다. 그러한 의미에서 일제시기 두 차례에 걸친 지방제도의 개편은 식민지 조선에 거주하고 있던 일본인들의 정치 참여 확대를 통한 식민지 지배체제의 강화에 주안점이 두어졌다고 보는 것이 좀 더 정확한 평가일지도 모른다. 실제로 부산부의 경우 두 차례의 부제 개정을 통해 부협의회 내 일본인의 영향력과 주도권은 더욱 확대되었으며, 경성부를 비롯하여 다른 도시의 부협의회 운영에 있어서도 인구수에서 소수자였던 일본인의 주도권은 결코 감소하지 않았다. 부제의 실시와 그에 따른 재조일본인들의 지방자치제 실시 요구는 내선일체 내지는 내지연장주의를 표방한 일본제국주의의 식민지배의 한 모순적 단면이라고 할 수 있을 것이다.[20]

20) 홍순권, 「일제시기 지방제도 개정의 내막」, http://www.ihs21.org/bbs/zboard.php?

葉榮鐘은 일제시기 민족운동을 이끌었던 林獻堂의 비서와 일어통역관으로 잘 알려져 있는데 1920년대부터 문화협회에 참여하여 문화계몽운동과 정치운동에 투신했을 뿐 아니라 문학잡지 『남음(南音)』을 창간하고 '제삼문학론'(第三文學論)을 제기하는 등 문단에서도 활약했다. 그는 첫 일본유학 후부터 林獻堂을 따라 민족운동에 가담하였는데 제2차 대만의회설치청원에 서명하여 1923년 대만의회기성동맹회(臺灣議會期成同盟會) 검거사건인 치경사건(治警事件)[21]의 피체포자 중 한 사람으로 이름을 올렸다. 이 사건에서 그는 핵심적인 중간 연락자로 활약했다. 15차례에 걸친 청원운동의 실패와 문화협회의 좌우분열 이후 민중당이 성립되자 그는 다시 林獻堂의 지원을 받아 두 번째 일본 유학길에 오르는데 이곳에서 신민회(新民會)에 참가하면서 지속적으로 민족운동을 이어갔다. 신민회는 1928년에서 1930년 사이에 楊肇嘉 등이 지은 『대만지방자치문제(臺灣地方自治問題)』를 발간했는데 이를 통해 葉榮鐘이 지방자치문제에 관심을 갖게 되었음을 알 수 있고 민중당이 좌경화하자 1930년 楊肇嘉와 함께 林獻堂의 지도 아래 대만지방자치연맹을 창립하게 된다. 그는 연맹의 결성과 활동에 매우 핵심적인 역할을 했는데 일본헌법을 대만에 적용하여 대만의 식민체제와 대만인에 대한 차별대우를 취소시키는 데 총력을 기울였다.[22]

상술했듯이 1930년 林獻堂, 羅萬俥(1898-1963), 蔡式穀, 蔡培火, 楊肇

id=with_see&page=1&sn1=on&divpage=1&sn=on&ss=off&sc=off&keyword=%BF%AA%BB%E7%C7%D0%BF%AC%B1%B8%BC%D2&select_arrange=headnum&desc=asc&no=4 2016년9월5일 다운로드.

21) 치경사건은 제2차 대만의회설치청원운동 후 蔣渭水 등이 성치결사의 중요성을 인식하여 臺灣議會期成同盟會을 조직하다 치안경찰법에 의거해 검거된 사건으로 41명이 체포되고 58명이 조사를 받았다.

22) 戴振豊, 「葉榮鐘與臺灣民族運動(1900-1947)」, 政治大學歷史研究所碩士論文, 1999, 127면.

嘉 등 자산계급 민족주의자들에 의해 결성된 대만지방자치연맹의 목표는 대만지방자치의 개혁에 있었다. 葉榮鐘은 연맹에서 서기장을 맡으며 적극적으로 활동했다. 陳昭瑛에 따르면 葉榮鐘은 자치연맹에서 다음 여러 방면으로 참여했다고 한다. 우선 1930년 5월초 楊肇嘉의 지시를 받아 대만으로 돌아와 연맹 결성을 준비하면서 전국 각지의 동지들과 접촉하여 연맹을 조직하는데 실질적인 업무를 담당했으며, 같은 해 8월 열린 창립대회에서 발표된 「대만지방자치연맹취지서」 역시 그가 직접 작성했으며, 연맹이 결성된 후 전국 20개 지방을 다니며 순회강연을 진행했다. 또한 1933년 楊肇嘉, 葉清耀(1880-1942) 등과 함께 조선의 지방자치제도를 시찰했으며 돌아온 후 「조선지방제도시찰보고서」를 『대만신민보(臺灣新民報)』에 게재하여 일본 당국에게 지방자치를 요구하는 주요한 근거로 제시했다. 이렇게 1930년부터 1934년까지 그는 대만자치론의 주요한 이론가와 행동가로 활동했음을 알 수 있다.[23)]

葉榮鐘이 『대만신민보』에 기고한 지방자치 관련 문장의 핵심 내용을 정리하면 아래와 같다.

> 민중들이 공공사무를 스스로 처리할 수 있게 해야 한다; 현대의 지방자치 요점은 민중이 선출한 대표가 지방단체의 의지를 결정하는 기관을 조직하는 데 있다고 할 것이다; 지방단체가 의결기관이 아니라면 지방자치라고 할 수 없다; 우리 대만섬 밖으로 눈을 돌려보면 어떤가? 달리는 말과 같이 시대의 조류가 날로 새로워지고 있는 이때 어떤 곳도 진전을 멈추지 않고 있다. 제국 북단의 사할린조차도

23) 陳昭瑛, 「誰召同胞未死魂 : 葉榮鐘『早年文集』的志業與思想」, 葉芸芸, 陳昭瑛 주편, 『葉榮鐘早年文集』, 晨星, 2002, 53면.

지방자치를 확립했고 무능하다고 일컬어지는 부녀계도 이번 회기의 제국의회 중의원에서 이미 여성 공민권을 통과시켰으며 조선당국 역시 이전부터 있어왔던 민선의 범위를 확장시키고 자문기관을 의결기관으로 바꿀 것을 결정했다고 한다. 왜 유독 우리 대만만 이런 추세에서 제외되어 있는가?[24]

일본제국은 입헌국이다. 그러므로 대만의 주민도 당연히 입헌정치의 은택을 받아야 한다. 지방자치는 헌정의 기석이므로 대만에도 지방자치제도를 확립할 필요성이 있다. 현행 대만의 지방자치제도는 유명무실한 것으로 이미 시대의 조류와 대만의 민의를 대변할 수 없다. 하물며 동일하게 제국의 식민지인 조선에서는 이미 내년부터 완전한 지방자치제를 실시하기로 결정했다고 한다. 대만의 경제, 교육 혹은 기타 어떤 부분도 조선보다 진보하여 선배로서의 자격이 충분한데 어째서 조선에 미치지 못하는가; 우리 대만의 주민들이 스스로 자신이 사는 지방의 공공문제를 해결할 수 있게 하는 것이 자치연맹을 조직한 이유이다. 그러면 현행제도를 어떻게 개혁해야 하는가? 이는 매우 간단하다. 바로 '관선을 민선으로, 자문을 의결로' 하자는 것이다.[25]

우리 사백만 동포는 식민지 대만의 성원으로 일체의 경비와 각종 의무를 이행해 왔지만 자신의 생활과 밀접한 관계가 있는 공공문제와 경비의 사용 등에 대해서는 무능력자와 같이 참여할 권리가 주어져 있지 않다; 하물며 세계 사조가 끝없이 밀려오는 지금 동일한 헌법 하의 조선은 그 교육의 정도와 재정 능력이 우리에 미치지 못함

24) 「臺灣地方自治聯盟趣旨書」, 『臺灣新民報』 1930, 7.5게재, 葉芸芸, 陳昭瑛 주편, 『葉榮鐘早年文集』, 75~76면.
25) 「關於臺灣地方自治聯盟」, 『臺灣新民報』 1930.7.10, 『葉榮鐘早年文集』, 77~79면.

에도 불구하고 이전의 제도를 먼저 개선하여 민선의 범위를 확대하고 자문을 의결기관으로 바꾸었다.[26)]

시세는 날로 앞으로 나아간다. 사할린, 조선의 제도는 어떠한가? 또한 내지의 부녀, 여자의 공민권 운동은 또 어떠한가? 대만은 홀로 이 시대의 진보에 뒤처져 있지 않은가; 대만의 주민으로서 내지인과 대만인을 막론하고 나아가 유산자와 무산자를 막론하고 모두 참여할 수 있는 제도의 실시를 촉구하는 것이다.[27)]

대만섬 바깥의 정세를 보면 시대의 진운이 제국 북단의 사할린에서조차 지방자치를 확립시켰다. 지난 회기의 제국회의 중의원은 재야 양당의 협력 하에 내지의 부인 공민권안도 통과시켰다. 뿐만 아니라 조선당국도 그 지방제도에 대해 종래의 민선 범위를 확대하고 자문기관을 의결기관화 하여 지방자치의 확립을 공포하지 않았는가?

[대만지방자치개혁대강]
일, 보통선거의 공민권을 부여할 것
이, 州, 市, 街, 庄의 자치권을 확립할 것
삼, 관임의 자문기관을 민선의 의결기관으로 하고 그 직무와 권한을 명확히 할 것
사, 집행기관의 조직을 개혁하고 그 직무와 권한을 명확히 할 것
오, 州, 市, 街, 庄의 재무 관리권을 확립할 것[28)]

제54회 제국회의는 지방자치제를 조선과 대만에 실시하는 내용의

26) 「臺灣地方自治聯盟宣言」, 『臺灣新民報』 1930.8.23, 『葉榮鐘早年文集』, 81~82면.
27) 「自治運動的進展」, 『臺灣新民報』 1931.1.10, 『葉榮鐘早年文集』, 85~87면.
28) 「臺灣地方自治制度改革案」, 『臺灣新民報』 1931.1.31, 『葉榮鐘早年文集』, 89~91면.

안건을 결의하여 정부에 제출했습니다. 그 후 조선에서는 지방자치제가 실시되었으나 대만에서는 어떠한 새로운 시행도 보이지 않아 매우 유감입니다. 오늘날의 시류는 제국에 새로 편입된 주민에 대해 물질적인 개선 뿐 아니라 합리적인 요망을 들어주어야 할 때가 되었으므로 신속하게 완전한 지방자치제를 시행해야 합니다.[29)]

대만 현황을 돌이켜 보면 비록 경제, 교육과 기타 부문에서 조선보다 발달했음에 의심의 여지가 없는데 유독 인민의 정치참여 권리만 억압되어 참여권의 초보적인 단계인 자치제도마저 조선의 뒤를 따라갈 수밖에 없으니 세상에 이리도 모순적이고 불합리한 일이 있단 말인가?[30)]

이로써 葉榮鐘은 기본적으로 대만이 입헌국인 일본제국의 일원으로 국민의 권리를 누려야 하며 기초가 되는 현행 지방제도를 개선하여 대만인이 공공사무를 스스로 처리하는 권리를 가져야 한다고 주장하고 있음을 알 수 있다. 즉 일본의 식민체제를 인정하고 그 제체 내에서 각급 협의회의원의 전체 민선, 각급 협의회를 의결기관화하여 대만인의 의견에 기초한 자치를 이루겠다는 것이다. 하지만 의원의 선거권과 피선거권에서의 납세액 제한이나 이의 타파 주장은 드러나지 않으며, 총독에게 보낸 건의서에서도 농업조합, 수리조합, 청과동업조합의 개혁안에 더 큰 중점을 두고 있는 것으로 보아 자본가와 지주의 이익을 대변하는 것으로 평가할 수 있다. 또한 연맹의 활동과 주장에서 사

29) 「臺灣地方自治制改革的建議案與請願書」, 『臺灣新民報』 1931.2.28, 『葉榮鐘早年文集』, 103~104면.

30) 「臺灣地方自治聯盟全島代表大會大會宣言」, 『臺灣新民報』 1931.8.22, 『葉榮鐘早年文集』, 111~112면.

할린, 일본 내부의 부녀공민권추구운동, 조선의 지방자치제도의 상황을 예로 들면서 대만이 이들 지역보다 뒤처지고 있음은 있을 수 없는 일이라고 분개했다. 이러한 인식이 1933년 지방제도 시행상황을 시찰하기 위한 조선행을 가능하게 했다고 하겠다.

4. 葉榮鐘의 조선시찰과 조선인식

자치연맹이 성립되어 적극적인 활동에 들어가자 일본인들의 적극적인 반대론이 제기되었고[31] 동시에 식민당국 역시 전 도민 주민대회에 대해 엄격한 단속방침을 세우고 감시를 강화했다. 이에 연맹은 1933년 8월 楊肇嘉, 葉榮鐘, 葉清耀 세 사람을 조선으로 파견하여 지방자치제도를 시찰하고 대만보다 앞선 조선의 상황을 대만의 제도 개선의 타산지석으로 삼고자 했다. 세 사람은 10월 4일 출발하여 조선으로 향했다. 葉榮鐘의 일기에 근거하여 그의 조선행을 재구성하면 아래와 같다.

> 10월8일-마쓰시타(松下) 경상남도 내무부장을 회견하고 그로부터 도평의원 金璋泰를 만나기 위한 소개 편지를 받음. 대구 도착, 부산보다 번화하고 발달했으며 조선인의 구매력이 상당히 높다는 인상을 받음.
>
> 10월9일-남산에 도착하여 李膺福을 만나려고 했으나 불발. 도청에 근무하는 김참여관, 김지사와 다테(伊達) 내정부장을 만남. 대구부청에서 府尹을 만남. 경주 군수의 보고 청취. 읍사무소에서 부읍장으

31) 대만의 지방자치실시를 둘러싼 반대의견은 戴振豐의 앞 논문, 32면 참고.

로부터 읍회의원 선거에 대한 설명 청취.

10월10일-경주에서 대구로 돌아옴. 임시 도회 방청. 저녁에 경성으로 출발.

10월11일-東亞日報社에서 宋鎭禹와 회담. 조선총독부에서 우시지마(牛島) 내무국장과 경기도의 지방과장을 만남. 金炳魯와 朱耀燮 만남.

10월13일-동아일보의 金濟榮이 안내하여 조선인이 경영하는 中央高等普通學校, 京城紡織株式會社 방문. 『오사카 아사히』지국장과 만남.

10월14일-농가에서 실제농민 생활 견학. 京城府副議長 金思寅과 식사.

10월15일-총독부 우시지마(牛島) 내무국장, 이와사(岩佐) 헌병사령관 방문.

10월16일-金剛山 毘盧峰, 九龍瀑布, 神溪寺에 오름.

10월17일-萬物相, 海金剛 관광

10월18일-外金剛 관광. 元山도착. 府尹과 만남. 조선인 市場 유람.

10월19일-咸興도착. 府廳의 나가야마(中山) 內務課長, 府議員등과 접촉. 府尹의 市政報告 청취. 시내구경, 鐵原에서 화가인 이시가와 기니치로(石川欽一郎)와 함께 기차 탑승. 開城도착.

10월20일-시내구경. 인삼제조공장, 삼업사 등 참관. 平壤도착. 道廳에서 재무부장, 지방과장으로부터 조사사항에 대한 설명 청취.

10월21일-平壤 명승 구경. 기생학교와 빈민굴 참관. 平壤日日新聞社 방문. 유력자 박씨 만남.

葉榮鐘 일행은 1933년 10월 4일 基隆항에서 미즈호마루(瑞穗丸)를 타고 조선으로 가 부산, 대구, 경주, 경성 등지의 지방정치조직을 시찰하

고 금강산과 평양 명승지 유람을 했으며 奉天, 新京, 하얼빈, 大連 등지를 돌아보고 나가사키, 도쿄를 거쳐 대만으로 돌아왔다. 그들은 조선에서 매우 많은 일정을 소화했는데 각지의 일본인 행정관원과의 면담, 조선의 사회조직과 각 시설의 시찰, 각지의 지방선거 상황 조사, 박물관과 학교 방문, 공장과 회사 견학, 오사카 아사히, 오사카 마이니치, 경성일보, 평양일일신문 등 신문사를 탐방했고 宋鎭禹, 金炳魯, 金濟榮, 金思演과 문인 朱耀燮(1902-1972)을 만났다. 조선행에 대한 기록은 그의 일기와 귀국 후에 쓴 「조선지방제도시찰보고서」[32)]에 상세하게 나와 있는데, 보고서의 내용은 조선의 현행 지방자치제도, 조선의 경제상태, 조선의 교육상태, 조선인의 정치에 대한 관심, 신제도 실시의 경과 등을 포함하고 있다. 또한 금강산 유람 후에 한시 『조선유초(朝鮮遊草)』 16수를 남기기도 했다.

우선, 시찰보고서를 보면, 조선의 지방제도의 연혁에 대해 도제(道制), 부제(府制), 읍면제(邑面制)로 나누어 각급 의원의 선거권과 피선거권, 협의회 권한 등에 대해 매우 상세하게 서술하고 있다. 동시에 대만이 조선에 비해 재정과 교육 문화 등 여러 면에서 앞서지만 유독 정치면에서만 뒤떨어진다고 하면서 조선은 이미 관선의원을 민선의원으로 자문기관을 의결기관으로 개정하여 오늘날 완전히 새로운 면모를 보여주는데, 이는 내지에서 실시되는 현행 지방자치제와 비슷하다고 했다. 또한 1930년에 새롭게 시행된 신제도의 실시경과에 대해서는 선거명부상의 조선인, 내지인 숫자를 통계하여 이것이 주민의 실력 정도 혹은 부의 분배 관계를 잘 드러내는 것이라고 하면서 그 비율에서

32) 원문은 1934년 4월에 『臺灣新民報』에 실림, 葉芸芸, 陳昭瑛 주편, 『葉榮鐘早年文集』, 141-167면 참고.

내지인이 부(府)와 읍(邑)에서 조선인보다 많다는 사실에 주목할 필요가 있다고 했다. 그밖에 읍회의원(邑會議員) 선거에서 내지인의 득표수가 두 곳 이외에 내지인 유권자의 투표수보다 많은 점은 주의를 요한다고 하면서 尙州, 金泉, 濟州 등을 그 예로 들었다. 또 益山에서는 조선인의 득표수가 조선인의 투표수보다 많은데 이는 내지인이 조선인에게 투표했기 때문이라고 하면서 이렇게 내지인과 조선인이 서로에게 투표하는 상황은 직무관계, 영업교역관계, 금전임차관계, 동업자관계 등으로 인한 것이기는 하지만 그래도 일정정도 내선융합(內鮮融合)의 상황이 선거에서 드러난 것으로 해석했다.

그 외 조선의 지방자치실시는 조선민중의 요구로 인한 것이 아니라 그야말로 하늘에서 떨어진 것이라고 보았는데 그 이유는 지식계급이 정치에 대해 관심이 없기 때문이라고 했다. 좌익은 자본주의 지배하의 어떠한 정치운동에 대해 의미가 없다고 느끼기 때문에, 그리고 우익은 최고의 목적인 독립을 달성하지 못하면 그 나머지 정치운동에 대해서는 흥미를 느끼지 않기 때문에 총독의 직접적 영향권 아래 진행되는 정치운동에 조선의 좌우익 지식인이 모두가 관심을 갖지 않는다고 것이다. 현행 지방제도를 지지하는 인사는 관청에 접근이 가능한 소위 온건분자들이며 이들이 향후 조선통치의 중심세력이 될 것이라고 전망했다.

결론에서 그는 다시 한 번 조선의 현행지방제도가 대다수 무산계급과 상관없는 일이며 상층계급 중 일부분 사람이외에는 흥미를 보이지 않는다는 점을 강조하고 있다. 가령 부읍의원이 개정 후 의결권을 획득하여 의사에 성의를 보이고 있지만 일반 민중들은 별다른 관심이 없다는 점을 말하면서 이는 제도 자체의 결함 때문이라고 했다. 즉 5

원 이상의 지방세를 내는 사람만이 투표권이 있는데 조선민중에게 이는 과중한 조건이며 때문에 일반 민중들이 관심을 보이지 않고 따라서 실제효과도 없다는 것이다. 따라서 무산계급에게도 확대하여 직접 참여할 기회가 주어져야 할 것이나 지금 상황으로는 그래도 일상생활을 지배하는 지방제도이니만큼 중요성을 인식하여 제도의 기초를 확고히 해야 한다는 결론을 내리고 있다. 즉 葉榮鐘은 시찰 후 조선에서의 착오를 참고하여 대만의 지방자치제도의 개선을 희망하고 있다. 대만보다 못한 조선의 상황을 계속 지적하면서 이러한 조선에서 대만보다 진보한 지방자치를 실시하고 있다는 점을 강조하고 이를 대만의 지방자치제도 개선의 근거로 삼고 있다고 하겠다.

葉榮鐘은 이 보고서에서 지방제도의 고찰 이외 조선의 경제, 교육상황에 대해서도 상세히 서술하고 있어 식민지 시기 대만 지식인의 조선인식을 보여 준다. 우선, 조선의 경제상태에 대해서 대만총독부의 재정이 이미 독립하였고 오히려 흑자로 식민모국의 경제에 공헌하는데 비해 조선은 제국정부로부터 이천여만원의 보조금을 받아야 한다는 점을 들고, 조선의 빈곤이 상상이상이라고 하면서 그 원인으로 천혜자원의 부족 이외 이조 오백년의 악정이 가장 중요한 원인이라고 했다. 농민이 전체 이천만 인구의 83%를 차지하고 있으며 그중 80%가 세농으로 즉 전 인구의 65%가 세농계급으로 비록 봉건적 토지 공유제는 완전히 소멸했지만 조선시대부터 내려온 지주의 소작농에 대한 착취가 여전히 심각하다고 보았다. 지주들은 이전의 습관대로 일방적으로 소작인을 변경하거나 지세와 기타 공과세를 소작인에게 전가하고, 무상노역도 시키며, 사음(舍音, 마름)이란 중간관리인을 두어 소작농을 지배하는데 이들이 지위를 남용하여 사리를 도모하여 폐해가 많다고 했다. 이러한 상황이 소작농의 빈곤을 초래했고 조선의 농민과 나아가 전체 조선인이 빈곤하게 된 원인이라고 보았다. 또한 이러한 농민의 경우를 통해 기타 영세한 공업노동자나 어민 등 소위 자유노동자의 열악한 생활을 추측할 수 있다고 했다.

조선 농민과 농촌의 이러한 상황에 대해 葉榮鐘은 이조시대의 악정으로 인해 조선민중들이 선천적으로 저축 습관이 없고 그러다보니 비관적이 되어 매일 매일의 생활만 넘기면 된다는 의식을 갖게 되었으며 그 직접적인 원인으로 지주와 중간관리인의 착취를 들었다. 그러나 이러한 1930년대 조선 농촌의 상황은 지주와 중간관리인을 이용하여 농민과 농촌을 장악한 식민당국의 농촌정책제도에서 기인하는바[33] 이에 대해서는 특별히 언급하지 않고 있다.

납세상황도 조선은 대만보다 훨씬 열악하며 대만에 비해 세금부담능력도 박약하다고 했다. 조선의 지방세 납부액은 한 사람당 1원(圓)61전(錢)6리(厘)인데 대만은 4원56전4리고, 국세와 지방세를 포함해서 대만인은 일인당 8원38전8리를 납부하는데 비해 조선인은 3원60전9리로 대만인이 조선인에 비해 2.5배를 더 부담하고 있다고 했다. 또한 대만인이 내는 각종 명목의 기부금도 조선에서는 많지 않으며 그럴 능력도 없다고 했다. 따라서 지방단체의 재정상황이 발달한 도회 이외는 보편적으로 조선이 대만보다 열악하다고 분석했다.

교육상태에 대해서는 보통교육, 실업교육, 사범교육, 전문교육과 대학교육의 다섯 종류로 일본과 대체적으로 비슷한데 그 특징은 보통교육을 담당하는 초등학교가 내선공학이 아니며 조선어가 신댁과목인

33) 일제시기 조선의 농촌상황과 농민문제에 대한 필자의 논문으로는 崔末順, 「日據時期台韓左翼文學運動及其文學論之比較」, 陳建忠 주편, 『跨國的殖民記憶與戰後經驗-臺灣文學的比較文學研究』, 國立淸華大學臺灣文學研究所, 2011, 155~187면이 있다.

점에 주목했다. 초등교육의 취학율은 20%도 되지 않고[34] 향학열도 대만보다 낮으며 학교가 없는 곳도 많아 교육보급의 상태가 대만보다 열악하며, 신문 잡지는 국어(일본어) 사용이 29종, 조선어 신문이 하나뿐이라고 해서 잘못 인식하고 있음을 알 수 있다. 그 외에 내지, 만주, 중화민국과 기타 외국에서 들어온 신문 잡지 등이 있는데 이입지의 종류로 보아 재조일본인과 조선인 사이에 현격한 차이가 있을 것이라고 판단했으며 조선 전체에서 취득할 수 있는 신문은 경성일보와 동아일보인데 조선민중의 빈곤 정도로 보아 구매력이 떨어진다고 했다.

조선인의 정치에 대한 관심은 대부분의 민중이 무산, 무식의 하층계급이므로 정치에 대해 극히 냉담한 반응을 보인다고 했으며 주요원인은 이조 오백년의 악정, 정신적 위축, 관리에 대한 극도의 공포심, 조직적인 운동에 대한 열정과 용기 부족 때문이라고 했다. 그 예로 1919년의 만세사건은 비록 전국적으로 파급되었으나 일시적이었고 오래 지속되지 못했음을 들었다. 전체적으로 보아 그의 조선과 조선인에 대한 인식은 빈곤과 소극적 태도에 초점이 맞추어져 있는데 그 원인으로 이조 오백년의 악정이 남긴 물질적, 정신적 피폐가 결국 지방자치의 무관심으로 귀결되었다는 것이다. 이렇게 모든 원인을 식민통치 이전의 이조에 둠으로써 일본에 대한 비판을 피해 갔음을 알 수 있다.

조선행에서 이루어진 이러한 인식은 조선에서 만난 사람들이나 시찰했던 지역 등과 관련이 있을 것이다. 그가 만난 일본인은 총독부 인사, 각급 협의회 의원 등 관방인사들이고, 조선인 중 金璋泰는 부산지역의 친일 자본가로 조선총독부 지방 법원 통역생 겸 서기로 3년 동안 근무하였으며 개인 회사를 운영했고 1928년부터 1942년까지 부산

34) 당시 대만의 취학율은 35%였다.

상공회의소 부회두를 역임하는 등 친관방의 자본가계급의 이익을 대변했던 인물이다. 宋鎭禹(1889-1945)은 동아일보 창립자 중 한 사람으로 3·1 운동을 주동한 혐의로 체포된 바 있으며 실력 양성이 민족의 독립을 가져온다는 신념하에 물산장려운동, 민립대학기성회 운동 등에 참여했고 브나로드 운동 등을 지원한 우익적 경향의 인물로 알려져 있다. 동아일보는 조선 자치운동의 중심 진영으로 이러한 관계로 방문했을 것으로 생각된다. 그 외 법률가 金炳魯(1887-1964)와 문인 朱耀燮(1902-1972), 언론인 金濟榮 등과 다수의 조선인 지방관리, 협의회 의원 등 소위 유력자를 만났던 것으로 나온다. 이들과의 만남에서 어떤 대화를 했는지는 자세하게 나오지 않지만 이들 인사들의 면면으로 보아 그의 조선인식에 영향을 미쳤을 것으로 추정된다.

5. 맺는 말

제국주의의 세계적 확산으로 인해 대만과 한국의 현대사는 동일하게 일본의 식민지배 속에서 시작되었다. 이러한 역사경험의 유사함으로 인해 양국의 식민처지의 교감, 항일전선에서의 전략적 제휴, 식민지 지식인간의 접촉과 상호인식 등 교류와 접점이 발견된다. 본문에서 논의한 1933년 葉榮鐘의 조선행 역시 그 중의 한 예라고 하겠다. 필자는 그간 식민지시기 대만과 한국 문단의 교류 상황, 사회주의운동에서의 상호연대와 인식에 대해서 살펴본 바 있는데 모두 식민통치에 대한 비판적 인식과 독립을 지향하는 저항운동의 연대의식에 속하는 것이었고 식민지 민중의 관점과 입장을 반영하는 것이었다.[35]

그런데 본문에서 고찰한 식민지시기 양국의 자치론 주장과 지방자치제도 개선운동은 양국에서 공히 자산가계급의 이익을 대변하는 것으로 식민통치를 승인하는 가운데 체제 내 개혁을 추구하는 정치참여 주장이다. 이 정치운동에 참여했던 인사들이 1930년대 후반부터 친일협력으로 나아간 경우도 있어 부정적인 평가를 받기도 한다. 특히 한국에서는 저항과 협력이란 관점에서 식민지 시기 한국인의 정치참여와 정치운동을 분석하면서 자치운동을 일본과의 협력의 틀에서 파악하는 것이 일반적 상황이다. 그러나 대만에서의 평가는 다소 다른데, 지방자치연맹이 우익성향의 자산계급 이익을 대변한다는 것은 공통된 인식이지만 친일협력으로까지 연결시켜 평가하지는 않는다. 그 이유로는 우선 자치연맹의 결성까지의 과정을 볼 때 林獻堂을 비롯해 토착자산가들이 1920년대 초기부터 문화협회의 결성에 참여하여 식민차별정책을 비판하고 육삼법철폐운동과 대만의회설치청원운동을 진행했으며 문화협회 분열 후 민중당에서 지속적으로 활동하다 대만지방자치연맹으로 개조하여 지방제도 개선을 주장해왔으므로 줄곧 민족주의운동을 기조를 유지했다고 판단하기 때문이다.

또한 이들 민족자산계급과 계몽 지식인이 합작하여 진행한 정치, 사회, 문화운동은 일제 당국의 압박과 진압을 받았다. 초기의 정치성을 배제한 문화협회 활동은 민족주의를 고취하고 식민통치를 비판한다는 이유로 활동에서 제약을 받았으며, 의회설치청원운동을 진행하기 위해 설립한 대만의회기성동맹회도 소위 치경사건으로 검거의 대상이

35) 崔末順, 「日據時期臺灣左翼刊物的朝鮮報導-以『臺灣大衆時報』和『新臺灣大衆時報』爲觀察對象」, 中國言語文化學會, 『中國言語文化』第二輯, 2012, 71~95면 ; 「日據時期的臺灣文壇與韓國」, 國立臺灣文學館, 『跨國・跨語・跨視界-臺灣文學史料集刊』 第五輯, 2015, 109~122면과 이 책에 실린 「1930년대 대만문학 맥락 속의 장혁주」 등이 있다.

되었다. 특히 1931년 문화협회 분열 후의 좌파 신문협과 민중당의 좌경노선, 농민조합과 대만공산당이 대대적인 진압과 검거로 활동 불가능한 상황이 이어지는 가운데 지방자치연맹의 자치운동이 진행되었기 때문에 이 운동이 식민지 환경에서 유일하게 남은 합법적 공간을 이용한 마지막 정치운동의 선택이었다는 이해가 가능하게 된 것이다. 게다가 자치연맹의 요구는 기본적으로 자산계급의 이익에 부합되는 것이기는 하지만 점차 각급 협의회의 선거권과 피선거권의 제한을 철폐하자는 주장도 제기되었다. 비록 실현되지는 않았지만 이는 재산여부를 막론하고 모든 국민에게 정치참여의 길을 터주는 민주주의 실현을 요구한 것으로 그 노력이 대만사회의 근대성 쟁취의 표식으로 평가될 만하다.

葉榮鐘의 자치연맹 문건에서 볼 수 있듯이 대만의 자치운동에서 조선은 계속 비교의 근거로 등장했다. 비록 두 식민지 간의 합작이나 협력의 구체적 사실을 확인하지는 못했지만 1933년 그의 조선행은 대만 지식인이 직접 조선을 체험하고 인식하는 계기였으며 조선의 지방자치제도 실시현황을 고찰한 기회로 식민지 상호간 자치운동의 이해와 비교에 있어 의미가 있다고 하겠다. 대만으로 돌아 온 후 남긴 시찰보고에 의하면 조선지방자치제의 문제점은 1920년 실시 이래 두 차례의 개정을 거치면서 점차 권리가 확대되고 있기는 하나 여전히 선거권과 피선거권의 제한이 존재하고 무엇보다 진보적 지식인과 기층민중들의 무관심으로 자치의 취지에 미흡하다고 하면서 이러한 점을 개선하는 방향으로 대만의 완전한 지방자치가 실현되어야 한다는 주장을 내놓았다.

또한 관련인사들과의 접촉과 농촌, 시장, 빈민굴 등 실제체험을 바탕으로 조선의 경제, 교육, 조선인의 정치에 대한 관심 등에 대한 의견을 개진했는데 대다수 인구를 차지하는 조선 농민의 빈곤상황을 제시하고 그 원인으로 과거 이조 오백년의 악정으로 조선인이 진취성을 잃고 현실에 안주하는 습관이 누적되었기 때문이라고 함으로써 일본 식민 통치의 강압성과 착취위주의 농촌정책 등에 대한 이해를 보여주지 않고 있다. 또한 자치운동을 포함해 지식인 계층이 정치활동에 흥미를 느끼지 못하는 것도 단합하지 못하고 분열하는 조선인의 특성에서 원인을 찾음으로써 식민당국의 정치운동에 대한 가혹한 검열과 압박 등을 제기하지 않고 일본이 만들어 낸 조선인식을 중복하고 있다. 이러한 인상과 인식은 그가 접촉한 인사나 문건에서 왔을 가능성이 높으며 葉榮鐘 자신의 우익 자산계급 정체성이 투영된 것이기도 하다.

사실 양국의 자치운동의 성격과 당시 정치운동에서 차지했던 역할과 의의에 대한 연구는 양국의 각기 다른 상황이 충분히 반영되는 구체적인 통계와 분석에 입각해야 제대로 비교가 가능하다. 가령 양국의 계급분포, 토착자산가 계급의 경제적 기초, 자치운동에서 내지인의 정치적 이익과 권리를 가늠할 수 있는 재대만과 재조선 일본인수와 현지사회에서의 역할과 경제활동 상황 등이 구체적으로 고찰되어야 보다 객관적인 연구가 가능해진다고 하겠다. 본문은 자치운동 자체에 대한 양국의 비교고찰에 중점을 두기 보다는 1930년대 葉榮鐘의 조선행을 하나의 예로 삼아 조선을 비교의 잣대로 하여 대만의 자치운동에 대한 전반적 이해와 대만 지식인의 눈에 비친 조선인식을 고찰해본 것이다.

1930년대 대만문단의 향토문학/ 대만화문논쟁의 쟁점과 성과

1. 1930년대 대만문단과 '문예 대중화'론

대만 근대문학은 1920년대 문화계몽과 민족주의 운동의 일환으로 시작되었다. 당시는 일본 식민지로 편입된 지 25년 이상이 지난 시기로 자본주의 사회로의 전환을 가능케 하는 물적, 인적 토대가 마련되어 가고 있었다. 근대식 교육을 받은 대만 도내 지식인과 일본 유학생으로 형성된 근대 지식인 계층은 제1차 세계대전 후의 세계사적 분위기를 받아들여 문화계몽과 민족자결의식을 민중들에게 주입함으로써 현대사회로의 전환과 식민지 처지의 개선을 도모하는 역할을 자임하였다. 1920년을 전후해 蔡惠如(1881-1929), 蔡式穀(1884-1951), 林呈祿(1886-1968), 王敏川(1889-1942), 黃呈聰(1886-1963), 彭華英(1893-1968) 등 일본 유학생들은 계발회(啓發會, 1918), 응성회(應聲會, 1919), 신민회(新民會, 1920) 등 단체를 조직하고 기관지인 『대만청년(臺灣青年)』, 『대만(臺灣)』, 『대만민보

(臺灣民報)』 등 신문, 잡지를 통해 총독 전제정치의 근간인 육삼법[1]의 철폐와 대만인의 정치적 자치권을 주장하는 대만의회설치청원운동(臺灣議會設置請願運動)[2]을 추진했다. 이들은 본토 자산계급 민족주의자인 林獻堂(1881-1956) 등의 지원을 받아 대만 도내로 운동의 중심을 이전해 왔고 그 결과 1921년 문화계몽을 앞세운 민족단체 대만문화협회(臺灣文化協會)[3]를 성립시켰다. 이 조직은 정치적 항일이 불가능한 상태에서 신문화 보급 운동의 형태로 민중들에게 서구 근대성을 계몽하는 동시에 식민지 대만사회의 문제점을 지적하고 개선을 요구하면서 농민들의 자발성 저항단체인 농민조합이나 기타 정치, 사회운동 세력과 연대하며 민족주의운동을 전개했다. 대만 근대문단의 형성과 근대문학의 시작은 바로 이러한 기초와 전제에서 출발한 것으로 문화협회의 기관지인 『대만민보』를 통해 당시대의 문제를 반영하는 근대문학이 창작, 유통되었다. 이렇게 문화계몽과 민족주의운동의 일환으로 탄생한 대만 근대문학은 1920년대 어문개혁, 중국신문학의 영향과 신구문학논쟁을 거치면서 근대문학의 형식을 정립하였고, 동시에 봉건성에 대한 비판, 식민지로 전락한 민족처지에 대한 반성을 위주로 하는 근대문학의 내용을 확립했다.[4]

1) 1896년 제정된 법률63호「대만법령을 시행하는 것에 관한 법률」로 일본헌법이나 의회의 심사나 감독을 받지 않고 대만총독의 명령으로 대만에서 법령을 시행할 수 있다는 내용으로 총독전제정치의 법률적 기초가 되었으며 대만인의 기본인권이 제약받았다.

2) 新民會가 발기한 정치운동으로 일본제국의회에 대만자치의회의 설치를 요구한 것이다. 육삼법철폐운동에서 비롯되었으며 1921년부터 1934년까지 15차례 제국의회에 청원서를 제출하고 정치적 자치를 요구했으나 실패하였다.

3) 1920년대 문화정치시대의 도래를 알리는 민족주의 문화계몽단체로 자산계급과 지식인 계층을 중심으로 구성되었으며 대만문화의 발전을 목적으로 하여 신문화를 보급하고 민족주의를 고취하는 각종 활동을 전개했다.

4) 대만신문학운동과 계몽민족주의 문학관에 대해서는 崔末順, 『現代性與臺灣文學的發展(1920-1949)』, 國立政治大學中文系博士論文, 2004, 79~108면 참고.

그런데 이러한 초기 계몽적 민족주의 성격의 근대문학을 이끈 문단의 주도 세력은 1920년대 중반 이후 식민지 대만사회의 성격과 개혁의 방안을 놓고 의견 충돌을 보이다 좌우 진영으로 분열하게 된다.[5)] 1927년 대만문화협회의 분열이 대표적인 사건인데 이를 계기로 자산계급 민족주의자들에 의해 주도되었던 문화계몽 운동과 계몽주의 문학보다 사회주의 이론과 시각으로 대만사회의 모순을 분석하는 사회주의 운동과 좌익문학의 경향성이 등장하게 된다. 사회주의 이론과 사조의 유입은 일차적으로 종속적인 식민 자본주의화 과정에서 생겨난 민족, 계급 간의 경제적 불평등과 모순의 심화로 인한 것이지만, 이와 동시에 코민테른이 선전한 세계 식민지의 독립주장이 청년 지식인 계층에 의해 받아들여진 결과였다. 따라서 계급적, 민족적, 경제적 시각에서 식민 자본주의의 모순을 혁파하려는 열망이 문학으로 표출되기 시작했고 동아시아의 다른 지역에 비해 시기적으로 늦기는 했지만 좌익문단이 형성되었다.[6)] 시기적으로 보아 1929년에서 1931년까지 소위 대만의 4대 정치, 사회운동세력[7)]에 대한 검거와 진압으로 저항운동이 궤멸되면서 주도세력이던 지식인의 일부가 문학영역으로 모이는 시기와 겹치는데, 예를 들어 1931년 일본과 대만 지식인이 臺北에서 결성한 대만문예작가협회(臺灣文藝作家協會)와 기관지 『대만문학(臺灣文學)』의 발행은 대만문단에서 처음으로 형성된 조직적인 좌익 문인단체이다. 이로써 1920년대 초기부터 점차적으로 진입된 사회주의 이념은

5) 그 중 대표적인 것이 1926년 8월부터 1927년 2일까지 『臺灣民報』를 무대로 진행된 陳逢源(1893-1982)과 許乃昌(1907-1975)의 中國改造論論爭이다.

6) 崔末順, 「日據時期臺韓左翼文學運動及其文學論之比較」, 陳建忠 주편, 『跨國的殖民記憶與戰後經驗－臺灣文學的比較文學研究』, 清華大學臺灣文學研究所, 2011, 155~187면.

7) 臺灣工友總聯盟, 臺灣民衆黨, 臺灣農民組合, 新文化協會를 일컫는다.

문단으로 확산되었고 식민경찰의 진압으로 인한 사회운동의 쇠퇴와 함께 좌익문학 진영이 강화되면서 문예 대중화, 농민문학론, 동반자문학론 등 좌익문학의 각종 의제들이 토론되기 시작했다.

이 과정에서 문인과 지식인의 가장 큰 주목을 받은 것이 문예 대중화론이라고 할 수 있다. 무산대중들이 창작하고 향유할 수 있게 문예를 그들에게 돌려주자는 내용의 이 문예관은 레닌(Vladimir Lenin, 1870-1924)의 「당 조직과 당 출판물」에 나오는 '예술은 인민에 속하는 것이다'에서 나온 개념으로 일본 프로문예이론가 구라하라 고레히토(藏原惟人, 1902-1991)가 1928년에 제기하여 나프(NAPF)의 이론적 기초가 되면서 동아시아 여러 지역으로 전파되고 토론되었다. 문예 대중화론의 제기는 무산문예운동 진전의 필연적 결과인데 계몽의 대상이었던 민중을 무산대중으로 구체화하고, 이들을 혁명의 주도 세력으로 지목하면서 문예를 무산대중에게 보급하여 그들이 자신의 처지를 각성하고, 나아가 그들 자신에 의한 문예창작과 향유를 통해 계급과 민족의 해방을 도모하는 힘을 가지게 하는 것이 무산계급문예운동의 궁극적인 목표였기 때문이다. 이러한 사고는 1930년대 이후 정치사회운동에서 좌절한 좌익지식인이 문학으로 관심을 돌리면서 시급히 해결해야할 과제로 부상했다. 이 시기 출판된 『홍수보(洪水報)』, 『적도보(赤道報)』, 『효종(曉鐘)』, 『오인보(伍人報)』 등 좌익성향 잡지에서 공히 문예 대중화의 기치를 내걸었고, 앞서 본 『대만문학』 역시 문예 대중화의 필요성을 강조했으며 심지어 1930년대 자산계급 성향의 잡지 『남음(南音)』도 창간호에 문예의 보편화와 대중화를 발간사명으로 내세웠다. 이어 1934년 결성된 좌익문예조직인 대만문예협회(臺灣文藝協會)와 기관지 『선발부대(先發部隊)』, 『제일선(第一線)』에서도 문예 대중화의 선결조건인 대중의 식자율(識字率) 제고가 급선무라는 의견이 제기되었고, 대만 문화인의 대단합과 지식인의 좌우익 공동노선을 이끌어낸 것으로 평가받는 1934년 대만문예연맹(臺灣文藝聯盟)과 기관지 『대만문예(臺灣文藝)』에서도 문예 대중화 방안은 모두가 찬성한 안건이었으며, 1936년 楊逵(1905-1985)가 이 연맹에서 탈퇴하여 창간한 좌익잡지 『대만신문학(臺灣新文學)』에서도 '예술은 대중의 소유물'이란 이념에 부합되는 문학을 추구했다.[8)]

이를 통해 1930년대 대만문단에서 문예 대중화론은 당위적으로 인식된 매우 보편적 주제였음을 알 수 있으며 좌우익 문단에서 공동으로 논의되었고 논쟁으로 확산되기도 했다. 그러나 결론부터 말하면 이 시기 문예 대중화론은 문예를 어떻게 대중들에게 보급하는가 하는 문제에 토론이 집중되었으며 대중을 문예의 창작주체로 설정하는 데까지는 나아가지 못했다. 그 이유는 무산대중의 낮은 식자율, 그들이 사용하는 언어와 지식인의 문학어가 분리되어 있었다는 점과 대만의 복잡한 언어상황 등이 그 원인이었다. 따라서 '광대한 군중과 함께 느끼고 그들을 감동시키기 위해 그들 속으로 들어가서 함께 호흡하고 그들을 대상으로 하는 문예를 해야 한다.'[9)]는 기본 전제에서 출발해 이러한 문예를 어떻게 '공농형제(工農兄弟)에게로 확대'[10)]해 갈 수 있을지에 대한 집중적인 논의가 이루어졌다.

본문에서 살펴보고자 하는 1930년대 향토문학/대만화문논쟁은 바로 좌익문단의 문예 대중화 방법과 방식에 대한 토론에서 비롯되었는데 문예 대중화의 방식, 대중의 범위, 구체적 실천 등을 둘러싸고 약 5년 동안 두 차례에 걸쳐 대규모로 진행되었다. 앞시 제기한 바 이 논쟁은

8) 주4의 논문, 109~181면.

9) 黃石輝, 「怎樣不提倡鄉土文學(三)」, 『伍人報』 11號, 1930.9.1

10) 林克夫, 「清算過去的誤謬-確立大衆化的根本問題」, 『臺灣文藝』 2卷1期, 1935.1.1, 18면.

비록 좌익문학의 문예관에서 발단했지만 근대초기 식민지 대만문단이 가지고 있었던 여러 가지 조건이나 제약과 연관되면서 좌익문단 내부뿐 아니라 기타 진영의 지식인이 대거 참여하여 근대문학 정착기 식민지 대만문학의 발전과 방향에 대해 사고하는 계기가 되었다. 이에 본문은 우선 1930년대 대만문단에서 발생한 향토문학/대만화문논쟁에 대해 우선 그 발생원인과 계기, 과정과 쟁점, 논자들의 사고 등을 전반적으로 고찰하고, 이어 이 논쟁이 식민지 대만문단에서 가지는 의미와 이후의 성과를 정리하여 1930년대 식민지 대만문학의 역사적 조건을 이해하는 계기로 삼고자 한다.

2. 논쟁의 발생, 경과 및 쟁점

좌익문단의 문예 대중화 논의에서 촉발된 향토문학/대만화문논쟁은 1930년부터 1934년까지 5년간 크게 보아 두 차례에 걸쳐 집중적으로 진행되었고 현재 정리되어 있는 관련 문장만 70여 편에 이르며[11] 논쟁의 성과 혹은 여파로 볼 수 있는 이후 문단 상황까지 함께 논의하자면 상당히 방대한 분량이다. 해서 논쟁의 쟁점에 따른 시간적 순서를 따라가며 정리하는 방식을 취하기로 하겠다. 논쟁의 의제는 대체로 세 가지로 나뉘는데, 첫 번째가 향토문학에 대한 것으로 향토문학의 정의와 실제 창작에서 어떻게 표현할 것인가를 두고 토론이 진행되었다. 두 번째는 어떤 문학어를 사용할 것인가를 두고 일어난 것으로 대만화문(臺灣話文)과 중국백화문(中國白話文) 사용 주장이 엇갈렸고, 세 번째

11) 中島利郎編,『1930年代臺灣鄉土文學論戰資料彙編』, 春暉出版社, 2003.

는 이와 동시에 진행된 대만화문의 건설에 관한 논쟁이었다. 정리하면 향토문학논쟁은 문학내용에 관한 것이고, 나머지 두 논쟁은 문학 언어에 대한 토론이라고 하겠다.

1930년부터 1932년 사이에 일어난 1차 논쟁은 『오인보』에 실린 黃石輝(1901-1945)의 「어째서 향토문학을 제창하지 않는가(怎樣不提倡鄕土文學)」로부터 시작되었다.[12] 이 문장으로 촉발된 논쟁의 주요 내용은 黃石輝가 제기한 향토문학에 대한 찬반 의견으로, 주요 참여자는 찬성파인 黃石輝와 그 반대편의 廖毓文(1912-1980), 林克夫(1907-?), 朱點人(1903-1951) 등이다. 또한 일실되어 내용을 확인할 수는 없지만 『대만신문(臺灣新聞)』상에서 李春霖과 반대파 간에 향토문학을 두고 논쟁이 있었다고 하고, 1932년 『남음』이 창간되면서 『대만문학』의 賴明弘(1915- 1958)과 黃石輝, 黃春成(1907-?), 莊垂勝(1897-1962) 사이에도 논쟁이 일어나 『대만문학』과 『남음』간의 진영대립으로 격화되기도 했다. 이어 郭秋生(1904-1980)이 향토문학은 대만화문으로 써야 한다는 주장[13]을 제기하자 이에 대한 찬반의견과 더불어 찬성파 내부에서도 표기와 추진방식을 둘러싸고 또 다른 논쟁이 발생했다.

1차 논쟁의 도화선이 된 黃石輝의 문장은 두 가지 내용을 포함하고 있는데, '대만의 하늘 아래 대만의 땅을 밟고 사는 대만인이라면 보고 듣는 것이 모두 대만의 소식이고 입을 통해 나오는 것 역시 대만말이므로 대만의 문학을 해야 한다; 대만의 문학은 대만말을 사용하여 창작한 시, 소설, 가곡을 말하는 것으로 대만말로 대만의 사물을 묘사하

12) 克夫의 「鄕土文學的檢討-讀黃石輝君的高論」(『臺灣新民報』 377號, 1931.8.15.)에 의하면 당시 『伍人報』에 찬반의견이 실리면서 격론이 벌어졌다고 한다. 하지만 『伍人報』는 당국의 검열을 받아 폐지되어 이 문제의 토론도 더 이상 지속되지 못했다.

13) 「建設臺灣話文一提案」, 『臺灣新民報』 379~380號, 1931.8~9.

는 것은 하나도 이상한 일이 아니다.'[14] '광대한 군중을 감동시키는 작품을 쓰려면 그들의 마음을 느끼고 그들을 대상으로 문예를 해야 한다; 노동자 대중을 대상으로 문예를 하려면 향토문학을 제창해야 하고 향토문학을 건설하려면 실제상황에서 멀어지면 안 된다.'[15] 즉 黃石輝의 향토문학 주장은 노동자 대중을 대상으로 내용적으로는 대만의 사물을 묘사하고 형식적으로는 대만화문으로 창작하자는 것으로 요약된다. 이 문장과 더불어 일 년 후 다시 한 번 '향토문학을 제창하는 이유는 각 지방마다 그 곳의 말이 있고, 그 말로 쓴 문학만이 정확하게 사물을 묘사하고 뜻을 전달할 수 있기 때문이다'[16]는 의견을 제시하면서 향토문학의 기치를 내걸고 대만화문의 건설을 주장하자 이에 대한 반대파 문인들의 질의가 시작되었다.

廖毓文은 '향토문학이란 개념은 19세기말엽 독일문단에서 온 것으로 시대성과 계급성이 없어 지금은 이미 사라진 문학'[17]이라고 했고 이에 동조하는 朱點人은 독일작가 로세게스(Roseegges)의 「나무꾼의 집」을 향토문학의 대표작이라고 소개하며 이런 향토문학을 제창하자는 것이냐고 반문했으며, 林克夫는 향토문학이란 용어는 세계 어느 지역에도 있는 것이라고 하면서 만약 黃石輝가 제기한 개념이 이런 향토문학이라면 찬성하지 않는다고 했다. 이에 대해 黃石輝는 일본어와 문언문으로는 대만의 생활상황을 제대로 충분히 묘사할 수 없다고 하면서 향토문학을 대만화문을 쓴 문학으로 재정의했고[18] 곧 대만화문의

14) 黃石輝, 「怎樣不提倡鄉土文學(一)」, 『伍人報』 9號, 1930.8.16.
15) 黃石輝, 「怎樣不提倡鄉土文學(三)」, 『伍人報』 11號, 1930.9.1.
16) 黃石輝, 「再談鄉土文學」, 『臺灣新聞』, 1931.7.24.
17) 毓文, 「給黃石輝先生-鄉土文學的吟味(一)」, 『昭和新聞』 140, 1931.8.1.
18) 黃石輝의 주장을 莊垂勝은 '대만화문을 완성하여 대만문학을 건설하자'는 것으로 요약했다. 負人, 「臺灣話文雜駁(一)」, 『南音』 1卷1期, 1932.1.1.

채용여부를 둘러싼 문학어 논쟁으로 확산되었다.

賴明弘은 '대만의 프로계급을 위해 무산대중을 목표로 문예를 해야 하며', '전 세계 프로계급을 위해 힘을 쏟아야 하므로' 대동단결의 입장에서 漳州, 廈門 이외 지역에서는 통용가치가 없는 향토문학을 반대하고 '그보다 광범위하게 사용되며 중국과도 연계가 가능한 중국백화문의 주장을 제창'[19]했고 같은 입장에서 廖毓文, 林克夫, 朱點人 등은 '문학을 대중화하기 위해서는 한 지방의 문학만을 건설해서는 안 되며 객관적인 현실의 요구와 역사적인 필연성을 가진 볼셰비키의 프로문학'[20]을 건설해야 하므로 대만화문을 문학어로 채용하는 것에 반대했다. 이들이 중국백화문을 주장하는 이유는 일본통치가 날로 공고해지면서 한문서당이 소실되어 가고 있어 黃石輝가 제기한[21] 대만화문연구회(臺灣話文硏究會)의 조직이나 기타 간행물의 발간이 불가능하다는 점, 중국백화문이 이미 통용되고 있다는 점, 대만의 언어가 복잡하여 漳州와 泉州에서만 쓰는 말을 채택하면 알아듣지 못하는 사람들이 많다는 점, 대만화문을 쓸 경우 대만과 중국이 멀어질 수 있다는 점, 대만어가 아직은 유치하고 미성숙하여 문학의 이기(利器)로써 불충분하다는 점 등을 들었다. 이를 정리하면 언어의 성숙도와 표준화의 가능성 여부를 들어 대만화문 사용 주장에 문제를 제기한 것인데, 전자는 일본의 식민통치로 인해 개선을 위한 시도나 노력을 기울이기 어렵고, 후자는 백화문과 비교하여 특정지역에서만 쓰이기 때문에 확장성이 낮을 뿐 아니라 비경제적이라는 점이다. 이에 대해 黃石輝는 대만 도

19) 賴明弘, 「做個鄕土人的感想」, 『臺灣新聞』 1931.12.24.에 게재되었으나 일실됨. 負人, 「臺灣話文雜駁(四)」, 『南音』 1卷4期, 1932.2.22.에서 재인용.

20) 毓文, 「給黃石輝先生-鄕土文學的吟味(二)」, 『昭和新聞』 141, 1931.8.8.

21) 黃石輝, 「再答毓文先生(五)」, 『臺灣新聞』.

내에서 쓰이는 복로말(福佬話)[22]이 실제적으로 대만의 공통어이므로 이를 채용한 문학으로 민중들에게 문예를 보급할 수 있다는 입장을 견지했다.

사실 어느 쪽이든 문예 대중화의 방법적 고민에서 출발한 것으로 문화협회 분열 후 좌익의 신문협 간부였던 黃石輝나 '젊은 마르크스주의자, 투쟁하는 이론가'로 불리며 좌익문학잡지인 『대만문학』에서 활동했던 賴明弘, 臺北 지역의 좌익경향 작가들인 廖毓文, 林克夫, 朱點人 등이 모두 좌익문인이었다는 점으로 보아 첫 단계의 논쟁은 좌익문단 내부의 다툼이었음을 알 수 있다. 백화문이 이미 통용되고 있다거나 대만화문이 통일되지 않았음을 지적하고 있다는 점에서, 이들의 의견 차이는 대만의 당시 현실과 언어상황에 대한 인식에서 출발했음을 알 수 있다. 동시에 사회주의 사상의 대만 전파 이후 1930년대에 이르러 민족과 계급, 대만 본토(鄕土)를 둘러싸고 좌익문인들 간의 의견차이가 발생했으며 이로 인한 주도권 싸움이 논쟁의 배후 원인이라고 하겠다. 즉 黃石輝와 郭秋生으로 대표되는 좌익 본토주의자는 무산계급의 입장에서 무산계급의 본토문화를 건립하려고 시도한 것으로 그들에게 있어서 대중은 바로 대만의 인민을 가리키며 대만인민을 위한 프로문학이야말로 가장 가치 있는 문학으로 인식한 것이다. 그에 비해 좌익 국제주의의 입장을 견지했던 賴明弘, 廖毓文, 林克夫, 朱點人 등은 대만의 프로문학을 건립하여 장래 광대한 중국의 무산대중과 교류할 수 있는 문학을 추구했던 것이다. 이들의 입장과 발언을 한족민족주의자와 대만본토주의자로 나누거나[23] 혹은 중국과 대만을 대립

22) 福佬는 福建人을 말한다. 學佬, 鶴佬, 河老, 河洛라고도 한다. 따라서 福佬話는 복건인들의 말을 일컫는다.

23) 趙勳達, 『文藝大衆化的三線糾葛-1930年代臺灣左右翼知識份子與新傳統主義者的文化思維

적으로 인식했다는 연구가 있기는 하지만[24] 당시의 좌익문단이라는 테두리에서 볼 때 그다지 심각한 대립은 아니었던 것으로 보인다. 가령 중국백화문을 주장한 朱點人은 만약 대만말이 통일될 수 있다면 대만화문의 사용을 찬성하겠다는 의견을 보이기도 했고[25] 대만인의 문맹을 치료하기 위해서는 대만어로 시가나 소설을 창작하는 것이 더 효과적이라는 의견도 있었으며[26] 대만화문 주장자인 黃石輝도 중국백화문과 대만화문이 완전히 절연된 것이 아니며 상호 연대적인 관계에 있다는 의견을 피력했다.[27] 대만화문 사용을 둘러싼 이 논쟁을 좌익문단의 현실인식과 미래전망이란 관점에서 본다면 찬성파는 대다수 대만의 무산대중이 현재 사용하고 있는 대만화문으로 창작함으로써 우선 프로문학을 발전시켜 민중에게 보급하자는 주장이고, 반대파는 지식인 계층에 이미 통용되고 있는 중국백화문으로 창작하여 대만민중뿐 장래 중국의 무산대중과도 연대할 수 있다는 주장을 한 것이다. 또한 찬성파는 혁명의 주체를 무산대중에 두고 그들이 창작하고 향유할 문예는 그들이 사용하는 대만화문이어야 한다는 점을 주장했고, 반대파는 여전히 지식인이 주체가 되어 민중을 계도하는 문학이 현 단계의 대만실정에 부합되는 것으로 파악했다고 보이며 이는 1930년대 대만의 무산계급운동의 진전 상황에 대한 인식의 차이를 반영하고 있는 것이기도 하다.[28]

及其角力』, 國立成功大學臺灣文學硏究所博士論文, 2009.

24) 대표적인 것으로는 游勝冠, 『臺灣文學本土論的興起』(前衛, 1996)가 있다.

25) 點人, 「檢討「再談鄉土文學」(一)」, 『臺灣新聞』, 1931.8.20.

26) 毓文, 「我的希望」, 『臺灣新聞』, 1932.12.17.

27) 黃石輝, 「我的幾句答辯(中)」, 『昭和新報』 143號, 1931.8.22.

28) 1930년대초 사회운동의 궤멸로 관련 잡지와 문헌이 소실된 것이 많아 그들의 무산계급운동에 대한 생각 차이는 정확히 찾을 수 없지만 대만화문논쟁 관련문장 등 문학잡

黃石輝의 향토문학 제창 이후 시작된 논쟁은 郭秋生의 등장으로 보다 구체적인 대만화문 건설을 둘러싼 논쟁으로 이어지게 된다. 그는 '언어는 집단생활의 반영이며 민족정신의 표현'[29]이라는 전제하에 중국역사에서의 언문괴리 현상과 중화민국 건립, 胡適(1891-1962)의 문학혁명 주장을 상세히 소개하고 대만인의 언어적 환경이 매우 특수한 것이라는 결론을 내렸다.[30] '식민지의 원주민에게 본국의 문화, 다시 말해 본국의 언어, 문자, 생활양식을 주입하여 식민지민의 고유한 정신, 민족성을 잃게 하는 것은 식민지의 원주민을 만 백년 제국에 순종하여 절대봉공하게 함이다.'[31] 그의 이런 의견은 일본 동화정책을 비판하고 대만의 고유문화가 위기에 처했음을 말하는 것으로, 국어(일어) 교육의 진행과 전통 서당교육의 몰락이라는 식민지 현실에서 대다수 민중들이 문맹의 상태에 있다고 하면서 이러한 특수한 상황을 해결하기 위해서는 언문일치의 대만화문을 채택할 수밖에 없다는 것이다. 즉 식민정부에 기대어서는 민중의 식자율을 높일 수 없고 전통서당도 갈수록 적어지고 있으며 중국백화문으로 대만어의 표기를 기대하기 어려우므로 어쩔 수 없이 대만화문을 만들어야 한다는 것이다. 그에 의하면 대만화문이란 바로 대만어의 문자화를 지칭하는 것으로 언문일치가 이루어지면 민중들이 바로 생활과 결합해 말하는 대로 쓸 수 있다는 것이다. 표기기호에 대해서는 한자의 영향을 인정하는 범위에서 새로운 글자를 만들어 내어야 한다고 주장했다.[32]

지에서 드러난 것을 기초로 이러한 추정이 가능하다.

29) 郭秋生, 「建設臺灣話文一提案(五)」, 『臺灣新聞』, 1931.7.11.

30) 郭秋生, 「建設臺灣話文一提案(二十)」, 『臺灣新聞』, 1931.7.26.

31) 앞주와 동일.

32) 그는 蔡培火(1889-1983)의 教會로마자나 일어 표기가 효과가 없고, 그 이전 連雅堂(1878-1936)이 고증한 한자대만어(漢字臺灣語) 역시 시대에 적합하지 않다고 했다.

郭秋生이 제기한 대만화문의 표기와 관련한 논의는 1932년 창간한 『남음』 잡지로 옮겨와 진행되었는데, 대만본토의 문학본위 시대를 연 것으로 평가받는 『남음』은 '대만화문 토론란'(臺灣話文討論欄), '대만화문에 대한 여러 의견'(臺灣話文雜駁), '대만화문 새 글자 문제'(臺灣話文新字問題)란을 두고 논의를 이어갔으며 동시에 민간문학의 채집과 재정리를 추진했다. 『남음』은 우익 자산계급 지식인이 주도한 잡지로 이들 우익 성향의 자산계급 지식인들은 식민지 상황과 현대사회로의 변화가 가져온 대만 고유문화의 유실을 막고 민간문학의 정리를 통해 이를 보존하려는 생각을 가지고 있었다. 따라서 이들의 대만화문건설에 대한 관심과 『남음』이라는 무대의 제공은 원래 좌익문단에서 논의되던 문학어의 논쟁을 좌우익 문학 진영 간의 논쟁으로 확산시키는 결과를 초래했다. 負人(莊垂勝)이 연재한 「대만화문에 대한 여러 의견」을 보면 그와 曾演奏, 劉魯, 廖毓文, 林克夫, 朱點人, 賴明弘 등과의 논쟁 상황을 볼 수 있다. 그는 대만말이 중국어의 방언이지만 통용되지 않는 것이 많기 때문에 그대로 적용하기 어렵다고 했다. 즉 중국백화문의 대만 적용은 일본어나 문언과 별로 차이가 없다는 것이다. 黃石輝와 郭秋生의 의견과 일맥상통하는 이 견해는 일어, 문언문, 중국백화문, 대만화문 등 당시 대만의 언어와 문자표기 상황의 복잡성을 잘 보여주고 있으며 동시에 대만민중의 언문일치를 추구하고 있다는 점에서 현실성과 시대정합성을 가진 논의라고 하겠다. 그는 廖毓文, 林克夫, 朱點人, 賴明弘 등의 중국백화문 주장에 대해서 '동상이몽의 사형제'라고 지칭하면서 '한자(漢字)의 뜻을 취해 대만말(臺灣話)을 표기하면 바로 대만문(臺灣文)이 되므로 이렇게 대만화문(臺灣話文)이 성립되면 대만화문의 문학을 건설하게 되고 문학의 대만말이 완성된다'고 주장했다. 동시에 '지금은 반드시 대만화문을 주(主)로 하고 중국화문을 종(從)으로 해야 하는 단계'[33]라고 했다.

이러한 주장에 대해 賴明弘은 프로계급의 대동단결에 방해가 된다는 이유로 여전히 대만화문을 반대했으며[34] 이에 대해 黃石輝는 '대만화문의 반대는 객관적인 정세를 무시하는 것으로 무산계급의 대단결을 논하기 전에 먼저 하나의 사람으로써의 권리와 의무를 누릴 수 있게 해야 하며 이것이 무산계급의 요구'[35]라고 반박했다. 黃石輝의 이러한 논점은 문예 대중화의 실천을 위해서 이론보다 현실에 맞는 방법을 찾는 것이 우선이며 무산대중이 온전한 실천의 주체가 되게 해야 한다는 주장으로 진화했음을 알 수 있다. 周定山(1898-1975)은 중국백화문 주장자들을 '민족 열근성(劣根性)에 찌든 프로문학의 괴물'[36]이라고 비난하면서 대중을 무시하는 처사라고까지 비판했다.

다음으로 1933년에서 34년 사이에 있었던 2차 논쟁은 『대만신민보(臺灣新民報)』와 『폴모사(福爾摩莎)』, 『신고신보(新高新報)』를 무대로 진행되었는데 발단은 역시 黃石輝가 제기한 향토문학에 대한 질의와 응답이었다. 1933년 『대만신민보』에 실린 黃石輝의 「소위 운동광의 함성」[37]에서 그는 향토문학이란 명칭보다는 내용이 중요하다는 의견을 제시했지만 이에 대해 賴明弘은 여전히 향토문학의 개념과 명칭을 유럽의 전원문학과 동일한 차원이라고 비판하면서 계급적인 입장에서 볼 때 도시문학과 향토문학이 모두 자산계급문학으로 대중을 외면한 반동문

33) 負人, 「臺灣話文雜駁(三)」, 『南音』 1卷3期, 1932.2.1.
34) 賴明弘, 「做個鄕土人的感想」, 『臺灣新聞』, 1931.12.24.
35) 黃石輝, 「臺灣話文討論欄-答負人」, 『南音』 1卷8期, 1932.6.13.
36) 一吼, 「拍賣民衆」, 『南音』 1卷6期, 1932.4.2.
37) 「所謂「運動狂」的喊聲-給春榮克夫二先生(上)」, 『臺灣新民報』 967號, 1933.10.29.

학이라는 의견을 제시했다.[38] 또한 黃石輝와 郭秋生이 제기한 대만화문의 주장이 내용보다는 형식에 치우친 실체가 없는 문학론이라고 비판했다.[39] 1차 논쟁 때와 마찬가지로 여전히 국제주의에 입각해 향토문학과 대만화문 주장이 계급보다는 민족을 중시하는 것으로 이해하고 있음을 알 수 있다.

한편 대만민중당(臺灣民衆黨)[40]의 외곽단체인 적감노동청년회(赤崁勞働青年會)와 신문협에서 활동했던 櫪馬(趙啓明)은 대만지방자치연맹(臺灣地方自治聯盟)[41]의 우익 인사들이 제기한 향토문학 내용을 비판했는데 그들이 '日月潭, 阿里山 같은 대만의 향토미를 드러내는 것을 향토문학을 건설하는 것'[42]이라고 알고 있다고 지적하면서 이를 '귀족문학'이며 문단의 발전을 저해하는 '배외주의 문학'으로 규정했다. 대만문단에서 쟁점이 된 향토문학의 내용문제는 일본의 대만유학생들이 주축이 된 『폴모사』 잡지에서도 등장하는데 먼저 清葉은 향토문학을 전원문학, 농민문학으로 규정하는 것에 반대하고 '토지와 긴밀히 연결되어 있는 정감을 표현하는 문학이어야 하며 대만을 자기의 향토라고 여기는 데서 출발한 모든 문학을 대만문학이라고 주장했다.'[43] 대만문단의 동향에 관심을 가진 유학생의 시각을 보여주는데 그에 따르면 광범위한

38) 賴明弘, 「對鄉土文學臺灣話文絶對反對(二)」, 『臺灣新民報』 956號, 1933.10.18.

39) 賴明弘, 「絶對反對建設臺灣話文摧翻一切邪說(二)」, 『新高新報』 411號, 1934.2.9.

40) 臺灣民衆黨은 1927년 7월 10일 臺中에서 성립된 대만인에 의한 첫 정당이다. 초기의 주요 인물로는 李應章, 林獻堂, 蔣渭水, 蔡培火 등이다.

41) 1930년 대만의 우익 신사계급이 설립한 정치단체로 대만인의 공민자치권 보장을 주장했으며 지방자치 단체장의 민선과 의결권을 요구했다. 이에 내해서는 이 책에 실린 「식민지 자치론과 대만 지식인 葉榮鐘의 조선행」을 참고.

42) 櫪馬, 「幾句補足(上)」, 『臺灣新民報』 934號, 1933.9.26.

43) 清葉, 「具有獨特性的臺灣文學之建設-我的鄉土文學觀」, 吳枚芳譯文, 『文學臺灣』 38, 2001.4, 47~51면.

대만문학에 도시문학, 전원문학, 농민문학, 좌익문학 등이 모두 포함된다는 것이다. 또한 劉捷(1911-2004)는 대만에서 향토문학을 두고 논의를 지속하는 가운데 일어로 대만의 지방색채를 쓴 작품이 『대만신민보』에 실렸다고 하면서 언어문제보다는 대만의 특색을 드러내는 것이면 바로 대만문학이라는 의견을 제시했다.[44] 그러나 그가 예로 든 『운명은 거역하기 어렵다(命運難違)』나 『여성의 비가(女性的悲歌)』가 당시 대만인의 생활을 드러낸 것이기는 하지만 무산대중의 시각이나 처지와는 거리가 있어 프로문학의 관점에서 토론한 것이 아님을 알 수 있다. 이런 의견에 대해 좌익 지식인인 吳坤煌(1909-1989)은 「대만의 향토문학을 논함」[45]에서 앞 두 사람의 의견에 대해 현실에 맞지 않고, 핵심에서 빗겨갔다고 지적하면서 향토문학이 단순히 '대만을 무대로 대만생활을 표현하는 문학작품'이어서는 안 되며 '지방색채와 더불어 민족동향을 묘사하는' 프로문학적 관점을 가진 것이어야 함을 재확인하고 구라하라, 레닌, 마르크스의 이론을 인용하여 계급적 시각에서 향토문학을 언급하면서 향토문학 논의를 다시 좌익문학으로 내부로 수렴하고 있다. 『폴모사』에 실린 이 세 편의 일본어 문장은 대만문단에서 언어문제가 쟁점이 된 것과는 달리 향토문학의 내용에 더 관심을 기울이면서 작품의 성패와 언어를 따로 분리시켜 이해하는 면모를 보여주고 있다.

대만화문과 관련된 대만문단의 논쟁은 貂山子(何春喜)가 「대만향토문학 형식의 건설에 대한 의견(對建設臺灣鄉土文學的形式的芻議)」를 발표한 후 열렬한 토론이 있었다.[46] 이 문장에서 貂山子는 대만화문을 창조하기

44) 櫪馬, 「幾句補足(下)」, 『臺灣新民報』 935號, 1933.9.27.
45) 「論臺灣的鄉土文學」, 『フォルモサ』 2號, 1933.12.

보다는 직접 중국의 주음자모(注音字母)를 쓰는 것이 더 편리하다고 했다. 이에 대해 좌익지식인 林越峰(1909-?)은 주음은 배우기가 어렵고, 대만에 원주민어 이외에도 漳, 泉, 粵의 언어가 각각 다르며 광동어(粵語)만 해도 사현(四縣), 요평(饒平), 해륙풍(海陸豐)의 구별이 있기 때문에, 이렇게 언어가 통일되지 않은 상태에서 주음을 채용한다면 각 지역마다 다른 표기를 하게 될 가능성이 있다고 했다. 또한 표음문자는 뜻이 의미를 드러낼 수가 없고 그 지역에서만 통하기 때문에 중국백화문을 채용하는 것이 더 적합하다는 의견을 내었다. 林越峰은 중국백화문은 자의(字義)를 가지기 때문에 漳, 泉, 粵 사람들이 쓰고 읽을 수 있고, 대만인이 쓴 중국백화문 작품은 대만에서 쓰고 있는 한자표현과 용어가 쓰이기 때문에 대만특색을 드러낼 수 있다고 했다.[47] 즉 중국백화문을 근간으로 하고 대만의 특수색채를 더하기 위해 방언을 넣는 방식으로 창작하면 중국에서도 어느 정도는 통할 수 있다는 것이다. 이는 마치 黃石輝가 말한 '대만화문도 중국에서 통할 수 있다'[48]는 생각과 일맥상통하는 것으로 비록 각자의 언어주장은 다르지만 대만화문과 중국백화문이 통용될 수 있다고 판단했던 것이다. 貂山子와 林越峰 사이에는 이후에도 여러 번 중국의 주음자모를 채용하여 대만어를 표기하는 문제에 대해 설전이 오갔는데, 요지는 중국백화문은 대만의 대중과 격리된 언어이기 때문에 주음자모로 대만말을 표기하자는 의견과 대만의 표준어가 아직 건립되지 않은 상태이고 단기간에 건립이 어렵기 때문에 우선 중국백화문을 채용하여 대만섬 내의 언어를 통일하자는

46) 이 문장은 일실되었지만 내용은 越峰, 「對「建設臺灣鄉土文學的形式的芻議」的異議」, 『臺灣新民報』 914號, 1933.9.5.에서 확인할 수 있다.

47) 越峰, 「對「建設臺灣鄉土文學的形式的芻議」的異議」, 『臺灣新民報』 914號, 1933.9.5.

48) 黃石輝, 「我的幾句答辯(上)」, 『昭和新報』 142, 1931.8.15.

의견으로 나누어졌다.

이후에도 賴明弘, 櫪馬, 邱春榮 등의 반론이 있었다. 櫪馬는 새로운 표기를 창조하느니보다 현행의 중국백화문를 쓰자고 하면서 최근 백화(白話)가 점차 유행하고 있으며 중국과는 본래 뗄 수 없는 문화적 관계가 있다고 주장했다.[49] 逸生(吳松谷)은 일본당국의 교육에 대한 압제를 생각하면 대만화문의 건설은 불가능한 것이라고 하면서 '생활, 풍속, 습관, 언어 등에서 중국과 분리될 수 없는 상태에서 중국백화문으로 창작하면 중국과 대만인들이 모두 알아 볼 수 있어 대만에서만 통용되는 언어보다 이상적이고 대만의 고유한 언어와 문자, 방언 등을 요소요소에 배치하여 잘 활용하면 대만색채를 잘 드러낼 수 있다'[50]고 했다. 林克夫 역시 이에 부응하여 '중국백화문을 주(主)로 하고 대만화문을 종(從)으로 하며, 만약 글자가 없을 경우 중국백화로 대체하면 새로운 글자를 만들어내는 수고를 덜 수 있고 동시에 대만인(臺灣人), 광동인(廣東人), 복주인(福州人), 기타 중국의 족군(族群)[51]들이 모두 알아볼 수 있으며 동시에 대만의 향토색채를 가진 언어를 병용할 수도 있다'[52]고 했다. 이들은 한문이 점차 쇠퇴하고 일본어가 나날이 발전하는 상황에서 가능성이 희박한 대만화문의 창조보다는 조국과 통용되는 중국백화문을 선택한 것으로 보인다. 그러나 대만의 사물과 상황을 드러내는데 있어 대만말을 겸용할 수 있다는 의견에서 대만화문 주장자의 문제의식에 동조하고 있음을 알 수 있다.[53] 이러한 절충적

49) 櫪馬, 「幾句補足(下)」, 『臺灣新民報』 935號, 1933.9.27.

50) 逸生, 「對鄉土文學來說幾句」, 『臺灣新民報』 935號, 1930.9.27.

51) 에스니시티(Ethnicity)에 해당하는 개념으로 각기 다른 언어와 생활습관을 가진 대만의 다문화 공동체 사회에서 각 공동체를 일컫는 개념이다.

52) 克夫, 「對臺灣鄉土文學的認識(三)」, 『臺灣新民報』 941號, 1933.10.3.

53) 賴明弘과 邱春榮은 이에 동조하지 않았다.

방식은 당시 대만의 언어 환경에서 가장 현실적인 방안이었는데 실제로 대부분의 일제시기 소설이 기본적으로 백화문의 서술구조에 대만말 단어나 대만식 표현을 첨가하는 방식을 씌어졌다.[54)]

이에 대만화문 주장자들은 논쟁보다는 대만화문의 건설에 나섰는데 郭秋生은 각지의 구비문학을 채집하고 정리한 「대만화문상시집(臺灣話文嘗試集)」을 『대만신민보』에 연재하였고, 대만화문을 지지하던 李獻璋(1914-1999)도 「대만 수수께끼(臺灣謎語纂錄)」를 연재하면서 실천의 단계로 들어갔다. 이런 기초에서 黃石輝는 다시 한 번 대만화문으로 대만사회의 현상을 표현해야 한다고 천명하고 '대만이 독립된 국가가 아니기 때문에 대만을 향토로 규정하고 향토문학, 대만화문을 표방한 것'이라고 하면서 '대만의 언어가 혼잡하기 때문에 한자(漢字, 形과 義가 있는 문자)를 사용한 대만화문을 주장하는 바이며 이럴 경우 중국백화문과도 통하기 때문에 중국인들도 알아 볼 수 있다'[55)]는 점을 제시했다. 동시에 黃石輝는 賴明弘, 林克夫, 邱春榮 등의 생각에 반론을 제기하면서 당시 일간 『대만일일신보(臺灣日日新報)』, 『대만신문(臺灣新聞)』, 『대남신보(臺南新報)』와 주간 『신고신보(新高新報)』, 『쇼와신보(昭和新報)』의 문언문 세력도 무시하기 어렵고 서당에서도 여전히 문언문을 교육하고 있다면서 대만화문만이 대만의 대중과 유리되지 않는 언어로 이를 통해서야 진정한 대만의 프로문학을 창조할 수 있다는 주장[56)]을 이어갔다. 郭秋生 역시 문맹이 대부분인 무산대중에게 통하는 대만화문만이 문예 대중화를 이루는 길이라고 하면서 한자대만화문을 주체로 하여 문언문,

54) 廖毓文도 일본 식민통치를 받는 상황에서 대만화문 건설이 어렵다는 입장을 가지고 있었다.
55) 黃石輝, 「所謂「運動狂」的喊聲-給春榮克夫二先生(中)」, 『臺灣新民報』 968號, 1933.10.30.
56) 黃石輝, 「解剖明弘君的愚論(五)」, 『臺灣新民報』 978號, 1933.11.9.

중국국어, 일본국어, 외국어 등 각종 언어의 정화를 흡수하고 민간문학을 골간으로 하여 대만말의 문학을 추진해야 문학의 대만화문을 완성할 수 있다고 했다.[57] 『대만신민보』의 논쟁 이후 『신고신보』에서 廖毓文(廖漢臣), 賴明弘 등 중국백화문 주장자들이 프로문학의 국제주의 입장에서 대만화문을 반대하는 문장을 발표하고 중국과의 문화 관련성, 한자의 사용상황 등을 고려하여 백화문을 대만의 문학어로 채택하자는 주장을 되풀이했다.

문학어 채택문제를 둘러싼 논쟁에 한해 쟁점과 참여 논자들을 정리하면 아래와 같다.

대만화문 지지자	黃石輝, 郭秋生, 黃春成, 鄭坤五, 莊垂勝, 周定山, 李獻璋, 黃純靑, 賴和	貂山子, 黃石輝, 郭秋生, 李獻璋
중국백화문 지지자	廖毓文, 朱點人, 林克夫, 邱春榮, 賴明弘	林越峰, 賴明弘, 趙櫪馬, 吳逸生, 林克夫, 邱春榮, 廖毓文
시간	1930~1932	1933~1934
미디어	伍人報, 臺灣文學, 南音, 臺灣新聞, 昭和新報	臺灣新民報, 新高新報

3. 논쟁의 성과와 영향

앞서 본 대로 1930년대 두 차례에 걸쳐 발생한 대만문단의 향토문

57) 郭秋生, 「還在絶對的主張建設臺灣話文(一)」, 『臺灣新民報』 980號, 1933.11.11.

학/대만화문논쟁은 문예 대중화의 방식과 대상을 모색하고 설정하는 과정에서 시작되었다. 논쟁에 참여한 논자들이 각기 다른 입장과 시각을 끝까지 견지하여 통일된 결론과 유효한 실천방안을 도출하지는 못했지만 1930년대 식민지 환경에서 근대문학의 성격과 방향을 어떻게 설정할 지에 대한 지식인의 사고가 잘 드러나고 있다. 논쟁의 성과와 영향은 다음 몇 가지로 나누어 생각해 볼 수 있는데, 먼저 대만화문건설과 관련한 구체적인 논의와 실천이다. 대만화문건설의 가장 기본적인 문제는 대만음(臺灣音)을 어떻게 표기할 것인지에 관한 것으로 이는 화문파(話文派) 내부에서도 의견이 엇갈린다. 하나는 郭秋生이 주장하는 '取音不取義'(뜻보다는 음을 취한다) 원칙이다. 말하자면 실제로 대만민중들이 쓰는 음을 그래도 표기하자는 것인데 표기방식으로 이미 있는 구자(舊字)는 그대로 쓰되 없다면 신자(新字)를 창조해야 한다는 주장이다. 郭秋生은 당시 대만에서 인기를 끌던 노래책(歌仔冊)[58]과 대만어 유행가[59] 등에서 발상하여 대만사람들이 내는 소리의 원음을 표기해야 한다는 입장을 가지고 있었고 가요, 민가 혹은 속담이나 수수께끼 등 민간문학을 채집하고 정리하여 옛 글자를 찾고 새로운 문자를 만들어 표기체계를 정립해야 한다고 주장했다.[60] 그러나 이에 대해 黃石輝는 반대 입장을 표명했는데 음보다는 뜻을 고려한 '取義不取音'(음보다 뜻을 취한다) 원칙을 내세웠다. 음을 우선으로 하여 새 글자를 만들면 생소한 글자가 많아져 그 자체로도 복잡하게 되고 나아가 중국백화문과

58) 歌仔冊는 대만의 민간희곡 歌仔戲의 唱本으로 중요한 閩南語 통속문학이며 1930년대 대만에서 상당히 유행했다.

59) 가령 「桃花泣血記」같은 유행가는 콜롬비아 레코드사에서 발매하여 상당한 인기를 끌었다고 한다.

60) 『南音』의 「新字問題」나 『臺灣新民報』의 「建設臺灣話文一提案」시리즈 문장을 통해 알 수 있다.

의 소통도 어려워져 번잡함만 더할 뿐이라는 것이다.[61] 이런 원칙하에 그는 '常識課本'(상식 교본), '尺牘課本'(편지쓰기 교본), '做文課本'(글짓기 교본) 등 각종 교과서를 만들어 서당이나 초학의 아동들에게 보급하고, 사전(辭典)이나 자전(字典), 용어집 등을 편찬하며 동지들을 규합해 향토문학연구회(鄕土文學研究會) 등과 같은 조직을 만들어 표준글자를 정하고 동시에 시, 소설, 산문, 논문 등 모범으로 삼을 만한 작품을 창작하는 방식으로 대만화문을 보급해 나가야 한다고 했다. 이런 생각에 대해 郭秋生은 시간과 경제적으로 비효율적이기 때문에 민간문학에서 옛 글자를 찾는 이외 기존 문학에서 글자를 섭취하는 것도 고려해야 한다고 주장하면서 자신의 생각을 『남음』의 '臺灣話文嘗試欄'(동요, 민가, 수수께끼 등의 채집), 'X光線室', '新名詞', '糞屑船' 란을 통해 실천했으며 『남음』이 정간된 후에는 『대만신민보』를 통해 지속적으로 실천해 나갔다.

한편 黃純靑(1875-1956)은 「대만화문개조론」에서 하문음(廈門音)을 표준으로 하여 언문일치를 이루자는 의견을 내놓았다. 기본적으로 한자를 채용하여 되도록 간편한 방식으로 대만말을 표기하자는 것인데, 이미 알고 있는 글자를 이용하는 '取義做根本, 取音做枝葉'(뜻을 위주로 하고 음은 보조로 한다)의 '屈話就文'(음을 글자에 맞춤)의 방식이다. 이렇게 하면 漳泉人에게 맞을 뿐 아니라 새 글자가 많아지는 것을 피할 수 있다는 것이다. 독음(讀音)의 통일은 하문음을 표준으로 하고 모를 경우 음표(音標)를 옆에 표기하는 방식으로 기존의 대만말 표기를 개조하여 정착시키자는 주장이다. 그 역시 대만화문연구회(臺灣話文研究會)를 조직하여 조사, 연구를 진행하고 책을 편찬하며 강습회, 언론홍보 등을 동원

61) 『臺灣新聞』에 연재한 「再談鄕土文學」 시리즈 문장(1931.7.24.부터 8회 연재)에서 이런 입장이 잘 드러난다.

해 서당과 공학교(公學校)[62]에 대만어과목을 개설할 것을 청원하자는 주장을 했는데 대만어의 개조를 통해 대만과 福建, 廣東지역 및 남양의 화교 등과도 연락이 가능하며 이로써 일본이 제기한 남진정책에 부응할 수 있다는 주장을 내세웠다.[63] 그러나 이런 주장은 郭秋生과 黃石輝에 의해 '대만어를 개조하려면 반드시 대만의 언어를 표준으로 해야 당위성과 현실성이 있다'는 반대에 부딪혔다. 대만문학의 주요작가인 賴和(1894-1943)도 새 글자의 창조는 기존의 문자에서 음과 뜻이 다 통하는 것을 찾을 수 없을 때 부득이하게 하는 것으로, 뜻이 통하고 음이 통하지 않는 글자의 경우에는 옆에 음을 표기하자는 의견을 제시했다.[64] 『남음』의 주도적 인물인 莊垂勝(1897-1962) 역시 대만에서 통용되는 대만화문과 중국백화를 함께 참고하여 '以臺灣話文爲主, 中國話文爲從'(대만화문을 위주로 하고 중국백화를 보조로 한다) 기준을 내놓았고,[65] 李獻璋은 문언문이나 중국백화, 連雅堂(1878-1936) 등이 수집한 대만가요 등 민간문학에서 사용가능한 글자를 가져오자는 의견을 내고[66] 『남음』잡지에 '독자통신란'을 만들어 민중과의 소통 실험을 진행했다.

李獻璋의 이러한 실험은 기존의 글자를 채집하는 계기가 되었고 『남음』에서 채집한 가요를 정리하여 이후 『대만민간문학집(臺灣民間文學集)』을 펴내게 되었으며 이후의 문단에서도 지속적으로 민간문학에 대해 지

62) 식민지 시기 대만에 개설된 아동교육기관으로 1898년부터 1941년까지 지속되었다. 입학대상은 대만인 자제들이었고 이와 분리하여 일본인 아동들은 小學校에 입학했다.

63) 『臺灣新聞』에 연재한 「臺灣話改造論」시리즈 문장(1931.10.15.부터 14회 연재)을 통해 알 수 있다.

64) 賴和, 「臺灣話文的新字問題(一)-給郭秋生」, 『南音』 1卷3期, 1932.1.10.

65) 『南音』에 연재한 「臺灣話文雜駁」시리즈 문장(1932년 1월부터 5월까지 연재) 참고.

66) 「臺灣話文討論欄-新字文字」, 『南音』 1卷5期, 1932.3.10.

속적인 관심을 기울이게 되었다. 1933년 9월『남음』에 '대만 수수께끼'를 연재하면서 李獻璋은 민간문예의 정리에 대해 선조들의 유산이 유실될 가능성이 있기 때문에 수집과 정리를 통해 풍속과 사회상태, 민족의 소리를 조사, 연구하여 문화사의 기록을 남기고 그중 문학성이 있는 작품을 발굴하여 문인들에게 참고자료로 제공할 수 있다고 했다. 그는 채집한 수수께끼를 동물, 식물, 자연, 구조(構造), 잡(雜) 등 다섯 종류로 분류하고 체계적으로 정리하였으며『대만민간문학집』에 수록하였다. 이를 통해 대만화문논쟁으로 촉발된 대만화문의 건설은 민간문학의 채집과 정리를 통해 문자화를 위한 노력으로 이어졌음을 알 수 있다. 대만민간문학의 정리는 청조(淸朝)시기 정치교화의 목적으로 편찬된 지방 역사인 방지(方志)의 한 내용으로 시작되었고, 일제 초기에는 총독부가 통치의 필요성에 의해 민간풍속과 관습에 대한 조사를 광범위하게 실시하면서 민간문학이란 개념이 이식되었으며 이후 신구 지식인을 막론하고 전통과 민족성의 보존, 학술과 문예에서의 참고 가능성 등 여러 목적아래 지속적으로 진행되어왔다.[67] 1936년에 나온『대만민간문학집』의 출판은 이러한 실천의 연장선에서 李獻璋, 賴和, 黃石輝 등 화문파의 노력의 결과인 동시에 중국백화문논자인 林越峰, 朱點人, 廖毓文 등이 채집한 민간이야기도 수록하고 있어 1930년대 향토문학/대만화문논쟁의 직접적 성과라고 평가할 수 있다. 민간문학집의 출간을 앞두고『대만신문학』은 '가요와 전설은 모두 국민생활의 반영이며 정감의 기록, 지혜의 누적이고 동시에 국민행동의 무형의 지

67) 이에 대해서는 施懿琳,「民歌采集史上的一頁補白-蕭永東在『三六九小報』的民歌仿作及其價値」,『第三屆通俗文學與雅正文學全國學術硏討會論文集』, 新文豐, 2002; 王美惠,『1930年代臺灣新文學作家的民間文學理念與實踐-以『臺灣民間文學集』爲考察對象』, 國立成功大學歷史硏究所博士論文, 2008. 참고.

배자이다. 따라서 『대만민간문학집』은 전체 대만인의 문예 상상력의 총합이며 선민들 사상의 정수(精髓)라고 할 수 있다.'[68]라는 소개를 했고 『대만민간문학집』의 서문에서 李獻璋은 '福佬인이 閩南지역에서 옮겨 왔으므로 문화와 역사에서 중국의 영향권 아래 있는 것은 사실이나 대만에서 새롭게 만들어진 이야기도 많으므로 福建 泉州의 이야기책보다 더 재미있는 것이 많다.'고 쓰고 있는 것으로 보아 대만화문논쟁을 거치면서 중국과는 다른 대만 특유의 언어와 문학을 자신의 정체성으로 인식하고 있음을 잘 보여주고 있다.

다음으로 1930년대 대만문학 창작의 실제 언어상황을 통해 논쟁이 어떤 영향을 미쳤는지 살펴보면, 대체적으로 논쟁에서 제기된 토론된 쌍방의 의견이 반영되었고 창작으로 실천되었다고 할 수 있다. 우선 일제시기 대만의 문학어 상황을 살펴보면 중국백화문, 일본어, 일본식 한문, 전통 문언문, 대만화문 등이 있다. 1920년대 『대만민보』 계열 신문잡지를 통해 형성된 대만 근대문학은 대부분 중국백화문으로 씌어졌는데 이들 신문잡지의 발행주체가 문화계몽운동을 전개한 근대 지식인이고 오사중국신문학운동의 영향을 받았던 데서 원인을 찾을 수 있다. 일본어 문학은 초기 일본 유학생에 의해 창작되었고 1930년대초 대만 내 일본무산청년들이 주도한 『대만문학』과 일본의 대만유학생이 발간한 『폴모사』 등 문학잡지에서 대량 등장했다. 또한 식민당국의 검열과 언어규제로 인해 1930년대 중반기 이후 대만 도내에서 발간된 문학잡지인 『제일선』, 『대만문예』, 『대만신문학』에서 일본어 비중이 늘어났으며 1940년대 전쟁시기의 대만문단은 한문(漢文)이 금지되면서 특수한 경우를 제외하고[69] 일본어로만 창작되었다.

68) 『臺灣新文學』 1卷10期, 1936.12 광고.

앞서 보았듯이 논쟁이 일어났던 1930년대 대만문단에서는 사회주의 사조의 영향과 좌익문단의 형성 등 근대문학의 주체와 독자층에 대한 사고가 심화되었고 이런 가운데 일본, 중국과 구별되는 대만인의식이 문학논의에도 등장하여 논쟁으로까지 격화되었다. 가장 첨예한 쟁점은 문학어로 대만화문을 채용할지 여부였는데 논쟁이 지속된 시기와 그 이후의 창작을 통해 살펴볼 수 있다. 陳淑容의 연구에 의하면 논쟁의 단초를 제공했고 시종일관 대만화문을 주장했던 黃石輝는 「자살보다 적을 죽이는 게 더 낫지(以其自殺, 不如殺敵)」(1931)라는 대만화문소설을 창작하여[70] 자신의 주장을 실천으로 옮겼다고 한다. 이 소설은 관청과 일본의 제당회사에 의해 임야를 강점당한 가족이 저항을 하지만 대규모의 진압으로 결국 어쩔 수 없이 다른 곳으로 이사를 가게 되고, 동지를 밀고한 이를 살해한 죄로 감옥에 갇히게 된 주인공이 출옥하여 일본인이 경영하는 철공장에서 일하지만 과도한 착취에 견디지 못해 동맹파업을 하다 쫓겨나는 내용을 담고 있다. 소설 중의 대만화문 표기는 자신이 주장한 대로 대부분 기존 문자를 채용하였고 필요한 경우에 한해 새로운 글자를 소수 만들어 사용하였다. 또한 대량의 대만 속어와 속담을 운용하여 대만의 풍토와 특성을 잘 살렸다고 평가된다. 하지만 이 소설은 賴和에 의해 많은 수정이 이루어졌는데 주로 대만화문의 어귀(語句)를 중국백화문의 어투로 바꾼 것이었다. 비록 간행되지는 못했지만 『대만신민보』에 실을 것을 전제로 수정한 것으

69) 예를 들어 1930년대 중반 이후 『風月報』계열 잡지로 불리는 『風月』, 『風月報』, 『南方』 등은 문언문과 중국백화문을 사용했는데, 일본의 중국침략과 이어지는 남진정책에서 日華提携가 중시되었으며 南洋 화교와의 연락에도 필요했기 때문이다.

70) 이 소설의 작자와 창작시기에 대해서는 의견이 엇갈리는데 이에 대해서는 陳淑容, 『1930年代鄉土文學·臺灣話文論爭及其餘波』, 國立臺南師範學院鄉土文化研究所碩士論文, 2001, 137면 참고.

로 보이는데 당시 문단에서 받아들여질지 여부에 대한 고민이 수정의 원인으로 추정된다. 賴和의 이러한 수정은 자신의 소설 창작에서 얻은 경험과도 연관시켜 생각할 수 있는데 대체적으로 1930년대 중반 이전의 소설은 중국백화문으로 썼지만 1934년 「송사인의 이야기(善訟人的故事)」부터 백화문을 서술의 근간으로 하되 대화에서 대만화문을 첨가하여 인물의 특색을 살려내는 방식을 채택했고, 1935년 나온 그의 마지막 소설 「한 동지의 편지(一個同志的批信)」에서는 거의 대만화문으로 표현하였으며 생전에 발표되지 못한 「부자의 역사(富戶人的歷史)」는 두 사람의 대화로 구성되어 있는데 완전히 대만화문을 채용한 소설이다. 일제시기 가장 중요한 작가로 평가받는 賴和의 이러한 창작경험을 통해 중국백화문과 대만화문 사이에서 많은 고민을 했음을 알 수 있다. 가령 「한 동지의 편지」는 발표 후 읽기 어렵다는 비판을 받았는데 이러한 자신의 경험에 비추어 黃石輝의 소설을 수정한 것이라고 추정된다. 적극적인 대만화문 주장자였던 郭秋生은 1920년대 말부터 「죽음인가(死麼?)」(1929), 「귀신(鬼)」(1930), 「연희패 놀이(跳加冠)」(1931) 등 소설을 발표했는데 중국백화문을 위주로 하되 대화에 대만식 표현과 어휘를 대량 첨가하였다. 논쟁이 진행되면서 『남음』과 일간 『대만신민보』에 발표한 산문에서는 대만화문을 위주로 썼지만 논쟁이 끝난 후에 나온 소설 「왕도향(王都鄕)」(1935)은 다시 매우 유창한 중국백화문으로 씌어졌고 대만화문은 상대적으로 약해지고 있는데 이는 대만화문을 실제창작에서 운용하기 어려운 실정을 대변해 준다고 할 것이다.

다름으로 중국백화문 주장자들의 창작을 보면, 朱點人의 경우 논쟁이 시작된 이후 나온 주요 작품 「수도(島都)」(1932), 「기념수(紀念樹)」(1934), 「매미(蟬)」(1935), 「안식의 날(安息之日)」(1935), 「가을편지(秋信)」(1936), 「장수회(長壽會)」(1936) 등에서 중국 작가와 비교해도 손색이 없는 유려한 중국백화문을 구사하고 있다. 그런데 1936년에 나온 「두각을 나타내다(脫穎)」에서는 서술과 인물의 대화에서 대만어 표현이 대량 등장하는데 논쟁 당시 대만어가 통일된다면 사용을 반대하지 않겠다고 한 주장의 실천일 수도 있다. 朱點人 뿐 아니라 趙櫪馬 역시 대량의 대만화문을 운용한 소설을 발표했는데 수리시설이 완비되었음에도 불구하고 관개를 하지 못하는 농민과 일본 경찰과의 충돌을 그리고 있는 「서북우(西北雨)」(1936)에서 대만화문이 압도적으로 많으며 특히 농민들의 대화에서 두드러진다. 이들 논쟁에 직접 참여한 문인들의 작품 뿐 아니라 일제시기 소설의 언어 상태를 살펴보면 1930년대 절대다수의 소설이 정도의 차이는 있지만 중국백화문을 근간으로 이야기를 끌어가되 인물의 대화나 특정표현에서 대만화문을 운용하는, 이른바 '서술은 백화문, 대화는 대만화문'의 형식을 채택하고 있다. 이는 앞서 보았듯이 논쟁이 진행되면서 두 진영이 모두 백화문이든 대만화문이든 서로 소통할 수 있는 정도를 지향했으며 바로 그런 인식의 문학적 실천이라 하겠다. 화문론자인 黃石輝, 黃純青, 莊垂勝, 賴和, 李獻璋 등이 모두 기존의 글자를 채용하자는 쪽으로 기울어졌고 중국백화문 주장자들도 대만방언의 채택을 받아들임으로써 실제 창작은 백화문의 기본구조에 대만화문을 운용하는 방식으로 진행되었음을 알 수 있다. 논쟁의 계기가 되었던 문예 대중화의 시각에서 볼 때도 지식인이 창작의 주체인 현황을 고려하면 그들이 무산대중의 현실을 드러내는 내용을 창작하는 과정에서 자연스럽게 인물과 상황에 맞는 대만화문을 운용할 수밖에 없었을 것이다.

4. 논쟁의 의의와 대만근대문학의 역사조건

1930년대 향토문학/대만화문논쟁은 좌익문단의 문예 대중화 논의에서 발단되었으나 논쟁이 진행되면서 다른 진영의 인사들이 대거 참여하여 근대문학의 내용과 문학 언어에 대한 의견을 개진한 중요한 문학사적 사건이었다. 이 절에서는 논쟁의 쟁점이 가지는 의미를 찾아 1930년대 대만문학이 처해 있었던 역사적 조건에 대해 정리해 보기로 한다.

첫 번째로 가장 큰 쟁점인 근대문학의 언어문제이다. 1895년 청일전쟁의 결과 대만은 청조에 의해 일본 식민지로 할양되면서 곧 바로 총독전제의 식민통치를 받게 된다. 일본은 강력한 동화정책을 추진했는데 근대식 학교를 통해 일본어 교육을 전면적으로 실시했고 일부 서당에서 문언문의 한문교육이 지속되기는 했지만 근대사회로의 신속한 변화와 식민체제가 공고해지면서 신식교육과 일어보급은 대만사회와 교육에 매우 큰 영향력을 발휘했다. 그 결과 근대문학이 형성되기 시작한 1920년대 대만사회의 언어상황은 언문일치가 이루어지지 않은 상태였고 문학의 주요 창작과 향유층은 구지식인이었으며 이들에 의한 문언문의 전통한시가 주류를 이루었다. 따라서 대만 도내와 일본 유학생 등 근대식 교육을 통해 성장한 근대지식인들은 문화 계몽운동을 전개하는 동시에 언어의 현대화 개조를 추진했다. 1920년대 초기의 문자개혁 주장과 중국신문학운동의 소개 문장에는 문학에 사회적 책무를 부여하는 내용 뿐 아니라 고문을 알기 쉬운 일용문으로 개조하자는 요구가 상당히 두드러진다. 이들은 중국의 신문학운동을 참고로 하여 백화문으로 개조할 것을 주장했고 이에 대한 비판으로 1920

년대 신구문학논쟁이 발생한 사실로 보아 문언문의 구문학 진영이 완강하게 존재했음을 알 수 있다. 게다가 문자개혁의 주장은 몇몇 논자의 문장을 싣는 선에서 끝났고 대만민보 계열의 근대미디어가 일본어와 백화문 혼용에서 백화문 전용을 채택함으로써 지식인층의 언어로만 채택되었다. 즉 식민지 상황에서 교육기관을 통한 전면적인 백화문 교육과 보급이 불가능했고 따라서 광범위한 대중은 백화문의 사용에서 유리되어 문자 표현이 어려운 대만어를 구어로 제한된 문자생활을 하게 되었다. 이는 근대식 교육체계를 통해 백화문을 전면적으로 보급하기 시작한 중국의 상황과 다른 점이며 이런 대중들의 언어상황으로 인해 문학어 문제가 1930년대 대만화문논쟁의 쟁점으로 부상한 것이다. 특히 좌익문단에서 대중들의 처지를 주요소재로 그들을 대상으로 문학을 창작하여 보급하는 것이 시대적 임무로 논의되자 곧 바로 대중의 언어, 그들이 쓰고 읽을 수 있는 언어가 무엇인지, 대부분이 문맹인 그들에게 어떤 언어로 된 문학을 보급해야 할지, 그리고 어떤 언어를 사용하는 것이 그들의 처지를 보다 더 잘 드러낼 수 있는지가 쟁점으로 떠올랐다. 즉 식민지 상황으로 인해 언어의 현대화 과정이 미완성으로 남은 것이 논쟁의 불씨를 제공한 것이라고 하겠다.

두 번째로 대만근대문학의 형성과 발전단계의 문제이다. 서구와의 접촉으로 뒤늦게 근대로 진입한 모든 지역의 문학이 그렇듯 1920년대 대만근대문학의 시작은 계몽운동으로 진행되었다. 대중은 계몽의 대상이었고 문학의 주체로 인식되지 못했다. 문학이 근대문명을 포함한 보편지식의 전달 뿐 아니라 민족처지를 자각하는 매개체로 인식되었음에도 불구하고 계몽의 대상인 대중은 문학에서 소외되어 있었다. 이들은 지식인층이 문학을 통해 누적한 지식과 가치관을 문학이 아닌

강연, 영화, 연극 등 다른 방식으로 섭취하면 되었다. 따라서 1930년대 대만화문논쟁에서 언어문제가 쟁점으로 부상한 것은 대중과 문학의 접점이 이루어진 단계로까지 대만근대문학이 진전되었음을 말해준다고 하겠다. 1930년대 들어 문학본위시대의 도래와 도시의 소비대중층이 형성되자 대중은 문학의 독자로 인식되었다. 따라서 그들이 공감할 수 있는 생활과 가치관을 반영한 문학창작이 요구되었고 그들의 언어가 작품 속으로 대량 진입하게 되었다. 계몽시기 신문잡지 등 공공미디어를 통해 지식인층에서 창작되고 유통되던 문학이 이 시기에 와서 단행본이 출간되고 대중들에게 읽히는 현상이 생겨나면서 그들의 언어를 채용한 창작의 수요는 증가할 수밖에 없었다. 뿐만 아니라 우익 자산계급과 구지식인들이 식민의 진전에 따른 민족전통의 유실을 우려하여 자신들의 미디어[71]를 통해 민간문학을 채집하고 정리하는 작업을 진행했으며 이런 과정에서 민중들의 언어를 어떻게 표기할 것인지에 대해 사고하기 시작했다. 대만화문을 둘러싼 논쟁에 여러 진영의 인사들이 참여하여 열렬한 토론을 펼친 것은 이러한 근대문학에서의 독자층에 대한 인식과 관련이 있다고 하겠다.

세 번째로 사회주의 사조의 유입과 좌익문단의 성립, 발전과 직접적 관련을 가지고 있다. 특히 문예 대중화 개념의 이입은 무산대중을 문학의 주체 혹은 대상으로 볼 것인지를 두고 격렬한 토론을 일으켰으며 논쟁의 주요쟁점이 되었다. 하지만 무산대중을 문예의 보급대상으로 보든 창작의 주체로 상정하든 먼저 해결해야 할 것은 그들의 문맹상태를 타파하는 것이었다. 때문에 그들에게 가장 근접한 언어를 채용하는 것이 식자율을 높이는데 효과적이란 데 인식을 하게 되었고 좌

71) 예를 들어 『三六九小報』, 『風月報』계열(『風月』, 『風月報』, 『南方』), 『雅言』 등이다.

익본토주의 문인들에 의해 대만화문이 강력하게 주장되었다. 반면 좌익국제주의 입장을 견지한 이들은 중국대륙의 광대한 무산계급과의 단결과 소통을 전제로 중국백화문을 채용하자는 의견을 제기했다. 이러한 입장 차이는 일본을 통해 들어온 코민테른의 단계별 테제의 수용과 관련되는데 비교적 젊고 급진적[72]이며 도시거점 문인들[73]이 국제주의를 수용한 반면 자생적 농민운동을 통해 형성된 문인들[74]은 대만 도내 무산대중의 처지에 초점을 맞추어 그들의 언어로 그들의 생활을 드러내는 대만화문의 향토문학을 지향한 것이다.

네 번째로 논쟁의 전개양상에서 보듯이 대만지역의 복잡한 언어상황과 깊은 연관성이 있다. 대만지역의 거주민은 선사시기부터 살아왔던 소수의 원주민과 명말(明末)부터 청조(淸朝)시기에 중국대륙에서 이주해온 대다수의 한인(漢人)들로 구성되어 있다. 또한 한인들은 크게 복건성에서 온 민남인(閩南人)과 광동성에서 온 객가인(客家人)으로 나뉘고 이들이 구사하는 민남어(閩南語)는 漳州와 泉州의 지역차이가 있으며 객가어(客家語) 역시 원래 중국의 다른 지역에서 온 까닭에 각 지역마다 조금씩 다르다. 문제는 이들 언어가 말은 있지만 통일된 표기문자가 정립되어 있지 않다는 점이다. 때문에 어떤 언어를 대만화문으로 할 것인지에 대한 의견부터 각기 다른 지역의 언어를 어떻게 통합하고 표준화된 표기체계를 만들지를 두고 쟁론이 벌어졌던 것이다. 사실 이 문제는 지금까지 대만어문학을 주장하는 작가와 학자들에게도 여전히 풀어야 할 숙제로 남아있다.[75] 또한 표기방식에 대해서도 기존 한자의

72) 賴明弘이 대표적이다.

73) 臺北의 萬華 지역을 중심으로 활동한 廖毓文, 朱點人, 林克夫 등이다.

74) 예를 들어 남부 彰化 지역을 중심으로 활동한 賴和, 莊垂勝, 周定山 등『南音』동인들이다.

채택 정도, 새로운 글자를 만드는 원칙 등을 두고 각자의 의견이 엇갈렸다. 때문에 대만화문론자들 사이에서조차 통일된 결론을 도출하지 못하고 실험단계에 그쳤다.

이렇게 1930년대 대만문단의 향토문학/대만화문논쟁은 대만근대문학의 발전과정에서 문학어의 정립, 무산대중의 현실, 민간문학 중의 민족전통 등 의제를 수면 밖으로 끌어내었으며 그 결과 당시의 상황에서 가장 현실적인 방안인 중국백화문의 기본서술구조에 인물의 대화나 특정표현에서 대만화문의 사용이라는 서사방식을 정착시켰다. 아쉬운 것은 논쟁이 끝난 시점인 1930년대 중반은 날로 강화되어가는 문학검열과 일본어 창작의 강제, 일본유학생 문단의 성립과 대만유입, 일본어 교육세대의 성장 등 여러 요인으로 인해 이미 일본어 창작이 대만문학의 주류로 등장했고 곧 이어 전쟁 시기 황민화운동으로 대만인을 주체로 하는 문학논의는 봉쇄되었다. 따라서 논쟁의 결과는 문학창작에 충분히 반영되지 못했다. 하지만 강력한 식민통치와 제국언어의 강세에 맞서 대만민중의 언어로 그들의 생활을 그릴 것을 전제로 한 이 논쟁은 대만근대문학의 방향과 내용을 현실성, 민중성, 민족성으로 설정하는 주요한 계기가 되었다고 하겠다. 논쟁에서 제기된 문예대중화와 문학어의 선택문제는 대만 뿐 아니라 한국과 중국에서도 동일하게 중요한 문단의 의제였으므로 본문에서 고찰한 대만문단의 상황을 향후 동아시아 각국의 논의로 확대해 가는 기초로 삼고자 한다.

75) 대만어문학을 주장하는 학자들은 대부분 대만독립의 정치적 입장을 가지고 있으므로 한자를 완전히 배제한 로마자 표기를 주장하는 급진파도 다수 있다.

1930년대 대만문학 맥락 속의 장혁주

1. 들어가면서

서구근대와 다른 동아시아의 특수한 근대경험을 하나의 방법으로 삼아 다양하게 노정된 근대의 부정적인 면을 해소하고 나아가 동아시아 국가 간의 이해적 모델을 찾고자 하는 맥락에서 출발한 동아시아학은 최근 몇 년간 대만문학의 연구에서도 큰 영향력을 행사하고 있다. 특히 문학연구에서의 동아시아 담론이 표방하고 있는 '주변의 관점'[1]은 현실 정치면에서 중국과 대치하고 있는 대만의 처지에서 대만문학의 독자성을 유지하고 또 대외에 알리고자 하는 바람으로 인해 수용 가능한 연구방법으로 인정받았다. 실제로 1990년대 이후 대만문학과 역사, 문화관련 학문이 성립하고 정식교육체계로 진입하는 과정에서 중국과는 다른 대만본토의식의 강조와 정치적 독립의 추구라는 현실정치의 변화가 크게 작용하였다.

1) 한국, 중국, 일본 중심이 아니라 대만, 홍콩, 오키나와의 근대경험과 시각을 포함하는 관점을 말한다.

이러한 연구풍토 속에서 대만문학연구계가 가장 주목하게 된 것이 한국의 근대경험과 한국문학이다.[2] 세계역사와 문학의 주변적 위치에서 근대로의 진입과 동시에 일본에 의한 식민과 2차 대전 후의 냉전으로 인한 국가분열의 경험을 공유하고 있다는 점이 양국 근대경험의 공통점으로 발견되었고, 특히 일본식민통치시기 문학연구에서는 문학제도와 습관, 근대문화지형의 형성 등에서 일본의 영향과 일본을 통해 들어온 서구문학사조와의 영향관계, 그리고 일제말기 강화된 제국과 식민지 문학의 관련성 등 비교적 큰 틀에서 양국문학의 비교연구가 진행 중이다. 말하자면 양국문학 자체의 비교이해보다는 서구와 일본을 대전제로 하여 이들의 영향에서 양국문학이 어떠한 경험을 공유하는 가에 초점이 맞추어지고 있다 하겠다. 이러한 연구시각과 관점은 양국의 역사경험으로 보아 충분한 타당성을 가지고 있음에도 불구하고 자칫 그 문학적 경험과 양태를 수동적으로 인식하게 하는 위험도 배제하기 어렵다.

본문은 이러한 문제의식에서 출발하여 1930년대 대만문단에서 언급된 장혁주(張赫宙, 1905-1988) 관련 문장을 찾아보고 어떠한 맥락에서 그가 대만문인들의 시야에 들어오게 되었으며 그의 문단활동에 대한 대만문인들의 인식은 어떤 것인지 살펴보고자 한다. 비록 장혁주에 대한 언급이 많은 분량을 가지거나 심도 있는 의견은 아니지만 이는 당시 양국문단의 접촉과 인식의 구체적인 사례이며, 대만문단의 상황을 보여주는 동시에 양국의 식민지 문단으로서의 성격, 나아가서는 식민지의 제반 문화상 등을 고찰할 수 있는 좋은 소재라고 하겠다. 하지만 본문은 양국문단의 등량적 고찰보다는 장혁주의 언급을 통해 본 1930

2) 본문에서 '한국'은 일반적인 상황을, '조선'은 일제식민통치시기의 한국을 가리킨다.

년대 대만문단의 맥락을 고찰하는데 치중할 것임을 밝혀둔다.

2. 대만문단에서의 한국과 장혁주 언급 사례

일제시기 대만문단[3]에서 한국문인과 문학에 대한 직접적 언급이나 한국작품을 발견하는 일은 그다지 쉬운 일은 아니다. 현재 찾을 수 있는 가장 최초의 기록으로는 1906년 일본의 관방신문이었던 『대만일일신보(臺灣日日新報)』 한문판인 『한문대만일일신보(漢文臺灣日日新報)』[4]에 『춘향전(春香傳)』이 4회에 걸쳐 연재된 것인데 아직 정확한 고증에는 이르지 못했지만, 춘향전을 번역한 신문기자 李逸濤(1876-1921)는 전통문인이면서도 일본어에 능통했던 것으로 알려져 있어 1906년 일본인 타카하시 후쯔엔(高橋仏焉)[5]이 잡지 『태양(太陽)』에 연재한 「춘향전의 경개(梗概)」를 보고 다시 문언으로 개사한 듯하다.[6] 이 신문의 '소설'(小說)란, 혹은 '잡보'(雜報)란에 실려 있는 소설류 작품들이 모두 문언통속소설인

3) 대만은 1895년 청일전쟁에서 청이 패배함으로써 일본에 할양되어 1945년까지 51년간 일본의 식민통치를 받았다.

4) 『臺灣日日新報』는 1896년 창간된 『臺灣新報』와 이듬해 창간된 『臺灣日報』가 1898년 합병된 것으로, 1944년 전쟁으로 인한 물자부족과 관방의 언론 통제를 위해 당시의 다른 5개 신문과 통합되어 『臺灣新報』가 되었다. 대만총독부가 발행한 가장 큰 규모의 신문으로 발행기간이 47년에 이른다.

5) 高橋仏焉은 高橋亨(1878-1967)으로 1903년 대한제국정부의 초빙을 받아 교사로 조선에서 일했으며 그 후 총독부의 종교조사 위탁을 받아 조선 각지의 고서, 금석문의 수집과 연구, 이후 조선 유학에 대한 연구를 진행했다. 1926년 경성제국대학교수로 임명되어 법문학부에서 조선어학문학의 첫 강좌를 맡았고 1940년 경성사립혜화전문학교의 교장에 취임했다.

6) 이런 추측이 가능한 이유는 역자이며 신문기자였던 李逸濤가 일본의 매체에 상당히 익숙했으며, 이들의 『春香傳』에서 모두 이몽룡을 이령(李鈴)이라고 표기하고 있다는 점이다.

점으로 보아 초기 일간신문의 발행과 독자층의 확보라는 점에서 대량의 소설이 필요하였으며 그 과정에서 중국, 대만은 물론 일본, 한국의 구소설에서 재료를 취해 왔음을 알 수 있다.[7)] 그 외 신문, 잡지 혹은 개인 시집을 통해 한국에 대한 기록을 남기고 있는 대만 문인으로는 魏清德(1887-1964), 謝雪漁(1871-1953), 陳後生, 謝春木(1902-1969), 葉榮鐘(1900-1978) 등이 있는데 대부분 당시 조선을 여행하고 그 기록을 적은 것이다.

1920년대는 대만의 무장항일투쟁이 막을 내리고 문화운동으로 전환된 시기로[8)] 한국인과의 접촉은 주로 중국을 무대로 한 항일운동에 집중된다. 현재 찾을 수 있는 기록은 1923~4년 사이에 한국의 항일지사 오기성(吳基星)와 북경 세계어전문학교의 학생이었던 張鳴(1905-1951)이 북경에서 洪炎秋(1899-1980), 張我軍(1902-1955) 등과 공동으로 한국대만혁명동지회(韓臺革命同志會)라는 항일조직을 만들어 활동했다고 전해진다. 한편 이 시기 조선 문인 박윤원(朴潤元)은 대만 중부지방을 근거로 한 고전문인들의 잡지인 『대만문예총지(臺灣文藝叢誌)』, 『숭문사문집(崇文社文集)』 등에 「견인론(堅忍論)」, 「선사인류론(史前人類論)」, 「국교종교변(國教宗教辨)」 등 서구 현대문명을 소개하는 문장을 발표하기도 했다.[9)]

7) 『漢文臺灣日日新報』는 1905년 7월 1일부터 1911년 11월 30일까지 발행되었는데 이 기간 동안 모두 200여 편의 소설이 연재되었고, 장회소설, 단편소설, 우화, 탐정소설 및 햄릿왕자 등 서구의 이야기도 있어 매우 다양한데, 공통점은 어떤 내용이든 모두 문언문으로 씌어졌다는 점이다. 춘향전 이외에도 한국의 이야기로는 『韓國詩僧』이 있다.

8) 대만의 무장항일투쟁은 1895년부터 1915년까지 반세기에 이른다. 학계의 일반적인 견해는 세 시기로 나누어지는데, 제1시기는 1895년 5월부터 10월까지 '臺灣民主國'을 보위하는 을미전쟁, 제2시기는 1902년까지의 항일유격전, 제3시기는 1907년의 北埔事件으로부터 1915년 西來庵事件까지이다. 그 후 비무장의 문화운동으로 전환했으나 1931년 전 세계를 놀라게 한 霧社事件이 발생하기도 했다.

9) 이에 대해서는 許俊雅 · 黃善美, 「朝鮮作家朴潤元的譯作及其臺灣紀行－兼論『西國立志編』在中韓的譯本」, 『跨國的殖民記憶與冷戰經驗－臺灣文學的比較文學研究』國際學術會議論文集,

대만문화계와 문단에서 한국을 가장 크게 알린 사건은 아무래도 1930년대 무용가 최승희(崔承喜)의 대만 공연일 것이다. 일본에서 뿐만 아니라 프랑스, 미국 등지에서 공연을 하면서 명성을 떨치던 최승희의 무용은 1930년대 대만문화의 대단결을 추진한 대만문예연맹(臺灣文藝聯盟)이 적극적으로 추진한 문화기획으로 연출은 대성황을 이루었고 이 연맹의 기관 잡지인 『대만문예(臺灣文藝)』에 공연 감상문이 여러 편 실리기도 했다.

그러나 최승희의 공연이 일회성으로 그친 반면 국제적인 사조인 사회주의와 프로문학의 동아시아지역 확산으로 동일 처지의 식민지 대만과 조선의 지식인들은 다양한 접촉과 상호이해의 기회를 가지게 된다. 무엇보다 민족모순과 계급모순의 중첩으로 인한 식민지의 총체적 모순을 탈피하고자 하던 대만 지식인들에게 조선의 처지와 사회주의 운동, 프로문학의 전개는 초미의 관심사였고 주로 일본을 활동무대로 직접적인 접촉이 이루어졌다. 대만의 저명한 프로문학작가인 楊逵(1906-1985)는 1924~7년 사이에 동경에서 한국학생들의 독립시위를 성원하다 체포되어 감옥에 갇히기도 했고, 『대만총독부경찰연혁지(臺灣總督府警察沿革誌)』의 기록에 의하면 나프(NAPF)의 지도 아래 일본조선대만문학자동호회(日朝臺文學愛好者同好會)를 설립하여 공동으로 기관지를 발표하기도 하는 등 양국 프로문인들 간의 유대와 협조가 이루어졌음을 알 수 있다. 또한 일본 프로문학의 탄압 분위기 속에서 1932년 코프(KOPF)내에 대만과 조선의 좌익운동을 돕기 위해 조선대만협의회(朝鮮臺灣協議會)가 설립되지 葉秋木(1908-1947), 林兌(1906-?) 등은 조선인의 가두시위를 성원하고 식민지 좌익운동의 단결을 외치기도 했으며, 조선인 검

國立清華大學臺灣文學研究所, 2010.11., 19~20면 참고.

거사건 후 동경대만인문화동호회(東京臺灣人文化同好會)의 활동 역시 영향을 받았다. 또 1932년 2월 일본에서 활동하던 대만문인 吳坤煌(1909-1989)은 삼일극장(三一劇場)의 조선인 김파우(金波宇)의 협조를 얻어 대만 특색을 갖춘 무용과 민요를 공연하기도 했다.[10)]

일본과 식민지에 대한 사회주의운동의 탄압과 전향이 이루어지던 1934년 이후에도 楊逵는 프로문학 퇴조 후 사회주의 리얼리즘에 대한 자신의 견해를 밝히고 새로운 리얼리즘을 탐색하면서 김두용(金斗鎔)의 '혁명적 리얼리즘'에 대해 언급하기도 했다.[11)]

1940년대 이후는 주로 일본이 추구했던 국책문학의 내용, 즉 전쟁의 합리화, 종군고취, 증산보국, 대일친선 등의 논리와 대동아문학의 주요내용인 서구대항논리와 아시아의 공통된 전통과 특색의 추구를 요구하는 일본에 대응하기 위한 모색의 일환으로 조선 문단의 상황에 관심을 가진 것으로 보인다. 가령 대만작가 龍瑛宗(1911-1999)과 김사량(金史良) 사이의 교신이나,[12)] 잡지 『대만공론(臺灣公論)』의 '조선특집'(朝鮮專輯)과 이 특집에서 張文環(1909-1978)이 쓴 「조선작가에게」,[13)] 그리고 한식(韓植)의 시집 『고려촌(高麗村)』에 대한 張文環의 감상,[14)] 또 1942년부터 열린 '대동아문학자대회'에서 만난 이광수(李光洙)에 대한 인상 등에 관한 여러 문장에서 국책의 문학화에 동원되었던 대만작가들이 동

10) 柳書琴, 『荊棘之道－臺灣旅日青年的文學活動與文化抗爭』, 聯經, 2009, 195~6면.

11) 「新文學管見」, 『臺灣新聞』, 1935.7.29~8.14, 원문에는 '혁명적' 부분이 검열로 삭제되었다.

12) 下村作次郎, 劉惠禎 역, 「關於龍瑛宗的「宵月」--從『文藝首都』同人金史良的信談起」, 『第二屆臺灣本土文化學術研討會-臺灣文學與社會論文集』, 臺灣師範大學國文系人文教育研究中心, 1996.05, 155~165면.

13) 『臺灣公論』 8卷1期, 1943.12, 82~84면, 역문은 陳萬益 주편, 『張文環全集』 권6, 臺中文化中心, 2002, 189면.

14) 『臺灣文學』 3卷3期, 1943.07, 15~17면.

일 처지의 한국문인들에 대해 어떤 생각을 가졌는지 알 수 있다. 물론 언어조건의 제한으로 인해 이들의 시야에 들어온 조선 작가들은 일본어 창작을 했거나 일본문단에서 활동한 이들로 제한되고 있음도 알 수 있다.

그중에서도 장혁주는 대만문단에서 가장 많이 언급된 작가로 우선 대만좌익소설의 중요한 작가로 알려진 呂赫若(呂石堆, 1914-1951)은 장혁주(張赫宙)와 중국작가 郭沫若(1892-1978)의 이름에서 한 글자씩을 취해 필명 뤼허루오(呂赫若)을 만들었다고 하며, 또 다른 설로는 장혁주(赫)와 같은(若) 작가가 되고 싶어서 이 필명을 지었다고도 한다. 呂赫若은 1935년 「소달구지(牛車)」라는 소설이 일본의 『문학평론(文學評論)』에 당선되면서 등단했는데 그 후 이 작품은 중국작가 胡風(1902-1985)이 번역, 편찬한 『산령-조선대만단편집(山靈－朝鮮臺灣短篇集)』에 장혁주의 소설 「산신령」과 같이 실리기도 했다.[15] 呂赫若의 등단 시기로 보아 그가 장혁주의 소설을 접한 것은 「아귀도(餓鬼道)」가 일본의 문예잡지 『개조(改造)』에 입선하면서 주목을 받은 이후일 것으로 추정된다.

이렇게 1930년대 대만문단에서 장혁주는 상당히 익숙한 이름으로 등장하는데 좌익문예이론가인 劉捷(1911-2004)는 1934년 「대만문학조감(臺灣文學鳥瞰)」이란 문장에서 최근 문학운동이 활발하게 전개된 이유를 일본의 문예부흥과 중국신문학운동의 영향으로 규정하고, 대만 뿐 아니라 '조선 역시 양방향에서 온 신시대 조류의 자극을 받았으며 조선의 문학운동은 대만보다 더욱 활발하게 진행되고 있다.'는 평가를 내리고, 또 대만예술연구회(臺灣藝術硏究會, 1933)를 소개하는 대목에서 이

15) 그 외 이 소설집에는 대만작가 楊逵의 「送報伕」, 呂赫若의 「牛車」, 楊華의 「薄命」 등과 한국소설로 장혁주의 「산신령」, 「분기하는 자」, 이북명의 「초진」, 정우상의 「소리」 등이 실려 있다.

조직에서 활동하고 있는 張文環, 曾石火(1909-?), 吳希聖(1909-?) 등의 활동으로 보아 이들 중 곧 '우리 대만의 장혁주'가 나올 것이라고 기대하고 있다. 이 문장이 실린 『대만문예(臺灣文藝)』는 1934년 결성된 전국적인 문예조직인 대만문예연맹(臺灣文藝聯盟)의 기관지로 이 문장을 발행 첫 호에 실은 이유는 새로운 출발을 다짐하기 위한 것으로 보인다. 문장에서는 1920년대부터 당시까지의 문학운동과 주요 작가, 작품을 정리하고 대만문예연맹이 앞으로 이 기초 위에서 활발한 문학 활동을 전개하기를 희망하고 있다.

일반적으로 대만의 근대문단이 형성된 시기는 1920년대로 보는데, 주로 『대만민보(臺灣民報)』계열 신문과 잡지의[16] 문예란을 통해 근대문학작품이 탄생하였다. 초기의 문학은 문화계발과 민족의식 고취의 계몽적 성격이 주요 내용이었고, 이어 30년간의 식민통치로 누적된 불만과 비판이 문학을 통해 드러나면서 1920년대 중반 이후는 경찰, 법률, 제도, 규칙 등 식민통치가 작동하는 사회적 메커니즘에 대한 비판이 주류를 이루고 이는 바로 피지배계층인 대만농민과 노동자의 억압받는 현실에 대한 비판적 문학으로 이어지게 된다.

문단상황을 보면, 1920년대는 주로 신문과 잡지 등 근대매체에 의존하면서 계몽주의적 성격이 짙었고, 1930년대 이후는 동인 집단에 의한 독립적인 문단이 형성되고 문예잡지가 등장하면서 본격적인 문학본위시대가 시작되었다. 1933년 일본 유학생을 중심으로 한 동인단체인 대만예술연구회(臺灣藝術硏究會)가 동경에서 결성되고 기관지 『フォ

16) 대만 지식인이 중심이 되어 조직한 臺灣文化協會의 기관지로 『臺灣青年』(1920), 『臺灣』(1922), 『臺灣民報』(1923), 『臺灣新民報』(1930) 등을 일컫는데 이들 신문, 잡지는 일본인과 구별되는 대만 지식인의 문화관점, 정치주장, 학술함양, 세계사조, 국제정세, 의식논쟁 등 문제를 다루고 있다.

ルモサ(폴모사)』를 통해 일본어 작품이 나타났으며, 대만에서도 일본어로 창작하는 작가들이 등장하였다. 이로 보건대 劉捷이 기대한 '대만의 장혁주'란 일본어로 창작하여 중앙문단에서 두각을 나타낼 수 있는 작가를 말한다고 하겠다.

劉捷에 의해 '대만의 장혁주'의 한 명으로 기대를 모았던 張文環은 1936년 『대만문예』에 기고한 「규정의 과제」라는 문장에서 일본잡지 『신조(新潮)』에 실린 김씨(金氏)의 논문이 장혁주를 야유했다고 하면서 중앙문단에서 같은 조선 작가들끼리 서로를 비방하는 것은 매우 바람직하지 못하다고 간접적으로 장혁주를 옹호하고 있다.[17] 그가 말한 김씨는 김문집(金文輯)으로 1936년 『신조(新潮)』 1월호에 실린 장혁주의 문장 「작가로서의 마음가짐, 각오」에 대해 비판한 것을 두고 얘기한 것이다.[18] 張文環의 요지는 김문집이 장혁주 작품의 약점을 들어 그를 공격하는 것은 옳지 않으며 김문집 역시 일본어를 등에 업고 중앙문단에서 활동을 하고 있다는 점을 강조하고 있다. 당시 일본 유학 중이던 張文環은 현지에서 만난 대만작가를 소개하는 수필에서 이런 내용을 첨가해 비록 자세한 사유는 알 수 없지만 자신도 일본어로 창작을 하는 입장이었기에 장혁주의 처지를 이해하고 옹호했을 가능성이 높다 하겠다.

또한 중앙문단에서의 장혁주의 지명도는 대만 작가들에게 자문을 구하는 대상으로 여겨지게 했다. 1930년대 대만의 통일적인 문예전선을 이룩한 대만문예연맹은 창작과 게재 작품의 성향을 두고 일어난

17) 『臺灣文藝』3卷6期, 1936.5.29.

18) 김문집, 「조선문단의 특수성」, 『新潮』, 1936.2, 152~160면. 김문집은 그 전에도 장혁주를 비난한 문장을 쓴 바 있다. 「장혁주군에게 보내는 공개장」, 『조선일보』, 1935.11.3~10.

내부 갈등으로 인해 분열의 위기를 맞게 되는데, 楊逵는 1935년말 연맹에서 독립해 따로 대만신문학사(臺灣新文學社)를 설립하고 『대만신문학(臺灣新文學)』을 발행하면서 진보적 문학노선을 추구하게 된다. 물론 동시에 이 두 단체에 가담한 인사도 많았지만 기본적으로 대만문예연맹과 기관지 『대만문예』가 비교적 순수예술에 치중하였고 문학 이외 전반적인 문화 활동에 힘을 기울였다면, 대만신문학사와 기관지 『대만신문학』은 처음부터 '대만현실에 부합되는 문학기구'의 건설을 내세우면서 진보적 경향을 추구하였다. 창간호에는 '대만의 신문학에 대한 의견'과 '반성과 지향'이란 두 질문지를 각각 일본과 대만 도내 문학자에게 보내 그들에게서 온 회신을 특집으로 꾸몄다. 그중 전자는 당시 일본문단에서 활약하던 도쿠나가 스나오(德永直), 니이 이타루(新居格), 하야마 요시키(葉山嘉樹), 나카니시 니노스케(中西伊之助), 기시 야마치(貴司山治) 등과 당시 장혁주가 포함되어 있다. 楊逵는 새로운 잡지를 출범시키면서 두 가지 사항에 대한 의견을 요구했는데 하나는 식민지문학이 나아가야 할 길이고 다른 하나는 대만의 편집자, 작가 및 독자에 대한 건의사항이었다. 이에 대해 장혁주는 우선 식민지문학이란 용어가 필요한 지에 대해 의문을 드러내고 조선에서 탄생한 조선문학에 특별히 식민지문학이란 특수명칭을 부여한다는 것은 협소한 세계 속에 조선문학을 제한하는 것이라고 하면서, 만약 식민지문학이 식민지를 제재로 한 것에서 나온 정의라면 농민문학, 지방소설, 도회소설 등의 분류와 동등한 성격일 것이라고 했다. 하지만 조선 문자를 사용해 조선인의 생활을 그린 조선문학 중에도 다른 나라와 같이 민족문학, 프로문학 등 각 계급의 이익을 대변하는 문학이 있다는 점에서는 다를 바가 없으며 다만 프로문학일 경우 조선의 특징을 더욱 명확하게 드러낼 수 있다고 했다. 그 원인을 설명하는 부분에서 검열로 인해 내용이 삭제되어 정확한 어휘사용은 알 수 없지만 내용을 유추해 보건데 조선의 프로문학은 조선의 프로계급이 동일하게 조선인인 자산계급의 압박뿐만 아니라 동시에 일본제국의 압박을 받았는데 이것이 바로 식민지 문학의 특징일 것이며, 이런 점에서 동일한 식민지 문학으로서의 대만문학 역시 기타 지역의 프로문학과 동일보조를 취해 함께 전진하자고 했다.

질문요청을 받은 기타 일본문인들의 좌익성향으로 볼 때 楊逵는 특정한 목적을 가지고 특집을 마련했으며 일본문단과의 연대와 제휴를 꾀하는 동시에 동일한 식민지인 조선문단의 의견 역시 필요했음을 알 수 있다. 장혁주는 바로 그런 상황에서 가장 적절한 자문대상이었을 것이다. 楊逵가 문예연맹에서 독립하여 따로 문학단체를 조직한 것은 1930년대 대만문학사에서 좌익문학의 새로운 부활, 혹은 새로운 방향과 방법을 모색하는 의미를 갖는데, 당시 일본은 물론이고 식민지의 사회주의운동과 프로문학은 퇴조의 기운이 감돌고 있었기 때문이다. 1934년과 1935년 코프(KOPF)와 카프(KAPF)가 각각 해체되었고, 1932년 대검거와 숙청이후 대만의 사회주의운동 역시 지하로 숨어들었다. 이런 상황에서 다른 지역에 비해 조금 늦게 출발한 대만의 프로문단은 기관지의 발간과 거의 동시에 문단이 해체되는 위기를 맞았고 총독부의 엄격한 검열과 감시로 인해 더 이상의 발전이 어려웠다. 때문에 좌우합작의 문예운동으로 명맥을 유지하고 있었는데 이런 가운데 楊逵가 다시 현실에 부합되는 진보적 문학을 표방하고 독립을 하게 된 것이다. 그 역시 만주사변(1931) 이후 일본의 팽창주의와 이로 인한 비판적 사고와 운동이 제국과 식민지를 막론하고 억압받던 시대상황을 모를 리 없었으며 때문에 보다 실현가능한 좌익문학의 방향을 모색했을 것이다. 일본의 경우 프로문학의 퇴조와 문인들의 전향이 이루어지는 가운데 『문학안내(文學案內)』, 『문학평론(文學評論)』 등 진보성향의 잡지가 있었고 이는 楊逵에게 고무적인 현상으로 받아들여졌을 것이다.

또한 楊逵는 이 두 잡지에 혹은 요청을 받아 혹은 투고하는 방식으로 지속적으로 대만문학운동을 정리, 전망하고 문인과 작품을 소개하였다. 장혁주 역시 동일 잡지에 조선문단의 현상과 조선문단의 장래 등에 대한 글을 쓰면서[19) 楊逵와 장혁주는 일본문단에 식민지의 문학을 소개하는 역할을 했던 것으로 보인다. 이러한 인연과 더불어 당시 장혁주 소설의 프로문학경향이 楊逵의 시야에 들어오게 된 것으로 보인다. 또한 장혁주가 『개조(改造)』지에 「아귀도(餓鬼道)」가 당선되고 난 후 했던 '이는 세계에 조선작가의 존재를 알리는 작품일 것'이며, '이러한 민족의 비참한 생활을 세계에 널리 알리는 것'이 자신의 문학이 갖는 존재가치라는 말은[20) 곧 당시 楊逵의 심정이었을 것이다. 앞서 본 대로 장혁주의 회신내용은 그야말로 楊逵가 의도했던 식민지문학, 즉 식민지 현실을 묘사한 프로문학적 성격에 부합되는 것이다.

프로문학의 목적성을 강조할 수 없는 처지에서 楊逵는 보다 광범위한 현실적 문학, 혹은 진보적 문학이란 수사를 구사하면서 생존의 길을 모색했는데 그가 제기한 식민지문학이란 용어는 당시 일본문단의 주요 논제이기도 했지만 그의 일관된 문학적 의도를 반영하고 있다. 楊逵는 1920년대 농민조합운동에 가담했던 운동가로 공산주의운동 내

19) 예를 들어, 『文學案內』에 「조선문단의 현상보고」(1935.10), 「조선문단의 장래」(1935.11) 두 편을 실었다.

20) 「나의 문학」, 『文藝首都』 1卷1期, 1933.1, 13면.

부의 노선갈등으로 인해 문학운동으로 전환했으며 그가 대내외적으로 주목을 받게 된 것은 소설 「신문배달부(送報伕)」가 1934년 일본의 문예 잡지 『문학평론』에 입상하면서 부터이다. 당시 「신문배달부」에 대한 일본인 문인들의 평가를 보면, 무산계급의 현실을 잘 그려내었다는 데는 동의하지만 서사구조에 긴장성이 부족하고 또 제재와 내용의 구성에서 식민지 대만의 현실이 더 많이 그려져야 한다는 의견을 보이고 있다.[21] 楊逵가 식민지문학이란 구호를 내걸고 대내외 의견을 청취한 것은 일본문단의 진출과 동시에 그 자신이 견지하고 있던 좌익문학에 대한 신념을 공고히 하기 위한 사고의 산물이었을 것이다. 이러한 식민지문학의 개념정립과 실제창작에서 같은 처지의 조선 문학은 그가 참고하고자 한 대상이었고 이 맥락에서 이기영(李箕永)과 장혁주의 작품에서 드러나는 소위 '조선의 맛(朝鮮味)'을 언급했다.[22]

그러나 이러한 식민지 대중의 상황을 통해 현실을 비판하고자 했던 楊逵의 노력은 지속되기 어려웠다. 1930년대 초기부터 점차 군국주의 팽창정책을 견지하던 일본은 1937년 중국과의 전면전인 중일전쟁을 시발로 소위 총력전 태세로 돌입했고 식민지에 대한 물적, 인적 동원은 물론 문인들을 전쟁 합리화와 단결고취, 일본과의 친선, 증산보국 논리의 문학화를 요구하는 문화전에 투입시켰다. 이러한 가운데 대만의 근대문단은 일본인이 주도가 되어 재편되었는데 특히 1940년 일본

21) 「關於送報伕」, 『文學評論』 1卷8期, 1934.10.1.

22) 「關於藝術的臺灣味」, 『大阪朝日新聞』 臺灣版, 1937.2.21. 이 문제는 언어문자와 관련되는데 그에 의하면, 이기영의 작품이 장혁주보다 더 조선의 색채가 농후한데 이는 이기영이 조선어로 창작을 했기 때문이라는 것이다. 그러나 대만소설의 '臺灣味'를 논의할 때 문제는 내용에 있지 문자와 언어 같은 표현형식이 아니라는 견해를 보이고 있어 1930년대 대만작가의 언어상황과 인식을 볼 수 있다. 이기영의 소설에 대한 평가는 아마도 장혁주가 소개한 조선문단의 상황에서 온 것일 가능성이 높다.

내 신체제의 성립과 더불어 문학에서의 지방주의와 이후 대동아문학으로 이어지는 일본국체와 전통을 형상화하는 황민문학(皇民文學)을 요구 받게 된다. 이러한 과정에서 조선문학에서 그려지는 조선인과 일본인과의 관계, '내선일체'(內鮮一體)의 형상화 방법 등에 관심이 모아져 비록 구체적인 작가, 작품에 대한 언급은 없으나 장혁주, 이광수 문학 속의 조선색채와 내지인과의 융합문제가 문인 좌담회에서 여러 번 제기되었다.

3. 장혁주 언급으로 본 1930년대 대만문단 상황

위에서 매우 단편적이기는 하나 일제시기 대만문단에서의 한국문학과 문인에 대한 관심과 또 조선 문인으로서의 장혁주가 직접 언급된 부분을 정리해 보았다. 앞서 보았듯이 장혁주가 언급된 원인은 크게 두 가지인데, 하나는 그의 프로문학적 성격이고 다른 하나는 일본문단 진출이다. 물론 대만작가들이 그의 소설을 읽을 수 있었던 직접적인 이유가 일본어로 창작했기 때문으로 일본에서의 활동이 근본적인 배경이 되었다고 할 수 있다. 서론에서 밝힌 바와 같이 본문의 가장 주요한 목적이 장혁주의 언급을 통해 본 일제시기 대만문단의 상황을 소개하는 것이므로 본 절에서는 대만 좌익문단의 형성과 전개과정, 그리고 소위 중앙문단이라 불렸던 일본문단에의 진출과 관련된 배경과 맥락을 살펴보기로 한다.

대만 좌익문단의 형성은 우선 사회주의사조의 국제성과 억압받던 식민지 현실로 인해 촉발되었다는 점에서 한국과 동일한 배경을 가지고 있다. 1920년대 초기 일본 유학생을 통해 들어온 사회주의 이론은 근대교육을 받은 대만도내 신흥지식인들에게 급속히 전파되었다. 이른바 신문학운동시기인 1920년대 초의 신문과 잡지에 실린 문자개혁과 신문학을 주장하는 문장에는 이미 사회개혁과 문학의 역할에 관한 토론이 등장하고, 외국문학 혹은 중국신문학을 소개하는 문장에도 무산대중문예를 창작하자는 주장이 제기 되는 등 초기 대만신문학의 방향은 사회와 관계하는 문학으로 정립되었다. 이러한 가운데 1925년 무산청년들이 대만예술연구회(臺灣藝術硏究會)를 조직하고 최초의 무산문예잡지인 『칠음연탄(七音聯彈)』을 간행하면서 하층생활에서 문학예술의 자원을 흡수하자는 모토를 내걸었다. 이 잡지는 아직 출토되지 않아 그 자세한 내용은 알려지지 않았지만 잡지에서 표방한 현실지향은 이 시기 형성된 근대적 언론매체 등 공적 영역을 통해 대만 신지식인들 사이로 파급되었다.

대만좌익문학운동의 진일보한 발전은 신문화운동을 통해 민족운동을 전개해 온 단체 대만문화협회(臺灣文化協會)가 1927년 좌우익으로 분열되고 이어 여러 민족운동 단체가 좌경화하던 1930년대에 와서 이루어졌다. 1927년을 전후해서 대만사회운동은 일련의 사건을 겪게 되는데 문화협회의 분열과 신문협의 성립, 농민과 노동자운동의 시작, 대만공산당(臺灣共産黨)의 성립 및 대만민중당(臺灣民衆黨)의 좌경 등 좌익사회정치운동이 이 시기에 적극적으로 전개되었다. 전체 민족운동의 주도권은 민중진영으로 넘어갔으며 사회주의사조 역시 사회 각 측면에서 상당한 영향력을 발휘하였다. 좌파항일운동이 최고조에 달했던 1927~8년 사이에 臺北 고등학교 학생들은 잡지 『문예(文藝)』를 발행하고 사회주의를 선전했으며, 이어 1929년 봄 나프(NAPE)의 기관지 『전기(戰旗)』가 대만으로 운송되었고, 12월에는 전기사(戰旗社)의 대만지국을 설립할 계획이었다. 이와 동시에 대만공산당이 운영하던 국제서국(國際書局)은 불법으로 『전기』를 들여와 독자들에게 배송하였다. 이렇게 사회주의 이론에 대한 수요가 급증하자 『대만대중시보(臺灣大衆時報)』, 『오인보(伍人報)』, 『대만전선(臺灣戰線)』, 『명일(明日)』, 『적도보(赤道報)』, 『홍수보(洪水報)』, 『신대만전선(新臺灣戰線)』 등 잡지가 생겨났다. 이들 중 비록 『문예전선(文藝戰線)』만 문예잡지를 표방했고 나머지는 종합적 문화성 잡지였지만 이들 잡지의 창간과 전파는 문학과 사회운동을 결합시키는 계기를 마련하였다.

이렇게 민족운동의 계급투쟁 색채가 갈수록 농후해지자 총독부는 감시를 강화하기 시작해 1931년 전후로 대부분의 좌익인사를 검거, 체포하였다. 그러나 또한 좌익인사들에 대한 검거와 좌익정치운동에 대한 압박은 무산문예운동의 발전을 가속화시키는 계기가 되었는데 그 이유는 정치운동에 대한 압박에 무력함을 느낀 운동인사들이 문학운동으로 방향을 전환하였기 때문이다. 1931년 두 차례에 걸쳐 좌익분자에 대한 총독부의 대대적인 체포가 이어지는 가운데 당시 대만에 거주하고 있던 일본 좌파지식인과 대만작가 王詩琅(1908-1984), 張維賢(1905-1977), 周合源(1903-1993), 徐瓊二(1912-1950), 廖漢臣(1912-1980), 朱點人(1903-1951), 賴明弘(1909-1971) 등은 문예단체 대만문예작가협회(臺灣文藝作家協會)를 결성하고 기관지 『대만문학(臺灣文學)』을 발행했다. 이 협회는 공산주의사상 연구의 성격을 가지고 있었으며 특히 나프의 영향을 받고 있었다. 그들은 신문예를 탐구하고 이를 대만에 건립한다는 취지 아래 마르크스주의에 입각한 대만의 자주적 문학을 표방하였다. 그러나 나프와의 연락을 위해 일본에 간 조직원들이 검거되자 총독부의 탄압으로 조직적인 문예운동은 무산되었다.

이러한 전개는 이후의 대만무산문예운동의 방향에 지대한 영향을 미쳤는데 대만문예작가협회가 계획한 프롤레타리아 작가동맹이 무산되면서 중국, 한국, 일본과 다르게 대만좌익문예운동은 우익문단과 연합전선을 형성해 생존을 도모하게 된다. 좌익정치운동이 궤멸된 시점에서 시작되자마자 탄압을 받게 되었고, 좌우익 연합전선을 형성해 문예를 통한 주장에 그침으로써 대만프로문학운동은 동시기 기타 지역에 비해 활발하게 진행되지 못한 한계를 가지게 되었다.

1930년대 좌우연합전선시기의 대표적 단체와 간행물은 남음사(南音社)와 『남음(南音)』, 동경의 대만예술연구회(臺灣藝術研究會)와 『폴모사』, 대만문예연맹(臺灣文藝聯盟)과 『대만문예(臺灣文藝)』 등이다. 이들 문예잡지에서 비록 좌우의견의 대립현상을 보이기도 했지만 좌익경향을 찾기는 어렵지 않다. 예를 들어 『남음』과 『대만문예』는 프로문학론의 주요과제인 문예 대중화 방안을 토론했으며, 『폴모사』 역시 프로문학의 입장에서 향토문학을 제기하면서 '민족적 동향, 지방적 색채'를 그려내야 한다는 논문을 기재하였다.[23] 이러한 좌우합작의 문예전선 이외 1930년대 좌익문단의 재건노력 역시 계속되었는데 1933년 臺北의 문인들은 대만문예협회를 조직하고 농민소설의 제창, 창작방법의 토론, 문예 대중화의 실현가능한 방법 등을 모색했다. 그러나 이 역시 총독부의 검열과 제재로 인해 기관지 『선발부대(先發部隊)』가 1회 발행에 그치고 2호는 『제일선(第一線)』으로 개명했으나 이 역시 지속되지 못했다.

또한 1935년말 楊逵는 앞서 본 대로 대만문예연맹에서 나와 따로 대만신문학사를 설립하고 현실에 기반한 문학창작을 주장하였다. 이는

23) 吳坤煌, 「臺灣の鄕土文學わ論す」, 『フオルモサ』 2號, 1933.12.30, 8~19면.

1931년 대만문예작가협회 이후 다시 한 번 일본 좌익작가와 연합하여 전개한 좌익문학운동으로 평가받고 있다. 『대만신문학』은 '현실적 사회생활을 한 층 더 제고하는 진보적 문학'[24]에의 지향으로 여겨졌으며, 대만문예연맹의 기관지인 『대만문예』와 비교해 볼 때 사실적, 현실주의적 경향이 농후하였고 가난한 일반민중과 연합하여 일본의 식민통치를 와해시키자는 그의 주장이 잘 드러나고 있다. 때문에 일본좌익작가와 긴밀한 연대를 유지하고 일본의 『문학평론』, 『문학안내』, 및 『시국신문(時局新聞)』, 『실록문학(實錄文學)』, 『노동잡지(勞動雜誌)』 등 좌익잡지의 대만지부로의 역할을 담당하는 등 자신이 주장한 대로 기타 진보문학과의 제휴가 이루어졌다. 그러나 기관지 『대만신문학』은 그 좌익문예잡지의 성격으로 인해 총독부로부터 '내용이 타당하지 않고 전체 공기가 좋지 않다'는 이유로 누차 삭제되거나 발행금지를 당하다 1937년 4월 한문금지령(漢文禁止令)이 발표된 후 15기를 마지막으로 정간되었다. 『대만신문학』의 정간으로 대만좌익운동은 막을 내리고 1940년 신체제 논리 아래 제기된 지방문화, 외지문학이 제창될 때까지 비판적, 현실적인 대만 근대문학은 자취를 감추게 된다.

이상 간단하게 정리한 대만좌익문학운동의 형성과 경과를 한국과 비교해 보면, 우선 동일한 형성배경을 가지고 있기는 하지만 한국은 1920년대초 이미 신경향파 문단이 형성되었고 1925년 염군사와 파스큘라가 결합해 무산문예운동을 표방한 카프가 결성되어 조직적인 문예운동을 진행시킬 수 있었다. 또한 카프의 결성부터가 그 사상기반인 사회주의운동의 전개와 밀접한 관련을 가지는데, 당시 주도권을 장악하기 위해 분파적 대립을 계속하던 화요회, 북풍회, 서울청년회, 무산

24) 吳新榮, 郭水潭, 「臺灣新文學社に對する希望」, 創刊號, 65~66면.

자동맹회 등 단체들이 조직통합과 운영에 들어가면서 이에 고무되어 이루어진 것이고, 향후에도 사회주의운동이 민족전선과 어떠한 형태로 전략을 구사하는가에 따라 프로문학운동 내부에 변화를 가져왔다. 즉 신간회가 성립된 1927년에 일어난 형식·내용논쟁은 사회주의적 민족운동의 방향전환과정에서 문학이론의 정립문제를 놓고 벌어진 논쟁이며, 볼셰비키화론의 대두와 우세는 신간회해소운동과 함께 시작된 것으로 사회주의운동의 방침이 대중운동노선으로 굳어감에 따라 가능한 것이었다. 또한 민족해방운동이 민족주의 우파와 극좌주의인 노농운동으로 양극화된 시기에 프로문단에서도 박영희(朴英熙), 백철(白鐵) 등의 비정치주의와 임화(林和), 한효(韓曉) 등의 극단적인 정치주의로 양분되는 현상이 나타났고, 이러한 상황은 역시 내부의 리얼리즘론의 전개과정과도 맞물리고 있다.

그러나 대만의 경우 1931년 이미 사회주의 사상에 대한 검열과 압박이 강화되던 시기에 비교적 조직적인 좌익문예단체 대만문예작가협회가 결성되었으나 이듬해 와해되었고 좌익정치운동이 궤멸된 상태에서 문학운동에 한해서 그것도 좌우연합전선의 형태를 띠고 전개됨으로써 충분한 결속과 통일된 전선을 형성하지 못했다. 즉 프로문인들의 결집된 힘을 발휘할 수 있는 집단적인 조직이 한국에는 존재했는데 비해 대만에서는 그렇지 못했다. 때문에 한국의 경우 프로문단 내 운동방향과 창작방법 등에 대한 논의가 집중적으로 심도 있게 다루어질 수 있었고, 대만에서는 조직의 결성이 처음부터 좌절당하면서 토론의 장이 마련되지 않아 개별적 의견제시에 그쳤으며 좌우합작의 동인시기에는 우익문인들을 대상으로 프로문학의 중요성을 역설하는 데 힘을 기울여야 했다.

그런데 조직적인 프로문인단체 결성의 성공여부는 또한 당시 양국의 민족해방운동과 문단상황의 차이에서 기인한다. 전자의 경우 한국은 3·1 운동 이후 드러난 민중의 역량과 사회주의가 접합함으로써 비교적 빠른 시일 내에 사회주의운동이 가능해졌다. 사회주의운동은 민족진영과의 구별을 꾀하면서 단일당의 결성으로 통합해갔고 이러한 기류 하에 프로문학운동도 개별적 혹은 소그룹의 차원에서 조직적인 결사로 나아갔다. 즉 한국의 경우는 비록 공산당의 와해와 여러 차례의 재건 등 굴절을 겪었으나 1927년까지 민족운동 내 사회주의세력이 따로 자신의 선명한 색깔을 드러낼 만큼 성숙되어 있었고 그런 운동체의 존재는 문학운동에서도 영향을 발휘하여 카프의 결성이 이루어졌다.

반면 대만은 1920년에 들어서 문화 계몽운동의 범위 내에서 민족운동을 시작했다. 흔히 조선의 3·1만세운동이 대만의 민족운동 형성에 큰 영향을 미친 것이라고 할 만큼[25] 초기부터 양국의 상황은 차이를 보이고 있었다. 같은 시기 사회주의의 유입과 급속한 발전이 있었으나 대만 도내의 상황은 1927년까지 문화협회를 중심으로 한 문화운동에 수렴되어 진행되었다. 때문에 좌익문학운동의 정신적 기반인 사회주의 운동은 이 시기, 즉 한국에서 카프가 결성되던 때 대만에서는 노농운동을 빌어 자신의 힘을 비축하는 준비상태에 있었던 것이다. 양국의 조직적 프로문학운동의 지표인 카프와 대만문예작가협회의 결성시기, 그리고 양국 사회주의운동의 목표였던 공산당의 창당 시점을 비교해 보면 그 시기적 차이를 분명히 알 수 있다. 즉 1927년과 1931년을 중심축으로 세 단계로 나누어 대조해 볼 때 카프는 일 단계, 즉 한국에

25) 林柏維, 『臺灣文化協會滄桑』, 臺原出版社, 1995, 29~32면.

서 사회주의세력이 급강화된 시기와 맞물리고, 대만문예작가협회는 삼 단계, 즉 이 단계에서 문화협회가 좌경화하고 상해에서 설립된 공산당이 대만으로 옮겨와 그 세력을 확장하던 시기와 맞물린다.

그런데 사회민족운동과 관련한 이러한 시기적 차이는 이후 좌익문학운동의 추이와 문학론 전개과정과도 밀접한 관련을 가진다. 앞에서도 말했듯이 신간회 설립, 해소문제와 관련해 카프 내 운동의 방향변화가 있었고, 대만에서도 사회주의 정치운동이 궤멸되면서 정치성이 배제된 문학운동으로만 방향을 바꾸게 되는 등 양국에서 프로문학운동은 그 기반인 사회주의운동과 일정한 관련 하에서 진행되었다. 다른 점이 있다면 한국은 사회주의운동 세력이 공산당 검거 등 탄압이 계속되는데도 1930년대 중반까지, 아니 그 이후에도 지하에서 힘을 발휘함으로써 카프의 결집된 역량이 꾸준히 지속적인 문학운동을 가능케 한 데 비하여, 대만은 시기적으로도 한국보다 늦었으며 전반적으로 사회주의 세력의 기반이 약했고 때문에 1931년 이후 전면 와해되면서 프로문학운동도 좌우연합의 시대로 접어들게 된다. 사회주의운동과 관련된 이러한 차이점은 일면 한국의 프로문학이 대중적인 정치적 조직체로서 성격을 강화하고 정치성을 강하게 띄면서 조직운동의 실천이란 측면이 시종 중심논의로 부각된 데 비해, 대만에서는 계급성을 언급하면서도 극좌주의 혹은 사상의 종파주의로 흐르지 않고 비교적 문학본위의 입장을 견지할 수 있었던 원인이 되기도 하였다.

또한 일제의 탄압이라는 외부적 요소도 배제할 수 없다. 특히 대만에서 좌익문학의 정착과 성숙기를 포함하는 1927년부터 1937년까지 줄곧 일제의 검열과 잡지의 폐간이 이어지면서 좌익문학운동의 연속적인 발전에 제한을 가져왔다. 그 중에서도 조직적인 단체의 결성이 일제의 군국주의화가 가속되던 1931년에 와서야 이루어졌고 그해 곧바로 좌절됨으로써 결과적으로 산발적인 문학운동에 그치고 말았다는 점이 지적되어야 할 것이다.

양국의 문단상황도 차이를 보이는데 대만은 1920년대 좌익문학의 대두시기에 신구문학투쟁을 거치면서 근대문학이 형성되어가던 시기였다. 때문에 우선적으로 구문학과 구별되는 근대문학의 내용과 형식 특질을 실험하면서 한편으로는 문학의 내용은 무산대중의 현실에 고정시키는 노력을 병행해야 했다. 그러나 주지하듯이 근대문학, 특히 근대소설의 형성과 발전은 봉건제를 혁파하고자 하는 신흥 부르조아계급의 성장과 더불어 탄생되는 것이나 당시 대만에서는 이러한 신흥계급이 박약했을 뿐만 아니라 동시에 기층민중의 역할과 비중이 부각되는 비상시대에 직면해 있었다. 대만은 조국인 중국 신문학과의 연결도 차단된 상태에서 자신이 처한 식민지 현실 타개의 가능성을 열어주는 좌익문학에로 경도되었지만, 근대문학의 축적이 이루어지지 않은 관계로 좌익문학의 특수성과 더불어 근대문학의 보편성 수립을 함께 고려해야 했다. 반면, 같은 처지에 놓여 있기는 하였으나 한국은 적어도 개화기를 거쳐 1910년대 계몽주의와 1920년대 순문학의 근대문학 경험을 가지고 있었으므로 리얼리즘논의 등 문학론의 전개에 있어 대만보다는 용이했을 것이다.

또한 양국은 문학의 최소 요건인 언어·문자문제에 있어서도 현격한 차이점을 드러내고 있다. 1920년대 상황에서 한국은 표기와 한자 사용문제에서 차이를 보여주기도 하지만 기본적으로 자신의 고유 언어와 문자를 향유하고 있었고 문학작품의 창작에 하등의 제한이 없었다. 이에 비해 대만은 비교적 소수를 차지하는 원주민을 제외하더라도 민남인(閩南人)과 객가인(客家人)이 사용하는 언어는 문자로의 표기가 어려울 뿐 아니라 또한 서로 다른 언어를 구사하고 있었고, 이는 백화문제창으로 보급되기 시작한 북경 지역의 백화문과는 이질적인 언어체계였다. 때문에 근대문학이든, 좌익문학이든 언어문제는 절박한 해결을 기다리는 현안이었다. 이 문제는 대만 좌익문학운동의 중점을 한국과는 달리 문자개혁 측면으로 기울게 한 가장 큰 요인이었다. 때문에 초기 좌익문학의 입장에서 일반대중의 생활을 그리자는 논의가 나오자마자 곧 백화문운동으로 선회하였고, 조직적 발전기에서도 양국에서 공통으로 제기된 대중화 논의가 대만에서 언어개혁과 관련한 향토문학/대만화문논쟁으로 비화되었다.

그러나 이러한 차이점에도 불구하고 양국의 좌익문학운동은 문학론에서 목적의식론, 대중화론, 리얼리즘론, 창작방법론, 농민문학론 등 좌익문학의 공통 현안을 제기하고 토론하였으며, 전쟁 시기 일제의 폭압에 의해 종말을 고했지만 공히 일제의 파시즘에 대항하는 민족문학의 입장에서 리얼리즘 일반론으로 지속적인 명맥을 유지했다.

이해의 편의를 위해 한국프로문학운동의 전개과정과 간단한 비교를 해 보았는데 가장 큰 차이점은 대만의 조직적인 문예운동이 비교적 늦게 시작되었고 시기적으로 일본의 탄압과 맞물리면서 프로문학의 목적성보다는 보다 광범위한 현실을 그리는 문학으로 그 방향이 설정되었다는 점이다. 또한 1930년대 초기 문예 대중화 논의에서 창작언어에 대한 토론이 중심의제가 될 만큼 언어문제는 매우 중요했으나 현실적으로 일본어 사용이 늘어가고 문예잡지에 대한 총독부의 감시와 일본어 사용에 대한 강제가 심해지자 일본 좌익문단으로의 진출을 통해 적어도 내용상의 규제에서 좀 더 자유롭고자 하는 분위기가 형성되었다. 楊逵와 呂赫若의 경우가 이에 해당하는데 이들은 일본잡지에 작품이 게재되면서 대만문단과 일본문단에서 동시에 주목을 받게 되었다. 앞에서 본 바 이들이 모두 장혁주를 언급하고 있는 것은 바로 『개조』지에 2등으로 입선한 「아귀도」나 역시 일본에서 발표한 「백양목(白楊木)」 등 초기소설에서 보여준 프로문학적 성격에서 말미암는다. 또한 그들이 얼마 후 일본문단에 작품을 투고했음을 통해 볼 때 장혁주를 통해 일본문단 진출의 가능성을 본 것으로 판단된다.

식민지 문인들의 본격적인 일본문단 진출은 1930년대 중반부터 시작된다. 1930년대는 대만은 물론이고 일본어로 창작이 가능한 장혁주와 같은 조선작가들이 등장한 시기이다. 물론 그 이전에도 양국에서 일본어 창작이 없었던 것은 아니지만 1930년대에 와서 이를 통해 일본문단으로 진출하는 일이 생겨났다. 특히 대만은 이미 일본의 식민지배가 시작된 후에서야 신문학운동이 전개되어 언문일치를 목적으로 하는 언어의 현대화운동이 교육체계로까지 확대되지 못했다. 즉 선천적인 결함과 후천적 조건의 미비로 인해 운동만 있고 실천은 불가능한 상황이었고 그나마 1920년대 근대매체를 통해 실험되던 백화문 역시 대만화문과 일본어가 섞여 있는 상황이었다. 게다가 문학본위의 시대라고 불리던 1930년대는 일본의 검열이 더욱 강화되었고 문예잡지는 내용 뿐 아니라 언어문제에 있어서도 중국어보다는 일본어 작품 수를 늘이라는 압박을 받았다. 이런 가운데 식민통치 후에 태어난 새로운 세대가 작가로 성장한 1930년대는 일상적인 구어 외 문자표현은 학교 교육을 통해 습득한 일본어가 대부분이었다. 이들에게 일본어 구사는 그다지 어려운 일이 아니었으며 또한 일본유학을 통해 문학 언어로 연마할 수 있는 기회를 얻게 되었다. 즉 1930년대 대만작가는 일본문단 진출의 기본조건인 일본어 구사능력을 구비하고 있었던 것이다.

다음으로 1930년대 일본문단의 상황이 식민지 작가들의 진출을 가능케 하였다는 점이다. 1930년대 일본문학계는 경제대공황 후 장기간의 경제침체와 만주사건 후의 만주국 건설, 국제연맹에서 퇴출한 후의 대륙팽창정책이 가져온 불안으로 뒤덮여 있었다. 장혁주가 일본문단으로 진출한 1932년은 일본문학계에서 '순문학의 위기'가 제기되던 시기였다.[26] 검열제도로 대표되는 언론압박의 위기감과 프로문학의 퇴조, 대중문학작가들의 국가주의에 대한 경도 분위기 등이 이런 사태를 더 악화시키고 있었다. 그러나 이러한 분위기는 1933년 『문학계(文學界)』, 『행동(行動)』, 『문예(文藝)』 등 새로운 문예잡지가 창간되면서 변화하기 시작했다. 소위 '문예부흥'이라 일컬어지는[27] 이 시기에 발행된 문예 잡지는 일본 국내 뿐 아니라 조선, 대만, 만주, 북해도 등 소위 외지로 불리던 지역의 독자를 확보하면서 문예부흥의 기운은 식민지로도 전파되었다. 이들은 대부분 프로문학의 잡지에서 발전해 온 것이지만 프로문학운동 전성기의 급진적인 내용보다는 유형이 다양해졌고 외지로 전파되면서 일본과는 다른 식민지문학의 특성을 요구받게 되었다.

이 기류에서 가장 두각을 나타낸 조선작가는 단연 장혁주라고 할 수 있다. 그의 「아귀도」가 발표된 후 2년 내에 쓴 일본어 소설은 모두 『개조』와 『문예수도(文藝首都)』에 실렸다. 『문예수도』는 야스다카 도쿠조(保高德藏)가 1933년에 창간한 동인지로 '순수문예의 진흥'을 표방한 문예잡지로 유명했다. 이 시기 장혁주의 일본어 문학 활동을 이끌어 준

26) 1933년 7월 『新潮』 잡지는 「순문학은 어디로」 특집과 일 년 후 다시 「순문예의 갱생에 관하여」 특집을 냈다.
27) 高見順, 『昭和文學盛衰史』, 講談社, 1965.

것은 등단의 문으로 알려진 『개조』의 수상제도인데 투고를 통한 등단 방식은 무명의 문학청년이 실력을 테스트해 볼 수 있는 기회를 제공했다. 즉 1930년대는 외지와 식민지에서 일본문학계와 접촉하면서 일본어 작가가 탄생한 시기로 조선은 비록 대만에 비해 일본어사용 비율이 현저하게 낮았지만[28] 일본어에 익숙한 학생과 지식인을 대상으로 한 독서문화가 어느 정도 형성되어 있었음을 알 수 있다. 또한 『KING』, 『주부지우(主婦之友)』, 『개조』, 『문예춘추(文藝春秋)』, 『중앙공론(中央公論)』 등 잡지와 『오사카매일신문(大阪每日新聞)』, 『오사카아사히신문(大阪朝日新聞)』의 조선판과 대만판이 양국에서 대량으로 구매되고 있었는데 이는 일본의 출판 산업이 조선과 대만으로 확대되었음을 알 수 있다. 대만 작가 龍瑛宗(1911-1999) 역시 1937년 『파파야가 있는 작은 마을(植有木瓜樹的小鎮)』이 『개조』 가작(佳作) 추천을 받으면서 문단에 등단하였다.

이렇듯 일본 문단의 소위 문예부흥은 신문예잡지의 대량창간과 외지로의 유통확장 등으로 인한 창작기회의 제공으로 이어졌고 이러한 분위기에서 식민지로부터 일본으로 작가의 꿈을 안고 오는 이들도 생겨났다. 또한 『문학평론』, 『문학안내』 등 프로문학 계열 잡지의 독자투고란에도 대만과 조선에서 보낸 원고가 심심찮게 발견된다. 특히 이 계열 잡지의 문학상은 프로문학의 정치성에 식민주의에 대한 비판성을 가미한 작품에 주어졌는데 楊逵나 呂赫若의 경우가 이에 해당된다. 이들은 1934년과 1935년에 『문학평론』지에 식민지 대만의 무산계급 실상을 그린 소설을 게재하면서 일본문단의 주목을 받았다. 그중 楊逵의 「신문배달부」는 자신의 일본유학경험을 바탕으로 양군(楊君)이라는 대만청년이 동경에서 겪는 생활고와 신문사 사장의 억압을 실감나게

28) 1930년대 한국의 일본어 사용율은 6.8%에 그친 데 비해 대만은 약 20%로 알려져 있다.

그리고 있다. 또한 여기서 그치지 않고 고향인 과거 대만에서 벌어진 토지수탈과 이로 인한 가정의 파탄이 처절하게 묘사되어 현재의 비참한 일본생활이 어디서 연유했는지를 잘 보여주고 있다. 이 소설은 좌익문학의 경향성을 잘 보여주면서도 그 초점을 식민지 대만의 현실에 대한 고찰과 비판에 맞추고 있어 『문학평론』지의 성격에 부합된다.[29] 呂赫若의 「소달구지(牛車)」는 식민지 대만의 농촌을 배경으로 무지한 양씨부부의 몰락과정을 보여주고 있다. 소구루마로 물건을 운반해주고 그 삯으로 생활하던 주인공 楊添丁는 자전거와 자동차가 신작로를 다니면서부터 운반주문이 들어오지 않아 생계가 곤란해진다. 그러나 기계의 등장으로 인한 농촌의 변화에 대해 무지한 그들은 서로를 원망하며 싸우고 급기야 종일 굶주린 배로 집을 지키는 아이들을 남겨둔 채 아내는 파인애플 공장으로, 남편은 짐 운반 일을 찾아 나가지만 생활은 좀처럼 개선되지 않는다. 논을 빌려 농사를 해보려 해도 보증금이 없고 결국 아내는 몸을 파는 신세로, 남편은 남의 거위를 훔치다 경찰에게 잡히는 지경에 이른다. 무지한 양씨가 자동차가 다니게 만들어진 신작로에 바퀴자국을 내고 소구루마 출입금지를 공포하는 푯말을 빼다 처박는 것으로 분풀이를 하고 있지만 이는 아무런 도움이 되지 못한다. 농촌에 등장한 기계가 전통적인 생활방식을 파괴하는 내용의 이 소설은 일본인이 들여 온 근대화에 대한 대만 농민들의 부정적 인식을 잘 드러내고 있다.

식민지 작가들의 일본문단 등단이란 문화현상의 도래는 식민지 작가들의 일본어 구사능력이라는 환경과 조건의 구비 외에 프로문학운

29) 대만에서는 그 전인 1932년에 『臺灣新民報』에 발표되었으나 상반부만 실리고 하반부는 검열로 인해 삭제되었다.

동 퇴조 후의 이른바 일본문단의 문예부흥 현상이 있었기 때문이다. 만주사건이 발생한 이후 비상시기라는 용어가 성행하면서 많은 식민지의 일본어 작가는 문학상이라는 제도를 이용하여 자기의 무대를 찾았던 것이다. 이는 무명의 지망생이 신속히 작가로 부상하는 계기가 되었고 한편으로는 잡지 편집자의 의도에 따른 문학이 형성되었음을 짐작하게 해준다. 가령 『개조』지의 경우 '제재의 특수성과 탁월한 기교'를 중시했는데 소위 제재의 특수성이란 소재의 지방색채를 말하는 것으로 도시환경과 다른 이문화(異文化) 소재가 좋은 평가를 받았다. 이 잡지에서 문학상을 받은 장혁주의 「아귀도」나 龍瑛宗의 「파파야가 있는 작은 마을」 등에서 명확하게 이러한 지방색채를 볼 수 있다. 그러나 「아귀도」에 비해 5년 늦게 입상한 「파파야가 있는 작은 마을」은 프로문학 색채가 현저히 감소했다. 수상 심사평에도 나오듯이 그동안 대만을 그린 소설이 대부분 원주민이나 열대의 자연경관에 치중한 데 비해 이 작품은 대만인의 대부분을 구성하고 있는 한족(漢族)을 대상으로 하여 대만의 현실을 보여준다는 점에서 높은 점수를 얻었다. 이렇게 갈수록 좌익문학 경향성이 감소하고 있어 프로문학 쇠퇴기의 일반적 경향을 반영하고 있다고 하겠다.

이렇게 지방색채를 중시하는 가운데 소위 식민지문학이란 문예영역이 생겨났으며 식민지 작가들이 앞 다투어 응모하면서 큰 방향을 일으켰을 것이다. 앞에서 본 楊逵의 『대만신문학』이 창간호에 마련한 식민지문학에 관한 질문지에 회답한 도쿠나가 스나오(德永直)은 식민지문학을 지방주의문학으로 규정하고 이해와 연구의 필요성을 강조하였고[30] 대만 좌익문학이론가인 賴明弘도 「식민지문학을 지도하라」라는

30) 『臺灣新文學』 創刊號, 1935.12.28.

문장[31]을 게재하는 등 일본과 대만에서 이 용어가 받아들여졌음을 알 수 있다.

이상의 내용을 통해 1930년대 식민지의 일본어 환경과 프로문학 퇴조 후의 일본문단의 문예부흥 추세라는 두 가지 원인으로 인해 식민지 작가들의 일본어 창작인 식민지문학이란 문예유형이 생겨나게 되었음을 알 수 있다. 그리고 장혁주는 바로 이 추세의 중심에 있었다. 1935년의 『개조연감(改造年鑑)』에는 '식민지 문학의 출현이 올해의 특징이다. 장혁주의 식민문학이 쿠사카리 로쿠로(草刈六郎)의 「발전(發展)」이나 楊逵의 「신문배달부」 등 작품의 출현을 촉발시킨 것이다.'는 평이 실려 있다. 이 시기 많은 대만출신 일본어 작가의 소설은 『문학평론』 등 일본의 프로문학 유형의 문예잡지에 실리면서 대만문단에서 프로문학의 경향성이 다시 발현되는 계기가 되었고 또한 프로문학 쇠퇴 후의 일본문단의 한 면모로 자리 잡았다. 도쿠나가 스나오는 '1934년도에 활약한 프로파 신인들'이란 문장에서[32] 楊逵와 쿠사카리 로쿠로 등 대만과 조선작가의 일본어 작품을 높게 평가했다. 그는 박람회 혹은 풍경 묘사 등 호기심을 자극하는 이전의 식민지 문학이 아니라 현지의 농민, 노동자들의 생활을 소재로 한 것이야말로 진정한 식민지 문학이라는 입장을 견지했다. 이러한 점은 적어도 楊逵같이 좌익사상을 견지했던 작가에게 새로운 문학적 기회를 제공하면서 프로문학의 새로운 방향을 모색하는 기회로 작용하였다. 楊逵나 呂赫若, 그리고 일본문단 진출의 강력한 기대주였던 張文環 등 대만 작가들이 장혁주를 언급한 이유를 여기서 찾을 수 있다.

31) 『文學評論』 2卷2期, 1935.2.
32) 『文學評論』 1卷10期, 1934.12.

이런 경로를 통해 형성된 식민지 문학의 제재의 특수성은 점차 작가가 처한 환경 혹은 제재의 특색을 중시하는 지방주의문학으로 발전되어 갔고 장혁주의 작품 역시 일본에서 그러한 평가를 받았다. 즉 식민지문학과 지방주의문학이 장혁주의 일본어 문학을 규정하는 틀이었으며 이러한 평가는 일본문단의 추세를 동시적으로 상세하고 정확하게 알고 있었던 대만작가들에게도 전달되었을 것으로 생각된다. 물론 작가마다 다른 이상과 목표를 가지고 일본문단 진출을 시도했지만 식민지 작가로서 장혁주가 받아 온 평가는 일종의 동기와 가능성을 부여하는 모델이었을 것이다. 이점이 장혁주가 1930년대 대만문단에 빈번하게 등장한 주요한 배경이며 맥락이다.

그러나 楊逵나 呂赫若 등 소설가들이 대만문단에서도 동일한 인정을 받았다면 장혁주를 비롯한 김성민(金聖珉), 김내성(金來成) 등 조선의 일본어 작가들에게는 비판적인 시선이 많았다. 비슷한 행보를 보인 이 두 작가의 다른 초상은 당시 양국의 문단상황과 문학지형, 언어에 대한 견해차이 등과 관련된 중요한 문제이며 양국 근대역사경험의 차이에서 비롯되는 포괄적인 문제이기도 하다.

4. 나오면서

이상 1930년대 대만문학과 대만문단의 상황을 통해 장혁주가 언급된 배경과 맥락을 살펴보았다. 본문에서 제기한 논점은 1930년대 대만좌익문학운동의 맥락과 프로문학 퇴조기의 일본문단 상황이 장혁주 언급과 관련된 문학적 배경이라는 점이다. 장혁주의 문학경향을 닮고자 했던 呂赫若이나 장혁주를 가장 많이 언급한 楊逵, 劉捷의 경우에서 알 수 있듯이 그들은 일본의 문예잡지를 통해 장혁주의 「아귀도」나 「백양목」 등을 접했을 것이며, 장혁주 작품에 대한 일본 프로문인들의 찬사를 보면서 동일한 식민지 문인으로서 중앙문단에 진출하여 식민지의 모순을 드러내고자 하는 열망의 실현 가능성을 발견하였을 것이다.

물론 「아귀도」 이외 장혁주의 기타 작품에 대한 그들의 의견을 찾지 못해 장혁주 문학에 대해 어떠한 생각을 가지고 있었는지는 분명하지 않지만, 그들이 모두 좌익성향의 문인들이었다는 점과 사회주의 무산계급 연대의식은 물론 민족과 계급모순이 중첩된 식민지 처지에 대한 인식을 가지고 있었으며, 문학운동을 통해 일본 프로문단과의 제휴를 중시했다는 점 등에서 장혁주는 바로 그 가능성을 보여준 사례로 보였던 것이다.

이렇게 인지된 장혁주 문학에 대한 인식은 1940년대에도 지속되어 식민지 조선의 생활을 보여주는 대표적 사례로 장혁주가 언급되기도 했다. 물론 신체제 수립이후 식민지와 외지에 전파되고 문인들에게 강조되었던 국책내용, 즉 장혁주의 내선일체, 만주개척, 종군고취 등 내용의 소설에 대한 언급이 없는 것은 아니지만 이 역시 국책에 대한 조선 문단의 반응이란 측면에서 참고의 대상으로 제시되었다. 그러나 당시 楊逵나 呂赫若이 여전히 문단에서 활동하고 있었음에도 불구하고 그들의 1940년대 문장에서 장혁주에 대한 언급은 찾기 어렵다. 이를 통해 1930년대 문단의 장혁주 현상은 대만좌익문학의 발전과 관련됨을 다시 한 번 확인할 수 있다.

또한 1930년대 식민지 문인들의 일본문단 진출이란 현상이 대만에서 장혁주를 언급하게 된 중요한 요인이며 이 현상의 배후에는 1930

년대 프로문학 위기와 문예부흥이란 일본문단의 상황과 대만, 조선에서의 일본어 사용 작가들의 등장이란 객관적 사실이 놓여 있다. 문예부흥기의 일본문단이 문예 잡지의 투고형식으로 일본의 도시문학과는 다른 내용과 색채를 가진 작품을 등단시키면서, 또 출판과 유통의 대외 확장으로 인해 식민지를 포함한 외지를 그린 문학이 문예의 한 영역으로 자리를 잡게 되었다. 이 추세의 주역이었던 장혁주는 1930년대 중반부터 전쟁 시기까지 일본문단에서 두각을 나타내었다. 물론 초기의 민족적 입장과 조선 무산대중의 현실묘사에서 점차 인간군상에 대한 탐구 혹은 심경소설로, 다시 국책의 문학화로 그의 소설경향이 변해 가기는 했지만, 일본문단에서 그랬던 것처럼 대만문단에서 장혁주 문학은 줄곧 식민지문학의 한 성공사례로 인식되었다. 즉 장혁주 문학에 대한 대만문단의 반응은 1930년대에는 식민지문학으로, 1940년대에는 지방문화, 외지문학의 활성화란 시대적 요구에 부응하는 예로 비춰졌다. 때문에 중앙문단 진출을 열망하던 대만문인들에게 충분히 참고할 만한 대상으로 여겨졌던 것이다. 그리고 楊逵, 張文環, 龍瑛宗 등 대만문인들의 이러한 열망의 배후에는 1930년대 대만문단의 상황, 즉 좌익문학에 대한 위기의식과 문학적 돌파, 일본어 세대의 증가, 일본유학 등 작가의 개인적 경험 등이 자리하고 있다.

이렇게 1930년대 대만문단의 장혁주란 한 작가에 대한 언급은 장혁주의 문학내용과 대만문인과의 영향관계에 국한되지 않고 일제시기 대만문단의 상황을 고찰할 수 있는 소재이며 나아가 한국문학이나 문단상황과의 비교, 대조로 동시기 동일처지의 양국 근대경험을 동시적으로 파악할 수 있다. 이런 점에서 문학에서의 동아시아적 관점을 추출해 내는 기초 작업이 될 수 있을 것이다. 본문은 그 한 시도로서 식민지시기 대만과 한국, 양국의 전체 근대문학의 비교에는 미흡하지만 장혁주를 매개로 하여 1930년대 대만문학과 문단상황을 소개하는 데 의미를 두고자 한다.

번역과 문화수용에 있어서의 시대, 사회적 맥락

–1930년대 동아시아 각국의 '사회주의 리얼리즘' 번역과 수용을 중심으로

1. 머리말

전통적으로 한 언어에서 다른 언어로 의미를 충실하게 전달하는 기술적이고 중립적인 메커니즘으로 이해되던 번역개념은 후기 구조주의로부터 시작된 각종 포스트 이론과 이 영향아래 발전해 온 문화연구 및 탈식민주의의 등장과 더불어 새로운 의미를 부여받게 되었다. 인식론의 차원에서 언어의 자의성이 간파되고 이 기초에서 언어의 현실 반영 성격과 투명성에 대한 회의가 일면서 의미의 등가성 차원에서의 번역은 불가능한 것으로까지 인식되었다.[1] 번역을 잡종화의 문화적

1) 언어의 현실 반영적 성격에 대한 회의로는 푸코(Michel Foucault)의 지식과 권력 간의 불가분 관계설이 대표적인데 이에 따라 언어가 다만 사회현실을 반영하기만 하고 현실을 재구조하는 주체적 작용은 할 수 없다는 인식은 수정되었다. 언어의 투명성에 대한 회의로는 벤야민(Walter Benjamin)의 의견을 들 수 있는데, 그에 따르면 번역이란 결코 모종의 절대적으로 순수한 투명성과 명확한 가역성의 시야 내에서의 언어 간의 의의 전환문제가 아니며 원문과 역문이 서로 보충하여 단순한 복제보다 더욱 풍부한 의의를 창조해 낸다고 하였다. 나아가 劉禾(Lydia H. Lin)는 언어사이의 투명한 상호번역

양상으로 보는 탈식민주의 문화이론 역시 번역이 이질적인 문화들의 조화로운 만남의 장이 아니라 문화 간의 불균등한 권력관계로 인해 각 문화들이 동일한 척도로 비교 불가능함을 나타내는 지표로 이해하고 있다.[2)]

번역개념에 대한 이러한 변화는 언어개념에 대한 변화[3)]에서도 비롯되었지만 포스트모던이란 문화시대의 도래와 지구화로 일컬어지는 문화접촉과 문화이동의 일상화 시대에서 이종문화간의 교류에 대한 높은 관심의 반영이기도 하다. 문화 간 접촉과 이동은 번역을 매개로 발생하기에 번역연구는 최근 각광받고 있는 문화연구(Culture Studies)의 총아로서 새로운 연구와 시야의 확대를 기다리고 있다.

번역의 충실성을 주장하는 직역주의(literalism)에 대한 논쟁에서부터 번역이 갖는 문화 전환의 본질을 일컫는 문화번역(Cultural Translation)에 이르기까지 문화와 연계한 번역연구의 탁월한 성과는 이미 많이 누적되어 있지만 이를 크게 나누어 보면 하나는 번역으로서의 문화 혹은 번역의 일상화가 발생하는 문화번역의 입장이고, 다른 하나는 텍스트의 실제번역에서 생겨나는 문화의 처리문제이다. 그런데 이 두 가지는 서로 명확하게 구분되는 것이 아니라 그 개념적 틀 역시 서로 중첩되

은 불가능하며, 각기 다른 언어의 단어 사이에서 성립하는 상상적인 대응관계는 결코 자명한 것이 아니라 역사적, 인위적으로 구축된 것이라고 하였다.

2) 대표적 탈식민주의 문화이론가인 바바(Homi Bhabha)는 각 문화 간의 동질화가 불가능하기 때문에 번역을 통해 각 문화가 동일한 척도로 비교될 수 없으며 따라서 번역을 통한 문화 간 차이의 공간과 잡종성, 간극성을 번역의 적극적 의의로 격상시켰다.

3) 언어와 지시대상과의 확인 불가능한 연결이 존재한다는 전통적인 형이상학에서부터 기호들과의 차이작용에 의해 언어의 지시의미가 생겨난다는 소쉬르(Ferdinand de Saussure), 지시대상을 삶의 문맥에서 파악하며 언어의 의미가 삶의 문맥 속에서 생성된다는 비트겐슈타인(Ludwig Wittgenstein), 지시대상의 의미가 끊임없이 연기되는 미결정성으로 인해 언어의미 역시 끊임없이 연기된다는 데리다(Jacques Derrida)를 거치면서 언어와 지시대상 사이의 일대일 대응과 밀접한 연결 관계는 지속적으로 회의를 받아왔다.

고 같은 맥락에서 운위되는 경우가 많다. 그 이유는 번역이 무에서 발생하는 것이 아니고 문화와 역사 등 여러 담론의 연장선상에서 발생하는 것이기 때문이다.

따라서 번역은 단순히 언어 간의 등가성이나 중립적인 언어전이의 문제가 아니며 각 시대의 역사적 배경과 같은 문제들과 관련시켜 파악해야 한다. 이때 원래 텍스트의 생산에서의 권력관계도 문제가 되지만 이를 수용하는 문화의 권력관계, 즉 사회, 시대적 맥락도 매우 중요하다고 볼 수 있다. 본문은 이러한 번역연구의 성과에 기초하여 번역을 통한 담론수용의 실제 예를 찾아 그 시대, 사회적 맥락이 번역과 수용에 어떠한 역할을 하는지 고찰해 보기로 한다.

본문에서 고찰하고자 하는 주제는 1930년대 일본, 한국, 대만, 중국 등 동아시아 각국에서 있었던 사회주의 리얼리즘(Socialist Realism)의 번역과 수용을 둘러싼 논의인데 이 주제를 택한 이유는 우선 프로문학의 명확한 목적의식과 실천을 위한 것이기 때문에 번역과 수용에서의 초점이 분명하여 각국의 사회적 조건과 맥락에 따른 비교이해가 용이한 점, 둘째 그 자체가 문학적 창작방법과 세계관에 관련된 것이어서 출발문화와 각 수용문화 내부의 조건과 사회맥락이 번역과 수용에 막대한 영향력을 가질 것으로 판단되기 때문이다. 물론 강력한 국제성을 띈 프로문학의 성격상 그 목적의식과 실천지향으로 말미암아 출발문화의 의도가 관철될 수도 있고 또한 반대로 이로 인해 조금이라도 달라진 수용문화의 반응이 의외로 분명하게 드러날 수도 있을 것이다. 본문은 다만 하나의 시도로서 수용문화의 사회, 시대적 맥락이 번역을 통한 새로운 개념과 가치의 수입에서 행하는 역할을 실제 예를 통해 확인하는 데 그 목적을 둔다.[4]

2. 소련에서의 사회주의 리얼리즘론 제기와 동아시아 각국에 대한 전파

사회주의 리얼리즘은 마르크스주의 문학운동의 창작 슬로건 중 하나로[5] 1930년대에 정식으로 채택되어 당시 사회주의 운동과 프로문학운동이 진행되던 동아시아 각국에 전파되었다. 모든 이론이 그렇듯이 사회주의 리얼리즘론의 제기 역시 당시 소련사회의 조건과 문인, 지배계층의 이해관계가 얽혀있는 복잡한 이면을 가지고 있다. 우선 사회주의 리얼리즘론의 제기는 소비에트라는 사회주의 국가의 성립과 일정한 관련을 갖고 있다. 당시는 적대적 계급의 타파, 제1차 5개년 계획의 조기달성 등 사회주의 건설의 물질적 영역과 노동자들의 일반적 의무교육, 문맹청산 등 문화적 영역에서 결정적인 성공을 거두면서 스탈린(Stalin)체제가 정비되어 가던 시점으로 새로운 사회주의적 상태에 조응하는 새로운 투쟁을 필요로 하게 되었다. 특히 문화혁명의 과정에서 상부구조인 문학이 하부구조에 역작용을 한다는 가정 하에 문학과 예술이 새로운 사회건설에 적극 참가할 것을 요구받게 되었다.

이러한 변화 속에서 1932년 소비에트 당중앙위원회의 결의에 따라 문학, 예술단체의 재조직이 시작되었고 그전까지 러시아문학의 주도

4) 이 주제는 지금까지 동아시아 각 나라에서 좌익문학의 범주 내에서 리얼리즘 문학론의 중요한 내용으로 연구되었던 것인데 본문에서는 소련에서 제출된 이 이론을 동아시아 각국이 어떠한 사회, 시대적 조건에서 어떻게 받아들이게 되었는지에 초점을 맞추기로 한다.

5) 문학을 포함한 예술은 현실을 반영한다는 기본 전제에서 출발하는 좌익문학관은 그 반영의 방식과 창작방법을 둘러싸고 여러 가지 이름의 리얼리즘이 채택, 수정, 보완되어 왔다. 대표적 창작론으로는 프롤레타리아 리얼리즘, 유물변증법적 창작방법, 사회주의 리얼리즘 등이 있다.

이념이었던 라프(RAPF, 러시아 프롤레타리아 작가동맹)의 유물변증법적 창작 방법이 부정되고 사회주의 리얼리즘이 제창되었다. 이는 소련 사회주의 건설의 진전에 따른 문예조직의 재정비와 모든 작가를 사회주의 건설에 동원할 필요성, 그리고 사회주의를 실현하기 위해 투쟁하는 문학의 방법으로 제기된 것이다. 1932년 고리키(Maksim Gorikii)를 의장으로 하여 개최된 작가동맹 조직위원회의 제1회 확대회의 이래 사회주의 리얼리즘 이론에 대한 논의가 거듭되다 1934년 8월 제1회 작가동맹 결성대회의 규약으로 확정되었다.

사회주의 리얼리즘의 기본 내용은 우선 라프의 조직과 이전까지 창작방법으로 적용되어 온 유물변증법적 창작방법(the dialectical materialist meth od in realism)이 지니고 있는 지나치게 경직되고 기계적인 데서 오는 배타적이고 독선적인 방법을 반성하고 현실의 참모습을 형상화하여야 한다는 것이다. 당시 사회주의 리얼리즘을 주창한 킬포틴(Kirpotin), 그론스키(Gronsky) 등은 유물변증법적 창작방법이 작가들에게 현실보다는 유물변증법을 중시하도록 만든 오류를 범했다고 비판하면서 새로운 창작방법론으로서 사회주의 리얼리즘은 사회주의 건설에 장애가 되지 않는 한 제재나 수법, 양식 따위를 작가가 자유롭게 선택하는 것을 인정하였다.

이러한 이유로 인해 사회주의 리얼리즘은 작가에게 많은 자유가 주어진 것으로 파악되기 쉽다. 그러나 유물변증법적 창작방법에는 과학과 예술을 하나로 보는 잘못이 있었음에도 불구하고 예술이 인간의 사회적 억압을 제거한다는 목적을 지니고 있다는 생각은 살아있었으나 사회주의 리얼리즘론에서는 이러한 본질적 문제를 배제하고 예술을 체제적인 정책과 결합시켜 전통이나 관습으로부터 인간의 의식을 전화하는데 힘쓰는 사회주의적 교육의 무기이며 동시에 문화혁명의 무기로 인식하였다.[6] 따라서 이 두 가지 대표적인 창작론 사이에는 예술개념에 관한 중대한 전환이 놓여있다고 할 수 있다. 사회주의 리얼리즘의 기본원칙으로 제시되는 다음 항목에서 이점이 분명하게 드러나고 있다.

• 사회주의적 사실주의는 생활현실을 그 혁명적 발전 속에서 정당히 묘사할 것을 전제로 한다. 혁명적 발전 속에서의 생활현실의 정당한 묘사는 생활현실의 합법칙성을 천명하고 새 것과 낡은 것의 투쟁에서 새 것의 불가극복적인 발전과 장성을 보여준다는 것을 의미한다.

• 사회주의적 사실주의는 생활현실을 역사적 구체성 속에서 표현할 것을 요구한다.

• 사회주의적 사실주의는 현실표현의 진실성과 역사적 구체성으로써 근로대중을 사회주의적으로 교양하는 과업과 결합시킬 것을 작가들에게 요구한다.[7]

이처럼 사회주의 리얼리즘은 사회주의당이 규정한 일종의 예술방법으로 공산주의 사상성, 인민성, 계급성, 당파성 등의 특성을 핵심적 과제로 하고 있음을 알 수 있다. 그러나 그럼에도 불구하고 사회주의 리얼리즘론은 유물변증법적 창작방법의 도식성과 공식성을 탈피하려는 노력으로 인해 사회주의 건설에의 작가동원이란 목적이 크게 부각되지 않은 채 동아시아 각국에 전파되었다. 이는 레닌(Vladimir Il'ich Lenin)

6) 이러한 관점에서 셀던(R. Selden)은 당파성(Partnost), 민중성(Narodnost), 계급성(Klassovost)을 사회주의 리얼리즘의 기본 요건으로 파악하였다.

7) 김성수 편, 『우리문학과 사회주의 리얼리즘 논쟁』, 사계절, 1992, 243~244면.

미학의 기초에서 사회주의 리얼리즘론 주장자들이 세계관과 예술적 형상 사이의 문제, 미래의 전망과 낭만주의 요소의 도입을 둘러싼 혁명적 낭만주의 문제, 전형과 개성 등 예술적 형상의 문제를 폭넓게 제기하였기 때문이다.

그럼 다음 절에서 살펴볼 사회주의 리얼리즘의 동아시아 각국에 대한 번역과 수용의 양상의 이해를 돕기 위해 사회주의 리얼리즘의 성립 배경과 기본성격을 요약해 보기로 한다. 사회주의 리얼리즘의 제기는 사회주의 국가건설 추구라는 소련 특유의 사회적 조건 하에서 제기되었고 모든 작가와 예술가의 사회동원이 그 기본 전제이며 이전의 창작방법이 현실의 비판에 주력한 반면, 사회주의 리얼리즘은 유물변증법적 세계관을 바탕으로 전형적인 성격을 통하여 미래에 대한 전망을 제시하려는 창작론이다. 즉 사회주의 리얼리즘이란 슬로건은 본질상 교육적 작용으로 보면 사회주의적이면서도 형식적으로 높은 예술적인 문학을 창조하려는 요구를 아울러 포함하고 있는 것이 그 특징이라고 할 수 있다.[8)]

3. 일본의 사회주의 리얼리즘 수용맥락과 논쟁

일본에서의 사회주의 리얼리즘의 최초 소개는 1933년『프롤레타리아문학』2월호에서 우에타(上田進)가 쓴「소비에트 문학의 근황」이란 문장에서였다. 이 문장은「1932년 10월의 소비에트 작가동맹 제1회 조직위원회에 있어서의 보고」라는 부제로 그론스키, 킬포틴의 연설을

8) 조진기,『한일 프로문학론의 비교연구』, 푸른사상, 2000, 294면.

소개하면서 사회주의 리얼리즘과 혁명적 로맨티시즘의 문제, 세계관과 방법의 문제 등을 거론하였고 1934년 『사회주의적 리얼리즘의 문제』라는 단행본이 나오면서 러시아의 논의과정이 자세히 소개되었다.[9)]

이 문제가 대두되자 프로문인들은 수용찬성과 반대의 두 가지 경향으로 나뉘어졌으며[10)] 문학론적 관점과 정치 전략론적 관점을 아우르는 논쟁이 진행되었다. 물론 수용하는 측이나 반대하는 측이나 모두 통일된 입장을 가진 것은 아니었으며 개인적인 판단과 목적에 따라 다양한 양상을 보여주고 있어 이를 간단하게 정리하기는 매우 어렵다. 그렇지만 일본에서 수용되는 맥락을 찾아보기 위해 도식화를 무릅쓰고 정리해보면, 수용반대파들은 그 이유로 사회주의 리얼리즘이 사회주의국가인 소비에트의 사회정세와 현실에 입각한 슬로건이며 이는 일본의 당시 정세와 다르다는 것을 들었다.

예를 들어 도쿠나가(德永直)는 사회주의 국가 소비에트와 자본주의 국가 일본이 각기 다른 사회구성과 대중생활을 가지고 있기 때문에 이를 그대로 일본에 적응시킬 수가 없다고 주장하였으며,[11)] 기시(貴司山治)는 소비에트와 같이 사회주의 건설이 순조롭게 실현되고 있는 사회에서는 현실 그 자체가 사회주의적이기 때문에 사회주의 리얼리즘에서처럼 창작적 실천을 중시할 수가 있지만 일본의 경우는 작가들이 부르조아적 환경에서 끊임없는 이념적 투쟁을 해야 하기 때문에 정치

9) 임규찬, 『일본프로문학과 한국문학』, 연구사, 1990, 186면.

10) 수용을 반대하는 입장으로는 도쿠나가 수오(德永直), 구보 사카에(久保榮), 가미야마 시게오(神山茂夫), 기시 야마치(貴司山治), 이토우 데이수케(伊藤貞助) 등이고 찬성하는 입장은 모리야마 게이(森山啓), 나카노 시게하루(中野重治), 미야모토 유리코(宮本百合子) 등이 있다.

11) 德永直, 「創作方法上의 新轉換」, 조진기 편역, 『일본프롤레타리아 문학론』, 태학사, 1994, 577~590면.

성이 중시될 수밖에 없다고 하였으며,[12] 이토(伊藤貞助)는 소비에트적 현실과 일본적 현실의 차이를 들어 자본주의 국가에서 사회주의적 리얼리즘을 그대로 옮겨 놓는 것은 불가능하다고 주장하였고[13] 구보(久保榮)와 가미야마(神山茂夫) 역시 사회주의 리얼리즘은 소비에트 예술의 기본적인 방법론이고 사회주의 건설의 경험에 의해 풍부하게 된 특수한 이론으로 소비에트와는 달리 사회주의적 생산관계가 없는 일본의 현실에서는 프롤레타리아트의 헤게모니를 확립하는 것이 급선무라고 주장하였다.[14]

이렇게 수용반대파들의 입장은 창작론보다는 정치운동의 전략적 측면에 중점을 두고 논의하고 있다는 점을 들 수 있다.[15] 즉 사회주의 리얼리즘을 배태한 소련의 사회적 조건이 일본이 다르기 때문에 이를 수용하여 일본에 적용시킬 경우 일본 프로문학운동의 궁극적 목표인 무산계급혁명의 도달에 별다른 도움이 되지 않는다는 인식이 깔려 있다. 앞서 말한 대로 사회주의 리얼리즘의 제기는 스탈린 독재체제의 정비와 사회주의 국가의 정상적 건설이란 소비에트의 사회, 시대적 조건이 그 성립배경이다.

이에 비해 일본은 비록 1900년대 초에 이미 사회주의 사조를 받아들여 1920년대에는 사회주의운동과 조직적인 문학운동을 진행했지

12) 貴司山治, 「創作方法의 問題」, 조진기 편역, 앞의 책, 301~302면에서 재인용.

13) 伊藤貞助, 「사회주의적 리얼리즘인가? 기회주의적 리얼리즘인가?」, 조진기 편역, 앞의 책, 621~633면.

14) 久保榮, 「방황하는 리얼리즘」; 神山茂夫, 「사회주의적 리얼리즘 비판」, 조진기 편역, 앞의 책, 304~306면.

15) 물론 이들 문인들이 사회주의 리얼리즘의 수용을 거부하면서 각기 창작론을 중시하지 않은 것은 아니다. 가령 도쿠나가는 '프롤레타리아 리얼리즘'으로의 회귀를, 기시는 '유물변증법적 창작방법'의 고수를, 그리고 이토우, 구보, 가미야마는 '혁명적 리얼리즘' 혹은 '반자본주의 리얼리즘'을 각각 주장하고 있다.

만[16] 사회주의 리얼리즘의 수용이 논의되던 1930년대초는 만주사변 이후 정부의 대대적인 코프(KOPF, 일본 프롤레타리아 문화연맹) 탄압시기로 동맹원들 사이에 많은 동요의 조짐이 나타나고 있었다. 즉 그때까지 중심적인 역할을 해 왔던 구라하라(藏原惟人), 고바야시(小林多喜二), 미야모토(宮本顯治) 등이 투옥, 살해당했으며 사노 마나부(佐野學), 나베야마(鍋山貞親) 등의 전향성명이 1933년 6월에 발표되어 운동전체가 급속하게 붕괴되던 시기였다. 따라서 이 시기 프로문학운동의 제일 임무는 '정치의 우위성'을 확보하는 것이었으며 혼란한 시대상황에서 일본 프로문학계는 사회주의 리얼리즘을 구체화할 수 있는 충분한 조건이 성립되지 못하였던 것이며 그 결과 사회주의 리얼리즘의 핵심내용인 '미래에의 가능성과 전망'이 충분히 논의되지 못했던 것이다. 더구나 1934년 2월 22일 나프(NAPF, 전일본 무산자 예술연맹)가 해체성명을 발표하게 됨으로써 집단적 성격을 잃게 되자 사회주의 리얼리즘론에서 현실의 객관적 묘사와 관련해 작가에게 부여된 자유는 집단적인 문학창작을 강요해 오던 나프를 부정하는 계기로 작용하게 된 것이다.

한편, 사회주의 리얼리즘의 수용을 찬성하는 쪽은 세계관과 창작방법의 관계 등 창작론에 보다 큰 비중을 두었는데, 가령 모리야마(森山啓)는 사회주의 리얼리즘론을 일체의 이론적 규범을 거부하려고 하는 작가의 심정을 비평가의 입장에서 지원하기 위해 수용하였으며,[17] 작가의 세계관과 창작방법은 분리되지 않으며 도식적인 사고와 강제성을 배격하면서 유물변증법을 현실 속에서 적절히 활용하는 것이 필요하다고 주장하였다.[18]

16) 일본 프로문학운동은 그 前史로서의 민중문학론을 포함하면 明治시기까지 소급되며 프로藝, 勞藝, 前藝를 거쳐 나프, 코프 등 조직적인 운동이 진행되었다.

17) 森山啓, 「창작방법에 관한 현재의 문제」, 조진기, 앞의 책, 301면.

또한 야마모토(宮本百合子)는 사회주의 리얼리즘이 프롤레타리아 계급성을 말살하려는 것이 아니라 무산계급운동을 국제적 규모로 발전시키려고 하는 일관된 지도방침으로 프롤레타리아트의 주도권을 확립하기 위한 방법의 하나라고 규정하고 이것이 유물변증법적 창작방법의 폐단인 기계적 공식성을 해소할 수 있을 것이라는 전망을 하였으며,[19] 나카노(中野重治)는 사회주의 리얼리즘을 유물변증법적 창작방법의 안티테제로만 보는 구보와 가미야마의 의견을 비판하고 강한 세계관을 요구하는 작가의 실천적 노력이 사회주의 리얼리즘의 핵심이라고 주장하면서 이 새로운 방법의 수용을 찬성하였다.[20]

이렇게 사회주의 리얼리즘을 둘러싼 일본 프로문학계의 찬반의견을 정리해 볼 때, 그 어느 쪽도 소비에트에서 원래 제기될 때의 출발 텍스트적 성격을 완전하고 투명하게 번역하여 수용하거나 반대한 것은 아님을 알 수 있다. 반대파들은 프로문학운동의 조직성 위기에 중점을 두었으며, 찬성파들은 경직화된 창작의 개선을 도모하기 위한 방책으로 접수한 것이었다. 즉 동일한 이론의 도입과 적용을 두고 양자는 각기 다른 맥락에서 취사하였고 이 과정에는 당시 일본 사회를 해석하고 전망하는 각기 다른 시각이 내재되어 있었던 것이다.

또한 그 어느 쪽도 원 텍스트의 핵심적인 본질, 즉 세계관의 문제나 작가의 실천적 방법으로서의 전형성, 살아있는 인간, 형상성의 창조 등의 문제를 간과하였는데 이러한 선택적 번역과 접수는 당시 일본 프로문학계가 정부의 대대적인 탄압으로 인해 이론의 공백상태에 있었으며 동시에 사회주의 리얼리즘론을 구라하라, 고바야시 등의 예술

18) 森山啓, 「창작방법과 예술가의 세계관」, 조진기 편역, 앞의 책, 591~608면.
19) 宮本百合子, 「사회주의 리얼리즘 문제에 대하여」, 조진기, 앞의 책, 302~304면.
20) 中野重治, 「사회주의 리얼리즘의 문제」, 조진기, 앞의 책, 315~318면.

이론과 조직론의 잘못을 공격하기 위한 수단으로 사용하는 등 별도의 목적과 특수한 사정이 개입되었기 때문이다. 그리고 번역 실천과 관련해서 구보는 「방황하는 리얼리즘」이란 문장에서 사회주의 리얼리즘의 '사회주의'라는 단어가 넓은 의미의 사상으로서 사회주의를 가리키는 것이 아니라 소비에트에 있어서의 사회주의적 생산관계를 가리키는 것으로 해석하였는데[21] 이는 그의 수용반대 입장을 뒷받침하는 중요한 이유가 되었다.

4. 한국의 사회주의 리얼리즘 수용맥락과 양상

사회주의 리얼리즘론의 번역과 도입 이전에 이미 구라하라 같은 이론가에 의해 창작방법이 심도 있게 논의되었던 일본과는 달리 한국에서의 사회주의 리얼리즘의 수용은 프로문학론에 있어서 본격적인 창작방법론에 대한 논의로서 그 자체 내의 이론투쟁을 통해 다각도로 전개되었다. 1933년 백철(白鐵)의 「문예시평」을 통해 소개된 후 안막(安漠)의 적극적 수용주장이 개진되자 프로문학계는 사회주의 리얼리즘의 수용문제를 둘러싸고 안막, 한효(韓曉) 등의 찬성 입장과 김남천(金南天), 안함광(安含光), 김두용(金斗鎔) 등의 반대 입장으로 나뉘어져 논쟁이 진행되었는데 그 주요논점은 조선에서의 사회주의 리얼리즘의 적용문제, 유물변증법적 창작방법과 사회주의 리얼리즘의 관계에 집중되어 있었다.

먼저 수용을 반대하는 입장에서는 일본과 비슷한 논리를 보여주는데, 사회주의 리얼리즘이 탄생한 지역적 특수성과 조선의 특수성과의

21) 久保榮, 「방황하는 리얼리즘」, 조진기, 앞의 책, 304~306면.

질적 차이를 문제 삼고 있다. 안함광은 자본주의 국가인 조선에서 사회주의는 관념적인 가능성인데 이러한 상황을 사회주의 국가인 소련의 현실과 혼동하여 수용한다는 것은 조선의 특수상황을 배제한 추수론이라고 비판하였고,[22] 김남천은 이와 달리 사회주의 리얼리즘론의 소련 내 형성배경이 라프의 조직개조와 결부되어 있음을 강조하고 카프(KAPF, 조선 프롤레타리아 예술동맹)의 조직문제와 조선무산계급의 당면한 실천적 과제를 아울러 논의해야하므로 조직문제를 배제하고 창작방법만의 문제로 국한시켜 수용한다는 주장은 근거가 없다고 반대했다.[23] 이들의 의견은 원 텍스트의 성립배경과 다른 시대, 사회적 맥락이 수용여부에 영향력을 행사하고 있는 예이며 동시에 김남천의 경우에서 보듯이 수용하는 사회에 대한 분석과 목적의식에 따라 원 텍스트에 대한 해석과 태도가 결정됨을 알 수 있다.

한편 이들 반대의견에 대해 이기영(李箕永)은 작가적 체험을 들어 수용을 적극적으로 주장했는데 그 이유로 사회주의 리얼리즘이 과거 유물변증법적 방법이 갖고 있던 지나친 이데올로기의 강화에서 벗어나게 해 준다는 점만을 강조하고 있어[24] 그가 작가의 입장에서 유리한 쪽으로만 사회주의 리얼리즘론을 선취하고 있음을 알 수 있다. 또한 한효는 킬포틴의 견해를 근거로 적극적 수용을 표명하였는데 그 역시 세계관을 무시하고 창작방법으로서만 사회주의 리얼리즘을 이해하여 소련과 조선의 객관적 정세의 판이함에 상관없이 그 내용을 형상화하

22) 안함광, 「창작방법문제-신이론의 음미」, 조선중앙일보, 1934.6.17~30, 임규찬 · 한기형 편, 『카프비평자료총서Ⅵ-카프 해산기의 창작방법논쟁』, 태학사, 1990, 248~264면.

23) 김남천, 「창작방법에 있어서의 전환의 문제-추백의 제의를 중심으로」, 1934.3, 역사문제연구소, 『카프문학운동연구』, 역사비평사, 1994, 103면에서 재인용.

24) 이기영, 「창작방법 문제에 관하여」, 동아일보, 1934.5.30~6.5, 임규찬 · 한기형 편, 위의 책, 211~222면.

는 창작방법으로서 '진실'을 그린다는 데서 동일하게 해석되고 받아들여져야 한다고 주장했다.[25]

이렇게 사회주의 리얼리즘이 기존의 유물변증법적 창작방법과 완전히 별개의 것으로 번역되고 이해되는 것에 대해 김두용은 유물변증법이 마르크스주의의 철학적 방법인 이상 기존 창작방법론이 하등의 하자도 없으며 사회주의 리얼리즘론의 찬성자들이 주장하는 과거 창작방법상의 오류는 방법 자체의 오류가 아니라 작가의 실천에서 나타난 오류이기 때문에 소련에서의 사회주의 리얼리즘이 조선의 유물변증법적 창작방법과 다를 바 없다고 주장했다.[26] 김두용의 주장은 예술을 체제적인 정책과 결합시키려는 사회주의 리얼리즘의 본질을 간과하고 있는 것으로 이 역시 수용자의 이해 수준이 원 텍스트의 해석에 영향을 미치는 예를 보여준다 하겠다.

이러한 예는 창작방법과 세계관의 문제에서도 여실히 드러나는데 찬성하는 입장에서도 일본과 비슷하게 수용의 당위성이나 필요성만을 강조하고 있을 뿐 창작방법으로 사회주의 리얼리즘이 지향하는 구체적 방법, 즉 혁명적 낭만주의 문제, 전망의 문제, 예술적 형상의 문제 등에 대해서는 별다른 논의가 이루어지지 못하였다. 이는 사회주의 리얼리즘에 대한 이해의 한계에도 기인하지만 당시 조선의 시대, 사회적 맥락이 소련과 다르다는 인식과 논자마다 각기 다른 목적과 실천방향을 지향했기 때문이다.

25) 한효, 「신창작방법의 재인식을 위하여」, 조선중앙일보, 1935.7.23~27, 임규찬 · 한기형 편, 위의 책, 360~370면.

26) 김두용, 「창작방법의 문제-리얼리즘과 로맨티시즘」, 동아일보 1935.8.24~9.3; 「창작방법문제에 대하여 재론함」, 동아일보, 1935.11.6~29, 임규찬 · 한기형 편, 위의 책, 392~416면; 417~461면.

일본의 경우와 같이 사회주의 리얼리즘이 활발하게 논의되던 1934, 5년은 이미 박영희(朴英熙)가 전향선언문을 발표했고 일제의 탄압에 의해 카프가 해산의 위기에 직면해 있었다. 반대론자들은 바로 이점을 중시하여 찬성론자들이 사회주의 리얼리즘을 조직의 파탄 및 우익적 전향의 구실로 삼아 자기합리화의 수단으로 이용하려는 의도를 가지고 있다고 비판했으니 사회주의 리얼리즘의 이해, 수용여부는 카프 내 전향과 비전향을 둘러싼 첨예한 대립과 깊은 관련을 가지고 있다 하겠다.

또한 당시 조선의 사회주의 리얼리즘을 둘러싼 논쟁에서 주목할 만한 점은 일본의 경향과 비교하여 상대측을 추수론자로 비판하고 있다는 점이다. 이는 제3전선파나 카프 동경지부의 소장파들이 조선 내 프로문학운동에 깊은 영향력을 행사한 데서도 나타나듯이 일찍부터 일본프로문학의 영향을 받아온 데다가 사회주의 리얼리즘을 논의하는 문장 다수가 일본 프로문인들의 문장을 번역 내지 번안했다는 점에서 그 원인을 찾을 수 있다. 가령 김남천은 안막을 도쿠나가(德永直)의 태도와 연결시켜 비판했고, 안함광도 안막의 글을 소토무라(外村史郎)가 번역한 『사회주의 리얼리즘의 문제』의 단순한 내용소개에 불과하다고 공격했으며, 김두용은 한효의 문장이 모리야마(森山啓)의 견해와 가와구치(川口浩), 누마타(沼田英一)의 문장을 그대로 이식한 것이라고 비난하였다. 이를 통해 한국의 사회주의 리얼리즘의 이해와 수용에 있어서 일본과 비슷한 경향을 보인 연유가 단순히 조직적 프로문학운동의 쇠퇴라는 외연적 유사성에서만 기인하는 것이 아님을 알 수 있다.

5. 대만의 프로문학운동과 사회주의 리얼리즘의 번역소개

1920년대 일본 식민지 처지에서 서구 근대문화와의 접촉과 이에서 촉발된 신문화운동을 통해 사회주의를 받아들인 대만 지식계는 동시기 일본, 한국, 중국과 비슷한 과정을 겪으며 프로문학운동을 전개하였다. 다만 앞에서 보았듯이 일본과 한국에서 카프와 나프로 대표되는 조직적인 프로문예운동이 진행되고 이를 중심으로 한 프로문인들의 이론논의가 활발하게 진행된 것과는 달리 대만은 현대로의 진입에서 다른 동아시아 국가보다 늦게 출발한 시간적인 차이와 복잡한 언어문제의 장애로 인해 1930년대에 이르러서야 조직적인 프로문단이 형성되어 활동에 들어갔다.[27] 그러나 이때는 만주사변을 계기로 중국 침략과 진일보한 식민지 확장을 꾀하던 일본정부의 좌익운동에 대한 대대적인 진압이 있었고 특히 식민지 대만에서는 좌익운동이 민족운동과 연계되었기 때문에 좌익인사에 대한 대규모의 검거가 진행되었던 시기였다. 따라서 1931년 일본, 대만의 좌익인사들이 주축이 되어 좌익문예단체인 대만문예작가협회(臺灣文藝作家協會)가 성립되고 기관지 『대만문학(臺灣文學)』을 발행하면서 조직적인 운동에 들어갔지만 이듬해 바로 일본 식민당국의 진압을 받아 단체는 해산되고 잡지는 발행이 금지되어 조직적 운동이 무산되었다.

이로 인해 대만의 프로문학운동은 정치, 사회운동과 연계되지 못하고 문예지를 중심으로 한 좌우연합전선 형태의 순문학운동으로만 진

27) 대만최초의 좌익문학단체로는 1925년에 조직된 臺灣藝術硏究會가 있지만 이에 관한 구체적 자료가 아직 출토되지 않고 있다. 이에 대해서는 崔末順, 『現代性與臺灣文學的發展(1920-1949)』, 國立政治大學中文系博士論文, 2004, 115면 참고.

행되었는데 때문에 좌익문학이론의 토론, 작품창작과 발표에도 자산계급 진영과의 끊임없는 주도권 쟁탈전을 벌여야했다. 목적의식의 강조, 문예 대중화 논의, 농민문학과 창작방법에 관한 토론 등 프로문학의 공통된 이론의 논의에 있어서도 좌익문단 내부의 치열한 토론을 거치면서 수용되고 심화되었던 한국, 일본에서와 달리 대만에서는 좌익문인의 개인적이고 산발적인 의견개진으로 그쳤고, 자산계급 문인들의 반발과 저항에 부딪혀 집중적인 논의가 이루어지지 못했으며 따라서 이론의 심화보다는 무산계급 헤게모니의 선취가 무엇보다 중요한 과제가 되었다.

그러다 보니 창작방법을 위시한 좌익문학이론은 일본과 중국에서 들어온 것을 소개하는 수준을 크게 벗어나지 못했고 창작방법으로서의 리얼리즘 문제 역시 문예 대중화 논의 등 기타 이론과 뒤섞여 함께 논의되었기 때문에[28] 단독으로 사회주의 리얼리즘 문제와 수용에 따른 찬반의견 등 집중적인 토론은 없었고 대부분 사회주의 리얼리즘을 소개하고 이를 수용하고자 하는 의견이 주류를 이루었다.

이들 소개와 수용을 주장하는 논자들은 사회주의 리얼리즘이 새로운 창작방법일 뿐 아니라 객관현실을 정확하게 바라보는 시각을 제공하는 것으로 인식하고 있는데, 雷石榆(1911-1996)는 모순된 사회현상의 발생 원인을 찾고 불합리한 결과를 쳐부수며 사회문제를 해결하는 방안을 묘사할 때 낭만주의적 요소를 활용할 수 있다는 의견을 피력하고 있어 그가 사회주의 리얼리즘의 내용을 충분히 파악하고 있었음을 알 수 있다.[29] 또한 그는 사회주의 리얼리즘의 적극적 수용을 주장한

28) 대만의 경우 언어문제와 결부되어 臺灣話文論爭과 鄕土文學論爭으로 발전하여 좌익문인들이 이 두 논쟁에 많은 시간을 할애했다. 이 책에 실린 「1930년대 대만문단의 향토문학/대만화문 논쟁의 쟁점과 성과」를 참고.

일본 프로문인 모리야마(森山啓)의 문장을 그대로 인용하여 리얼리즘론을 구체적으로 피력하였으며, 사회주의 리얼리즘과 혁명적 낭만주의를 충분히 이해하고 어떻게 활용할 것인지를 고려해 보아야 한다고 주장하였다.[30] 郭天留(劉捷, 1911-2004) 역시 사회주의 리얼리즘을 창작방법으로 채택할 것을 제안했는데[31] 그의 목적은 공식주의를 배격하고 현실에서 출발하자는 데 있었다. 그러나 이들은 사회주의 리얼리즘의 개념만을 당위적으로 받아들였을 뿐 대만문학에 어떻게 적용해야 하는지에 대한 논의는 빠져있어 소개에 그치고 말았다.

한편 대만의 대표적 좌익문인인 楊逵(1906-1985)와 呂赫若(1914-1951)은 직접 사회주의 리얼리즘이란 말은 사용하지 않았지만 동일한 개념의 리얼리즘론을 주장하였다. 楊逵는 주동성과 적극성을 갖지 않으면 리얼리즘이라 할 수 없으며 진보적인 문학은 바로 이 두 요소를 가진 현실주의 문학이라고 하면서 정확한 세계관이 구비되어 있다면 작품 창작의 제재가 노동자, 농민 등 무산계급에 구애될 필요 없이 지식분자, 중산계급의 생활도 가능하다는 입장을 밝혔다.[32] 呂赫若은 '어떻게 현실을 인식하느냐' 하는 문제와 '어떻게 예술적으로 인식한 세계를 표현하느냐' 하는 문제를 제기하면서 예술적 진실성과 객관적 타당성을 통일시키는 것이 오늘날 창작방법 논의에 있어서의 일반적인 상식이라고 주장하였다.[33]

이렇게 대만의 사회주의 리얼리즘에 대한 논의는 소개 수준과 이의

29) 雷石楡, 「我所希望的詩歌-批評4月號的詩」, 『臺灣文藝』 2卷6期, 1935.
30) 雷石楡, 「詩的創作問題」, 『臺灣文藝』 2卷8~9期, 1935.
31) 郭天留, 「創作方法的片斷感想」, 『臺灣文藝』 2卷2期, 1935.
32) 楊逵, 「藝術是大衆的所有物」, 『臺灣文藝』 2卷2期, 1935.
33) 呂赫若, 「舊又新的事物」, 『臺灣文藝』 2卷7.8期合刊號, 林至潔, 『呂赫若小說全集』, 聯合文學社, 1995, 555~559면에서 재인용.

적극적 수용으로 나누어지는데 일본, 한국에서 논의된 소비에트와 다른 자국의 사회조건, 혹은 문예조직의 문제 등과 결부되지 못했다. 그 이유는 앞서도 언급한 바와 같이 이 시기 조직적 문예운동이 완전히 궤멸되었으며 좌우연합의 형태로 문예지를 통해서만 논의되었고 창작 문제 위주로 받아들였기 때문이다. 또한 자산계급 문인들과의 주도권 경쟁으로 인해 공식성을 벗어날 수 있다는 데 초점을 두고 사회주의 리얼리즘을 수용했다. 또한 한국에서의 경우와 마찬가지로 일본을 통해 프로문학이론을 수용한 것도 사회주의 리얼리즘 내용에 대한 편향적 이해의 요인이 되었다.

6. 중국의 사회주의 리얼리즘 수용맥락과 양상

혁명문학이라 불리는 중국의 좌익문학운동은 1920년대부터 본격적으로 시작되어 여러 좌익문학단체와 많은 작가와 작품을 배출하며 오사(五四)이후 중국 근대문단에서 커다란 세력으로 성장하였다. 1930년대 초반 비록 일본의 만주국 건립과 동북지방에 대한 침략이 있었으나 식민지였던 조선, 대만과는 달리 좌익문학운동은 중국사회에 뿌리를 내리며 기반을 확립하였는데 1930년 조직적인 좌익문학운동의 중심 단체인 좌련(左聯, 좌익작가연맹)의 조직은 이런 상황을 잘 말해준다.

즉 좌익문예운동의 진전 상황을 두고 볼 때 중국은 비록 1930년대에 본격적인 운동에 돌입했으나 파시즘화해가는 정부이 진압을 받은 일본이나 그 식민지로 더욱 가혹한 탄압아래 놓여있었던 조선, 대만과는 달리 1920년대 초기 조직된 중국공산당이 건재하고 있었고 중대한 국가적 사무에 국민당과의 합작을 통해 영향력을 행사하고 있었던 관계로 좌익문학이론의 토론이나 작품의 창작에 별다른 걸림돌이 없었다.

이러한 배경 하에서 1932년 소련에서 사회주의 리얼리즘론이 제기되자 곧바로 좌익잡지인 『문학월보(文學月報)』와 『문화월보(文化月報)』가 라프의 재조직 소식과 함께 문학이론과 비평의 움직임을 소개하였다. 또 1933년 초에는 『예술신문(藝術新聞)』이 「소련문학의 신 구호(蘇聯文學的新口號)」라는 제하에 가장 먼저 사회주의 리얼리즘을 소개하였으며 『국제매일문선(國際每日文選)』 역시 킬포틴의 논문을 번역, 게재하였다.[34] 그러나 이런 문장들은 개념의 소개에 그쳤고 사회주의 리얼리즘의 본격적인 논의는 킬포틴의 문장을 근거로 자신의 의견을 개진한 周揚(1907-1989)에게서 찾을 수 있다. 周揚은 예술의 창조에서 세계관과 창작방법은 나누어질 수 없으며 진실성을 기초로 한 예술의 특수성이 중요하다고 사회주의 리얼리즘을 해석하였다. 또한 전형적인 환경에서의 전형적인 성격을 드러내어야 진실성을 확보할 수 있으며 발전 중, 운동 중인 현실을 인식하고 이를 반영해야 하며 동시에 사회주의 혁명의 승리의 본질을 드러내야 한다는 점을 강조하였다. 또한 유물변증법적 창작방법의 형이상학적, 기계적인 본질을 비판하고 이는 라프의 종파성이 문학비평 활동에 반영된 것이라고 부정하였으며 낭만주의 요소의 도입가능성을 드러내었다.[35]

周揚의 논의는 이론적으로 중국에 끼치고 있던 라프의 영향에 대한 비평의 도화선이 되었고 이를 계기로 좌련 초기의 좌편향성을 극복하고자 하는 목적이 사회주의 리얼리즘의 수용에 긍정적으로 작용하게

34) 趙福生, 杜運通, 『從新潮到奔流-19~20世紀中國文學思潮史』 3卷, 河南大學出版社, 1992.
35) 周揚, 「關於社會主義現實主義與革命的浪漫主義」, 『現代』 4卷1期, 1933.

되었다. 게다가 1934년 소비에트 제1차 작가대표회의에서 고리키, 킬포틴, 루나찰스키(Lunacharsky) 등 이론가의 보고와 발언이 있은 후 사회주의 리얼리즘이 창작방법으로 채택되자 곧 바로 중국좌익문단에 큰 반향을 일으켰다. 그중 가장 크게 주목받은 점은 바로 사회를 운동 중, 발전 중에 있는 동태적인 것으로 파악할 것이라는 점과 전형성의 창조, 진실성과 세부묘사 등에 관한 언급이었다.

사회주의 리얼리즘론에서 촉발된 '전형'(典型)의 문제는 30년대 중반 胡風(1902-1985)과 周揚의 논쟁을 거치며 한 단계 높은 창작이론으로 정착되면서 실제로 중국현대소설 창작의 지도적 이론이 되었는데 이를 간단히 살펴보면, '주체'의 해석에 있어서 周揚은 사회, 계급적 당파성을 가진 이성화, 사회화된 존재를 일컫는데 비해 胡風은 욕망, 욕구, 감정, 열정과 생에의 의지를 가진 감성적 존재와 이성, 사회적 인소가 결합된 존재, 즉 개별성을 가진 존재로 파악하였는데 이러한 주체에 대한 논쟁은 작가의 세계관과 직접적으로 연관되기 때문에 상당히 중요한 논점으로 부상하였다. 또한 문예와 정치의 관계에 있어서도 周揚은 정치를 정당, 정치공동체 등 구체적인 면에서 파악하고 문학에 대한 '정치 우위성'을 주장한데 비해 胡風은 정치를 생활의 본질, 혹은 역사적 진실이란 층위로 파악하고 정치를 작가의 창작실천 그 자체로 인식하여 문학과 정치 간의 관계가 바로 창작과 생활 간의 관계와 같다는 의견을 내 놓았다. 이러한 차이는 곧 제재문제와도 연결되는데, 周揚이 반제국적, 반봉건적인 제재, 군벌과의 투쟁 등 당시 좌익문학의 중대한 의제를 그려야한다고 주장한데 비해 胡風은 예술의 성패는 무엇을 썼느냐 보다는 작가의 주관적 역량에 달려있다고 하면서 제재결정론을 적극 반대하였다.[36)]

이런 차이에 근거해 사회주의 리얼리즘의 핵심적인 문제인 '전형'에 대해서 두 이론가는 魯迅(1881-1936)의 아Q를 예로 들어 각기 다른 해석을 내 놓았다. 胡風의 해석에 의하면 전형은 보편성과 특수성을 포함하는데 이중 보편성은 그 인물이 속하는 사회 속에서 각 개체가 가진 공통성이고, 특수성은 다른 사회 혹은 다른 사회내의 각 개체와 다른 점이라고 하였다.[37] 이에 비해 周揚은 보편성의 정의는 동의하나 특수성은 인물이 속하지 않은 다른 사회 내의 개체와 다른 점이 아니라 인물이 속하는 사회내의 다른 개체와 같지 않은 그 인물만의 특수함이라고 정의하였다.[38]

이들의 주장을 간단하게 정리해 보면, 周揚이 당의 목표와 좌익문학의 정치적 임무에 중점을 두고 장래 혁명의 승리를 문학에 반영하고자 했다면, 胡風은 작가의 개별성과 인물의 개성을 중시하면서 이를 보편성에 통일시키고자 하였다. 이들의 전형 문제에 대한 논의는 중국내 엥겔스(Friedrich Engels) 리얼리즘 미학과 사회주의 리얼리즘을 전파하는데 중요한 역할을 하였으며 작가들에게 전형 창조의 중요성을 각인시키는 계기가 되었다.

이렇게 周揚과 胡風의 논의는 비록 세부적인 내용에서 다른 의견을 보여주고 있지만 둘 다 마르크스주의 미학이론에 기초한 것으로 기본적인 차이는 없다. 더구나 이들은 동일하게 낭만주의 요소의 도입을 강력하게 주장하며 유물변증법적 창작방법에 대한 사회주의 리얼리즘론의 긍정적 측면, 즉 공식화, 기계화를 벗어날 수 있는 부분에 대한

36) 周揚과 胡風의 논쟁내용에 관한 정리로는 黃曼君 주편, 『中國近百年文學理論批評史(1895-1990)』, 湖北教育出版社, 1996, 560-573면을 참고.

37) 胡風, 「什麽是典型和類型?」, 傅東華 편, 『文學百題』, 上海生活書店, 1935에서 재인용.

38) 周揚, 「現實主義試論」, 『文學』 6卷1期, 1936.

기대감을 드러내었다. 이는 당시 중국의 프로문단이 좌련의 좌편향을 극복하고자 하는 맥락에서 사회주의 리얼리즘을 수용하였기 때문으로 생각된다. 또한 앞서 보았듯이 중국내 사회주의 리얼리즘 논의에서는 기타 동아시아 국가들에서와 달리 사회주의 국가인 소비에트와 다른 사회적 조건으로 인해 수용을 반대하는 내용이 나타나지 않는데 이 역시 중국의 수용맥락이 기타 국가와는 다름을 보여주는 것이다.

7. 맺는 말

지금까지 1930년대초 소련에서 제기되었던 프로문학의 중요한 창작론인 사회주의 리얼리즘의 수용문제를 둘러싼 일본, 한국, 대만, 중국의 프로문단의 반응 양상을 외래문화가 번역되고 수용되는 사회, 시대적 맥락과 조건에 초점을 두고 살펴보았다. 본문의 주요 전제는 이론체계와 지식개념을 포함한 문화의 국가 간 유동이 번역을 통해 이루어지며 따라서 여기서 번역은 중립적이고 기술적인 의미의 등가적 전달이란 전통적인 개념이 아니라 그 자체가 문화유동의 매개로써 출발문화에 대한 취사선택과 모종의 목적성이 개입되는 문화현상임을 인지하는 데 있다. 이러한 전제 하에서 본문에서 고찰한 실제 예를 정리해보면 아래와 같다.

20세기의 사회주의 운동과 프로문학운동은 코민테른의 지도하에 강력한 국제성을 띠고 전개되었다. 자본주의 제 모순을 비판하며 전 세계 무산계급의 혁명쟁취를 최종 목적으로 하는 마르크스주의에 기초한 이 사조는 19세기 서구 열강의 제국주의 침략에 직면하면서 자본주의 근대화를 피동적으로 받아들일 수밖에 없었던 동아시아 각국에도 급속히 파급되었는데 적극적인 서구 모방으로 제국주의 대열에 합류한 일본에서는 강력한 국가주도의 자본주의 발전으로 인한 사회내부의 모순이 심화되면서 좌익정치운동과 문학운동이 활발히 전개되었고, 식민 자본주의의 병폐가 집약적으로 나타난 한국과 대만에서는 민족모순과 계급모순이 중첩되면서 코민테른이 주장한 전 세계 식민지의 독립추구라는 사회주의 투쟁목적을 받아들여 항일민족운동의 형태를 띠고 전개되었다. 또한 중국은 식민지로의 전락은 면했으나 서구열강과의 접촉에서 참담한 패배를 경험함으로써 자본주의 근대문명은 거스를 수 없는 시대적 대세가 되었고 그 과정에서 사회내부의 모순이 사회주의운동의 계기로 작용하였다.

공산당을 위시한 사회주의 정치운동과 마찬가지로 프로문학운동 역시 코민테른과 소련의 영향아래 놓여 있었는데 1930년대에 제기된 문학이론과 비평방법인 사회주의 리얼리즘론 역시 동아시아 각국에 전파되었다. 그런데 수용과정에서 각국의 해석과 입장은 각기 다른 양상을 띠고 전개되었는데 여기서 바로 시대, 사회적 조건과 맥락이 문화이동에서 어떻게 작용하는지를 확인할 수 있었다.

출발문화로서 소련에서 제기된 사회주의 리얼리즘은 라프의 문예지도이념이었던 유물변증법적 창작방법의 관념성, 공식성을 비판하고 제재의 선택과 선택된 제재의 배열에 있어서 작가에게 일정한 자유를 허락한 것이다. 그러나 이전 시기 창작방법에서 강조하던 유물변증법을 파기한 것은 아니며 다만 현실을 기계적이고 도식적으로 유물변증법에 대입하는 것이 아니라 현실 그 자체에서 출발하여 진실 되게 그리되 현실을 발전 중인 것으로 파악하는 정확한 세계관이 전제되어야 한다는 것이다. 이전 시기 작품이 현실의 부정적인 면을 부각시켜 혁명의 당위성을 강조한 것이라면 혁명이 성공한 당시 사회주의 국가건설이라는 낙관적 전망을 담아 창작의 분위기를 혁신시키기 위함이었다. 이렇게 사회주의 리얼리즘은 스탈린의 지도하에 강력한 사회주의 국가 건설을 위한 문화혁명의 일환으로 전개된 배경을 가지고 있으며 그 목적은 문인과 예술가를 사회주의 건설에 총동원하기 위한 것이었다.

이러한 배경에서 생산된 사회주의 리얼리즘은 일본 프로문단에 번역되어 다양하게 논의되었는데 수용의 찬반을 놓고 치열하게 전개된 논쟁의 면모를 살펴보면 반대파들은 사회주의 국가인 소련과 자본주의 국가인 일본의 상황이 다르므로 작가에 대해 무산계급 헤게모니보다는 창작의 자유를 부여하는 일면이 초래할 위험성을 경고하고 있다. 이는 1930년대 초반 만주사변을 계기로 군국주의를 추구하던 일본정부의 좌익단체에 대한 대대적인 탄압과 프로문인들의 체포가 속출하는 가운데 조직의 와해와 문인들의 전향이 가속화되던 당시 일본프로문단의 상황에서 사상적 해이를 우려했기 때문으로 풀이된다. 한편 찬성파들은 프로작품의 천편일률적 성격을 쇄신하고 창작에 활기를 불어넣고자 하는 목적에 중점을 두고 있었기 때문에 사회주의 리얼리즘이 강조하는 현실을 보는 정확한 세계관에 대해서는 거의 언급하지 않았다. 이렇게 출발문화와 다른 사회적 조건과 의도하는 목적의 다름으로 해서 사회주의 리얼리즘의 일본수용은 출발문화에서와는 다른 양상으로 드러나게 된 것이다.

한국 역시 1930년대 카프에 대한 해산 주장이 공공연하게 나오던 와중이었고 출발문화의 텍스트가 일본을 통해 들어온 것이므로 수용을 둘러싼 찬반의견이 기본적으로 일본과 비슷한 양상을 보이고 있다.

그러나 일본에서는 그전에 구라하라 같은 이론가에 의해 좌익문학이론이 상당히 심도 있게 전개되었던바 사회주의 리얼리즘의 핵심적인 내용인 세계관과 창작방법의 관계에서도 구라하라의 리얼리즘론을 근거로 논의되었는데 비해 한국에서는 사회주의 리얼리즘을 계기로 본격적인 창작이론을 개진하려는 의도가 강하였고 이를 대변하듯 형상성의 문제 등 창작론에 보다 많은 지면을 할애하였다.

대만의 경우는 식민당국의 감시와 탄압으로 조직적인 좌익문학운동이 일찍이 좌절되었고 일본의 군국주의화로 인해 정치운동 역시 좌절되면서 좌익지식인과 문인들이 문예지를 중심으로 좌우연합전선을 형성하여 활동하였던바 자산계급과의 헤게모니 쟁탈이 급선무였다. 이러한 사회적 조건으로 인해 일본과 중국을 통해 들어온 좌익문학이론은 대부분 수용되었으며 좌익문인들의 집단적인 논쟁이나 의견개진은 극히 적었다. 특히 복잡한 민족구성과 근대로의 진입 이전에 이미 식민지로 전락함으로써 표준어가 정착되지 않은 관계로 이를 해결하기 위한 방안이 문예 대중화 논의를 빌어 오랜 기간 전개되었기 때문에 상대적으로 창작이론과 비평론에 대한 토론이 적었던 것도 한 이유라고 할 수 있겠다.

중국은 앞서 본 세 나라와 다른 시대, 사회적 조건이었으므로 사회주의 리얼리즘의 이해와 수용에서도 다른 양상을 보여주는데, 라프의 영향 아래 놓여있었던 좌련(左聯)의 좌편향성을 극복하고자 하는 의도에서 적극적인 수용을 모색하였고 그 과정에서 周揚과 胡風의 논쟁에서 보듯이 창작이론과 비평방법에 관한 심도 있는 토론이 진행될 수 있었다.

상술한 정리에서 드러나듯이, 소련에서 출발한 원 텍스트로서의 사회주의 리얼리즘은 동아시아 각국의 사정과 시대, 사회적 조건과 맥락, 그리고 좌익문인들의 목적에 의해 다르게 번역되고 해석되었으며 이러한 과정을 거쳐 자국 내 좌익문학운동에 각기 다른 영향을 미쳤다. 본문은 1930년대 동아시아 각국에서 공통적으로 이루어졌던 사회주의 리얼리즘론의 번역과 수용양상을 비교하여 번역을 매개로 한 문화의 이동에서 도착문화의 시대, 사회적 맥락이 차지하는 역할과 작용, 그리고 이를 통해 출발, 도착문화 사이에 생겨나는 문화적 간극의 실제 예를 찾아보았다.

일제말기 대만문학의 심미화 경향과 그 의미

1. 머리말

메이지 유신을 거치며 서구에 대한 적극적 학습과 모방을 통해 근대국가로 성장한 일본은 초기부터 부국강병 정책의 기조 하에서 자신의 생존을 위해 주변 국가들에 대한 군사적 팽창을 시도하였다. 특히 두 차례의 전쟁을 통해 전통적 문명국인 중국과 백인종 러시아를 이기면서 자신감을 얻은 일본은 향후 자국의 내부 문제를 대외적인 군사행동을 통해 해소하려는 경향을 보이며 강력한 군국주의 국가로 변모해 갔다. 특히 1920년대 말의 세계적 경제공황으로 인한 일본 내 모순의 심화는 1930년대초 만주사변(1931)의 도발을 위시하여 몇 년 뒤 중국에 대한 전면적인 침략(1937)과 남진정책(1940)의 채택, 태평양전쟁 도발(1941) 등 전쟁의 확대와 장기화로 이어진다.

이러한 변화를 거치며 전쟁 시기 일본과 식민지에는 전시동원체제가 확립되고, 총력전에 대비하여 원활한 전쟁수행을 위한 이데올로기가 구축되었는데, 기존의 식민지와 1937년 이후 확대된 점령지를 포괄하고 전쟁의 정당성을 인지시키기 위한 '동아신질서',[1] '신체제', '대동아공영권'[2]으로 이어지는 정치적 담론과 배후에서 이를 지탱하고 추진하기 위한 다양한 차원의 하위 담론들이 쏟아져 나왔다.[3] 그중 식민지의 인력동원과 전쟁 수행에 필요한 생산증강 독려에 문인들의 동원이 필요해지자 사상전(思想戰)이 중시되면서 식민지 대만문단은 일본제국의 한 지방으로 개편되어 전반적으로 전쟁에 동원되는 국책문학, 즉 황민화 문학 요구에 직면하게 되었다.

이렇게 전쟁시기의 대만문단은 당대의 지배담론과 매우 긴밀한 관련 하에 전개되었는데, 일본이 전쟁수행을 목적으로 건립한 후방의 문화논리 중 대만문단에 가장 큰 영향을 미친 것은 '지방문화의 진흥'과 '외지문단의 건설' 주장이었다. 당시 대만에 거주하던 일본인 작가는 물론이고 대만인 작가, 비평가들은 대만을 한 지역단위로 하는 문학건설에 대한 갖가지 견해를 제기하고 창작을 통해 이를 실천하고자 했다. 이들이 중앙문단과 구별되는 지방으로서의 대만문학을 건설하고자 한 것은 소재적 측면에서 대만중심주의라고 부를 수 있지만 그 실제적 내용은 일본정신으로 식민지 문단을 통합하여 대동아를 건설하려는 목적을 가진 일본중심주의라고 보아야 할 것이다.

따라서 이 시기 외지, 지방문학으로서의 대만문학은 1920년대 이래 대만작가들에 의해 건립되어온 대만인의 생활과 경험에 기초한 신문

1) 명분 없는 중일전쟁을 합리화하기 위해 1938년 코노에 내각이 '동아신질서' 건립선언을 제출하자 일본 국내에서 '동아연맹체론'이나 '동아협동체론' 등 아시아 연대주의의 이론이 제기되어 이에 호응했다.

2) 일본의 침략전쟁 판도를 개별국가 영역을 벗어나 전체 아시아로 확대한다는 기획이 바로 '대동아공영권'의 이념이다.

3) 가령 각 식민지에 대한 동일화 전략으로 조선에 대한 내선일체(內鮮一體), 대만에 대한 내대융합(內臺融合), 만주국에 대한 오족협화(五族協和) 등이 있다.

학의 개념이 아니라 일본제국문학의 한 부분으로 대만이 갖는 남방(南方), 남도(南島)라는 지역적 특징과 이 특징이 대동아 건설에 어떤 역할을 할 것인지를 묻는 일본제국의 국책문학을 말한다. 비록 몇몇의 대만문인들도 이 국책의 요구에 부응한 것은 사실이지만 이 시기 문단을 주도한 이는 대부분 일본인 작가와 비평가, 그리고 대만총독부(臺灣總督府)와 황민문학봉공회(皇民文學奉公會) 등 관방의 요구에 의해 조직된 문학단체로, 이들이 주장하는 문학론은 비록 각자의 문학적 견해와 국책의 이해정도에 따라 강조하는 내용이 다를 수 있지만, 그 저변에는 문학을 전쟁동원 수단으로 활용하기 위한 심미적 기획이 깔려 있다. 심미적 기획이란 발터 벤야민(Walter Benjamin)이 파시즘 미학을 비판하면서 사용한 정치의 심미화란 개념에서 빌려온 것으로 아름다움, 숭고함, 도덕성의 이미지를 통해 궁극적으로 대중 동원을 목표로 하는 문학 기획을 말한다. 예를 들어 화염이 치솟는 폭파장면 혹은 그 소리의 웅장함을 통해 전쟁의 잔혹한 진상과 고통의 신음소리를 은폐하고 숭고하고 장엄한 미학으로 파괴와 비인도적인 전쟁의 속성을 가리는 것으로 일종의 대중에 대한 기만술인 것이다.[4] 이는 나아가 파시즘의 예술전략으로 해석할 수 있는데 예술적인 아우라(aura)를 이용해 대중을 압도하고 동시에 현실세계를 심미적인 대상으로 하여 일회적이고 숭고한 예술성을 부여하면 대중은 이에 압도당해 수동적인 접수자가 되는 것이다. 이렇게 예술의 힘을 이용하여 대중심리를 장악하는 전략이 바로 '정치적 심미화'의 주요개념이다.[5]

4) 발터 벤야민, 최성만역, 『기술복제시대의 예술작품』, 대로출판사, 2009, 41~96면.

5) 예를 들어, 벤야민은 파시즘이 예술을 이용하여 정치 심미화의 효과를 달성하려고 할 때 영상기술을 사용한다고 했다. 그들의 궁극적 목표는 전 세계의 통치에 있고 전쟁은 이 목표를 이루는 필요한 수단이다. 따라서 권력의 정당성을 옹호하기 위해 전쟁을 미

본문은 이런 관점에서 일제 말 전쟁 시기 대만문단의 문학론을 대상으로 그 저변에 작동하는 심미적 기획을 찾아내고 각 문인들의 대응방식을 분석하며, 특히 龍瑛宗(1911-1999), 張文環(1909-1978) 등 당시 활동했던 대만작가들의 소설에서 이 심미적 기획이 어떻게 드러나는지를 찾아보기로 한다. 이러한 고찰은 식민지 시기 문학의 연구에 있어서, 항일 여부에 초점을 맞춘 민족주의 입장과는 달리 황민화 시기 문단과 작품을 당시의 역사적 맥락에서 살피는 계기가 될 것이며 나아가 문학과 권력의 관계에 대한 성찰에도 도움이 될 것이라 생각된다.

2. 일제말기 문학론 중의 심미화 전략

(1) 외지문단, 지방문화로서의 대만문학

중일전쟁 발발에서 이차대전이 끝날 때까지 일본과 각 식민지 간의 관계는 신속하게 변화하게 되는데 그것은 제국/식민지로부터 내지/외지로 나아가 일본의 한 지방으로 그 관계가 조정된 것이다. 이런 가운데 대만은 남진을 위한 군사기지로 자리매김 되어 각종 군사관련 산업의 투자가 신속하게 증가되는 등 물질적, 지리적으로 새롭게 재편되기 시작했다.[6] 이에 따라 내지 혹은 외지를 막론하고 총동원법(1938)과

화하고 대중을 선동하는데 영상기술을 이용하는 것이다.

6) 사실 일본은 매우 일찍부터 대만이 華南과 南洋으로 발전해 가는데 필요한 곳이라는 것을 인식하고 있었다. 대만의 점령이란 일본에 있어서 메이지 유신 이래 키워오던 '남진론'을 실현시킬 수 있는 중요한 관건이었다. 이에 대해서는 崔末順, 「無盡藏的資源與原住民的土地-日據末期朝鮮的南方論述, 兼與臺灣對照」, 『海島與半島:日據臺韓文學比較』, 聯經, 2013, 431~464면.

신체제운동(1940)이 동시적으로 실시됨에 따라 정신적, 법률적 차원에서 식민지에 대한 전쟁동원체제가 점차 완성되어 갔다. 또한 지원병제(1942)와 징병제(1945)의 실시와 계획이 완성되면서 식민지 대만 민중들은 일본과 동일한 운명을 실감하게 되었다. 이와 같은 급격한 변동 하에서 대만문화와 문학 역시 일본 제국의 외지 혹은 지방문단으로 재편되면서 종래의 식민지문학의 특성을 벗어나 동아 신질서와 대동아 공영 이념에 맞추어 새롭게 건설될 것을 요구받았다.

이 시기 처음으로 외지문학의 건설을 주장한 시마다 긴지(島田謹二)는 중일전쟁이 발발한 지 얼마 되지 않은 1938년초에 총독부 기관지인 『대만시보(臺灣時報)』에 「남도문학지(南島文學志)」[7]를 싣고 대만문학 연구의 필요성을 제창했다. 그에 의하면 소위 대만문학이란 바로 '대만에서 발생한 문학', '대만과 관련 있는 문학'이며 또한 '대만'이란 토지 관념을 공동의 요소로 가지고 있는 문학 현상을 말하는 것이다. 속지주의에 속하는 이 견해는 당시 일본의 대아시아 팽창전략으로 건립한 '국민문학'의 범주에서 대만문학을 인식한 것이다. 그가 정의한 대만문학은 대만인을 창작의 주체로 한 문학을 가리키는 것이 아니며 창작주체가 누구든지에 상관없이 대만이란 지역을 묘사한 것을 통칭한 것이다. 때문에 이러한 대만문학을 이해하고 연구하기 위해서는 네덜란드와 스페인 등 일찍이 대만을 통치했던 서구의 문학과 지나문학(支那文學), 일본문학 중 대만과 관련된 작품을 찾아내는 데서 출발해야 한다고 주장했다. 여기서 지나문학은 명청(明淸)시기의 고전시문과 한민족(漢民族)의 민간문학을 말하는 것으로 예를 들어 신선 이야기, 선기(傳

7) 원래는 『臺灣時報』 218(1938.1.1)에 실림. 논문 중 사용한 자료는 黃英哲 편, 『日治時期臺灣文藝評論集』 二-四冊(國家臺灣文學館籌備處, 2006)에서 인용한 것임. 이하는 원출처만 표시.

奇), 통속가요 등을 말한다. 시마다는 이러한 문학에 대해 '매우 높은 차원의 미학적 가치를 가진 것을 찾을 수 있으리라는 기대는 하지 않는다'라고 하면서, '대부분 문학적 가치가 매우 낮아서 우리같이 복잡하고 정밀하며 깊이 있고 웅장한 근대문학의 영향을 받은 사람들은 거들떠보기 힘들 것이다'고 평가했다. 대만문학의 연구를 제창하는 이 문장에서 시마다는 1920년 이래 대만작가와 지식인에 의해 추진된 신문학에 대해서는 단 한마디의 언급도 하지 않았다. 이로써 식민지배하에서 대만인의 생활과 경험을 그려낸 신문학은 그가 말하는 외지, 지방문학으로서의 대만문학 범주에 속하지 않음을 알 수 있다. 이 견해는 그 후 다른 일본문인들의 대만문학에 대한 정의에서도 답습되고 있음을 볼 수 있다.

이러한 대만문학에 대한 편향된 의견에도 불구하고 대만시인협회(臺灣詩人協會, 1939)를 위시한 이 시기 문인 단체[8]가 『화려도(華麗島)』, 『문예대만(文藝臺灣)』, 『대만예술(臺灣藝術)』, 『대만문학(臺灣文學)』, 『민속대만(民俗臺灣)』 등 잡지를 발행하고, 『대만시보(臺灣時報)』, 『대만일일신보(臺灣日日新報)』 등 신문의 문예란에서도 문학작품을 싣기 시작하면서 1937년 중일전쟁 발발 이후 정체되었던 대만문단이 다시 형성되었고 이를 무대로 지방문화, 외지문단으로서의 대만문학의 건설 주장과 창작 실천도 시작되었다. 전쟁시기의 지방, 외지문학으로서의 대만문학론을 고찰해 보면, 1940년 신체제의 성립 전후로 그 내용이 달라짐을 발견할 수 있다. 신체제 담론이 나타나기 전에는 남방, 남도로서의 대만특성을 어떻게 문학에 반영할 것인지가 주요 쟁점이었다. 이에 대해서는

8) 이 조직은 이후 내부분열과 국책의 요구로 인해 여러 차례의 개조를 거쳤다. 臺灣文藝家協會(1939; 1940), 臺灣文學奉公會(1943) 등 조직이 그것으로 문단이 전시체제에 적응해 가는 과정이기도 하다.

두 가지 의견이 대립되었는데, 하나는 낭만성, 예술성으로 대만의 역사, 풍물과 종교 등을 드러내자는 니시가와 미쓰루(西川滿)의 주장이고, 다른 하나는 외지인 2세의 대만생활을 철저하게 묘사하자는 시마다 긴지의 주장이다.

프랑스와 그 식민지 문학에 대한 이해를 경유하여 대만의 아름다움을 새롭게 발견한 니시가와는 대만이 '무한한 역사의 보고(寶庫), 온갖 꽃이 무성한 종교의 예랑(藝廊)이며 조탁을 거치지 않은 역사계의 보물'이고, '서구와 동양문화가 융합된 화려한 섬'이므로 자신은 '이러한 대만에서 살게 된 행운아로서 개척을 기다리는 대만의 역사에 대해 격앙된 흥분이 마음으로부터 샘솟는다'[9]고 하면서 '우리의 천직은 바로 이 화려한 섬의 문예를 남방의 드넓은 바다와 불끈 솟아오른 거봉(巨峰)과 같이 위대하게 만드는 데 있다'[10]고 주장했다. 이 포부를 실천하기 위해 그는 대만의 역사, 민속, 풍물과 종교를 발굴하여 낭만적, 예술적 문학화를 시도했다.

한편 대만문학 연구의 필요성을 주장한 시마다는 인상주의 성격이 강한 오래된 이국정조는 '외지풍속의 묘사를 통해 드러낸 피상적인 모습이며, 이는 외지의 진상을 모르는 내지 독자들에게 오락거리를 제공하는 것으로 그들을 즐겁게 하는 일종의 슬라이드 조작'이라고 비판했다. 그에게 중요한 것은 '감각이 둔한 토착인과 이주민들이 보지 못하는 신선한 사물을 교묘하게 발굴해 내고', 또한 '외지의 독특한 사물을 포착하고 외지생활자 특유의 심리를 묘사하되 우수한 예술적 가치를 가진 것이야말로 진정한 외지문학'[11]으로 이러한 안목으로 대

9) 西川滿, 「隨筆-有歷史的臺灣」, 『臺灣時報』 219, 1938.2.1.
10) 西川滿, 「臺灣文藝界的展望」, 『臺灣時報』 230, 1939.1.1.
11) 島田謹二, 「外地文學研究的現狀」, 『文藝臺灣』 1卷1期, 1940.1.1.

만문학을 연구하겠다는 결심을 표명했다.

이와 같이 지방, 외지문학으로서의 대만문학론은 각 문인들의 견해가 같지는 않지만 기본적으로 모두 내지와 다른 대만이란 지역의 특수성을 강조하고 있음을 알 수 있다. 그 중 히노 아시헤이(火野葦平), 시마다 긴지, 니이가키 고이치(新垣宏一) 등 일본 문인들은 주로 각 시기 문학에서 나타난 대만의 이미지, 혹은 일본인의 작품, 예를 들어 니시가와의 시작품 혹은 사토오 하루오(佐藤春夫)의 『여계선기담(女誡扇綺譚)』 등을 대상으로 대만문학을 언급했고[12] 이에 비해 張文環은 내지 문단이 제한을 두지 않고 지방 스타일을 받아들이는 노력을 긍정적으로 평가하고 '문장과 문구(文句)의 체질을 따지는 것'보다 더 중요한 것은 '어떻게 마음속에 생각하는 사물을 표현해 낼지 골몰하는 것'이라고 하면서 외지문단의 창작 주체를 대만인 작가로 확대했다.[13] 또 龍瑛宗은 작품의 관념성과 통속성을 반대하고 현실에 적합한 인물의 창조를 중시했으며[14] 張文環과 동일하게 문학을 하는 데 있어서 문장보다는 내용이 더 중요하다는 인식을 보여주었고 동시에 본도인(本島人, 臺灣人) 작가들이 창조한 새로운 일본어의 신선함이 일본문학에 공헌할 것이라고 하면서 대만작가들을 문단의 주체로 설정했다. 楊雲萍(1906-2000) 역시 대만문학이란 원래 객관적으로 존재하던 것인데 외지문단이란 주관적인 인식이 생겨난 후 새롭게 인식되고 있다고 하면서 자신은 丘逢甲(1864-1912)의 「영운해일루시초(嶺雲海日樓詩鈔)」와 陳迂谷의 『투한집(偸

12) 火野葦平, 「路過華麗島」, 『華麗島』, 1939.12.1.; 島田謹二, 「佐藤春夫的女誡扇綺譚」, 『臺灣時報』 237, 1939.9.1.; 新垣宏一, 「皮耶・羅逖與臺灣」, 『台大文學』 5卷1期, 1940.3.23 등이 그 예이다. 黃英哲 편, 『日治時期臺灣文藝評論集』 二冊, 國家臺灣文學館籌備處, 2006, 466~471면.

13) 張文環, 「關於臺灣文學的將來」, 『臺灣藝術』 1卷1期, 1940.3.4.

14) 龍瑛宗, 「作家之眼」, 『臺灣藝術』 1卷2期, 1940.4.1.

閑集)』 등 우수한 작품을 통해 대만문학의 존재를 알게 되었다고 했다. '대만의 풍부한 전통과 흥미진진한 역사가 이러한 대만문학을 가능하게 했다'[15]고 한 것으로 보아 외지문학의 범위, 토론대상과 미학적 범주를 대만이란 동일한 제재의 선택에 그치지 않고 대만인을 주요 창작 주체로 내세우며 대만중심주의 입장을 취했다.

하지만 1940년 '신체제'가 건립된 후 이러한 입장에는 변화가 일어났다. 앞서 본 바 대만 특수성을 강조하던 것과는 달리 어떻게 일본정신과 일본문학전통을 지방, 외지문단으로 주입시킬 것인지에 논의의 초점이 맞추어 졌다. 소위 '신체제'란 일본이 전면적인 침략전쟁을 순조롭게 추진하고 인력과 물질적 동원을 고취하기 위해 건립한 규율적인 정치결정 과정이며 동시에 일반국민을 정신 무장시키는 데 필요한 강력한 독재체제를 일컫는다. 이 배후에는 유럽전쟁에서 연승을 거둔 독일과 이태리의 파시즘 세력의 자극을 받아 일본이 아시아에서 서방 파시즘을 능가하는 강력한 독재체재를 건립하여 제국주의 침략과 지배범위를 동북아에서 남양으로 나아가 전 아시아로 확대하고자 하는 목적이 있었다.

'신체제'의 등장으로 일본의 모든 정당은 해산되고 동시에 신속하게 정치적 결정을 처리하기 위해 군인 파시스트의 주도 하에 대정익찬회(大政翼贊會, 1940)가 성립되고 '고도 국방국가의 건설'이란 구호를 내세우면서 일본은 국가가 시장과 가격을 전면적으로 통제하는 국가주도형 경제통제정책을 실시하기에 이른다. 또 사상통제 방면에서 정부는 '국체명징'(國體明徵)에서 더욱 강하된 '만민익찬, 승조필근'(萬民翼贊, 承詔必謹)의 구호를 제시하고 전면적으로 '일본주의'를 강조하면서

15) 楊雲萍, 「臺灣文學之硏究」, 『臺灣藝術』 1卷3期, 1940.5.1.

전 아시아를 대상으로 '신체제'의 최종적인 정치목표인 '대동아공영권' 건설을 내세웠다. '대동아공영권'의 구상은 원래 중일전쟁 도발 후 등장한 '동아신질서론'을 확대 개편하여 이루어진 것인데, 일본이 서방국가와의 피할 수 없는 일전에 대한 대비책으로 일종의 서구에 대항하는 '배타적 집단'을 건립하자는 것인 동시에 일본을 중심으로 아시아를 재편성하기 위해 만들어낸 전술구호이다. 이론적으로 '신체제'를 지탱하는 이 논리는 '전체주의'와 '일본주의'로 그 내용을 개괄할 수 있다고 한다. '전체주의'는 일본이 지칭하는 이른바 '세계 신질서'로 유럽의 나찌즘과 파시즘, 동방의 일본 파시즘을 주축으로 하여 건립하려는 반자본주의, 반자유주의, 반개인주의적 세계질서이고, '일본주의'는 '전체주의'의 일반성과는 달리 '일본식 전체주의'의 독특성을 강조하는 것으로 천황 중심의 국체정신과 일본의 역사, 문화, 사상을 기초로 한다. 또한 '일본주의' 역시 '대동아공영권'을 지탱하는 이론으로 동양주의와 동등하게 거론되면서 이를 통한 아시아의 단결만이 서방 자본주의의 침략을 막을 수 있고 이럴 때만이 공동으로 아시아의 번영과 평화를 구가할 수 있다는 것이다. 이러한 주장은 무로후세 고신(室伏高信), 다니구치 요시히코(谷口吉彦) 등 일본 관방 이론가들에서 나온 것으로 그들은 '전체주의'와 '일본주의'의 논점에 입각하여 '신체제'의 적절성을 대중 미디어를 통해 전파했다.[16)]

이러한 시대적 추세와 분위기 아래 1941년 12월 8일 진주만 공습을 감행하면서 일본의 문화지식계는 서구 근대의 극복을 목표로 하는 '근대의 초극' 담론을 생산하고 일본이 일으킨 전쟁의 정당성을 추인

16) '신체제'에 관한 이론논리는 한수영, 『친일문학의 재인식』, 소명, 2005, 17~33면에서 참고.

하였다. 서구의 근대적 발전사관을 부정하고 동양의 예지, 나아가 새로운 문명의 창조를 제기하는, 얼핏 보아 근대성에 대한 비판으로 보이는 이 주장은 사실 전쟁을 은폐하고 협조하는 논리적 근거로 작용했다. 즉 신국(神國)인 일본을 통해 동양의 정체성을 획득하고 이 기초에서 영미 제국주의를 물리치고 일본을 중심으로 하는 새로운 형태의 국가연합인 '대동아공영권'을 건설한다는 전쟁 이데올로기로써 일본은 물론 식민지에서 광범한 영향력을 행사했다.[17)]

'신체제'가 등장한 후 대만의 국민정신총동원연맹(國民精神總動員聯盟)은 일본의 대정익찬회를 본받아 1941년 황민봉공회(皇民奉公會)로 이름을 바꾸고 강도 높은 황민화운동을 추진했다. 신체제 후의 변화에 직면해 이전 시기 대만의 역사와 풍물의 아름다움에 심취해 있던 니시가와 미쓰루(西川滿)는 1940년 12월 『대만시보(臺灣時報)』에 「신체제 하에서의 외지문화」를 발표하고 이전과는 다른 문학주장을 제기했다. '신일본문화 건설과 동아신문화 건설'이란 익찬회 목표를 달성하기 위해 여러 문화단체가 상호 협력해야 한다는 것이다. 하마다 하야오(濱田隼雄) 역시 쇼지 소이치(庄司總一)의 『진씨 부인(陳夫人)』 평론에서 소위 황민봉공운동(皇民奉公運動)이 새로운 계몽운동이라고 하면서 '문화의 정치성'과 '정치의 문화성'에 대해 새롭게 인식해야 한다는 주장을 내세웠다. 그는 『진씨 부인』이 순 일본혈통인 야스코(安子)를 거울로 삼아 대만이란 지방의 특성을 반영해 내었다고 높이 평가하면서[18)] 일본정신의 유무를 소설 평가의 기준으로 삼았다. 이렇듯 소위 대동아전쟁 이

17) 근대의 초극 담론과 동양 담론의 식민지 전파에 대해서는 崔末順, 「日據末期臺韓文壇的'東洋'論述-'近代超克論'的殖民地接受樣貌」, 『海島與半島: 日據臺韓文學比較』, 聯經, 2013, 373~406면 참고.

18) 濱田隼雄, 「關於庄司總一的陳夫人」, 『臺灣時報』 257, 1941.5.1.

후부터 대만문단에서는 구체제인 서구문명의 폐해를 강력하게 비판하고 일본정신의 중요성과 필요성의 강조를 요구해왔다. 예를 들어 '일본인 혹은 대만인이든 모두 일본국민이라는 긍지와 자부심으로 문학활동에 종사해야한다.'[19] '위대한 일본국민의 야마토 정신과 전 세계 문화의 최고봉인 신비한 동양문화를 인식해야 한다.'[20] '자유주의, 자본주의, 개인주의 등 구체제에 대해 이론적인 투쟁을 진행하고 이러한 신구사상이 대립하는 모습을 묘사한 작품을 높이 평가해야 한다.'[21] '국민정신과 일본 고유의 야마토심(大和心)을 강조'[22]하며 '자본주의의 향락적 문화를 반대하고 웅위(雄偉), 고아(古雅), 명랑(明朗)한 일본식 문화를 체득해야 한다.'[23] '개인주의를 포기하고 화합을 이루는 일본정신을 가미하여 문학창작에 매진해야 한다.'[24] '청명심, 명랑, 낙천, 정직과 용감, 명예와 존중, 청렴, 장소에 맞게 처신하는 일본정신을 가져야 한다.'[25]고 주장했다. 이렇게 일본정신과 전통은 대만문학의 창작과 평가의 준칙이 되었고 실제 비평에서 정치와 문화의 관계 및 국가에 대한 충성 여부가 작품의 우열을 가리는 기준이 되었다.[26] 또한 일본전통을 구비하지 않았다는 이유로 본도인(本島人) 소설이 비판되기도 했다.[27]

19) 王井泉, 「大東亞戰爭與文藝的使命」, 『臺灣文學』 2卷1期, 1942.2.1.
20) 王碧蕉, 「臺灣文學考」, 『臺灣文學』 2卷1期, 1942.2.1.
21) 澁谷精一, 「文藝時評」, 『臺灣文學』 2卷1期, 1942.2.1.
22) 林恭平, 「文藝家未來的使命」, 『臺灣文學』 3卷7期, 1942.7.1.
23) 皇民文學奉公會台北州支部娛樂指導班, 「關於台北州下青年演劇挺身隊的根本理念」, 『臺灣文學』 2卷3期, 1942.7.11.
24) 濱田隼雄, 「文藝家協會(文化時評)」, 『文藝臺灣』 4卷4期, 1942.7.20.
25) 澁谷精一, 「日本精神及其他」, 『臺灣文學』 3卷2期, 1943.4.28.
26) 國分直一, 「書信-給濱田隼雄」, 『文藝臺灣』 2卷2期, 1941.5.20.; 中山侑, 「趣味性雜誌文藝臺灣」, 『臺灣公論』 7卷4期, 1942.4.1.
27) 西川滿, 「文藝時評」, 『文藝臺灣』 6卷1期, 1943.5.1.

이러한 토론과 비평을 통해 신체제 등장 후의 대만문학론은 국민문학의 범주로부터 (대)동아문학으로 변화했고[28] 협의의 지방문학에서 전체 국가주의를 기조로 하는 문학운동으로 변화해갔다.[29] 신체제 문화담론의 영향이 전방위적으로 문학론을 지배하게 되었다. 정리하면, 신체제 이전의 대만문학 관련 토론은 주로 내지문단을 향해 외지문학의 존재를 알리고 내지와는 다른 외지문단을 건설하는 것을 통해 제국과 식민지의 교류를 강화하는데 그 초점이 있었다면, 신체제 이후에는 날로 확대되는 전쟁의 영향으로 문학론 역시 전쟁 이데올로기를 복제하여 서구문학과 문화의 여독에서 벗어나 일본정신과 전통을 드러낼 것을 요구받게 되었다. 그러다 1943년 이후에는 불리해져가는 전세를 만회하기 위해 군인정신의 문학화를 요구하게 되고 심지어 작가들을 생산현장으로 파견하기에 이른다.

(2) 문학론 중의 심미화 전략

앞서 보았듯이 지방, 외지문단으로서의 전쟁 시기 대만문학은 국책의 전개와 전세의 추이에 따라 요구된 내용에 차이가 있다. 그러나 그 기저에는 일관되게 심미화 전략이 유지되고 있으며 이는 시간이 지남에 따라 더욱 강력해졌다. 예를 들어 앞서 대만문학연구를 주장한 시마다는 자신이 발굴해 연구하고자 하는 문학은 '고도의 미학적 가치'를 지닌 '예술의 한 분야이며 최고로 발전한 문학양식'으로서의 대만문학이며, 자신의 이러한 사명을 마치 '자신의 노력을 통해 사막에서

28) 「大東亞戰爭與文藝家使命」, 『臺灣藝術』 3卷3期(1942.3.1)중의 黃得時 발언.
29) 田中保男, 「南郊雜記」, 『臺灣文學』 2卷3期, 1942.7.11.

한 떨기 화려한 꽃을 피우는' 것으로 자임했다.30) 이러한 문학에 대한 예술화와 도덕화 요구는 사실 당시 일본이 직면한 모순을 완화시키는 일종의 수단이었다. 중일전쟁을 일으킨 후 일본은 대내적으로 혹은 대외적으로 중국에 대한 침략행위에 대해 합리적인 해석과 설명이 필요했는데, 문학을 포함한 문화부문에서도 각기 다른 민족과 인종의 문화적 차이를 없애는 이데올로기를 창출하여 동일성을 형성하고 전쟁의 모순을 은폐하고자 했던 것이다.31)

시마다는 바로 이러한 문학론의 필요에 따라 니시가와 문학이 가진 풍부한 낭만성과 심미성을 들어 그의 문학적 성과를 높이 평가했다. 특히 니시가와 시의 시각적 요소와 색채 등 감각적 성분에 대한 분석을 진행한 후 그의 작품이 외지문학의 가치를 높였을 뿐만 아니라 일본문학사에 진입할 수 있는 충분한 자격을 갖추었다고 평가했다.

> 니시가와 미쓰루의 예술은 기본적으로 가급적 소위 '현실감'에서 벗어나려는 경향을 보이고 있다. 즉 현실세계를 추상화한 하나의 예술적 공상세계를 창조한 것이다. 이러한 경향은 인간성이 문학에 대해 원하는 기본적인 욕구 중 하나로 예로부터 지금까지 어디를 막론하고 충분한 존재 이유를 가진다고 하겠다. 테오필 고티에(Pierre Jules Théophile Gautier), 가브리엘레 단눈치오(Gabriele d'Annunzio) 등 서구문인들은 말할 것도 없고 다니자키 준이치로(谷崎潤一郎), 아쿠타가와 류노스케(芥川龍之介) 등도 문학에 대한 인간의 욕구에 순응하여 인구에 회자되는 가작들을 창조해 내었다. 그러나 만약 작자의 재능이

30) 島田謹二,「南島文學志」,『臺灣時報』218, 1938.1.1.

31) 문화와 현실사회의 관계에 대해서는 Raymond Williams, 나영균 역,『문화와 사회 1780~1950』, 이화여대출판부, 1988, 11~22면 참고.

부족했다면 이러한 작품들은 시혼(詩魂)이 결핍되어 '정신생활'에서 벗어나게 되고 또 상당히 저급한 '취미'로 전락하여 일종의 유희가 되었을 것이다.[32]

니시가와의 시가 숭고한 예술적 가치를 가지고 있으며 동시에 감동을 가져온다는 평가를 내리고 있는 것으로 보아, 시마다는 알려진 것처럼 외지생활의 문학적 묘사를 중시하면서 니시가와와 대립적인 관계에 있었던 것이 아니라 도리어 니시가와의 예술적 기호에 동감하면서 농후한 심미적 경향을 보이는 외지문학을 건립하고자 했음을 알 수 있다. 그는 니시가와의 「아편(鴉片)」이 일본문학에서도 보기 드문 '명랑, 투명, 농밀, 선명'한 특색과 '구체적인 조형성을 갖춘' 시작(詩作)이라고 극찬하였고 '낭만적, 환상적인 소재'를 병용하여 '얼핏 보기에는 상당히 이상한 소재이지만 사실 기하적인 구도를 가지고 있고, 또 표면적으로 보기에 기이하고 신비적인 소재를 사용했지만 어둡고 음침한 느낌은 없으며 도리어 명쾌한 분위기로 꽉 차있다.'고 평가했다. 이 '명랑한 신비'가 바로 '고전주의 예술정신의 근대적 표현'이라는 것이다.

시마다가 말한 니시가와의 작품은 '대만'이란 지역의 역사와 풍토를 제재로 하고 특수한 지방색채와 이국적 정조를 곁들여 낭만적으로 풍성하고 농밀한 대만의 고유성을 드러낸 작품들로 탐미적 경향을 보여주는 것이다. 시마다는 바로 이러한 특징을 들어 그를 대만의식을 가진 작가로 인정한 것이다.[33] 그러나 사실 니시가와의 대만 인식은

32) 島田謹二, 「西川滿的詩業」, 『臺灣時報』 240, 1939.12.19.
33) 張良澤, 「戰前的在臺灣的日本文學-以西川滿爲例」, 『文季』, 1984.5.

프랑스문학이란 서구경험을 거친 후 새롭게 얻어진 것이다. 그는 비록 어렸을 때부터 대만에서 교육을 받았지만 대만의 역사와 문학에 대해서는 무지하였다. 그에게 있어 대만은 일종은 심미적 대상물이며 이국적 정조의 대상에 불과했다.[34] 그의 작품에 빈번하게 등장하는 마조(媽祖), 천상성모(天上聖母), 관음보살(觀音菩薩), 비하공주(飛霞公主), 오통신(五通神) 등 신선(神仙)과 무장(武將), 광자(狂子), 여무(女巫), 주표(做婊) 등의 인물, 관음산(觀音山), 능운선사(凌雲禪寺), 검담사(劍潭寺), 홍모성(紅毛城), 경안궁(慶安宮), 봉래각(蓬萊閣) 등의 산악, 사찰과 고성(古城), 파인애플, 협죽도, 수련화, 월래향 등 대만식물과 각종 동물, 마조제(媽祖祭), 성황묘야제(城隍廟爺祭), 항제(港祭) 등 대만인의 민속제전 등은 그의 손을 거치면서 시각, 청각 등 감각적 요소로 가득한 풍부한 이미지와 기이한 연상을 불러일으키는 심미적 세계로 소조되어 역사성을 초월한 감각 세계로 탄생되었다. 이는 그가 이국적인 정조라는 시각으로 대만을 바라보고 있음을 뒷받침 한다. 그에게 있어 대만은 결코 생활과 경험을 토대로 그려지는 세계가 아니며 감각, 특히 시각적으로 새롭게 구성해낸 심미화된 세계일뿐이다. 여기서 대만은 그의 감각적 창조물로 감상되고 소비되는 대상이며 동시에 매혹으로 충만한 색채의 세계이기도 하다. 이러한 세계에 들어서기 위해서는 현실을 추출해 내어야만 가능하다. 니시가와에게 대만은 하나의 환상적인 공간으로 이것이 바로 시마다가 말한 '현실을 추상화한 예술적 공상세계'[35]의 창조인 것이다. 환상 속에서 매혹적인 색채의 세계는 더욱 선명해지는데 이 환상의 세계는 현실을 마주하지 않으려는 태도에서 가능한 것으로 이것이 바로

34) 近藤正己 역시 동일한 견해를 보여준다. 『西川滿與臺灣文學』, 人間出版社, 1988, 49~64면 참고.

35) 註32와 동일.

니시가와가 대만을 신비화, 심미화할 수 있었던 본질이다. 감각을 통해 대상을 찾을 때 필요한 것은 감각의 정련이며 감각의 정련에서 요구되는 것은 대상과의 사이에서 일정한 거리를 확보하는 것이며 때문에 비록 정밀하게 대상을 모사(模寫)하더라도 이때 중요한 것은 그 대상이 아니라 그 대상을 표현하는 수단인 감각과 언어가 되는 것이다. 니시가와는 대만의 역사와 풍토를 감각적인 묘사의 틀 안에서 전시하고 있으며 여기서 감각되고 있는 대만은 모두 '과거적'인 것이다. 이는 그가 문학을 통해 드러낸 것이 '존재하지 않음'을 의미한다. 즉 그가 진행한 대만의 심미화는 '과거화'로 완성한 것인데 감각화와 과거화의 틀 속에서 대만은 그리움 혹은 감상적인 향수를 불러일으키는 대상일 뿐이다. 이렇게 감각과 환상으로서의 대만은 실제적으로는 존재하는 것이 아니며 때문에 그는 아무런 책임감 없이 소비하게 되고 정신주의적 태도로 추구하게 되는 것이다.

그렇기 때문에 니시가와가 도덕을 끌어와서 예술에 덧씌우게 된 것은 이해가능한 일이다. 예술과 문학에 대한 그의 생각은 「예술이란 무엇인가」에 나와 있는데, 그는 '자연계의 사물을 모사한 작품을 우리는 예술이라 칭하지 않는다. 직관으로 대자연을 관조하는 것, 즉 객관적으로 정서적인 경험을 통제하여 얻어진 것을 예술이라 칭하는 것이다.' 그에게 있어 '예술은 직각(直覺), 상상과 형상의 표현이다.' 조지 산타야나(George Santayana)와 테오필 고티에의 관점을 인용하여 피력한 그의 견해를 보자.

> 예술이 도덕에 부합되는지 여부는 표현된 사물(제재)이 어떤가에 의해 결정되는 것은 아니고 감정의 성질(이 제재가 어떤 감정으로

통해 드러나는지)이 어떤가에 의해 결정되는 것이다. 따라서 제재 자체가 도덕적이지 않거나 혹은 추악한 것이라도 작품이 주는 효과에서 제재와는 상반된 도리어 매우 도덕적이고 고상한 정감을 전달할 수도 있다. … 예술은 미학적인 정서의 마력으로 도덕적 서막을 발휘하는 작용을 할 수 있기 때문이다. 왜냐하면 미학적인 정서는 우리의 마음에서 도덕적인 생활을 요구하고 각종 창조적인 기호(嗜好)와 성격을 일깨우게 되며 이러한 기호와 성격은 직접적으로 우리를 도덕으로 인도하는 것은 아니지만 일종의 내면적인 집중을 통해 우리 스스로 도덕적인 징조나 예언을 느낄 수 있게 해 준다. 이런 방식으로 자연스럽게 우리를 도덕적 방향으로 인도하게 되는 것이다.[36]

이러한 견해에서 출발하여 그는 『겐지 모노가타리(源氏物語)』와 다니자키 준이치로(谷崎潤一郎)의 작품을 관능만을 추구하는 부도덕한 작품으로 보아서는 안 되며 작자가 어떠한 관점과 태도로 이 제재를 처리했는지를 살펴서 평가를 내려야 한다고 주장했다. 이로써 니시가와가 추구한 미의 세계는 도덕과 선을 향하는 정신주의 성격을 가졌음을 알 수 있는데 이는 당시 일본이 주장하던 일본정신과 전통의 체현 및 국가주의 이데올로기와 맞물린다.[37] 정신주의와 화려한 색채세계에 대한 동경이나 추구는 분명 다르다. 정신주의는 금욕의 태도를 요구하기 때문이다. 색채의 세계는 눈을 미혹하는 가상(假象)인 데 비해 정신주의는 추상적인 원리 혹은 법칙을 정신의 영역으로 인도하여 실제 행위와 사고의 준칙으로 삼는다. 정신은 추상적인 원리이기 때문에 하

36) 西川滿, 「何謂藝術」, 『臺灣警察時報』 275, 1938.10.1.

37) 西川滿의 '미'학과 천황제 정치사상과의 상호관계는 林巾力, 「西川滿'糞寫實主義'論述中的西方, 日本與臺灣」, 『中外文學』 34卷7期, 2005.12. 참고.

나의 근원을 가지며 이로 인해 현실세계의 여러 면모를 부정하지 않을 수 없게 된다. 색채의 세계에 미혹되었을 때는 변화무상한 세계를 부단히 드러내게 되는 데 비해 정신주의가 묘사하는 세계는 단일하다. 일본주의 혹은 동양전통으로 회귀하자는 국책담론은 정신주의 성격을 지니고 있다. 그것은 각 민족의 특색을 부정하지만 동시에 대중의 동원을 목적으로 하기 때문에 문예의 심미화 전략을 구사하게 되는 것이다. 예를 들어 '문화진흥은 숭고한 정신개조로부터 시작된다.'[38] '진실한 아름다움만이 인간의 정신을 정화시키고 이로써 아름다움을 가진 문학작품을 창작할 수 있게 한다.'[39] '정의감이 가득한 일본과 야마토혼을 구비하는 것이 바로 문예가의 사명이다.'[40] '지고무상(至高無上)한 도덕적 민족의 순수한 공동미감(共同美感)을 찾는 것이 대만 외지 문단이 가야할 길이다.'[41] '비판적, 회의적 태도를 버리고 솔직한 태도로 감동을 가져올 만한 문화를 창조해야 한다.'[42] '우아하고 아름다운 일본정신을 드러내는 작품이 필요하다.'[43] '고전정신의 도통(道統)을 흡수하여 의리(義理)와 인정(人情)의 감성으로부터 전승되어 온 일본문학을 현대에 적용하는 것이 우리의 일이다.'[44] 이러한 견해들로부터 문학과 문화에 심미화의 필요성과 동시에 일본전통과 정신을 최고 표준으로 하는 정신주의 면모가 공유되고 있음을 알 수 있다. 일반적으로 정신주의의 발생은 멸절의 공포에서 비롯되었다고 한다. 당시 일본은 중

38) 「新體制與文化」, 『文藝臺灣』 2卷1期, 1941.3.1. 중의 龍瑛宗 발언.
39) 龍瑛宗, 「南方作家們」, 『文藝臺灣』 3卷6期, 1942.3.20.
40) 林恭平, 「文藝家未來的使命」, 『臺灣文學』 3卷7期, 1942.7.1.
41) 打木村治, 「外地文學考」, 『文藝臺灣』 3卷6期, 1942.3.20.
42) 濱田隼雄, 「文化時評-率眞」, 『文藝臺灣』 4卷3期, 1942.6.20.
43) 西川滿, 「文藝時評」, 『文藝臺灣』 6卷1期, 1943.5.1.
44) 「臺灣決戰文學會議紀錄」, 『文藝臺灣』 終刊號, 1944.1.1.

국, 영국, 미국 등 국가와 매우 불리한 전쟁에 처해있었고 수시로 멸절의 긴장감이 고조된 시기였다. 이를 타개하기 위해 필요한 것은 바로 절대적인 국가 관념이었고 이것이 바로 정신주의의 근원이며 미학적인 포장을 거쳐 식민지 대만으로 전파되었던 것이다. 그 목적은 식민지에서도 동일한 국가 정체성을 형성하여 대중동원을 유리하게 하는 데 있었다.

1943년 결전 상황으로 들어섬에 따라 전세가 더욱 불리해지자 정신주의 성격을 가진 일본전통의 요구는 더욱 노골화되었는데 이는 전쟁을 지속하기 위한 정신적 무장의 필요성에 의한 것이었고 이 목적을 달성하기 위해 더욱 정신의 심미화와 이상화가 요구되었다. 또한 정신주의는 독실한 태도를 취하지 않으면 안 되는데 눈앞의 현란한 가상은 금방 사라지지만 정신이 승리하는 그 날은 반드시 찾아온다는 믿음을 가져야 하기 때문이다. 따라서 정신주의가 요구하는 것은 시련과 고난을 흔쾌히 받아들이는 태도이며 '장소와 처지에 맞게 행동하는 것'(得其所, 安其堵)이었다. 죽음에 대해서도 초연자약(超然自若)한 군인정신, 상무정신(尙武精神)을 표현해야 하며 이때 국가에 대한 '도덕적' 의무는 가장 요구되는 덕목이다. 옳음과 그름, 해야 할 일과 해서는 안 되는 일이 이미 결정되어 있는 것이다. 그러나 이러한 도덕과 정신주의는 결코 일시동인(一視同仁)이 아니라 너와 나를 구분하고 타자를 배제하는 선민주의(選民主義) 성격을 지니는데 바로 이것이 정신주의가 가지는 폭력의 속성이다. 일제 말 전쟁 시기 대만문단에서 발생한 '개똥현실주의논쟁'은 바로 정신주의가 타자를 배제하는 메커니즘이 어떻게 작동되는지를 잘 보여주고 있다. 이 논쟁의 발생 원인에 관해서는 이미 여러 시각의 선행연구가 있지만[45] 그 발단은 니시가와가 본도인

작가들의 작품이 '조탁'(彫琢)과 '예'(藝)의 소위 일본전통이 없다고 비판한데서 시작된 것이다. 그는 대만작가들의 작품에 황민의식이 없으며 그들이 그리는 대만현실은 서구문학의 아류인 개똥 현실주의에 불과하다고 폄하했다. 니시가와의 논리에 의하면 소위 일본정신과 일본문학전통을 가진 황민문학은 당시 문인들의 정신적 원리이며 따라서 식민지 문인들도 반드시 절대적으로 추종해야 하는 것이다. 전쟁 당시 문학론에서 일본전통과 심미적 추구는 자기와 다른 이를 배제하는 기준이었고 식민지 문인들에게 있어 비황민이란 죄명이 되었으니 정신주의의 폭력성이 이로써 증명된다 하겠다.

이로써 '신체제' 이전의 대만중심주의를 지향하던 외지문단이든 혹은 그 이후 일본정신과 일본전통을 강조하던 정신주의든 모두 동일하게 문화와 문학의 심미화 전략을 구사하고 있음을 알 수 있다. 이러한 요구에 대해 龍瑛宗, 張文環 등 당시 활동하던 대만문인들이 어떠한 반응을 보였는지 살펴보면, 1942년 제1회 대동아문학자대회의 참가 전후로 태도가 변화하고 있음을 알 수 있다. 대만대표 자격으로 대회에 참가한 니시가와 미쓰루, 하마다 하야오, 龍瑛宗, 張文環은 귀국 후 각 문예지와 신문에 대회의 내용을 보고하고 개인적 감상을 쓴 문장을 실었다. 일본인 작가인 니시가와와 하마다는 일본을 중심으로 하는 동양문단의 창립을 제창하면서 동양문학은 영미(英美)와는 다른 일종의 직관(直觀)문학이라고 천명했다. 龍瑛宗과 張文環 역시 대동아정신의

45) 미학상의 차이, 일본문단과의 관계, 개인적인 유감 등 여러 가지 견해가 있다. 이에 대해서는 垂水千惠, 「糞realism論爭之背景-與人民文庫批判之關係爲中心」, 『葉石濤及其同時代作家文學國際學術硏討會論文集』, 春暉出版社, 2002, 31~50면; 林巾力, 「西川滿「糞現實主義」論述中的西方, 日本與臺灣」, 『中外文學』 34卷7期, 2005.12, 145~174면; 柳書琴, 「糞現實主義與皇民文學:1940年代臺灣文壇的認同之戰」, 『東亞現代中文文學國際學報』 4期, 汕頭大學號, 首都師範大學出版社, 2010, 51~79면 등 논문 참고.

중심사상이 바로 일본전통이라는 견해를 대대적으로 피력했다. 그들은 아름다운 일본의 대자연이 배양해 낸 일본(동양)전통 및 이 전통이 제련해 낸 미(美), 도의(道義), 도덕(道德)을 그려내어야 한다고 썼다. 대동아문학자대회의 목표를 복제, 재생산하고 알 수 있는데 이들이 이토록 일본제국의 논리와 문학주장을 추종하고 정신주의를 숭상한 것은 대회의 규모와 분위기가 주는 정서적인 충격과 영향일 가능성이 높다.

> 대동아전쟁의 발발은 전 동양 문학인들을 근원에서부터 흥분케 하였으며 동양을 재건하자는 굳은 결심을 갖게 했다. 이는 바로 일본의 소위 건곤(乾坤)을 흔드는 용맹과 결심이 있었기 때문에 가능한 것이다. 우리는 광휘로운 동양전통을 향해 마음을 열고 조상들의 영혼의 외침을 이어 길고 긴 인종(忍從)과 혼미(昏迷)한 상황에서 다시 태어날 것을 스스로 다짐해야 한다.[46]

> 만약 '근대의 종언'이라고 한다면, 내 생각에 이는 과학문화가 이미 막다른 길에 도달했거나 이미 파탄이 났음을 이르는 것이다. 우리는 이렇게 말하지 않을 수 없다. 이번 전쟁도 과학문화를 초월하여 동양 원래의 도의문화를 확립하기 위함에 다름 아니라고. 동양문화는 일찍부터 분명한 도의문화였는데 근세의 과학문화의 박해를 받아 깊은 혼수상태에 빠져 폐허가 되었고 하마터면 없어질 뻔했다. 이때 마침 동아시아 유일의 동아문화 보존국가인 우리나라 일본에서 동아의 부흥을 목표로 한 자각이 일어난 것이다. 우리는 두려움이 없는 정신으로 영미를 주체로 한 과학문화를 궤멸시키고 부단히 동아의 본래 면모를 건축해 나갈 것이다.[47]

46) 龍瑛宗, 「豐碩的成果」, 『臺灣藝術』 4卷1期, 1943.1.
47) 龍瑛宗, 「道義文化的優勢」, 『臺灣文學』 3卷1期, 1943.1.

각국의 대표들은 모두 크게 소리쳤다. 자신의 문화가 유럽 물질주의의 오염과 침식을 받았다고. 하지만 오늘날 대동아의 사상으로 깨어났기 때문에 동아를 위해 새롭게 출발하는 계획으로 인해 기쁨과 고무적인 기분이 되었으며 기대와 희망으로 충만했다. 이는 결코 회의 혹은 회장 안의 분위기일 뿐만 아니라 일본인의 생활의 한 단면으로부터 차창 밖으로 스쳐가는 풍경에 이르기까지 당연하게 체득되는 것인데 바로 우아하고 아름다운 대자연이 잉태하고 형성한 일본인의 생활과 정신이다.[48]

동양(일본) 정신과 미학의 핵심내용인 소위 '직관(直觀)'은 깊이 사고하지 않음을 의미하는데 회의(懷疑) 없이 즉각 받아들이는 맹목적인 믿음과도 통하는 것으로 거의 종교화의 정도에 이른 것이다. 도덕화 과정은 통상적으로 심미화를 통해 달성되는데, 그 이유는 종교가 사람에게 경외와 신성의 느낌을 주는데 있어 만약 심미화 과정이 없다면 잘 생성되지 않기 때문이다. 이렇게 일본성이 도덕화와 심미화의 과정을 거쳐 인격적인 형상과 도덕성을 갖춘 아름다운 모습으로 감지되는 것이다. 이것이 바로 현실의 모순을 은폐하고 대중을 동원하는 파시즘 미학의 본질이다. 도덕화와 심미화, 그 목표는 대중의 감응을 이끌어내는 데 있으며 그들로 하여금 국민으로서의 집단적 자아를 가질 수 있게 하는 것이다. 국민이란 정체성이 확보되고 국가적 사무에 참여한다는 감각이 생길 때 대중은 피동적, 복종적인 주체가 되어 쉽게 동원되기 때문이다. 일본은 제국을 통합하는 수단으로 일본의 아름다움, 일본의 정신과 일본의 고전을 도덕화와 심미화 기획을 통해 전파하면

48) 張文環, 「知識階級的使命」(『興南新聞』, 1942.11.3. 게재), 陳萬益 주편, 『張文環全集』卷6, 臺中縣立文化中心, 2002, 127면.

서 현실의 모순을 은폐하고 식민지 대중을 전쟁에 동원하고자 했던 것이다. 이 시기의 대만문학론을 파시즘 미학의 시각으로 분석할 수 있는 근거가 바로 여기에 있다.

3. 황민화 소설의 심미화 경향과 그 기능

일제 말 전쟁 시기 천황제 파시즘체제 하에서 사회문화의 전반적인 영역이 국가주의 성격을 가진 메커니즘으로 재조직 되었다. 이 메커니즘에서 지식인은 국가주의 담론의 생산주체이다. 따라서 이 담론에 동조하는 작가와 그의 작품은 필연적으로 정치주의 성분을 가질 수밖에 없다. 앞에서 본 국책내용에 호응한 대만문인들은 이 시기 소설을 통해서도 일본의 제국담론을 재생산하는 역할을 담당했다. 이들은 일본에 대한 협력을 피해갈 수 없었는데 식민당국의 문단통제에서 그 원인을 찾을 수 있다. 정신총동원체제와 황민봉공운동이 시작된 후 총독부는 엄밀한 조직망을 건립하여 작가를 감시하고 동원하기 시작했으며 그들에게 국책에 부합되는 내용의 창작을 요구했다. 이 시기 많은 소설들이 대내친선(臺內親善), 종군고취(從軍鼓吹), 증산보국(增産報國), 황민정체성(皇民認同)의 내용과 주제로 포함하고 있는 것으로 보아 국책의 요구에 일정정도 호응했음을 부인할 수 없으며 이러한 소설에서 공통적으로 심미화 경향을 발견할 수 있다. 하지만 어떠한 사회 메커니즘이든 완벽하고 지속적으로 그 성원들에게 체제가 요구하는 것을 받아들이게 하기는 어렵다. 특히 문학적 가공을 거치는 소설에서는 다방면의 해석이 가능해지고 이로 인해 완전하게 지배담론에 호응한다고 판단하기 어려운 경우도 있다. 문학적 형상화로 인해 원래 의도와는 다른 효과를 발생하게 되어 심미화 전략에 균열이 생기기도 한다. 본 절에서는 황민화 소설의 면모를 살펴보기 위해 우선 이 시기 소설만이 가진 독특한 면모를 제기하고 이어 몇 편의 작품을 대상으로 심미화 경향과 효과를 분석해 보기로 하겠다.

1940년 이후에 나온 소설을 종합적으로 살펴보면, 비록 각각의 작품이 강조하는 내용과 주제가 동일하지는 않지만 이전 시기와 분명히 다른 특징을 발견할 수 있는데 그것은 공통적으로 '발전형' 서사방식을 가지고 있다는 점이다. 이전 시기의 대만소설이 대부분 빈곤한 농민의 현실이나 압박받는 여성의 처지, 무력한 지식인들이 식민지배 아래서 절망하며 믿음을 잃어가는 '몰락형' 서사와 하강구조를 가지고 있다면, 이 시기 소설은 전쟁이 가져온 신시대에 대한 전망과 기대, 대자연의 건강함과 소박한 생활로의 회귀에 대한 찬미, 정신적 차원의 자아개조 등등을 그리면서 신생, 재생 내지는 재활을 그린 '발전형' 서사와 상승구조를 가진다는 것이다. 개별 작가의 창작을 통해 살펴보면, 龍瑛宗은 1936년에 쓴 「파파야가 있는 작은 마을(植有木瓜樹的小鎭)」에서 근대적인 전망을 상실한 식민지 대만의 총체적인 절망상태를 그리고 있는데, 이 시기에 오면 이런 절망에서 벗어나 대자연의 아름다움, 신생활과 신인생의 도래를 노래하면서 절망에서 희망으로 옮아가는 인물들의 내면 변화를 표현해 내었다. 비록 이런 작품들에서 여전히 작가 특유의 우울한 정서적 기조를 보여주기는 하지만 이전 시기 작품과 달리 소설 인물이 새로운 희망을 찾고 부단히 생활을 위해 분투한다는 내용을 담고 있다. 예를 들어 「아침 노을(早霞)」(1940)은 도시에서 방황하던 청년이 대자연의 생기가 충만한 시골로 옮겨가 새로운 인생을 시작하는 이야기이고, 「초승달(宵月)」(1940)은 이기적이고 저속한 인물에 대한 비판이며, 「황씨네(黃家)」(1940)에서는 땅에 발을 딛고 의미 있는 생활을 추구하는 동생과 예술을 하겠다는 공상만 하면서 자기혐오에 빠진 생활능력이 없는 형을 대비시키고 있다. 또 「남방에서 죽다(死於南方)」(1942)는 구시대의 개인주의를 비판하고 전쟁이 가져온 '인류 역사 이래 가장 위대한 시대'와의 만남을 노래하고 있으며, 「청운(青雲)」(1942) 역시 빈곤과 열악한 가정환경에도 굴복하지 않고 성공을 위해 부단히 노력하는 청년을 긍정적으로 그리고 있고, 「남들은 모르는 행복(不爲人知的幸福)」(1942)에서도 세속적인 가치에 동요되지 않고 자신의 능력에 따라 자기에게 적합한 생활과 행복을 추구하는 여성을 긍정적으로 그리고 있으며, 「오전의 낭떠러지(午前的懸崖)」(1941)에서는 종군하는 군대의 대오를 본 후에 개인적인 고민을 떨쳐 버리는 청년의 이야기를 담고 있다. 이들 소설은 모두 소박한 행복을 추구하거나 가정과 사회의 모순으로 인한 고민을 극복하고 대자연의 품속으로 들어가 그곳에서 깊은 희열과 심오한 계시를 받는 인물을 긍정적으로 묘사하고 있으며, 이와는 대조적으로 이기적인 인물형은 구체제에 속하는 것으로 치부되고 그 부정적인 면이 특별히 부각되어 있다.

풍속소설의 대가라는 평을 받는 張文環은 이 시기에도 지속적으로 대만의 가정과 가족관계를 작품에서 그려내었다. 하지만 이 시기 그의 소설은 특히 '성실하고 규범에 따르며 소박한 인격'을 가진 인물에 초점을 맞추어 이들을 이상적으로 미화하고 있다. 예를 들어 「지방생활(地方生活)」(1942)은 친선화목하며 대자연 속에서 자기분수에 맞추어 살아가는 가족을 그렸고, 「며느리(媳婦)」(1943)에서도 분수에 맞게 묵묵히 생업에 종사하는 여성을 그렸으며, 「토지의 향기(土地的香味)」(1944) 속

인물은 대동아전쟁의 소식을 듣고 소침한 기분을 떨쳐버리고 아시아의 부흥에 대한 기대와 희망을 품으며, 「구름 속에서(在雲中)」(1944)와 「밤원숭이(夜猿)」(1942) 중의 가족은 도시를 떠나 산 속으로 이주해 개간을 통한 증산에 종사하면서 힘은 들지만 정신은 유쾌한 전원생활을 보내는 것으로 나온다. 이런 소설을 통해 張文環은 고난을 극복하고 생활전선에 뛰어들어 개미와도 같이 가족과 국가를 위해 헌신하는 인물에 대해 일일이 찬사와 높은 평가를 부여하고 있다.

소설을 통해 대만 농촌현실에 대한 관심을 잘 보여주는 呂赫若은 이 시기 「이웃(鄰居)」(1942), 「옥란화(玉蘭花)」(1943)에서 대내친선(臺內親善)의 내용을 드러내었고, 「바람머리 물 끝(風頭水尾)」(1945)과 「산천초목(山川草木)」(1944)에서는 증산보국 문제를 다루었으며, 「청추(淸秋)」(1944)에서는 남방담론과 관련된 의제를 제기하여 국책에 호응하는 일면을 보여주었다. 줄곧 좌익 성향을 유지해 온 楊逵(1906-1985) 역시 「증산의 배후(增産的背後)」(1944), 「개 원숭이 이웃(犬猴鄰居)」(1945) 등 소설에서 비자각적, 순종적인 인물이 어떻게 국책에 순응하는지를 그려내었다. 비록 이런 소설들에서 두 작가가 이전 시기부터 견지하고 있던 일관된 주제를 여전히 찾을 수 있지만, 한편으로 그들이 대자연에로의 회귀, 건강한 노동 등 생산문학론의 영향을 받았음도 부인할 수 없다. 그 외 王昶雄(1916-2000), 周金波(1920-1996), 陳火泉(1908-1999) 등 전쟁 시기에 등단한 작가들은 더욱 적극적이고 직접적으로 황민 정체성을 다룸으로써 국책에 호응하는 태도를 보여준다.

이렇게 일제 말 전쟁 시기 소설은 1920, 30년대 몰락형 서사와 절망적 분위기와는 달리 주로 종군, 대내친선, 증산보국, 황민 정체성 등 주제를 다루면서 신생활, 정신개조, 대자연에로의 회귀, 개인적 고민의 극복, 서방문명의 비판 등 내용을 발전형 서사구조로 그려내었고 그런 가운데 국책담론을 내면화하고 있다. 이런 소설들에서 건전한 문화와 자연성의 회복을 드러내는 것은 이들이 자본주의와 사회주의 근대를 부정하는 일본의 전쟁담론을 받아들였음을 말해준다. 즉, 이들 소설들이 드러내는 것은 근대의 퇴폐와 분열 상태에 대한 비판 및 건강한 노동과 생산논리에 대한 찬성의 표명인 것이다. 대자연에로의 회귀, 굳건히 땅에 발을 디디고 묵묵히 자신의 처지에 맞는 일을 하면서 노력하는 인물들에 대한 찬양은 이러한 논리를 드러내는 미학적 방식이고 그 기능은 체제와 현실의 모순을 은폐하는 데 있다. 또한 재생과 신생의 이야기에서 소설인물들의 내면심리가 변화하는 계기는 일반적으로 대동아전쟁의 개전소식을 듣거나, 종군대오의 장엄함을 목도하거나 혹은 일본정신과 전통을 마음으로부터 받아들이는 데서 이루어지는데 소설은 이런 장치들을 통해 인물의 정감과 심미적 느낌에 호소하고 있다.

종군을 고취하는 국책문제를 반영하고 있는 龍瑛宗의 소설 「오전의 낭떠러지」가 바로 그중의 한 예인데, 이 소설의 주요 서사는 한 대만 청년이 부친의 결혼 저지로 인해 혼인의 자유를 갈망하며 자살을 기도하려는 찰나 종군하는 일본병사들을 보고 감동한 나머지 다시 인생의 의의를 되새긴다는 내용이다.

> 여동생으로부터 온 편지를 받았을 때 마치 하늘과 땅이 무너져 내리는 듯했다. 그녀가 있다는 그 이유만으로 지금까지 버텨왔는데 그녀가 나를 배반하고 떠나다니 나의 인생에 더 무엇이 남아있단 말인가? 환멸, 무정, 분노, 고통, 유일한 해탈은 바로 죽음이다. … 이튿날 아침 나는 나가노현의 '카미수와'라는 한적한 산촌에 도착했다.

> 내 호주머니에는 나의 생명을 앗아갈 물건이 숨겨져 있었다. 하지만 나는 기차역에서 감동적인 장면을 보게 되었다. 출전하는 병사들의 환송식이었다. 사람들마다 작은 깃발을 흔들고 있는데 열성이 넘침을 느꼈다. 죽음을 각오한 병사들의 각오도 느껴졌다. 나는 갑자기 나 자신을 생각했다. 저들 병사들은 숭고한 사명을 위해 죽을 곳으로 향하는데 나는 여자 하나 때문에 죽으려 했으니 얼마나 어리석은 일인가? 참을 수 없이 부끄러움을 느꼈다. 그리고 격렬한 자기혐오에 빠졌다가 갑자기 깨어났다. 내가 얼마나 우둔하고 어리석은지. 게다가 나는 아직 학생인데 여자에게 미혹되어서는 안 될 일이야. 맞아. 학생은 공부를 해야지. 나도 살아서 열심히 공부해야지. 나는 마음속으로 다짐했다.[49]

인물의 이러한 변화는 출정하는 병사들이 국가를 위해 목숨도 희생할 각오를 하는 숭고한 사명감에 감동되었기 때문이다. 하지만 그의 이러한 심경변화는 매우 갑작스런 것으로 서사적 설득력이 충분치 않다. 그전까지 그를 고민에 빠뜨리고 고통스럽게 했던 원인, 즉 봉건관습, 구가족제도 등에 대한 불만 및 부친에 대한 항거, 자유연애에 대한 욕구 등이 여전히 해결되지 않았기 때문이다. 따라서 독자들은 이 장면만으로 그가 어떻게 고민을 털어버리고 다시 일어나게 되었는지를 이해하기 어렵다. 게다가 그가 찾은 새로운 인생 혹은 숭고한 사명감이 무엇을 말하는지, 주인공이 어떻게 각성에 이르게 되었는지 분명하게 제시되지도 않고 있다. 때문에 그가 편지에서 말한 '여자에게 미혹되었다'는 것은 이전의 자신이 봉건폐해에 대해 가졌던 깊은 반성을 선면적으로 부정하는 것이 되어 서사를 논리적 파탄에 이르게까지

49) 『臺灣作家全集-龍瑛宗集』, 前衛出版社, 1996, 108면.

하고 있다. 이러한 파탄을 초래하는 원인은 작자가 서사의 불합리라는 모험을 무릅쓰고서라도 종군내용을 첨가해야만 했기 때문이다. 그 결과 이 소설이 드러내는 것은 반봉건의 불합리성을 각성하고 인간의 주체성을 주장하던 청년을 군국주의 파시즘 이데올로기에 억지로 끼워 넣는 황민문학의 진상이라 하겠다.

張文環의 「깨달음(頓悟)」(1942) 역시 종군에 관한 이야기이다. 주인공 爲德은 순박한 시골청년인데 아는 사람의 주선으로 臺北에 와서 포목점의 점원으로 일을 하게 된다. 하지만 그는 이 '이미 낭만적이지 않은 시대'일 뿐 아니라 '금전지상(金錢至上)의 시대'에 고객들의 비위를 맞추는 점원생활에 적응하기 힘들어 한다. 그러던 중 어릴 적 친구인 阿蘭을 만나 그녀에게 호감이 생기면서 생명의 활력을 찾게 된다. 하지만 아란의 냉담한 태도를 보면서 사랑과 미움을 동시에 느낀다. 바로 이런 상황에서 그는 신문에서 본도인의 지원병 종군에 관한 보도를 보고 '갑자기' 감동을 받아 종군하기로 결정한다.

> 6월말이 되자 본도인에게 지원종군을 실시한다는 내용이 공포되었다. 이를 보고 나는 마치 느닷없이 봄에 치는 천둥번개 같이 깨어났다. 사내가 되어서 마땅히 해야 할 일이라는 생각이 들었다. 너무 흥분해서인지 알 수 없는 눈물이 흘렀다. 머리속에 부모님의 그림자가 떠올라 잠시 슬픔을 이기지 못했다. 사내가 눈물을 흘리는 것이 그리 못난 일인가? 만약 그렇다면 내게 남자의 기개가 있기는 한가? 총을 차고 행군하는 병사들을 볼 때마다 마음 속 깊은 곳으로부터 그들이 부러웠다. 해서 나는 지원병이 되기로 했다.[50]

50) 『臺灣作家全集-張文環集』, 前衛出版社, 1996, 190~191면.

총을 차고 행군하는 지원병이 그를 감동시켰고 의미를 찾지 못하던 도시 생활을 그만두고 지원병으로 입대하여 새로운 생활을 하기로 결정한 것이다. 그가 종군을 결정한 것은 사회와 국가를 위해 무엇인가를 하는 사람이 되고 싶었기 때문이다. 파시즘 국가에서 사람의 가치는 개인일 때보다 단체 혹은 조직의 한 분자일 때 더 커진다. 자유주의 혹은 인민민주주의 사회가 개인에게 귀속감을 주지 못하는 데 비해 파시즘 국가는 이런 방식으로 개인에게 공공사무에 참여한다는 명예감을 부여한다. 이 소설은 바로 종군대오의 장엄한 장면이 인물의 내면에 감동을 주었고 그를 변화시킨 것으로 그리고 있다.

일본 파시즘 정권은 이렇게 기차역, 가두행진 등 전장에 나가는 준비를 하는 대규모의 병력이동의 장면을 이용하여 대중들에게 소위 '보여주는' 정치를 시행한 것이다.[51] 이밖에도 그들이 대적하고 있는 것이 러시아와 미국 등 강적임을 요란스럽게 알림으로써 매우 어렵고 험난한 전쟁을 치르는 숭고한 이미지를 만들어 내었다. 소설 인물들처럼 대중들은 직접 이러한 장관을 목격하면 자연스럽게 비장감과 숭고미를 느끼게 된다. 마치 칸트(I. Kant)가 말한 것처럼 압도적인 웅장한 풍경을 볼 때 사람들은 자신의 상상력의 한계를 느끼며 황홀한 상태에 빠지게 된다. 이렇게 생겨난 숭고(Sublime)미학은 사람의 정감을 자극할 뿐 아니라 나아가 이성적 사고를 방해하여 관중들을 피동적인 존재로 만든다.[52] 파시즘 미학은 바로 이러한 숭고미학을 이용하여 대

51) fascist spectacle 혹은 politics of spectacle. 이 개념에 대해서는 Hewitt, Andrew, *Fascist Modernism－Aestbetics, Polistics, and the Avant Garde*(Stanford Univ. Press,1993); Berman, Russell A., *Modern Culture and Critical Throry*(Univ. of Wisconsin Press, 1989); Caroll, David, *French Literary Fascism*(Princeton Univ. Press, 1995); Griffin, Roger, *The Nature of Fascism*(Routledge, 1993) 등 파시즘 관련연구 참고.

중들의 고양된 정서적 반응을 이끌어내고 그들에게 국가와 일체가 된 듯한 느낌에 빠지게 하는 것이다. 소설 인물이 종군을 결정하게 된 계기에서 군인의 이미지와 전쟁의 미화라는 심미화 전략을 운용하고 있음이 명확하게 드러나고 있다.

이밖에 龍瑛宗의 소설에서는 일본 제국주의를 지탱하는 힘을 언급하면서 추상적인 일본정신을 내세우고 이를 아름답게 포장하고 있는데 여기서도 심미화 경향을 찾을 수 있다. 「롄우의 정원(蓮霧的庭院)」(1943)의 주요내용은 진씨(陳氏) 성을 가진 대만청년과 일본인 후지사키(藤崎) 가족 간의 교유관계 전말이다. '나'와 후지사키 가족은 같은 마당을 두고 한 집에서 살았다. 가까운 거리에서 관찰한 결과 그들이 매우 친절하고 열심히 사는 사람들임을 알게 되어 호감이 생겼다. 특히 '나'가 콜레라에 걸려 격리되어 있는 기간 동안 그들 가족의 보살핌을 받게 되어 이를 잊지 않고 늘 감사한 마음을 가지고 있었다. 소설의 마지막 부분에 이렇게 서술되어 있다. '하지만 나는 오히려 종종 이런 생각을 한다. 어떤 사람들은 우리와 일본이 서로 다른 민족이니, 어떠니 하지만 나는 그게 문제가 아니라 문제는 사랑에 있다고 말이다. 어떤 일이든 우리를 결합시키는 것, 그것은 사랑 밖에 없다고 생각한다. 이론은 무료한 것이다. 사랑 밖에 없다.' 이렇게 대내친선(臺內親善)의 관건은 바로 서로에 대한 사랑에서 가능해진다는 점을 강조하고 있다. 이런 생각은 「노래(歌)」(1944)에서 다시 한 번 나타난다. 「노래」는 '국어'(일어)에 대해 특별한 애정을 갖고 있는 대만청년 李東明과 몇몇 일본 문화계 인사들 간의 교류를 그린 소설이다. 이들은 마닐라, 조선, 보르네오, 만주 등지를 왕래하며 문화부문의 일을 하는 일본청년들로

52) 이마누엘 칸트, 김상현 역, 『판단력 비판』, 책세계, 2005, 82면.

그들은 모두 '일본인의 사랑'을 강조하고 있다. 여기서 말하는 '사랑'이란 바로 일본이 전쟁 기간에 선전하던 덕목으로 이와 대립되는 지점은 당연히 서구의 이성주의이다. 사랑이란 정감을 식민지 대중의 감정에 호소하여 대중들이 민족과 지역의 구별을 초월하여 제국주의 논리를 수용하게 하는 것이 그 목적이다.

이밖에 황민 정체성과 관련된 소설에서 일본 고전문학, 전통과 대자연이 모두 아름답고 이상화되어 나타나며 소설속 인물들은 아무런 회의 없이 당연하다는 듯 이러한 견해를 받아들인다. 周金波의 「수암(水癌)」(1941)에서 그리고 있는 것은 일본생활을 그리워하며 일본식 가치관에 전적으로 동의하는 치과의사인데 그는 낙후된 대만인의 정신을 개조하고자 하는 적극성을 보여주는 인물이다. 그가 보는 대만인은 모두 무례하고 무질서하며 유행과 도박에 탐닉하는 타락한 사람들이다. 어떤 대만인들은 기본적인 상식을 벗어나 도저히 이해할 수 없는 지경에까지 이르렀다고까지 그는 생각한다. 그는 이에 대해 실망과 환멸을 느낀다. 하지만 그의 상심과 실망의 원인은 이렇게 낙후된 대만인을 걱정해서가 아니라 자신이 이런 것을 개선할 시대적 사명을 어떻게 짊어지고 나가야할 것인가 하는 데 있다. 여기서 소위 시대적 사명이란 황민연성(皇民煉成)을 통해 진정한 일본인으로 거듭나는 것이다. 그는 대만식의 침실을 다다미로 바꾸고 이제 높은 수준의 생활을 하게 되었다고 뿌듯해 하면서 이를 통해 '도민(島民)들도 교화할 수 있을 것이며 어쩌면 생각보다 훨씬 쉽고 신속하게 해낼지도 모른다고 생각한다. 그가 지니고 있는 신념은 최근 갑자기 들게 된 강력한 자신감으로 신속하게 높아졌다.' 여기서 황민연성의 방법은 미신과 누습의 제거에 집중되어 있는데 일견 근대화로 보이는 이 과제는 사실 일본식 생활을 중시하는 데 맞추어져 있다. 다시 말하면, 일본식 생활환경으로 개조하는 것으로 황민의 대오에서 낙오되지 않는다는 것인데 황민연성의 초점이 물질적, 제도적, 습관적인 차원의 개조로 언급되고 있다. 하지만 周金波의 또 다른 소설인 「지원병(志願兵)」(1941)에 이르면 이미 지식적인 계몽, 생활의 개선, 합리적인 사고방식 등 근대화 범주의 황민연성에서 벗어나 합리성 여부를 불문하고 천황에게 충성하며 일본이 도발한 전쟁에 참여하도록 독려하는 것에 집중되고 있으며 '정신적인 합일(合一)' 등 비이성적인 수단도 상관없다는 생각을 보여준다. 소설은 서술자인 '나'를 통해 일본에서 대학까지 졸업한 張明貴와 대만에서 공학교만 졸업한 후 일본인이 운영하는 식품점에서 일을 하는 高進六, 이 두 사람의 황민연성에 관한 생각을 서술하고 있다. 사실 나, 張明貴, 高進六은 모두 일본문화를 전적으로 받아들인 지식인들로 당시 일본이 추진하는 황민연성, 국민생활개선, 개성명(改姓名), 지원병 제도 등 국책에 대해 모두 적극적으로 찬성하면서 정정당당한 일본인이 되는 방법을 모색하는 부류이다. 다만 황민이 되는 방법, 즉 황민연성의 방식에서 서로 다른 의견을 가지고 있을 뿐이다. '나'는 비록 일본문화에 대한 그리움과 동경을 가지고 있지만 어쩔 수 없이 고향 부모님의 가치관을 받아들여 시골에서 개업해 생활을 하고 있으며 황민화운동에 대해서는 관망하는 태도를 가지고 있다. 이에 비해 張明貴는 진정한 일본인이 되는 방법을 찾기 위해 노력하고 있으며 高進六은 솔선하여 이름과 성을 바꾸고 보국청년대(報國靑年隊)에 참가하여 황민연성의 실천에 적극적으로 뛰어들고 나중에는 혈서를 남기고 지원병으로 종군한다. 두 사람이 첨예하게 대립하는 장면에서 소설은 高進六이 혈서 지원한 것을 張明貴가 알고 자신의 잘못을 인정하면서 진정한 일본인이 되는 길은 高進六처럼 무조건적으로 일본정신에 경도되어 행동과 실천으로 일본이 요구하는 황민의 표준에 도달하는 것임을, 이랬을 때만이 국책에서 요구하는 시대적 임무를 완성하는 것임을 인정하는 것으로 끝난다.[53)]

王昶雄의 「거센 물결(奔流)」(1943) 역시 진정한 황민의 길을 모색하는 대만 지식인의 이야기인데 정신적 고통의 궤적이 생생하게 드러난다. 재미있는 것은 이 소설과 「지원병(志願兵)」을 비교해 보면 유사한 줄거리와 내용을 가지고 있을 뿐 아니라 서술구조도 동일한 방식을 채택하고 있음을 알 수 있다. 모두 서술자인 '나'의 시각을 통해 두 명의 다른 유형의 인물이 황민화에 대해 가지는 견해와 태도, 및 이로 인한 그들 간의 관계변화를 서술하는 방식이다. '나'는 일본에서 유학을 마치고 귀국하여 내과의사가 된 지식인인데 우연히 일본성의 수용에 대해 다른 태도를 가진 朱春生과 林柏年 두 사람을 만나게 된다. 朱春生은 일본성을 완벽하게 내면화한 인물로 이미 伊東春生으로 개명했을 뿐 아니라 일본인 여성과 결혼해 대만에서 같이 생활하고 있다. 그는 장모와 같이 지내며 자신의 친부모는 전혀 돌보지 않는다. 평상시에도 일본복식을 하고 일본민요를 부르고 일본고전문학을 낭송하며 명절도 일본의 관습에 따른다. 하지만 伊東의 조카이면서 학생인 林柏年은 이러한 伊東의 태도와 방식을 못마땅하게 여기고 伊東이 친부모를 버린 것은 자기만 잘 살기 위한 선택이라고 비난한다.

일방적으로 일본문화에 경도되었던 '나'는 두 사람과 접촉하는 과정에서 일본성의 수용과 관련해 점차 생각이 변화가 일어난다. 이 변

53) 周金波의 또 다른 소설인 「無題」(1944)에서도 동일한 구조와 내용으로 변주되고 있다. 「無題」 속의 형과 동생의 생각 차이는 명귀와 고진육의 생각과 대응되며 그 해결방식 역시 비슷하다.

화는 소설의 주제와 직접적인 관련을 가지는데 특히 '나'의 伊東에 대한 인식과 태도가 인정(認定), 회의(懷疑), 동정(同情)으로 바뀌다가 결국 그의 처지와 생각을 충분히 이해하게 되는 것으로 그 태도가 결정된다. 즉 '나'의 황민화에 대한 태도가 부정 혹은 거절이 아니라 일본성의 수용을 긍정하는 동시에 어떻게 일본성을 수용할 것인지 그 방식에 대한 고민이 소설의 초점을 이루고 있는 것이다. 그리고 이러한 결론은 독자들에게 황민화의 임무를 달성하기 위해 대만청년들이 더욱 적극적으로 자신을 개조해야 한다는 메시지를 전달한다. 아래 인용문을 통해 소설이 강조하는 소위 일본성이 어떤 것인지를 알 수 있다.

> 통속적으로 말해지는 일본정신은 만약 고전을 통하지 않으면 별 의미가 없다. 예를 들어 『고지키(古事記)』가 우리를 끄는 이유는 마음과 그 문자가 모두 전혀 왜곡됨이 없이 솔직한 풍격을 갖추고 있기 때문이다. 마치 어느 위대한 학자가 말했듯이 어린 아이가 조부모 슬하에 기대어 호기심으로 눈을 빛내며 멀고 먼 옛 이야기를 들을 때와 같은 그런 일종의 즐거움 같은 것이다. 일본의 고전을 떠나면 곧 일본정신도 없다. … 나는 진정한 일본의 아름다움을 발견하고 마치 볏짚으로 둘러싸인 듯한 따뜻한 인간미를 느낀 것 같이 숭고한 이상이 마음 속 깊이 격동하는 것을 체험했다.…[54]

'불가사의하게 영혼을 흔드는 감정', '감동이라고 칭할 만한 것', '숭고한 이상이 마음 속 깊은 곳을 흔드는 일', '진정한 일본의 아름다움', '따뜻한 인간미' 등의 수사는 모두 일제 말 황민화 시기 일본이 식민지에 적극적으로 전파한 일본 고유의 전통이다. 따라서 이들 소설

54) 『臺灣作家全集：翁鬧, 巫永福, 王昶雄合集』, 前衛出版社, 1996, 330, 334면.

로써 당시 일본이 자신의 문화와 민족정감을 심미화 과정을 통해 아름다움과 지고무상의 가치로 포장하여 대만인에게 전파한 것임을 알 수 있다.

황민화의 길을 추구하면서 대만 지식인들이 겪은 자기 정체성에 대한 마음의 갈등과 정신적 고통은 陳火泉의 「길(道)」(1943)에서 매우 극단적으로 표현되었다. 「길」 속의 대만인 靑楠은 황민이 되기를 소망하며 전전긍긍하는 지식인이다. 대만장뇌제조회사(臺灣樟腦製造會社)의 사원인 靑楠은 황민화운동을 받아들여 자신이 일본인이 아니라는 것에 한 치의 의심도 갖지 않는다. 그는 일본의 신화, 역사, 문화 등에 대해 일본인보다 더 많이 알고 있으며 기분이 나면 언제든 하이쿠도 지을 수 있는, 말하자면 황민화의 모범적인 인물이다. 이뿐 아니라 생활방식, 언행거지, 혹은 사고방식에서도 진정한 일본인이 되기 위해 부단히 노력한다. 원활한 전쟁추진을 위한 증산정책에 참여하기 위해 장뇌증류 업무를 맡은 그는 혼자서 깊은 산에 거주하며 어려운 실험에 종사하고 있지만 그에게 있어 그런 어려움은 천황에게 충성하는 기회이기 때문에 마음은 감격으로 가득 차 있다. 그러나 그는 대만인이라는 이유만으로 일본인에게 폭행당하며, 새로운 장뇌증류법을 개발하여 큰 공을 세웠음에도 불구하고 승진에 실패한다. 그의 유일한 고민은 자신이 혈연적으로 일본인이 아니라는 데 있다. 때문에 결말에서 지원병 신청을 하고 천황에게 생명을 바치기로 결심하는 것으로 '황민의 길'을 실천한다. 여기서 강조하는 일본성은 「거센 물결」에서와 같이 일본의 신화와 역사에서 추출해 낸 일본의 고유정신이다. 이 정신은 원래 『고지키(古事記)』, 『니혼쇼기(日本書紀)』에 실려 있으며 '아마테라스오미가미 신화'로부터 계승된 소위 '팔굉일우(八紘一宇)' 정신이다. 그러나 실제로 청남이 겪었던 것과 같이 대만인에 대해서는 차별과 편견으로 가득 차 있다. 일본이 황민화운동을 추진하면서 외쳤던 이 구호는 전쟁을 원만하게 달성하기 위한 수단일 뿐이었던 것이다. 이로써 전쟁 시기 일본이 합리적 이성과 지식 등 근대정신을 버리고 일본의 신화를 내세우며 맹목적이고 감성에 호소하면서 일본정신을 심미적인 것으로 포장하여 전파한 것은 그 목적이 전쟁동원을 위한 대만인에 대한 황민화에 있었을 뿐임을 알 수 있다. 일본이 주장했던, 일본 문화와 민족성을 학습하면 바로 천황에게 사랑받는 일본인이 될 수 있다는 주장이 얼마나 기만적인 것이었는지 청남의 경우가 똑똑하게 보여주고 있다. 대만청년은 피로써 피를 바꾸어야만 진정한 황민이 될 자격이 생기는 이 잔혹한 사실, 즉 역사연성, 문화연성에서 결국은 피의 연성에 이르는 험난한 길이 바로 황민의 길이었던 것이다.

이러한 자아와 신분에 대한 정체성을 다룬 소설에서 인물들은 하나같이 황민의 부호를 자신의 몸에 붙이고 자기 식민화의 과정으로 진입하고 있다.[55] 자기 식민화의 방식과 모습은 자기민족에 대한 혐오와 비하, 일본식의 생활환경으로 개조하는 데서 나아가 일어의 상용, 일본 전통 미학과 문학수양의 수용, 심지어 종군으로 생명을 희생한다는 각오와 결심에 이르기까지 표층에서 심층까지 고루 포함하고 있다. 즉 이들 소설들은 제국의 논리를 적극적으로 수용하고 재생산하는 인물들을 보여주고 있는데, 소설 인물들이 국가의 영광스런 미래와 새로운

55) 여기서 말하는 자기 식민화(auto-colonization)의 개념은 고모리 요이치(小森陽一) 저서 『후식민』의 문제의식에서 온 것이다. 그는 일본이 서구 열강의 제국주의 침략에 대응하여 어떤 대응을 했는지를 설명하면서 이 용어를 사용했는데 이를 '식민지 무의식'이라고도 명명했다. 고모리 요이치, 송태욱 역, 『후식민-식민지무의식과 식민주의적 의식』, 삼인, 2002.

역사창조에 대해 자부심을 느끼는 것은 파시즘 숭고미학의 건립과 식민지 내 전파가 효과를 발휘했기 때문이며, 이로 인해 대만 민중들은 스스로 사망의 길로 들어서게 되었던 것이다. 이렇게 심미화 전략과 그 미학적 효과는 식민지 민중을 전쟁에 동원하는 수단이었던 것이다. 이것이 바로 일본 파시즘 미학의 본질이다.

4. 맺는 말

본문은 파시즘 미학의 시각에서 일제말기 대만문단의 문학론과 소설작품을 대상으로 심미화 현상과 기능, 배후의 의미를 고찰했다. 그 결과를 정리하면, 이 시기 외지문단, 지방문화 건설을 주장하는 국책문학론은 문화와 예술, 문학의 가치를 높이 평가하고 문학이 일본 고전의 정신과 전통의 아름다움을 표현할 수 있는 매개체라고 강조하면서 문학의 심미화와 도덕화를 강요했다. 이에 호응하여 황민화 소설에서는 대자연의 건강한 이미지, 열심히 노력하는 성실한 인물을 찬양하는 동시에 장엄한 군대의 행진장면 등을 이용하여 건강하고 장엄하며 숭고한 감성의 미학적 수단으로 인물의 내면에 충격을 가하여 그들이 국민으로서의 소속감을 느끼는 모습을 제시했다. 그리고 이러한 심미화 전략은 식민지 대만인에게 황민으로서의 정체성을 형성하게 하여 전쟁에 동원하는데 그 목적이 있는 파시즘 미학이라는 점도 밝혔다. 니시가와 미쓰루(西川滿)의 문학적 실천, 그리고 그를 옹호하는 시마다 긴지(島田謹二)의 문학관에서 드러난 바와 같이 대만과 대만문학은 생활이 아니라 심미적 대상으로만 감각되는 객체이다. 현실성이 부재하는 대상을 추구하면 쉽게 정신주의의 함정에 빠지게 되는데 그들은 점차 침략논리와 국책담론에 보조를 맞추게 되었다. 동시에 일본정신과 전통은 숭고한 가치와 도덕적 역량을 가진 것으로 미화되어 문학을 통해 구현되기를 요구받았다. 이렇게 국가와 전통, 정신과 도덕 등 추상적 개념이 심미적 과정을 거쳐 식민지 민중을 억압하는 지배담론이 되어 그들을 전쟁에 동원하는 수단으로 운용되었던 것이다. 이런 점에서 전쟁 시기 대만문학론의 심미화 전략은 파시즘 미학의 시각에서 분석이 가능하다 하겠다.

일본 파시즘은 동아의 위기를 서구를 대상으로 한 전쟁의 핑계로 삼고, 문학과 예술을 세속적이고 퇴폐적인 물질문명을 구원할 보편타당하고 절대적인 것으로 여겼으며, 동시에 아시아 인민을 통합하는 매개로 삼아 절대적인 권위를 부여하였다. 동시에 일본이란 국가와 전통을 심미화하고 도덕적 이미지와 숭고미학을 이용하여 식민지 문학이 다시 이를 재생산하게 요구하였다. 이로써 문학과 예술은 독립된 존재가 아니라 정치에 종속되어 현실의 모순을 은폐하는 정치적 영역에 속하게 된 것이다. 파시즘 미학의 등장은 원래 정치적 현실에서 독립되어 존재하던 문학예술을 적극적으로 정치현실에 개입하게 만든 것이다. 아이러니하게도 문학예술의 절대화가 가져온 것이 더 강한 정치적 힘이 되었던 것이다. 파시즘이 정치와 미학을 결합한 것은 바로 그 자체가 대중에 기댄, 다시 말하면 대중의 체제속성에 기댄 대중정치시대의 산물로 대중을 정치에 접목시키는 데 있어 미학의 도움이 필요했음을 증명한다. 파시즘에 이르러 정치와 미학은 서로 합작하여 성공적으로 대중정서와 감성을 자극했다. 일본 제국주의의 국책담론과 그 심미화 전략은 바로 식민지 대만인의 감정에 호소하여 대중동원을 통해 전쟁을 지속하는데 있었다. 이 심미화 전략의 영향으로 대만문인과 지식인들은 제국주의 담론에 압도되었고 비판능력을 상실했으며 국책을 지지하는 세력이 되었다. 심미화로 촉발된 정서적 반응은 식민지 지식인의 정신을 지배하여 그들이 절대적으로 지배자의 권위에 순종하도록 만들었다. 이렇게 생산된 폭력적 위계로 대중을 동원하는 것이 바로 파시즘의 심미화 전략의 목적인 것이다.

그런데 미학의 성립과 심미화 현상은 19세기말부터 서구에서 진행되어 온 문화의 보편적 추세이다. 근대에 와서 가능해진 미적 자율성 담론은 근대예술의 미학적 독립성을 보장하고 이로부터 미학과 정치가 분리되어 각자 발전해 온 것이지만, 미학은 본질적으로 정치를 포함한 시대적 담론의 영향을 받을 수밖에 없다. 또 이로 인해 미적 자율성 담론은 정치와 미학이 결합하는 기회를 제공하기도 하는데, 본문에서 살펴 본 것처럼 일본 파시즘 미학의 정치복무는 이를 잘 말해주고 있다. 심미적 가치가 정치성을 가진다는 것은 심미주의가 가진 소통방식의 폐쇄성에서 기인한 것인데, 이는 또한 폐쇄적인 파시즘 체제와 유사하다. 따라서 양자의 동일한 소통방식이 서로 결합하여 상호 이용되는 가능성을 제공하기도 했을 것이다.[56] 이로부터 원래 정치 등 현실과 절연했던 미학주의는 뜻밖에도 더욱 강력한 정치적 효과를 발휘하게 된 것이다. 바로 이점이 정치권력이 존재하지 않는 데가 없는 오늘날의 상황에 어떻게 문학예술의 미학문제를 바라볼 것인지를 고

56) 심미이념과 현대정치와의 관계는 테리 이글턴, 방대원 역, 『미학사상The Ideology of the Aesthetic』, 한신문화사, 1995. 참고. 이글턴에 의하면 '미'와 현실, 정치이데올로기는 결코 상호 부정하는 것이 아니라 수시로 공모 혹은 친화적인 관계를 가진다고 한다. 비록 '미'가 현실영역의 제도나 이념으로부터 분리되어 나와 인생의 궁극적인 진리를 추구해 왔지만, 바로 이에 대한 사람들의 확신 때문에 '미'와 현실, 정치이데올로기 간의 내면순환관계와 상호동조체제는 포착되기가 어렵다.

민하게 하는 이유라고 하겠다. 문제는 일제 말 전쟁 시기 대만문학이 보여준 파시즘 미학이 단순히 일회적인 역사적 현상이 아니라 현실정치의 상황에 따라 어디에서든 수시로 일어날 수 있는 현상이라는 것이다. 본문에서 고찰한 것처럼 문학의 상상력은 비록 그 자체의 자율성을 가지기는 하지만 또한 동시에 사회, 정치와 문화의 산물이기도 하기 때문이다. 특히 합리성과 이성적 사고 등 근대적 가치에 대한 회의가 급증하는 오늘날 본문에서 고찰한바 정치권력과 문학예술간의 관계에 대해서는 지속적인 사고가 필요하다 하겠다.

종족지(種族誌)와 전쟁동원

-일제말 전쟁기 대만의 남방(南方)담론

1. 남방담론의 등장배경과 『南方』 잡지

일본의 근대국가 전환과 제국주의 국가로의 발전에서 부국강병(富國强兵) 정책이 핵심적인 본질이었음은 주지의 사실이다. 다른 동아시아 지역과 마찬가지로 서구 열강과의 경제적, 군사적인 접촉과 충격을 겪으며 근대로 진입한 일본은 자국의 생존과 발전을 위해 주변 지역에 대해 서구와 동일한 방식인 제국주의 팽창정책으로 일관했다. 메이지 유신(1868) 이후 홋카이도 개척과 아이누족에 대한 동화정책(1869), 모단사(牡丹社)사건과 류큐병합(1874),[1] 청일전쟁(1894-5), 러일전쟁(1904-5)을 거치며 진행된 대만과 조선의 식민지 편입, 1930년대부터 시작된 본격적인 중국진출 등에서 그 군사적, 경제적 동기가 명확하게 드러난

---

1) 1874년 류큐 왕국의 조난자들이 대만원주민 영지에 무단으로 들어와 살해된 사건으로 일본은 이를 구실로 대만에 출병하였고 청일양국 간의 외교충돌로 비화되었으며 그 결과 류큐를 오키나와현으로 복속시켰다.

다. 특히 1932년 만주국 건립을 계기로 오족협화(五族協和)를 내세운 다민족국가 실험은 중일전쟁(1937) 이후 일만지(日滿支)를 아우르는 동아협동체론과 동아신질서 구상으로, 나아가 태평양전쟁을 거치며 남양까지 포괄하는 대동아공영권이란 정치경제공동체로 확대, 심화되었다. 제1차 세계대전(1914-8) 이후 내남양(內南洋)에 대한 위임통치를 통해 남양에 대한 지식을 축적해 온 일본은 당시 해양제국으로의 성장을 배경으로 중국 남부 연안에서 동남아시아, 인도, 호주, 멀리는 하와이까지를 남방의 범주에 포함시키고 이들 지역과 종족에 대한 각종 담론을 생산하였다. 특히 서구 근대의 학습과 모방을 통해 제국주의 국가로 성장한 일본이 1930년대 후반 중국영토에 대한 본격적 침략과 뒤이은 서방국가와의 전쟁이란 상황에 직면하면서 초기 부국강병의 목표를 위해 설정했던 탈아입구(脫亞入歐)의 사고를 완전히 상반된 연아항구(聯亞抗歐)로 전환하였다. 이러한 배경에는 중국의 완강한 저항으로 인한 교착상태의 타개, 미국의 대일본 수출 중단에 따른 군수물자 보급로의 확보를 위해 동남아시아와 남양군도로의 군사적 진출이란 상황이 놓여있다. 소위 남진정책은 일본에서 오랜 기간 구상되어온 것이며 1940년대 전쟁과 맞물려 구체화되면서 구미와 정면충돌을 피할 수 없는 상황이 되었다.[2)] 남방으로 편입된 지역이 대부분 미국, 영국, 프랑스, 네덜란드 등 서구 제국주의 국가의 식민지이자 그들의 경제적 명맥이었기 때문이다. 일본의 남방담론은 바로 이런 배경에서 등장하

2) 일본의 南進정책은 역사적 연원이 오래된 것으로 1880년대부터 줄곧 제기되어왔는데, 초기 민간 소상인들의 동남아 모험에서 비롯되어 학자들에 의한 무역과 경제담론으로, 다시 국책성격의 南進論으로 변해왔다. 중일전쟁 이후 군사적인 남진정책이 결정되면서 남방열도들이 새로운 점령지, 새로운 식민지로 부상하고 대동아공영권의 구상이 현실화되자 남방열도에 대한 관심이 증폭되었다.

였고 식민지 대만의 언론을 통해서 매우 노골적이고 직접적으로 선전되었다.

본문은 일제 말 전쟁 시기에 발간된 유일한 합법적 한문(漢文)잡지였던 『남방(南方)』을 대상으로 일본이 건립한 남방담론의 내용과 배경, 그 의미를 고찰하고자 한다. 일제는 1937년 7월 노구교(蘆溝橋)사변으로 불리는 대중국(對中國) 전쟁을 기획하면서 식민지 대만에 대한 언론통제를 한층 더 강화시켰다. 사변 발생 이전인 4월부터 당시 臺北(북부), 臺中(중부), 臺南(남부)을 주요 발간지로 하는 3대 관방신문 『대만일일신보(臺灣日日新報)』, 『대만신문(臺灣新聞)』, 『대남신보(臺南新報)』의 한문란(漢文欄)을 폐지하였고 이와 동시에 대만 본도인의 언론공간과 창작활동 역시 매우 축소되었다. 곧 이은 6월에 좌익 지식인 楊逵(1906-1985)가 발간하던 진보적 문학잡지 『대만신문학(臺灣新文學)』이 정간된 것이 대표적 사례이다. 그러나 한문(漢文)의 사용이 완전히 금지된 것은 아니었다. 중일전쟁 이후 일본이 내세운 동아신실서 구상에서 대만은 중일간의 교량역할을 부여받았고 백화문을 포함한 한문은 이런 국책의 실현에 있어 필수적인 매개체로 인식되었다. 이런 이유로 1937년 7월 『남방』의 전신인 『풍월보(風月報)』가 이전의 『풍월(風月)』을 혁신하는 방식으로 창간되었던 것이다. 이 시리즈 잡지의 연혁을 보면, 1935년 신문 성격의 『풍월』(1-44기)로 발간되다가 1937년 7월부터 『풍월보』(45-132기) 잡지로 개편되었고 1941년 7월에 다시 『남방』(133-188기)으로 개명되었으며 1944년 2월과 3월에 『남방시집(南方詩集)』(189-190기)을 끝으로 모두 190기가 발간되었다. 흔히 이 잡지의 성격과 특징으로 구지식인과 자산계급을 주요 독자층으로 하는[3] 전통적, 통속적, 대중적 성향

3) 『風月報』 시기에는 회원제로 운영되었다.

이며 1937년 한문이 금지된 후에도 지속적으로 발행되었다는 점을 주목하고 있다.[4] 또한 1930년대 문학잡지로서는 비교적 늦게 출발하여 대부분의 문학지가 폐간되던 전쟁 시기까지 지속적으로 발간되었으며 매번 재편되는 과정에서 그 시기의 시대상황과 문단대응을 단계별로 보여준다는 점에서 특별한 위상을 가진 매체라고 하겠다.

그중에서도 『남방』으로 개명한 1941년 7월 이후에는 당시 전쟁 상황과 일본의 전쟁논리를 직접적으로 선전하고 대변하고 있어 태평양전쟁 시기 당국이 한문 식자층에게 전달하고자 했던 메시지를 고찰할 수 있는 좋은 자료라고 하겠다. 『풍월보』로의 재편 이후 특히 1937년 중국에 대한 전면적 군사행동과 중일전쟁의 발발, 1940년 일본 대정익찬회(大政翼贊會)의 성립과 신체제 주장이 나온 뒤 권두언과 편집후기 등을 포함한 잡지의 전체 내용에서 일화친선(日華親善)의 당위성, 지원병제도와 징병제 실시에 대한 적극적 옹호, 전시 국민의식을 강화하는 황민봉공운동(皇民奉公運動)에 대한 적극적 호응, 총후(銃後) 국방과 생산의무 등을 강조하고 있을 뿐 아니라 전쟁구호와 표어를 표지에 배치하는 등 전시체제 하 일본의 주장을 전달하는 농후한 국책성격을 보여주고 있다. 식민지시기 대만의 잡지발간이 일괄적으로 검열의 제한을 받았고 특히 1937년 이후 황민화 시기에는 더욱 직접적인 국책선전의 요구에 부응해야 가능했다는 점에서도 『남방』의 국책성격을 가늠해 볼 수 있고, 또 일제 말 전쟁 시기에 들어서 원래 유한계급의 음풍농월 성격이었던 『풍월보』에서 남진정책에 적극 호응하는 '남방(南方)'으로 개명했다는 사실에서도 그 성격과 목적이 매우 잘 드러난다

4) 楊永彬, 「從『風月』到『南方』–論析一份戰爭時期的中文文藝雜誌」, 『風月・風月報・南方・南方詩集』, 南天書局, 2001, 68~150면.

고 하겠다. 개명 후 처음으로 나온 133기에 '축사(祝辭)와 감언(感言)'이란 란을 마련해 총독부 평의원, 황민봉공회위원 등 유력인사들을 내세워 대대적으로 축하문을 실었는데 대부분 국책에 순응하기 위한 개명임을 천명하고 있다.[5)]

> 체제가 유신되고 천황의 덕이 창명한 지금, 우리들은 제국의 신민으로 마땅히 국책에 순응하여 야마토 민족의 정신을 발휘하고 총후 국민으로서의 의무를 다해 신생의 성도(聖道)를 실천해야 한다. 또한 동아의 공존공영을 위해 남방(南方)으로 개명한 것은 시대의 요구에 부응하기 위한 것으로 남방문화를 위해 약진하는 기구가 될 것임을 약속한 것이다. 이처럼 시대의 흐름을 똑바로 인식하는 것이 문학이 나아갈 방향이다.(臺南 陳敬儒)

그러나 위에서 보듯이 남방으로의 개명과 새로운 출발을 예고한 1941년 7월의 시점에서는 '남방(南方)'이 제국의 남단인 대만과 중국 남부지역인 화남(華南)을 가리키는 것으로 인식되었고 남방잡지의 사명으로 제기된 남방문화의 건설은 여전히 식민지 대만에 일본과 중국, 만주의 친선과 제휴를 가능하게 하는 문화를 건설할 것을 요구하는 것이었다.[6)] 비록 1940년 코노에(近衛) 내각이 주도한 신체제[7)] 그중에

5) 이 란에는 府評議員 陳啓貞과 황민봉공회 위원 龜山炎亭의 글을 비롯해 모두 6편의 축하문이 실려 있는데 내용은 인용문과 대동소이하다.

6) 吳漫沙, 「南方文化的新建設」(133期, 8면)에서는 남방문화를 日華滿의 친선을 이루는 것이라고 했고, 龜山炎亭도 만주, 중국과 소통하며 日華滿의 친선과 제휴를 이루는 것이 남방잡지의 문화임무라고 했다.

7) 신체제는 제2차 코노에 내각이 주도한 전면적이고 강력한 파시즘지배체제로 독일 나치즘, 이태리 파시즘과 일본 군국주의가 중심이 되어 기존 서구근대의 핵심 내용인 자본주의, 자유주의, 개인주의를 반대하고 새로운 세계질서를 구축하자는 주장이며, 이 주

서도 제국주의 침략과 지배범위를 동북아시아뿐 아니라 동남아시아를 포함한 아시아 전체로 확대한다는 지침에 호응하여 개명한 것이기는 하지만 여전히 중일전쟁의 이데올로기인 일만지(日滿支)블록, 동아협동체, 동아신질서 구상에서 강조된 일화친선(日華親善)과 문화제휴의 틀 안에서 '남방'이 언급되고 있음을 알 수 있다.

『남방』에서 '남방'이 동남아시아 전역과 나아가 더 남쪽의 태평양 제도를 포함하는 개념으로 등장한 것은 일본이 미얀마, 네덜란드령 동인도, 뉴기니, 솔로몬 제도 등 동남아시아와 그 이남 지역을 침공하고 마닐라, 쿠알라룸푸르, 라바울을 점령하면서부터이다. 1942년 4월 15일에 발간된 150기 '도남선성'(圖南先聲)란에 호주를 소개하는 문장이 실린 후 이 지역에 대한 각종 보도가 쏟아지기 시작했다. 『남방』에 실린 남방관련 문장목록을 정리하면 아래와 같다.

기수 / 날짜	저자	문장명
139/1941.10.1	退嬰	亞南第一廣漠之濠洲
150/1942.4.15	曉風	東亞共榮圈的資源
	明達 譯	新嘉坡陷落以後
	天驥	印度反英運動的趨勢
	伯孚	水深火熱中的南洋土人
151/1942.5.1		南方文化建設與臺灣
	洪潮	烽火中的荷屬東印度
		南方衛生對策確立之必要

장이 제기된 후 일본 내 정당이 해산되고 군부 파시스트의 정치적 의사과정을 신속하게 수행하는 대정익찬회가 구성되었고, 이에 대응하여 대만에서는 황민봉공회(1941)가, 조선에서는 국민총력조선연맹(1940)이 성립되고 전시동원이 시작되었다.

	新人	緬甸經濟綜觀
152/1942.5.15		南方經營之基本方針
	文正	滿街槐樹的仰光
154/1942.6.15	珊明	南洋華僑的企業及金融機關
	洪潮	戰雲密佈的澳洲
155/1942.7.1	大觀	澳洲的概況
	大可	萬隆與泗水
158/1942.8.15	洪潮	皇軍攻略下之緬甸
159/1942.9.1	東村正夫	荷印的經濟觀
160/1942.9.15		荷印農業投資
161/1942.10.1		南洋華僑與東亞共榮圈之建設
	松本於菟男	南洋華僑問題與在日華僑之使命
163/1942.11.1	雨山	南洋之女兒國
167/1943.1.15		昭南市與馬來半島之建設
170.1合刊/1943.3.15	志銘	爪哇雜感
172/1943.4.1	大原二郎	狂亂的澳洲
174/1943.5.1	杉浦健一	新幾內亞土著的奇風異俗
	陳因明	華僑婦女的生活
175/1943.5.15	山本實彦	記馬來半島
196/1943.6.1	禮耕生	東條首相躬臨菲島
177/1943.6.15	松本信廣	越南的土著民族
178/1943.7.1	闕名	佛國緬甸
	仁	緬甸人的生活
179/1943.7.15	東條首相 祝詞	印度獨立運動積極展開
180.1合刊/1943.8.1	黃可軒	滇緬公路之沿革(上)
	朱學誠 編譯	孟加拉灣歷驗記
	陳玉淸 譯	安南的傳說
	闕名	緬甸的女性
182/1943.9.1	黃可軒	滇緬公路之沿革(下)
183/1943.9.15	徐道之 編譯	安達灣群島之旅
184/1943.9.15	青木勇	非律賓的女性

이들 문장의 내용을 총괄하면 남방지역에 대한 광범위한 인류학, 인종학, 지리학, 역사학적 지식과 정보, 이 지역의 경제적, 산업적 가치의 강조, 그리고 당시 진행 중인 전쟁관련 추이와 관련한 담론으로 나눌 수 있다. 본문에서는 이들 문장의 내용을 자세히 살펴보고 전시체제 국책선전의 영향권 아래에 있었던 잡지 『남방』에서 어떻게 남방지역을 인식했으며 어떤 내용을 식민지 대만에서 전파하려 했는지를 분석하고자 한다.[8)]

2. 풍부한 자원과 다양한 산업 가치

남방에 관한 첫 문장인 「남아시아에서 가장 광막한 호주」[9)]는 호주의 역사에서 시작하여 인구분포, 지리특색, 자원과 산업분포, 미래 가능성까지 매우 일목요연하게 소개하고 있다. 호주는 하나의 대륙으로 불릴 만큼 태평양에서 넓은 지역이고 앞으로 무궁한 발전 가능성이 있다고 여겨져 여러 번 『남방』에 등장하는데 「전운이 감도는 호주」,[10)] 「호주 개황」,[11)] 「광란의 호주」[12)] 등이 그것이다. 나중에 나온 세 편의 문장이 영국인의 식민압박, 당시의 전쟁 상황, 산업적 가치에 치중한 것과 비교해 볼 때 문언(文言)으로 쓰인 「남아시아에서 가장 광막한 호

8) 이들 문장을 쓴 작자에 대한 연구는 현재 전무하다. 대만인은 대부분 필명을 사용하고 있어 고증하기가 어려운데 총독부 관련기관 종사자일 것으로 추정되며, 일본인 작자의 문장은 일본 잡지나 관방 책자에서 轉載한 것으로 보인다.

9) 退嬰, 「亞南第一廣漠之濠洲」, 『南方』 139期, 1941.10.1.

10) 洪潮, 「戰雲密佈的澳洲」, 『南方』 154期, 1942.6.15.

11) 大觀, 「澳洲的概況」, 『南方』 155期, 1942.7.1.

12) 大原二郎, 「狂亂的澳洲」, 『南方』 172期, 1943.4.1.

주」에서는 인구의 팽창과 자원의 결핍으로 새로운 땅을 찾아 개척하는 것이 인류발전의 정상적인 궤도라는 논리에서 출발하여 광활한 호주의 대부분이 인구가 희소하므로 장래 이민이 가능하다면 남방의 낙토가 될 것이란 견해를 제시하고 있다. 비록 스페인, 네덜란드, 프랑스, 영국 등 서구 열강의 호주쟁탈 역사에 대한 인식을 드러내면서 현재 호주를 지배하고 있는 영국과의 쟁탈 가능성을 언급하고 있기는 하지만 당시 전쟁과 직접적인 관련성을 제기하지는 않았다. 또한 문장이 실린 '도남선성'(圖南先聲)이란 칼럼은 그 명칭에서부터 중국 본위의 사고[13]를 보여주며 호주의 발전사를 제시하는 대목에서도 명대 이후로 진행된 서세동점(西勢東漸)의 역사를 기술하는 등 전반적으로 중국위주의 시공관(時空觀)을 드러내는데 이 칼럼이 더 이상 지속되지 않았다는 점을 고려하면 중국 중심의 인식이 더 이상 받아들여지지 않았음을 짐작할 수 있다.

본격적인 남방담론은 150기 이후로 많아지는데 위의 표에서 볼 수 있듯이 언급된 지역범위는 싱가포르, 월남, 미얀마, 태국, 인도네시아, 필리핀, 말레이시아 등 동남아시아 전역과 뉴질랜드, 호주를 포함하는 남양 제도와 인도까지를 포괄하고 있다. 이들 지역은 태평양전쟁 시기 일본의 점령지가 된 소위 대동아공영권에 포함되는 범위이다. 이들 남방관련 문장에서 가장 많이 나타나는 내용은 남방의 풍부한 천연자원과 경제, 산업상황을 소개하면서 그 이용가치를 설파하는 것이다. 「동아공영권의 자원」[14]은 소위 동아공영권 내 자원별 지역분포를 상세히 기술하고 있는데 거론된 자원으로는 쌀, 보리, 설탕, 엽차, 담배, 면회,

13) '圖南'은 『莊子・逍遙游』에서 유래한 典故로 뜻이 원대한 것을 비유하는 데 쓰인다.
14) 曉風, 「東亞共榮圈的資源」, 『南方』 150期, 1942.4.15.

실크와 인조사, 식용유를 짜낼 수 있는 각종 씨앗과 과일, 말린 야자와 참깨, 콩 등 식품자원에서 석탄, 석유, 목재, 구리, 철, 주석, 몰리브데넘, 마이트너륨, 코발트, 텅스텐 등 광물과 군사공업의 필수품인 안티몬과 고무에 이르기까지 총망라되어 있다. 이들 자원의 생산지로 거론된 동아공영권 내 지역은 중국, 일본, 인도, 네덜란드령 동인도, 월남, 태국, 필리핀, 대만, 스리랑카, 영국령 말레이시아, 미얀마 등이며 지하에 묻혀있는 무진장한 자원의 개발이 필요함을 역설하고 있다. 「고통 속의 남양토인」[15]에서도 이러한 논조를 이어가고 있는데, 이 글은 인류학적 지식을 기반으로 한 종족지 성격의 지역학 정보를 소개하는 전형적인 문장으로 말레이인과 파푸아뉴기니인의 활동지역인 네덜란드령 동인도, 영국령 말레이시아, 미국령 필리핀을 남양으로 정의하고 이들 지역은 "지하에 매장되어 있는 각종 광물이 무진장하고, 개발을 기다리는 평원과 고원이 매우 많으며, 광대한 소비자를 가지고 있어 침략자들에게 원료의 공급지인 동시에 제조품의 소비지가 되고 있다"고 했다. 한 마디로 남양은 '무진장한 자원의 보고'로 활용가치가 높다는 것이다. 「전쟁 중의 네덜란드령 동인도」[16]에서는 서쪽으로 수마트라에서 동쪽으로 뉴기니에 이르는 광대한 면적의 이 지역 수마트라, 자바, 보르네오, 술라웨이 섬, 말루쿠, 방카, 벨리퉁, 발리, 롬복, 숨바와, 티모르 제도, 뉴기니 등의 면적, 위치, 지세, 기후, 인문 및 교육 개황과 석유, 주석, 고무, 커피, 엽차, 설탕, 담배, 면화, 섬유, 목재, 금, 다이아몬드 등 자원을 나열하면서 지금까지는 이곳의 무역이 네덜란드, 프랑스, 영국 등에 의해 행해져 왔으나 대동아전쟁이 시작된 지금

15) 伯孚, 「水深火熱中的南洋土人, 『南方』 150期, 1942.4.15.
16) 洪潮, 「烽火中的荷屬東印度」, 『南方』 151期, 1942.5.1.

네덜란드의 손에서 벗어날 날이 멀지 않았다고 결론을 내렸다. 「네덜란드령 동인도의 경제관」[17]에서도 아시아 열대지역인 이곳의 풍부한 자원을 거듭 거론하면서 일본이 이미 이곳을 점령하여 신영토가 되었음을 강조하고 있다. 네덜란드령 동인도는 앞서 보았듯이 헤아릴 수 없을 만큼의 무수한 섬이 동서로 30,000마일, 190만여 평방킬로미터에 달하는 방대한 면적에 산재해 있으며 태평양전쟁 당시 연합군이 극동방어 전략으로써 결사 방어하던 자바 섬을 포함하고 있는 제도로써, 일본군에게 있어 이 지역은 남태평양 침공을 위하여 반드시 점령하여야 할 전략적 요충지였다. 일본은 1942년 2월 27일부터 시작된 자바 해전에서 승리함으로써 3월 9일 네덜란드의 항복을 받아낸 바 있다. 문장에서는 이들 지역의 풍부한 자원을 언급하며 점령에 대한 기대를 높이고 있다. 또한 「네덜란드의 농업투자」[18]는 점령 후의 통치와 이용을 염두에 두고 이 지역의 농업과 관련된 각국의 투자액 수치를 공개하고 있다. 이렇듯 『남방』의 네덜란드령 동인도 관련문장은 풍부한 자원과 각종 산업의 이용가치에 중점을 두고 기술하고 있음을 알 수 있다. 그 외 「안다만 제도 여행」[19]에서는 인도양 동단 수마트라와 말레이반도 서쪽에 위치한 벵골만의 안다만 제도를 소개하면서 이곳의 울창한 삼림과 풍부한 농산물로 인한 무역이 성행하고 있음을 강조하고 남국의 낙원으로 지목하고 있고, 「미얀마의 경제상황」[20]에서는 미얀마의 지리위치, 교통상황을 소개하고 이어 곡창지대로서의 면모를 강조하면서 영국의 식민정책이 과학적인 농업발전을 저해하고

17) 東村正夫, 「荷印的經濟觀」, 『南方』 159期, 1942.9.1.
18) 「荷印農業投資」, 『南方』 160期, 1942.9.15.
19) 徐道之 編譯, 「安達灣群島之旅」, 『南方』 183期, 1943.9.15.
20) 新人, 「緬甸經濟綜觀」, 『南方』 151期, 1942.5.1.

있음을 지적하고 있으며 그 외에도 이 지역의 등유, 석유, 목재, 주석과 텅스텐 등의 천연자원에 대해서도 자세한 매장수치를 제시하면서 중요성을 부각시키고 있다.

이렇게 남방지역 자원과 기존산업의 활용가치, 무역상황에 대한 주목과 강조는 남방으로 확대되고 있는 전쟁의 필요성을 강조하고 식민지 대만 독자들의 공감을 얻어내는 데 목적이 있었다고 하겠다. 1931년 만주사변을 도발하고 만주국을 건설하면서 중국에서의 이해를 두고 영미와 일본 간에 모순이 점차 격화되었다. 나아가 1937년 중일전쟁을 일으키며 중국에 대한 전면적인 군사도발을 단행하자 미국은 강철과 석유 등 전쟁수행에 필요한 물자의 대일본 수출을 중단하였다. 뿐만 아니라 중국이 국공합작으로 항일통일전선을 형성하고 격렬하게 저항하자 전쟁은 교착상태에 빠졌고 중경의 국민정부는 원장(援蔣)루트[21]를 통해 미국, 영국, 프랑스 등으로부터 물자를 공급받고 있었다. 이에 일본은 남방에 집중된 중국의 보급선인 원장루트를 차단하고 전쟁에 필요한 자원을 확보하기 위해 본격적으로 남진정책을 추진하게 되었고 구미 국가의 식민지인 동남아와 태평양 제도로 전선을 확대하게 된 것이다. 따라서 이들 지역의 활용 가능한 자원은 초미의 관심사였다고 하겠다. 동시에 전쟁이 일본 본토 밖에서 장기간 진행되고 있었기 때문에 본토로부터의 물자보급이 용이하지 못했다. 이러한 상황을 타개하기 위해 대본영(大本營)은 식량과 전략물자의 현지조달을 포함하는 '남방 점령지 행정실시요령'(1941.11.20)을 실시했는데 이를 위해 우선 점령지역의 현지상황을 파악하는 것이 중요했을 것이다. 특히

21) 연합군의 대중국 군사물자 보급선으로 미얀마루트, 홍콩루트, 프랑스령 인도차이나 루트, 서북루트 등이 있었다.

동남아시아 지역의 경우 화교(華僑)들의 무역과 산업분야에서의 영향력을 이용하기 위해 한문매체인 『남방』을 적극 활용할 필요성도 있었을 것이다. 「남양 화교의 기업과 금융기구」[22)]에서는 동인도 제도, 말레이시아, 월남, 태국, 미얀마, 필리핀 등에서 800만 남양 화교들이 경영하는 각종 기업과 이들의 무역, 산업 활동에 필수적인 금융기구를 자세하게 나열하고 있다. 예를 들면 싱가포르의 화상은행(華商銀行), 화교은행(華僑銀行), 이화은행(利華銀行), 태국의 광동은행(廣東銀行), 사해은행(四海銀行), 순복성은행(順福成銀行), 동방상업은행(東方商業銀行), 자바의 황중함은행(黃仲涵銀行), 수마트라의 중화상업은행(中華商業銀行), 필리핀의 중흥은행(中興銀行), 월남의 동아은행(東亞銀行), 부전은행(富滇銀行) 등의 자금규모와 유통지역이 매우 상세하게 소개되고 있다. 「남양화교와 동아공영권의 건설」[23)]에서는 더욱 자세한 수치를 동원하여 화교들이 남양경제에서 차지하는 독점적인 위치를 제시하고 공영권내 영미세력을 배제하고 자급자족을 이루는데 있어 화교들의 역할이 절대적임을 강조하고 있다. 특히 화교들의 중국에 대한 투자와 송금 규모가 매년 높아지고 있다고 하면서 화교를 끌어들이는 것이 남양의 건설 뿐 아니라 중국과의 친선과 제휴를 도모할 수 있는 길이라고 했다. 당시 일본으로서는 중국에서 교착상태가 길어지고 남양으로 전선을 확대하면서 중국과의 관계개선과 협력을 끌어내는 것이 매우 중요한 관심사였다. 『남방』에서 汪精衛(1883-1944)의 남경정부(南京政府)를 통해 지속적으로 일화친선을 강조하는 문장을 싣고 있는 것이 이를 증명하는데[24)] 이렇

22) 珊明, 「南洋華僑的企業及金融機關」, 『南方』 154期, 1942.6.15.

23) 「南洋華僑與東亞共榮圈之建設」, 『南方』 161期, 1942.10.1.

24) 『南方』은 汪精衛의 강연내용이나 남경정부 요인들의 동향도 수시로 싣고 있다. 특히 일본과의 협력을 주장하는 汪精衛의 견해가 孫文의 대아세아주의에 기초한 것임을 강

게 화교들의 경제적 실력을 이용할 수 있을 뿐 아니라 그들을 통해 중국과의 관계개선도 도모하고자 한 것이다. 「남양 화교 문제와 재일본 화교의 사명」[25]은 매우 노골적으로 이러한 목적을 드러내고 있다. 이 문장에서는 우선 재일본 화교들에게 먼저 화교로서의 자각을 거쳐 남양 화교를 지도할 책무가 있다고 전제하고 중일전쟁 시기에 남양 화교의 대부분이 중경정부(重慶政府)를 지원하면서 항일운동을 했고 대동아전쟁 개시 후 이 추세가 더욱 명확해졌다고 비판하였다. 그러나 남양은 이미 일본이 점령했고 시대의 추세가 변한 만큼 화교들이 이러한 상황을 받아들여 대동아건설의 도의(道義)를 지켜 나가야 한다는 것이다. 여기서 도의는 일본이 내세운 서구 제국주의 국가에 대한 전쟁논리로 서방문화의 물질주의, 공리주의와 구분되는 동양문화의 정신으로 제시되었다. 이렇게 동서방 문화를 정신과 물질로 유형화하여 대립시키는 이외에도 우월한 동양문화를 지켜 나가기 위해서는 아시아인의 자각을 통해 서구 제국주의에서 해방되어야 하며 전쟁이 바로 그 해결책이라는 동원논리로 사용했다. 『남방』이 일본, 중국, 만주로 보급, 유통되었음을 고려할 때 한자를 매개로 화교들에게 일본이 일으킨 전쟁에 동조하고 협력하게 하는 데 활용되었으며 특히 화교들의 남방지역에서의 경제력에 주목했음을 알 수 있다.

조하고 있다. 대표적인 문장으로 汪精衛, 「發揚東方道義精神」(150期, 1942.4.15.)을 들 수 있다.

25) 松本於菟男, 「南洋華僑問題與在日華僑之使命」, 『南方』 161期, 1942.10.1.

3. 서구 제국주의 억압과 동아(東亞)의 해방

앞에서 본 풍부한 자원이 매장되어 있으며 일부 지역에는 이미 이용 가능한 산업이 발전해 있는 풍요로운 지역이란 담론과는 달리 『남방』에는 이 지역을 서구 제국주의의 식민억압으로 인해 피폐해진 곳으로, 또 현대화의 세례를 받지 못한 미개한 지역으로 보는 시선도 등장한다. 대만인들에게 남방문화를 건설하여 이 지역의 주민들을 계도하자고 호소하는 문장에서 이러한 논지가 드러나고 있다. 「고통 중의 남양토인」[26]은 상당히 규모가 있고 비교적 초기에 나온 문장으로 말레이인과 파푸아인이 살고 있는 남양 일대의 역사와 자원을 체계적으로 소개하고 있다. 네 단락으로 나누어진 문장의 주요내용을 살펴보면, 우선 '머리말'에서 영미의 종족우월주의가 이곳을 점령하고 지배하면서 주민의 재산을 갈취해 갔다고 하면서 이러한 백화(白禍)에 대해 중일연맹(中日聯盟)을 기초로 황인종 연맹을 결성하여 반서구 제국주의 운동을 지원해야 한다는 요지를 펴고 있다. 지금 진행되고 있는 대동아전쟁이 바로 이들을 서구 제국주의로부터 해방시키기 위한 것으로 성공하기 위해서는 이들 남양토인들 자신이 민족적인 자각과 군사력을 가져야 하며, 각 민족 간에 분화대립하지 않아야 하고, 유색인종 중 일본 만이 영도자로서 서구와 대적할 수 있는 충분한 자격이 있다는 점을 인식하고 일본을 신뢰해야 한다는 것이다. 또한 이를 위해서 대만의 지식인들이 남방으로 진출하여 문화의 힘으로 이러한 내용을 선전, 전파해야 한다고 독려하고 있다. 즉 동아인의 '철저한 각오와 긴밀한 연계'를 위해 대만인의 헌신을 촉구하고 있다. "우리는 마땅히

26) 伯孚, 「水深火熱中的南洋土人」, 『南方』 150期, 1942.4.15.

한편으로는 이번 전쟁의 중요성과 위대함, 동방 왕도(王道)문화의 이상과 정신을 천명하고, 다른 한편으로는 영미 제국주의자들의 추악한 진면목을 드러내어 피압박자들이 받은 과거의 고통을 대변해야 한다. 정확하고 격앙된 문자선전은 그 속에 위대한 힘이 잠재되어 있으므로 오래 동안 가려진 그들의 자각을 환기시키고 그들의 매몰된 성령을 일깨울 수 있을 것이다. 스스로 감동되어 각성하게 되면 실제운동에 참여하게 되고 그러면 자동적으로 단결하고 연계하여 위대한 힘을 형성하여 동아부흥과 세계평화의 목적에 도달하게 될 것이다. 이것이 바로 현재 우리가 각별히 힘을 기울여야 할 점이다"라고 하여 남양토인들을 서구 제국주의 압박에 종족적, 민족적 각성을 하지 못하고 핍박받는 존재로 그리고 있다. 두 번째로 종족지 성격의 '말레이인과 파푸아인의 이모저모'에서는 지리와 자연환경, 생활 형태와 각 인종의 특색 등을 자세하게 소개하고 "결론적으로 남양의 거주민들은 생활이 쾌적하여 진취성이 없고 지식도 그다지 없으며 문화수준이 낮아 아직 미개한 민족이 많고 개화했다고 해도 아직 조상들에게서 물려받은 신비한 습관을 여전히 유지하고 있다"고 결론지었다. 문명의 시각으로 미개한 남양토인으로 그리면서 그 원인으로 영미 등 서구국가의 식민통치를 지목하고 있다. 세 번째 단락인 '영미와 네덜란드의 통치부분'에서는 1498년 신항로가 발견된 이래 포르투갈, 스페인, 영국, 프랑스 등이 차례로 물질문명과 군사력을 앞세워 낙후한 동아 각 민족을 그들의 노예로 만들어 생명과 재산을 갈취한 역사를 기술하고 이들 국가의 식민정책을 직접적으로 비판했다. 마지막 단락인 '이제 남양토인들이 분기할 때'라는 제하에서는 피로 얼룩진 그들의 역사를 동일하게 피로 씻어야 한다는 논리를 내세우며 동양 민족의 영도자인 일본이 동양의 해방을 위해 나섰으니 이에 협조, 분기하여 동아인의 남양, 남양인의 남양을 만들 때라고 주장했다. 「전운이 감도는 호주」[27]에서는 호주의 지리, 인구, 교통, 군사력, 주요도시를 자세히 소개하면서 과거 170여년간 영국인의 착취와 식민압박으로 저항의 기운이 일어나고 있으니 이번 황군(皇軍)이 일으킨 전쟁에 동참하여 대동아공영권 내의 약소민족 해방과 자유를 쟁취해야 한다는 주장을 펼치고 있다. 당시 일본군은 호주 북쪽의 뉴기니아까지 점령한 상태로 머지않아 호주로의 진격을 눈앞에 두고 있다는 판단을 한 것으로 보인다. 이러한 시각은 「광란의 호주」[28]에서도 동일하게 나타나는데 전쟁 중 영국으로부터의 보급이 끊겨 공황상태가 되고 있으니 호주인들에게 일어나 저항할 것을 호소하고 있다. 「황군 공략 하의 미얀마」[29]에서는 미얀마의 지리, 종교, 기후, 교통, 산업, 자원, 수도인 양곤 등을 자세히 소개하고 영국의 침략을 받아 1886년 식민지로 전락한 역사를 나열하면서 이는 미얀마 남자들이 게으르고 민족자결의지가 없어서 나타난 결과라고 했다. 또한 이러한 논조를 동아시아로 확대하여 우리가 100년간 서구열강의 압박을 당해왔다고 하면서 이런 이유로 대동아전쟁이 발발한 것이니 이제 곧 홍콩, 마닐라, 싱가포르에 이어 황군이 미얀마를 해방시켜 대동아의 해방을 맞이할 것이라고 했다. 주지하다시피 일본군이 미얀마를 공략하게 된 배경은 그 수도인 양곤을 탈취하고, 연합군의 대중국 보급로인 미얀마루트를 차단하며 나아가 영국령 인도 제국으로의 침공을 염두에 두었기 때문이었다. 당시 영국군을 중심으로 한 미국군과 중국 국민혁명군이 연합군을 이루어 일본에 대적했고 추

27) 洪潮, 「戰雲密佈的澳洲」, 『南方』 154期, 1942.6.15.
28) 大原二郎, 「狂亂的澳洲」, 『南方』 172期, 1943.4.1.
29) 洪潮, 「皇軍攻略下之緬甸」, 『南方』 158期, 1942.8.15.

축국으로 참군한 미얀마 방위군도 영국보다 더 강압적이고 잔혹한 일본의 통치에 못 이겨 아웅산을 중심으로 하는 반일운동을 전개했다. 문장에서 재삼 강조하는 식민통치의 압박과 동아민족의 해방은 일본이 일으킨 전쟁에 당위성을 부여하는 동시에 대만 지식인을 동원하여 미얀마인들에게 영국에 대한 저항정신을 고취하기 위한 목적이라고 하겠다. 1943년 6월에 실린 「도조 수상의 필리핀 왕림」[30]은 『매일신문(每日新聞)』 기자가 쓴 현지보고로 마닐라에 도착한 도조 히데키(東條英機)가 시민들의 열렬한 환영을 받았고 이 자리에서 전쟁 상황과 아시아 정세를 설명하고 독립을 약속했다는 내용을 담고 있다. 그러나 잘 알려진 것처럼 400여 년의 스페인 통치이후 들어온 미국은 사탕수수와 코코넛 등 대규모 농장의 구축과 일자리의 마련으로 필리핀인들의 지지를 받았으며 아시아에서 다른 국가보다 월등히 높은 생활수준을 유지하고 있었다. 일본군이 들어온 후 단행한 화폐개혁과 잘못된 농업정책으로 신임을 잃었으며 여기에 천황제에 대한 교육인 소위 정신개조에 나서 필리핀인의 반감이 깊어졌고 이에 유격대를 조직해 일본을 공격하기 시작했다. 따라서 역사가 알려주듯이 여기서 말하는 필리핀의 독립이라는 것은 그들의 저항을 무마하기 위한 유화책이었을 뿐 실제로 일본이 말하는 동아부흥이나 세계평화를 위한 것은 아니었음은 자명하다.

이렇듯 남방담론에서 중요한 위치를 차지하는 것은 종족지의 내용을 기초로 한 군사적 작전에 있었다. '남방 점령지 행정실시요령'에 의하면 필리핀에 대한 행정실시요강은 점령지역의 치안회복, 국방자원의 빠른 확보, 작전군 현지 자활의 3대 원칙이었고, '남방작전에 따

30) 禮耕生, 「東條首相躬臨菲島」, 『南方』 196期, 1943.6.1.

른 점령지 통치요강'(1941.11.25.)에서는 황군에 대한 신의, 동아해방에 대한 진의를 원주민에게 주입하여 자원의 확보, 백인 적성세력의 구축(驅逐) 등에 협조케 할 것을 강조하고 있다. 이를 반영하듯이 『남방』에는 남양 각 지역이 서구 제국주의의 식민으로 피폐해졌으며 노예처지로 전락해 있다는 문장이 매우 많다. 그 원인으로 백인 우월주의와 남양 민족의 비자각 상태를 들고 있으며 당시 일본이 도발한 전쟁이 이들 지역의 해방을 가져올 것이라는 결론으로 이어져 전쟁의 정당성을 주장하기 위해서임을 알 수 있다. 이것이 『남방』을 통해 남방 각 종족의 피식민 역사와 상황을 집중적으로 보도하고 대만이 남방문화의 거점이 되어 이들 종족에게 동아인의 자각을 전파하도록 유도한 이유라고 하겠다.

4. 미개한 종족과 건강한 토인

앞에서 제시한 두 가지 내용의 문장은 모두 남방 각 지역과 종족에 대한 지리학적, 인류학적 정보를 제공하는 종족지(種族誌)의 성격을 띠고 있다. 조사와 분석을 통한 인류학적 지식의 축적인 종족지는 제국주의 시대 식민보고서에서 기인한 것으로 식민준비를 위한 것임을 잘 알려진 사실이다. 식민지 편입 후 대만과 조선에서 행해진 각종 인류학적, 민속학적 조사는 향후 식민정책의 수립에 참고자료가 되었다. 특히 인종학과 인류학은 식민자와 피식민자를 표상하는 방법이 될 수 있었기 때문에 식민지, 여기서는 점령지의 표상을 만들어내는 역할을 한 것으로 보인다. 앞에서 본 거의 모든 글에서 남방 각 지역 종족의 피부색, 의복, 미개한 생활습관, 나아가 자원분포 등을 자세하게 소개하고 있다. 당시 일본이 진출한 남방은 지역이 광대할 뿐만 아니라 인종도 다양하고 민족 간의 이질성도 현저하며 무엇보다 아직 현대문명과 접촉하지 못한 지역도 상당 수 있어 한편으로는 서구근대의 식민통치를 비판하면서도 다른 한편으로는 계몽의 필요성을 설파하고 동시에 원시림이 우거진 대자연의 신비와 그 속에서 살아가는 건강하고 활력 넘치는 토인들에 대한 경이의 시선도 보여주고 있다.

「반둥과 수라바야」[31]는 이 두 지역의 기후, 학교, 농업, 산업, 은행 등에 대해 자세히 소개하고 기후 차이가 만들어낸 생활 풍습과 거리 모습을 비교하고 있다. 특히 여성의 피부, 얼굴, 머리결 등을 들어 반둥을 미인이 많다는 중국의 소주(蘇州)에 비유하고 있다. 「뉴기니아 토착민의 기이한 풍속」[32]에서는 뉴기니아가 처녀지의 신비함을 간직한 곳이며 토착민인 파푸아인을 가장 원시적인 인류로 소개하고 있다. 또한 이곳의 복잡한 종족, 주거공간과 생활풍속, 수공예와 무기, 사회형태와 생활을 매우 자세하게 설명하고 있는데 특이한 종교와 관념에서 기인한 장례의식을 기이한 소재로 다루고 있다. 「월남의 토착민족」[33]은 월남 북부에 사는 태족(泰族)의 분류와 그들이 사는 지역, 성격, 풍속, 습속, 종교 등을 소개하고 인류학적 시각으로 이들과 안남인(安南人) 간의 교류와 영향도 고찰하고 있다. 결론에서 각기 다른 종족과 풍속으로 인해 동아공영권의 범위에서 지배할 방법이 문제가 되므로 일정한 거주지를 정해 각자의 풍습대로 생활하게 하고 그들의 습속에 정통한 관리를 파견 통치하는 방식을 제시하고 있다. 이를 통해 남방 각

31) 大可, 「萬隆與泗水」, 『南方』 155期, 1942.7.1.
32) 杉浦健一, 「新幾內亞土著的奇風異俗」, 『南方』 174期, 1943.5.1.
33) 松本信廣, 「越南的土著民族」, 『南方』 177期, 1943.6.15.

지의 종족과 지리 등에 대한 지식의 건립은 점령지에 대한 정보의 수집과 식민통치를 위한 준비가 전제되고 있음을 알 수 있다. 동시에 원주민에 대한 개황과 실태조사는 대일 무장투쟁에 직면하여 지방의 치안 유지를 위한 것이기도 했다. 군사적 전략차원에서 남방 원주민은 비록 미개하나 교화를 통해 장래 황군(皇民)이 될 수 있는 존재로 부각되는데 이는 이전 시기에 축적된 남양 원주민에 대한 인류학적 보고(報告)들이 대동아의 이념에 걸맞게 재편성되었음을 알게 해 준다. 즉 남방담론이 원주민에 관한 종족지 형태를 띠는 데는 군사작전의 맥락이 내재되어 있는 것이다. 「불교국가 미얀마」[34]에서는 전국에 산재되어 있는 절과 탑, 그리고 스님들의 생활과 위계 등을 자세히 소개하고 불교의 소극적 가치관과 내세관이 미얀마인의 정신에 부정적인 영향을 미쳤다고 기술하고 있으며, 「미얀마인의 생활」[35]은 미얀마의 쌀농사를 위주로 농업에 대한 자세한 고찰과 함께 미얀마인의 의복, 습속과 음악, 악기 등 전통예술과 구미영향으로 인한 영화산업의 성행 등 현재의 상황도 소개하고 있다. 그밖에 「안남의 전설」[36]은 남양 일대의 비옥한 토지와 미얀마, 말레이시아의 불교, 회교 등 종교와 습속, 미신 등에 대한 내용을 담고 있다. 특이한 것은 남방 지역 여성들을 소개하는 문장에서 낭만적인 상상을 자극하는 내용을 담고 있다는 점이다. 「미얀마의 여성」[37]에서는 여성들의 피부색깔, 장신구, 복장 등을 자세히 소개하고 그들의 강렬한 생활력, 총명함과 다방면의 재능을 들면서 매우 이상적으로 그리고 있다. 또한 남녀가 만나는 방식에 대한

34) 闕名, 「佛國緬甸」, 『南方』 178期, 1943.7.1.
35) 仁, 「緬甸人的生活」, 『南方』 178期, 1943.7.1.
36) 陳玉清譯, 「安南的傳說」, 『南方』 180~181期合刊, 1943.8.1.
37) 闕名, 「緬甸的女性」, 『南方』 180~181期合刊, 1943.8.1.

소개에서도 "매년 여름철의 밝은 달밤, 푸른 하늘에 별들이 은빛으로 대지를 밝히고 초록의 잔디 위 종려수가 그늘을 드리우면, 얕은 계곡 물이 졸졸 흐르는 그윽한 숲에서 남녀가 즐겁게 박자에 맞추어 가벼운 스텝으로 포크댄스를 추며 사랑의 노래를 부르고 서로 마음에 드는 짝을 기다린다"고 하여 낭만적인 묘사를 보여준다. 「필리핀의 여성」[38]에서는 필리핀이 300년의 스페인 통치와 40여 년의 미국 통치로 인해 여존남비 사상이 생겨났다고 하면서 여성들이 치장만하고 오락을 즐기는 풍습을 소개하고 있다. 그런데 이런 여성들은 대부분 서구인의 혈통이 섞인 혼혈여성들이라고 하면서 그들의 복장이나 가치관에 부정적인 인식을 보여주고 있다. 특히 필리핀 여성들이 대동아전쟁 발발 후 미국의 악선전으로 일본에 대해 나쁜 인식을 가지고 있다고 하면서 미국을 맹신하는 행위를 비판하고 있다. 이렇게 남방을 아름답고 신비한 삼림으로 뒤덮인 대자연으로 묘사하거나 이곳에 살아가는 여러 종족의 기이한 풍속과 종교, 혹은 이곳 여성들을 외모로 평가하고 전체적으로 미개하며 의식수준이 낮다고 비하하는 방식의 서술은 결국 문명의 눈으로 그들을 계몽의 대상으로 보거나 혹은 건강하고 신비한 종족이란 이국정조(異國情調)의 시각을 드러내고 있다고 하겠다. 이는 일본이 전쟁을 통해 남방 지역을 정복, 점령하는 데 당위성과 필요성을 부각시키면서 동시에 낭만적이고 신기함을 강조하여 전쟁과 침략이라는 잔혹함을 은폐하고 이 지역에 대한 일종의 아름답고 기이한 환상을 만들고 전파한 것이라고 하겠다.

동시에 이렇게 미개하고 비문명화된 자연성의 지역으로서 남방이 강조되어지는 것은 문명화된 일본제국으로의 통합 필요성을 강조하는

38) 青木勇, 「菲律賓的女性」, 『南方』 184期, 1943.9.15.

전형적인 식민주의 이데올로기를 보여주는 것인데 그 배후에는 일본이 만들어낸 인종담론이 자리하고 있다. 일본은 서열적 위계화로 대동아공영권에서 제국, 식민지(대만/조선), 후발 식민지 사이의 관계를 정립하였는데 인종과 성별로 제국과 식민의 질서를 세운 것은 잘 알려진 사실이다. 이른바 대동아의 구상이란 동화(同化)의 수사학에도 불구하고 위계화와 차별을 전제로 하여 일본과 아시아 여러 국가들을 배타적인 서열화로 줄을 세웠는데 그 이면에는 가족국가주의에 기초한 식민주의 인식이 있다. 일본 천황제 파시즘의 기저에 놓인 가족주의는 백화(白禍)에 대항하는 동아(東亞)라는 기치 하에 대동아 전쟁을 성전(聖戰)과 아시아의 평화를 수호하는 정의(正義)의 전쟁으로 의미화하는데 중요한 역할을 담당했다. 따라서 남방에 대한 『남방』의 이러한 인종담론은 기본적으로 일본 식민담론의 연장선상에 있다고 보아야 할 것이다.

5. 종족지에서 전쟁동원으로

지리적으로 일본과 남양의 교량위치에 있었던 대만은 일찍부터 일본의 남양진출 거점으로 인식되었고 일본의 주도 하에 매우 이른 시기부터 남방에 대한 갖가지 지식이 축적되고 있었다. 1912년부터 1921년까지 우편선, 관광선등 일본의 각종 남양 항선이 대만의 基隆을 경유하였고, 1918년에는 대만총독부에 조사과를 설치하고 화남(華南), 남양(南洋)과 해외 각지의 제도와 경제상황에 대한 조사에 착수하여 『내외정보(內外情報)』, 『남지나 및 남양정보(南支那及南洋情報)』, 『남지나 및 남양 조사서(南支那及南洋調査書)』, 『남양연감(南洋年鑑)』 등을 간행했다.

1910년대부터 1935년까지 대만총독부 조사과에서 출판한 남방 조사서는 182종에 이르며 조사범위는 남방일반, 화남, 프랑스령 중남반도, 태국, 미얀마, 말레이반도, 필리핀, 네덜란드령 동인도, 호주 등이다. 또한 일본의 관료와 기업가로 구성된 남양협회(南洋協會) 역시 1916년에 대만지부(臺灣支部)를 설치하고 강연회, 언어 강습회(말레이어, 네덜란드어, 영어, 불어) 등을 열어 남양 연구자를 육성했으며 『남양협회잡지(南洋協會雜誌)』를 편찬하고 여러 권의 『남양연구총서(南洋硏究叢書)』도 출판하였다. 또한 동양협회대만지부(東洋協會臺灣支部)와 대만총독부에서 발행한 『대만시보(臺灣時報)』(1909-1945)[39]에 실린 동남아 자료만 해도 1930년대 중반까지 수천 건이 넘고 일본제국의 남방연구기지로 불리던 타이베이제국대학 역시 1928년 설립당시부터 문정학부(文政學部) 사학과에 남양사학(南洋史學)과 토속학(土俗學), 인종학(人種學)이 중시되어 관련강좌가 개설되었고 『남방토속(南方土俗)』과 『남방민족(南方民族)』잡지를 간행하기도 했다. 특히 1930년대 후반부터 대만은 일본의 군사적 남진에 따른 남방진출의 거점이 되어 동남아의 자원과 원료를 이용하여 전략물자를 생산하는데 동원되었다. 이 시기 대만총독부는 남방에 대한 조사사업을 끝내고 지명을 통일시키는 등 남방정복을 위한 전쟁수행 과정에서 급격하게 정보를 수집하고 있었으며 총독부 조사과에서 편찬한 남방조사서만 해도 301종에 이르고 총독부 관보인 『대만시보』의 동남아 관련 보도[40] 역시 수백 여 건에 이른다.

그중 1909년에서 1937년 이전의 『대만시보』에 나온 동남아 관련

39) 『臺灣時報』의 전신은 일본인이 성립한 臺灣協會에서 발행한 『臺灣協會會報』이다. 1907년 臺灣協會가 東洋協會臺灣支部로 개조하고 1909년에서 1919년까지 기관지 『臺灣時報』를 발행했고 1919년 이후는 대만총독부에서 같은 이름으로 발행했다.

40) 周婉窈 · 蔡宗憲 편, 『臺灣時報東南亞資料目錄(1909-1945)』, 中央硏究院, 1997.

자료를 보면 완연한 종족지 형태를 보여주는데 남방열도의 인종, 자연환경, 지리, 역사, 실업조사에서 일본과의 관계 진단, 여행담 등으로 구성되어 있다. 필자가 조사한 개략적 통계에 의하면 산업개황에 대한 보도가 가장 많고, 다음으로 현황, 동식물, 지리를 포함한 자연환경, 남방열도의 역사, 일본과의 관계, 여행담, 잡담 등의 순이고, 지역적으로는 언급된 순서는 필리핀, 광범위한 남양 일대, 프랑스령 인도차이나, 태국, 네덜란드령 동인도, 영국령 말레이반도, 자바, 미얀마, 싱가포르 등 순이다. 작자는 남양협회, 대만은행조사과직원, 화남은행(華南銀行), 학자(理學, 農學, 林學, 法學, 醫學), 제국대학교수, 총독부 외사과(總督府外事課)직원, 군인, 각종 회사 사장과 직원, 척식회사사장, 『대만일일신보』 직원 등으로 조사와 분석에는 학자들이, 산업자원의 이용과 관련해서는 남양협회, 각종회사, 척식회사, 은행 등의 인원이, 이를 보도하는 데는 기자와 신문사 직원이, 그리고 국책과 관련해서는 총독부 직원과 군인이 참여하고 동원되었음을 유추할 수 있다. 그야말로 남방에 대한 전방위적 지식축적의 예를 잘 보여준다고 하겠다.

같은 자료 중 1937년 이후에 생산된 남방담론은 우선 국책과 관련해 남방공영권건설, 남진정책과 관련된 문장이 현저히 많아졌다. 대동아공영권의 건설이란 전제 하에 남방 각 지역의 원주민 교육, 언어문제, 통화(通貨)문제, 남진에 따른 대만의 역할 등이 이 맥락에서 생산되었다. 또한 남방자원과 실업에 대한 소개 역시 여전히 많은 량을 차지하고 있는데 특히 이 시기 남방자원과 대만을 결합시켜 언급한 보도가 많고, 남방화교(南方華僑)의 경제활동에 대한 보도도 증가하고 있다. 또한 1937년에서 1945년까지 『대만일일신보』에 게재된 기사를 분석해 보면, 기본적으로 『대만시보』와 동일한 성격이 주류를 이룬다. 즉 국책부분에 있어서 남진정책의 추진에 따른 각오와 선전, 외교 신체제의 구축, 동아공영권, 남방공영권 구축을 위한 항로개척 등 선전성격을 띠고 보도되었고, 풍부한 남방의 자원과 대만공업, 산업발전과의 관련성이 많이 등장하였으며, 이와 동시에 근로동원, 화교문제 등이 이전과는 다르게 생산 유포되었다. 이렇게 대만의 신문에서 생산된 남방담론은 1937년 이전에는 문화인류학적 종족지 형태가 많고 전쟁기에는 선전미화와 정당성 등 국책선전의 성격이 강해지지만 전 시기를 통해 남방 자원과 이의 활용이 일관된 관심사였음을 알 수 있다.[41]

이러한 기초에서 1940년대 동남아 전역과 태평양으로 전선이 확대되고 이들 지역에 점령지가 생기면서 관방에서 생산한 남방지식은『남방』과 같은 민간잡지에 게재되어 국책선전에 활용된 것이다. 앞서 고찰한 대로 남방 전역을 다루고 있는 글의 공통점이 매우 상세한 인류학적 정보를 가진 종족지를 기초로 하여 각 지역의 풍부한 자원과 산업의 활용가치, 서구 제국주의의 식민억압, 각 민족의 해방과 동아의 부흥을 위해 전쟁에 협력해야 한다는 점을 기술하고 있다. 또 적도 부근의 태평양 제도는 여전히 개척을 기다리는 미개발의 토지와 미개한 토인의 신기한 풍속 등이 주로 서술되었다. 이를 종합하면『남방』의 남방담론은 결국 전쟁수행을 위한 문화적 동원에 그 목적이 있었음을 보여준다. 1942년 5월 1일에 발간된『남방』151기의 권두언「남방문화 건설과 대만」에서 제기한 "남방공영권의 민족이 서구 제국주의 국가의 우민정책과 식민통치의 고통 속에 있으니 군사를 동원해 그들을 해방시키는 이 시점에서 남방 신천지의 개척과 민족문화의 발달을 위

41) 이에 대해서는 崔末順,「無窮盡的資源與原住民的土地:日據末期朝鮮的南方論述, 兼與臺灣對照」,『海島與半島』, 聯經, 2013, 431~462면 참고.

해 우리는 본도(本島)의 특질과 경험을 활용하여 문화전사로서 남방민족에 대한 지도와 계발에 나서야 한다"는 주장이 이를 단적으로 증명해준다.

이상의 고찰에서 알 수 있듯이 문화인류학의 조사 형태를 띤 종족지에서 드러나는 원주민의 분포와 특성, 생활방식은 남방의 경제 분포와 경제권, 자원분포와 밀접하게 관련된 문제였다. 이들 문장이 인종적 정보를 중심으로 해당지역의 지리, 환경, 인구, 자원, 역사 등의 순서로 구성되는 것에서 식민주의 기초에서 출발했음을 알 수 있으며 전선의 추이에 따라 서구 식민자에 대한 저항과 아시아 정체성을 강조하여 전쟁에 협조하도록 방향을 잡아 갔음을 알 수 있다. 이들 지역에 대한 풍부한 천연자원, 산업과 무역, 경제력의 반복적인 언급은 전쟁의 필요성을 뒷받침하는 동시에 점령지에 대한 풍요로운 환상을 전파하고 남방문화의 건설이란 명분으로 대만인을 전쟁에 동원하려는 목적에서 나온 것이다. 무진장한 자원은 정복과 점령의 당위성을 이끌어내는데 효과적이었으며 미개한 원주민은 개척자, 문명자로서의 자처하면서 대동아전쟁을 성전으로 미화하고 선전하는데 적절히 사용되었다. 따라서 『남방』에서 보이는 인류학적 종족지의 문화담론은 기본적으로 전쟁동원을 위한 선전담론의 성격을 띠고 있었다고 하겠다.

파시즘 미학의 소설 형상화 방식

–吳漫沙의 『大地之春』을 대상으로

1. 머리말

필자는 일제말기, 엄격히 말해 중일전쟁과 태평양 전쟁 시기에 나온 대만소설을 대상으로 파시즘 논리의 소설적 형상화 양상을 통해 파시즘 미학의 특성을 살펴본 바 있다.[1] 흔히 정치의 예술화, 문학의 정치화로 불리는 파시즘 미학의 특징은 일제 말 전쟁 시기, 즉 문학과 정치의 연관성이 가장 밀접했던 시기에 특히 두드러지는 현상이다. 기실 대만 근대문학이 반세기에 걸친 일본의 식민통치시기에 성립, 진전되어온 만큼 문단상황과 작가의 창작과정에 식민정책의 변화는 매우 강력한 영향력을 행사했다. 출판물의 통제를 통한 창작에 대한 검열은 물론이고[2] 문학잡지에서의 일본어 사용 종용, 그리고 중일전쟁 발발

1) 崔末順, 「日據末期小說的'發展型'敘事與人物'新生'的意義」, 國立政治大學臺灣文學研究所, 『臺灣文學學報』18期, 2011.07,. 27~52면; 「日據末期臺灣文學的審美化傾向及其意義」, 國立臺灣文學館, 『臺灣文學研究學報』 13期, 2011.10, 85~116면.

2) 식민지 시기 대만의 검열상황에 대해서는 가와하라 이사오(河原功), 「일본통치기 대만

이후에는 외지문단의 건설과 지방문화의 건설에서부터 '근대의 초극' 담론에 상응하는 동양문화와 일본정신의 발현촉구, 나아가 전쟁수행에 직접적으로 요구되는 증산보국(增産報國), 종군고취(從軍鼓吹), 대내친선(臺內親善) 등 전쟁 이데올로기의 문학화 요구 등으로 인해 대만의 근대문학은 식민통치의 자장으로부터 자유롭지 못했다.[3] 이러한 식민지 시기 정치의 문학에 대한 간섭과 통제방식은 1937년을 기점으로 매우 다른 양상을 보여주는데 그 전의 시기가 무엇을 쓰지 말라고 금지하는 소극적 방식이었다면, 그 후의 시기는 무엇을 쓸 것을 종용하는 적극적 방식이었다. 즉 전쟁시기의 식민지 문인은 국책에 협력하고 전쟁을 선동하는 시국적 임무를 요구받게 되었으며 문학은 시국담론을 형상화하는 정치선동의 도구로 다루어지게 된다. 그 결과 문학은 파시즘 이데올로기라는 권력 장치의 중요한 수단이 되어 정치행위를 예술적으로 미화하게 된다.[4] 따라서 일제말기 문학의 고찰에 있어서 중요한 것은 정치와 예술의 연관성, 즉 문학이 어떤 방식으로 정치를 반영했는가 하는 것이다.

본문에서 검토하려는 대상은 吳漫沙(1912-2000)의 장편소설 『대지의 봄(大地之春)』이다. 이 소설은 1941년 7월 1일부터 1942년 6월 1일까지 잡지 『남방(南方)』에 「동아시아를 밝힌다(黎明了東亞)」라는 이름으로 연재되었고 1942년 9월에 『대지의 봄』이란 이름으로 단행본이 간행되었으

의 검열실태」, 검열연구회, 『식민지 검열, 제도 · 텍스트 · 실천』, 소명출판, 2011, 623~688면 참고.

3) 중일전쟁발발이후부터 1940년대까지 대만에서 실시된 문학정책에 대해 비교적 자세한 논의는 崔末順, 「日據末期臺韓文壇的'東洋'論述－'近代超克論'的殖民地接受樣貌」, 徐秀慧 · 吳彩娥 주편, 『從近現代到後冷戰—亞洲的政治記憶與歷史敘事國際學術研討會論文集』, 里仁書局, 2011, 93~125면 참고.

4) 이는 '정치의 심미화'라는 발터 벤야민의 개념에서 가져 온 것이다.

며 동아의 평화, 공존공영, 일화친선 등 국책 내용이 농후하게 반영되어 있다. 이에 대한 지금까지의 연구는 주로 대중소설, 혹은 통속소설의 맥락에서 언급되었고 내용 중의 국책협력 역시 제기되기는 하였으나 소설 자체의 미학적 특색을 파시즘적 시각에서 토론한 바는 없다. 또한 필자는 이전 논문에서 張文環, 龍瑛宗, 呂赫若 등 흔히 본격문학이라 불리는 작가들의 전쟁 시기 소설을 대상으로 이미 파시즘 미학을 검토한 바 있으므로 인물들의 연애에 중점을 두고 있는 대중적 소설인 『대지의 봄』에서 드러나는 파시즘의 특성을 분석하여 일제 말 대만소설의 논의 범위를 확대하고 시대적 특성을 보다 명확히 파악하고자 한다. 특히 『대지의 봄』이 어떤 문학적 주제와 구체적인 형상화를 통해 파시즘의 논리를 드러내는지 그 방식과 구조에 초점을 맞추어 고찰하고 나아가 대중 지향적 소설에 투영된 파시즘의 구현원리가 대중의 일상으로 내면화되어 동원문학으로서의 기능을 가지게 되는 양태를 살펴보고자 한다. 이를 통해 당대의 정치적 상황으로부터 어떤 문학적 주제를 어떻게 구체적으로 형상화했는지를 분석하여 궁극적으로 정치와 문학의 관련양상에 대해 사고하고자 한다.

2. 긍정적 인물과 청춘서사

중일전쟁을 배경으로 하고 있는 『대지의 봄』의 주요내용은 학생을 탄압하고 분열을 획책하는 중국의 지방 세력에 맞서 싸우던 일군의 열혈 청년들이 중일전쟁이 발발하자 동아시아를 보위(保衛)하고 동아시아의 평화와 단결을 위해 전쟁터에 나가 희생을 감수하면서 '동아신질서'의 건설 목표를 위해 노력하는 이야기이다. 전체 내용은 중일전쟁의 발발(1937)을 전후해 두 장으로 나누어져 있다. 소설의 공간적 배경은 중국(杭州, 上海, 廈門, 泉州 등)이지만 대만과 일본이 중국과 대조적인 모습으로 등장하고, 또 대만에서 살던 인물이 서사의 주요한 축을 담당하고 있어 전체적으로 보아 중국의 개조와 변혁의 필요성을 강조하며 일본이 도발한 중일전쟁의 정당성을 사후 추인하는 내용을 담고 있는 국책 영합적 성격이 매우 농후하다.

일제 말 전쟁 시기에 잡지를 통해 먼저 발표되고 다시 단행본으로 출판된 이 소설은 1940년대 전쟁동원체제하 만연했던 위기의식에도 불구하고 청춘세대의 연애담을 서사의 골격으로 삼고 있다. 이는 吳漫沙 소설의 주류적 경향으로 흔히 대중소설, 혹은 통속소설의 범위에서 주로 그의 소설이 언급되는 이유이다.[5] 그의 『풍월보(風月報)』 시기의 소설 「타락(墮落)」, 「부추꽃(韮菜花)」, 「도화강(桃花江)」, 「모성의 빛(母性之光)」, 『여명의 노래(黎明之歌)』 등이 청춘남녀의 만남과 헤어짐을 다루고 있는데 이는 재자가인(才子佳人)의 '만남-수난-결합'이란 중국의 전통적인 소설 양식 중 하나인 언정소설(言情小說)의 공식을 따른 것이며, 여기에다 1930년대 도시화와 소비시대의 도래를 반영하는 노골적 욕망의 묘사를 가미하여 통속소설적 경향을 강하게 드러내고 있다. 이들 소설은 구사회의 어두운 면, 즉 축첩풍습, 매매혼인, 양녀습속(養女習俗) 등을 비판하고 억압된 현실에 처한 여성에 대한 동정을 보여주지만, 그 목적은 여성의 '일부종사'(一夫從事)와 '권선징음'(勸善懲淫)이란 기존 예교의 유지가 목적이며 때문에 구도덕에서 벗어난 신여성은 무도장, 카

5) 陳建忠, 「吳漫沙小說在臺灣文學史上的兩種邊緣性」, 『日據時期臺灣作家論-現代性, 本土性, 殖民性』, 五南, 2004, 211~249면.

폐, 온천 등을 자유롭게 드나들며 태연하게 남성편력을 일삼고 남의 가정을 파괴하는 존재로 매우 부정적으로 그려지고 있다.[6)]

『대지의 봄』은 이러한 吳漫沙의 기존소설과 비교해 볼 때 같은 면과 다른 면을 모두 가지고 있는데, 같은 면이 작가적 성향을 보여주는 일관성이라면 달라진 모습은 시국의 영향을 반영하는 것으로 해석이 가능하다. 일관된 경향으로는 남녀 간의 연애를 위주로 한 애정소설이란 점을 들 수 있다. 특히 전반부는 마치 재자가인(才子佳人)의 사랑을 그리는 고전소설의 분위기와 전통적인 서술방식을 보여주는데 외사촌 오누이인 남녀인물의 교제과정, 사랑이 깊어 병이 난 여성인물의 전형적 모습과 가족들이 맡고 있는 조력자의 역할 등에서 고전애정소설 혹은 이 전통의 영향에 놓여 있는 원앙호접파(鴛鴦蝴蝶派) 소설과 매우 비슷하다. 특히 남녀인물이 같이 있는 장면의 연출에서 드러나는 고전적 분위기는 낭만적인 사랑을 미화하는 장치로 작용하고 있다.

그러나 이러한 유형의 소설에서 보여주는 것과는 달리, 그들의 사랑의 장애는 부모의 반대, 제삼자의 개입과 방해 등 복잡한 인간관계에서 유래된 것이 아니라 남성인물의 사회적 포부, 즉 낡은 중국을 개조하려는 의지와 이로 인해 경찰에 쫓기고, 또 전쟁의 발발로 인한 이별 등 현실적, 정치적 환경에서 초래되고 있다. 이 과정에서 특히 남성인물은 개인적 사랑에 대해 부정적이며 대의(大義)를 위해서는 개인의 희생이 당연하다고 설파하고 있다.

> 연애는 청춘남녀 스스로 초래한 굴레야. 우리는 유한계급도 아니니 연애할 자격도 없는 거지. 이 사랑의 감옥에 맹목적인 청년들처

6) 吳瑩眞, 『吳漫沙生平及其日治時期大衆小說硏究』, 南華大學文學硏究所論文, 2002.

> 럼 스스로 자초해서 빠져들면 안 돼. 우리의 사명은 너무나 중대하니 이 시대는 연애나 할 때가 아니야. 우리는 이 시대의 청년으로서 각성해 개혁의 대로로 매진하고 평화의 창조를 위해 노력해야 해. 이것이 동아 청년의 본분이라 할 수 있지!(11-12)[7)]
>
> 이 시대의 중국 청년은 연애를 할 때가 아니야. 우리는 먼저 자신의 길을 찾아 환경과 싸워야 해. 그러다 보면 모든 것이 해결되겠지.(58)

남주인공 一平이 사랑을 독려하는 여동생에게 하는 이 말에서 중국사회의 개혁과 나아가 동아의 평화를 창조하기 위해 개인의 사적인 연애감정은 희생될 수 있으며 이것이 동아청년의 본분이라고 적시되고 있다.[8)] 이러한 사적 감정의 부정과 개인의 희생은 참전 후에는 개인의 신체와 생명의 희생을 요구하고 이를 영광으로까지 여기게 된다.

> 劍光은 더 말을 하려고 했지만 맹렬한 포탄소리와 수류탄이 빗발치듯 떨어져 모래주머니에 기어올랐는데 마침 등에 한 발을 맞아 아! 소리를 내며 전호 속으로 굴러 떨어졌다. 一平은 급히 뛰어 들어가 劍光을 안아 일으켰는데 그의 손등으로 피가 흘러내렸다. 그는 두 눈으로 劍光의 얼굴을 뚫어지게 바라보며 소리쳤다. "劍光군!… 劍光군!…" 劍光은 고개를 들어 一平을 보고 미소를 짓고 있었다. 눈가에는 눈물이 배어 나왔는데 두 손으로 一平의 옷깃을 움켜잡고 끊

7) 吳漫沙, 『大地之春』, 前衛, 1998, 11~12면. 이후 본문 중의 페이지 수도 이에 준함.
8) 1940년 일본의 정계, 언론계에 일어난 '신체제론'은 서구 근대의 초극을 주장하면서 근대에 대한 사유의 전환점을 만들었다. 그 중에는 서구 근대의 폐병으로 개인주의가 지적된 바 있다. 남주인공 一平이 여주인공인 湘雲의 지나친 연애감정의 몰두에 대한 교화적인 담화는 개인주의, 사랑에 대한 욕망을 열등한 정신의 형질로 구분하는 당시 우생학의 분류를 남성과 여성의 계몽관계로 치환한 것으로도 해석 가능하다.

어질 듯 말을 이어 나갔다. "一平군!…내가…내가 총에 맞았나? 이 얼마나 영광인가...우리!…이제 안녕!…"(234)

중국사회의 개혁이란 대의에 이어 동아평화라는 대의를 위해 생명을 희생하는 것이 찬양되는 것을 볼 수 있는데, 희생을 찬미하는 부분은 전쟁 발발 전 지방 세력과 맞설 때부터 강조된 것으로 이러한 행위가 높은 도덕적 가치를 지닌 것으로 청년들에게 인식되고 또 서로 확인하는 절차를 거치고 있다. 개인적 감정에서 신체와 목숨의 희생으로 점차 강도가 높아지고 있는데, 문제는 이러한 인물들이 매우 높은 자아긍정과 상호긍정을 통해 희생을 도덕적으로 미화하고 있다는 점이다. 개인적인 욕망을 억압하고 무차별적인 희생을 펼치는 인물들이 도덕적 영웅으로 형상화되는 자기희생의 심미화 과정은 파시즘에서 창출하는 새로운 미덕과 표준이 되어 대중의 윤리적 기준이 된다. 이 소설이 잡지 연재에서 높은 인기를 얻어 단행본으로까지 발행되었던 점으로 보아[9] 낭만적 연애담[10]과 자기희생의 심미화 수사를 통한 대중동원이 가능했음을 알 수 있다. 이점이 바로 파시즘 미학이 대중주의와 연결되는 일면이라 하겠다. 즉 파시즘에서 문제되는 청년 개인과 사회 혹은 국가의 문제는 대중, 혹은 통속소설적 재현을 통해 보다 친밀하게 다가갈 수 있는 방법으로 모색되었던 것이다.[11]

소설에서 그들이 말하는 대의는 곧 인민, 대중, 나아가서는 국가와

9) 吳漫沙, 『大地之春』自序, 前衛, 1998, 15면.

10) 남녀주인공 이외 동일한 청춘세대인 春曼과 劍光의 사랑도 전쟁과 연애를 결합시켜 전쟁의 잔혹함을 낭만적 로맨스로 대치시키고 있다.

11) 당시 청년의 시대적 책무를 역설하는 담론이 많이 생산되었다. 대만교육회에서 발행한 잡지 『青年之友』(1942)는 그 예이다.

동아 전체이다. 이러한 대의를 위해 개인의 희생은 가치가 있고 심지어 높은 도덕성을 가진다는 파시즘의 전체주의적 가치관이 소설적으로 형상화되고 있다. 이렇듯 『대지의 봄』의 이야기 중심은 청년세대들의 활약상이고 이들의 적극성과 활력, 혈기, 호전성(好戰性), 단결 등의 특성이 계속적으로 강조되고 있는데, 이러한 청춘서사가 파시즘 미학의 소설적 형상화 방식으로 쓰이고 있음을 알 수 있다.

특히 신청년과 신여성이 吳漫沙의 기존 소설 속 인물형상과 달리 모두 긍정적인 모습으로 묘사되고 있다. 우선 소설 인물의 주류적 모습은 혈기왕성한 청춘세대로 그들은 넘치는 활력과 호전성을 갖추고 있다. 주인공 一平을 위시한 曾傑, 蘇亞, 劍光 등 남성 인물들은 자신들이 추진하는 일에 대한 추호의 의심도 없고 적극적인 추진력을 가진 그야말로 열혈 청년들이고, 여성인물 역시 사랑스럽고, 선량하며, 남성인물을 돕는 조력자의 역할을 담당하고 있다. 소설은 1937년 중일전쟁의 발발을 전후하여 서사의 중점이 서로 다른데 사변전의 초점은 청년 인물들이 杭州를 배경으로 중국의 학생연합회조직을 결성하고자 하는데 따른 지방 방해세력과의 대결이며, 사변발발 후는 이들이 중일전쟁에 지원하여 참가함으로써 중일평화(中日平和), 나아가 동아단결의 필요성을 체득하는 것이다. 두 단계에서 모두 전투적이고 적극적이며 자신의 의지를 실현하는 인물로 묘사되어 있다.

> 一平이 집에 돌아오니 벌써 오후 3시반이었다. 그는 방안을 배회하며 방금 회의장에서 일어난 일과 참관자일 뿐인 杜歐의 억지를 회상했다. 자신의 세력을 키우기 위해 사실을 기만하고 학생들을 억압하는 杜歐의 그 잘난 척하는 태도가 생각나자 그는 분노로 인해 더운 피가 치솟는 듯 했다. 중국의 사회조직을 생각하면 눈물이 쏟아

질 것 같아 눈을 크게 뜨고 입술을 깨물고 다짐했다. "누가 동아를 보위할 것인가?…20세기의 신청년…동아의 청년들이 모두 단결하여…동아신질서를 건설하고 동아를 보위하고…" 그는 창문 앞으로 가서 탁자를 짚고 있었는데 얼마나 세게 눌렀으면 달각거리는 소리까지 났다. 가랑비가 창문을 통해 들어오고 추운 기운이 뻗쳤으나 그는 춥게 느껴지지 않았다. 그의 온몸은 타는 듯이 더웠다. 그는 가늘게 내리는 비를 주시하며 멀리 나무를 바라보았다. 머리카락은 바람에 흩날리고 옷깃은 비에 젖었다.…(17)

"대중을 위해 피를 흘렸으니 얼마나 영광이야!"(110)…"지금 내 심장은 끓어오르는 듯해서 잠을 잘 수가 없어! 春曼! 중국, 중국의 청년들 중 나처럼 피를 흘린 사람이 얼마나 되는지 알아? 우리는 악한 세력을 무너뜨리고 무수한 압박 받는 민중을 구해내어야 해. 우리는 피를 흘려야만 우리의 자유를 되찾아 올 수가 있어!"(102)

첫 단락은 학생조직 결성이 무산된 뒤 一平의 반응이고, 다음 단락은 불순세력과 경찰의 결탁으로 인해 총을 맞은 劍光과 그의 여자 친구인 春曼이 나누는 대화이다. 두려움은 찾아 볼 수 없고 정의에 불타는 열정적인 청년의 모습을 보여주는데 고조된 감정과 신체의 발열이 동시에 나타나고 마음속의 들끓는 뜨거운 피와 실제 신체의 유혈이 동시에 진행되는 상황을 보여준다. 이러한 청년의 모습은 활력의 윤리학, 즉 강한 주체에 대한 열망을 전제로 한 것이며 비합리적인 힘에 대한 믿음, 본능강조의 경향, 인간의 욕망, 정열, 정신적 활동을 바꿀 수 있는 즉각적인 행동의 소망, 강렬한 관능, 야수성 등의 충동적인 힘에 대한 동경을 야기 시켜 파시즘 미학의 궁극적 목적인 군중동원의 기제로써 작동하게 된다.

또한 一平을 위시한 이들은 상호 간에 한 점의 의심 없는 믿음과 단결을 보여주고, 죽음도 불사하는 용기와 의지, 호전성과 적극성을 겸비하고 있다. 소설은 시종 긍정적인 시각으로 이들 청춘세대를 그리고 있는데 청년 인물들의 적극성과 혈기, 용기와 상호간의 믿음, 나아가 대의를 위한 연대의식은 이 소설에서 보여주는 청춘서사의 핵심 내용들이다. 동지애와 전우애, 고결함과 결속의 논리, 통일적 연대의식, 호전성, 죽음도 불사하는 절대적 용기가 매우 강렬하게 묘사되고 있는데 이 역시 젊음, 활력에 대한 찬양과 더불어 청년세대의 청춘과 젊음이 파시즘 이데올로기로 동원되는 수사학이라 하겠다.[12)]

이들 젊은 세대의 변혁주체는 중국사회와 같은 기존의 것을 부정하고 혁신하며 동아신질서라는 새로운 사회를 창조할 것을 목적으로 삼는다. 소설에서 신구세대간의 갈등이 특별히 표면화되지는 않았는데 그 이유는 一平과 동생들이 부친과 숙부에게 현재 도모하고 있는 일에 대해 언급하지 않았기 때문이다. 그러나 계엄의 실시와 같은 학교 학생인 劍光이 총에 맞았다는 보도를 보고 一平에게 행동을 자제하고 집 밖으로 나가지 못하게 하는 등 신세대와는 다른 시각을 유지하고 있음을 알 수 있다. 자신의 안위만을 생각하는 구세대와 희생을 불사하고 체제개혁을 원하는 신세대의 가치관이 서로 다름을 드러내는 것은 낡은 중국과 새로운 일본을 대비시키는 서사적 장치인데 구체제의 파괴와 신체제의 건립을 위한 신구체제의 대립, 신구세대의 갈등은 바로 파시즘 미학의 소설적 구현방식으로 볼 수 있다.

12) 파시즘과 청년세대의 관계, 젊은 세대에 대한 예찬은 Ruth Ben-Ghiat, *Fascist Modernities -Italy, 1922-1945,* California UP, 2001, pp.93~95 참고.

열정적인 감정의 소유자들인 이들 청춘세대는 남성인물들의 혈기왕성한 활력과 적극성에 비견되게 여성인물들은 모두 빼어난 미모를 가지고 있다.

> 湘雲은 一平과 秀鵑을 보며 이야기를 나누고 있는데 두 볼은 약간 불그레하고 두 눈동자는 빛을 발하는데 마치 눈물을 머금은 듯하고 앵두 같은 입술을 약간 벌려 미소를 짓자 눈 같이 흰 이빨이 드러났다. 사람을 기분 좋게 만들고 동시에 연민을 불러일으키는 표정이 계란형의 부드러운 얼굴에 띄워졌고 날씬한 몸매는 약간 떨고 있는 듯 했다.(55)

여주인공 湘雲에 대한 묘사로 전통적인 재자가인 소설과 다를 바 없어 보이지만, 연애담보다는 일본정책에 영합하는 시국적인 내용을 담고 있는 소설인 만큼 여성미모에 대한 수사는 아름다움이란 심미적 기능으로 이들 청춘남녀에 대한 긍정적인 인상을 더하는 효과를 가져온다. 또한 湘雲을 위시한 秀鵑과 秀子의 미모는 전쟁을 겪으면서 전통적인 아름다움에서 벗어나 건강하고 활력이 넘치며 사회, 국가적 임무에 뛰어드는 활달하고 씩씩한 신여성의 모습으로 바뀐다.

> 보아하니 너도 혈기왕성한 여성이구나. 환경을 창조하고 운명을 바꾸고 남자에 매달려 개혁하는 것이 아니라 여성 자신도 각오를 하고 전선에 나서 노력하고 고함치고 하면서 신시대의 여성이 되어야지.(13)
>
> 湘雲의 병은 비록 크게 나아지지는 않았지만 평화운동에 대한 열

> 성은 남에게 뒤떨어지지 않았다. 그녀는 매일 평화의 문학을 창작했다.(277)

> 시간은 금방 지나가 湘雲은 박사의 치료를 받아 이미 기력을 회복했고 청년평화구국회에서 발간하는 『평화』잡지에서 일을 했다. 동시에 「동아를 밝히다」는 노래를 지어 『평화』의 창간호에 실었다.(281)

남성에게는 적극성과 패기, 여성에게는 아름다움을 부가하는 젊음과 청춘세대에 대한 찬미일변도의 묘사는 구세대와 낡은 것을 부정하는 파시즘의 이데올로기와 통하는 바가 있다. 소설에서처럼 낡은 중국 사회조직을 부정하고 개선하며 나아가 중일전쟁을 통해 동아단결과 영미(英美)에 대한 전쟁을 준비해야 하는 일본 파시즘 기획을 수행하기 위해서는 젊음을 무기로 한 호전적인 열혈 청년들이 구체제와 구정치에 반기를 들게 하는 것이 필요하기 때문이다.

그밖에 『대지의 봄』에서 젊음의 정치학, 정치적 청년상을 만들어 이들을 전쟁과 국책에 동원하는 데 있어 낭만적 사랑의 형식 이외 가족 관계로써 중국과 대만(일본)의 친연성을 드러내는 방식을 택하고 있다. 중국을 대표하는 一平 가족과 대만을 대표하는 역할을 맡고 있는 秀子는 사촌간이며 특히 一平의 친여동생인 秀鵑과 사촌여동생 秀子는 생김새도 쌍둥이를 방불하게 똑같다는 말이 여러 번 강조되어 중국과 대만간의 뗄 수 없는 관계와 동일성을 암시하고 있다. 일본의 한 지방으로서의 대만은 중국과 쌍둥이 같은 관계이고 중국과 일본은 동문동종(同文同種)의 공동체임을 재현하는 방식인 것이다. 이는 두 가지 효과를 가져 오는데 하나는 중국이 일본을 학습하고 자신을 개조하여 동일화되는 동화의 논리가 성립되는 것이고, 다른 하나는 중일전쟁을 중국의 개조를 위한 전쟁으로 논리화하는 것이다. 즉 파괴를 통한 건설로 중일의 평화, 나아가서는 동아 공동체를 건설한다는 것으로 이는 일본 군국주의 파시즘의 핵심내용이다. 이로써 서로를 위해 가족이 전쟁터에서 총부리를 겨누어야 하는 상황이 받아들여지고 모순을 알면서도 전쟁은 필요한 것이라는 논리가 성립되는 것이다. 대치하고 있는 적군이지만 전쟁터에서 일본구호대가 一平 등 중국군인을 구하고 일본의 간호부로 전선에 뛰어든 秀子가 중국군인인 一平을 찾아 헤매는 내용 등은 중국과 대만(일본)을 친연화한 가족서사이기에 가능한 것이다.

> 오빠는 이미 동아민족의 행복을 위해 피를 흘렸어요. 오빠의 용감함과 의지는 정말로 동아 남자의 본성이며 동아민족의 빛이에요. 이는 동아민족 역사의 한 페이지를 장식할 영광된 기록이에요. 오늘 적군의 병원에 누워 적군의 치료를 받고 있으며 더구나 적군인 여동생이 곁에서 간호를 해 주고 있으니…오빠! 이 적군이 귀엽지 않나요?(247)

일본군의 폭격에 맞아 심각한 상처를 입었지만 자신을 간호해 주는 일본병원과 일본군 소속의 사촌여동생에게 도리어 감사를 하는 모순적인 상황이 펼쳐지고 있다. 가족이란 혈연적 관계의 수사학이 적군이지만 서로를 감싸 안아야 하는 당위성을 부여하고 대중국전쟁을 벌인 일본에 대한 적대감을 무화시키는 장치이기도 하다. 따라서 이들은 전쟁터에서 돌아오자 중국인, 일본인, 대만인이 함께 모여 대동단결의 분위기에서 '동아를 밝히다'의 노래를 부를 수 있게 되는 것이다.[13)]

秀鵑과 秀子로 대표되는 중국과 대만의 경우는 피의 직접성에 의한

13) 노래 혹은 합창 역시 미적 형식이므로 미적 차원에서 동화와 화합이 조장될 수 있다는 파시즘의 심미화 전략으로 해석이 가능하다.

유기체적 결속이지만, 일본과 중국의 이민족간 국가관 성립은 의사가족(擬似家族)의 방식으로 가능해진다. 一平은 상처를 입었을 때 돌보아 주는 일본군의장을 재생부모(再生父母)라고 여기며, 같이 치료를 받았던 일본인 병사 佐野는 '일본의 국민성은 본래 이렇게 호탕하고 의리를 지키지. 이게 바로 우리 야마토민족의 정신이야'라고 하면서 '우리는 전장(戰場)에서의 지기(知己)로 마치 형제자매와 같다'라고 하며 조건 없이 一平과 秀子가 가족을 찾는데 필요한 여비를 내어준다. 이에 감격한 一平은 "평화를 선전하고 대중들에게 평화건국운동에 참가하며 귀국을 신뢰하라고 역설할 것입니다. 당신의 깊은 정을 영원히 내 가슴에 새길 것입니다."(255-6)라고 인사말을 하며 형제와 다름없는 정을 나누게 되고, 결말에서 이들이 다시 만나 실제로 동아평화와 중일친선을 위한 문화사업과 활동에 동참하게 된다. 피에 의한 혈연공동체든, 우정을 바탕으로 한 의사가족의 운명 공동체이든 중일청년 간에 민중의 결속, 단결을 주장하며 파시즘 미학을 재현하고 있다.

3. 파괴와 건설의 전쟁서사

『대지의 봄』은 인물들의 독백이나 담화를 통해 동아평화와 동아신질서건설, 아시아단결과 영미 등 서방국가에 대한 적대감, 중국사회의 개혁에 대한 타당성, 근대적 국가인 일본의 제도와 선진성에 대한 찬미로 일관하고 있어 전쟁 시기 국책에 영합하는 선전문학으로 의심의 여지가 없다. 비록 남녀주인공인 一平과 湘雲의 만남, 시련, 재회를 시간적으로 배치한 연애담을 서사의 골격으로 삼고 있지만 1, 2장을 관통하는 핵심내용은 중국사회의 개혁과 일본을 받아들여 동아단결과 동아평화를 달성하기 위해 노력하는 청춘세대들의 활약상이다. 그리고 이 두 내용은 동일한 맥락 속에서 이해되는데 이것이 바로 중일전쟁의 논리이며 1940년대에 나온 이 소설은 일본이 도발한 중일전쟁에 대한 사후추인(事後追認) 성격을 띠고 있다. 특히 2장인 후반부는 중일전쟁을 직접적인 배경으로 하여 湘雲을 제외한 모든 인물이 참전함으로써 전쟁서사가 소설의 전면에 등장하게 된다. 1, 2장을 관통하는 전쟁서사의 기본 논리와 구조는 낡은 중국 대 선진 일본과 대만, 영미 대 일본의 적대적 관계이다.

이 시대의 중국청년은 얼마나 위험한지! 대만이야말로 신선세계지. 밤에도 대문을 잠글 필요가 없고, 길에 떨어진 물건도 누가 가져가지 않아 되찾을 수 있는 그런 사회지. 특히 교육이 보급되어 국민들은 친절하고 위생은 또 얼마나 발달했는데. 나는 정말 영원히 그곳에서 살고 싶어.(27)

나는 여기서 소학교를 졸업하고 숙부를 따라 대만에 가서 일본어를 공부하면서 몇 년 동안 대만에서 살다가 다시 돌아와 중학교에 들어갔는데 모든 것이 습관이 되지 않았어. 대만의 교육은 얼마나 체계가 잘 잡혀 있는지. 중국의 학교와 외국의 학교를 비교하면 중국의 학교는 늘 학생데모가 일어나지만 외국의 학교는 그런 게 발생한다는 걸 들어본 적도 없어. 중국의 이런 교육제도는 큰 개혁이 필요한데 이 개혁의 책임은 바로 우리 같은 열혈청년들이어야만 해!(27 -8)

맞아! 이웃나라 국운의 흥성, 과학의 진보를 한 번 봐. 우리는 그 나라와 동문동종의 오랜 나라인데 국운이 흥하지 않을 뿐만 아니라

> 과학도 부진하고 날로 후퇴를 하고 있으니 이 얼마나 부끄러운 일인가!(64)

> 一平이 말했다. "맞아. 대만, 대만은 완전한 통치를 받는 곳이지. 정부의 영도 하에 밝은 길을 향해 매진하고 있고 인민들도 안전하게 생활하고 있으며 사회사상의 투쟁도 없고 지방토호세력도 없으니 자연히 아름다운 곳이지. 그러나 나는 쉽게 외국으로 갈 수는 없어. 이 더러운 곳에 있을 거야!"(158)

> 대만의 사회는 그렇게 조용하고 교육과 정치도 또 그렇게 발달했으니 무슨 파벌의 투쟁 같은 것은 일어나지 않지. 일본여성의 애국열성으로 치자면 감복할 만하지. 세계 어느 나라도 따라오지 못할 걸. … 내 생각에 중국여성들은 어떤 이는 너무 낭만적이고, 어떤 이는 예교의 여독에 너무 깊이 빠져 여전히 봉건의 질곡 하에서 생활하고 있다고 봐.(193)

이밖에도 일본의 의학발전, 전통 예교에서 탈피한 여성들의 사회활동 등이 수시로 언급되면서 선진 일본, 혹은 일본 식민통치 하에 놓인 대만과 낙후된 중국의 대조적인 모습이 중복적으로 재현되고 있다. 즉 실제적이고 구체적인 사건이나 정황의 묘사보다는 일본, 대만과의 비교를 통한 중국사회의 부족하고 낙후된 면을 드러냄으로써 정서적인 반응을 유발하는 방식으로 강력한 목적의식을 보여주고 있다. 정서적 반응에 호소하여 파괴와 소모의 충동을 일깨우는 것, 파괴를 통한 새로운 질서의 건설에 대한 강렬한 충동을 유발시키는 것이 파시즘 미학의 주요한 특성인 점으로 보아 『대지의 봄』의 이러한 형상화 방식은 전쟁과 동원이란 시대국면과의 관련 속에서 이해할 필요가 있다고 생각한다.

一平을 위시한 청춘세대들이 추구하는 사회의 개혁이나 진보는 실제 소설에서 구체적인 맥락이 거의 드러나지 않아 공허하게 느껴지지만 학생회의 조직을 둘러싼 암투로 테러를 당하고, 계엄이 발동되며 이들이 경찰에 쫓기는 상황으로까지 비화되는 것으로 보아 개혁을 반대하는 구세력의 힘이 막강함을 알 수 있다. 따라서 구세대, 지방 세력과 신세대, 청년들 사이에는 분명한 갈등구조가 존재하고 있음을 알 수 있다. 여기서 중국사회의 후진성은 학생자치회 조직을 방해하는 杜歐와 A학교의 일부세력이고, 나아가 경찰 등 정부조직이 이들의 편에서서 학생들을 탄압하는 에피소드로 드러내고 있는데, 그 후진성을 돋보이게 하면서 중국사회의 개혁과 개조, 내지 파괴의 필요성을 드러내는 데 있어 일본식민통치를 받는 대만의 발전상이 대조적으로 제시되고 있다.

낡은 것의 파괴를 통해 새로운 체제의 건설을 주장하는 파시즘의 논리는 위에서 본 바 소설에서 대립적 구조를 통해 분명하게 구현되며 이는 자연스럽게 전쟁을 제시하는 방식으로 맥락화된다. 중국과 일본의 대치국면인 전쟁의 현장에서 중국이든 일본(대만)이든 소설인물들은 중일합작과 동아단결을 위해 전쟁은 불가피한 것으로 인식하는 것이다. 그러나 중일단결과 동아평화를 촉진하는 수단으로 서로간의 생명을 담보한 파괴의 형식인 전쟁만으로는 설득력이 부족하다. 소설은 여기서 또 다른 외부의 적인 영미(英美)를 설정하여 내부결속을 강화하는 방식을 취하고 있다.

> "만약 우리 동아 양국이 함께 전쟁으로 영미에 대적한다면 그들은 싸우지도 못하고 물러나겠지! 이번에 그들은 간담이 서늘했을 것이고 우리 동아민족의 힘과 정신에 눌렸겠지!" "그들은 이미 우리 동아민족을 무시하지 못하게 되었어.…"(234)

원래 중국과 일본(대만)의 대립구도는 중일전쟁의 이유이지만 전쟁의 발발과 동시에 모순의 확대보다는 더 큰 외부의 적과 대치해야할 정세로 인해 중일양국은 평화와 단결로, 그리고 중일양국과 영미는 대립적으로 그려지게 된다. 즉『대지의 봄』의 이러한 전쟁서사는 철저하게 시국적인 요구를 내면화한 소설적 구현이라고 할 수 있다. 파괴를 통한 건설이란 파시즘의 논리는 전장에서 뿐 아니라 전장에서 돌아온 청춘세대들의 지극히 성스러운 역사적 의무가 되는데 전쟁을 통해 낡은 중국을 허물고 진보적, 선진적 일본의 체제를 받아들여 중일평화와 동양단결을 구현해야 한다고 시시각각 외치는 젊은 청춘들은 바로 일본의 중일전쟁 배후 이데올로기인 '동양신질서의 구현'과 맞물린다. 이렇게 청춘은 새로운 사회를 건설하는 중요한 임무를 맡음으로써 문화적으로 재구성되어 중국이라는 국가의 재생과[14] 동아단결을 책임지는 수단으로 간주되었다.[15]

> 한 사회의 조직은 대대적인 개혁을 하지 않으면 국가가 강성해지지 못할 뿐 아니라 지방도 안정되지 못하고 청년들에게는 더욱 더 하루도 밝은 날이 없게 되지. 그러나 악랄한 사회제도를 타파하고

14) 청년 지식인들은 민족주의의 굴절된 형태로 파시즘을 받아들이며 체제에 자발적으로 순응하게 되는데 이점에서 파시즘과 민족주의의 관련양상을 볼 수 있다.

15) 이점에서 당시 일본 뿐 아니라 식민지에 선전, 보급하던 '국민문학'의 범주에서 논의할 수도 있을 것이다.

지방의 악한 세력을 제거하여 신흥국가를 창조하는 데는 청년들만이 이 거대한 책임을 질 수 있어.(123)

사람이 이미 죽었으니 애도하고 울어도 무슨 소용이 있겠어? 평화의 낙원으로부터 중일간의 정감을 나누는 것이 동아민족의 친선과 제휴를 실현하고 공통으로 동아의 공영권을 건설하는 길이지.(285)

이렇게 전쟁은 국가의 신생과 동아신질서의 건립을 위한 필요한 수단이 되며, 이를 위한 희생은 도덕적으로 미화되어 동원의 수사학이 성립하는 것이다. 대의를 위한 도덕적 희생과 악에 대항해 선을 수행하는 재현방식, 그리고 청춘남녀를 주체로 상정하여 통속적이고 낭만적인 사랑을 통해 파시즘 미학을 대중 소설적으로 재현하고 있다.

때문에 여성인물들은 낭만적 통속애정소설의 순종적이고 나약한 여성의 형상과는 비교적 다른 면모를 가지게 되는데 원래부터 적극적이고 긍정적인 신여성으로 그려진 春曼과 梅影은 말할 것도 없고 부유한 집안에서 곱게 자라 어리광만 부리던 秀鵑, 활달하나 세상물정에는 어두웠던 秀子, 심지어 병약했던 湘雲까지도 전쟁을 거치면서 씩씩하고 건강하며 공적영역에 뛰어드는 여성주체로 변신하게 된다. 전쟁이 만들어낸 총후 여성의 모습인데 전체주의적, 유기체적 관념을 학습시키기 위해 그들에게는 교양과 문화적 사명감이 중요하게 취급된다.[16] 이는 국민화의 과정이며 당시의 배경에서 동아평화와 단결을 위해 몸을 바치는 일원으로 개조되는 과정이다. 전쟁 후 湘雲은 일본의사의 도움으로 신체의 병약함을 극복할 뿐 아니라 一平만을 바라보던 가정

16) 파시즘체제 아래에서 문화정책은 국가의 강력한 통제 아래 이루어지면서 개인적 차원보다 공익적 차원에서의 사업이 전개되도록 조성되었다.

적 여성상에서 벗어나 뚜렷한 자기 주관을 가진 신여성으로 거듭나며, 秀鵑과 秀子 역시 귀엽고 활달한 아가씨에서 간호부로서의 참전경험을 통해 동아신질서의 건설을 위한 문화적 임무에 적극 참여하여 정형화된 파시즘적 신여성의 모습을 보여준다. 『대지의 봄』은 이렇게 적극적이고 활력이 넘치는 열혈 청년상을 그린 청춘서사와 파괴와 건설, 대의를 위한 희생이란 전쟁서사를 결합해 파시즘 이데올로기를 구현하는 방식으로 형상화되고 있다.

4. 맺는 말

본문은 필자의 기존 일제 말 본격소설을 대상으로 한 파시즘 미학의 문학적 형상화 연구의 연장선에서 통속소설로 그 논의를 확대하기 위한 하나의 시도이다. 토론의 대상인 『대지의 봄』은 1940년대 전쟁동원의 시국적 요구에 적극적으로 부응한 문학적 대응물로써 이는 인물의 독백과 담화를 통해 매우 쉽게 드러나는 특색이다. 특히 식민지 시기는 문학과 정치의 관계가 첨예하게 드러나는 시기이며 더구나 일제 말 전쟁 시기는 문학이 단지 정치를 위해 이용되는 것이 아니고 정치를 선도해야하는 데까지 나아갔던 점으로 보아 이러한 시국적 색채는 쉽게 간파된다. 그러나 허구적 산물로서의 소설은 작가의 이념을 그대로 드러내지 않기 때문에 소설적 상상력과 정치적 이데올로기의 관계는 문학 내적 연관을 통해 고찰되어야 한다. 본문에서는 일제 말 전쟁 시기 소설이 정치를 반영하는 양식으로써 파시즘 미학의 측면에서 고찰하면서 청춘서사와 전쟁서사의 구현방식을 통해 이를 드러내고자 했다. 또한 당시 문인에 대한 국책협력의 요구는 전쟁이라는 시국에 끌려가는 것이 아니라, 지도자적 역할로서의 특권화된 위치를 부여받았기 때문에 그들에 의한 정치선동과 전쟁동원의 가능성을 문학 내적 장치 속에서 찾아내고자 했다.

고찰의 결과, 『대지의 봄』은 젊은 남녀의 낭만적 연애담과 청춘세대의 활력과 호전성, 청년들의 단결과 연대의식, 완전한 신뢰와 죽음도 불사하는 용기, 자기희생의 도덕적 심미화를 보여주는데 이러한 청춘세대의 활력의 윤리학을 통해 정열적이고 충동적인 개인주체의 힘에 대한 동경을 야기시켜 군중동원의 기제로 삼고 있음을 확인할 수 있었다. 또한 전쟁서사의 핵심내용으로 파괴를 통한 건설이라는 논리를 낡은 중국과 신생 일본(대만)의 대립, 중일과 영미의 대립구도에 운용함으로써 중일전쟁의 정당성에 대한 사후추인을 하고 있을 뿐 아니라 동시에 낭만적 사랑과 청년의 활력이라는 청춘서사를 통해 당시 진행되던 대서방(對西方)전쟁에 대한 군중동원의 대중 소설적 면모도 보이고 있다. 이는 전쟁을 새 시대 도래의 산고(産苦)로 찬양하며 필연적인 역사과정의 징후로 믿게 하여 정치의 심미화 과정을 통해 비인간적인 요소를 홀시하고 개인의 비판력을 마비시키는 파시즘 이데올로기의 소설적 형상화로 볼 수 있을 것이다.

대체로 예술은 권력을 유지하는 수단이 될 수 있다고 인식되어져 왔다. 권력층은 예술가들을 후원함으로써 자신들의 영향력을 확대하고자 하였으며, 이들에 의해 생겨난 웅장한 건축이나 아름다운 미술은 권력층의 권위와 힘을 나타내는 수단으로 기능해왔다. 정치적 목적이 강해질수록 예술은 미적 가치보다 수단으로서의 가치를 주로 확보하게 되었으며 지배자들에게 예술은 목적달성을 위해 필요한 항목이 되었을 것이다. 근대에 들어와 기술적인 혁신이 이루어지며 사진, 영화 등을 통한 이미지의 생산과 유통이 많아졌지만 문학을 포함한 전통적인 예술 역시 여전히 정치적 수단으로 활용되었다. 총력전하 작가의 동원이 광범위하게 이루어졌던 일제말 전쟁시기가 정치와 문학의 밀접성이 가장 강화된 때라면 이 시기에 생산된 문학에서 정치적 함의를 찾는 것은 그리 어렵지 않을 것이다. 또한 20세기의 파시즘 독재에서 이용된 예술은 선전, 선동의 수단으로서 뿐만 아니라 대중의 욕구와 희망을 반영하는 것이라는 시각도 있듯이, 이를 위해 안배된 어떤 문학적 자질이 있는지는 필수적으로 텍스트 내부의 서사적 맥락과 형상화 방식을 통해 고찰되어야 한다. 본문에서 시도한 파시즘 미학의 소설적 형상화는 이러한 문제의식에서 출발한 것으로 이 같은 고찰은 같은 시기 다른 소설에도 적용 분석이 가능하다고 생각한다. 또한 동일한 경험을 가진 동아시아 기타 국가의 작품분석에도 참고가 되리라 생각한다.

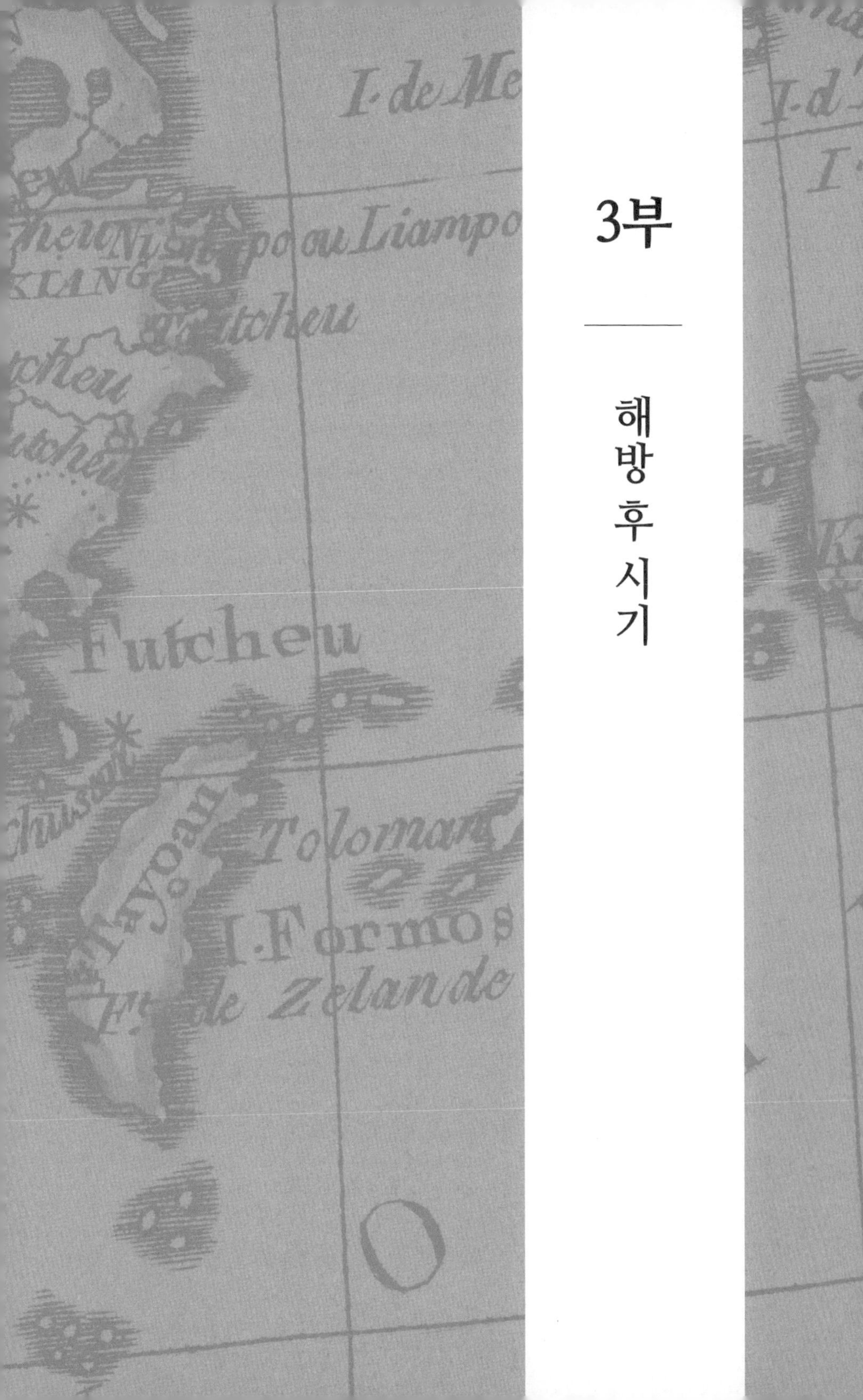

3부

해방 후 시기

마음의 전쟁

–식민지 대만의 전쟁기억과 '조국' 상상

1. 서언–전쟁시기 대만에서의 군사동원

본문은 일제 말 전쟁에 동원된 항공병의 이야기를 통해 식민지 대만인의 전쟁기억과 조국에 대한 상상을 고찰해 보고자 한다. 분석대상은 대만 시인이자 소설가인 蕭金堆(1927-1998)[1]의 「운명의 인형(運命的洋娃娃)」이다. 이 소설은 1948년 동인지 『조류(潮流)』[2]에 일본어로 연재되었지만 5기를 끝으로 정간되어 일부만 남아있고[3] 1955년 내용을 더 첨가하고 약간의 수정을 거쳐 『영혼의 맥박(靈魂的脈搏)』이란 작품집[4]에

1) 대만 문학사에서는 필명인 蕭翔文, 淡星 등으로 더 잘 알려져 있다.

2) 『潮流』는 해방 직후 대만 본성인 청년들에 의해 성립된 문학 동인단체 銀鈴會의 잡지로 주로 모더니즘시를 싣고 있다.

3) 『潮流』에 실린 소설명은 「運命の人形」으로 1948년 秋季號와 1949년 冬季號 2회에 걸쳐 연재되었다.

4) 蕭金堆, 『靈魂的脈搏』, 人文出版社, 1955. 이 작품집에는 「命運的洋娃娃」 이외 소설로 보이는 「呑蝕」, 「風波後的微笑」, 「芥川呂志中尉」, 「新生」과 「山的誘惑」 등 3편의 시가 실려 있다.

다시 실렸다. 해방 후 대만 본성인(本省人)의 문학 활동이란 측면에서 이 작품이 실린 문학잡지 『조류』에 대한 연구는 나와 있지만[5] 「운명의 인형」에 대한 본격적인 연구는 현재 찾아보기 어렵다.

해방 후 국민당의 대만철수와 이어진 백색공포의 반공시기를 거치면서 오랜 기간 대만인 일본병(日本兵)에 대한 이야기는 금기시되어왔고 관련 소설, 구술역사 자료 등은 대부분 1960년대 후반기부터 창작, 정리되기 시작했는데 그에 비해 이 소설은 시기적으로 매우 빠른 1940년대 후반에 씌어졌고 게다가 작가의 자전적 이야기이기도 하여 식민지 말기 태평양전쟁에 동원된 대만인의 경험과 심리상태를 살펴볼 수 있는 좋은 자료이다.

잘 알려진 대로 메이지 유신을 거치며 서구에 대한 적극적 학습과 모방을 통해 근대국가로 성장한 일본은 초기부터 부국강병 정책을 기조로 주변 국가들에 대한 군사적 팽창을 시도하였다. 특히 청일전쟁과 러일전쟁을 통해 전통적 문명국인 청제국과 백인종 러시아에 승리하면서 자신감을 얻은 일본은 향후 자국의 내부갈등과 모순을 대외적인 군사행동을 통해 해소하려는 경향을 보이며 강력한 군국주의 국가로 변모해 갔다. 특히 1920년대말의 세계적 경제공황으로 촉발된 불안을 만주사변(1931)과 곧 이은 중국에 대한 전면적인 무력침략(1937), 남진정책(1940), 나아가 서구를 상대로 한 태평양전쟁의 도발(1941) 등 전장의 확대와 전쟁의 장기화를 통해 해소하고자 했다.

이러한 일련의 전쟁을 원활하게 수행하기 위해 일본은 자국 뿐 아니라 식민지 대만에 총동원체제를 구축하여[6] 1937년 중일전쟁 이후

5) 張瑜珊, 『‘邊緣’或‘潮流’—從‘銀鈴會’討論跨語一代的發生與發聲』, 國立交通大學社會與文化研究所碩士論文, 2010.

6) 한국에서와 마찬가지로 대만의 전시동원체제도 두 단계로 나누어 구축되었는데 첫 단

대만인을 천황의 신민으로 개조하는 황민화 운동을 전개했다. 동화정책의 종결판이라 불리는 황민화 정책은 전쟁의 추이에 따라 인적, 물적 동원의 강도를 높여갔는데 구체적으로 종교와 사회풍속의 개정, 일본어 운동, 창씨개명 정책,[7] 지원병제도 등이며,[8] 총력전 체제하 대만소설에서 보이는 증산보국(增產報國), 대내친선(臺內親善), 종군고취(從軍鼓吹), 황민연성(皇民煉成) 등의 주제[9]가 말해 주듯 물질적 측면에서 정신적, 심리적 측면에 이르기까지 전방위적 동원체제를 건립하고 시행했다. 그중 가시적이고 직접적이며 황민화운동의 결실을 그대로 드러내주는 것이 군사동원이라 하겠다. 대만인에 대한 군사동원은 크게 세 단계로 나뉘는데 1937년에서 지원병제도가 실시된 1942년 이전까지의 군부, 군속(軍伕, 軍屬)동원과 지원병제 시기(1942-1945)의 지원병, 징병제 시기(1945)의 대만인 일본병이며 이를 통틀어 흔히 대만적을 가진 일본병(臺籍日本兵)이라 부른다.[10] 일본 후생성의 통계에 따르면 일제말기 전쟁에 동원된 대만인은 20만 명을 넘으며 그중 30,304명이 사망했다고 한다.

일본군의 대외확장은 러시아를 가상의 적으로 상정하고 조선과 중

계는 1937년 10월부터 진행된 국민정신총동원운동이고 두 번째 단계는 1941년 1월 조직된 황민봉공회를 주축으로 한 운동이다.

7) 대만에서는 改姓名정책이라고 부르는데 1940년 2월 11일에 실시되었고 국어 상용 가정과 황국신민으로서 자질과 공공정신이 풍부한 자에 한해서 조건부로 허가하였다. 한국과의 차이는 씨(氏)를 새로 만들지 않고 성(姓)을 고치는 것이다. 이는 대만의 호구제도가 일본의 가(家)제도와 비슷하다고 판단한 데서 기인한다.

8) 대만의 황민화운동에 대해서는 周婉窈, 『海行兮的年代-日本殖民統治末期臺灣史論集』, 允晨文化, 1993. 참고.

9) 일제시기 대만소설의 황민화 주제에 대해서는 崔末順, 『現代性與臺灣文學的發展(1920-1949)』, 國立政治大學中文系博士論文, 2004, 316~338면 참고.

10) 이에 대해서는 여러 명칭이 혼재하는데, 臺籍日本兵 이외에 臺灣人日本兵, 臺灣人元(原)日本兵, 元(原)臺灣人日本兵 등이 있다.

국의 동북지역으로 진출하려는 육군의 북진론과 남지(南支), 즉 중국의 화남지역과 동남아를 포함한 인도양, 태평양 지역의 여러 섬을 포함하는 남양(南洋)으로의 진출을 노리는 해군의 남진론으로 나누어 진행되었다. 1895년 청일전쟁의 승리로 획득하려던 요동반도를 독일, 러시아, 프랑스 3국 간섭으로 무산되어 북진론이 좌절되자 일시적으로 남진정책으로 선회하였는데 대만은 지정학적으로 남양 진출의 제일기지로 인식되었다. 이후 러시아의 만주 진출로 인해 잦아들던 남진론은 1940년대 전쟁의 확대에 맞추어 설계한 대동아공영권 기획으로 다시 주목받기 시작했고 대만에 대한 진일보한 군사동원, 즉 대만청년의 전쟁참여 독촉이란 결과를 초래했다.

군부와 군속은 군사작전에 필요한 인력이기는 하지만 전방에서 싸우는 병사는 아니며 식량, 의료, 위생 등 군수품의 운반과 비행장, 도로 등의 건설에 동원된 인력과 군사상의 행정과 서무를 맡은 인력으로 징발과 징용을 통해 이루어졌고 주로 중국화남 지역과 필리핀, 수마트라, 뉴기니아 등 광범한 남양 지역으로 파견되었다. 이어 1941년 태평양 전쟁의 도발로 인적 동원이 시급해지자 이듬해 먼저 육군특별지원병제가 대만에서 실시되었다. 이는 조선보다 4년이 늦은 것으로 대만인을 중국전장에 투입시키는데 따르는 위험 때문인 것으로 보이는데 실시방법과 절차는 조선에서의 경험에 준하여 진행되었다. 첫 단계의 실시에서 1,012명 선발인원에 지원자가 42만 6천명이나 몰리는 높은 경쟁률을 보였다. 그 후 모두 세 차례에 걸쳐 진행된 육군특별지원병제에서 모두 4,200여 명이 선발되어 3개월의 간단한 훈련을 마친 후 전장으로 향했다. 이어 남양으로의 전쟁확대 필요성에 의해 해군도 1943년 특별지원병제를 실시하여 여섯 차례에 걸쳐 약 만여 명의 대만청년들이 전장으로 차출되었다. 징병제의 실시는 1945년 대만총독부가 '황민연성소규칙'(皇民煉成所規則), 즉 신병교육의 준칙을 공포하면서 대만청년에 대해 징병검사를 실시하여 8월 15일 일본의 투항으로 일련의 군사동원이 중단될 때까지 2만 명 이상이 현역병으로 입대하였다.

그중 대만인의 항공병(航空兵) 동원은 매우 특수한 경우라고 하겠는데 항공비행학교(航空飛行學校) 학생은 제국의 정식 군인으로 취급되었기 때문에 대만학생들의 진학은 거의 없었다. 자료에 의하면 1938년 첫 번째 대만인 소년 비행병 張彩鑑(1922-1944)이 일본군사학교의 입학자격을 취득하여 육군소년항공병으로 버마작전에 투입된 이래 숫자는 많지 않지만 만주, 소련 변경에서 정찰임무를 맡거나 필리핀 전선에서 특공대원으로 생을 마감한 대만청년도 있었다고 한다.[11] 본문의 고찰대상인 「운명의 인형」의 주인공은 학도병으로 지원하여 항공병 훈련을 받는 인물로 실전에 배치되기까지의 군사훈련과정에서 일본군과의 차별로 인한 갈등과 심리적 모순을 상세하게 드러내고 있다. 따라서 인물의 심리상태를 따라가며 그가 느끼는 감정의 변화를 중심으로 일본과 중국에 대한 소위 '조국' 상상과 정체성의 전환과정에 대해 고찰해 보기로 한다.

2. 「운명의 인형」 내용과 인물의 심리상태

소설은 모두 아라비아 숫자로 표기된 9개의 단락으로 나누어져 있

11) 『臺灣學通訊』 81, 國立臺灣圖書館, 2014.5.10, 18~19면.

는데 1과 9는 서술자인 '나'의 시각으로 그려진 張淵泉이란 인물에 관한 것이고, 2~8까지의 내용은 張의 전쟁전후 체험기로 그의 1인칭 시점으로 서술되어 있다. 이야기의 시작은 내가 彰化에서 臺南으로 가는 기차에서 옆 좌석의 사람이 보는 신문을 통해 성립사범학원(省立師範學院)[12] 시절의 동창이며 같은 기숙사에서 생활했던 張이 청년의 날 문예모집[13]에서 1등을 차지한 소식을 보게 되면서 그에 관한 기억을 되살린다. 당시 역사지리학과(史地系)의 학생이었던 張은 마치 무슨 원한이라도 있는 듯이 매일 몸을 혹사하면서 배구연습을 했는데 어느 날 새벽에 그와 얘기를 나눌 기회가 생겨 왜 그렇게 열심히 배구연습을 하느냐를 묻게 되면서 張의 이야기가 펼쳐진다.

1944년 불리한 전황에 놀란 일본군벌이 이를 만회하고자 전국의 학생들에게 종군을 고취하기 시작했다. 특히 주요 전쟁지인 남해와 가까운 대만에서는 하늘을 지키는 것이 대장부의 임무라고 선전했다. 당시 張은 彰化의 S상업학교의 학생이었는데 같이 공부하던 일본인 학생들이 해군의 비행예과연습생(飛行預科練習生)으로 앞 다투어 지원하는 구국열기와 교장을 비롯한 교관과 교사들의 종군고취 부추김에 마음의 갈등을 겪다가 영국이 중국을 침략하는 내용을 담은 전쟁선전영화인 '아편전쟁'을 보고 동아시아 평화를 지키기 위해 해군항공대에 지원하게 된다. 張은 자신이 쓴 일기를 토대로 매우 상세하게 군대가 이동한 날짜와 장소를 기록하고 있는데 臺北, 基隆을 거쳐 일본의 기후(岐阜)항공학교에서 6개월간 기본훈련을 받은 후 도쿄 교외 조후(調布)비행장

12) 省立師範學院은 1946년에 창립되었으며 현재의 臺灣師範大學 전신이다.

13) 중화민국정부는 黃花崗72烈士의 廣州起義를 기념하기 위해 매년 3월 29일을 청년절로 정했으며 1949년 대만으로 철수한 후에도 정부 차원의 성대한 경축행사를 열었다. 徵文대회도 행사 중의 하나였다.

의 사4312부대에 소속되어 훈련을 받으면서 동시에 실지 전쟁에 투입되었다. 소설의 많은 부분이 이 과정에서 받게 되는 대만인에 대한 차별대우와 편견, 일본인과 대만인 병사 사이의 갈등과 모순으로 인한 심리적 방황에 할애되고 있으며 조선에서 온 학도병과의 우의도 매우 큰 비중으로 그려지고 있다. 전쟁 막바지에는 오키나와에서 공격해 오는 미군을 저지하기 위해 자살특공대의 임무를 맡게 되었지만 그럴 기회가 주어지기 전에 전쟁이 끝나게 되고 이후 복원과정도 상세하게 그려지고 있다.

소설은 제목에서 말해주듯이 종군지원 당시 素香이란 여학생에게 호신부(護身符)를 겸해 선물로 받은 인형을 매개로 훈련과 실전, 전후 복원(復原)과정에서 경험한 고난과 공포감, 그리고 일본 여성의 유혹에 흔들리지 않고 견디는 사랑을 그린 이야기인 동시에 지원병으로 군사 훈련을 받는 과정에서 대만인이었기 때문에 겪게 되는 심리적 갈등을 주로 다루고 있다. 이 심리적 갈등은 자원입대의 결정에서부터 훈련과 전쟁투입 기간, 나아가 고향으로 돌아오기 전까지 지속적으로 드러나는 것으로 보아 핵심주제라고 생각된다. 따라서 심리적 갈등의 구체적인 모습, 원인과 경과를 자세하게 살펴보고 그 변화의 추이를 다음 절에서 토론하게 될 '조국'에 대한 상상과 국민으로서의 정체성 자각 등의 내용과 연관시켜 보고자 한다.

소설의 시간 순서대로 살펴보면, 종군을 지원하게 된 동기에서부터 갈등이 시작되는데 이는 당시 전쟁을 고취하는 사회와 학교 내의 분위기, 즉 '펜을 버리고 조종간(操縱桿)을 굳건히 잡자', '교문은 군대로 통하고 남해로 통하며 곧 바로 야스쿠니 신사로 통한다'(29)[14] 등의 부

14) 괄호 안의 숫자는 『靈魂的脈搏』 소설집의 페이지 수이다. 이하 동일.

추김에 고무되고 일본이 선전하는 아시아의 평화를 위한 희생이 가치 있는 일이라는 생각과 실제 대만의 식민지적 상황, 즉 학교내부와 외부에서 지속적으로 겪게 되는 대만인에 대한 차별과 모욕에 대한 원망과 분노 사이에서 선택을 해야 했던 데서 비롯된다. 일본인 학생들이 구국의 열기로 종군을 선택할 때 대만인 학생들은 남의 일처럼 여기고 동요되지 않았으나 교장, 교사, 교관 등의 지속된 강제성을 띤 정신적 감화, 예를 들어 종군지원을 하지 않고 있는 대만인 학생들에게 '너희들이 이러고도 일본인이라고 할 수 있어?'(29)라고 하는 등의 협박성 발언, 그리고 결정적으로 국책선전영화를 동원하여 청년의 충동성을 고취한 심리 전략에 넘어가 종군을 결정하게 된다.

소설의 서술을 따라가 보면 '교묘한 선전에 일시적으로 미혹되었다'(30)라든가 교장의 훈화에 감동받아 '확실한 일본인이 되어야겠다'(30)라고 맹세도 하다가도 일상생활에서 일본인 교사와 학생들이 대만인 학생들에게 대하는 '참기 어려운 모욕과 도리 없는 횡포'(30)를 볼 때는 머릿속에 거미줄이 쳐진 것처럼 혼란스러웠다고 서술하고 있다. 이렇게 아침에 일어나면 억지로라도 일본인이 되고 싶다고 결심하다가도 낮에 겪은 여러 일로 인해 저녁 취침 때가 되면 식민지인으로서의 운명에 대해 원망을 하는 '반복된 모순현상'(30)과 심리적 방황이 전쟁말기 식민지 대만청년의 심리상태임을 알 수 있다. 이렇게 일본이 선도하여 서구 제국주의로부터 아시아를 지키고 평화를 유지하기 위한 종군지원의 명분과 현실의 불평등이 초래한 일본인에 대한 의구심 사이에서 끊임없이 방황하고 갈등하고 있는 것이다.

그러다 국책선전영화인 아편전쟁을 보게 되는데 제국주의 영국에 대한 적개심으로 인해 '잠시나마 정신적인 고뇌에서 해방'(31)되었다.

특히 마지막 장면, 林則徐(1785-1850)가 아편을 불태우면서 50년 혹은 백년 이후에 중국은 반드시 너희 들을 동양에서 쫓아낼 것이라고 하는 말에 고무되어 눈물을 흘리며 아무런 의심 없이 일본의 전쟁담론을 받아들이게 된다. 즉 일본이 태평양전쟁을 일으킨 이유는 '아시아를 점거하고 있는 구미 제국주의국가의 세력을 축출하고 아시아인의 아시아를 건설'(31)하기 위함이라는 선전을 믿게 되고 그동안 일본인에 대한 회의로 인한 마음의 고뇌를 일시에 없애고 종군을 결심하게 된다.[15] 이렇게 종군지원의 동기와 결심의 과정 등에서 주위 분위기에 이끌려 지원하는 모습이나 선전에 고무되어 정정당당한 일본인으로써 국가와 천황을 위해 목숨을 바치는 숭고한 애국정신에 도취되는 장면 등은 실제 특별지원병제 실시 이후 지원한 대만인들의 경험을 정리한 구술역사에서도 동일하게 드러나는 것으로 보아 매우 개연성 있는 서술이라 하겠다.[16]

그리고 또 하나의 동기는 하늘을 지배하는 항공병(航空兵)에 대한 동경과 여학생들에게 멋있게 보이고 싶은 마음이다. 일제말기 대만소설에서도 이런 지원병 이야기가 있으며[17] 종군지원을 명예로운 일로 여기고 출병식에 여학생들을 동원하여 열렬하게 환송하는 내용이 매일 대대적으로 보도되었던 점으로 보아 충분히 가능한 일이었을 것이다.[18] 張 역시 해군항공대의 비행훈련에 여학생들이 손을 흔드는 모습

15) 전황의 추이에 따른 일본의 전쟁담론과 이데올로기에 대해서는 이 책에 실린 「일제말기 대만문학의 심미화 경향과 그 의미」를 참고.

16) 姚錫林, 『臺籍日本兵的記憶建構與認同敘事』, 國立成功大學臺灣文學系碩士論文, 2010, 33~50면.

17) 張文環의 「頓悟」, 陳火泉의 「道」 등에서 주인공 남성이 지원병으로 종군하는 것으로 여성에게 인정받기를 원하는 내용이 있다.

18) 당시 식민정부의 대대적인 동원으로 기차역으로 나온 사람들이 일장기를 흔들며 替天征不義, 誓勝出鄉 등의 군가와 만세를 부르며 지원병들을 열렬히 환송했으며 매일 이

을 보고 부러워하며 출정할 때 여학생들이 만들어 주는 센닌바리(千人針)나 평안을 기구하는 인형을 가질 수 있는 기회를 통해 마음에 두고 있던 이성에게 접근하려는 의도도 다분히 있었다. 즉 청년시기에 있을 법한 막연한 동경으로 인한 충동적인 결정이 자원입대 이유 중의 하나라고 하겠다. 이러한 관념성과 막연함은 이후 張의 군려생활에서 지속적인 갈등의 불씨가 된다.

張은 台北와 基隆을 거쳐 일본으로 가서 병영생활을 하게 되는데 훈련과 실전의 과정에서도 여전히 신념의 동요와 심리적 갈등으로 방황한다. 그 발단은 대만인에 대한 여전한 차별대우이다. 가령 군대 상관이 보급된 식량을 밀매하여 사욕을 채우느라 대만인 병사들에게 극히 소량의 밥만 배급된다든가 교만하고 이기적이며 민족적 우월감을 가진 일본인 병사들에게 듣는 경멸적인 언사들로 인해 일본인들이 말하는 '팔굉일우'(八紘一宇)나 '대동아공영권'(大東亞共榮圈) 등의 이상이 그저 군벌들이 지어낸 교활한 기만이라고 생각하게 된다. 이렇게 종군 후에도 여전한 물질적, 정신적인 차별대우로 인한 심리적 고뇌로 張은 군대생활의 의미와 목표를 잃게 되고 학생시절 탁월한 성적과 강건한 신체로 누구에게도 뒤지지 않는다는 자부심을 가졌던 적극적인 성격에서 점차 인생관도 소극적으로 변하게 된다. 탄식과 고민으로 '마치 영혼이 허공에 떠도는 것처럼 돌아갈 곳을 찾을 수가 없고 너무 적막하여 아무리 노력해도 생활의 목표를 찾기 어려운 시간들을 보낼 수밖에 없었다. 마치 머리속에 그물이 씌워져 있는 것처럼 거의 미칠 지경에 이르렀다. 정신적인 불안이 그전에는 아무렇지 않게 느꼈던 훈련

런 성황을 신문으로 보도했다. 이에 대해서는 周婉窈, 「美與死-日本領臺末期的戰爭語言」, 앞의 책, 186~213면 참고.

도 견딜 수 없는 고통이 되게 했고 어떤 때는 자살의 충동을 느꼈다.'(36) 한 마디로 마음의 전쟁을 치르고 있는 형국이라고 하겠다. 소설 전체를 통 털어 한 번의 공습 장면 이외 실제 전쟁이 거의 묘사되지 않고 있으며 주인공이 실전에 투입되는 내용도 잘 드러나지 않기 때문에 비록 전쟁과 종군을 소재로 한 소설이지만 실제전쟁보다는 주인공 인물의 마음에서 행해지는 전쟁, 심리적 갈등과 모순을 해결하고자 하는 치열한 싸움과 인내 등이 이 소설의 핵심 내용이라고 하겠다.

이러한 고뇌와 방황은 대만인과 대만여성을 비하하는 일본인 병사와의 몸싸움으로 폭발되기도 했지만 소향에게서 받은 인형이 주는 위로와 힘, 그리고 같은 처지의 조선인 병사와의 감정적 연대감을 통해 견뎌내게 된다. 허리춤에 매달린 인형은 어떻게든 살아남아야겠다는 결심을 하게 하기도 하고 실제로 인형을 가지러 갔다가 미군의 폭격에서 살아남기도 하는 등 그를 지켜주는 역할을 한다. 또한 조선인 병사 孫立榮와의 우정 역시 동일한 식민지인으로서의 비애와 자신들의 충동적인 결심에 대한 후회, 특공대원으로 투입되면서 긴박한 상황에서 맞닥뜨린 죽음의 공포 등을 단가(短歌)로 공유하면서 견뎌내고 대만과 조선인 병사들은 실제로 일본인 병사들과 갈등으로 인한 싸움이 있을 경우 서로 연합해 대처하기도 한다.

3개월의 항공병 훈련을 마치고 파견된 항공대에서도 이들의 우정은 지속되는데 당시 미군이 사이판을 점령하고 일본본토의 공업도시를 폭격하기 시작하자 그들에게 수도 보위의 임무가 주어져 가고시마 지란(鹿兒島知覽) 특공기지기에서 가미카제의 임무를 부여받게 되면서[19)]

19) 지란은 일본 가고시마현 남부 구릉에 있는 공군기지로 가미카제 특공대 병영지이다. 조선인 특공대원 탁경현(光山文博) 역시 지란 교육대에서 기초 조종훈련을 받았다고 한다. 김윤형, 『나는 조선인 가미카제다』, 서해문집, 2012, 11면.

마음의 갈등과 방황은 죽음의 공포와 맞물려 한층 그를 괴롭히게 된다. 또한 그런 만큼 후회가 깊어지고 당초 자신의 종군결정에 대해서도 되돌아보게 된다. '처음에는 화염과 같은 격렬한 열정에 도취되어 아무 것도 생각지 않고 출정했는데 일단 죽음에 대한 의미를 찾지 못하게 되자 생존에 대한 미련이 맹렬하게 생겨나 죽음의 어두움 그림자와 뒤섞여 나를 전율케 했다.'(42) 이러한 심리상태를 거치면서 그는 일본이 건립한 전쟁신화인 산화(散華)의 의미에 대해 씁쓸함을 느끼고 조롱하게 되며 이로 인한 정신적인 적막감에 괴로워하면서 산중을 방황하거나 가고시마만의 바다를 바라보며 대만을 그리워하고 만약 출전의 기회가 온다면 오키나와의 미군전함이 아니라 대만의 해안으로 가서 자폭하겠다는 결심하기까지 한다.

또한 이러한 정신상의 고뇌에다 고향과 소향에 대한 그리움, 자신의 표박(漂泊)과 부유(浮游)하는 신세, 그로 인한 비애를 31자의 단가로 토로하면서 동일한 처지의 孫이 쓴 단가와 교환해 읽기도 한다. 그러던 어느 날 孫이 비행기를 몰고 도망가다 해안에서 격추되었다는 소식을 듣게 되는데 孫의 이러한 행위가 죽음으로 모순을 해결하고자 하는 데서 나온 것이라고 생각하게 되고 마음과 위배되는 일을 하고 싶지 않은 그에게 孫의 행동은 무한한 용기를 가져다준다. 병문안을 반대하는 전대장에게 하는 말은 이러한 심정을 대변해 준다. '우리는 모두 일본을 믿었습니다. 일본이 아시아의 평화를 위해 싸운다는 것을 믿었습니다. 때문에 우리는 모두 먼 곳에서부터 여기까지 와서 죽음으로 일본에 공헌하고자 했습니다. 이게 가장 고귀한 희생이 아니면 무엇이겠습니까? 대장님은 아십니까? 일본인 병사들이 우리에게 어떻게 대했는지. 우리는 그들과 동일한 목적을 위해 이곳에 왔는데 그들은 우리를 괴롭히고 모욕했습니다. 군대에서도 이럴진대 대만에 사는 일본인이 대만인을 얼마나 노예처럼 부렸는지 상상할 수 있을 것입니다. 의심할 여지없이 남방 점령지의 일본인들은 더 흉포하겠지요. 왜 남양의 섬들을 지키지 못하고 빼앗기는지 아십니까? 그곳 주민의 옹호를 받지 못해서 그런 것입니다. 이렇게 좁은 마음을 가진 일본인이 아시아를 구할 수 있다고 누가 믿겠습니까?'(47) 양심의 가책에서 벗어나고자 이런 행동을 했다는 孫의 말과 비록 심각한 부상을 입었지만 영롱하고 맑게 빛나는 孫의 눈을 보고 張은 마치 자신의 심적 부담을 해소한 듯한 느낌을 받는데 이는 張이 드디어 죽음의 공포에서 벗어났음을 말해주는 것이라고 하겠다.

곧 이어 전쟁이 일본의 패배로 끝나고 8월 23일부터 복원이 시작되자 대만으로 귀환하기까지 일본에서 대기하게 되는데 전쟁참여에 대한 마음의 부채는 없어졌지만 일본인의 중국인에 대한 멸시와 적대감을 보면서 향후 자신의 일생 지향을 중일양국 간의 제휴를 위한 교량이 되겠다고 결심하며 이것이 대만의 50년 식민지로서의 희생을 가치있게 하는 길이라고 생각한다. 다음 절에서 살펴보겠지만 종군지원 이후의 심리적 갈등과 방황은 전쟁이 끝남과 동시에 막을 내리지만 갈등과 방황, 정신적인 고뇌는 종전 이후 직면해야 할 대만인의 과제, 어떻게 중국을 조국으로 맞을 것인가 하는 문제와 깊은 연관성을 가지고 있다. 張에게 있어서 전쟁은 실전경험보다는 무엇을 위해서, 누구를 위해서 참전해야 하는지를 끝없이 되묻는 심리적 방황과 정신적 고뇌로 점철된 소위 마음의 전쟁이었고 이것이 자의든 타의든 종군하게 된 식민지 대만 청년의 보편적인 심리상태라고 하겠다.

3. '조국'에 대한 상상과 민족 정체성의 전환

소설의 내용은 상당부분 작가인 蕭金堆의 일생과 일치하는데 그 역시 소설 속 주인공 張처럼 彰化출신으로 1942년 대중주립창화상업학교(臺中州立彰化商業學校)에 입학했고 실제로 1944년 17살의 나이로 육군특별간부후보생 항공병으로 종군 지원했으며 전쟁 말기에 특공대원으로 복무했고 전쟁이 끝날 때까지 일본의 조후(調布), 지란(知覽), 요카이치(八日市) 등의 비행장에서 훈련을 받고 근무한 경험이 있으며 소설의 주인공처럼 집으로 보낸 편지는 단가로 대신했다고 한다. 또한 전쟁이 끝나고 1946년 대만으로 돌아온 후 성립사범학원(省立師範學院) 역사지리학과에 입학했으며 「내가 아는 조국(我所認識的祖國)」으로 대만방송국 문예대회에서 일등상을 받기도 했다.[20] 이 몇 가지 행적을 보면 소설의 내용과 거의 일치함을 알 수 있는데 지원병으로의 참전과 일본에서 주둔했던 지역명도 같아 자전적 성격이 매우 농후하다고 하겠다. 또 1944년에서 1946년까지의 전쟁추이, 즉 미군의 동향, 소련의 선전포고, 일본본토의 결전태세, 전후 복원상황 등도 역사적 사실과 부합하여 실제체험에 기반한 창작임을 짐작하게 한다. 또한 앞에서도 보았듯이 특별지원병제가 실시되면서 대만의 지원병 청년들의 심리상태, 지원동기 등이 매우 사실적으로 그려지고 있는데, 이들이 향후 전장에서, 그리고 종전 이후에 맞닥뜨리게 될 국가 정체성의 문제는 대만인

20) 蕭金堆의 일생에 대해서는 蕭掬今, 「哀思與追念-蕭翔文先生生平事蹟(1927.12.15.~1998.7.4)」과 岩上, 「燃燒而木訥的鳳凰花-蕭翔文詩文學與生活」, 『笠』詩刊 207期, 1998.10, 84~85, 97~102면 참고. 이 소설을 자전이라고 볼 수 있는 또 한 가지 이유로는 『潮流』에 실린 원 소설에서 여성의 이름이 碧雲인데, 이는 실제로 작가 蕭金堆의 아내 이름이기도 하다.

들에게 매우 현실적이고 엄중한 역사적 과제로 이 문제가 전쟁체험을 통해 어떻게 드러나는지 살펴보는 것도 매우 중요하다고 하겠다.

앞 절에서 본 張의 고뇌와 방황은 학교에서나 사회에서 불평등한 대우를 받았던 식민지민의 처지에서 비롯된 것으로 이러한 일본인과 식민지배에 대한 불만은 곧 자아정체성에 대한 탐색으로 이어진다. 張은 일등의 성적에도 불구하고 자신보다 훨씬 뒤쳐진 일본인 급우가 급장을 차지한다든가 일본인 교사와 일본인 학생들이 대만학생들에게 듣기 어려운 모욕과 무리한 횡포를 부려 그의 가슴에 철 발굽 마냥 깊이 상처가 박혔을 때 대만인들이 모여 사는 빈민굴을 지나며 거기서 들리는 호금(胡琴)소리를 통해 자신의 한족(漢族) 정체성을 확인한다. 또한 그가 종군지원을 결심하게 된 직접적 계기인 아편전쟁이란 영화는 비록 서구 제국주의의 아시아 침략으로 해석되었지만 그가 영화를 본 후 눈물을 흘리며 분노하게 된 이유 역시 영국에 의한 침탈과 불평등 조약을 체결할 수밖에 없는 중국의 처지를 민족적 입장에서 받아들였기 때문이다.

일본 각지를 주둔하면서 시작된 훈련과정과 실전배치에서 가장 견디기 어려운 점으로 소량으로 지급되는 급식을 들고 있는데 배고픔이 엄습할 때마다 대만인 병사들은 삼삼오오 모여앉아 명절에 먹는 대만의 떡을 떠올리고 얘기하면서 차별대우에 대한 분노를 삭이는데 이렇게 일본군대에 대한 불만과 의심이 짙어갈수록 자신이 그들과는 다른 민족이라는 점이 부각된다. '자칭 세계에서 최고라는 일본군대가 겨우 이런 정도라니? 이렇게 도량이 좁은 민족이 어떻게 아시아인에 의한 아시아 건설을 지도할 책임을 질 수 있겠나? 일본을 신뢰하고 일본인과 함께 죽고자 하는 대만인 병사들에게도 이렇게 민족 우월관으로

일관하니 말이지.'(36)

특히 대만과 같은 처지의 조선인 병사와 만나면서 일본과 구별 짓는 대만인, 한국인[21]이라는 민족 정체성이 보다 명확해지고 있다. 조선인 병사 孫立榮과 만나게 되는 이유도 그가 아픈 동족 병사를 위해 담을 넘어 조선인 부락에 가서 약을 구해오다가 발각되었기 때문이며 그를 감시하는 임무를 맡게 된 후 그가 베를린 올림픽의 마라톤 우승자인 손기정(孫基禎)의 조카이며 자신이 자원병으로 입대할 때 삼촌인 손기정이 격렬하게 반대했다는 애기를 들려준다. 이렇게 孫을 통해 자신과 동일처지의 한국에 대한 인식을 보여주고 있으며 이들은 '두 사람은 손을 맞잡고 장래 반드시 서로 도와 흉악한 일본병사를 대적하자고 맹세하였으며 대만병사와 한국병사들은 연합행동을 취했다.'(37) 한 번은 이부키산(伊吹山)에서 보병훈련을 받던 시기 어느 날 자는 동안 웃는 소리에 잠이 깨었는데 대만에서 온 일본인 병사가 다른 일본인 병사들에게 대만인은 우리와 달리 끈기 없는 재래미를 먹고 대만여자들은 더럽고 불결하며 태양에 그을려 목탄처럼 얼굴이 새까맣다고 비하하자 더 이상 참지 못하고 달려든다. '이전부터 받아왔던 나에 대한 모욕은 이를 악물고 참아내었지만 전체 대만인의 명예에 대해서는 죽임을 당해도 지켜야만 했다. 전체 대만인의 분노가 내 주먹에 뭉쳐져 있는 듯이 느껴져 때리면서 눈물을 흘렸다.'(39) 더 이상 개인적인 절망과 불만이 아니라 전체 대만인을 위해 분노하는 모습으로 나아간다. 이런 과정을 통해 종군입대 전 정정당당한 일본인이 되겠다는 마음은 갈수록 약해지고 한족으로서의 정체성을 찾아가게 된다. 즉 張의 불만

21) 소설에서는 조선인이 아니라 한국인이라고 나오는데 아마도 1955년에 씌어졌기 때문인 것 같다.

과 고뇌가 심화될수록 그에 비례하여 일본과 다른 민족 정체성을 점차적으로 확인해 가는 것이다.

전황이 더욱 불리해지면서 미군의 빈번한 폭격으로 인한 가미카제 임무가 주어짐에 따라 죽음의 공포가 심해지자 대만인 병사들은 방공호에 숨어서 대만말로 얘기를 나누며 일본인과 다른 발가락의 생김새 등 신체적 특징을 찾아 서로간의 연대감과 공동의식을 강화해 가며[22] 더 이상 일본이 선전하는 전쟁담론을 받아들이지 않는다. 가미카제로 차출될 가능성이 농후해지자 전대장이 대만인 병사들을 모아놓고 술과 풍성한 음식으로 접대하면서 '일본정신을 이해하지 못하는 일본인은 일본인이라 할 수 없다. 비록 외국인이라도 일본정신을 이해하면 일본인이라고 할 수 있다.'(40)고 정신감화를 시키지만 이들은 '우리는 겉으로는 성실하고 엄숙한 태도를 취하면서 마치 감동한 듯이 행동했지만 마음속으로는 "한(漢)민족의 몸에서 어떻게 야마토 민족의 피가 흐르겠는가, 우리는 절대 다시는 속지 않을 것이다"하고 소리치고 있었다.'(40-41) 죽음의 공포와 당초 종군을 결정하게 된 명분의 상실로 인해 극도의 비극적인 정서에 빠진 張은 단가를 통해 마음 속 깊이 자리한 침울함과 적막감을 해소하는데 이 과정에서 고향에 대한 향수와 사랑에 대한 그리움은 '간접적으로 조국 중국에 대한 막대한 사모를 표현하는 것으로 변했다.'(45) 즉 죽음의 그림자가 짙을수록 더욱 깊이 자신이 중국인이라는 것을 느끼게 되는데 마치 체내의 피가 자신의 선택과 지금의 생활이 조국을 배반한 것이라고 말해주는 듯하여 정신적 고뇌는 최고조에 이르게 된다. 자신이 일본인과 다른 민족인 한족

22) 이는 혈연적인 정체성으로 하버마스의 『인식과 관점』(고려원, 1996)에서 말하는 도덕 발전과 자아 정체성 중 '자연적 정체성' 단계에 해당된다고 하겠다.

정체성은 일본을 더 이상 자신의 국가로 인정하지 않는 국가 정체성으로 확대되고 중국을 조국으로 의심 없이 받아들이게 된다. 일반적으로 이차대전 후 대만인의 국가 정체성에 대해서는 국민당의 교육과 강제적 이데올로기화의 결과라고 보는 경향이 우세하지만 이 소설에서 보는 대로 광범위하게 진행된 전쟁동원의 현실에서 식민지 대만인의 전쟁경험이 가져온 국가 정체성의 전이현상도 고려해 보아야 할 것이다.

전쟁이 끝나고 복원이 시작되자 일본 국적이 더 이상 인정되지 않는 상황에서 張은 화교연합회에 참여하고 중국인으로서 대만과 조국의 건설에 당당히 나설 것임을 천명한다. 화교들이 가슴에 다는 표지를 달고 승전국으로서, 또 세계 강국의 국민임을 자랑스럽게 여기고 지나인, 청국노라고 야유하는 일본인과 싸우기도 하고 전쟁 시기 총알받이로 잡혀 온 중국병사들을 위로하며 같이 국가를 부르면서 동포임을 확인한다. '우리는 비록 처음 여기에 왔지만 마치 자기의 집으로 돌아 온 것처럼 아무런 구속도 느끼지 않았고 모든 것이 자연스러웠다.' '머지않은 장래에 우리는 조국의 가슴에 기대어 향기로운 조국의 공기를 맡게 될 것이라고 생각하니 감동으로 눈물이 흘러 내렸다.'(60-61) 종전 후에도 일본인이 중국과 중국인에 대해 가지고 있는 적개심과 여전한 멸시에 대해 그것은 일본의 패배가 미국의 원자탄 투하로 인한 것이지 결코 중국의 저항 때문이 아니라고 여기는 데서 비롯되었다고 하면서 교육을 통해 일본중심주의 역사관을 교정해야 한다는 점을 강조하고 있다. 그러면서 중국과 일본의 교류와 제휴만이 아시아의 평화를 가능하게 한다는 결론을 도출하고 이를 향후 일생의 지향으로 삼을 것이라고 결심하며 문학이 양국 상호간의 이해를 가능하게 할 것이라는 생각에서 대만으로 돌아온 후 이 전공으로 대학에 진학한다.[23] 중일양국의 교량이라는 임무와 과제는 실제 식민지 시기 일본이 대만에 전파한 담론 중의 하나인데 목적은 다르지만 주인공은 실제 자신의 전쟁체험을 통해 아시아 평화에 대한 시각과 대만의 역할에 대한 인식에 도달한 것이다. 이런 인식은 소설에서 蔣介石이 항일전쟁 후 제기한 '덕으로써 원한을 갚자'(以德(恩)報怨)정책에 대한 해석과 연결되기도 한다. '장총통의 은혜로 원한을 갚자는 덕정이 얼마나 높고 위대한가. 마치 평소에 태양과 공기의 소중함과 물이 주는 은덕을 모르고 사는 것과 같이 일본인들도 이에 대해 진심으로 고마워할 줄을 모른다.'(57)라고 하여 상당히 이상적으로 해석하고 있는데 소설이 나온 1955년이 반공의식과 백색공포가 정점에 달한 시기라는 점, 작가 자신이 실제로 백색공포에 연루되기도 했지만[24] 아시아의 미래에 대한 사고는 자신의 전쟁체험에서 기인한 것임을 부정할 수 없고 이것이 50년에 달하는 대만의 식민지 역사가 남겨 준 교훈이라고 하겠다.

전쟁이 끝나고 복원이 이루어지는 동안 일본인들로부터 여전한 경멸과 모욕을 당하기도 하지만 동시에 동족이고 같은 국민으로 의심치 않던 중국인으로부터 피해를 보기도 한다. 화교연합회 이사장의 착복 비리를 바로 잡기 위해 노력하다가 그가 파견한 중국인으로부터 구타당하고 생명까지 위협받는 내용이 나오는데, 張은 자신의 신체적 아픔보다 이들의 존재하는 조국의 앞날을 더 걱정하고 만약 자신이 희생당한다면 그것은 조국을 위한 유혈이라고 위안을 삼는다. 불의를 바로 잡기 위한 행동이 비록 위험을 초래하고 중국인 동포로부터 구타를

23) 1946년 당시 역사지리학과는 문과대학에 속해 있었다.

24) 1949년 대만에서 일어난 학생체포사건인 4.6사건의 여파로 당시 학생이었던 銀鈴會 성원에 대한 체포가 있었다.

당하지만 이를 중국인과 대만인의 대립으로 여기지 않고 어쩔 수 없는 사회적 현실이라 인식한다. 이렇게 일본에 대한 것과는 다른 중국에로의 국가 정체성은 대만에 돌아온 후에도 지속되는데 소향의 무관심이 가져온 실연으로 고통을 당하면서도 고난의 조국을 위해 일을 하려면 반드시 기운을 차려야 한다고 자신을 독려한다.

소설에서 素香은 온갖 정신적 고뇌와 방황 속에서 자신을 버티게 해 주는 존재이며 살아 돌아올 수 있게 한 심리적 힘의 근원이다. 때문에 귀환 후 素香의 무심함은 그에게 청천벽력과 같은 절망감을 안겨주었고 또 한 번 생의 의지를 박탈하는 시련으로 그려진다. 죽을힘을 다해 배구연습에 매진한 것도 실연의 고통을 잊기 위해서였다. 그러나 결미에서 말해주듯 素香의 태도는 그를 단련시킬 목적으로 의도된 것이며 결국은 그와 맺어짐으로써 고난과 역경을 이겨내고 사랑을 이룬다. 때문에 素香이 만들어준 인형으로 나타나는 사랑은 고통을 통한 승화, 즉 전쟁의 고통을 통해 진정한 자아와 국가 정체성을 획득하는 은유로 작용하고 있다고 하겠다. '나고야에 머물고 있었을 때 비록 은연중이나마 예감하고 있었다. 내 머리 속의 아름다운 상상은 어느 날엔가 현실에 의해 파괴될 것이라고. 그러나 나는 지금 현실을 통해 명확하게 알게 되었다. 건전한 사랑은 관념 속에서 완성되는 것이 아니라 부단히 새로운 혈액을 보충하고 새로운 내용을 채워 넣어 배양해야 한다는 것을. 강녕(康寧)한 조국도 마찬가지다. 이는 남이 건설해 주는 것이 아니라 자신의 피와 땀으로 건설해 내는 것이다.'(66) 즉 현실에 기초하지 않은 충동적이고 관념적인 사랑이 현실 앞에서 무너지듯이 막연한 동경과 충동적인 종군의 선택 역시 차별적인 현실 앞에서 정신적 고뇌와 방황을 초래하였고 이를 온몸으로 겪고 극복해야만 사랑도 조국에 대한 정체성도 확고하게 얻을 수 있다는 주제를 전달하고 있다. 여기서 관념적이고 충동적인 사랑은 素香뿐 아니라 중국에 대한 상상도 포함된다. 현실이 매개되지 않은 혼자서의 짝사랑이 현실 앞에 무너지듯이 조국 중국에 대한 정체성 역시 혈연성에 기초한 감각적인 차원이 아니라 귀환 대기 중에 직면했던 일처럼 현실적인 접촉과 상호 이해에 기초해야만 가능하다는 의미를 전달하고 있다고 하겠다.[25]

4. 결어 - 남은 문제

이상 해방 후에 나온 대만소설 「운명의 인형」을 대상으로 식민지 대만인의 전쟁체험과 그 체험을 통해 전환되는 조국에 대한 상상과 민족 정체성이 형성, 확립되어 가는 과정을 살펴보았다. 본문에서 논의된 점은 다음과 같다. 우선 종군지원으로 대표되는 식민지 청년들의 전쟁참여가 전방위로 진행된 황민화 운동의 단순한 결과가 아니라 서구 제국주의에 대한 아시아 보위전이라는 명분이 청년들에게 영향력을 발휘했다는 점을 들 수 있다. 이 전쟁담론은 당연히 일본이 식민지인을 동원하기 위해 창안한 이데올로기이기는 하지만 아편전쟁 같은 역사적 사실을 선전에 이용함으로써 청년들의 자발적 동의를 끌어내는 데 일정정도 영향을 미쳤다. 그러나 사회와 학교를 막론하고 현실

25) 그의 시 「祖國」과 「心的祖國」을 통해 이러한 분석에 더 확신을 가질 수 있는데 이들 시에서 피의 조국(血的祖國), 법의 조국(法的祖國), 마음의 조국(心的祖國)이라는 세 개의 조국 사이에서 번뇌하는 자신의 심정이 잘 드러나 있다.

생활에 존재하는 식민지 차별대우와 경멸적인 시선으로 인한 불만과 분노는 이러한 명분으로도 상쇄시킬 수 없는 무게를 가지는 것이었고 특히 군대배치 후 훈련과 실전투입과정에서도 반복되는 불평등은 신체적인 실감과 죽음의 공포가 더해져 일본이 건립한 전쟁이념에 대한 심각한 동요를 유발시켰다. 전쟁의 이념에 대한 동의가 사라지면서 자신의 종군이 민족을 배신한 것으로 인식되었고 그 과정에서 미칠 정도의 혹은 자살을 결심할 정도의 심각한 정신적 고뇌와 번민이 몰려왔다. 가히 마음의 전쟁이라고 할 만한 극도의 심리적 방황은 사랑의 추구와 죽을 각오를 한 일탈행동으로 완화되기는 하지만 전쟁이 종결되지 않았다면 결코 해결되지 않을 정도의 심각성을 띤 것이었다. 이러한 심리상태는 일본과는 다른 말, 풍습, 음식, 신체적 특징을 가진 대만인의 한족 정체성의 확인과 강조로 이어지고 아직은 구체적이지 않은, 즉 현실에 기반하지 않은 중국이라는 조국에 대한 상상으로 전이되어 전쟁이 끝난 후 의심의 여지없이 중국을 자신의 조국으로 받아들이게 된다. 즉 법의 조국에서 피의 조국으로, 다시 마음의 조국으로 정체성이 확립되는 과정을 그리고 있는 것이다. 따라서 본문은 사랑이든, 조국에 대한 상상이든 막연한 동경과 충동적 선택이 전쟁이라는 현실적 체험을 통해 구체적인 인식을 가능케 한다는 주제를 전달하는 소설로 이 작품을 규정했다. 동시에 이 소설에서 아시아의 평화라는 이야기의 출발점이 주인공의 전쟁체험을 통해 중일양국의 상호이해와 제휴라는 아시아 내부의 노력으로 가능해질 것이라는 역사인식으로 드러나는 것이 매우 중요하다고 여겨지는데, 이것이 바로 반세기에 걸쳐 진행된 대만의 식민지 경험이 주는 역사적 교훈일 것이며 어쩌면 지금까지 여전히 유효한 시각과 과제가 아닐까 한다.

본문은 식민지 대만인의 전쟁체험이란 시각에서 「운명의 인형」을 검토하였기 때문에 미처 해결하지 못한 두 가지 문제가 있어 마지막에 부기해 둔다. 하나는 소설 속 인물인 孫立榮이란 한국인에 관한 것이다. 이 소설은 작가의 실제경험을 재구성한 것으로 따라서 소설 속 내용도 충분히 실제로 발생한 일일 가능성이 높다. 孫立榮이란 인물은 자신의 입으로 1936년 베를린 올림픽 마라톤 우승자 손기정의 조카라고 하면서 삼촌이 자신의 지원병 입대를 격렬하게 반대했다고 했다. 또 삼촌인 손기정이 올림픽 우승 순간 가슴의 일장기를 어깨로 감추고 싶을 정도로 망국민의 비애를 느꼈다고 하면서 자기가 입대하게 되면 곧 바로 조선인이라는 사실을 깨닫게 될 것이라는 말을 해 주었다고 얘기한다. 이 인물은 전쟁의 최후 막바지에 정신적 고뇌를 견디지 못하고 비행기를 훔쳐 탈출하려다 격추당하지만 살아남아 한국전쟁으로 보이는 서울 보위전(保衛戰)에서 사망한 것으로 나온다. 그가 가고시마 병원에 입원했을 때 병문안을 간 주인공에게 자신이 죽게 되면 가지고 다니던 인형과 자신이 쓴 단가를 인천고등여학교에 다니는 金麗華에게 전해달라는 말을 한다. 종전 후 다시 만나지는 못했지만 소설 말미에 그가 이미 사망했다는 사실과 그의 전기를 쓰고 싶다는 희망을 얘기하는 것으로 보아, 그리고 서술자 '나'의 눈에 보인 듯한 張의 허리춤에 달린 두 개의 인형이 모두 이 인물의 실존 가능성을 말해 준다. 아쉽게도 아직 사실 확인은 하지 못했지만 사실여부를 막론하고 태평양전쟁 당시 대만과 한국에서 지원한 학도병들의 심리상태와 상호인식 등에 관한 이해증진에 참고가 될 수 있을 것이다.

다른 하나는 서론에서 얘기한 대로 이 소설은 해방 직후 본토 대만인들의 동인지인 『조류(潮流)』에 실린 미완성 소설을 증보, 개사한 작품으로 1955년에 출판된 단행본 소설집에 실려 있다. 즉 전쟁이 끝난 이후 그것도 국민당의 대만철수와 연이은 백색공포의 정점에서 나온 작품이다. 이러한 사실은 두 가지 측면에서 진일보한 분석과 고찰이 요구되는데 하나는 1948년, 즉 이보다 더 일찍 나온 원작과의 비교검토이고, 다른 하나는 본문에서도 살펴본 바 있는 조국 상상과 민족 정체성에 대한 해석 문제이다. 특히 작가가 백색 테러리즘 시기 투옥된 경험도 있어 상당히 세밀하고 조심스러운 분석이 요구된다. 그러나 논문에서는 1955년판 텍스트에 한정시켜 논의를 진행하여 보다 상세한 작가연구를 병행하지 못했는데 이는 다음 번 과제로 삼기로 한다.

대만의 2・28항쟁과 관련소설의 역사화 양상

1. 2・28사건과 전후초기 대만상황

1947년 2월 27일에 시작되어 5월 16일까지 두 달여간 지속된 2・28항쟁은 대만의 전후사[1]에서 가장 규모가 크고 비극적이며 오랜 기간 대만사회에 중대한 영향을 끼친 역사적 사건이다. 사건의 발단은 1947년 2월 27일 정부기관인 전매국(專賣局)의 단속반원이 담배 밀수품을 단속하는 과정에서 과도한 폭력을 행사한 데서 비롯되었다. 당시 臺北에서는 담배와 술의 밀매가 성행했는데 한 중년 여성이 조사를 받던 도중 가지고 있던 담배 뿐 아니라 지폐도 같이 몰수당하자 돌려달라는 실랑이가 벌어졌고 단속반원이 내리친 총부리에 다쳐 선혈이 낭자했다. 그러자 주위를 둘러싸고 있던 민중들이 사과를 요구하며 단속반원을 뒤쫓았고 막다른 골목에 몰린 단속반원이 쏜 총에 무고한 젊은이가 사망하게 되면서 민중들의 항의 시위가 걷잡을 수 없이 커져 대규모의 관민충돌로 확대된 것이다. 밀매행위의 단속과 민중에 대

1) 대만에서는 2차 대전 이후를 戰後시기라고 지칭한다.

한 정부관원의 과격한 폭력에서 발단되었다는 점에서 2·28사건은 해방 직후 대만사회의 현실을 매우 직접적으로 드러내고 있다고 하겠다.

1945년 일본이 패전하자 대만은 51년간의 식민지배에서 벗어나 해방을 맞이하게 되었다. 하지만 한국과 마찬가지로 대만인의 의지와는 무관하게 강대국에 의한 전후 세계질서 재편 협약인 카이로선언(1943)과 이를 재차 확인한 포츠담선언(1945)의 내용에 의거해 중화민국의 영토로 귀속되었다. 전쟁이 막바지에 이른 1943년부터 중화민국정부는 여러 단계를 거쳐 각종 조사와 거점 확보를 통해 대만접수를 위한 준비를 진행했고 일본 패망 후 일제시기부터 대만과 접점을 가지고 있던 陳儀(1883-1950)를 수반으로 하는 접수정권을 대만으로 파견했다.[2)]

종전 후 국민정부의 중국영토에 대한 복원계획에서 대만은 만주국이 있던 동북지역과 함께 광복구(光復區)로 지정되었기 때문에 전시 일본 점령 지역이었던 수복구(收復區), 국민당 통치 지역이었던 후방구(後方區)와는 달리 대만성행정장관공서(臺灣省行政長官公署)라는 특별행정기구가 설치되었는데 이 기구의 행정장관인 陳儀는 경비총사령(警備總司令)도 겸직하여 대만의 행정과 군사권을 장악했다.[3)] 기존 연구에 의하면 陳儀는 국민당 내에서 중도 좌익에 가까운 정치이념을 가지고 있었으며 복건성(福建省) 주석 기간의 통치에서도 삼민주의(三民主義) 이념 중 민생주의(民生主義)의 실현을 경제에 대한 정치적 통제를 통해 달성

2) 陳儀는 일제시기인 1935년 일본이 개최한 臺灣始政40週年博覽會에 시찰단 단장으로 참가한 적이 있으며 1944년 국민정부가 세운 臺灣調査委員會의 주임위원으로 임명되어 일제시기 대만의 정치, 경제, 민생, 군사 등 각 방면의 상세한 조사를 거쳐 『臺灣接管計劃綱要』를 제출한 바 있다.

3) 기존 연구에 의하면 국민당 내부의 계파갈등과 상호견제로 인해 陳儀가 실질적인 군사권은 갖지 못했고 사실상의 군사권한은 警備總司令部參謀長인 柯遠芬에게 있었다고 한다. 戴國輝·葉芸芸, 『愛憎2·28』, 遠流, 1992, 102면.

하려고 시도했다고 한다.[4] 문제는 그 이념의 실천수단으로 이용한 전매국(專賣局)과 무역국(貿易局)이 전후 대만의 경제를 부흥시키기보다는 관료들의 부정부패 온상이 되어 민중들의 원성을 샀으며 각종 산업에 대한 통제로 인민의 생계가 위협받는 결과를 초래했다는 것이다. 이는 2·28항쟁이 일어나게 된 가장 주요한 원인으로 지목되어 왔는데 당시 신문에는 거의 매일 관료들의 부패행태가 적나라하게 실리고 있었다. 전매제도는 일제시기부터 시행된 것을 그대로 이어 받은 것인데 술과 담배 등에 대한 제조와 판매권을 정부가 장악하고 관료들이 중간에서 막대한 이익을 취했으며 그 결과 대만 민간상인들의 생계에 위협을 초래했고 나아가 열악한 품질의 담배, 술 등을 유통시켜 외국제품의 밀매를 부추기는 결과를 낳았다. 앞서 본 2·28항쟁의 도화선이 된 밀수품 담배 단속도 바로 이러한 배경에서 발단된 것이다.

당시 소위 사흉(四兇)[5]으로 불린 관료들의 부패를 포함하여 접수정권의 광범위한 부정행위와 이를 방관한 陳儀에 대해 광복과 더불어 조국으로의 회귀를 열렬히 환영했던 대만 민중들은 실망을 넘어 분노하였다. 뿐만 아니라 접수정권은 중국어에 대한 사용 미숙을 들어 각종 기관에서 대만인을 배제하거나 설령 기용하더라도 보수에 차이를 두었고 일부 관료들은 일본의 식민통치로 인해 노예근성을 가졌다며 대만인을 비하했다. 이에 맞서 대만인들은 준법정신이 결여되고 여전히 봉건적이며 부패가 만연하다고 접수정권과 외성인(外省人)을 비난하면서 성적(省籍)갈등[6]이 갈수록 심화되었다.

4) 戴國煇·葉芸芸, 앞의 책, 61~104면.

5) 葛敬恩(長官公署秘書長), 包可永(工礦處長), 嚴家淦(財政處長), 周一鶚(民政處長)을 가리키는데 이들 자신은 물론 그들 수하가 대부분 탐관오리로 지목받았다.

6) 1949년 국민당 정부의 철수와 함께 중국에서 대만으로 이주해 온 사람들을 外省人이라

이런 상황에서 전후 대만의 산업은 피폐하고 민생은 극도로 어려워졌다. 일제시기 대만인에게 생계를 보장했던 각종 공장은 거의 대부분이 도산했고 어렵게 재개되었다고 해도 기술 인력과 행정직의 8할 이상이 중국에서 온 외성인이 차지해 대만인의 실업이 증가했으며 접수정권은 이에 대해 효과적인 해결책을 내놓지 못했다. 내전의 영향을 차단하기 위한 경제통제는 오히려 대만인들의 생계를 끊어놓는 결과를 초래했다. 예를 들어 일제시기에는 가능했던 석탄 등 민간 채광업은 정부가 연료조절위원회를 내세워 통제하면서 대만 자본가의 이익을 가로챘고, 민간 인쇄업과 당업(糖業)도 정부가 일괄 통제했으며 심지어 붓, 종이 등 문구와 교과서도 교육처가 주관하는 대만서점이 전횡하여 개인의 경영을 막았다. 특히 쌀의 대량 생산으로 유명한 대만에서 관료들에 의한 미곡 밀반출로 인해 양식이 부족한 상황이 초래되자 민중들의 분노는 극에 달했다. 한 마디로 조국에서 파견한 접수정권의 전횡으로 야기된 경기침체와 통화팽창은 대만경제를 초토화시켰고 해방이 된지 미처 2년도 되지 않아 민심은 陳儀의 접수정권으로부터 완전히 이반되었다.

1947년 2월 27일 밀담배 단속에서 발단되어 대규모 희생으로 이어진 2・28항쟁은 바로 이러한 전후초기 접수정권의 실책이 가장 큰 원인이었던 것이다. 심각한 민생문제로 陳儀정권에 대한 불만이 누적되고 외성인에 대한 감정의 골이 깊어가던 차에 발생한 전매국 직원의 과도한 단속과 곧 이어진 우발적 발포에 무고한 학생이 쓰러지자 마치 불붙은 나무에 기름을 끼얹은 모양새로 하루도 되지 않아 민중들

부르고 그 이전부터 대만에 거주하고 있던 이들을 本省人이라 부르는데 이들 간의 갈등을 省籍갈등이라 부른다.

의 항의와 처벌 요구가 臺北市 전체로 확산되었다. 2·28항쟁 관련문서와 기록을 종합해 재구성해 보면, 27일 저녁부터 민중들은 주요 시가를 행진하며 '살인자는 목숨으로 갚으라', '살인자를 내 놓으라' 등 구호를 외치고 징을 울리며 장관공서로 몰려들었고 『신생보(新生報)』사의 편집실로 들어와 발포사건의 전말을 보도하는 호외(號外)발행을 약속받고 해산했다. 그러나 다음날인 28일 臺北의 분위기는 심상치 않았다. 상점들은 거의 문을 닫았고 학생들도 수업을 거부했으며 사방팔방에서 민중들이 경찰서, 전매국, 무역국 앞으로 몰려들어 발포한 직원을 내놓으라고 외치며 담배, 술, 가구, 자전거, 트럭, 심지어 지폐까지 도로 한가운데 쌓고 불을 질렀다. 또한 발포사건에 대한 진상을 요구하는 민중들의 대오도 행진을 할수록 인원수가 증가하여 수천 명에 이르렀다. 이들이 장관공서 광장에 도착했을 때 더 이상의 진전을 막기 위한 발포가 또 있었는데 이로 인해 두 명의 민중이 희생되었고 수 명이 다쳤다. 이어 사망수와 시위규모에 대해 정확하지 않은 소식이 퍼져나갔고 급기야 3월 2일 臺北에 공전의 대유혈사태가 발생하여 이틀간 적어도 3~4천명이 목숨을 잃었다는 보도까지 나왔다. 당일 오후 민중들은 신공원(新公園) 내 방송국으로 진입해 대만 각지에 이 사건의 경과를 알리고 臺北 시민의 항쟁을 지원해 줄 것을 전 국민에게 호소했다. 이렇게 하여 항쟁사건은 전국으로 확대되어 수습하기 어려운 국면으로 치달았다.

특히 2월 28일 오후의 臺北市는 걷잡을 수 없는 상황으로 빠져 들었다. 장관공서 광장에서 울린 총성으로 흩어진 민중들은 분노를 억제하지 못하고 관인이나 외성인으로 보이는 제복(制服), 중산복(中山裝), 치파오(旗袍) 등을 입은 사람들과 민남어(閩南語)나 일본어를 못하는 이들을 구타했고 외성인의 직원 숙사나 상점도 파괴하는 등 수백에서 수천에 이르는 사람들이 피해를 입었다. 이런 상황은 3월 1일까지 지속되었고 민간에서 주도한 2·28 처리위원회가 조직되어 항쟁의 목표가 탐관오리의 숙청과 정치개혁에 있는 것이지 외성인 동포를 배척하는 데 있지 않다고 호소했다.

외성인에 대한 폭행은 2·28항쟁의 면모를 족군(族群)[7] 간의 대립으로 변화시킨 주요 요인으로 본성인(本省人)과 외성인(外省人)의 칭호는 이때부터 적대적으로 인식되었고 성적(省籍)모순과 분리의식으로 발전하여 지금까지 대만사회에 부정적인 영향을 미치고 있다. 사건 초에 발생한 외성인 배척과 구타는 주로 두 부류의 민중들에 의해 자행되었는데 하나는 전후 중국대륙, 남양 각지에서 돌아온 대만인 일본군 지원병, 군부(軍伕)와 군속(軍屬)[8] 등이고 다른 한 부류는 복건성 일대와 화소도(火燒島, 綠島)에서 돌아온 부랑자와 깡패였다고 한다. 전자는 일본군에 의해 자의, 혹은 강제로 이차대전에 참전한 군인들로 종전 후 패전국 포로와 동등하게 취급되었고 심지어 대만인이란 특수신분으로 인해 더욱 가혹한 차별을 받은 사람들로 특히 해남도(海南島)에서 비참한 경험을 한 것으로 알려져 있다. 이들은 중국의 上海, 福建, 廣東 일대를 유랑하다 대만동포의 후원으로 겨우 고향에 돌아온 경우가 많았

7) Ethnic Group에 해당하는 말로 공동의 조상, 언어, 역사, 문화, 습속을 가진 단위인데 여기서는 외성인과 본성인 간의 대립을 말한다. 현재 대만의 가장 큰 족군은 漢人으로 총인구의 97%이며, 그 외 2%의 원주민으로 구성되어 있고 漢人族群은 또 閩南語를 사용하는 河洛族群과 客家語를 사용하는 客家族群으로 나뉘며, 원주민족도 17개 족이 있다.

8) 전쟁시기 일본의 대만인에 대한 군사동원은 크게 세 단계로 나뉘는데 1937년에서 지원병제도가 실시된 1942년 이전까지의 군부, 군속(軍夫, 軍屬)동원과 지원병제 시기(1942~1945)의 지원병, 징병제 시기(1945)의 대만인 일본병이며 이를 통틀어 흔히 대만국적의 일본병(臺籍日本兵)이라 부른다.

지만 전후 대만의 경제악화로 대부분 실업상태였고 2·28 직전 물가 폭등과 쌀 부족 상황 등이 발생하여 생활은 도탄에 빠져 있었다. 후자인 부랑자들은 과거 일본 식민당국이 체포하여 綠島나 중국의 각 지역으로 보내 일본 앞잡이로 활용했는데 종전 후 일부가 대만으로 들어왔고 2·28 당시 전매국 臺北지부를 부수고 장관공서를 공격했으며 외성인을 구타하는 등 행동에 직접적으로 가담했다. 사건의 진전에 따라 이들 부랑자들 중에는 국민당의 특무요인으로 편입되어 복잡한 국민당내 파벌과 권력싸움에 휘말리기도 하고 치안유지를 내세우며 외성인 숙사를 공격하고 선량한 상인을 위협하는 등 만행을 저질러 결국은 중앙정부의 파병에 빌미를 제공했고 향후 진압과정에서 잔혹한 보복행위가 행해지는 심리적 요인을 제공했다. 사건이 전국으로 확대됨에 따라 무정부 상태에서 각지에 민간 처리위원회가 성립되어 사후처리를 논의했지만 대만인의 정치참여 확대 등 정치개혁의 일환으로 내놓은 지방자치 요구조항이 대만을 조국으로부터 분리하려는 기도로 해석되어 반란의 구실이 되었고 잔혹한 무력진압의 빌미가 되었다.[9)]

이런 가운데 대만 각지에서는 크고 작은 군민충돌이 일어났다. 臺北의 경우 민중들이 경찰서와 파출소에서 탈취한 무기를 소지하고 저항하기는 했지만 조직적인 무장대오가 형성된 것은 아니었다. 3월 2일에는 수백 명의 학생들이 중산당(中山堂)에서 대회를 열고 학생연맹(學生聯盟)을 결성해 공격을 진행했고 원주민 등도 하산하여 회합했지만 세가 불리해 해산했다. 그러나 臺北의 치안을 유지하던 학생조직은 무기탈취의 폭도로 지목되어 3월 8일 중앙군대에 의해 무참하게 진압되었

9) 3월 7일 官民共同處理委員會가 내놓은 처리대강 항목 중 32條인 「경비사령부의 취소」, 「국군의 무장해제」, 「육해공군 군관에 본성인 채용」 등 조항을 말하는 것이다.

다. 한편 중부지역인 臺中과 彰化 등지에서는 3월 1일 참의원들이 연석회의를 통해 시민항쟁을 지원하기로 결의하고 대정부 정치개혁을 요구했고 동시에 경찰국의 무장을 해제시켰다. 과거 대만공산당(臺灣共產黨)의 당원이었던 謝雪紅(1901-1970)은 방송을 통해 청년들에게 臺中으로 집결하여 항거하라고 호소했으며 林獻堂(1881-1956)과 지방의 유력인사들은 공산주의자인 그녀가 무장병력을 갖는 것을 꺼려하여 힘을 약화시키는 조치를 취하는 등 저항 세력 간의 알력도 있었다. 3월 8일 중앙정부가 파견한 21사단이 基隆에 상륙했다는 소식이 전해지자 謝雪紅이 이끄는 27부대는 외곽지역인 埔里로 이동하여 항거했지만 조직적인 체계를 갖추지 못했고 참가한 지도자와 학생들이 도중에 이탈하기도 했다. 따라서 3월 13일 군대가 臺中에 진입했을 때는 예상보다 과격한 진압사태는 일어나지 않았다.

무자비한 진압으로 인한 민중들의 희생은 3월 8일 대규모 군대가 대만 각지로 진입하면서 생겨났다. 요새지역인 基隆과 高雄, 그리고 嘉義와 臺北에서 수많은 청년과 학생들이 희생되었다. 군사진압은 3월 17일에 막을 내렸지만 경비사령부가 주도한 대만의 각 지역에 대한 동시다발적인 주도자 색출작업인 소위 청향(清鄉)활동에 들어가 사건 관련자를 면밀히 색출해 나갔다. 청향(清鄉)의 구체적인 내용은 호구조사를 통해 관련자를 검거하고 총기를 수거하는데 있었다. 이 작업은 전국에 7개의 거점을 두고 5월 초까지 가가호호 진행되었는데 대규모의 전면적 실시, 연좌처분 원칙으로 인해 대만사회에 공포분위기를 조성했으며 내란죄의 명목으로 많은 대만 엘리트들이 체포되거나 실종되었다. 당시 200여 명에 달하는 블랙리스트가 있었는데 그중에는 楊逵(1905-1985), 張深切(1904-1965), 莊遂性(1897-1962) 등 일제시기 활동했던 대만 지식인들이 대거 포함되어 있었다. 청향(淸鄕)작업은 1950년 5월까지 지속되었으며 그 이후에도 고압적인 계엄통치 아래 2·28 관련자는 물론 좌익인사들에 대한 광범위한 조사와 색출로 대만사회는 백색 테러리즘 시기로 진입했다.

이렇게 2만여 명에 달하는 사망자를 낸 비극적인 2·28항쟁은 접수정권의 실책에 대한 대만민중의 절망과 분노에서 기인한 전형적인 관핍민반(官逼民反)사건이었다. 그런데 그 과정에서 성적(省籍)갈등과 모순이 격화되고 중국대륙에서 파견한 군대의 무장진압으로 수많은 희생자가 나왔으며 이어진 청향(淸鄕)과 백색 테러리즘, 이후 38년에 달하는 계엄으로 인해 금기가 되어 대만사회의 오랜 상흔으로 남아 있었다. 1987년 해엄 이후 2·28항쟁은 역사적인 자료의 정리와 체험자들의 구술을 토대로 사건의 진상이 규명되어 가고 있지만, 현존하는 대만사회의 정치적 갈등의 근원이면서 여전히 부정적 영향을 미치고 있는 족군(族群) 간 문제를 되돌아보게 하는 살아있는 교재라고 하겠다.

2. 2·28문학의 향방과 면모

해방 직후 중국의 대만접수라는 특수한 역사적 배경에서 발생한 2·28항쟁은 국가의 폭력에 의한 대규모의 사상자 발생과 이 과정에서 빚어진 족군(族群) 간의 갈등, 이후 오랜 기간 지속된 백색공포와 계엄령 하에서 금기가 되어 대만사회의 치유되지 못한 응어리로 남아 있었다. 2·28항쟁에 대한 공식적인 조사와 평가는 1987년 해엄 이후 가능해졌지만 문학에서는 그 이전부터 여러 형태와 시각으로 반영되고 형상화되어 왔다. 따라서 2·28문학은 각 시기별 대만사회의 역사의식과 현실인식을 고찰할 수 있는 좋은 소재라고 하겠다. 이절에서는 지금까지 나온 2·28관련 소설을 간략하게 정리하여 여전히 대만사회에 큰 영향을 미치고 있는 이 역사적 비극이 문학에서 어떻게 다루어지고 있는지 고찰해 보고자 한다.

번호	소설명	작자	간행잡지/출판사	발행일/비고
1	冬夜	呂赫若	臺灣文化 2卷2期	1947.2.5
2	農村自衛隊	丘平田	臺灣文化 2卷2期	1947.2.5
3	創傷	夢周	中華日報	1947.4.20
4	臺灣島上血和恨	伯子	文藝生活14期	1947.5
5	黎明前的臺灣	吳濁流	學友書局	1947.6 일본어
6	波茨坦科長	吳濁流	學友書局	1948.5 일본어
7	沉醉	歐坦生	文藝春秋 5卷5期	1947.11.15
8	鵝仔	歐坦生	文藝春秋 7卷4期	1948.10.15
9	三月的媽祖	葉石濤	臺灣新生報 副刊212期	1949.2.12 일본어
10	偸渡者日記; 濁水溪	邱永漢	大衆文藝 1月號	1954
11	香港	邱永漢	大衆文藝 8-11月號	1955
12	鄕村的教師	陳映眞	筆匯 2卷1期	1960.5
13	梅春娘	白駒	文壇社	1964 장편
14	無花果	吳濁流	臺灣文藝 19-21期	1968 장편
15	臺灣哀史	林文堂	山崎書房	1972 장편 일본에서 출판
16	臺灣連翹	吳濁流	臺灣文藝 39-45期	1973 장편
17	老人	陳若曦	聯合報副刊	1976.12.26
18	歸	陳若曦	明報月刊 133-149號	1977.1-1978.5
19	微細的一線香	陳鏡花	前衛 1期	1978.5
20	路口	陳若曦	中文月報2,3號	1980
21	小說	李喬	文學界 1期	1982.1

22	告密者	李喬	文學界 4期	1981.10
23	黃素小編年	林雙不	自立晚報 副刊	1983.7.16
24	鈴璫花	陳映眞	文季 3期	1983.8
25	泰姆山記	李喬	臺灣文藝 86期	1984.1
26	叛國	吳錦發	文學界 10期	1984
27	月印	郭松棻	中國時報 人間副刊	1984.7.21-30
28	稻穗落土	蔡秀女	中國時報 人間副刊	1985.12.7-8
29	夜琴	李渝	中國時報 人間副刊	1986.1.5-7
30	西庄三結義	林深靖	臺灣文藝 99期	1986.3
31	返鄕箚記	蕭颯	洪範書店	1987.5 장편
32	抗暴的打猫市	宋澤萊	臺灣新文化 9期	1987.6
33	黯魂	楊照	時報文化出版	1987.9
34	煙花	楊照	時報文化出版	1987.9
35	寡婦歲月	許振江	愛華出版社	1987.10
36	風雪的底層	林文義	文學界 24期	1987
37	將軍之夜	林文義	南方 15期	1988.1
38	百家春	陳雷	自由時代	1988.8
39	阿公,海漲囉!	林文義	自立晚報 副刊	1988.10.1-3
40	幌馬車之歌	藍博洲	爾雅	1989.3.
41	牆	葉石濤	臺灣時報 副刊	1989
42	泥河	陳燁	自立晚報	1987.5 장편
43	浪淘沙	東方白	前衛出版社	1990 대하장편
44	一九四七高砂百合	林燿德	臺灣春秋16-22期	1990 장편
45	紅鞋子	葉石濤	前衛出版社	1990
46	迷園	李昂	麥田出版社	1998 장편
47	調查-敍述	舞鶴	爾雅	1993
48	反骨	廖淸秀	遠景出版社	1993 장편
49	怒濤	鍾肇政	前衛出版社	1993 장편
50	埋寃一九四七埋寃	李喬	海洋臺灣	1995 장편
51	白水湖春夢	蕭麗紅	聯經出版社	1996 장편
52	後山日先照	吳豊秋	躍昇文化	1996 장편

53	臺灣七色記	姚嘉文	自立晩報文化出版社	1987 장편
54	彩妝血祭	李昂	聯合文學 13卷4期	1997
55	奔跑的母親	郭松棻	七十年代 172期	1994.5 홍콩에서 출판
56	雪盲	郭松棻	知識份子 1卷2期	1995.1 미국에서 출판
57	今夜星光燦爛	郭松棻	中外文學 25卷10期	1997.3
58	洗不掉的記憶	田雅各	晨星	1992
59	十日談	朱天心	遠流出版社	1989
60	杷城春櫻	陳佩璇	南投縣	1999
61	二二八臺灣小說選	林雙不	自立晩報文化出版部	1989/1, 2, 4, 23, 25, 29, 31, 36, 45 수록 소설집
62	無語的春天 -二二八小說選	許俊雅	玉山出版社	2003/2, 4, 9, 23, 24, 29, 31, 34, 52, 54 수록 소설집
63	文學二二八	曾健民 等	臺灣社會科學出版社	2004/1, 2, 3, 4, 7, 8 수록 소설집
64	槍聲	胡長松	前衛出版社	2005 閩南語소설집

위의 표에 제시된 2·28관련 소설의 면모는 다음 몇 가지로 정리할 수 있다. 첫째로 사건에 대한 생생한 기록에 중점을 두고 있는 소설이다. 우선 시기적으로 2·28과 동시에 나온 伯子의 「대만섬의 피와 원한」(4)을 들 수 있는데, 소설 속 주인공은 陳儀정부가 들어온 후 실업자가 되었다가 아는 이의 소개로 겨우 전매국의 창고 간수로 일하게 되지만 서무과장의 부정한 행위에 동조하지 않았다가 중국어를 제대로 모른다는 핑계로 해고된다. 이에 대만인들이 모이는 곳에서 외성인을 욕하거나 불만을 토로하며 시간을 보내던 중 사건이 발생하여 격분한 군중 속에 섞여 자신을 해고한 전매국의 과장에게 보복을 한다.

하지만 곧 이어 진입한 국민정부의 군대가 臺北를 포위하고 대규모의 체포 작전을 펼치자 이를 피해 도망가던 도중 총에 맞아 사망한다는 내용이다. 소설은 공포의 총소리가 臺北를 둘러싸는 장면에서 끝나는데 전후 초기 접수정권의 실정과 높은 실업률, 본성인과 외성인 간의 갈등이 매우 직접적으로 드러나고 있다. 2·28을 폭동으로 규정하고 일본인의 노예교육을 받은 대만인들이 공산주의자들에게 속아서 일으킨 소요라는 관방의 시각[10]과 달리 대만 소시민이 직접 겪은 체험에 기초하여 사건의 진실에 보다 접근된 묘사를 보여주고 있다.[11] 다음으로 吳濁流(1900-1976)의 『무화과』(14)와 『대만 개나리』(16)는 소설의 형태를 취하기는 했지만 사건의 상세한 기록으로 유명하다. 당시 기자였던 작가의 예리한 눈으로 사건 발생 전의 긴장된 분위기와 가장 근거리에서 직접 겪은 내용을 기록한 자서전 형식이다. 소설에서 2·28의 원인으로 접수정권의 여러 부당한 행정 조치와 관료들의 태도를 들었으며 악화되는 민생과 성적(省籍)마찰로 인해 열렬하게 조국을 맞이하던 대만인들이 실망에서 분노로 돌아서게 되는 과정과 심리 상태를 자세히 그려내고 있다. 정부의 미곡징수와 배급 금지로 미가가 폭등하고 기타 생필품의 가격도 상승하면서 사회 전체가 혼란에 빠지게 되는 경과와 각종 부정부패를 직접 목격한 본성인이 더 이상 외성인 경찰과 관료들을 믿지 못하는 심리, 그리고 앞에서는 평화적인 처리를 약속하고 뒤로는 군대를 불러들여 폭력적인 무장진압을 감행한 陳儀 정부에 대한 분노와 사건이 무마된 후에도 이어진 백색공포의 사회 분위기를 상세하게 기록하고 있다. 특히 청향(淸鄕)조치가 대만인 사회

10) 鄧孔昭 편, 『二二八事件資料集』, 稻鄉出版社, 1991.
11) 비국민당 계열 잡지인 『文藝生活』에 실려 이런 내용이 출간될 수 있었다.

에 가져온 집단적인 공포의 기억에 대한 증언은 2・28을 바라보는 吳濁流 소설의 주요한 시각이라고 하겠다.

둘째, 사건이 남긴 심리적, 정신적 상처에 초점을 맞춘 소설로 여성을 주인공으로 한 林雙不(1950-)의 「黃素의 일생」(23), 楊照(1963-)의 「煙花」(34)와 李渝(1944-2014)의 「夜琴」(29)을 들 수 있다. 이들 소설의 주인공들은 직접 사건을 경험했거나 혹은 수난자의 유족으로 홀로 트라우마를 견디는 모습을 보여준다. 「黃素의 일생」은 한 젊은 여성이 저항할 수 없는 권력으로 인해 삶을 빼앗겨 평생 악몽 속에서 살아간다는 이야기이다. 사건 당시 결혼을 앞둔 19세 소녀였던 黃素는 장래 시가에 혼수로 가져갈 식칼을 사는 도중에 소란이 발생하여 엉겁결에 칼을 들고 피신하다가 체포되어 감옥에 갇히게 된다. 그녀는 감옥에서 온갖 정신적, 육체적인 고문에 시달리고 일 년 후 형장에 끌려 나와 총살되기 직전 무죄로 석방되지만 집으로 돌아온 그녀를 기다리는 것은 어머니의 실종과 여자정치범이란 죄명이었다. 감옥과 형장에서 받은 정신적 충격으로 인해 온전한 정신을 잃어버린 그녀는 그 후로 20년을 암흑 속에 살다가 결국은 기차에 치여 생을 마감한다. 소설은 결혼을 앞둔 소녀의 설레고 부푼 마음, 앞날에 대한 기대와 잔혹한 진압, 고문을 대비시켜 강렬한 비극성을 더하고 있으며 역사의 큰 물결이 개인의 일상과 인생에 가한 충격을 살아남은 자의 정신적 황폐를 통해 잘 보여주고 있다. 「煙花」는 2・28 수난가족의 이야기로 사건처리위원회에 참가한 부친이 시체로 발견되지만 당시의 공포 분위기에서 장례도 치를 수 없었고 이로 인해 조부모를 비롯해 가족들에게 남은 마음의 상처와 그 이후에도 원망을 말하지 못하고 가슴으로만 간직할 수밖에 없었던 억울함 등을 드러내고 있다. 소설은 이 일로 가족이 해체되자 친척들과 연락을 끊고 생계를 위해 미군을 상대로 몸을 팔아 살아가는 처지로 전락한 주인공 여성의 기억을 통해 과거를 소환해내는 방식을 택하고 있다. 안개를 걷고 희생자의 무덤에 피어나는 붉은 꽃을 의미하는 '煙花'는 희생자들이 흘린 붉은 피를 상징하는 동시에 그 희생이 초래한 주인공 여성의 현재처지를 말해준다. 「어두운 혼」(33) 역시 수난자 유족의 심리적인 상처와 대를 이어 이어지는 트라우마에 초점을 맞추고 있다. 「夜琴」의 주인공은 중국대륙에서 온 여성으로 국공내전에서 부친을 잃고 대만으로 건너와 사랑하는 이와 가정을 꾸리지만 끝났다고 생각했던 총성을 다시 듣게 된다. 그녀와 남편은 대만인 가정의 보살핌으로 겨우 살아나지만 결국 외출했던 남편은 전쟁에서 죽어간 아버지와 같이 다시는 돌아오지 않는다. 소설은 사건이 일어난 지 40년이 흐른 후의 회상으로 시작되는데 그 세월 동안 무고무친한 타지에서 쓸쓸하고 힘들게 지내 온 여성의 마음을 세밀하게 그려내고 있다. 여성인물을 내세운 소설은 대부분 여성을 족군화합(族群和合)의 매개체로 그리고 있는 경우가 많은데 해엄 후 나온 여성작가의 소설에서는 보다 복잡하고 개별화하는 양상을 보이고 있다. 李昂(1952-)의 「彩妝血祭」(54)는 여성의 관점으로 2·28을 다시 쓰고 있는데 남성작가들이 해석한 것과 달리 기이한 분위기와 음침하고 처참한 색채를 가미하여 2·28에 대한 개인적 기억을 보여준다. 주인공인 중년 여성은 2·28 수난자 유족으로 해엄 후 여성의 정치적 진출이 가능해진 상황에서 적극적으로 반대운동에 참여하고 항쟁시위의 최전선에서 활동하는 인물이다. 그러나 그녀에게는 무장한 사람들에게 끌려간 남편으로 인한 슬픔과 도저히 받아들일 수 없는 동성애자 아들이 있다. 그녀의 아픔은 국가의 권력 뿐 아니라 가부장적 제도와 가치관에서 비롯된 것으로 결말에서 에이즈로 죽음을 맞이한 아들을 곱게 화장해 주는 것으로 가부장적 가치관에서 벗어남과 동시에 2・28의 비극적 기억을 떨쳐낸다.

앞에서 본 소설이 수난자나 유족인 여성인물들의 심리를 다루고 있는 데 비해 사건 직후에 나온 葉石濤(1925-2008)의 「삼월의 媽祖」(9)는 경찰에 쫓겨 농가로 피신한 청년의 심리를 그리고 있는데 정확한 시공(時空)은 드러나지 않지만 2・28사건을 암시하는 것으로 읽혀지고 있다. 이 소설은 장관공서의 기관지인 『대만신생보(臺灣新生報)』에 실려 사건에 대한 직접적인 묘사가 불가능했을 것으로 추측되는데 사건의 전개보다는 인물이 느끼는 죽음에 대한 극도의 공포와 언제 끝날지 모르는 도주에서 오는 정신적 피폐를 마조(媽祖)[12]라는 민간신앙에 의지하여 견디는 상황을 그려내고 있다.

셋째, 사건의 발생이나 당시상황에 대한 시각 차이를 보여주는 소설로 나누어 살펴볼 수 있는데, 예를 들어 앞에서 본 伯子의 소설이 2・28항쟁에 가담하여 희생되는 본성인 청년을 그리면서 접수정권의 실정에 초점을 맞추었다면 비슷한 시기에 나온 夢周의 「상처」(3)은 대만으로 신혼여행을 온 외성인 부부가 민남어(閩南語)와 일본어를 몰라 남편이 구타를 당하고 겨우 본성인의 도움으로 생명을 구할 수 있게 되었다는 내용이다. 당시 상황에 대해서도 국군의 진입이 극도의 혼란과 무질서가 정리되는 계기였다고 하여 관방과 같은 시각을 드러내고 있다. 반공시기에 나온 白駒의 『梅春娘』(13) 역시 공산당과 부랑자들에 의해 민중봉기가 일어났다는 관방의 시각을 그대로 보여준다.[13] 2월 27일

12) 天上聖母라고도 칭해지며 중국동남연안을 중심으로 퍼져나간 海神신앙이다.

13) 반공성격이 농후한 『文壇』잡지의 소설응모에 당선된 소설이며 이 잡지에 연재되었다가 단행본으로 출판되었다.

의 사회동란은 실업자, 퇴역군인과 현지의 깡패들에 의해 생긴 일이며 공산당이 잔혹한 수단으로 무고한 민중을 살상했다고 하면서 대만인의 봉기를 폭도들의 동란이라 규정하고 군대파견과 진압을 합리화했다. 한편 周青의 「烽火鐘聲」은 자신의 경험을 바탕으로 하여 계급모순의 관점에서 이 사건을 그리고 있는데 사건의 원인을 관의 압박으로 일어난 민중의 반란으로 보고 주인공이 무장하여 관군과 대립하고 심지어 『연안해방일보(延安解放日報)』의 지원을 받는 것으로 나오는 등 중국대륙의 인민투쟁과 연계하여 서술하고 있다.[14)]

넷째, 앞서 본 대로 2・28항쟁은 중국에서 온 접수정권의 실정에서 기인되었고 격화된 성적(省籍)모순과 갈등이 기폭제로 작용했다. 따라서 이 문제는 향후 대만의 정치와 사회에 지속적인 영향을 미쳤는데 이러한 정치이념을 분명하게 드러내는 것으로 邱永漢(1924-2012)과 林文堂의 작품을 들 수 있다. 전자의 자전체 소설인 『밀항인 수기』, 『濁水溪』(10), 『홍콩』(11) 등은 국민당 정부의 만행과 봉건적인 착취, 진압과정에서 보여준 국민정부 군대의 잔혹성, 사건 후의 철저하고 강압적인 조사에 초점을 맞추어 국민당 정부와 군대를 가해자로 대만인을 피해자로 대립시키는 구도로 해석하고 당시 미국의 주도 하에 대만을 유엔에 신탁통치하려 했다는 역사적 사실을 제기하고 있는 등 중화민국의 영토로 편입된 이후의 대만 현실에 대한 부정적 시각을 드러내고 있다. 林文堂의 『대만애사』(15)는 더욱 분명하게 蔣介石(1887-1975)정권에 대한 비판과 대만독립의 정치이념을 드러내고 있는데 광복 후 대만인의 조국에 대한 기대가 실망과 분노로 바뀌어 가는 과정을 서

14) 曾健民에 의하면 이 소설은 공산당 신문인 『解放軍文藝』에 실린 것이라고 한다. 『文學二二八』, 臺灣社會科學出版部, 2004, 418면.

술하면서 접수정권의 관료와 중국인에 대해 매우 노골적인 수사로 적대감을 드러내고 있다.

다섯째, 해엄 후에 나온 장편소설인 『反骨』(48), 『白水湖春夢』(51), 『귀향일기』(31), 『흙강』(42), 『浪淘沙』(43), 『1947년에 원한을 묻다』(50), 『怒濤』(49) 등은 각각 다루고 있는 시기와 범위는 다르지만 일제시기부터 전후까지의 대만 근현대사의 시각과 흐름에서 2·28사건을 조망하고 있다. 이들 소설은 그간 금기시 되어왔던 사건이었던 만큼 당시의 상황을 구체적으로 기록하는 방식을 채택하거나 가족사적 양식을 채택해 대만인이 주체인 역사인식을 보여주며 그간 관방에서 제기한 공산당과 좌익분자의 활동이 대규모의 군대파견과 진압으로 이어졌다는 논리와는 다른 측면에서 접근하면서도 가해자와 피해자의 대립 구도에서 벗어나 전체적으로 상처를 치유해 가는 과정과 다족군(多族群) 대만사회의 미래를 전망하는 방향성을 보여준다.

마지막으로 현재까지 나와 있는 세 권의 2·28문학선집(61, 62, 63)을 간단하게 살펴보도록 하겠다. 이들 문학선집은 전후 약 15년의 시간차를 두고 발간되었는데 출판시기, 정치적 분위기와 사료의 출토와 유통, 관련 소설의 지속적인 창작 등 여러 요인으로 인해 상당히 다른 선집을 했으며 그에 따른 평가도 다르다. 우선 세 권에 공동으로 수록된 작품으로는 「농촌 자위대」(2), 「대만섬의 피와 원한」(4) 두 편인데 전자는 2·28사건이 일어나기 전 해방직후 대만사회의 불안과 무질서를 그리면서 무장저항을 결심하는 인물을 보여줌으로써 곧 있을 대규모의 충돌을 예고한 것으로 평가받고 있다. 후자는 앞서도 보았듯이 사건과 거의 동시에 나온 것으로 가장 근거리에서 사건의 발생과 상황을 그려 2·28문학의 서곡으로 알려져 있는데 이들을 통해 2·28의 발생 원인과 실제 상황을 널리 알리고자 하는 편집의도를 읽을 수 있다.

1989년 소설가 林雙不이 편집한 『2·28대만소설선』(61)과 2003년 연구자 許俊雅가 편집한 『말 없는 봄날-2·28소설선』(62)은 앞선 두 작품 이외 「黃素의 일생」(23), 「泰姆山記」(25), 「煙花」(34)가 중복으로 실려 있다. 「泰姆山記」(25)는 일제시기 문인인 呂赫若(1914-1951)의 전후 초기 무장저항 기지건설로 희생된 행적을 소재로 하여 인간과 대자연의 관계로까지 사고를 끌어올려 작가들에게 새로운 창작의 방향을 제시했다는 평가를 받고 있다.

다음으로 각 선집에 단독으로 실린 작품들을 통해 각각의 편집 의도와 2·28사건에 대한 인식을 살펴보면, 첫 번째 선집인 『2·28대만소설선』(61)은 직접적으로 2·28항쟁을 반영한 작품을 선정하여 당시까지 알려지지 않았던 역사를 문학을 통해 드러내고자 했음을 알 수 있다. 宋澤萊(1952-)의 「항쟁의 民雄市」(32)는 마술적 리얼리즘 기법으로 반산(半山)[15] 형제가 대만을 팔아 치부하고 출세하는 내용을 그리고 있다. 이 작품에 대해 편집자는 민남어(閩南語)의 대량 사용이 민족의 자존심을 건립한 것이라고 높게 평가하고 있다. 林深靖(1961-)의 「西庄三結義」(30)는 2·28이 직접 등장하지는 않지만 대륙에서 건너 온 사람들의 만행으로 촌민들이 대거 체포되어 30년간 소식이 전무하다는 내용으로 오랜 기간 금기시되어 후세대들에게 잊어지게 된 과정을 알리고 있다. 林文義(1953-)의 「바람과 눈의 저층」(36) 역시 2·28사건을 정면에서 다루지는 않았지만 사랑하는 남녀가 이 일로 인해 감옥으로, 해외로 오랜 기간 헤어지게 되는 비극과 잔혹한 살육이 가져온 기억

15) 해방직후 중국에서 들어온 外省人을 경멸하는 뜻으로 阿山이라 불렀고 중국에서 국민당과 관련된 활동을 하다가 대만으로 들어와 접수 작업에 참여한 이들을 더 낮추어 半山이라 불렀다.

저층의 상처를 선명하게 보여준다. 葉石濤의 「붉은 신발」(45)는 옥중에서 죄목을 엮는 과정에서 2·28이 드러나는 형식을 택하고 있는데 외성인과 본성인(本省人)이 대만섬에서 생활하는 한 이미 운명공동체이며 따라서 상호 협력하여 대만인의 대만을 건설하자는 미래의 전망을 보여주고 있다. 이러한 수록 작품의 성격에서도 드러나듯이 『2·28대만소설선』(61)은 대만 민중의 입장에서 통치자인 국민당 정권이 40여 년간 2·28사건의 진상을 은폐하고 책임을 회피한 것에 대해 비판을 가하는 동시에 '일반 사료와는 다른 감정적 가치가 있는 소설로써 부드럽게, 우회적으로, 측면에서 사람의 마음을 감동시키고 더 큰 공명을 이끌어 내며 동시에 각기 다른 차원의 계시를 제시하는'[16]데 목적을 두고 있다고 하겠다.

두 번째 선집인 『말 없는 봄날』(62)은 앞의 선집에 비해 2·28사건을 대하는 성별, 세대 간의 차이를 반영하고 있다. 吳豐秋(1942-)의 『後山日先照』(52)는 족군(族群) 간의 융합, 용서와 화해, 약세 계층에 대한 관심을 강조한 작품으로 대만섬에서 살아가는 모든 족군(族群)과 일본인, 심지어 미국인도 차이 없이 평화롭게 공존하자는 주제를 드러내고 있다. 蕭颯(1953-)의 일기체 소설 『귀향일기』(31)는 평범한 서민의 입장에서 일제식민과 중국 접수정권의 연이은 통치가 가져온 대만인의 고통을 담담하게 쓰면서 국가가 강해져 다시는 전란이 발생하지 않기를 희망하고 있다. 그 외 이 소설집에는 앞서 본 여성을 주인공으로 한 「夜琴」(29)과 「彩妝血祭」(54)를 수록하고 있다. 첫 번째 선집이 문학으로 역사를 알리는데 초점이 있었다면 이 선집이 나온 2003년은 이미 공식적인 2·28기념활동과 연구가 진척되어 사건의 성격이 폭정에 대한

16) 林雙不, 「見證與鼓舞-編選序」, 『二二八臺灣小說選』, 自立晚報, 1989.

항거와 자유를 추구하는 정신으로 평가받던 때였다. 따라서 2・28관련 소설 중 여성의 관점을 보여주는 작품을 선정하여 또 다른 시각을 개척했다고 하겠다. 일반적으로 남성작가의 2・28소설은 사건의 발생 원인과 탐색, 사건의 의미, 역사의 진상, 정치와 국가에 대한 정체성의 탐구에 중점이 있다면 여성작가는 '수난자 유족의 정신과 마음의 상태, 평범한 서민의 일상, 역사적 기억의 허와 실, 역사적 고난에 대한 구원'[17] 등의 내용에 치중하여 보다 다원적이고 입체적인 역사의 현장을 보여준다고 하겠다. 소설 속의 여성 역시 남성작가의 손에서 국가의 수난으로 형상화되거나 족군 화합의 매개체로 기능해 왔던 것과 달리 가부장제도와 국가권력의 공모가 여성 고난의 원인임을 밝히고 주의와 이념이 가져온 일상과 평화의 파괴를 고발하고 있다.

세 번째 선집인 『문학 2・28』(63)은 소설 뿐 아니라 신시, 고전시, 보도문학, 희곡, 산문 등 기타 장르와 중국대륙, 홍콩에서 나온 작품도 포함시켜 새롭게 또 전면적으로 2・28을 반영하고자 한 것이다. 소설은 모두 6편이 수록되어 있는데 앞서 중복된 2편과 이미 살펴본 夢周의 「상처」(3) 이외 歐坦生(1923-)의 「숙취」(7)는 부상당한 외성인 남성이 어떻게 자신을 돌봐 준 대만인 여성을 기만하는지를 그리고 있고, 「거위」(8)는 본성인 남자아이가 애지중지하던 거위를 이웃집 외성인 관료의 아내가 트집을 잡아 요리해 먹자 이에 분해하지만 어쩔 수 없는 상황을 그리고 있다. 呂赫若의 「겨울밤」(1)은 전쟁 시기 일본에 의해 전쟁터로 끌려간 남편을 둔 대만 여성이 생계를 꾸리고자 술집을 전전하고 대륙에서 온 남자에게 놀림과 사기를 당하는 내용이며 마지막 장면에 나오는 총성은 2・28사건이 임박했음을 예고하고 있다. 이 선

17) 許俊雅, 「編選序-小說中的二二八」, 『無語的春天-二二八小說選』, 玉山社, 2003, 29면.

집의 특징은 편집인이 서문에서 말하고 있듯이 2·28문학이 '창작 시기와 정치이데올로기, 족군(族群) 감정 등 여러 인소로 인해 천차만별이며 심지어 어떤 작품들은 이미 고도의 정치적 토템으로 자리매김했기 때문에 되도록 새로 발굴된 사료에 힘입어 사건 전후에 창작된 소설을 선정하여 보다 역사적 진상에 가깝고 직접적인 감정을 느끼게 하는데 목적을 두었다.'[18] 이 선집은 2·28사건의 후일담 소설을 배제하고 사건 당시의 상황을 근거리에서 반영한 작품을 선정한 결과 성적(省籍)갈등보다는 부정한 공권력에 함께 대항하는 당시 민중들의 항쟁이 잘 드러나고 있다. 또한 앞의 두 선집이 국민당 정권에 대한 비판과 대만인의 시각을 중시한데 비해 2·28사건을 '1946년부터 1949년에 이르는 전 중국인민의 蔣介石과 부패정권에 대한 반대, 민주와 평화건국을 요구하는 민주운동의 한 부분이며, 구중국의 지주계급, 관료자산계급과 전국의 피압박 민주인민 간의 모순과 투쟁의 일환이지 절대로 외래의 중국 정권과 외성인이 대만인에 대해 행한 식민압박의 통치가 아니라는 점을 분명히 했다.'[19] 이로써 이 선집의 출간 목적이 대만학계와 문화계에 운위되고 있는 대만민족주의론, 국민당에 의한 재식민(再殖民) 담론, 나아가 2·28이 대만독립의 근거로 제기되는데 이의를 표명하기 위한 것이라고 하겠다.

이렇게 2·28소설은 창작된 시기, 작가의 성별, 체험여부, 정치이데올로기에 따라 다양한 인식과 평가를 보여준다고 하겠다. 비록 2·28로부터 이어져온 본성인과 외성인의 대립, 또 그것이 가져온 부정적인 일면이 대만사회에 여전히 존재하고 있기는 하지만 그럼에도 불구하

18) 曾健民, 「總編語:諦聽-歷史的聲音」, 『文學二二八』, 16면.
19) 陳映眞, 「序文」, 『文學二二八』, 13면.

고 부정한 국가권력에 대한 민중의 항쟁과 대만에 거주하는 모든 구성원의 공동체의식은 2·28문학 속에서 매우 적극적인 의미로 그려지고 있다.

3. 『1947년에 원한을 묻다』의 역사인식과 미래지향

『1947년에 원한을 묻다』(50)은 지금까지 나온 2·28관련 소설 중 가장 집중적이고 세밀하게 사건 당시를 재현하고 있는 장편 역사소설이다. 상하 두 권으로 모두 74만자에 이르는 이 소설은 유명작가인 李喬(1934-)가 약 10여 년 간의 자료수집과 3년 이상의 창작기간을 걸쳐 1995년에 출판한 것으로 2·28문학 중 가장 대표적인 작품으로 평가받고 있다. 李喬와 그의 소설에 대해서는 이미 많은 연구가 나와 있는데, 1959년 첫 단편을 발표한 이래 지금까지 약 200여 편의 단편소설과 10편 이상의 장편, 대하소설로 불리는 『寒夜三部曲』, 그밖에도 10권 이상의 문화비평과 문학비평집을 출판한 영향력 있는 작가로 알려져 있다. 그의 작품 경향은 초기 인간의 내면과 속성을 해부하는 모더니즘적 경향에서 후기로 갈수록 대만의 현실과 역사로 확대하여 대만 민족의식을 강화하는 방향으로 나아갔고 작품의 배경 역시 자신의 고향에서 시작하여 점차 대만 각 지역의 광범위한 인물들의 이야기를 다루었다. 특히 큰 스케일과 긴 호흡으로 각 시기 대만의 역사를 그려낸 『寒夜三部曲』, 『西來庵結義』, 『1947년에 원한을 묻다』 등은 대만 현대소설의 큰 성과로 평가받고 있다.

이들 장편 역사소설은 일본의 식민지로 할양된 1895년을 기점으로 향후 100년간의 대만역사를 그리고 있는데 그중에서도 수난사에 초점을 맞추고 있다. 1916년 일본 식민자에 항거하여 일어난 서래암(西來庵) 사건과 전체 일제시기를 조망한 두 장편에 이어 전후 대만역사의 전환점이 된 2·28사건을 그린 『1947년에 원한을 묻다』(50)은 식민지시기부터 전후까지 이어지는 대만인들의 외부 식민자에 대한 항거와 그 과정에서 일어났던 수난의 역사를 온전하게 그려내었다. 작가 자신이 밝히고 있듯이 『1947년에 원한을 묻다』(50)은 특히 역사를 어떻게 소설에 배치할 것인가를 두고 오랜 고민을 했다고 하는데 상권은 2·28의 역사적 사실을 그대로 기록하는 방식을 택해 민중항쟁이 있었던 곳을 따라가며 거의 모든 현장을 세세하게 그리고 있다. 상권에 등장하는 시간과 장소, 그리고 인물들은 거의 대부분 실제사실과 동일하며 다만 남녀 주인공만 허구적 인물을 내세워 2·28항쟁사건의 시공을 연결시키는 역할을 하고 있다. 이와 달리 하권은 두 가상의 인물을 중심으로 2·28사건이 이들에게 미친 생활과 심령 상의 영향을 추적하는 방식을 취하고 있어 사건의 진실과 사건이 대만인에게 미친 영향을 드러내고자 한 작가의 의도를 매우 분명하게 읽을 수 있다.

『1947년에 원한을 묻다』(50)의 구조를 보면 우선 대립적인 면을 쉽게 찾아볼 수 있다. 하나는 불합리하고 준칙이 없는 중국인이고 다른 하나는 준법정신이 투철한 대만인으로 봉건성이 남아있는 낙후된 중국과 현대화된 대만을 대립적으로 배치하고 있다. 이 차이는 해방 후 대만인이 중국에서 온 접수정권을 대하면서 인지된 것이고 2·28사건을 겪으면서 체화한 것으로 그려진다. 즉 대만인의 입장에서는 외부에서 온 낙후된 중국의 개입 때문에 식민지배로부터의 해방이 결코 자립과 행복을 보장해 주지 않았다는 것이다. 경험에서 온 이러한 인식은 해방 직후의 감격과 조국에 대한 열망이 실망과 분노로 변해가는 과정과 맞물려 환상 속의 중국과 구체적인 중국 간의 극심한 차이가 대만인이 겪는 불행의 원인이라는 것을 강조한다. 따라서 낙후된 중국이 그 구체적인 모습을 드러내기 전, 즉 일본패전 후부터 접수정권이 파견되어 오기 전 흔히 '역사의 진공기(眞空期)'라고 불리는 극히 짧은 몇 달의 시간이 대만인들에게는 평화롭고 희망에 찬 진정한 해방이었다는 것이다. 대만인 스스로가 자율적으로 사회질서와 평화를 유지하여 현대국가의 자립적인 면모를 보여 준 이 시기에 대해 소설에서는 매우 긍정적인 평가를 보여준다. 반면 접수정권의 실정으로 발발한 2·28이후를 중국에 대한 환상이 깨어지고 대만인의 자립도 불가능한 비극적인 역사의 시작점으로 설정하고 있다.

소설의 전반부는 이 시작점인 2·28사건에 대해 35만자에 이르는 방대한 분량으로 매우 자세하게 그리고 있는데 각지에서 개별적, 집단적으로 이루어진 관방의 잔혹한 진압에 대한 중복적인 묘사는 향후 오랜 기간 대만사회 전체가 처하게 될 자유 없는 감옥의 이미지를 만들어내는 복선으로 기능한다. 후반부는 허구의 인물인 남녀 주인공 林志天[20]과 葉貞子가 겪는 2·28이후에 주력하는데 전자는 무장 항쟁을 벌였던 臺中 27부대의 간부로 사건 직후 체포되어 감옥에 갇히고, 후자는 군인과 헌병의 공격을 받은 소위 중산당(中山堂)사건의 수난자로 힘든 인생을 살아간다. 즉 상권이 1947년 초반 두 달여간의 비극적 상황의 모든 장면들을 시간대별, 지역별로 하나하나 추적하며 나열했다면, 하권은 두 인물이 비극적 경험 이후 지나온 반세기를 추적하면서

20) 林志天은 228당시 27부대의 부대장이었던 鍾逸人(1921-)을 모델로 창조한 인물이다. 宋澤萊, 「忍向屍山血海求教訓-試介鍾逸人, 李喬的二二八長篇小說」, 『臺灣新文學』 11期, 1998.12.

2 · 28이 대만사회에 끼친 막대한 영향과 동시에 인물들의 변화를 통해 대만사회의 미래를 전망하고 있다. 즉 소설의 주제는 이 두 인물의 처지와 변화를 통해 드러난다고 하겠다.

林志天은 사건 이후 체포되어 갇힘으로써 수십 년 간 유형의 실제 감옥에서 신체적인 자유를 박탈당하며 그의 애인과 가족들은 국민당 특무(特務)의 감시를 받는 무형의 감옥에서 정신적 자유를 잃고 살아간다. 이는 대만이 중국의 통치아래 장소와 처지를 막론하고 감시와 통제를 받는 소위 집단 수용소 같은 감옥상황이 되었음을 드러낸다. 林志天의 이러한 수인(囚人)상태는 국가권력에 의한 신체적 압박과 정신적 구속을 의미하는데 비해 葉貞子의 경우는 스스로를 감옥에 가둔 소위 자수(自囚)상태라고 할 수 있다. 그녀는 국민당 군경이 항쟁에 참가한 학생들을 진압한 중산당 사건에서 생존하기는 했지만 심문 도중 중국인으로부터 성폭행을 당해 임신을 한 상태로 갖은 방법으로 낙태를 시도했으나 실패하고 결국 아이를 낳아 키운다. 이후 교사로서 국민당 정부의 교육지침을 성실히 수행하며 표준적인 중국인이 되기 위해 사력을 다한다. 그녀의 이러한 행위는 외력을 내화하는 현상으로 외부에서 가해진 가치를 강박적으로 받아들여 실천하는 상태이며 언뜻 보기에는 스스로 선택한 것처럼 보이지만 사실은 스스로 이성적 사고를 거친 선택이 아니라 무형의 압력 아래 선택할 수밖에 없었던 것이라 하겠다.

이 두 인물은 감옥과 사회에서 시간이 흐름에 따라 사고와 심리의 변화를 보여준다. 林志天은 2 · 28 당시 친구의 밀고로 감옥에서 17년의 세월을 보내는데 초기에는 고문과 학대를 당하고 이어 같은 처지의 수인들과 공산주의, 무산계급사상 등 사상투쟁을 겪으며 옥중에서 보고 들은 바를 토대로 그간 환상으로 받아들였던 중국을 버리고 대만의 현실을 직시하게 된다. 옥중에서 겪은 여러 사건은 그에게 소위 중국성에 대한 허상을 분명하게 깨닫고 대만의 현실을 직면하는 변화의 계기가 되는 것이다. 예를 들면, 자신이 몸담았던 27부대의 동료이자 친구가 옥중에서 해준 이야기인데 자신들을 이끌었던 謝雪紅이 중국에서 지방주의(地方主義)를 도모한다는 죄목으로 숙청의 대상이 되었다는 것이다. 소위 지방주의의 죄목이란 謝雪紅이 말한 진정한 공산당원이 되기 전에 정정당당한 대만인이 되어야 한다는 주장으로 이 사실은 공산당원과 대만인의 관계에 대해 모호한 인식에 머물러 있던 林志天에게 소위 중국과 대만의 관계에 대해 새로운 눈을 뜨게 만드는 계기가 된다. 이 이야기를 들은 후 이름을 志天에서 志台로 바꾸는 데서 명확하게 드러나는데 그는 대만의 현실과 토지에 발을 디딘 대만독립 주장자로 거듭나게 된다. 林志天은 이상과 포부 뿐 아니라 행동하는 실천력을 가진 대만청년으로 일제시기에는 일본에, 2・28시기에는 접수정권에 대항해 왔지만 마음속에는 늘 중국에 대한 막연한 환상을 품고 있었다. 그런데 17년간의 오랜 옥중생활에서 중국성에 대한 허상을 깨고 대만인으로서의 정체성을 분명하게 갖게 되는 것이다.

감옥이 전체 대만을 표상하는 것이라는 전제에서 志天을 지배하는 것이 눈에 보이는 폭력이라면 이와는 달리 교육과 매체를 통한 전방위적 사회통제와 장악으로 통치자의 가치관을 주입하여 통치자에게 자아정체성을 귀속시키게 만드는 지배방식도 있다. 이는 葉貞子의 생활을 통해 보여 지는데 그녀는 낙태에 실패하여 폭행의 결과이며 미움의 결정체인 아들 浦實[21]과 함께 생활하게 된다. 이는 곧 그녀의 상

21) 일본어 발음으로 恨(미움)이라는 뜻이다.

황이 미움과 사랑이 동시에 존재하는 모순의 상태에 놓이게 됨을 말한다. 아들을 볼 때마다 악몽이 떠오르지만 돌봐주어야 할 어린 생명이기에 버릴 수 없는 상황에서 그녀는 자신의 고향인 苗栗, 학창시절을 보낸 臺北를 떠나 편벽된 지역인 花蓮으로 떠난다. 이는 貞子가 자학과 자아망명의 방식으로 이 모순의 상태를 헤쳐 나가고자 했음을 알 수 있게 하는데 花蓮은 민남인(閩南人)과 객가인(客家人), 그리고 원주민(原住民)이 섞여서 살아가는 지역으로 다족군(多族群) 사회인 대만의 축소판이라고 할 수 있다.

貞子는 이곳에서 오랜 시간 교사로 근무하며 국민당 정부 교육의 대리자일 뿐 아니라 중국식 의복과 음식, 생활방식을 고수한다. 원래 일본문학을 좋아하고 정신적인 위안을 얻었으나 이제 그에게 가해자와 다름없는 중국을 완전히 받아들이고 그 가치체계에 편입된다. 표준국어를 연습하고 대만인들의 국어발음을 질책하며 아들에게도 강요한다. 당시 강요된 국어정책은 단지 표준어의 보급 차원을 떠나 대만인에게 열패감을 안겨주었는데 따라서 貞子의 이러한 철저한 국어사용을 위한 노력은 그녀가 얼마나 철저하게 중국에 동화되어 대만인으로서의 자신을 부정해 왔는지를 잘 말해 준다. 일본식 이름인 貞子에서 중국식의 貞華로 바꾸는 것도 이런 맥락을 보여준다. 그러나 그녀의 이러한 자기부정은 외부의 힘, 즉 중국인으로부터 또 한 번 폭행당할 뻔한 일을 이를 겪으면서 전환의 계기를 마련한다. 이 사건은 아무리 노력하여 중국 정체성을 획득하더라도 결코 중국인이 되지 못한다는 현실을 그녀에게 일깨워주었고 나아가 중국성을 주입시켜 키웠던 아들이 대만토지와 현실에 대한 정체성을 보여주면서 중국에 대한 환상을 떨치고 자기가 누구인지를 발견하게 되며 이름을 貞華에서 다시

貞子로 바꾼다. 소설의 마지막은 일류 고등학교에 합격한 아들과 함께 다시 대만의 심장부인 臺北로 돌아오는 것으로 되어있어 그녀의 자아 정체성이 완성되었음을 시사한다.

貞子라는 인물은 국민당 정부의 강력한 지배 시스템에서 자신을 잃고 살아가던 대만인을 대표하는 동시에 객가인 여성으로서 고난과 역경을 헤쳐 나가며 포용력을 발휘하는 대만인의 미래상을 상징하는 존재이다. 그녀가 대만사회의 다양한 족군(族群)이 섞여 살아가는 花蓮에서 불행으로 잉태한 아들을 통해 자신의 대만인 정체성을 획득하는 것은 대만이란 장소의 비극적 특징을 보여주는 동시에 그럼에도 불구하고 모든 구성원들이 더불어 살아가는 공동체 대만을 상징적으로 보여준다. 그녀의 아들 浦實은 축복받지 못한 불행한 출생과 모친의 모순적인 심리상태 하에서 자라났으며 외부로부터도 잡종(雜種)이란 놀림을 받으며 지내는 소외된 존재이다. 그런데 바로 이런 처지는 그를 자율적이고 독립적인 인간으로 성장하게 하는 밑거름이 되었고 자신을 놀리는 소위 순종(純種)들과 싸우며 자신의 독특한 신분을 인식해 간다. 그것은 바로 수백 년 지속되어온 외부의 식민자와 침입자에 의해 잃어버린 대만인이 자신을 되찾고 자신의 내부에 자리하고 있는 상실감을 축출하는 과정을 대변하는 것이다.[22] 또한 나아가 자신을 잃고 중국성에 동화되어 있는 모친을 각성시킴으로써 浦實이 표상하는 것은 바로 대만인 정체성임을 알 수 있다. 貞子가 자아망명으로 택한 변두리 花蓮이 浦實에게는 대만의 각종 언어를 배울 수 있는 토양이 되었고 독립심과 자신감을 가진 청년으로 성장하는 토지가 되었다는 점에

22) 李永熾에 의하면 浦實은 浦島太郎의 일본 동화에서 따온 이름일 것이며 귀신을 쫓는 이야기에서 모티브를 얻을 것으로 추정했다. 「序-臺灣古拉格的囚禁與脫出」, 『埋冤1947埋冤』, 海洋臺灣出版, 1995.

서 그가 새로운 대만인이란 점이 분명해진다. 갓 청년기에 접어든 이 젊은 대만인이 변두리에서 중심부로 진전하는 것으로 소설의 마지막을 장식하는 것은 바로 그가 대만의 주인임을 상징하고 있다고 하겠다. 浦實이 모친에게 하는 '저는 제가 무슨 죄가 있거나 부끄럽다고 생각지 않습니다. 어머니도 마찬가지입니다. 하지만 어머니가 스스로 부끄러워하고 죄가 있다고 여기시면 아들인 저도 죄가 있고 부끄러워해야 합니다. 가장 중요한 것은 우리 스스로입니다. 자기에게 잘못이 있다고 여기지 말아야 합니다.'는 말은 지난 시기 대만이 침략당하고 점령당한 역사는 결코 대만의 잘못이 아니며 오직 당당하게 이러한 자신을 지켜 나갈 때만이 부끄럽지 않은 자신이 될 수 있다는 것을 의미한다. 浦實의 이러한 잡종성의 인정은 대만의 다양한 족군(族群)과 다원적인 문화를 오롯이 대만의 것으로 받아들이자는 것으로 풀이된다. 작자는 이런 생각을 실제 창작에도 그대로 적용시켜 표준 중국어와 대만어, 객가어 뿐 아니라 일본어까지 당시 대만인의 실제 언어상황을 소설에서 구현하고 있다.

이로써 李喬의 소설 『1947년에 원한을 묻다』(50)가 2·28사건의 상세한 묘사와 사건 이후 대만인의 지속된 고난은 물론 이를 통해 대만인의 자아정체성을 확립해 가는 과정을 드러내고 있음을 알 수 있다. 방대한 분량의 이 소설은 사건 후의 대만인의 정신사인 동시에 대만의 토지와 현실에 기반한 대만인상을 제시하여 2·28이란 역사적 비극을 대만의 미래를 설계하고 전망하는 밑거름으로 해석하고 있음을 보여준다. 역사적 사실과 문학적 허구성을 혼합한 이러한 형식은 국민당 정부의 오랜 통치로 잊혔던 대만인의 역사경험을 사실 그대로 복원하여 독자에게 전달하면서도 작가가 지향하는 역사인식과 가치를 효과적으로 전달하고 있다 하겠다. 앞 절에서 보았듯이 2·28사건의 문학화는 각기 다른 족군 신분, 개인적 체험과 정치이데올로기에 따라 매우 다른 해석과 지향을 보인다. 그중에서 『1947년에 원한을 묻다』(50)는 다루고 있는 내용과 시간의 방대한 규모는 물론 작가의 인지도, 독특한 소설구성 등에서 대만문단의 호평을 받고 있는 중요한 소설이기에 2·28사건에 대한 대만인의 인식을 살펴보는 하나의 예로 제시해 본 것이다.

4. 결어

이상 1947년 해방 직후에 일어난 대만의 비극적 역사인 2·28항쟁의 전말을 소개하고 이 항쟁이 문학에서 어떻게 그려지고 있는지를 전반적으로 고찰했으며 그중 대만문단의 중요작가인 李喬의 장편소설인 『1947년에 원한을 묻다』(50)를 대상으로 2·28문학의 역사화 과정을 살펴보았다. 2·28항쟁은 대만 현대사에서 주요한 분기점으로 인식되어 왔는데 일본 식민으로부터의 해방과 동시에 중국 접수정권의 통치가 시작되는 시대의 전환기이면서 또한 그로 인해 중국과 구별되는 대만인 의식을 갖게 한 역사적 사건으로 지금까지 대만사회에 지속적인 영향을 끼치고 있다.

1945년 일본의 패전과 더불어 대만은 광복을 맞았지만 그 기쁨은 오래가지 못했다. 전후 세계질서의 재편과정에서 중국으로 귀속된 대만에는 국민정부가 파견한 특별행정기구가 설치되어 접수 작업에 돌입했다. 그러나 곧 접수정권이 보여준 정치, 경제면에서의 실정, 대만인에 대한 차별대우와 경멸어린 시선, 매일 터져 나오는 관료들의 부정부패는 조국회귀를 열망하던 대만인들에게 실망과 분노만 안겨주었고 급기야 2·28이란 관민간의 충돌로 비화되었다. 약 두 달여간 진행된 이 사건은 초기에는 정부의 민중에 대한 총기발포에 항의하고 진상규명과 처벌요구에서 점차 접수정권의 실정에 대한 비판, 대만인의 정치기회 제공과 인사권 보장 등 정치적 개혁을 요구하는 전국적인 민중항쟁으로 확산되었다. 또한 접수정권에 대한 분노는 본성인과 외성인 사이의 갈등을 증폭시켜 민중시위는 과격한 양상을 띠게 되었고 중앙정부가 급파한 군대의 잔혹한 진압으로 이어졌다. 그 결과 2만여 명에 달하는 민중이 희생되었고 성적(省籍)갈등은 더욱 심화되었으며 뒤이은 청향(淸鄕)작업과 계엄 하 오랫동안 지속된 백색공포 속에서 2·28항쟁은 말할 수 없는 금기가 되었다.

이른바 2·28문학은 바로 이 비극적 역사에 대한 기억의 보존과 상처에 대한 치유의 수단으로 사건 발생 후부터 지금까지 지속적으로 창작되어 왔다. 2·28문학은 작가 개인의 체험과 정치이데올로기 등에 따라 다양한 면모를 보여주기는 하지만 대체적으로 사건 자체에 대한 세세한 기록, 잔혹한 진압이 남긴 심리적 상처, 족군(族群) 간의 화해와 평화의 기원, 중국과 구별되는 대만인의식의 정립 등으로 그 향방을 정리할 수 있었다. 그중 가장 대표적인 2·28문학으로 알려진 李喬의 『1947년에 원한을 묻다』(50)은 2·28역사를 원형 그대로 복원하는 동시에 두 명의 허구적 인물을 내세워 2·28이후 억압된 대만사회의 상황을 비판적 인식으로 고찰하고 있으며, 중국에 대한 환상에서 벗어나 대만의 현실을 인식하는 인물들의 변화를 추적하여 대만인 자아정체성을 확립해 가는 과정을 긍정적으로 그려 내었다. 동시에 미래의 역사상으로 2 · 28이 남긴 상처와 족군(族群)간의 이질성을 극복하여 대만공동체의식의 정립을 제시하고 있다.

민족에서 개인으로

– 1950년대 냉전대만의 문학풍경

1. 머리말

1945년 이후의 역사시기를 대만에서는 전후(戰後)라는 용어를 사용한다. 이는 대만본토의식의 산물로 해방이나 광복으로 국민당 정부에 의한 대만 통치상황을 표현하지 않으려는 의지의 소산인데 말하자면 전후 대만이 처해진 식민지적 상황의 연속성을 강조하기 위한 용어이다. 식민지적 상황은 정치적 문제뿐만 아니라 문화적 측면에서도 매우 강하게 드러난다. 전후초기라 불리는 1945년부터 1949년까지 일본 식민지 처지에서 벗어난 대만을 접수하기 위해 국민당 정부는 특별행정제[1]를 실시했는데, 이 기간의 문단은 식민지 시기 활동했던 대만 본토지식인과 중국대륙에서 건너온 문인, 지식인과의 짧지만 긴밀한 교

1) 2차 대전 종결 전 중화민국 정부의 국방최고위원회는 1944년 7월 상래의 국토수복을 대비한 '복원계획강요'를 발표했는데 일본의 식민지 지배를 받았던 대만은 중국동북지역과 동일하게 '광복구'로 지정되어 특별행정구를 설립하고 단독으로 인원을 파견하여 접수하기로 발표하였다.

류가 있었고 새로운 대만문학의 방향이 논의되었던 반면, 국공내전에서 패배한 국민당정부의 대만 철수와 자유중국의 건립이 이루어지는 1950년대는 국가가 주도하는 반공문예체제가 수립되면서 대륙에서 온 문인들 위주로 자유중국 문단이 형성되었다.

자유중국 문단은 조직적 문인단체, 출판사와 간행물, 교육체계를 갖춘 전방위적 반공문학 진영에 의해 형성, 유지되었는데 1950년대 대만의 문학을 주도했을 뿐만 아니라 이로 파생된 문학과 정치의 관계, 전통과 현대의 문제, 중국성과 대만성 관련문제는 향후 오랫동안 대만문학의 전개에 상당한 영향을 미쳤다. 반공문학은 본질적으로 중국공산당과 대립되는 국민당 우익문학론의 중심내용이며 대만에서의 중화민국이 내세운 건국이념의 문학적 구현이다. 또한 동시에 이차대전 후의 국제적 냉전의 문화적 산물이기도 하다. 특히 전후 자유세계의 우두머리를 자처했던 미국의 문화외교정책과 깊은 관련을 가진다. 따라서 1950년대 대만의 반공문학의 주류적 지위는 자유중국 정부의 정치적 의도와 원조를 통한 미국의 문화선전, 이 두 가지 힘의 역학 속에서 형성되고 유지되었다.

본문은 이차 대전 후 세계 냉전체제가 대만문학에 미친 영향을 고찰하기 위해 1950년대 반공문학의 내용과 그 변화의 모습을 살펴봄으로써 냉전시기 대만의 문학풍경을 그려보고자 한다. 현재까지 반공문학에 대한 연구 성과는 상당히 축적되어 있지만 지나치게 국민당 정부가 지향한 반공과 중국대륙에서의 정권 회복이라는 정치적 목적에 초점이 맞추어져 있어 세계냉전체제 하 자유진영의 문화, 문학 판도의 성격 같은 측면은 그다지 주목받지 못했다. 본문의 논의를 통해 기존 연구에서 파악한 반공문학의 단일 면모에 대한 검토, 그리고 상대적으로 중시되지 않았던 미국의 문화적 영향력이 반공문학의 내용과 성격에 가져온 변화에 대한 전반적인 토론이 이루어질 것이다. 뿐만 아니라 1950년대 대만의 반공문학에 대한 고찰은 전후 대만문단의 궤적과 문학초점을 이해하기 위한 전제일 뿐 아니라 동시기 비슷한 역사적 처지와 경험을 공유하고 있는 한국문학과의 비교와 참조이해를 위한 기초가 될 것이라고 생각한다.

2. 국가문예체제와 반공, 전투문예

자유중국은 국민당이 중국대륙에서의 정권을 상실하고 대만으로 퇴각한 후 대만에서 건립한 중화민국의 자기 위상이며 이와 직접적 관련을 가지는 자유중국 문단은 국민당 정부를 따라 대만으로 건너 온 외성인 문인들이 주체가 되어 형성된 조직적인 문학 집단으로 구성되었다. 이들은 반공을 문학의 중심 내용으로 내세우면서 1950년대 반공문학체제를 구성했는데 문학체제라고 불리는 이유는 특정조직을 통해 체계적으로 문학이념과 창작을 규범화하고 정치권력에 기초해 이를 운동으로 동원, 전파하였기 때문이다.

일반적으로 1950년대 반공문학체제란 중화문예장금위원회(中華文藝獎金委員會, 문장회(文獎會)로 약칭)와 중국문예협회(中國文藝協會, 문협(文協)으로 약칭)의 활동을 주로 일컫는데 이 두 조직은 국민당이 내전에서 패배한 후 대만으로 철수한 직후인 1950년대 초기에 성립된 단체로 엄밀히 말해 민간기구이지만 국민당과 정부의 지원을 직, 간접으로 받아 운영되는 반관방적 성격을 가지고 있었으며, 문예미학의 표준설립, 문학잡지의 출판과 간행, 문학교육의 실시, 문예활동의 진행 등 문학규범을 만들고 이를 체계적으로 전파하는 데 있어 국민당과 정부의 개입이 두드러졌다.

문장회의 성립은 1949년 중국국민당의 당내 회의에서 의결된 사항으로 蔣介石(1887-1975)총재의 지시를 받아 張道藩(1897-1968)이 주도했으며 국민당 중앙의 직접적인 지원과 보조를 받았다. 성립요지는 한마디로 반공항아(反共抗俄)의 문학적 실천을 위한 것으로[2] 구체적인 방법은 고액의 상금을 내걸고 반공내용과 민족의식을 고취하는 작품을 공개모집하여 우수한 창작을 유도하는 것이 그 임무였다. 채택된 작품은 매년 5월 4일 문예절(文藝節)에 상장과 상금수여로 공개표창하고 기관 잡지인 『문예창작(文藝創作)』에 게재하였고, 여의치 못할 경우 다른 출판사에 위탁하거나 개인적으로 간행할 수 있도록 지원하였다.

문장회 수상작품은 엄격한 심사를 통해 내용의 정확성 뿐 아니라 문학성도 인정을 받아 당시 문단에서 영향력이 컸으며 작가들에게는 등단의 문턱이자 선망의 대상이기도 했다. 게다가 통제보다는 장려의 성격을 가지고 있었고, 고액의 상금이 중국에서 건너온 작가들의 생활을 안정시켜 더 많은 창작을 유도하는 요인이 되었으며, 또 당시 양안의 긴장된 대치국면에서 장려와 유도의 방식으로 운영되는 문장회의 성립과 활동은 즉시 많은 열혈작가들의 지지를 받아 1950년대 초기 반공항아 문예창작의 전성기를 이루었다.

2) 陳紀瀅의 회고에 의하면, 1949년 국민당 정부가 廣州로부터 대만으로 철수할 당시 대만사회에 유언비어가 난무하고 공비들이 도처에서 활동하는 등 공포와 퇴폐적인 분위기가 만연하여 陽明山에 퇴거해 있던 蔣介石 총재가 문예로 이러한 상황을 개선하고자 민심을 수습하고 사기를 진작하며 대만의 치안을 확보하기 위해 張道藩에게 집행을 명했다고 한다. 陳紀瀅, 「張道藩先生與文獎會文藝協會」, 治喪委員會, 『中國文藝鬥士張道藩先生哀思錄』, 1968, 219면.

문장회는 1956년 7월 돌연 중단될 때까지 기관 잡지인 『문예창작』(모두 68기 출간)소재의 작품은 물론이고 따로 출판된 수많은 수상작을 통해 1950년대 반공문단을 주도했으며 이를 통해 등단하거나 수상한 문인의 규모가 3000여명에 달했다. 문장회를 통해 생산된 방대한 량의 반공문학작품은 대만 도내의 민중 뿐 아니라 해외 화교들에게도 전파되어 반공의식의 고취에 큰 영향을 미쳤다.

이렇듯 문학을 통한 대내외 반공의식의 고취와 정부의 반공사상 선전이 문장회의 가장 큰 임무였는데 정부의 관심과 핵심 주도인물들의 적극적인 활동으로 1950년대 초기 상당한 성과를 거두었다. 문장회의 수상작은 전투 혹은 반공이라는 단일 주제지만 선전과 보급의 목적을 달성하기 위해 다양한 형식이 요구되었고 또 내용상의 통속성이 강조되었다. 『문예창작』소재의 작품만 보더라도 이런 경향이 두드러지는데 전통시, 신시, 산문, 소설, 보도, 미술, 극본, 가곡 등 다양한 장르의 창작이 게재되었고 선전을 위해 다분히 통속화의 면모를 보이고 있다. 하지만 동시에 반관방(半官方) 잡지로서의 엄숙한 사명과 중요한 임무도 요구되어 이를 만족시키기 위한 문예비평과 문학평론 문장도 대량으로 생산되었고, 잡지 소재 작품에 대한 서평과 작품소개 등 실제비평을 정리하여 매년 「신년회고특집」(新年回顧專輯)을 마련하고 10여 편의 해당평론을 실어 독자들의 수용정도와 독서 기준을 정립하여 문예를 지도하는 역할을 수행했다.

『문예창작』의 작가군은 대부분 외성인 위주로 국민당과 군정계통 출신의 작가,[3] 국민당과 함께 온 작가,[4] 여성 작가[5] 등이고, 소수의

3) 新詩 작가 上官予, 鍾雷등과 소설의 端木方, 郭嗣汾, 王藍, 彭歌 등이 대표적 문인이다.
4) 1950년대 중반기 현대시 운동의 주역이 된 紀弦, 覃子豪, 方思 등이 그들이다.
5) 여성작가로는 潘人木, 孟瑤, 童眞, 繁露, 張秀亞, 鍾梅音, 潘琦君 등이 있다.

본성인 작가들[6]도 이 시기 문장회 소설상을 받거나 『문예창작』에 문장을 싣기도 했다. 이들 중 공산당에 대한 적개심과 이원대립 구조를 통해 국가, 민족서사를 그리는 전형적인 반공소설은 군인작가 혹은 당정계열 작가들에 의해 창작된 장편소설이 대부분이고, 많은 량을 차지하는 여성작가들은 비록 반공내용과 민족의식의 고취에서 크게 어긋나지는 않지만 동시에 정치성보다 여성의 성장과 소소한 일상, 개인적 정서를 주로 그렸으며, 본성인 작가들은 공산당과의 대치 경험의 부재로 인해 주로 항일이나 운명과 대항하는 민중들의 삶을 주제로 한 창작을 보여준다.[7]

이렇게 『문예창작』은 문장회의 기관 잡지로 반공문학을 선도하였고 관방의 문예정책을 효과적으로 추진하였으며 우수한 작가와 작품들을 발굴하여 당시 문단에 많은 영향을 미쳤다. 1950년대 대만 문학장에서 문장회의 성립과 활동, 『문예창작』의 보급과 전파는 국가권력이 어떻게 문단에 개입하고 미디어를 조종하여 문예정책을 구체화시켰으며 또 이 체제가 향후 문학발전에 어떤 영향을 미쳤는지 등 정치권력과 문학생산과의 관계에 관한 많은 연구거리를 제공하고 있다.

1950년대 반공문학체제에서 빼놓을 수 없는 또 하나의 조직이 문협이다. 문협은 조직의 규모나 활동력, 국가문예정책과의 긴밀한 협조 등으로 보아 단연 독보적인 단체로 민간조직이기는 하나 강렬한 관방색채를 띄고 있었다. 1950년 蔣介石 총통의 명으로 성립되었으며 당시 참가인원들의 면면을 보면 당정(黨政) 수장과 요인들의 대거 출석은

6) 本省人 작가로는 施翠峰, 廖淸秀, 鍾肇政, 何瑞雄 등이 있다.

7) 『文藝創作』에 실린 작품의 분석은 應鳳凰, 「張道藩『文藝創作』與50年代臺灣文壇」, 『戰後初期臺灣文學與思潮』, 文津出版社, 2005, 523~546면; 梅家玲, 「性別vs.家國:50年代的臺灣小說-以『文藝創作』與文獎會得獎小說爲例」, 『臺大文史哲學報』 55期, 2001. 11., 51~76면 참고.

물론 협회의 주도인물인 張道藩, 陳紀瀅(1908-1997), 王平陵(1898-1964), 馮放民(1919-) 등도 정치권에 상당한 세력을 가진 인사들이었다. 경비 역시 1956년까지는 국민당에서 직접 지원했으며 국민당의 문예활동도 문협에 위탁 개최하는 등 문협과 국민당은 상당히 밀접한 관계를 유지하였다. 즉 문협 역시 문장회와 같이 민간 문예조직이기는 하나 국민당과 정부의 개입과 영향이 두드러졌다.

소속회원은 설립당시 150명에서 출발했으나 매년 급속도로 증가하여 10년이 지난 1960년에는 1290명으로 당시 대만의 문예창작자 총수의 9할을 차지했고, '여름청년문예캠프'(暑期青年文藝研習會), '소설연구반'(小說研究班), '정기문예강좌'(定期文藝講座), '주일문예강좌'(星期文藝講座) 등 각종 문예활동을 전개했다. 또한 정부의 문예정책에 맞추어 갖가지 활동을 진행했는데, 예를 들어 1951년 국방부에서 '문예를 군으로'(文藝到軍中去) 구호를 제출하자 문협은 작가들을 군대로 파견하고 각종 좌담회를 열어 군중문예운동(軍中文藝運動)을 전개했으며 이를 통해 군중작가를 양성하고 이들의 작품을 출판하였고, 1958년 8·22포전(八二二砲戰)이 발생하자 金門으로 작가를 파견하여 위문과 동시에 『전투견문록(戰鬥見聞錄)』을 출판하였다. 또한 1954년 蔣介石 총통의 문예정책을 담은 「민생주의육악양편보술(民生主義育樂兩篇補述)」이 발표되자 문협 회원들이 공동으로 이를 읽고 연구하여 독후감과 건의문을 제출했으며, 적·황·흑(赤黃黑) 삼해(三害)[8]를 소탕하자는 '문화청결운동'(文化清潔運動)을 전개했다. 이 운동은 정부와 문협의 공모로 진행되었으며 그 결과 신문 잡지 등 미디어의 검열로 이어지고 폐간, 정간되는 사태까지 이

8) 三害는 공산당에 협조하는 赤色의 毒, 풍기를 문란 시키는 黃色의 害, 사회 안정을 해치는 黑色의 罪를 말한다.

르렀다. 뿐만 아니라 1956년 반공문예의 퇴조를 우려한 정부가 직접적으로 개입하여 '전투문예운동'(戰鬥文藝運動)을 추진하자 문협도 이에 적극 동조하여 국가문예정책의 주요내용인 삼민주의(三民主義), 반공항아(反共抗俄), 공산당에 대한 적개심 진작, 중화민족전통문화의 발양, 애국사상 고취, 영웅행적 찬양, 용기와 희생 등 전투정신을 고취하는 내용을 교육, 선전, 전파하는 선봉장의 역할을 맡았다. 1957년 문장회의 활동이 중지된 이후에도 문협은 '본 회 동인들은 문예보국을 종지로 삼아 당시 상황에 대해 국책에 배합하고 문예의 각종형식을 운용하여 사회를 환기시키고 공비의 음모를 밝힌다.'는 공약을 통과시키고 여전히 국민당 정부의 각종 문예정책을 실천하는 임무를 수행하여 반공문학체제의 핵심적인 기구로 역할을 다했다. 문협 내부에는 소설, 시가, 산문, 문예이론 뿐 아니라 음악, 미술, 영화, 희곡. 무용, 촬영 등 문화전반에 걸쳐 17개의 창작연구위원회(創作硏究委員會)가 구성되어 문화생산을 주도했으며 각각 상응하는 잡지의 발간과 교육활동의 적극적인 추진으로 국가문예정책이 문협을 통해 각 부문으로 전파되었다. 즉 문장회 이후 문협이 관방의 문예정책을 전달하고 반공전투문예를 확장하는 중요한 매개체가 되었던 것이다.

문장회와 비교하여 볼 때 문협은 민간적인 성격이 비교적 강했는데 비록 부분적인 보조가 정부 혹은 국민당에서 나오기는 했지만 기본적으로 활동에 대한 결정은 회원들의 의견에 의존하는 형태를 취했다. 이로 말미암아 문장회보다 포용력과 탄력성을 가지고 각종 문예공작에 참여할 수 있었으며 1956년 이후 부분적인 경비가 삭감되고서도 여전히 문단에 강력한 영향력을 행사할 수 있었다. 문협은 또 자체 내 조직의 운영과 발전역사를 정리하여 책자로 발간하여[9] 지속적인 응집력을 발휘했으며 정부가 내세운 민족전통과 정당성을 옹호하여 절대적인 지지를 받았고 이 정치적 우세를 이용한 문학상 제정과 출판업 장악 등 조직이 추구하는 문학관의 수립과 문화자본을 공고히 했다. 문협의 배후에는 국민당 우익 민족사상과 반공복국(反共復國) 문학관이 지탱하고 있으며 구성원 동원방식으로 대륙에서 온 작가들을 중심으로 자유중국 문단을 구성하고 실제 문학창작을 간섭하는 조직적인 문예체제를 완성하였다. 국민교육이 막 실시되기 시작한 1950년대 초기에 문협이 조직한 각종 문예실습지도기구(文藝演習輔導機構)와 대규모로 개최한 문예 활동은 일반 문예청년과 민중들에게 문학을 이해하고 수용하게 하는 보편적인 통로를 제공했고 이를 통해 등단하는 기회가 주어지기도 했다.[10]

문협은 또한 산하에 두 개의 주요한 부속기구를 두었는데 하나는 1953년 청년문예세대를 양성하기 위해 설립한 중국청년사작협회(中國青年寫作協會, 작협(作協)으로 약칭)이고 다른 하나는 1955년 여성을 대상으로 설립한 대만성부녀사작협회(臺灣省婦女寫作協會, 부협(婦協)으로 약칭)이다. 이 두 조직은 기본적으로 민간문학 집단이었지만 문협과 마찬가지로 국민당 정부의 지원을 받아 조직되었다. 작협은 蔣經國(1910-1988)이 주도하는 중국청년반공구국단(中國青年反共救國團)의 지원을 받았고, 부협의 주요성원 역시 국민당 부녀조직에 속한 이가 많았으며 국민당 정부의 반공복국 정책을 지지하고 반공항아 선전을 강화하는 데 주력했다. 문협을 포함해 이 3대 문예집단은 민간조직이기는 하지만 관방의 지도

9) 문협에서 직접 발간한 『耕耘四年』, 『文協十年』과 기타 출판사에서 발간한 『自由中國文藝創作集』(正中書局), 『海天集』(復興書局), 『十年』(文壇社) 등이 있다.

10) 문협의 활동에 대해서는 陳康芬, 「中國文藝協會社群與戰後臺灣50年代反共文學機制的形成」, 『眞理大學臺灣文學硏究集刊』 6期, 2000.4.7, 153~172면 참고.

및 정치이데올로기와 당국(黨國) 자원이 서로 공모하여 운영되는 반관방 성격으로 민간과 관방의 상호협력으로 작동되었고 때문에 국민당 정부가 추진하는 반공이데올로기를 관철하여 1950년대 반공문예체제의 작동에 핵심적인 역할을 담당했다.

또한 문협 관련 인사들이 출판사, 서점을 운영하거나 잡지사를 주관하는 방식으로 반공문학과 관련창작물을 발간했는데 이를 통해서도 국가정치권력이 시민사회의 문예장에 개입하는 일면을 잘 보여준다 하겠다. 대표적인 출판사로는 문협의 핵심인물 張道藩의 문예창작출판사(文藝創作出版社), 陳紀瀅 등의 중광문예출판사(重光文藝出版社), 馮放民 등이 조직한 군력출판사(群力出版社), 葛賢寧(1908-1961) 등의 중흥출판사(中興出版社), 施魯生(1927-) 등이 조직한 문예생활출판사(文藝生活出版社), 尹雪曼(1918- 2008) 등의 신창작출판사(新創作出版社), 任卓宣(1896-1990)의 파미르서점(帕米爾書局) 등 상당히 많고, 그 외 이들이 주도한 잡지의 문예란도 포함하면 당시 문단규모와 거의 등량이라고 할 수 있다.[11] 그 외에도 문협은 초기 주요 신문인 『신생보(新生報)』, 『중화일보(中華日報)』, 『공론보(公論報)』의 부간(副刊)인 「매주문예(每週文藝)」, 「문예(文藝)」, 「문예논평주간(文藝論評週刊)」을 통해 각종 장르의 반공항아 내용과 전투문예를 선보이고 동시에 정책에 동조하는 문예이론을 건립하는 데 치중했다.

문협이 견지한 문학론은 이를 주도한 핵심 인물인 張道藩의 『삼민주의문예론(三民主義文藝論)』에서 확인할 수 있는데 그는 기본적으로 문예는 생활의 미감을 표현하지만 정치로부터 독립할 수는 없으며 정치사상의 지도를 받아야 그 효과를 최대한 발휘할 수 있다는 입장을 취했다. 국민당의 주장인 문예구국의 실용적 가치관에 삼민주의 신앙을

11) 이에 대해서는 『文協十年』, 1960, 참고.

결합한 것이 주요내용이다. 또한 구체적인 문예창작의 지도원리로 여섯 가지 금지사항(六不政策)과 다섯 가지 이행사항(五要政策)을 내 놓았는데, 그 내용을 보면, ①문학작품은 전적으로 사회의 어두운 면을 부각시켜서는 안 되며, ②계급차이에서 오는 복수의 심리와 정서를 드러내지 말아야 하고, ③부정확한 의식을 표현하지 않으며, ④비관적 내용에 치우치지 말고, ⑤낭만적인 정조를 드러내지 않고 ⑥무의미한 작품을 쓰지 않아야 한다는 것과 ①민족문예를 창작하고 ②평민의 고통을 써야 하며, ③민족입장을 견지하고 ④감정보다는 이지적인 사고에서 나온 창작이어야 하며 ⑤현실적인 형식을 채용해야 한다는 것이다.[12) 즉 조직으로서의 문협이 통일적으로 추구한 문학론은 리얼리즘을 창작방법으로 하여 삼민주의의 내용을 문학적으로 구현하는 것이었다.

실제 작품의 창작에서 이 문학관의 구현 여부는 개별 작가의 성향과 사용된 제재에 따라 차이를 보이지만, 전반적으로 보아 문협 지도하에 생산된 작품은 반공전투 내용에 개인의 경험보다는 집단적인 서사에 치중하고 있다는 점, 공산당과 이에 대립하는 인물들이 선악으로 구분되는 이원대립적인 가치관을 드러낸다는 점, 긍정적 인물들이 가진 인도주의 인성관을 높이 평가하고 있다는 공통점을 가지며 동시에 기본적으로 현재의 처지에서 벗어나 반공복국을 기원하는 미래지향의 서사를 보여주고 있다.

문장회와 문협을 통해 본 1950년대 대만의 반공문예체제의 특징은 직접적인 통제보다는 상금이나 조직 동원을 통해 문인과 지식인을 유도하는 방식을 취했다는 점을 들 수 있다. 즉 국민당 정부는 민간 지식인의 합작관계를 통해 이 체세를 유지했는데 그 이유는 국공양당의

12) 張道藩, 『三民主義文藝論』, 文藝創作出版社, 1954.

경쟁과 합작의 모순적인 관계로 이어져 온 중국 현대사의 배경 때문이다. 이 경과를 간단하게 살펴보면 1927년 국민당의 공산당 척결정책(清共政策)으로 제1차 국공합작이 파기되었고, 1930년 중국좌익작가연맹(中國左翼作家聯盟, 左聯)이 성립되었으며, 이 조직이 1936년 국민당에 의해 강제 해산된 후 중국문예작가협회(中國文藝作家協會)로 편입되어 반제국주의, 반봉건의 역사적 과제를 계승하던 중 1937년 중일전쟁이 일어나자 중화민족의 공동 항일노선에 기초하여 좌, 우익 지식인이 공동으로 중화전국문예계항적협회(中華全國文藝界抗敵協會)를 조직하여 제2차 국공합작시기의 문예통일전선을 형성했다. 이 과정에서 국민당은 민족주의를 핵심으로 하는 문학론을 수립, 견지하였는데 그 내용은 민족국가가 사회와 개인의 정치입장보다 우선하며 따라서 개인주의와 사회계급모순을 폭로하는 문학입장을 배척한다는 것과 문학의 내용이 삼민주의의 건국이데올로기에 저촉되어서는 안 된다는 것이었다. 이 시기 국민당 우익의 이러한 문학론은 국가와 민족의 가치를 우선하고 있기는 하지만 어느 정도 문학의 자율적 공간을 인정하고 있었으며 인성을 매개로 하여 순문학의 예술성과 정확한 정치선택 사이에서 평행을 유지하고 있었다. 그러나 이러한 민족주의 문예론과 운동으로는 좌익문학세력의 확장을 억제할 수 없었다. 그 구체적인 예가 공동전선인 중화전국문예계항적협회에서 郭沫若(1892-1978) 등 좌익문인이 국민당의 자원을 이용해 좌익사상을 선전한 것이었다. 이를 견제하는 과정에서 국민당은 잡지와 서적에 대한 검열을 강화하는 등 과격한 통제정책을 시행했으며 항일전쟁이 고조되던 1941년 2월 국민당중앙선전부(國民黨中央宣傳部)는 문화운동위원회(文化運動委員會)를 설치하여 다시 한 번 문학에서의 삼민주의사상 체계화, 민족의식과 민족정신의 발양, 상금을 통한 문화생산 유도, 학술의 체계화 등 문예방향을 제시하고 이에 위배되는 잡지의 폐간과 희극의 상연금지 등 강제적인 문예검열정책을 실시했다. 이에 聞一多(1899-1946), 李公樸(1902-1946) 등 문인들의 항의가 이어졌고 더 이상 민간 지식인들의 지지를 얻지 못하게 되었다.

1949년 대만으로 철수해 온 국민당은 이러한 과거 문예정책의 실패를 내전 패배의 한 원인으로 지목하고 민간 지식인의 지지가 국가의 정책을 추진하는 데 필요하다는 것을 인식했을 것이며 이것이 바로 1950년대 반관방 성격의 민간조직인 문장회와 문협을 통해 국시인 반공복국의 문예정책을 시행하게 된 원인이 되었다고 하겠다. 그 결과 개인적인 가치보다는 국가와 민족의 가치를 중시하고 각종 문예운동의 실천과정과 창작활동에서 이에 부합되지 않는 것은 배척당하게 되어 결국 개인주체의 자유와 다원적인 발전을 제한하는 문학체제가 형성되었던 것이다. 따라서 1950년대 초기에 국민당 정부의 주도하에 형성된 자유중국문단과 반공문예체제, 그리고 여기서 개진된 문예론과 문학창작은 기본적으로 국공양당의 경쟁과 갈등관계에서 체득한 국민당 우익의 문예정책의 반영으로 중화민국이 대만에서 새로 출발하면서 짊어지게 된 역사적 사명이자 자유중국이란 국가이념의 문학화 방식이라 하겠다.

3. 미국의 문화외교정책과 자유, 개인, 모더니즘

전후 국민당 체제는 대만으로 옮겨와 중국대륙의 공산당 정권에 대하여 정통 중국으로 자처하면서 중국역사, 지리와 어문교육을 실시하고 반공복국을 기본 국가정책으로 내세웠다. 앞에서 본 대로 국가권력은 문학장으로 연장되어 대만문학계에 반공문학과 전투문예 시기가 도래했다. 국민당정부는 문예를 반공대륙의 준비를 위한 수단으로 여겼는데 전후 세계냉전체제가 작동함에 따라 반공과 자유, 민주사상이 미국으로부터 들어와 반공문예체제를 비롯한 문화 전반에 영향을 미치기 시작했다. 따라서 이 시기의 대만문학계는 국가문예체제가 요구하는 반공복국, 민족의식의 고취라는 기본국책에 호응하면서도 냉전시기 미국의 문화외교정책의 영향에서 자유롭지 못한 형국이었다.

미국의 반공외교정책은 반공주의 이데올로기의 전파로 공산주의 세력의 확산을 막는 데 그 목적이 있었는데, 이는 냉전기간 동안 미국의 대외정책의 지도 원리였으며 어떤 정당이 집권해도 동요되지 않는 원칙이었다. 1950년 6월 한국전쟁이 발발하자 미국은 제7함대를 파견하여 대만을 방위했고 대만해협의 중립화를 선포했으며 대만에 대해 2차 대전 후 중단된 군사, 경제적인 원조를 회복하였다. 이로써 대만은 미국이 주도하는 동아시아 자유진영에 편입되어 군사적인 원조와 보호 속에서 공산주의의 위협에서 벗어나 경제적 자본주의화, 사회적 현대화를 추구할 수 있게 되었다. 같은 해 대만으로 파견된 초대 대사 런킨(Karl L. Rankin)은 친장파(親蔣派)로 특히 반공투쟁에서 문화를 이용한 심리전을 매우 중시하였다.[13] 그의 반공입장과 심리전에 대한 강조는 미국의 이익을 옹호하는 데 궁극적 목적이 있었지만 이는 또한 당시 국민당 정부가 지향한 반공정책과도 기본적으로 일치하는 것이었다.

국민당의 반공정책에 대한 미국의 긍정적인 태도는 실제적으로 국

13) 張淑雅, 「藍欽大使與1950年代的美國對台政策」, 『歐美研究』 28卷1期, 1998.3., 193면.

민당 정부의 군사, 경제적 원조에서 나타나지만 1954년 12월 미국과 중미공동방어조약(中美共同防禦條約)을 체결한 후 국민당 정부가 좌익인사 등을 체포하고 독재체제를 강화하게 되는 데서도 서로 간의 이익이 부합되었음을 알 수 있다. 즉 이는 미소 양대 집단의 대립이 날로 악화되면서 군사부문의 경쟁뿐 아니라 사상전의 일원으로 대만이 미국의 방어시스템에 편입되었음을 의미하며 이런 상황에서 반공문학은 정치적, 시대적 정당성을 가지고 주류문학으로 발전하게 된 것이다.

게다가 1950년대 계엄령 하 국민당 정부의 서적 통제와 금지정책으로 대만 지식계는 외래사상을 흡수하는데 곤란을 겪었다. 오사문학운동 이래의 좌익사상 서적과 魯迅(1881-1936), 茅盾(1896-1981), 巴金(1904-2005) 등의 문학이 금지되었고, 일제시기 대만의 역사경험과 문학도 단절되어 이중의 단층(斷層) 상태에 놓이게 되었다. 이런 상황에서 미국원조로 들어 온 문화만이 비교적 자유롭게 유통될 수 있었다. 원조의 방식으로 들어 온 미국문화의 성격은 기본적으로 반공산주의를 지향하지만 1950년대 초기 대만의 반공문학체제에서 구축된 민족의식과 공산당에 대한 직접적 적대의식과는 차이를 가지며 개인적인 자유와 민주사상을 강조하고 이를 진보적이고 현대적인 가치로 포장하여 공산주의에 대한 우월성을 강조했다. 이런 이유로 미국문화의 수입은 기존의 반공문학에 일정한 변화를 초래하게 되었다.

이를 고찰하기 위해 먼저 냉전시기 미국의 문화전략 사고를 살펴보면, 이차대전 때부터 진행된 유럽에 대한 문화전략에서 알 수 있듯이 미국은 정치, 군사, 경제적인 이익뿐 아니라 자본주의 문화의 전파도 같은 맥락에서 사고했음을 알 수 있다. 미소 양대 진영이 첨예하게 대립한 체코, 헝가리, 폴란드 등 지역에서 미국은 자신의 제도와 문화가 공산주의보다 우월한 것임을 선전했는데 이는 미국이 이들 국가에 대한 영향력을 유지할 수 있는 길을 문화적 힘에서 찾은 것이다. 즉 해외로 미국문화를 수출하는 것이 곧 공산주의 집단에 대항하는 냉전의 전략이었던 것이다.

예를 들어 1950년 서베를린에서 활동한 문화자유연맹(Congress for Cultural Freedom)은 이차대전 후 소련과 코민테른이 문인, 철학자, 음악가 등 이의분자를 숙청한 것에 대한 문화적 반격이었는데 비록 유럽 지식인들이 발기하였으나 미국국무원과 중앙정보국이 주축이 되어 진행한 것이고 이에 따른 경비 역시 미국에서 나온 것이다. 이러한 유럽에서의 문화전략은 1950년 한국전쟁이 끝난 후 아시아 지역에서 그대로 채용되었다.

한국전쟁 기간부터 미국은 홍콩, 臺北 미국신문처(美國新聞處, USIS, 美新處로 약칭)를 통해 문화원조 활동을 추진했는데 1950년 미국 중앙정보국에 아시아재단(亞洲基金會, The Asia Foundation)이 성립되었고, 이듬해 4월에는 홍콩에서 우련(友聯)출판사와 인인(人人)출판사가, 1952년에는 아주(亞洲)출판사가 그 지원을 받아 성립되었다. 또한 홍콩의 문화 활동에 미국이 직접 참여하여 금일세계사(今日世界社)를 설립하고 미국문화와 가치관을 선전하기 시작했다. 종합잡지인 『금일세계(今日世界)』(1952), 『인인문학(人人文學)』(1952), 『대학생활(大學生活)』(1955) 등 홍콩 미신처 아래 다양한 출판사가 생겼고, 臺北 미신처에서도 『학생영문잡지(學生英文雜誌)』를 발간하여 1950년대 청년학생들의 인기를 얻었다.

미국신문처는 미국신문총서(USIA)의 해외지부로 대외선전에 중점을 두었는데 각지의 미국대사관에 소속되어 있었다. 1964년의 통계에 의하면 전 세계 106개국에 232개의 미신처가 있었으며 방대한 경비를 운용할 수 있었다고 한다. 臺北 미신처는 1945년에 설립되었는데 매카시(Richard M. McCarthy)가 처장으로 있었던 1958년에서 1962년까지 대만과의 관계가 가장 밀접했다고 한다. 이 시기 대만은 미국정부의 외교정책에 맞추어 반중공(反中共) 선전을 강화했으며, 臺北 미신처도 '중국보고계획'(中國報告計畫)을 진행하였다. 이 계획은 신문보도와 기사의 제작과 방송, 잡지의 특집보도, 방송국의 난민방문, 학술논문과 미국문화의 소개를 포함하는 다원적인 활동으로 이를 통해 미신처의 임무와 역할이 반공의식 고취를 위한 현대미국문화의 수입과 소개, 중국공산주의의 야만성과 낙후성을 비판하고 비문명적인 면을 부각시키며, 다른 한 편으로는 미국문화의 현대성을 강조하는 데 있었음을 알 수 있다. 문화의 강조는 미국이 냉전을 사상전으로 여겼으며, 전쟁에 무기가 필요하듯 출판물, 서적, 학술회의, 미술전람, 음악회, 등등 각종 문화 활동을 사상전의 무기로 활용했음을 말해 준다.[14] 이런 활동에는 반공, 자유, 민주의 가치관과 미국식의 세계관을 포함하고 있었는데 무료 참관을 원칙으로 하여 당시 청년층에게 많은 영향을 미쳤다. 뿐만 아니라 미신처 부설도서관의 잡지, 서적은 청년들이 서방의 현대사조를 받아들이는 창구가 되었고 유학의 기회까지 제공되어 청년학생들의 현대문화 인식과 친미성향 양성에 중요한 작용을 했다.[15] 미신처는 臺北뿐 아니라 臺中, 嘉義, 臺南, 高雄 등지에도 사무실을 두고 문화예술 활동을 진행했다.

미신처는 또한 직간접으로 출판사를 두고 잡지 등을 간행했는데 주요 잡지로는 아주기금회의 보조를 받는 『금일세계』를 들 수 있다. 이

14) 謝尙文, 「帝國主義下的美國文化戰略」, 『海峽評論』 148期, 2003.4.
15) 1951년부터 1962년까지 2300여명이 중화민국 과학자, 학자, 관원, 기술자 등이 미국으로 유학을 갔다.

잡지는 미국 명저를 번역, 소개하는 것이 주요 업무였는데 높은 보수로 夏濟安(1916-1965), 張愛玲(1920-1995), 余光中(1928-2017)같은 문인과 지식인들을 역자를 초빙해 작품을 번역했으며 이들의 경험은 향후 반공문학에 균열을 일으키게 된다. 계엄시기 대만은 검열과 출판물에 대한 통제가 심하였기 때문에 대부분 홍콩에서 편집, 출판된 것을 수입하였는데 『금일세계』의 경우 냉전시기 동아시아 지역에서 발행한 미국의 가장 주요한 이데올로기 간행물로 한국, 대만, 월남, 라오스, 캄보디아, 말레이시아, 태국, 인도, 인도네시아, 홍콩 등지에서 판매되었으며 이 지역에서 반공과 민주자유의 방어선을 건립하고 미국문화를 선전하는 데 주요한 통로역할을 했다. 대만은 원동출판센터(遠東出版中心)의 일원이었는데 구역출판센터(區域出版中心)이라 불리는 마닐라 소재 원동출판센터에서 표준판을 만들어 각 신문처에 배송한 후 각지의 신문처에서 현지 상황에 따라 편집하고 각지의 언어로 번역하여 배포했다고 한다. 이러한 방식은 대만, 홍콩의 중국어판 『금일세계』, 『자유세계(自由世界)』뿐 아니라 인도네시아에서 출판되는 『미국잡지(美國雜誌)』와 사이공 출판의 『청년(靑年)』에도 적용되었는데 표준판은 기본적으로 동아시아 지역 인민의 반공, 친미를 주요목표로 하고 각지의 수요와 상황에 따라 내용을 가감, 편집했다고 한다.[16] 『금일세계』의 경우를 보면 대만과 홍콩은 동일하게 홍콩의 미신처에서 편집한 내용이며, 따라서 반중국공산주의, 중국전통문화의 중시 등 지역상황에 맞게 내용이 구성되었고 초청된 작가 중에도 대만지역 인사가 상당수를 차지했다.[17]

『금일세계』는 종합적인 잡지로 문예관련 보도나 문학창작의 게재비

16) 羅森棟, 「『今日世界』塑造映象的內容與範圍(上下)」, 『思與言』 9卷4~5期, 1971.11, 1972.1.
17) 『금일세계』는 원래 『투데이 아메리카』에서 온 것이며 1952년부터 발간하여 매월 1일과 15일, 격주 발행으로 미국원조시기부터 시작해 1980년까지 지속되었다.

율은 그리 높지 않았고[18] 또 궁극적으로 미소대립의 냉전구조 하 문화생산의 결과이지만 반공문예가 주류였던 시기에 상당히 이국적인 정서를 가져다주었다. 대만작가의 작품도 실려 반공문학 이외의 작품 발표가 가능해졌고 계엄시기 정보와 서적의 유통이 제한되었던 당시 미국원조문화는 대만의 문화생태에 큰 영향을 가져왔다. 예술 전시와 출판물 등 미신처의 문화 활동을 통해 대만인은 세계를 접촉했고 이를 매개체로 현대, 서방, 미국을 인식하였다. 물론 『금일세계』를 비롯한 미신처의 간행물들은 냉전 논리에 기반한 미국의 반공외교 정책의 일환이었지만 대만의 지식인들에게 모더니즘을 포함한 현대문학과 예술 사조를 수입하는 계기가 되었고, 자유세계의 인민들의 의식을 미국의 기준과 해석에 맞추어 개조하는 미국일변도의 세계인식을 갖게 되었다.

대학생을 주요대상으로 하는 『대학생활』 역시 과학, 의학, 현대 예술 등 다방면에 걸쳐 미국문화를 소개하고 이를 현대와 진보로 선전하였다. 『대학생활』 중의 현대개념은 인문사상, 민주관념, 과학정신과 과학적 방법 등을 포함하는 다원적이고 전방위적 개념이다. 정치상의 자유주의와 민주적 가치관, 철학 상의 존재주의와 실증주의, 이성과 정밀한 분석에 기초한 서방 경제이론, 도구적 이성을 중시하는 현대과학 등을 근거로 비서방국가의 부족함과 공산주의 국가의 낙후성을 재량하였고, 이는 결과적으로 미국적 가치가 우월한 것으로 인식되고 전파되었다. 이들 잡지를 통해 선전되는 자유주의, 현대화, 개인주의 같은 미국문화와 가치는 새롭고, 진보적이고, 과학적이고, 이성적이며 긍정적인 것으로 상상되고 인식되었다.[19] 말하자면 이들 잡지의 현대

18) 전체 내용의 1/5인 20%를 문예작품이 차지하고 있다.

와 현대주의는 냉전체제 하 반공의 목적에 의해 상상되고 가공된 미국문화의 정신적 내용이었던 것이다.[20]

문학 분야에서 『금일세계』는 에머슨(Ralph Waldo Emerson), 멜빌(Herman Melville), 휘트먼(Walter Whitman), 헤밍웨이(Ernest Miller Hemingway), 포크너(William Cuthbert Faulkner) 등 미국의 향토성이 짙은 소설과 모더니즘 소설을 실었는데 개인의 의견을 드러내는 자유, 자유롭게 유출되는 개인적 감정 등이 특히 중시되었다. 『대학생활』은 학술논문, 독후감, 서평, 산문, 문예창작, 명저번역, 보도통신, 만화 등 각종 장르를 동원하여 현대주의 문예를 소개하고 제창했는데 보들레르(Charles Pierre Baudelaire), 발레리(Paul Valéry), 베를렌(Paul-Marie Verlaine), 토마스 만(Thomas Mann), 릴케(Rainer Maria Rilke) 등 프랑스, 독일 모더니즘 문예는 물론이고 영미 모더니즘 사조를 소개하면서 특히 현대적인 표현방식을 강조했다. 이들은 목적으로서의 문학을 강조하고 문학이 정치선전의 도구가 되는 것에 반대하였으며 개인을 위한 문학을 내세웠다. 특히 인물의 내면세계와 감정의 변화, 언어 운용상의 기교, 비사실적인 수법과 사고를 중시하고 이를 진보적이고 현대적인 문학이라고 전파했는데 비록 냉전 논리 하에서 좌익문학에 대한 우월성을 강조하기 위한 반공의식에서 나온 것이지만 모더니즘 문학의 정치성 배제와 개인 자유의 중시는 계엄시기 밀폐된 정치 환경에서 하나의 탈출구로 여겨졌고 1950년대 중기 이후 대만문학의 모더니즘 전성기의 기초가 되었다.

동시에 이들 잡지는 중국성을 강조하여 국민당 정부가 추구한 정통

19) 미국이 모더니즘 문예를 선전하자 중국이 이에 대해 반발하여 유심론, 개인주의, 내심관조와 인성의 관찰로 무병신음 혹은 개인 내부의 창백, 고민을 쓰는 문학이라 비하했다.

20) 王梅香, 『肅殺歲月的美麗/美力?戰後美援文化與50, 60年代反共文學, 現代主義思潮發展之關係』, 國立成功大學臺灣文學研究所碩士論文, 2005, 58~67면.

중국의 이미지와 호응했다. 시경(詩經), 한부(漢賦), 당시(唐詩), 송사(宋詞)에서 『홍루몽(紅樓夢)』에 이르는 중국 고전문학의 경전과 한자, 역사적 인물, 문인전기, 고전문학의 창작기교 등을 소개하는 내용이 많았는데 이는 중국고전을 대만과 홍콩 등 자유세계를 연결하는 문화적 도구와 반공의 무기로 이용한 것임을 알 수 있다. 중국고전 문화는 나아가 일본, 한국, 월남 등지를 동일한 역사와 문화적 연원을 가진 세계로 인식하게 하는 수단이 되었다.

미국의 대만에 대한 군사적, 경제적 원조가 지속되면서[21] 진보적, 현대적으로 인식된 서방문학과 미국문화는 관방 색채가 농후한 반공문학을 포함해 1950년대 대만문학에 변화를 초래하기 시작했다. 초기 리얼리즘 문학을 고수하던 문장회의 기관 잡지 『문예창작』은 1953년부터 앙드레 지드(Andre Gide), 싱클레어 루이스(Harry Sinclair Lewis) 등을 소개하면서 날로 흥미를 잃어가는 반공문예를 개선할 수 있는 방법을 모색하기 시작했다. 張道藩은 리얼리즘에 기초한 삼민주의 민족문예를 지향하면서도 서방문학에서 낭만주의의 정조를 받아들여 국민에게 애국열정을 불러일으켜야 한다고 주장했고[22] 彭歌(1926-)도 외국걸작의 소개에 찬성을 표했으며, 王集叢(1906-1999) 역시 리얼리즘으로서는 생활의 진실을 더 이상 묘사하기 어렵고 모더니즘 문학만이 내부의 진실을 묘사할 수 있다는 입장을 취하며 신낭만주의, 표현주의, 신비주의 등의 창작기교를 배워야 한다고 주장했다. 陳紀瀅 역시 기교상의 새로움을 추구할 필요가 있다고 했으며, 趙友培(1913-1999)도 언어의 운용을 중시했다.[23] 이를 통해 1950년대 국가주도의 반공문학이 얼마가

21) 군사원조는 1950년에서 1973년까지, 경제원조는 1951년부터 1965년까지 지속됨.
22) 張道藩, 「論文藝作戰與反攻」, 『文藝創作』 25期, 1953.5.
23) 주20의 논문, 80~85면.

지 않아 변화를 필요로 했으며 서방문학을 참고하여 반공문학의 효과를 제고하려고 시도했음을 알 수 있다. 『문예창작』의 이러한 태도는 내용이 아니라 창작기교에 중점을 두고 구미 신문예의 형식을 운용하여 반공문학의 효과를 발휘하는 데 목적이 있었지만 새로운 언어의 추구, 심리분석의 응용, 개인의 내면세계 탐구 등은 결과적으로 국가, 민족의 집단서사에 치중하던 반공문학의 내용에도 균열을 초래하게 되었다.

또한 반공문학의 변화 내지 모더니즘 문학으로의 전환에는 자유주의 지식인의 역할이 핵심적이었다는 것은 널리 알려진 사실인데, 1950년대 대만 자유주의의 역사적 맥락은 냉전구조와 깊은 관련이 있다. 초기 국민당 정부는 미국의 원조를 얻기 위해 胡適(1891-1962) 등 자유파(自由派) 인사로 정부의 이미지를 개선하고자 했다. 그러다 한국전쟁이 발발하고 대만의 전략적 위치가 중요해 짐에 따라 미군의 대만해협 진주로 정세가 안정되면서부터 자유파의 인사들의 중요성은 이전만 못했지만 기본적으로 蔣介石의 집권을 옹호하고 반공과 자유민주헌정을 주장하는 입장을 가지고 있어 국민당 정부의 이해와 상충되지는 않았다. 1950년대 대만 지식인들이 자유와 민주적 가치를 추구하는 과정에서 가장 중요한 잡지로 꼽히는 『자유중국(自由中國)』의 지식인들이 대표적인데, 이는 또한 미국 신문처의 지지를 받는 잡지였다.[24) 이 잡지는 대외적으로 胡適의 이름을 내걸었지만 실제로는 雷震(1897-1979)이 주도하였으며 殷海光(1919-1969), 夏道平(1907-1995) 등이 핵심인물로 반공의 입장은 동일했으나 반독재와 언론자유의 주장, 친미

24) 『自由中國』은 원래 1949년초 上海에서 胡適, 雷震, 杭立武, 王世杰 등이 신문 형식으로 발행, 대만으로 온 후 1949년 11월에 잡지 형식으로 창간, 1960년 정간될 때까지 11년간 지속되었다.

자유주의 성향으로 인해 국민당과의 사이에 마찰과 모순이 생겨났고 결국 1960년 관련인사가 검거되고 강제 폐간되었다. 『자유중국』은 종합성 잡지였으나 胡適의 '사람의 문학', '자유의 문학'이란 이념 하에 작가의 개인 의지와 희망을 정치선전 문예보다 높게 평가했으며 동시에 서방문학의 소개와 번역, 학습을 주장하였다. 이들이 내건 문예는 정치성을 배제한 순문예로 聶華苓(1925-)이 『자유중국』 문예란을 맡고 있을 당시 인간성과 내면세계를 묘사하는 소설과 여성작품을 대량으로 실어 반공문학과는 다른 면모를 보여주었다. 『자유중국』이 주장하는 개인가치의 존중, 작가의 창작과 사상의 존중, 언론 자유의 주장 등은 관방의 반공문학과는 차이를 보이지만, 미신처를 통해 전파된 미국식 자유주의의 문학적 구현으로 기본적으로는 반공이데올로기의 범주 내에서 이해될 수 있는 것이다. 『금일세계』, 『대학생활』 등에서도 언론 자유, 창작 자유의 중요성을 역설하는 문장과 대만문학에 지대한 많은 영향을 미친 徐訏(1908-1980), 張愛玲 등 모더니즘 기법으로 인물의 내면세계를 그려낸 소설이 게재되었다. 하지만 미신처의 간행물에 대해 국민당 정부가 매우 민감하게 검열을 했던 사실로 미루어 보아 이러한 문학경향은 이미 관방의 기준치를 초과했음을 알 수 있다.

반공문학 내부의 자기변화 요구와 자유주의 사상의 충격 이외 1950년대 대만문학의 보다 명확한 변화는 중반기에 접어들면서 대량으로 창작된 모더니즘 문학이다. 잘 알려진 것처럼 1950년대 대만 시단(詩壇)에는 1930년대의 上海와 대만에서 유행했던 초현실주의 경향이 부흥하여 현대파(現代派), 남성(藍星), 창세기(創世紀) 등 3대 시사(詩社)가 신시(新詩)의 모더니즘 운동을 추진하였다. 주요 인물인 覃子豪(1912-1963), 紀弦(1913-2013), 鍾鼎文(1914-2012) 등은 대부분 대륙에서 온 국민당의 당정군(黨政軍)과 밀접한 관계를 가지고 있었고 1956년 紀弦이 「현대파 선언」에서 보들레르 이후의 모든 서구 신흥시파를 학습의 대상으로 하는 신시의 '횡적 이식'(橫的移植)과 동시에 애국과 반공을 지향한다고 하여 모더니즘 문학 경향과 반공애국 사고가 병존했음을 보여 주었다. 그러나 신시운동은 1960년대 말까지 중국신시전통과 다른 모더니즘 지향을 보이게 된다. 신시에서의 모더니즘 운동과 동시에 1956년 夏濟安(1916-1965)이 주축이 되어 『문학잡지(文學雜誌)』를 창간하고 헨리 제임스(Henry James)를 비롯한 영미 모더니즘 문학을 소개하면서 영문학과 중심의 문학 집단이 형성되었다. 이들은 미신처 주관의 잡지사에서 문학번역에 종사하였고 원조를 받아 미국에서 유학했으며, 귀국한 후에는 대학에서 영미수학을 가르쳤다. 이들의 문학수업을 받고 자라난 白先勇(1937-), 歐陽子(1939-), 王文興(1939-), 陳若曦(1938-) 등 차세대 작가들이 1960년대 중반기부터 『현대문학(現代文學)』 중심의 대만문학 모더니즘 전성기를 열었음은 잘 알려진 사실이다. 이들의 소설은 객관적인 현상보다는 내면세계의 묘사로 주관의식을 드러내는 데 주력했다. 이렇게 『문학잡지』에서 『현대문학』에 이르기까지 대만문학의 모더니즘 경향은 미국 신문처의 직, 간접적인 지원과 지지를 받아 이루어졌다.[25)] 이렇게 세계냉전체제 하 미국의 문화선전의 영향, 특히 문학에서의 현대사조의 전파와 지원으로 1950년대 대만 반공문학은 초기 국가, 민족 위주의 집단서사에서 점차 개인의 내면을 다루는 경향으로 변화를 보이게 되었다.

25) 白先勇, 「現代文學的回顧與前瞻」, 『現代文學』 復刊1, 1977.8.; 歐陽子, 「回憶現代文學創辦當年」, 『現代文學小說選集』 第一集, 爾雅, 1997.6, 30면.

4. 결론

본문은 1950년대 대만 반공문학의 전모를 조명하는데 목적을 두었다. 대만에서 1950년대는 흔히 반공문학의 시대라고 불리는데, 이는 주로 반공문예체제 하에서 형성된 문학으로 그 구체적인 내용으로는 공산당에 대한 적대심과 공산주의 체제에 대한 비판, 공산당과의 전투의식을 고취하는 내용, 그리고 계급보다는 민족에 의지하여 반공의 토대에서 자유국가를 건립하자는 민족주의 문학을 지칭한다. 그런데 이러한 내용의 반공문학은 1949년 국민당정부의 대만철수 직후부터 시작하여 1950년대 초기 몇 년에 집중되어 있다. 때문에 대만문학사에서는 흔히 1950년대 중반기 이후를 반공과 구분되는 새로운 문학의 시기로 규정하고 모더니즘 경향의 신시와 소설의 창작을 그 예로 들고 있다.

본문에서 이들 모더니즘 문학이 형성되는 배경을 고찰한 결과 2차 대전 후 미국의 냉전전략인 문화외교정책의 강력하고 직접적인 영향에서 이루어진 것임을 확인하였다. 그 과정은 미국의 신문처를 통해 출판사 설립, 잡지발간, 문예모집, 각종 문예활동의 실시, 등단과 미국 유학의 기회 제공, 미국 및 서방자유국가의 문학번역과 소개, 개인과 창작의 자유 관념의 전파, 심리주의와 내적 진실의 우위성 강조 등을 통해 이루어졌고 실제로 대만의 반공진영 문인들이 이러한 문화 활동에 참여하였고 반공문학의 변화를 유도하게 되었다.

미국 신문처의 이러한 활동은 문화의 힘으로 공산주의 세력에 대항하는 미국의 냉전전략의 일환이며 반공, 자유, 민주, 진보, 현대 등 미국적 가치의 우월성을 세계 각지로 전파함으로써 이들 지역에 대한 미국의 영향력을 지속적으로 유지시키고 동시에 문화의 미국 의존성을 강화하는 방편이었다. 본문에서 보았듯이 반공문예체제에서 생산된 반공문학의 변화를 주도한 이들이 서방문학 전공학자와 그들의 학생이었던 점은 미국의 대외문화전략의 영향력을 입증하는 예라고 하겠다.

그렇다면 미국문화의 영향으로 인한 반공문학의 변화와 체제하의 반공문학과는 구별되는 개인의 자유로운 정감의 표현과 심리묘사에 치중하는 문학의 발생을 반공문학과 완전히 구별하여 별개의 문학으로 볼 수는 없을 것이다. 체제하 반공전투문예와 미국의 냉전전략에 의한 자유와 개인을 지향하는 현대적인 문학은 동일하게 반공의 논리에서 탄생한 것이기 때문이다. 다만 전자는 중국공산당에 대한 국민당의 반공정책과 문예노선의 산물이고, 후자는 세계냉전체제하 미국의 공산진영에 대한 문화정책과 자유노선의 산물이라는 차이를 가질 뿐이다. 얼핏 보아 완전히 대립되는 문학주장과 문예방식, 예를 들어 전자가 민족주의 고취, 문학의 정치종속, 집단적 서사, 리얼리즘을 지향한다면, 개인의 자유, 내면심리의 각화, 문학의 정치로부터의 독립, 형식과 언어의 실험을 통한 내적 진실의 규명, 모더니즘 경향 등으로 인해 심지어 후자의 생성과 발전이 전자에 대한 반발과 저항이라는 평가를 내리기 쉽지만, 실은 이렇게 상반되게 느껴지는 문학의 공존이 바로 미소대립의 세계냉전체제 하 대만, 정확하게는 국민당이 주도한 자유중국 문학의 냉전적 풍경인 셈이다. 본문에서는 이러한 문학의 모습을 민족서사에서 개인서사로 옮겨가는 과정으로 설명하였다.

앞으로 더욱 세밀하게 반공문예체제의 구축과정과 그 성격, 그리고 생산된 문학 텍스트에 대한 분석을 통해 자유중국 문단의 반공과 냉전의 문학적 면모를 고찰하고, 동시에 1950년대 중반기부터 드러나기 시작한 체제하 반공문예의 변모과정, 새로운 문예흐름의 등장, 텍스트의 생산과정을 세계냉전 체제 하 미국의 반공문학 전략이라는 틀에서 관찰하고 나아가 동일 경험을 가진 한국문학과의 비교, 대조의 기초를 마련하고자 한다.

1950, 60년대 대만문학의 경향과 미국원조문화의 상관성

1. 머리말

이 글은 1950, 60년대 대만문학의 경향과 미국원조의 관련성을 찾아 냉전의 문학적 현상을 고찰하는 데 목적이 있다. 지금까지 대만문학사에서 1950년대는 반공문학, 1960년대는 모더니즘 문학을 주류적 경향으로 파악하고 후자의 출현이 전자에 대한 비판에서 비롯되었다고 이해하는 것이 일반적이었다. 대만 모더니즘의 형성과 그 문학사적 의의를 국민당의 고압적인 정치적 압박에서 벗어나려는 노력과 반공문학의 획일성을 타개하고 복잡한 인간의 내면심리를 드러내어 진정한 현대문학을 건립했다고 평가하는 기존 연구에서 이런 시각이 지배적이다.[1] 하지만 반공문학과 모더니즘 문학은 시기적으로 중첩될 뿐 아니라 반공을 이념적 기반으로 하여 형성되고 받아들여졌다는 점에

1) 陳芳明, 『臺灣新文學史』(上), 聯經, 2011, 346~413면.

서 연속적인 측면을 가지고 있다고 하겠다. 그러나 또한 미학적 측면에서 보여주는 상당히 이질적인, 심지어 상치되는 면모로 인해 완전히 다른 경향의 문학, 상호 대립되는 가치를 추구하는 문학으로 이해되고 있는 것도 사실이다.

이러한 상반된 이해는 모두 나름의 일리가 있다. 반공문학이 중국 공산주의의 타도라는 명확한 대상과 목적을 상정하고 공산주의가 추구하는 집단성, 국제성, 계급성과 적대적 자세, 민족전통과 보편적 인간성의 파괴를 적극 비판하는 내용이라면, 모더니즘 문학은 명확한 목적보다는 복잡해진 현대사회와 인간관계 속 개인의 내면과 인성의 어두운 면을 적극적으로 분석, 해부하는 데 중점을 두고 있기 때문이다. 이렇게 두 문학의 경향은 개인과 자유의 옹호라는 측면에서 가지는 공통성 이외 문학의 담당주체, 내용의 방향성, 창작경향과 방법 등에 있어 판이한 모습을 가지고 있다. 그렇다면 이렇게 상이한 두 문학경향과 반공이념이 갖는 공통성의 기초는 무엇이며 대만문학에서 어떻게 형성된 것일까? 본문은 이에 대한 물음을 냉전심리전술의 하나인 미국의 대공산권 문화전략에서 찾고자 한다. 좀 더 구체적으로 말하면 공산중국을 염두에 둔 미국의 아시아 국가들에 대한 문화원조에서 발단이 되었고 대만의 정치적 상황에 따른 취사와 변용의 과정에서 생겨난 문학적 현상이라는 측면에서 살펴보고자 한다.

논의의 초점을 미국의 원조가 대만문학에 미친 영향에 둔다면 소위 원조의 범위와 방식을 고려할 필요가 있다. 범위는 대만 경내 뿐 아니라 아시아 지역에 대한 문화적 영향력, 특히 홍콩을 경유한 미국문화의 전파를 말하는 것이며, 방식은 주로 잡지 출판과 보급, 유통을 통한 미국적 가치와 문예의 보급을 말한다. 따라서 1950, 60년대 문학이론과 창작을 담당했던 문단의 주역인 문학 관련 잡지를 대상으로 이들 잡지에 실린 미국과 서방국가의 문화와 문학 내용, 경향을 살펴보고자 한다. 이 글의 구체적인 논의 대상은 반공문예잡지 『문예창작(文藝創作)』과 『반월문예(半月文藝)』, 미국의 문화냉전전략 근거지인 홍콩에서 간행된 잡지 『금일세계(今日世界)』와 『대학생활(大學生活)』, 그리고 대만 모더니즘 문학에 선도적 역할을 했던 『문학잡지(文學雜誌)』와 『현대문학(現代文學)』에서 소개된 서방문학과 문화 내용이다. 이들 잡지는 직간접적으로 미국의 아시아 지역 내지 대만에 대한 원조와 관련성을 가지고 있기 때문에 장래 냉전문학의 아시아적 현상을 비교, 고찰하는데 유용한 자료가 될 것으로 생각한다.

2. 미국원조문화의 형성과 반공문예잡지 『文藝創作』, 『半月文藝』

냉전의 산물인 미국원조(U.S. Aid)는 미국정부가 대외원조를 위해 설립한 기구와 계획을 통해 기타 국가와 정부에 대해 진행한 군사와 경제 원조를 지칭한다.[2] 중화민국에 대한 미국의 원조는 1948년부터 시작되었으나 1949년 국공내전에서 국민당의 실패와 부패로 인해 지원이 중단되었다. 그러다가 1950년 한국전쟁의 발발로 대만이 아시아 지역의 반공보루로 인식되면서 1951년 재개되어 향후 15년간 지속되었다.[3] 미국의 원조는 비록 군사와 경제적인 측면에 집중되었으나 이에 그치지 않고 교육, 위생, 예술, 문화 등 기타 부분으로 확산되었다.

2) 高碩泰, 『美援與70年代美國外交政策之研究』, 國立政治大學外交研究所碩士論文, 1981.
3) 이 기간에 받은 원조금액은 14억8천2백만 달러이며 매년 평균 1억 달러에 달한다.

따라서 미국원조문화(U.S. Aid Culture)라는 용어는 이러한 미국의 원조로 인해 대만으로 전파된 미국문화나 그 영향하에 생겨난 문화현상을 일컫는 말로 특정한 가치관과 생활방식을 포함한 문학작품, 문화생산 등을 포함한다.[4)]

1945년 일본 식민지배부터의 해방을 맞은 대만은 전후 세계질서의 재편에 의해 중화민국으로 귀속되면서 국공내전에 휘말리게 되었다. 1949년 내전에서 패배한 국민당정부의 철수가 있기 전부터 2·28사건, 4·6사건,[5)] 계엄령 실시를 거치면서 반공의 근거지가 되었고, 국민당정부의 전면적인 철수 이후에는 관방의 직접적인 주도 하에 반공복국(反共復國)과 반공항아(反共抗俄)의 기본국책을 반영하는 반공문학체제가 형성된 공간이 되었다. 이런 상황에서 한국전쟁이 발발하면서 미국은 원조를 재개하고 국민당정부에 대한 지지를 표명하였다. 미국과 대만은 반공입장과 대공산당 심리전술에 대한 중요성의 강조하는데 입장을 같이 했고 이로써 대만은 미국의 대공산진영 사상전의 일원으로 편입되었다.

1950년대 국민당정부는 반공을 국시로 강압적인 검열과 감시체제를 작동시키고, 내전패배의 원인 중 하나로 문학을 포함한 전반적인 문화 역량을 지목했다. 그리고 지식인에 대한 사상통제와 문학창작의 자유를 제한하고자 서적의 출판과 유통에 대한 엄격한 관제를 실시하

4) 이는 원래 홍콩문학사에서 보편적으로 쓰이던 용어인데 미국의 원조로 발행된 출판물을 주로 지칭하는 것이며 냉전의 산물로 인식되어왔다. 이에 대해서는 王梅香,『肅殺肅殺歲月的美麗/美力?戰後美國援助文化與50,60年代反共文學, 現代主義思潮發展之關係』, 國立成功大學臺灣文學研究所碩士論文, 2005, 6~8면 참고.

5) 4·6사건은 1948년 臺灣大學 학생들의 교통법규위반으로 촉발된 학생체포사건으로 그 이전부터 있어왔던 대학생들의 기아반대투쟁이 중국대륙의 사회주의 세력과 합류될 것을 우려한 당국이 학생들에 대해 대대적인 체포를 감행하면서 학생운동으로 비화되었다.

였다. 이로 인해 오사문학운동 이래 발전해 온 중국의 좌익경향 문학과 일제시기 형성, 발전해 온 대만 신문학의 전통은 단절되었고, 이런 가운데 유일하게 미국원조문화만이 자유롭게 출판, 유통, 보급되었다. 냉전의 논리 아래 진행된 미국의 문화전략은 우선 이데올로기, 정치제도, 문화영역 등에서 민주진영이 공산집단보다 우수하다는 인식을 기타 국가에 전파하여 이들 국가들에 대한 영향력을 확대하는 데 있었다. 미국의 국무부와 중앙정보국이 막후에서 주도한 냉전문화전략은 유럽에 이어 한국전쟁 기간에 홍콩, 臺北의 미국공보처(USIA)를 통해 진행되었는데 주로 출판사의 찬조설립과 그 출판물인 잡지를 통해 문화적인 영향력을 행사했다.

1945년에 설립된 臺北 미국공보원(美國新聞處, USIS)은 대만의 각 도시에 사무실을 두고 활동을 진행했다. 미국 공보원의 주요 목표 중 하나는 미국의 대외정책을 미디어에 제공하고, 미국의 역사 사상, 정치, 경제와 문화를 알리는 것이었다. 이를 위해 신문출판조, 방송조, 영화조, 문화조, 도서관조를 두고 반공의식 고취를 위한 미국문화의 수입과 소개, 중국 공산주의의 야만성과 낙후성을 비판하고, 중국의 비문명적인 면을 부각시키면서 다른 한편으로는 미국문화의 현대성을 강조하는 활동을 진행했다. 특히 학생층을 겨냥한 출판물, 서적, 학술회의, 미술전람, 음악회, 영화감상, 현대무용 등 각종 문화 활동은 광복과 내전, 국민당 철수와 반공체제 성립 등 역사적 격동기를 거치며 미처 정비되지 못한 대만의 문화계에 막강한 영향력을 발휘하기 시작했다.[6)]

문학 분야에 있어서의 가시적인 영향은 흔히 자유주의 사상과 신시운동으로 불리는 현대시의 추구에서 나타났나. 선자는 『자유중국(自由

6) 謝尙文, 「帝國主義下的美國文化戰略」, 『海峽評論』 148期, 2003.4.

中國)』이 전파한 '사람의 문학, 자유의 문학'이란 문학 주장과 게재 작품에서, 후자는 상징파, 초현실주의 등 프랑스 모더니즘문학의 이식을 외치며 '재개'(再開)된[7] 여러 현대 시사(詩社)의 주장, 활동과 창작에서 드러난다. 자유주의 지식인들은 창작의 자유와 인성의 가치를 내세웠고, 현대시운동에서는 현실에 대한 새로운 감성을 내세웠지만 반공과 애국의 기조를 승인했다. 실제로 현대시 문단과 반공문단이라 불리는 반공문학잡지의 참가인원이 중복되는 등 1950년대의 대만문단은 문학경향의 차이에도 불구하고 반공이란 공통적인 토대를 가지고 있었다. 이 부분은 필자의 앞 논문에서 이미 서술한 바가 있으므로[8] 본문에서는 반공문학 내부, 그중에서도 문학잡지에서 보이는 미국원조문화의 영향을 구미문학의 번역과 소개 현황을 통해 살펴보는데 초점을 두고자 한다.

반공문단은 중화문예장금위원회(中華文藝奬金委員會), 중국문예협회(中國文藝協會)같은 관방 주도의 조직과 기구의 활동, 그리고 민간출판사들이 발행하는 문예잡지로 구성되었는데, 1950~1956년만 보더라도 반공기치를 내건 잡지가 18종 이상 발간되는 등 1950년대 초반은 반공문예잡지의 전성시대라고 할 수 있다. 이들 잡지는 발행인의 문학적 지향 등에 따른 약간의 차이는 있지만 기본적으로 반공항아(反共抗俄), 전투문예(戰鬥文藝), 삼민주의문예(三民主義文藝) 등의 주장이 포함된 반공내용의 창작물을 게재했다. 그러나 자세히 검토해 보면 많은 잡지에서 구미문학을 소개하고 있음을 알 수 있다. 그중 우선 반공문단에서 관방

7) 1930년대 上海에서 활동하던 상징파, 초현실주의 문학운동의 연속인 동시에 식민지 시기 대만에서 형성되었던 신감각파 등의 현대시운동의 연속으로 파악하기 때문에 일반적으로 '재개'되었다고 한다.

8) 이 책에 실린 「민족에서 개인으로-1950년대 냉전대만의 문학풍경」 참고.

의 문예정책을 가장 잘 반영하고 있다고 평가되는 잡지인 『문예창작(文藝創作)』에도 서구 문예이론과 번역 작품이 많이 실려 있다. 이 잡지는 중화문예상금위원회의 기관 잡지로 1951년 5월 4일 창간된 이래 향후 5년간 매우 안정적으로 모두 68기(期)를 발간했다. 기존 연구의 정리에 의하면 19기 이후로 외국문학에 대한 소개글이 증가했는데, 전체를 통틀어 외국문학의 번역, 소개글이 110편에 달하고 특히 61기 이후부터는 번역문이 3분의 1을 차지했다.[9] 외국문학에 대한 소개는 크게 네 가지로 나눌 수 있는데, ①소설 창작에 대한 이론이 가장 많았던 문학이론 번역, ②외국작가와 문학유파를 소개하는 글, ③미국, 영국, 프랑스, 일본 등 주로 자유민주진영의 문단과 작가동향, 새로 나온 책을 소개하는 외국문단 동향, ④번역 작품이다.[10]

이들 내용을 살펴보면, 우선 이론 부분에서 紀乘이 쓴 9편의 글은 소설 창작과 관련된 것으로 출처는 허셀 브릭컬(Herschel Brickell)이 편찬한 『Writers on Writing』이며 내용은 소설 창작에 관한 일반적인 수준의 것이다. 梁宗之(王夢鷗, 1907-2002)의 글은 영미파 작가와 예술가의 이론으로 대부분 창작기교와 관련된 것인데, 예를 들어 「소설의 줄거리에 대해」(28기)는 포스터(E.M. Forster)가 원작자이고, 「소설의 구조와 형식」(42기)은 티보데(Albert Thibaudet)가, 「문예기교론(상, 하)」(51, 52기)는 앱크랩비(Lascelles Abercrombie)가 원작자로 되어 있다. 이외에도 「졸라의 자연주의 문예」(43기), 「『시학』 이후의 문예평론 약술」(48기) 등 서구 문학사조와 문예평론의 흐름을 소개하기도 했으며, 「현대소설의 기본 동향」(31

9) 黃怡菁, 『文藝創作(1950~1956)與自由中國文藝體制的形構與實踐』, 國立淸華大學臺灣文學研究所, 2006, 178면.

10) 앞주의 논문에서 진행한 통계에 의하면 각각의 비율은 이론문장이 35%, 작가와 문학유파의 소개가 45%, 외국문단의 동향이 17%, 번역작품이 3%를 차지한다고 한다.

기)에서는 서구 모더니즘 문학을 소개하고 있는데 상당히 많은 작품을 예로 들면서 모더니즘과 리얼리즘 문학이 다루는 '현실' 개념을 비교하고 있다. 모더니즘에 속하는 문학사조의 소개는 그 외에도 盛成이 체계적으로 소개한 프랑스 상징파와 시인들이 있다. 발레리(Paul Valery)는 물론 랭보(Arthur Rimbaud), 베를렌(Paul-Marie Verlaine), 말라르메(Stephane Mallarmé) 등 상징파 3대 시인 이외에도 이들의 영향을 받은 기타 시인을 소개하고[11] 상징주의 유파가 추구하는 객관세계 깊은 곳에 존재하는 진실과 영원한 세계를 중국 경서인 『역경(易經)』으로부터 찾아내는 분석을 시도하기도 했으며,[12] 侯佩尹는 모더니즘문학 이외 바이런(George Gordon Byron) 등 서구 낭만주의 시도 중국전통의 시 형식에 맞추어 번역, 소개하였다.[13] 또한 童眞과 陳森에 의해 영미 양국의 문예이론이 번역, 소개되었는데 「캐리(Joyce Cary)의 일생과 그 작품」(22기), 「리얼리즘의 대가 심농(Georges Simeon)」(28기), 「내 기억 속의 웰스(H.G. Wells)」(32기), 「와일드(Thornton Niven Wilder)」(39기), 「그린(Graham Greene)의 일생과 그 작품」(41기) 등과 「작가와 생활」(51기), 「주인공의 선택」(53기), 「구조를 논하다」(55기), 「인물과 사건」(56기) 등 소설 창작과 관련된 문장도 번역, 소개되었다. 이중에는 탐정소설, 과학 환상소설 등 비교적 대중성을 지닌 것도 적지 않다. 다음으로 문단동향 대한 소개글로는 方思, 陳森, 盛成, 施翠峰 등이 각각 영국, 미국, 프랑스, 일본의 문단상황을 나누어 소개했다. 그 내용은 주로 당대의 중요한 작가와 문학작품, 평론의 소개, 그리고 각국의 문학 활동이나 전람회 소식 등이다.

11) 소개된 작가로는 Paul Valery, Paul Claudel, Paul Verlaine, Rimbaud, Stephane Mallarme, Jules Laforgue, Georges Rodenbach, Albert Samain 등이 있다.

12) 「프랑스의 위대한 현대시인 발레리」, 33期.

13) 「시를 사랑하는 사람에게 바치는 작은 선물」, 33期.

또한 후기로 가면서 『문예창작』에 소개되는 범주는 작가와 문학작품뿐 아니라 전반적인 서방예술까지 확대되었는데 모차르트(Wolfgang Amadeus Mozart), 밀레(Jean-François Millet), 미켈란젤로(Michelangelo), 반 고흐(Vincent Willem van Gogh), 고갱(Paul Gauguin) 등의 그림소개도 실었다. 이들 번역문은 비록 소개 수준에 머물기는 했지만 반공문단에 자극이 되었음은 분명한데, 『문예창작』의 서구문학이론과 작가, 문단상황에 대한 이러한 적극적인 관심은 반공문학의 창작기풍을 쇄신하고 분위기를 진작시키는 데 목적이 있었다. 이는 주도 인물인 張道藩의 문학관에서 드러나는데, 그의 반공문학이론인 삼민주의문예론에서 전통적인 리얼리즘 창작방법뿐 아니라 낭만주의 등 서구사조에서 참고할 만한 것을 받아들여 리얼리즘을 보강해야 한다는 생각을 보여주고 있다.

> 三民主義의 民族主義 문예는 마땅히 리얼리즘 창작방법을 주체로 하여 일부분 낭만주의파의 표현기교 등을 종합하여야 한다. …… 三民主義의 民權主義 문예는 마땅히 리얼리즘 창작방법을 주체로 하고 일부분 고전주의의 표현기교를 종합해야 한다. …… 三民主義의 民生主義 문예는 마땅히 리얼리즘 창작방법을 주체로 하고 일부분 이상주의의 표현기교를 종합해야 한다. 三民主義 리얼리즘은 상술한 낭만적, 고전적, 이상적 세 가지 유파의 기교를 종합하고 그 이외에도 기타 유파의 기교를 현실의 수요에 맞게 제한적으로 종합, 운용해야 한다.[14]

반공문학의 선전효과를 고려하여 민중들에게 감동을 줄 수 있는 이론과 방법을 모색한 것으로 여겨지는데 서구의 각 문학유파로부터 새

14) 張道藩, 「三民主義文藝論」, 『文藝創作』 35期, 1954.3., 12~14면.

로운 창작방법을 흡수하는 과정에서 서구문예 이론과 작품의 번역, 소개가 이루어진 것이다. 高明도 '신인문주의'(新人文主義)를 제기하고, 그 내용을 물질적 욕망을 극복하는 이지적인 풍격, 인성의 존엄을 회복하는 감정적 내용, 재래의 기교를 이어받는 전통계승 측면, 새로운 형식을 만들어내는 창조적 면모, 추악한 현실을 폭로하는 전투적 내용, 숭고한 이상을 발휘하는 분방함, 분투하는 정서를 북돋는 열렬함, 아름다운 인생을 촉진하는 우아함을 갖춘 문예라고 정의하고[15] 중국과 서방문예의 장점을 융합하고 시대의 변화에 적응하는 방향으로 노력하는 것이 신인문주의 문예의 길이라고 했다. 즉 반공문예의 전투적, 적극적인 면모에 서구의 선진적 현대관념과 중국전통의 민족적 기교와 전아함 등을 계승하여 새로운 방향으로 반공문학의 길을 개척하고자 했던 것이다. 또 다른 반공문학이론가인 王集叢 역시 '민생 리얼리즘'을 주장했는데, 그 내용은 서방의 리얼리즘과 낭만주의의 기교를 빌려오되 작품의 중심사상은 삼민주의여야 한다는 것이다. '심물합일(心物合一)의 입장에서 심물합일의 현실을 보고 정신과 물질이 공존하는 인생'을 그리는 '민생 리얼리즘'을 건립하기 위해 개량적 리얼리즘과 낭만주의를 운용해야 한다[16]는 이 주장은 반공문학이 현실의 반영 이외에 서구문예를 참고하여 삼민주의의 사회적 이상을 드러내는 방법을 개발해야 한다는 의미로 보인다.

이들 반공문예 이론가들은 모두 중국과 서구의 창작방법의 좋은 점을 취하여 삼민주의문예의 새로운 형식을 수립하고자 했음을 알 수 있다. 이들의 주장을 간단하게 정리한다면 민족적 형식, 삼민주의 내

15) 高明, 「論當前小說的創作方法」, 『文藝創作』 43期, 1954.11., 19면.
16) 王集叢, 「論創作方法」, 『文藝創作』 37期, 1954.5, 98~99면.

용, 서구문예의 기교를 종합적으로 운용한 문예로 반공문단을 혁신하고자 한 것이라고 할 수 있을 것이다. 따라서 『문예창작』의 서방문학에 대한 수용은 반공문학의 선전효과와 창작기풍을 진작하기 위한 목적에서 기인한 것으로 서방문예 사조와 유파의 세계관과 창작이념보다는 실제적인 창작방법과 세부적 기교에 치중했음을 알 수 있다.

1950년 출간을 시작해 1955년까지 모두 11권을 발행한 『반월문예』는 창간사에서 문예를 사상의 전략수단으로 하여 전체 인민이 공산당 세력의 확장에 공동으로 직면해야 한다고 천명했으며[17] 삼민주의를 기본이념으로 하는 반공문예의 기능성을 주장하는 문장[18]을 싣고 있어 반공문예잡지로서의 면모를 잘 보여주고 있는데, 이 잡지 역시 상당수의 외국문예 소개문장을 게재하고 있다. 이 잡지에서 소개된 외국작가로는 발자크(Balzac), 로렌스(D.H. Lawrence), 셸리(Percy Bysshe Shelley), 모파상(Maupassant), 샌드버그(Carl Sanndburg), 헤밍웨이(Ernest Hemingway), 지드(Gide), 버나드쇼(Bernard Shaw), 투르게네프(Ivan Sergeyevich Turgenev), 스타인벡(John Ernst Steinbeck), 롱펠로우(Henry Wadsworth Longfellow), 모리아크(François Mauriac), 엘리엇(T.S. Eliot), 포크너(William Faulkner), 헤세(Hermann Hesse), 루이스(Harry Sinclair Lewis), 예이츠(William Butler Yeats), 안데르센(Hans Christian Andersen) 등이다. 국가별로는 미국이 가장 많고 프랑스, 영국, 독일, 러시아, 아일랜드와 덴마크 순이며 소개된 작가의 활동 시기는 19~20세기 초였다. 대부분 노벨상 문학상 수상자들인데 이를 통해 특정한 사조의 문학경향보다는 문학적 가치와 국제적으로 공인된 작가와 작품에 치중했음을 알 수 있다.

17) 大城,「撲滅赤色思潮-發刊詞」,『半月文藝』1卷1期, 1950.3., 3면.
18) 任卓宣,「今後的文藝動向」,『半月文藝』1卷1期, 1950.3., 4~5면.

외국문학평론과 관련된 문장 7편 중 미국문학 소개가 4편으로 가장 많고 영국, 이태리, 에스파냐, 프랑스가 각 1편인데 대부분 최근의 각국 문단 상황을 소개하는 데 그치고 있다. 또한 '문예소식'란을 두어 각국의 베스트셀러 내용, 출판 상황, 작가동향, 문단의 숨은 이야기, 문학상 등의 소식을 소개하고 소비에트정권하의 인민의 생활을 그린 쾨슬러(Arthur Koestler)의 반공작품인 『한낮의 어둠』이 미국에서 희극으로 만들어져 공연된 일도 소개하고 있다.

조금 더 구체적으로 이 잡지에서 소개한 작가들의 작품경향과 창작 풍격을 살펴보면 몇 가지로 나눌 수 있는데, 첫째는 환경의 관찰과 객관적 묘사에 중점을 둔 것으로 발자크, 모파상, 스타인벡의 소개에서 강조되고 있다. "이들 작가들은 인물의 품성을 묘사하고 환경과 유전에서 그 근원을 탐색하며 인성의 선과 악, 미와 절망, 공포와 즐거움 간의 오묘한 갈등에서 성패의 단서를 찾는다"[19]고 하여 이들 작가들이 가진 과학과 관찰에 편중된 이성적인 측면과 객관적 묘사에 높은 평가를 내리고 있다. 두 번째는 인류의 행복과 도덕적 가치에 대한 사색인데, 지드, 모리아크, 투르게네프의 소개에서 "개성의 존엄, 인성의 발양, 이성과 이상적인 길을 쫓아 진리를 추구하고 인류의 운명, 생활과 행복에 대해 관심을 가지며",[20] "죄악, 유혹, 심신의 고통과 범죄에 대한 심각한 조롱과 높은 영혼의 품격을 탐색하는 희망",[21] "현실의 관찰에서 비관적이기는 하나 심령상으로는 사랑이 기초가 되는"[22] 작품이라고 한 데서 작가의 인격에 대한 도덕적 평가와 작품이 전달하

19) 査理・安戈甫, 星克 역, 「論漢明威」, 『半月文藝』 2卷5,6期, 1951.2., 3~5면.
20) 魯民, 「悼念紀德」, 『半月文藝』 2卷5,6期, 1951.2., 23~24면.
21) Maulnier, 天辛 역, 「毛瑞克評介」, 『半月文藝』 8卷1期, 1953.1., 72~73면.
22) 小鳳, 「屠格涅夫的憂鬱」, 『半月文藝』 3卷12期, 1951.3., 5면.

는 인간성의 가치를 중시하고 있음을 알 수 있다. 세 번째는 셸리, 예이츠와 엘리엇의 예를 들어 낭만적 풍격과 신비주의 색채를 가미한 작가라고 소개하면서 이들이 아름답고 조화로우며 꿈을 지향하는 작품을 창작한다고 했다.[23] 외국문단과 평단을 소개하는 내용에서도 비관적인 사상을 없애고 적극적이고 진취적인 동력을 찾으며 현실과 생활을 중시하고 개인적인 실존주의 사고방식을 배척하는 방향으로 진행되었다. 『반월문예』의 이러한 서방작가와 문단소개는 『문예창작』의 경우와 같이 반공문예의 새로운 형식을 찾는데 참고의 가치가 있다고 생각했기 때문으로 보인다.

> 민족문예는 역사발전의 필연적 주류이며 볼셰비키는 그 역류다. 민족문예는 개성적, 자연적인, 객관적이며 볼셰비키는 무개성, 기계적, 주관적, 독단적, 정치이익에 복무하는 문학이다. 민족문예는 인성을 발양하고 인권을 제고하는 자유를 쟁취하며 해방을 지향하는 데 비해 볼셰비키 문예는 인성과 영성을 멸시하고 물성으로 사람의 심령활동을 통치한다.[24]

> 외국작가의 저작을 소개하여 독자들이 현 정세 아래서 문예사조의 발전의 높이와 취향을 알게 하고 비교적 구체적인 새로운 문예전형을 수립하여 위대한 신문예운동을 어떻게 추진해 나갈 것인지를 사고하는데 도움을 얻고자 한다.[25]

즉 『반월문예』는 외국문학에서 어떻게 제재를 처리하고 내용과 이

23) 辛, 「葉芝評介」, 『半月文藝』 8卷6期, 1953.4., 61~62면.
24) 孫旗, 「論文藝的統一戰線」, 『半月文藝』 1卷3期, 1950.5., 3면.
25) 半月文藝社, 「編後」, 『半月文藝』 2卷2期, 1950.11., 17면.

론을 결합시키는지를 고찰하고 이를 통해 당시 소극적인 추세를 보이는 반공문예를 진작하기 위한 목적에서 서방작가와 작품을 소개한 것이며, 동시에 외국작가의 작품이 드러내고 있는 풍격, 미학 내용과 수법 기교를 통해 당시의 정치적 수요에 맞는 새로운 문예의 구조를 건축해 내고자 했던 것이라고 하겠다. 『반월문예』가 반공, 자유와 민주, 미래지향적인 낙관전망과 민족문학, 민족정신을 주요 목표로 한 잡지라는 점을 감안하면 이러한 외국문학 작가와 문단의 소개에서 보이는 객관적인 현실묘사로 인성의 선량함, 인생의 정도 제시, 인성에 긍정적 영향을 미치는 문예에 치중한 이유와 목적이 반공의 목적을 문학적으로 강화하기 위해서였음을 알 수 있다. 『문예창작』과 『반월문예』 이외에도, 『창류(暢流)』(1950), 『문단(文壇)』(1952), 『유사문예(幼獅文藝)』(1954), 『문예월보(文藝月報)』(1954), 『해풍(海風)』(1955), 『문예춘추(文藝春秋)』(1954) 등 1950년대 반공문예잡지에서 구미문단과 외국 문학사조가 다양하게 소개되고 있는데, 이에 대해서는 더 자세한 고찰이 필요하겠지만 기본적인 상황이 위의 두 문예지와 크게 다르지 않다.[26] 이 잡지들은 반공문예의 공식화되어 버린 내용과 창작방법에서의 병목현상을 개선하고 활로를 개척하기 위한 새로운 문예형식이 필요했던 것이다. 따라서 내용상으로는 긍정적이고 진취적인 작가와 작품을 선호했으며, 방법상으로는 객관적 묘사와 동시에 격정적인 풍격도 수용하여 리얼리즘 원칙에 낭만주의, 상징파 문예도 가미하고자 했음을 알 수 있다. 즉 미국을 위시한 자유진영 국가들의 문단과 작가, 작품을 통해 경직되어

26) 가령 이들 잡지를 통해 소개된 작가로는 로렌스, 버나드 쇼, 투르게네프, 괴테, 토마스 하디, 스탕달, 입센, 메리메, 서머셋 모옴, 셰익스피어, 헤밍웨이, 모파상, 디킨슨, 휘트먼, 워즈워드, 미시마 유키오 등이며, 한국시인으로 이상, 유치환, 김현승, 조지훈, 장만영 등도 소개된 바 있다.

가고 있는 반공문예의 새로운 형식을 찾기 위해 노력했음을 알 수 있는데 서방문단의 전면적인 수용보다는 내용과 형식을 막론하고 반공문예이론인 삼민주의 문예를 보충, 개선, 확장할 수 있는 작가와 작품이 소개되었다고 하겠다. 따라서 이러한 외국문학의 소개는 진보적인 중국문학과 대만 신문학의 전통이 단절되고 미국공보원에서 행한 각종 문화 활동과 자유진영국가와의 교류만 가능했던 시대적 상황에서 진행될 수 있었던 것이다. 이로써 반공문단에 미친 미국원조문화의 영향을 가늠해 볼 수 있다.

3. 미국공보원 간행물『今日世界』,『大學生活』과 대만 작가의 왕래

미국공보원은 각종문예활동의 개최와 방송국을 통한 반공이념의 전파 이외에도 출판사 설립을 통해 적지 않은 간행물을 출판했는데, 이들 간행물은 대부분 홍콩에서 편집, 출판되었다. 당시 대만에서는 계엄체제로 인해 역외로부터 들어오는 출판물의 통제가 이루어지고 있었지만 미국공보원의 출판물은 대만으로 진입이 가능했고 또 상당히 인기가 있었다.

이들 잡지 중 1950, 60년대 대만문단과 직접적 관련이 있는 것은『금일세계』와『대학생활』이다.[27)] 전자는 미국의 문화적 냉전전략의 실체

27) 이 두 잡지는 미국 중앙정보국 아래 아시아 재단의 지원을 받아 설립된 출판사를 통해 발간되었다.『今日世界』는 대만지역에서 8만부씩 팔렸고,『大學生活』은 대학생들에게 매우 인기가 있었다.

를 잘 보여주는 종합잡지로 아시아 지역에 대한 사상공세의 중요한 역할을 담당했고, 후자는 대학생을 대상으로 현대 지식과 제도, 문화를 소개하는 종합잡지로 미국식의 현대적 가치관을 젊은 층에게 전파하는 목적을 가지고 있었다. 냉전시기 미국의 문화적 전략에서 가장 중요한 역할을 담당한 것이 서적의 발행일 것이다. 미국공보원 서장 라이슨에 의하면 서적은 보편적이고 거대하며 지속적인 영향력을 가지고 있기 때문에 미국의 입장과 미국이 지지하는 목표와 가치를 해외로 선전하는 유효한 수단이며, 이를 통해 미국을 이해하고 인식하게 하여 그 기초에서 각 지역에 반공, 민주자유의 방위선을 구축할 수 있을 것이라고 했다.[28) 이 두 잡지는 말하자면 동아시아 지역에 미국문화를 홍보하고 미국의 이른바 민주자유 이데올로기를 전파하는 전형적인 수단이었던 것이다. 미국공보원 산하의 출판센터에서 편집된 『금일세계』의 판매 지역이 한국, 대만, 월남, 버마, 라오스, 말레이시아, 필리핀, 태국, 인도네시아, 인도, 홍콩 등 거의 모든 아시아 지역을 포괄하고 있는 점이 이를 잘 말해준다.

미국 아시아 재단(The Asia Foundation)의 지원을 받아 설립된 우련출판사(友聯出版社)의 출판물인 『대학생활』 역시 대만과 홍콩은 물론 동남아 지역에서 정치, 문화, 사회운동을 펼친다는 명확한 목표를 가지고 있었다. 출판 업무를 담당했던 우련연구소에서 진행한 중국대륙 자료의 수집, 편집과 이에 대한 담론 생산과 전파 등과 같은 활동으로 보아 동남아 지역의 화교들에게 반공의식을 고취하는 데 그 목적이 있었음을 알 수 있다.[29) 특히 『대학생활』은 대학생이 알아야 할 현대사조의

28) 「世界命運掌握在讀書人手中」, 『今日世界』 124期, 1957.5.16., 16~17면.
29) 黃傲雲, 「從難民文學到香港文學」, 『香港文學』 62期, 1990.2.5., 王梅香, 앞의 논문, 49면에서 재인용.

소개를 창간취지로 하여 철학, 정치, 경제, 교육, 과학 등 부분에 있어서의 현대적 내용을 집중적으로 소개했는데 자유주의 사상과 민주정치, 자유진영 국가들의 경제정책과 자본주의 발전, 철학에서의 실증적, 논리적 사고와 과학정신을 강조했다. 또한 대학생들에게 주로 미국과 영국의 명문대학을 소개하면서 학술동향과 인재배양, 나아가 유학에 필요한 언어준비 등 구체적인 정보를 제공하고 있다. 이로써 『대학생활』이 표방한 현대사조와 현대관은 기본적으로 미국을 위시한 서방국가의 지식, 제도와 가치관을 일컫는 것임을 알 수 있다. 그 이면에는 당연히 자유진영과 공산진영으로 구분하여 미국의 표준을 근거로 우열을 가르는 냉전시기 이원대립적 세계관이 자리하고 있다. 이 잡지의 논설에서도 반복적으로 민주국가의 자유, 인권의 중요성을 강조하고 있고 정부가 인민의 언론과 사상, 표현의 자유를 보장해야 한다는 주장을 일관되게 펼치고 있는데 민주와 인권, 자유의 유무는 민주국가와 공산국가를 구별 짓는 가장 중요한 지표로 간주되었다.[30]

『금일세계』와 『대학생활』이 가장 중시하는 가치는 자유와 민주인데, 두 잡지의 논설에는 특히 언론의 자유, 표현의 자유, 창작의 자유에 대한 중요성을 매우 강조하고 이를 공산세계와의 차이로 천명하고 있다. 자유와 민주는 이들 잡지의 주요한 사상축으로 그 근거는 모든 사람은 태어나면서부터 평등하다는 관념이다. 사람은 누구나 신체와 지혜와 정신을 가진 존재로 자유를 누릴 권리가 있다는 천부인권설을 강조하고 이를 파괴하는 정부와 권력은 인류의 적이라고 규정했다.[31] 미국이 강조하는 자유, 민주, 평등의 가치는 미국을 위시한 자유진영

30) 「表達意見的自由」, 『大學生活』 2卷11期, 1957.3.1., 3면.
31) 社論, 「驚人的消息」, 『今日世界』 104期, 1956.7.16., 1면.

국가와 공산국가의 구별을 암시하는 것이다.

> 표현의 자유라 함은 언론의 자유, 출판의 자유, 학술표현의 자유 등 각종 사상과 견해를 발표할 자유를 말하는 것이다. 개인으로 말하자면 의견 표현의 자유는 일종의 신성한 권리다. 사람이 사람인 점은 독립적인 인격을 가진 점에 있고 독립된 인격이라 함은 독립된 의지와 주장에 깃들어 있는 것이다. 바꾸어 말하면 자유롭게 사상과 견해를 표현할 수 있어야만 독립된 인격을 가진 인간이라 말할 수 있다. 모든 자유 중에서 의견을 표현할 자유가 가장 중요하다고 하겠다.[32)]

개인의 자유와 의견표현의 자유를 매우 중시하고 국가도 이를 침해해서는 안 된다는 주장인데, 미국원조문화의 이러한 자유에 대한 옹호는 공산중국 뿐 아니라 언론의 자유를 제한하고 있는 국민당정부의 출판법에 대한 비판으로도 이어졌고[33)] 문예 방면에서도 창작의 자유 추구로 주장되었다. "문예는 인류의 고급정신활동의 산물로 문예가 생산되는 조건은 창작의 자유와 표현의 자유다. 문예는 저속함을 피하고 공식적인 것을 혐오하며 교조적인 구속을 받지 않아야 하며 더욱이 선전수단으로 만들어져서는 안 된다."[34)]라고 하여 창작의 자유, 표현의 자유를 옹호하는 동시에 미국과 같이 예술가가 각기 자신의 방식으로 자신의 예술을 표현할 자유를 보장해 주는 것이 바로 개인주의가 정착된 민주사회라는 것이다. 즉 예술창작의 자유 유무가 그 사회의 민주성을 가늠한다는 것이다. 이러한 자유주의 정신의 주장과 제한 없는 투고 등 잡지를 통한 실천은 반공문학체제하 획일적인 반공, 전투

32) 本刊, 「表達意見的自由」, 『大學生活』 2卷11期, 1957.3.1., 3면.
33) 本刊, 「言論自由必須存在」, 『大學生活』 4卷2期, 1958.6.1., 3면.
34) 南木, 「文藝之死與死的文藝」, 『今日世界』 55期, 1954.6.15., 8면.

문예를 강요받던 대만문단에 새로운 기류를 형성하게 되는 계기를 제공했을 것으로 보인다. 두 잡지에서 보듯이 문예의 자유주의 원칙, 즉 문예는 반드시 자유로워야 하며 정치에서 독립되어 존재해야 한다는 자유주의 문예관은 바로 미국원조문화의 영향아래 강고해진 것이다.

이러한 현대적 가치관과 미국식 정치, 경제, 교육제도의 선전, 그리고 자유와 민주가치의 전파 이외에도 이 두 잡지는 특히 구미 현대문예의 번역, 소개에 많은 경비와 지면을 할애했다. 그뿐만 아니라 당시 대만의 주요작가인 王平陵, 蘇雪林, 張秀亞, 郭良蕙 등과 이후 문단 주역이 된 王文興, 叢甦, 尉天聰, 趙天儀 등이 『대학생활』을 통해 서방문예의 번역에 참여했고 평론, 창작도 발표했다.[35] 이들의 활동을 통해 구미 현대문학이 대만에 대량으로 전파되었고 그 결과 반공문단에 균열을 일으키면서 향후 문단의 주류적 경향을 모더니즘으로 향하게 하는 동력이 되었다. 『금일세계』 역시 주요업무 중의 하나가 외국문학 명저를 번역, 소개하는 것이었는데 당시로서는 매우 높은 보수를 받고 夏濟安, 張愛玲, 林以亮, 余光中 등이 외국작품을 번역에 참여했다고 하니 그 배후인 아시아 재단을 통한 지원과도 관련이 있다 하겠다.

두 잡지를 통해 번역, 소개된 서구문학의 경향은 일괄적으로 말하기는 어렵지만 미국문학을 중심으로 한 자유주의 사조와 모더니즘 경향이 주류를 이룬다고 할 수 있다. 『금일세계』에서 소개된 작가로는 스콧(Walter Scott), 웹스터(Noah Webster), 어빙(Washington Lrving), 에머슨(Ralph Waldo Emerson), 호손(Nathaniel Hawthorne), 워즈워스(Henry Wadsworth), 포(Allen Poe), 소로(Henry David Thoreau), 휘트먼(Walt Whitman), 멜빌(Herman Melville), 트웨인(Mark Twain), 로빈슨(E.A. Robinson), 샌드버그, 프로스트

35) 秦賢次, 「香港文學期刊滄桑錄」, 『文訊』 20期 香港文學特輯, 1985.10., 61~62면.

(Robert Frost), 캐더(Willa Cather), 헤밍웨이, 포크너, 사로얀(William Saroyan) 등이고, 문학 관련문장으로는 「미국문단의 산수(山水)인물」(42기), 「전원일기」(10기), 「롱펠로우 시선」(13기), 「미국사상의 이모저모」(28기), 「마크 트웨인 전기」(158기), 「알렌 포 단편소설」(12기), 「휘트먼 『초엽집』」(40기), 「머리 없는 기사」(68기), 「미국의 白居易 : Carl Sandburg」(3, 26, 66기), 「헤밍웨이의 노인과 바다」(26, 69기), 「백마를 탄 여름」(3기), 「문예의 창」(16기), 「호머」(16기), 「단테의 신곡」(17기), 「성경」(19기), 「영시 번역」(1기), 「시 번역 대회 결과」(33, 34기), 「맹인작가 헬렌켈러」(73기) 등이 실렸다. 『금일세계』를 통해 소개된 미국문예는 낭만주의, 현대주의와 현실주의 등 각 시기의 문학을 모두 망라하고 있음을 알 수 있는데, 특히 미국의 향토적 분위기를 농후하게 드러내는 에머슨, 멜빌, 휘트먼 등과 세계문단에서 이름을 떨친 헤밍웨이, 포크너 등이 반복적으로 보인다. 이 잡지는 또한 문예뿐 아니라 음악, 무용, 회화, 희극, 건축 등 미국의 현대예술 전반에 대해서 상세히 소개하고 있어 미국원조문화가 제공하는 미국식 현대예술의 전모를 보여준다고 하겠다.

대만문인들이 많이 참여한 『대학생활』 역시 서방문학을 대량으로 소개하고 있는데 당시 대만의 문예청년들에게 적지 않은 영향을 미쳤다. 창간호부터 모더니즘 문예를 소개하겠다고 선언하였고 학술논문, 독후감, 서평, 유기산문, 문예창작, 명저번역, 보도통신, 현대사조의 소개, 신시, 인물과 학교소개 등 다양한 내용의 원고를 모집하여 영향력을 확대했으며 문예방면에서는 대만과 홍콩작가, 학자들이 번역 소개한 서방문예가 대중을 이루었다. 그중에서도 특히 영국, 프랑스, 미국 세 개 국가의 문예 위주로 편성되었고 그 외 인도, 독일, 에스파냐 등 세계문학을 곁들여 다양한 모습을 보여주었다.

〈표 1〉『대학생활』에 실린 서방문학 관련 문장

黃思騁, 「L. 托爾斯泰」(L. 톨스토이)(1:1)
岳心, 「漫談新詩」(신시에 대해); Hugo Gernsback, 頌蕪역, 「我們微弱的感覺」(우리들의 나약한 감각); 王敬義 역, 「生命的呼喚」(생명의 부름); 莎士比亞(세익스피어), 「夫人們, 別再歎息」(부인들이여 다시는 탄식하지 마시오)(1:2)
文亞, 「畢加索的生活與作品」(피카소의 생활과 작품); 번역소설 毛罕, 「癡心女子」(치정의 여자)(1:3)
泰戈爾(타고르), 「芬芳」(향기); 黃思騁, 「契訶夫與他的作品」(체호프와 그의 작품)(1:4)
孫多慈, 「繪畵的領域(회화의 영역)」; 泰戈爾, 「漂鳥集」(1:5)
泰戈爾, 「漂鳥集」; 喬治,艾比, 영국산문시 「六辨士」(육펜스); 「法國雕塑家羅丹介紹」(프랑스 조각가 로댕 소개)(1:6)
泰戈爾, 「漂鳥集」; 托爾斯泰, 「小妖與農夫的麵包(요괴와 농부의 빵); 「大雕刻家羅丹」(대조각가 로댕(1:7))
久生十蘭, 魏痴 역, 「母子」; 方琰, 「紀念近代大戲劇家易卜生」(근대 대희극가 입센을 기념하며); 王平陵, 「小說的藝術氣氛」(소설의 예술적 분위기)(2:2)
泰戈爾, 糜文開 역, 「皈依者」; 黃崖, 「廢墟」(2:3)
趙雅博, 「今日世界文學的衰頹與補救之道」(오늘날 세계문학의 쇠퇴와 이를 구하는 방법); 周學普 역술, 「歌德的浮士德」(괴테의 파우스트)(2:5)
E.M. Forster, 「安德烈先生」(미스터 안드리에); 趙雅博, 「賽爾凡提斯的生平」(세르반테스의 일생」(2:6)
覃子豪, 「象徵派及其作品簡介」(상징파와 그 작품소개); 歸人, 「漂鳥集 評介」; 楊允達, 「植物詩抄」; 泰戈爾, 「第一次的茉莉花」(첫 번째 쟈스민)(2 : 8)
Arnold Bennett, 「體裁與內容」(2:9)
楊允達, 「動物詩抄」(2:10)
S.V Benet, 「猫王」(고양이 왕)(2:11)
楊允達, 「法國詩壇歷史的演進」(프랑스 시단의 역사적 변천」; A.E. Housman, 「霍士曼詩抄」(하우스만 시초)(2:12)

楊允達, 「法國詩壇歷史的演進」(프랑스 시단 역사의 변천); 何藩, 「攝影歷史上的畫意派」(촬영역사 상의 이미지파); 趙雅博, 「黑麥愛思其人, 其詩及其影響」(지메네즈의 시와 그 영향)(3:1)
周學普, 「戰後的西德文學」(전후의 서독문학); 佐藤朔, 葉泥 역, 「波特萊爾的作品」(보들레르의 작품); George Orwell, 「紋」(무늬); K. Gibran, 「一滴淚珠, 一朵笑靨」(한 방울의 눈물; 한 떨기 보조개)(3:2)
愛倫坡(엘렌 포), 「青葡萄酒」; 平原, 「馬諦斯其人其畫」(마티스와 그의 그림)(3:3)
海明威(헤밍웨이), 「不屈服的」(굴복하지 않는); 鍾期榮, 「都德和小東西」(도데와 『프티 쇼즈』); 林文月, 「『新月集』讀後」(3:4)
海明威, 「不屈服的」; 于木, 「魯賓孫詩譯」(로빈슨 詩譯)(3:5)
海明威, 「不屈服的」; 何藩, 「純攝影派」(3:6)
Amy Lowell, 「花樣」(꽃 같은); 鍾期榮, 「莫里哀」(몰리에르); 謝康, 「馬丹波華荔一百週年紀念」(마담 보바리 백주년 기념」(3:7)
S.Spender, 「沒有詩人不行嗎?」(시인이 없으면 왜 안 되는가?); 鍾期榮, 「莫里哀」(3:8)
村野四郎, 葉泥 역, 「論詩的內容」(시의 내용에 대해); 「橋本雅邦」; 哈里士(하리슨), 「聖人」; 泰戈爾, 「餓石」(3:9)
Lafcadio Hearn, 「談寫作」(글쓰기에 대해); 泰戈爾, 「餓石」(3:10)
鍾期榮, 「法國詩壇歷史的補充」(프랑스 시단의 역사 보충); Gibran, 「先知」; Martise, 「偶像」(3:11)
Gibran, 「先知」; 都德(도데), 「仙女」; 鍾期榮, 「法國詩壇演進的我見」(프랑스 시단 변천에 대한 의견」(3:12)
Gibran, 「先知」; 陳紹鵬, 「雪萊評傳」(셸리평전); 孫仲宏, 「從培爾金特看易卜生的得救之道」(Peer Gynt로 본 입센의 구원의 길); 周學普, 「德國文學研究法之沿革」(독일문학 연구방법 연혁)(4:1)
趙雅博, 「當代西方人文主義之流派」(당대 서방 인문주의의 유파); 鍾期榮, Paul Valery; R.M. Rilke, 丁貞婉 역, 「老人」(4:2)
S.V.Benet, 「晚鐘鳴兮」(만종이 울리고); 王平陵, 「論文藝批評」;

鍾期榮, 「文壇巨人－吉德」(문단 거인-지드)(4:4)
王寒, 「英國浪漫主義的先驅-布雷克」(영국 낭만주의운동의 선구—블레이크); 裴普賢, 「中印文學關係研究」(중국과 인도문학의 관계연구)(4:5)
鍾期榮, 「今日文豪莫利亞克」(오늘의 문호, 모리아크); 周學普, 「德國文學的新世代」(독일문학의 신세대); 裴普賢, 「中印文學關係研究」(중국-인도문학관계 연구)(4:6)
W. Somerset Mangham, 「快樂的夫婦」(즐거운 부부); 裴普賢, 「中印文學關係研究」(4:7)
陳紹鵬, 「英國前期的抒情詩」(영국 전기의 서정시); 尉天聰, 「論新詩的發展」; 王家誠, 「現代西洋繪畫的發展及趨勢」(현대서양회화의 발전과 추세); 蕭啟慶, 「梅里美的生平及作品」(메리메의 일생과 작품)(4:9)
覃子豪, 「怎樣寫成一首詩」(어떻게 시를 완성하나); E.M. Forster, 「人魚的故事」(인어 이야기); 蘇雪林, 「中印文學關係研究跋」(4:10)
Bouvler, 「獎卷夢」(복권몽); 丁德, 「陷穽」(함정); Chekov, 「賭」(도박)(4:11)
William Saroyan, 「羅曼史」(로맨스); 黃思騁, 「我對文學翻譯的一點意見」(문학번역에 대한 의견)(4:12)
小說研究專輯(上); 蘇雪林, 「論中國舊小說」; 王平陵, 「五四以來中國小說的發展」; 謝康, 「十九世紀法國小說」(19세기 프랑스소설); 李輝英, 「談談小說人物」(소설인물에 대하여); 黃思騁, 「短篇小說創作方法」; 鍾期榮, 「論當代法國小說(上)」; 岳騫, 「十年來的大陸文藝小說」; 齊桓, 「小說的佈局」(소설의 구성); 徐速, 「長篇小說與短篇小說的分別」; 亦雲 역, 「英國小說家毛姆-論小說題材」(영국소설가 모옴—소설의 제재에 대해)(5:1)
小說研究專輯(下); 彭歌, 「怎樣尋找題材-短篇寫作的一個問題」(어떻게 재재를 찾을 것인가?—단편의 문제); 陸星, 「小說的對話」(소설의 대화); 周學普, 「德國印象主義各派的小說」(독일 인상주의 각파의 소설); 施也可, 「英國小說發展淺談」(上); 胡菊人, 「美國浪漫主義的小說」(下); 鍾期榮, 「當代法國小說」(下)(5:2)
陳紹鵬, 「論濟慈的才智」(키이츠의 재능에 대해); 施也可, 「英國小說發展淺談」(下)(5:3)
新亞小慶, 「最漂亮的音樂家-李斯特」(가장 아름다운 음악가—리스트)(5:4)
Maureen Daly, 王淩九 역, 「情竇初開」(사춘기); 王家誠, 「介紹五月畫展」(5:5)
王平陵, 「文藝作品的選擇與欣賞」(문예작품의 선택과 감상)(5:6)
小泉八雲, 劉念慈 역, 「文學與生活」(문학과 생활)(5:9)
Zona Gale, 盧荻 역, 「比爾」(빌)(5:10)

<표 1>에서 알 수 있듯이 영미 모더니즘 사조는 물론이고 보들레르, 발레리, 베를렌, 토마스 만, 릴케 등 프랑스, 독일 문예를 소개하면서 특히 현대적인 표현방식을 강조했다.[36] 또한 상징파에 대한 높은 평가와 더불어[37] 모더니즘사조의 소개는 상당히 높은 비중을 차지하고 있는데 문학부문 뿐 아니라 회화에서 입체파인 피카소(Pablo Ruiz Picasso), 야수파인 마티스(Henri Émile-Benoit Matisse) 등을 집중 소개하고, 개인주의의 자아표현에 치중하는 사진작가의 작품을 싣는 등 촬영 부분에서도 현대인의 감성과 감각을 주로 소개했다. 현대문예의 소개 문장에서는 목적으로서의 문학을 강조하고 문학이 정치선전의 도구가 되는 것에 반대하였으며 개인을 위한 문학을 내세웠다. 특히 인물의 내면세계와 감정의 변화, 언어 운용상의 기교, 비사실적인 수법과 사고를 중시하고 이를 진보적이고 현대적인 문학이라고 전파했는데 비록 냉전 논리하에서 리얼리즘을 주요 창작방법으로 하는 공산권문학에 대한 우월성을 강조하기 위한 의식에서 나온 것이지만 모더니즘 문학의 정치성 배제와 개인 자유의 중시는 계엄시기 대만의 밀폐된 정치 환경에서 하나의 탈출구로 여겨졌고 1950년대 중기 이후 대만문학의 모더니즘 경향을 이끄는 시초가 되었다.

구체적인 영향관계를 살펴보면 『금일세계』와 『대학생활』에 실린 張愛玲의 소설 「앙가(秧歌)」와 「적지지련(赤地之戀)」은 당시에 이미 매우 높은 평가를 받았고 대만으로 소개되었으며[38] 白先勇, 王禎和, 삼삼집단(三三集團) 등 소위 張愛玲派(張派)작가들에게 지대한 영향을 미쳤다. 張愛玲의 소설은 풍부한 이미지와 숙련된 기교로 인물 내면의 갈등과

36) 이는 번역자의 대부분이 프랑스 유학을 한 배경과 관련이 많다.
37) 覃子豪, 「象徵派及其作品簡介」, 『大學生活』 2卷8期, 1956.12., 47면.
38) 夏之淸의 평가가 많은 영향을 미쳤다.

모순을 찾아내어 매우 세밀한 심리묘사를 보여주는데 이런 경향은 이후 대만문학에서도 발견되는 영향이다. 당시 투고를 했던 많은 대만의 젊은 작가들이 이 잡지에 실린 작품의 영향을 받았을 것은 너무도 당연한 일이라고 하겠다. 그 외 聶華苓, 孟瑤, 徐薏藍, 畢樸, 林海音 등이 『금일세계』에, 童眞, 郭晉秀, 張秀亞 등이 『대학생활』에 소설을 연재한 것으로 보아 이들 작가들에게 미친 미국원조문화의 영향은 자명하다 하겠다.

이렇듯 번역 혹은 평론과 작품의 기고 등 방식으로 대표적인 미국원조문화인 『금일세계』와 『대학생활』에 참여하면서 대만 작가들은 한 가지 주의와 주장에 구속되지 않고 신사조와 현대문예를 추구할 수 있는 기회를 얻게 되었으며 그 가운데서도 차츰 미국을 중심으로 한 모더니즘 문학에 대한 이해를 넓혀간 것으로 보인다. 그러나 미국공보원을 통해 전파된 현대사조는 기본적으로 미국의 냉전문화전략의 목적 아래 진행된 것으로 아시아 국가에 대한 현대화 주장과 독려는 과거의 식민주의 수단을 대체하는 문화적 영향력의 확장이 그 목표였다. 따라서 인성의 중시, 미학의 예술적 표현을 강조하는 모더니즘문학은 냉전의 맥락에서 본다면 공산세계와 대항하는 수단으로 반공문예의 보이지 않는 정치의식을 보여준다고 할 수 있다. 즉 정치와 무관하게 보이는 현대사조와 모더니즘 문예는 기실 공산세계와 구별 지으며 미국이 구축한 진보적인 이미지의 근거가 되었다. 잡지를 통해 번역, 소개된 현대사조와 구미문학은 매우 다양해 보이지만 냉전의 사유 속에서 그 세계관은 반공으로 수렴되었고, 따라서 이를 통해 들어온 미국원조문화의 영향은 반공의 기조 아래 인성의 가치, 개인적 자유, 과학정신과 현대적 제도들에 대한 긍정과 수용을 전제로 진보적이고 현대적인 가치로써 받아들여진 것으로 해석할 수 있을 것이다.

4. 『文學雜誌』, 『現代文學』과 미국원조문화

앞에서 반공문단에 실린 외국문학 소개와 미국공보원 발행 잡지에 실린 구미문학을 대상으로 미국원조문화와 1950, 60년대 반공에서 모더니즘으로 주류적 경향이 옮겨간 대만문학과의 관련성을 검토해 보았다. 흔히 1950년대 중반에 신시를 표방하며 나타난 현대파(現代派), 남성(藍星), 창세기시사(創世紀詩社) 등과 그들의 작품경향을 대만 모더니즘문학의 재기(再起)로 간주하는데 사실 이들 중 일부는 앞서 본 두 부류의 잡지들과 일정한 관계를 가지고 있다. 가령 반공잡지 『해풍』에서 洛夫와 紀弦의 시와 평론을 찾을 수 있으며, 『유사문예(幼獅文藝)』에도 覃子豪, 瘂弦, 蓉子, 羅門 등의 시가 보이고, 『신신문예(新新文藝)』에도 方思와 紀弦의 문예이론 소개문장이 있다. 또한 『문예창작』에도 上官予, 瘂弦, 紀弦의 반공시가 실려 있는 등 현대시의 주역들이 반공문단에서도 활동했음을 알 수 있는데 그들은 반공의 이념을 공유하고 있었기 때문이다. 覃子豪는 또한 『대학생활』에서도 프랑스 상징파 시를 소개하고 평가하는 글을 쓰기도 했다. 이러한 관계를 통해 반공, 자유주의, 모더니즘으로의 변화는 단절적이지 않고 일정 정도 공존했음을 알 수 있다. 문제는 이러한 공존과 변화에 미국원조문화의 영향력이 어떻게 작용했는지를 고찰하여 냉전 문학의 면모를 좀 더 구체적으로 찾아보는 데 있을 것이다. 이런 관점에서 대만 모더니즘문학의 본격적 시작을 알리는 『문학잡지』와 『현대문학』의 출간 배경과 이 잡지에서 번역되고 소개된 구미문학의 경향과 내용을 통해 그 면모를 추적해 보고자 한다.

미국원조문화의 작동기제는 앞서 본 바와 같이 관련 잡지와 서적의 도입과 소개, 각종 문화 활동 등인데 외국문학을 전공한 대학교수들과 학생 등 지식인이[39] 문화적 매개가 되었다. 이들은 번역 능력과 외국문학에 대한 지식을 갖추고 있어 앞서 본 미국공보원 출자의 『금일세계』와 『대학생활』에서도 매개자의 역할을 담당했다. 이들은 또한 미국이 동아시아 지역에서 지식의 전수, 서적의 출판, 자매학교의 결연, 학생과 교수의 파견교환 등 방식으로 진행한 민심수렴 전략과 대만에서 조성한 친미문화 환경에서 가장 많은 기회를 얻은 그룹이기도 했다.

『문학잡지』와 『현대문학』의 출간 역시 이 지식인 그룹을 통해 이루어진 것인데, 먼저 『문학잡지』의 발행인인 夏濟安은 대만대학 외국문학과 교수이며 영미문학 전공자로 미국공보원이 제공하는 번역기회에 관여하였고 그 이외에도 금일세계사의 번역자명단에 있는 林以亮, 吳魯芹, 梁實秋, 思果 등이 이 잡지의 핵심인물이다. 이들을 통해 미국공보원이 선정한 텍스트가 번역, 유통되면서 미국문학에 대한 지식인의 이해는 깊어졌을 것으로 생각된다. 기존연구에 의하면 미국공보원 소속의 출판사에서 번역에 종사한 인원의 절반이 대만 지식인이라고 하며 번역서의 전체 내용으로 보아 미국공보원의 번역 소개 범위는 미국의 남북전쟁시기(1776-1820), 낭만주의(1820-1860), 현실주의(1860-1914)에서 모더니즘(1914-1945)에 이르며 각 시기의 작가를 총체적으로 소개

39) 外文系社群이라고 부르는데 영문학 전공이나 서양문학에 대한 홍미와 지식으로 의기투합한 그룹을 말한다.

했다고 한다.[40] 모더니즘문학을 특별히 강조하지는 않았지만 夏濟安이 미국공보원과 아시아 재단의 찬조로 미국 인디에나 대학에서 헨리 제임스(Henry James) 문학과 심리소설에 대한 연구를 마치고 돌아오면서부터 미국문학과 심리주의를 표방하는 모더니즘 경향이 그의 제자이자 이후 『현대문학』의 주역들인 白先勇, 歐陽子, 陳若曦, 王文興 등에게 직접적인 영향을 미치게 되었다. 제임스와 포크너를 위시한 모더니즘 소설가들은 객관세계의 묘사에 그치지 않고 인물의 내면세계를 주관적으로 묘사했는데 이러한 특징과 경향은 대만 모더니즘소설에서도 쉽게 찾아볼 수 있다. 미국공보원은 번역 인원을 동원해 미국현대문학 작품집을 출판한 이외에도 『문학잡지』의 작품번역과 창작을 지원해주는 방식 및 실질적인 경비지원을 통해 미국문학의 대만 전파에 개입했다.[41]

『현대문학』은 1960년 당시 대만대학 외문학과의 학생들이었던 白先勇, 歐陽子 등이 창간한 문학잡지로 더욱 큰 규모로 카프카(Hermann Kafka), 제임스, 조이스(James Augustine Aloysius Joyce) 등 서구 모더니즘 작가들의 작품을 소개하고 이를 모방한 창작을 싣기 시작했다. 『문학잡지』에 비해 더욱 모더니즘 문학에 경도되었음을 보여주는데 이 잡지 역시 미국공보원의 상당한 찬조를 받았다고 한다.[42] 동시에 미국공보원의 중개를 통해 대만 작가들의 작품도 영문으로 번역되기도 했다. 잡지의 편집과 출판에 참여한 핵심인물들의 출신 배경과 미국유학 경위 및 그들의 문학경향으로 보건데 『현대문학』을 통한 대만 모더니즘 문학의 형성과 발전은 미국의 문화적 영향 아래서 급속히 진행되었음

40) 王梅香, 앞의 논문, 107면.
41) 王梅香, 앞의 논문, 109~110면.
42) 馮祖貽, 『百年家族-張愛玲』, 立緒, 2002, 24면.

을 알 수 있다.

두 잡지에 실린 구미문학의 면면을 다 확인하기는 분량이 너무 많으므로 작가 소개와 작품번역, 해설이 이루어진 문인들의 명단을 보면 아래와 같다.

〈표 2〉『문학잡지』를 통해 소개된 서방작가

국적	작가명
미국	Henry Wadsworyh Longfellow, Nathaniel Hawthorne, Edith Wharton, Irving Babbitt, Edna St. Vincent Millay, Damon Runyon, Henry James, Sarah Orne Jewett, Edgar Allen Poe, Katherine Porter, James Thurber, Willa Cather, Robinson Jeffers
영국	Aldous Huxley, Evelyn Waugh, William Wordsworth, Shakespeare William, James M.Barrie, Isabel Mclean Mowry, Peter Taylor, T.S. Eliot
독일	Thomas Mann, Richard Dehmel, Heinrich Heine, Christian Morgenstern, Theodor Storm, Ina Seidel, Eduard Moerike, Wolfgang Von Goethe, Karoline von Günderrode
프랑스	Prosper Merime, Pierre Loti, Marie Noël, Albert Camus, Emile Zola, Charles Baudelaire, Jean Baptiste, Henry Bordeaux, Abel Beaufrère
헝가리	Josef Cardinal Mindszenty, Tamás Aczél
벨기에	Maurice Maeterlinck
이탈리아	Giovanni Verga
인도	Rabindranath Tagore

영국, 독일, 프랑스, 헝가리, 이탈리아 등의 작가도 보이지만 기본적

으로 미국작가가 매우 많고 호손이나 롱펠로우 등 작가는 반복적으로 소개되고 작품 번역도 상대적으로 많은 편이다. 하지만 20세기 작가뿐만 아니라 셰익스피어(William Shakespeare)나 괴테(Johann Wolfgang von Goethe), 보들레르 등도 포함되어 있어 광범위한 구미문학의 소개에 중점이 있었던 것 같다. 문학평론란의 내용을 보면 프랑스 현대시와 그 계보의 소개, 낭만주의와 고전주의 사조의 소개, 카뮈(Albert Camus) 소설 해석, 헨리 제임스 작품해설, 셰익스피어 연구, 미국현대소설, 엘리엇 희극연구, 에스파냐 현대시단 등으로 모더니즘문예에 국한된 것은 아님을 알 수 있다. 또한 중국고전문학에 대한 해설과 이해를 돕기 위한 학술적 문장을 전면에 배치하여 천 년 이상의 역사를 가진 중국문학의 위대한 전통을 계승하고 발양할 것임을 천명한 창간취지에 부합하려 한 의도를 읽을 수 있다.[43)]

〈표 3〉『현대문학』을 통해 소개된 서방작가

국적	작가명
미국	Thomas Wolfe, F. Scott Fitzgerald, John Steinbeck, Paul Engle, Alice Ginsberg, Richard Eberhart, William Saroyan, K. Anne Porter, Daniel Curley, Stephen Crane, Ernest Hemingway, Conrad Aiken, W. Carlos Williams, Sherwood Anderson, Henry James, Paul Engle, Saul Bellow, Richard Eberhart, Archibald Macleish
영국	Ezra Pound, T.S. Eliot, D.H. Lawrence, Virginia Woolf, W.Butler Yeats, Joseph Conrad, Angus Wilson, T.S. Eliot
아일랜드	James Joyce, Michael McLaverty, James Plunkett, Brian Friel, J.M. Synge, James Stephens
프랑스	Jean-Paul Sartre, Eugéne Ionesc'o, Jules Supervielle, M. De

43) 창간사는 http://tlm50.twl.ncku.edu.tw/sn14.html 참고.

	Ghelderode, Albert Camus, Jean-Paul Satre, Gaëtan Picon, André Malraux, A. Rimbaud, André Gide, Samuel Beckett, P. Bonitzer
독일	Franz Kafka, Thomas Mann, R.M. Rilke, Nelly Sachs
이탈리아	Luigi Pirandello
오스트리아	Sigmund Freud
러시아	Isaac Babel
스웨덴	August Strindberg
덴마크	Hans C. Andersen
일본	요코미쓰 리이치(横光利一)

<표 3>과 같이 『현대문학』을 통해 소개된 작가는 『문학잡지』에 비해 더 모더니즘으로 경도된 것을 알 수 있다. 나열한 작가들의 작품이 대부분 심리소설 혹은 의식의 흐름 경향을 가지고 있으며 인물 내면의 갈등과 죄의식, 성욕, 곤혹, 사망, 미망 등의 상태를 드러내고 있다. 또한 이 잡지는 매우 계통적이고 계획적으로 구미문학을 도입했는데 먼저 몇 편의 학술적 문장으로 작가소개와 작품경향을 분석한 후 이어 번역작품을 실었다. 카프카, 파운드(Ezra Pound), 버지니아 울프(Adeline Virginia Stephen Woolf), 엘리엇, 만, 로렌스, 제임스, 사르트르(Jean-Paul Charles Aymard Sartre), 스타인벡 등의 작품해설에 많은 지면을 할애하고 있는데, 중국전통문학에 대한 문장도 없지는 않지만 이렇게 대량의 모더니즘 문학을 집중적으로 소개하는 것은 아마도 창간사에서 밝힌 것처럼 새로운 예술형식과 스타일을 찾기 위한 노력으로 보아야 할 것이다.[44] 구미문학의 번역, 소개뿐 아니라 『현대문학』은 많은 젊은 작

44) '전통을 존중하되 모방하지 않고 소위 파괴적인 건설작업을 진행하되 五四 이래 신문

가들의 창작무대였는데 王文興, 歐陽子, 陳若曦, 白先勇, 王禎和, 陳映眞, 七等生, 施叔青, 於梨華, 林懷民, 李昂 등의 소설은 각기 소재와 주제는 다르지만 내성(內省), 죄의식, 개인존재의 불안과 소외감, 초조함, 정욕묘사, 망명, 쫓겨남의 정서 등에서 배우 비슷한 경향을 보이고 있으며 또한 언어의 운용과 형식의 변화를 추구하는 데 있어 자각적인 인식을 보이고 있다는 점에서 대만 모더니즘문학의 공통성을 드러내고 있다. 이처럼 『문학잡지』와 『현대문학』은 동일 그룹에 의해 발간된 잡지로 농후한 학술적 색채, 엄격한 예술적 풍격과 문학의 순수성을 중시하고 문학이 정치선전에 이용되는 도구화, 수단화에 반대하는 명확한 자세를 견지함에 있어 공통성을 보이고 있다. 하지만 소개된 작가와 작품의 경향만으로도 전자의 보편적 구미문학 소개와 수입에서 후자로 갈수록 영미 모더니즘 경향이 많아지는 것을 알 수 있는데, 사실 1960년대 대만의 지식문화계는 문학 뿐 아니라 모든 예술과 가치관에서 서구화(미국화)가 일반적 추세였다. 이들 두 잡지에서 활동한 王文興은 위기에 빠진 문학을 구하는 길은 서방문학에서 찾아야 한다고 공언했고[45] 당시 전반적인 서구화를 주장한 『문성(文星)』잡지는 내용의 절반을 사르트르, 헤세 등 서구번역소설로 채웠고 실존주의, 정신분석 이론이 유행처럼 지식인층에 번졌다. 고압적인 정치로 인한 정치적 냉감(冷感)이 개인존재의 문제와 내면심리로의 천착으로 드러난 것이라는 분석이 많지만[46] 이들 잡지가 의도적, 계획적으로 구미문학을 번역, 소개하고 그런 가운데 새로운 예술형식과 스타일을 찾고자

학의 예술형식과 풍격으로는 현대인의 예술정감을 표현하기에 부족하기 때문에 새로운 예술형식과 풍격을 찾고 창조하려 한다.' 「發刊詞」, 『現代文學』 1期, 1960.3.5., 2면.

45) 呂正惠, 「現代主義在臺灣」, 『戰後臺灣文學經驗』, 新地文學, 1995, 10면.

46) 呂正惠, 앞의 논문.

한 점, 그리고 이들 잡지의 창간과 미국공보원와의 밀접한 관련, 미국이 의도적으로 대만, 홍콩 지역에서 추진한 미국식 가치관과 교육, 문화의 도입을 냉전의 문화적 전략이라는 관점에서 본다면 1960년대 대만문학의 모더니즘 경향은 많은 부분 냉전의식이 반영된 미국원조문화의 영향에서 기인한 것이라고 보아야 할 것이다.

5. 맺음말

본문의 목적은 냉전의 산물인 미국원조문화와 1950, 60년대 대만문학 추이와의 관련성을 문학잡지를 대상으로 고찰하는 데 두었다. 미국의 중화민국에 대한 원조는 1949년 국공내전 패배 후 철회했다가 1950년 한국전쟁을 계기로 재개되었는데 군사와 경제적 원조가 주를 이루었지만 그 외에도 전담기구를 두고 각종 문화 활동과 문예보급의 방식으로 미국적 가치를 전파하였고 이를 통해 소위 미국원조문화가 형성되었다. 1950, 60년대 대만문학의 추이라 함은 반공문학으로부터 서구문학을 수용해 가는 과정으로 그중에서도 특히 영미 모더니즘문학으로 경도되는 과정을 말한다. 이 과정은 문학사의 사조 경질과 같은 문단내부 자체의 자연스런 발전과정일 수도 있고, 고압적 정치 환경 같은 외부적 조건에 대한 문학적 반응의 결과로도 해석할 수 있다. 본문에서는 이를 외국문학의 수용과 그 영향이 가져온 변화라는 측면에 초점을 맞추어 외국문학의 접촉 경로가 된 미국원조문화와의 관련성을 찾아보았다. 미국원조문화가 미국의 대공산권 문화전략의 수단이자 결과물이라는 점에서 본다면 이는 냉전이 만들어낸 문학적 풍경이라고 할 수 있으며 대만의 경우를 통해 장래 냉전 동아시아의 문화상을 그려내는 데 참고가 될 것이라 생각한다.

본문에서는 세 부분으로 나누어 살펴보았는데, 첫 번째 단계는 미국원조문화와 1950년대 반공문단과의 관련성이다. 1949년 대만으로 철수한 국민당 정부는 1930년대 진보적 문학의 민중에 대한 영향에서 내전패배의 원인을 찾는 동시에 공산당 정권의 문예정책에 맞서는 전략으로 반공문학체제를 건립하고 관방이 주도하는 삼민주의 이상을 드러내는 반공항아(反共抗俄)의 전투문예(戰鬥文藝)를 추진하였다. 특정조직과 기구를 통해 작가들을 동원하는 방식의 반공문학은 몇 년 가지 않아 내부에서부터 공식성과 규범성을 반성하고 선전효과를 높일 수 있는 창작의 필요성이 제기되었고 그 일환으로 외국문학에서 참고할 만한 기교와 형식을 찾는 시도가 있었다. 반공문단의 대표적 잡지인 『문예창작』과 『반월문예』에서 이러한 시도를 볼 수 있는데 서구문예사조인 낭만주의, 자연주의, 상징주의, 모더니즘의 대표적 작가들과 작품이 번역, 소개되었고 특히 노벨문학상을 받은 작가들에 대한 소개도 많았을 뿐만 아니라 동구권 작가의 반공문학도 중시되었다. 이들 반공문학잡지의 외국문학 수용에서는 특별히 선호하는 경향은 발견되지 않는다. 다만 서구문학 일반의 기교와 형식을 참고하여 객관적인 묘사를 강화하고 긍정적인 인간성을 그려내며, 낙관적인 미래상을 제시하여 반공문학의 창작기풍을 쇄신하고 사기를 진작시키는 데 목적이 있었다고 하겠다. 즉 반공의 내용과 효과를 강화하기 위한 방편으로 외국문학의 창작방법과 기교적 측면을 참고하고자 했으며 서구 사조의 세계관이나 문학이념에 관심을 갖기 보다는 삼민주의 문학이념을 고수하였다. 따라서 이 단계에서의 미국원조문화는 반공문학의 본질을 흔드는 데까지 이르지는 못했으며 다양한 자유진영의 문학을 소개하는 정도의 관련성을 가진다고 하겠다.

두 번째 단계는 미국원조문화의 직접적인 주도 기구인 미국공보원과 아시아 재단의 영향 아래 발행되어 대만으로 보급된 『금일세계』와 『대학생활』을 통해 이들 잡지가 드러내는 현대의 속성과 현대문학의 주류적 내용을 알아보고 이것이 대만의 문화지식계에 가져온 영향을 사고해 보았다. 이 두 잡지는 미국의 냉전 문화전략을 잘 보여주는데 자유와 민주관념, 미국의 정치와 경제체제, 과학적 사고와 실증정신을 현대적, 진보적인 가치로 설정하고 이를 공산체제보다 우월한 근거로 선전했다. 특히 문학의 정치선전으로부터의 독립성과 자율성, 개인의 창작과 표현의 자유에 대한 강조는 반공문단에 대한 불만해소의 출구로 여겨졌고 무엇보다 이들 잡지가 고액의 보수를 내걸고 대만 지식인들에게 서구문예의 번역을 의뢰하면서 반공문단에 균열이 가해지기 시작했다. 당시 번역에 참가했던 인원 중에는 반공문단에서 활동하던 여성작가와 이후의 모더니즘문학 주역들이 대거 포진하고 있어 문학경향의 변화에 직접적인 영향을 미쳤다고 하겠다. 이들 잡지를 통해 번역, 소개된 문학은 영국과 프랑스 등 서구문학도 있었지만 주류적 대상은 미국문학이었다. 에머슨에서 트웨인, 헤밍웨이, 사로얀에 이르기까지 미국의 각 시기 문학과 낭만주의, 사실주의, 모더니즘을 망라하고 있어 미국 현대문학을 전파하고자 한 분명한 의도를 읽을 수 있다. 특히 『대학생활』은 향후 대만문단의 주역이 될 젊은 층에 막강한 영향력을 행사했는데 이를 통해 번역, 소개된 문학은 주로 프랑스 상징파의 시작(詩作)이며 영미 모더니즘문학도 상당수 있어 1960년대 대만문학의 모더니즘 경향의 발단으로 보아도 무방할 것이다. 미국공보원을 통해 발행, 보급된 이들 잡지는 미국원조문화의 속성을 그대로 보여주는데 기본적으로 반공을 기저로 한 공산권 대항논리로써 미국식 가치관과 현대문예를 전파했다고 하겠다. 때문에 반공문단에서도 이들 잡지에 대해 우호적인 입장을 취한 경우도 있는데 이로써 반공을 공통분모로 하여 각각 반공과 자유를 전유하면서 미국원조문화와의 관련성을 지속시켜갔다고 하겠다.

세 번째 단계는 1960년대 대만 모더니즘문학을 선도한 『문학잡지』와 『현대문학』을 대상으로 이에 번역, 소개된 구미문학을 통해 이 시기 대만문학의 주류적 경향을 파악하고 미원문화와의 관련성을 검토해 보았다. 이 두 잡지는 특정 그룹, 즉 대학에서 외국문학을 전공한 교수와 학생들에 의해 발간되었고 미국공보원과 아시아 재단 등의 직간접적 지원을 받은 것으로 이들 잡지를 통해 번역, 소개된 구미문학은 전자에서는 광범위한 미국현대소설과 제임스, 포크너 등 미국 모더니즘 작가들이고, 후자에서는 이들은 물론이고 카프카, 카뮈, 사르트르, 조이스 등 서구 모더니즘 일반으로 경도되어 가는 경향을 보여준다. 특히 『현대문학』은 집중적으로 작가별 작품을 소개하고 경향을 분석하는 방식을 통해 대량의 모더니즘문학을 들여왔는데 이는 반공문학과는 다른 현대문예의 새로운 예술형식과 내용을 찾는데 있어 구미 모더니즘문학을 참고의 대상으로 삼겠다는 의지를 보여주는 것이다. 실제로 이 두 잡지를 통해 등장한 대량의 모더니즘 경향 시작과 소설은 그들이 학습에서 모방과 창작으로 모더니즘문학을 수용해 나갔음을 알 수 있다. 『현대문학』의 핵심인물들이 반공문단과는 직접적 관련이 없는 젊은 층 작가들이고 이들 소설의 내성적 경향으로 보아 이들에 의한 미국원조문화의 영향은 외부의 억압에 대항하여 자유의 가치를 긍정하는 데서 한 걸음 더 나아가 언어와 형식의 정밀한 조탁을 통해 개인의 내면으로 천착해 들어가는 개인주의와 심리주의 경향으로 발전했음을 알 수 있다.

이러한 관찰을 통해 미국원조문화가 1950, 60년대 대만문학의 추이와 상당히 밀접한 관련성을 가지고 있음을 알 수 있었다. 냉전 배경하에서 반공과 현대를 표방하는 미국적 가치가 미국원조문화의 본질적 특성이라면 1950, 60년대 대만문학의 추이가 보여주는 것은 미국원조문화가 반공문학을 강화하는 역할에서 점차 반공에 균열을 일으키면서 반공에 반대하고 현대로 나아가는 궤적이라고 하겠다. 이러한 미국원조문화와 1950, 60년대 대만문학의 관련성에 대한 고찰은 반공과 모더니즘문학을 단절적으로 보는 시각에서 벗어나 보다 입체적으로 문학사를 재구성할 수 있게 해 주며 나아가 냉전 아시아의 사회, 문학적 면모를 이해하는 데 기여할 수 있을 것이다.

아시아 재단(The Asia Foundation)과 냉전시기 대만문학의 경향

1. 서언

본문은 미국의 문화냉전이란 시각에서 아시아 재단(亞洲基金會, The Asia Foundation)[1)]과 대만문학의 관련성을 살펴보는 데 목적이 있다. 미국원조와 관련한 냉전시기 대만문학에 대한 연구는 이미 여러 편의 논문이 나와 있는데 주로 관방기구인 미국신문처(美國新聞處, USIS)의 문화선전활동과 이 기구에서 발간한 『금일세계(今日世界)』(1952-1959) 등 잡지의 영향, 냉전시기 홍콩을 통한 문화원조 등이 언급되고 있다.[2)] 필자 역

1) 아시아 재단의 중국어 표현은 亞洲基金會인데 대만에서 이 용어를 쓰기 때문에 본문에서는 그대로 따르기로 한다. 더불어 미국의 냉전문화 선전을 수행했던 기구나 기타 재단의 명칭도 대만에서 쓰이는 용어로 표기했음을 밝혀둔다.

2) 林純秀, 『冷戰現代性的國族/性別政治：『今日世界』分析』, 世新大學社會發展研究所碩士論文, 2008; 王梅香, 『肅殺歲月的美麗/美力?戰後美援文化與5, 60年代反共文學, 現代主義思潮發展之關係』, 國立成功大學臺灣文學研究所碩士論文, 2005; 陳建忠, 「美新處(USIS)與臺灣文學史重寫:以美援文藝體制下的台港雜誌出版爲考察中心」, 『國文學報』 52期, 211~242면; 王梅香, 「麥加錫與美新處在臺灣的文化冷戰」, 『媒介現代：冷戰中的台港文藝學術研討會』,

시 한글로 발표한 두 편의 논문을 통해 1950년대 반공문학에서 1960년대 모더니즘 문학으로 변화하는 대만문학의 추세를 미국의 문화원조와 관련시켜 살펴본 바 있다.[3] 그중 아주기금회(亞洲基金會)의 역할에 대해서는 주로 홍콩문단과의 교류 부분에서 언급되고 있는데 아주기금회의 대만 내 문화선전과 지원 사업이 문학부문과 직접적으로 관련되지 않기 때문이다. 현재 아주기금회에 대한 연구는 대만사회의 발전과 연관시켜 지원내용과 규모를 분석한 전문서가 나와 있지만[4] 정치적 혹은 문화적 냉전을 불문하고 냉전사 연구의 각도에서 특별히 조명되지는 않았다. 그 외 미국의 대아시아 냉전전략이나 중국 공산정권에 대한 대응전략이란 측면에서 미국의 군사, 외교, 경제, 교육과 문화 전반에 대한 원조의 규모와 방식, 효과에 대한 연구나 미국의 몇몇 민간기금회의 중점사업과 원조방식, 관방조직과의 관계에 대한 연구는 진행되었지만[5] 냉전의 문화전략이란 시각에서 아주기금회의 대만 내 활동에 대해 전문적인 연구는 없다.

본문은 대만문학과 아주기금회의 관련성을 고찰하기 전에 우선 아주기금회의 대만 지원사업에 대한 기존연구를 참고하고 1950년대부터 20년간 대만의 미디어에서 보도된 아주기금회 관련소식을 찾아 기금회가 대만에서 관여한 사업에 대한 초보적인 이해를 진행하며, 두 번째로 아주기금회가 홍콩을 거점으로 설립한 출판사에서 펴낸 서적과

國立成功大學人文社會科學中心, 國立臺灣文學館, 2013.5.22~23.; 應鳳凰, 「1950年代香港美援機構與文學生産—以『今日世界』及亞洲出版社爲例」, 『一九五〇年代的香港文學與文化國際學術硏討會』, 嶺南大學, 2013.5.21~23.

3) 이 책에 실린 「민족에서 개인으로 -1950년대 냉전대만의 문학풍경」과 「1950, 60년대 대만문학의 경향과 미국원조문화와의 상관성」이다.

4) 官有垣, 『半世紀耕耘-美國亞洲基金會與臺灣社會發展』, 臺灣亞洲基金會, 2004.

5) 貴志俊彦・土屋由香・林鴻亦 편, 李啓彰 등 역, 『美國在亞洲的文化冷戰』, 稻鄉, 2012.

잡지의 성향, 및 이들과 대만작가들과의 교섭, 그리고 이들 잡지에서 실시한 문예공모전에 참여한 대만작가의 면모를 통해 아주기금회를 매개로 진행된 홍콩과 대만문단의 교류 상황을 고찰하고, 이 기초에서 1950년대부터 향후 20년간 냉전시기 대만문단의 추세와 문학경향을 아주기금회 관련 잡지와 관련시켜 해석해 보고자 한다. 그런데 문단의 형성과 문학의 추세는 특정한 면모만을 가지는 것이 아니며 다양한 원인과 계기로 인해 촉발되고 변화해 가는 것이므로 어느 한 조직과 기구의 역할이 결정적 역할을 했거나 특정 변화를 주도했다고 보기에는 무리가 따른다. 초보적인 이해 과정에서 냉전시기 대만문학의 추세를 파악하는데 있어 아주기금회의 문화선전활동을 특화하기보다는 미국신문처(미신처로 약칭)가 진행한 문화사업을 포함하여 미국의 포괄적인 문화냉전이란 측면에서 고찰하는 것이 효과적이란 판단을 하게 되었다. 따라서 아주기금회 관련 문화사업과 대만문학의 변화를 중심에 두고 살펴보되 필요할 경우 미신처가 추진한 문학, 문화사업도 연계시켜 고찰할 것이며 마지막으로 앞으로의 연구전망에 대한 제안을 하고자 한다.

2. 냉전시기 아주기금회의 대만 활동

1949년 국공내전에 패배한 국민당 정부가 대만으로 철수해 오면서 대만해협을 사이에 두고 양안 사이에는 대치국면이 형성되었다. 蔣介石(1887-1975)은 대만으로 이전해 온 중화민국 정부의 실질적 통치구역인 臺灣, 澎湖, 金門, 馬祖와 東沙, 南沙群島에 계엄을 실시하면서 강력한 반공정책을 시행했다. 2차 대전 당시 중단되었던 중화민국에 대한 원조는 1950년 한국전쟁의 발발로 인해 재개되었으며 이듬해 미국과 공동방위협정을, 이어 1954년 제1차 대만해협 위기[6)]를 계기로 중미공동방위조약을 체결했다. 이후 미국경제합작총서(美國經濟合作總署, ECA), 미국국제발전총서(美國國際發展總署, USAID) 등 기구에 의한 개발원조가 대만에 제공되었고 월남전의 군용물자 조달을 거치면서 미국원조는 향후 대만의 현대화와 경제적 고도성장에 주요한 역할을 담당했다.

한국전쟁 이후 1970년대까지 미국정부는 자신을 자유중국(Free China)의 수호자로 규정하고 공산진영인 적색중국(Red China)에 대항하여 경제, 군사와 외교상의 지원 뿐 아니라 각종 학술과 문화교류에 따르는 경비와 기회를 제공하여 미국 위주의 서방사상과 문화가 대만 사회와 지식계로 유입되었다. 이렇게 형성된 사회 문화적 현상을 흔히 냉전 미국원조(美援)문화라고 부르고 미국의 공산진영에 대한 문화냉전의 영향과 결과로써 고찰하는 게 일반적이다. 문화냉전에 대한 연구는 미소 양대국을 중심으로 한 정치적 대립이나 혹은 국제관계를 위주로 하는 냉전관에서 벗어나 보다 복잡하고 다중적인 냉전의 면모를 살펴보는 데 목적이 있다. 그 이유는 냉전이 직, 간접적으로 집단 혹은 개인의 생활과 심리층면에 광범위한 영향을 끼친 전쟁이었기 때문이고 대만을 포함한 아시아에 대한 미국의 문화적 원조가 일방적, 전면적으로 영향력을 발휘한 것이 아니라 내부의 상황과 복잡한 상호관련을 맺으면서 진행되었기 때문이다.

문화냉전은 미국의 대외적 이미지를 제고하고 친미여론을 배양하는

6) 1954년 미국과 대만 간 방어조약 체결 논의가 본격화되자 중화인민공화국이 金門섬을 포격한 사건이다.

미국정부의 각 기관, 그리고 이들 기관과 협력하는 민간단체가 실시한 대외활동에 의해 진행되었는데 이들의 정보, 선전활동은 방송, 영화, 전문가 파견, 전단지 발송, 교육 프로그램의 실시, 전시회, 문인 간 교류, 도시 간 자매결연 등의 활동뿐 아니라 반미 미디어에 침투하거나 영향력 있는 정치인에 대한 조언 및 이들에 대한 물질적 원조 제공과 유세 등의 광범위한 활동을 포함하는 것이었다. 냉전초기 이런 활동을 맡은 주요 선전기관은 미국무원, 1953년 국무원에서 독립한 미국신문총서(美國新聞總署, USIA)와 그 해외 지부인 미신처(USIS),[7] 그리고 비군사 대외원조를 실시한 미국국제발전총서(USAID) 등이었고 그밖에도 2차 대전 당시의 전시신문국(戰時新聞局, OWI) 산하의 미국의 소리(VOA), 대표적인 민간기구인 록펠러 기금회(The Rockefeller Foundation), 풀브라이트 협회(Fulbright Association) 등도 적극적으로 대외선전활동에 참여하였으며 첩보기관인 중앙정보국(CIA) 역시 자유아시아방송국(Radio Free Asia)을 이용하여 대외선전활동을 진행했다.

그중 포드 기금회, 록펠러 기금회, 아주기금회 등 민간기금회의 활동이 주목되는데 이들은 반공이란 동일 목표 아래 미국정부와 긴밀히 협력하면서 특히 공산진영으로부터 오는 신식민주의, 제국주의라는 비판과 피원조 지역 지식인의 반감을 고려하여 미국정부가 직접 개입하기 어려운 부분에서 적극적인 활동을 진행해 왔다고 할 수 있다. 이러한 비정부조직 민간기구(NGO)는 일찍이 1, 2차 세계대전 때부터 국제원조활동에 참여해왔으며 미국정부와 민간사회의 공동된 인식에 의

7) 미국문화공보원인 미신처(USIS)는 아시아 각 나라에 설립되었고 반공과 친미의 공동기조 하에 나라별 조금씩 다른 선전활동 목표를 설정했다. 내반에 대해서는 아시아 自由華人基地와 피난소로 위치를 정하고 해외 華人에게 대만의 자유중국 정부가 반공의 상징이며 중화문화의 수호자임을 선전하는 데 초점을 두었다.

해 냉전시기 이후에도 소련을 위시한 공산진영으로부터 신흥국가들을 보호하기 위해 미국정부의 외교정책을 보조하는 역할을 지속적으로 담당해 왔다.[8)]

아주기금회 역시 이러한 목적 아래 운영된 민간기금회의 하나이다. 잘 알려져 있듯이 아주기금회의 전신은 1951년 설립된 반공조직 자유아시아위원회(The Committee for Free Asia)로 이는 중앙정보국의 막후 조종 하에 유럽에서 대규모로 대공산권 문화선전계획을 진행했던 문화자유연맹(Congress for Cultural Freedom) 활동의 아시아판이라고 할 수 있다. 이 두 조직의 수단과 목적은 각종 출판물, 예술전시와 국제회의 개최, 영화사업, 출판사, 방송국 등에 대한 지원과 찬조, 그리고 각종 문예의 장려와 공연, 전시의 기회 등을 제공함으로써 미국문화를 선전하고 해당 지역의 지식인을 끌어들이는 데 있었다. 자유아시아위원회는 1954년 아주기금회로 이름을 바꾸고 장정의 개편과 이사회 확충을 통해 장기적이고 지속적인 대아시아 계획을 추진하기 위해 비공산권 아시아 국가에 중점을 두고 아시아 지역의 각 단체와 개인이 사회와 제도의 개선을 위해 노력하는 것에 집중적이며 전면적으로 협조한다는 목표를 내세웠다. 이는 반공선전에 치중했던 원래 취지를 수정, 보완하고 보다 광범위한 대아시아 문화전략을 내세운 것으로 보이지만[9)] 민간기구의 성격과는 달리 유럽에서와 마찬가지로 1967년까지 중앙정보국으로부터 경비를 제공받았다. 이는 2차 대전 종결 직후 미국의 아시아 냉전활동이 성공적이지 못하다는 인식과 관련되는데, 유럽에서는 소련과 코민테른(Communist International)에 대한 문화적 반격이 목표였다면,

8) 주 4와 동일, 20~24면.

9) 일 년 전인 1953년 공산정권에 대한 심리전, 문화전 성격의 자유아시아 방송을 중단했다.

아시아에서의 목표는 중국내 반중공 세력을 지원하고 북경정권을 억제하는 데 있었다. 특히 1950년 한국전쟁 발발 후 아시아에서 대만의 지정학적 중요성이 부각되자 미국은 홍콩을 거점으로 하여 중국에 대한 전면적인 억제와 침투를 진행하는 과정에서 관방기구인 미신처의 심리전 대상으로 대만을 중시하였다. 이렇게 민간 명의이기는 하나 실질적으로 미국무원과 중앙정보국에 의해 설립, 운영된 아주기금회는 홍콩과 대만에 설립된 미신처의 여러 활동과 상호 협력, 보완관계를 유지하면서 문화선전에 주력했다.

아주기금회의 대만 분회는 1954년부터 1997년까지 운영되었고[10)]1997년 아시아에서 처음으로 현지의 자발적 조직으로 전환하여 대만아주기금회(臺灣亞洲基金會, AFIT)의 이름으로 미국의 아주기금회와 결맹관계를 맺고 현재까지 활동하고 있다. 지난 43년간 아주기금회는 법치, 경제, 시민사회 발전, 양안과 국제관계 등 다방면에 걸쳐 지원사업을 진행했는데 이 기간 동안 지원한 항목은 3000여개에 이르며 지원대상은 주로 학술연구기관, 정부부문, 민간 비영리기구, 각계의 엘리트들이었다. 통계에 의하면 1952년부터 1969년까지 대만에서 쓰인 경비는 20만 달러이며, 한 해 평균 40명의 개인이 자금지원을 받아 해외로 파견되었다고 한다. 1954년에서 1982년까지 아주기금회의 대만 내 주요 자금지원 내역을 정리하면 아래 표[11)]와 같다.

10) 1954년 미국아주기금회가 성립된 후 바로 중화민국 정부와 기술합작계약을 맺고 타이베이에 사무실을 설치했는데 당시 內政部에 '亞洲協會'로 등기하여 1997년 '대만아주기금회'로 전환되기까지 '아주기금회'와 '아주협회'의 두 가지 기구명이 공존했다.

11) 자료출처: Shel Severinghaus, "A letter to the President of The Asia Foundation, attached table" March 11, 1982, 및 기타 아주기금회 당안. 주 4의 책, 43면에서 재인용.

원조영역	원조기간	원조금액/달러 (당시 기준)
中央硏究院	1954-1979	145,000
역사언어연구소, 경제학연구소, 근대사연구소, 민족연구소, 미국연구센터 등 中央硏究院의 5개 연구소 설치와 후속 지원		
과학교육	1960-1970	60,000
과학훈련과 연수과정 지원, 과학잡지의 출판 협조		
사회학	1960-1963 1978-1981	62,000
東海大學과 臺灣大學의 사회학과와 사회학 연구를 지원		
대학의 기업관리학과 신설과 발전 지원	1972-1981	151,000
납세제도개혁	1956-1973	91,000
재정부와 협조해 중화민국 납세제도의 현대화를 추진		
도시와 구역계획	1972-1976	38,000
행정원 경제설계위원회(CEPD) 도시주택처의 업무발전을 지원		
인력자원계획과 발전	1974-1978	16,105
행정원 경제설계위원회(CEPD) 도시주택처의 업무발전을 지원		
경제계획과 발전	1973-1977	62,800
행정원 경제설계위원회(CEPD)와 협조해 기획능력 개선과 인재확충 지원		
사법행정	1968-1982	80,000
법관의 연수와 훈련을 지원하고 사법행정 개선을 지원		
가정계획과 위생 여건 마련	1960-1981	85,550
중국가정계획협회, 대만성 가정계획연구소, 대만성 부녀위생연구소를 지원하여 가정계획을 추진하고 실험적인 공동체 의료위생계획을 추진하는데 자금 원조		
농업홍보와 추진	1960-1964 1975-1979	88,000
3개 대학의 농업홍보학과, 대학원 과정을 지원		
법률원조	1973-1982	94,000
민간 법률단체를 지원하여 타이베이, 타이중, 타이난에 빈민 법률서비스 센터를 열게 하고 운영하는데 필요한 경비 지원		
정보와 전파	1958-1976	43,680

중앙도서관의 확충 지원, 政治大學 新聞학과의 교학과 연구 지원		
사회복지와 사회사업	1964-1981	72,521
YMCA의 공동체 발전계획, 타이베이시 생명라인의 성립과 운영, 타이난 기독교 가정상담센터를 지원, 중국互助社운동협회 저축互助社의 운영을 지원		

아주기금회의 대만활동은 냉전초기에 속하는 1954년에서 1965년까지 주로 인력자원과 교육발전에 초점을 두고 현대사회의 기본 구조를 만드는데 주력했다. 그중 특기할 만한 사항으로 몇 가지를 들 수 있는데 첫째, 이 시기 가장 많은 액수의 자금원조는 1957년 국립고궁박물원(國立故宮博物院)에 2만 달러를 지원한 것으로 臺中과 霧峰에 문물전람관을 건립하여 25만 건의 국보를 공개 전시하였다. 둘째, 1952년 아주자유위원회(亞洲自由委員會)시기 주타이베이 대표였던 Ward Smith가 『자유중국(自由中國)』(1949-1960) 잡지사 사장인 雷震(1897-1979)과 자금지원협약을 맺고 1953년 1월부터 매월 잡지 1000권을 구매했으며 이듬해부터 1500권으로 늘렸고 이렇게 구매한 잡지를 동남아 화교들에게 증정함으로써 잡지의 안정적인 발행이 가능함과 동시에 간접적으로 화교사회에 영향력을 행사하였다. 『자유중국』은 자유와 민주를 취지로 발행된 종합잡지로 반정부 언론으로 지목되어[12] 1960년 정간되기까지 10년간 대만사회와 지식인에 많은 영향을 미쳤는데 특히 이 잡지의 문예란은 생활과 개인 등 반공 일색의 당시 문학기류와는 다른 경향을 보여 주었다. 셋째, 이 기간 동안 고등교육, 인력자원의 발전과 과학교

12) 雷震은 재야인사 李萬居, 郭雨新, 高玉樹 등과 함께 蔣介石이 세 차례 총통에 연임하는 것은 헌법을 위반하는 것이라고 반대서명을 했고 1960년 2월 『自由中國』에 「장총통에게 드리는 마지막 충고」라는 사설을 실었으며 국민당을 비판하고 반대당인 중국민주당 창당의 필요성을 역설했다. 이로 인해 雷震은 반란죄로 체포되고 『自由中國』은 정간되었다. 이를 雷震事件이라 부른다.

육의 자금원조에 집중되었는데 중앙연구원(中央研究院), 정치대학(政治大學), 대만대학(臺灣大學), 대만사범대학(臺灣師範大學) 등 고등교육기관의 자연과학, 사회학, 인문학의 발전과 연구에 자금지원이 집중되었다.[13)]

당시 대만의 유력 신문인 『연합보(聯合報)』[14)]의 보도를 통해 대만 내 아주기금회의 활동내용과 지원방식을 개략적으로 정리해 보면 아래와 같다.

날짜	보도내용	관련내용
1954-10-31	自由亞洲委員會가 조직과 장정을 수정하고 이사회를 확충하여 亞洲基金會로 명칭을 바꿈	목표는 '평화, 독립, 개인자유와 사회진보를 위해 노력하는 아시아의 진보적 개인 혹은 단체에 미국의 지지를 제공한다'로 되어 있다.
1955-05-06	立法院教育委員會의 어제 회의에서 中央研究院長 朱家驊가 업무 보고. 중앙연구원에 近代史研究所를 증설하는 데 있어 亞洲基金會의 원조를 받기로 함.	亞洲基金會에서 경비지원
1956-08-01	정부는 어제 훈장을 미국 亞洲基金會 駐華代表 饒大衛博士에게 수여	중미문화교류 촉진에 대한 공헌을 인정
1956-09-13	董顯光大使의 미국내 방문 중 샌프란시스코에서 강연, 주제는 「러시아의 새로운 면모와 共匪세력에 대한 인식」	亞洲基金會 이사장 魏爾伯의 접대를 받음
1956-11-14	亞洲基金會太平洋區計劃主任 司徒華氏가 어제 駐華代表 史懷席博士와 함께 홍콩에서 입국	亞洲基金會의 대만에서의 활동에 대한 진전상황 시찰

13) 이 부분의 내용은 주 4의 책을 정리한 것이다.

14) 중화민국 대만에서 발행된 중국어 신문으로 중국국민당 중앙위원이었던 王惕吾가 1951년 9월 16일 창간하였으며 『全民日報』, 『民族報』 및 『經濟時報』로 구성된 연합판이었으나 1953년 3개 신문이 합병하여 지금까지 『聯合報』로 발행되고 있다.

1957-05-27	國民黨駐美總支部 新委員취임	亞洲基金會主席 布魯姆와 亞洲基金會計劃處長 司徒華가 참석하여 화교교육문제에 대해 토론
1957-06-02	中美兩國文化關係 촉진을 위한 양국 教育家 圓桌會議. 회의주제는 (1)미국학교에서 어떻게 중국문화교육을 실시할 것인가 (2)중국문화유산을 보존하는 방법과 필요한 조치 (3)중국 정부의 학생해외파견에 따른 장기정책과 중국 영도인재의 훈련문제 검토	亞洲基金會代表資格으로 대만에 체류했던 饒大衛博士도 참석
1957-08-01	亞盟中華民國總會 會員大會개최. 주제는 (1)아시아 인민반공연맹 제1차 이사회개최장소와 시간 토론 (2) 세계인민반공회의의 조기개최 방법 논의 (3)아시아연맹 중국총회 향후 일 년 간의 활동방침	美國亞洲基金會駐臺代表 史維林이 致詞
1958-04-08	農復會에서 개최하는 農村青年交換訪問 프로그램으로 2명의 대표를 미국으로 파견	美國四健會基金會에서 주최하고 왕복경비는 亞洲基金會에서 부담
1958-07-08	亞洲基金會 駐華代表 譚維理 대만 도착	신임대표로 3년 전에 臺北美國新聞處에서 일했고 부임 전에는 亞洲基金會의 한국 대표 역임
1958-07-11	이직하는 亞洲基金協會 駐台代表 史麟書博士가 화교교육의 성과 자축	1952년 自由亞洲協會의 조사에 의하면 당시 대만에서 공부하는 화교 학생수는 약100명, 教育部, 僑委會, 安全分署, 亞洲基金協會와 各級學校의 노력으로 6년 만에 7000여 명으로 증가
1958-07-25	미국의 육상경기 감독을 초빙하여 대만선수의 기량을 양성	亞洲基金會에서 경비지원
1959-05-06	國民大會代表 겸 國際關係研究會常務理事 鮑靜安이 5일 미국으로 출발	美國國務院과 美國亞洲基金會의 연합 초청을 받아 3개월의 미국방문
1959-08-13	中南部의 水災에 대한 관심과 기부	亞洲基金會駐華代表 米勒가 관심을 표명하고 新台幣五千元을 기부
1959-10-20	立法委員겸 劇作家 李曼瑰의 영국 방문	亞洲基金會에서 방문기간의 경비를 부분 지원

1959-11-19	교육부에서 科學世界방송 시작, 전문가 초청 강의	교육부國民教育司, 亞洲基金會, 中華科學協進會, 中國廣播公司 등의 찬조
1960-02-12	臺灣省 四健會 제7회 年會가 11일 순조롭게 폐막	亞洲基金會駐臺代表 密勒博士가 참여하여 각종 교육모델의 설계와 전시에 대해 칭찬과 격려
1960-03-12	農復會 주최로 2명의 農科大學生이 미국농촌 방문	亞洲基金會에서 경비를 부담
1960-04-27	미국 과학자 克禮倫, 柯立芝이 대만을 방문하여 각 대학에서 강연	亞洲基金會의 지원으로 방문한 것이며 다음 일정은 한국방문
1961-02-28	2명의 농촌 청년을 선발하여 미국으로 파견	中國農村復興聯合委員會와 亞洲基金會가 진행
1961-03-05	필리핀과 농촌청년교환 프로그램 실시	亞洲基金會, 中國四健會協會와 農復會가 人員選拔과 旅費부담
1961-07-29	부총통 미국방문, 샌프란시스코에서 중요연설	亞洲基金會와 世界問題協會에서 초청
1961-08-08	홍콩大學 文學會 教育文化考察團 29명 대만도착	僑委會와 亞洲基金會의 초청
1961-12-24	四健青年 4명 선발하여 미국과 필리핀으로 파견	亞洲基金會, 中國四健協會와 農復會에서 진행
1962-03-19	『亞洲學生』週刊에서 胡適의 별세에 대해 조의를 표하고 기념 사설을 게재	『亞洲學生』은 亞洲基金會에서 발행하는 잡지로 미국 내 외국학생이 가장 많이 보는 잡지로 알려져 있다.
1962-04-22	亞洲基金會에서 교육문화사업에 거금을 지원	中華科學協進會에서 출판하는 科學畫報에 新台幣二十萬元 기부; 國立中央圖書館에 新台幣十六萬四千二百元 기증; 기타 문화사업에도 기부
1962-09-02	學術研究의 강화를 위해 中央研究院에 物理研究所 부활; 國立中央圖書館에서「中華民國學術機構錄」修訂版 출판	美國亞洲基金會에서 지원
1962-10-28	亞洲基金會主席 史密斯 단기 방문	부총통, 亞洲基金會 駐台代表 白安楷 등과 회견
1963-01-12	美國「科學作家擢拔委員會」에서 국제적인 과학자 등기작업	대만의 경우 亞洲基金會中國分會에서 진행
1963-01-13	四健會에서 4명의 農村青年 선발하여 미국과 필리핀에 파견	旅費는 亞洲基金會에서 부담

1963-05-14	科學影片教材 기증	亞洲基金會에서 증정
1964-02-10	北市社區發展計劃 시행, 복리시설 건설, 유엔에서 협조 동의	亞洲基金會에 170여 만 원 지원 요청
1964-05-02	中國輔導學會에 3년 기한으로 기부금 전달	첫해의 기부금은 新台幣三十萬元, 나머지 2년은 三十二萬元, 총액이 新台幣六十二萬元
1964-05-15	亞洲基金會主席 F. H. 威廉斯博士 방문	현안 시찰과 격려
1964-05-30	泰國佛教徒 우호방문	亞洲基金會의 찬조
1964-11-04	記者團一行 샌프란시스코 방문	亞洲基金會代表 艾森柏 등이 접대
1966-04-16	故宮博物館의 歷史文化 보물을 대만으로 옮겨 온 경과를 보도	보물을 일시 보관하는 장소를 마련하는데 亞洲基金會에서 4만 달러 지원
1966-05-21	과학교육의 중요성	그 일환으로 亞洲基金會의 지원을 받아 과학인재 초청
1967-05-06	臺灣大學에 電機工程연구소 신설	포드기금회, 亞洲基金會와 초보적인 접촉, 경비지원 협의
1967-06-14	바이올리니스트 郭美貞의 귀국 연주회	亞洲基金會에서 300달러 지원
1967-07-15	아시아농업서비스센터 설립계획, 목적은 아시아지구 투자개발회사를 조직하여 아시아 경제발전 도모	亞洲基金會, 亞洲開發銀行, 록펠러기금회, 포드기금회에 지원요청
1967-11-18	美國亞洲基金 新任駐華代表 韓佛瑞 도착	새로운 대표로 취임
1968-02-07	清華大學 총장 미국방문	亞洲基金會의 초청
1968-03-26	行政院賦稅改革委員會主任委員으로 劉大中 내정	經濟部長, 美國亞洲基金會 駐華代表 등과 租稅改革問題에 대해 의견교환
1968-03-28	중학교, 초등학교의 科學展覽	입선자품은 亞洲基金會의 찬조를 받아 동남아 지역에서 전시

1969-01-22	미국에서 열린 제2회 太平洋貿易 및 開發會議에서 韓國 서울대학교 교수 宋兆(譯音)가 한국의 경제기적에 대한 논문발표	각지의 亞洲基金會 대표들이 모여 경청
1969-03-25	8명의 農村靑年代表가 國際農村靑年交換計劃에 선발되어 필리핀, 태국, 한국, 일본 방문	亞洲基金會에서 여비 부담
1969-10-20	전면적으로 社區建設을 추진, 社區發展中心 건립	경비는 유엔과 亞洲基金會의 보조를 받음
1969-11-08	亞洲基金主席 威廉斯 대만 방문	中華民國과 亞洲基金會의 합작에 대해 격려
1969-12-10	臺灣師範大學 英語教學中心에서 초등학생 영어실험반 실시	亞洲基金會에서 찬조하여 실험반의 교학과정을 영화로 제작해 활용
1970-01-20	科技發展의 새로운 방향 모색	亞洲基金會에서 관련 경비 지원
1974-03-26	臺灣大學에 人口中心 설립	록펠러, 포드기금회, 亞洲基金會에 원조요청
1974-09-06	제3회 中日「中國大陸問題」및 文化交流 세미나 개최	亞洲基金會駐日代表인 司徒華가 참가
1975-07-12	저명한 인력전문가 高希均教授 귀국, 교육부 교육 기획팀, 政治大學과 합작하여 고급인력 육성에 대한 연구 진행	亞洲基金會의 초청
1975-09-02	國際職業婦女協會에서 婦女人力資料中心 건립	亞洲基金會에 보조 요청
1975-09-30	기업관리인재의 육성 필요성 증가	亞洲基金會와 全國職業訓練基金會의 찬조
1975-10-26	歐豪年, 朱慕蘭 화가부부의 미국전시회	亞洲基金會의 찬조
1975-11-18	美洲中國圖書館 성립	亞洲基金會에서 서적기증
1976-01-12	홍콩 中文大學 語文翻譯器(簡稱 CULT)시스템 개발성공	亞洲基金會와 록펠러기금회에서 합작 투자하여 연구 지속

1976-02-24	政治大學에서 신문업 세미나 개최	亞洲基金會駐華代表 邱越倫 참가
1976-03-18	臺灣大學「大學論壇社」에서「自由中國婦女應具有的時代意識」주제로 좌담회 개최	亞洲基金會 執行秘書 王世榕 참가
1976-11-14	東吳大學 사회학과 社區조사활동	亞洲基金會가 경비지원
1977-06-21	亞太地區作物收穫後之處理與儲藏 세미나 개회	亞太糧肥中心, 食品研究所, 香蕉研究所, 亞洲基金會 공동 주최

이를 정리해 보면 대만의 대학과 학술기구에 대한 지원, 세계 반공기구의 결속과 신설, 화교사회에 대한 지원과 교육업무, 4H클럽을 위시한 농촌청년 교환 프로그램, 과학교육과 산업연구에 대한 지원, 문화학술 교류지원, 유엔이 주도하는 도시 커뮤니티 발전계획의 지원사업을 진행한 것으로 나타나고 있다. 미디어의 보도에서 드러난 바에 따르면 이러한 아주기금회의 활동과 원조로 인해 학술적 측면에서의 미국경향, 친미인사의 배양, 화교교육을 통한 동남아 지역 친미 지도자 양성, 과학기술교육, 반공문학의 번역과 출판, 정계와 학술계를 포함한 미중간의 인원교류와 문화적 교감 등으로 대만사회에 광범위한 영향을 미친 것으로 이해할 수 있다.[15)]

15) 이는 '亞洲基金會'를 키워드로 검색한 것이며 '亞洲協會'로 검색하면 더 많은 내용이 나오지만 지원활동과 내용의 파악에는 별로 영향이 없기에 생략하였다. 웹주소는 http://udndata.com/library/

3. 아주기금회의 홍콩거점 문화사업과 대만작가의 참여

앞서 본 대로 아주기금회의 대만 내 활동과 사업에서 교육과 언론, 예술 등 문화부문에 대한 지원사항은 찾아 볼 수 있지만 문단과 문인에 대한 지원 등 대만문학과 직접 관련된 부분은 명백하게 드러나지 않는다. 아주기금회와 대만문학의 관련성에 관한 현재의 관찰은 홍콩을 매개로 하여 이루어졌다는 것이 일반적이다. 기존연구에서도 제기한 바 있듯이 홍콩은 거리상으로 중국과 가까워 정보의 확보에 유리할 뿐 아니라 남래문인(南來文人)으로 불리는 중국에서 피난 온 난민 지식인들의 활용 가능성, 좌우사상의 완충지대, 동남아 화교에 대한 장악 등의 이유로 인해 냉전초기 10년간은 미국의 대아시아 문화냉전의 구심점이자 근거지로서의 역할을 담당했고 그에 따라 미국의 원조아래 출판기구와 그에 예속된 간행물이 생겨나게 되었다.[16] 특히 한국전쟁 이후 미국의 대중국 정책이 소극적인 관망(觀望)에서 적극적인 진공(進攻)으로 바뀌면서 아주기금회는 매년 60만 달러의 자금을 출자하여 홍콩의 문화사업을 지원하기 시작했다.

우선 출판사업으로 미련사(美聯社)에서 일한 적이 있는 張國興(1916-2006)의 아주출판사(亞洲出版社)를 지원한 것을 들 수 있는데 아주출판사는 1930년대 민족주의문학을 제창하여 魯迅(1881-1936)의 비판을 받았던 黃震遐(1907-1974)가 편집장으로 있던 출판사였다. 1952년 9월 성립한 이 출판사의 간행물은 홍콩의 기타 잡지와는 달리 중화민국 기원(紀元)을 사용하였고 대부분 반공작품과 공산당 문예를 비판하는 평론

16) 오병수, 「아시아 재단과 홍콩의 냉전(1952-1961)-냉전시기 미국의 문화정책」, 『동북아논총』 48호, 2015.6, 7~51면.

서적을 주로 출판했다. 아주출판사는 강력한 미국의 원조를 배경으로 서적 간행, 번역, 코믹북, 아동과 청소년 총서 등 다양한 출판사업 이외에도 통신사, 화보사와 영화회사 등을 경영했는데 중국의 문예부흥 운동을 표방하면서 보험판세제도를 설립하고 높은 원고료를 지급하여[17] 난민 지식인의 생활을 안정시키고 객관적인 기준의 원고채택 등을 통해 문학 기풍을 진작시켰다. 이로 인해 아주출판사는 1950년대 홍콩문단의 중진이자 문화적 반공보루로 떠올랐다.[18]

黃震霞가 밝힌 편집방침에 의하면 공산중국에서 피난 나온 실제 이야기를 정확한 사실에 기초하여 참회록 형식으로 기록하거나, 『半下流社會』 같은 시대를 반영할 수 있는 망명 지식인의 생활, 소설공모와 원고모집 등을 통한 홍콩과 대만의 문화교류 촉진, 해로운 사상을 제거하고 시대를 영도할 수 있는 건전한 학술사상의 건립 등이었고[19] 아주출판사에서 발간한 잡지 『아주화보(亞洲畫報)』(1953)의 3주년 경축호에 의하면 출판사의 성립과 운영은 반공에 기초하여 자유를 추구하며 대만과 홍콩 두 지역 간 문화소통의 통로, 나아가 자유세계 간 소통의 교량이 되는, 즉 이름처럼 아시아 자유세계 간의 소통을 목표를 한 것이었다. 다시 말하면 공산주의의 사악함을 제거하고 지식인의 창작과 예술적 자유를 회복하는데 문예의 목표를 두었는데 이에 걸맞게 아주출판사에서 펴낸 출판품은 대부분 대만과 홍콩작가의 반공소설이고 그중에서도 대만작가의 반공작품이 더 많은 량을 차지했다. 이렇게 아

17) 당시 일반적인 원고료는 천자에 5원 홍콩달러였는데 아주출판사에서는 20원을 지급했다고 한다.

18) 鄭樹森, 「被遺忘的歷史・歷史的遺忘-5,60年代的香港文學」, 『從諾貝爾到張愛玲』, 印刻出版社, 2007, 167면.

19) 譚貽善, 「香港出版事業亂糟糟-黃震霞, 徐訂返港前的一席談」, 『聯合報』 第6版, 1957. 6.28.

주출판사는 홍콩뿐 아니라 해외문단에도 영향을 미쳤는데 대만에도 아주출판사 지점이 설립되었고 1953년 창간한 『아주화보』는 여러 차례 단편소설을 공모하여 홍콩뿐 아니라 대만과 동남아 등지에서 큰 영향력을 발휘했다.[20] 한 가지 예로 1962년 대만작가 郭良蕙(1926-2013)의 장편소설 『心鎖』가 謝氷瑩(1906-2000), 蘇雪林(1897-1999) 등에 의해 황색(黃色)소설로 지목되어 검열당하고 작가도 중국문예협회(中國文藝協會)로부터 제적되자 『아주화보』는 124기에서 이 사건을 다루는 특집을 꾸며 찬성과 반대의견을 모두 실었고 이 소설은 이후 대만에서 출판되었다. 또한 1950년대 대만의 반공문학잡지의 편집인으로 잘 알려진 虞君質(1912-1975)의 『예술논총(藝術論叢)』도 이 출판사를 통해 발간되었고 대만의 반공작가인 郭嗣汾(1919-2014), 穆中南(1912-1992) 등도 이곳에서 출판한 『당대문예작가론(當代文藝作家論)』에 소개되었다.

아주출판사에서 펴낸 대만작가의 소설로는 林適存(1914-1997)의 『駝鳥』, 趙滋蕃(1924-1986)의 『半下流社會』, 魏希文(1912-1989)의 『我永遠存在』, 思果(1918-2004)의 『藝術家肖像』, 謝氷瑩의 『聖潔的靈魂』, 張一帆의 『春到調景嶺』, 沙千夢의 『長巷』, 王平陵(1898-1964)의 『錦上添花』, 郭嗣汾의 『黎明的海戰』, 『威震長空』, 『風雪大渡河』 등이 있다. 뿐만 아니라 아주출판사의 서적은 대만에서 매우 높은 인기를 얻었는데 『半下流社會』와 『聖潔的靈魂』은 중국청년사작협회(中國青年寫作協會)에서 조사한 청소년이 가장 좋아하는 소설로 뽑히기도 했고[21] 이 출판사의 간판작가인 徐訏(1908-1980)의 작품은 대만에서도 높은 인지도를 자랑했다.

20) 아주출판사는 본사를 홍콩에 두고 대만지사에서 외부 외판 총대리를 맡아 대만은 물론 마카오, 베트남, 태국, 버마, 싱가포르, 말레이시아, 인도네시아, 호주, 태평양군도, 일본, 미국, 캐나다, 쿠바, 파나마, 필리핀 등지로 판매되었다.

21) 行政院文化建設委員會, 『光復後臺灣地區文壇大世紀要』, 文訊, 1985.6., 79면.

그 외 1953년 성립한 영화회사인 아주영화공사(亞洲影業公司)도 대만작가의 반공소설인 『長巷』과 『半下流社會』를 영화로 각색하기도 했고 아주출판사가 출판한 이백 여 종의 소설 중 대만문단에서 활동하던 반공작가가 대부분을 차지했다.[22)]

또한 사진을 위주로 하고 중영(中英)대조본으로 발행한 『아주화보』는 좌익 쪽의 『양우화보(良友畫報)』와 경쟁구도를 형성하며 원동(遠東)에서 가장 미관이 뛰어나고 판매량이 높은 잡지로 칭해졌으며 무엇보다 대만에서 영향력이 높았다. 우선 반공소설 『半下流社會』를 쓴 작가 趙滋蕃이 아주출판사의 편집으로 초청되어 잡지 편집을 맡았고, 郭嗣汾 역시 그림과 문장을 함께 실은 이 잡지가 대만과 해외 독자들에게 인기가 높았음을 증언하고 있으며[23)] 鍾肇政(1925-), 鍾理和(1915-1960) 등 대만의 저명한 본토작가들도 1950년대 『문우통신(文友通訊)』(1957-8) 시절이 잡지에 투고하기도 했다는 데서 그 일단을 확인할 수 있다.[24)] 실제로 鍾理和의 「菸樓」가 가작으로 당선되는[25)] 등 이 잡지가 실시한 문예공모에 참여한 대만인 숫자를 통해 이 잡지의 대만 내 영향력을 확인할 수 있는데 다음 표에서 보듯이 대만인 응모자 비율이 매년 50%를 상회하고 있다.

22) 鄭樹森, 「香港新文學年表」, 『香港文學』 62期, 1990.2.5.

23) 郭嗣汾, 「淺談香港文學」, 『文訊』 20期, 1985.10., 25면.

24) 王梅香, 앞의 논문, 53면.

25) 吳佳馨, 『1950年代台巷現代文學系統關係之研究: 以林以良, 夏濟安, 葉維廉爲例』, 國立清華大學臺灣文學研究所碩士論文, 2008, 162면.

연도	대만 참가자 비율	주요 대만 수상자
1955.05	160/355 45%	彭歌(姚朋), 楊品純(梅遜), 郭晉秀, 吳崇蘭, 郭良蕙, 嚴友梅
1956.05	428/592 72%	郭嗣汾, 尼洛(李明), 郭衣洞(柏楊), 童眞, 郭晉秀, 吳崇蘭, 王鑫靈
1957.05	414/480 86%	楊品純(梅遜), 司馬中原, 郭衣洞, 貢敏(應聚才)
1958.05	568/660 86%	郭良蕙, 鍾錚(鍾理和), 司馬中原(吳延玫), 朱西甯
1959.05	126/165 76%	彭歌(姚朋), 潘壘, 鍾錚(鍾理和), 桑品載
1960.05	공포하지 않음	邵僩, 松青(馬森慶)
1961.06	278/312 89%	王韻梅, 張曉風,
1962.06	자료 없음	王韻梅, 朱韻成, 文心

『아주화보』의 문예창작은 소설이 가장 많았는데 투고자가 가장 많은 것 외에도 대만작가의 수상 비율도 가장 높아 매번 앞 순위는 거의 다 대만작가가 차지했다고 한다.[26] 『아주화보』의 단편소설 공모는 1955년에서 1962년까지 모두 8회에 걸쳐 일반조와 학생조로 나누어 진행되었고, 앞 3위에 한해 해당 달의 잡지에 게재하고 10등까지는 따로 『아주단편소설선(亞洲短篇小說選)』을 편집하여 단행본으로 발간했다. 이 공모전은 상금도 높고[27] 경쟁률도 상당히 높았다고 한다.[28] 앞의 표에서 알 수 있듯이 군중작가와 여성작가들이 대부분이며 이들은 홍콩문단에서 활약했을 뿐만 아니라 당시 대만 도내의 문학상과 각 문학잡지에서도 활약했다. 학생조의 통계를 보면 대만대학, 정치대학,

26) 郭嗣汾, 「淺談香港文學」, 『文訊』 20期, 1985.10., 26면.

27) 당시 교원의 월급이 대만돈 700원 정도였는데 1등이 5000원, 2등이 3750원, 3등이 2500원으로 상당히 높았다고 하겠다.

28) 보통 200명에서 400명이 지원하여 30명 정도 수상했다.

사범대학 순이고 중, 고등학생도 참여했으며 그중 대만대학의 외국어학과 학생의 수상도 여러 차례 있었는데 대부분 1960년대 대만 모더니즘문학을 이끈 『현대문학(現代文學)』(1960-1984) 작가군과 중첩된다. 王文興(1939-)은 대표적인 예이고 그밖에도 水晶(1935-), 馬森慶, 叢甦(1939-), 金恆杰(1934-2014) 등도 이 소설 공모전에 응모했다. 『아주화보』가 미국의 원조를 받아 발행된 반공선전 잡지임을 감안하면 도서관이나 일반기관도 구매하거나 증정 받았을 가능성이 매우 높은데 당시 『아주화보』의 이 같은 소설 공모전은 대만과 홍콩의 문인에게 창작의 기회를 제공했을 뿐만 아니라 홍콩과 대만의 문학교류의 교량역할을 했던 것으로 여겨진다.

두 번째로 볼 것은 우련출판사(友聯出版社)인데 아주기금회의 찬조를 받아 1951년 4월 창립되었다. 전신은 중국청년민주동맹(中國青年民主同盟, Y.C.D.C)으로 이 단체가 해체된 후 陳濯生, 徐東濱, 燕歸來등의 책임하에 余英時, 胡菊人 등이 편집을 맡았다. 우련출판사는 홍콩과 대만뿐아니라 동남아로 범위를 넓혀 해외 화인(華人)들의 정치, 문화와 사회운동, 문예 등을 취급한다는 명확한 목표를 가지고 있었지만 문예가 업무의 주요영역이었다. 아주출판사가 대량으로 문예저작을 출판한 것과는 달리 출판업 이외에도 우련연구소(友聯研究所)를 설립하고 중국대륙의 정보수집과 분석에 주력하여 丁淼의 『중국통전희극(中國統戰戲劇)』, 趙聰의 『중공의 문예공작(中共的文藝工作)』 등 저작을 발간했고, 홍콩에서 수신한 대륙 방송국의 자료와 정보를 영어로 번역하여 미국무원에 제공했다. 우련출판사의 소개책자에 나오듯이 단기간에 동남아 회교에 대해 선진을 진행하는 것이 목표라고 되어있는 것으로 보아 반공이라는 정치적 목적이 매우 분명했음을 알 수 있다. 우련출판사는 각종 서적의 출판뿐 아니라 그 선전의 범위와 대상을 아동, 청소년 지식인으로 나누어 각각 『아동낙원(兒童樂園)』(1953-1995), 『중국학생주보(中國學生周報)』(1952-1974), 『대학생활(大學生活)(1955-1959), 『조국주간(祖國週刊)』(1953-1964)을 발행했다.

그중 어린이를 대상으로 한 『아동낙원』은 1953년 1월 6일 창간한 반월간으로 간행목적은 어린이에게 정상적인 오락을, 부모에게는 자녀교양의 수단을, 교사에게는 과외보충자료를 제공하는 것이었다. 穆中南에 의하면 대만의 정중서국(正中書局)에서 대리 판매한 『아동낙원』은 아이들이 있는 집이라면 다 사보는 인기 있는 잡지였다고 한다.[29) 청소년을 대상으로 한 『중국학생주보』는 1952년 7월 25일 창간하여 1974년 7월 20일까지 28년간 1128기가 발행되었고 발행량도 3만분에 달해 영향력도 상당히 컸다. 문학, 교육소식, 중점보도, 생활사상, 독서연구, 과학지식, 영문연습, 학생문예, 시페이지, 사진촬영 등 다양한 내용을 담고 있었다. 창간호에 따르면 오락에서 예술, 학식에서 문화, 사상에서 생활을 망라하여 연구하고 창작의 대상으로 하여 청년학생의 계도를 목표로 내세우고 있다. 『중국학생주보』의 문예란은 西西(1938-), 亦舒(1946-), 崑南(1935-), 鍾玲玲(1947-) 등 홍콩문단의 신예작가를 배양한 토양이 되었고 이 잡지에서 주관한 장학금 문예공모는 錢穆(1895-1990), 唐君毅(1909-1978) 등이 심사를 맡았는데 이 공모를 통해 대만작가 司馬中原(1933-), 段彩華(1933-2015), 瘂弦(1932-), 白先勇(1937-), 陳映眞(1937-2016) 등이 작품을 발표했다. 이밖에도 『중국학생주보』는 대만문단에서도 활동했던 홍콩작가 王敬義(1933-2008)의 『提燈的人』(詩集), 燕歸來의 『梅韻』(散文集)과 趙聰의 『談寫作方法』 등 시리즈 총서를 기

29) 穆中南, 「香港文學印象」, 『文訊』 20期, 1985.10., 22면.

획하여 우련서보(友聯書報)에서 발행했다.

우련출판사의 또 다른 잡지 『대학생활』은 1955년 5월 창간하여 1959년 6월까지 발행되었는데 대학생이 편집을 맡은 종합잡지로 해외 대학생들의 필독서였다. 대학생의 과외 독서물로 지정되어 대학생들이 흥미를 느끼는 주제 위주로 편집되었고 인물과 학교의 소개 통신, 문예 등이 주를 이루는데 王平陵, 蘇雪林, 張秀亞(1919-2001), 郭良蕙 등 당시 대만문단의 대표적 작가들이 이 지면을 통해 문장을 발표하였다. 또한 대만의 대학생들에게도 발표의 지면을 제공했는데 그중에는 王文興, 叢甦, 尉天聰(1935-), 朱西甯(1927-1998), 趙天儀(1935-)처럼 이후 대만문단을 이끈 작가도 다수 있었다.[30] 앞서 본 『중국학생주보』와 『대학생활』의 편집위원들은 모두 아주기금회의 지원을 받아 설립된 신아서원(新亞書院), 숭기서원(崇基書院)의 교수였는데 이를 통해 이들의 사상이 이 두 잡지의 풍격을 결정했음을 알 수 있다.

우련출판사에서 펴낸 또 다른 종합잡지인 『조국주간』은 지식인을 대상으로 한 것으로 1953년 1월에 창간하여 1964년 4월 『조국월간』으로 바뀌었고 1972년 12월 다시 『중화월보(中華月報)』로 개명했다. 주간시기에는 중공의 실황을 보도, 분석하는 것이 기본내용이었고 반공입장을 견지하고 대만의 현재 상황에 대한 시사와 비평적인 기사도 게재했으며 이로 인해 국민당 정부로부터 10여 기가 검열당하기도 했다. 穆中南의 기억에 따르면 이 잡지의 내용은 크게 문예창작, 특약통신, 시사평론, 학술논문, 중공연구 등 다섯 가지로 나뉘는데 그중 문예작품의 작가는 대부분 대만작가였다고 한다. 『조국주간』 역시 문예공모를 실시했는데 鍾虹, 童眞(1928-), 彭歌(1926-), 潘壘(1927-2017), 歸人

30) 秦賢次, 「香港文學期刊滄桑錄」, 『文訊』 20期, 1985.10., 61~2면.

(1928-2012) 등 대만작가가 주로 투고했다.[31]

이들 우련출판사에서 발행한 잡지는 각각의 대상이 다르고 내용에도 차이가 있지만 기존작가와 신예를 막론하고 대만작가들이 대량 참여했으며 홍콩과 대만, 심지어 동남아 화교사회를 하나의 연락망으로 구성하는데 매우 큰 역할을 했고 의지할 여지없이 반공을 기조로 한 것이었다. 그런데 홍콩문학 연구자인 鄭樹森을 포함해 당시 지식인들이 우련출판사의 미국 영향력에 대해 잘 알지 못했다는 진술로 보아 미국의 냉전 문화전략에서 중요한 부분을 차지하는 문예부문에서 아주기금회 같은 민간 기구를 통해 미국정부가 직접 나서지 않는 방식으로 은밀하게 선전활동을 진행했음을 알 수 있다.

세 번째로 아주기금회의 지원을 받아 성립한 출판사로 인인출판사(人人出版社)가 있는데[32] 여기서 발행한 반월간 『인인문학(人人文學)』은 1952년 5월부터 시작해 1954년 전후까지 3년 남짓 지속된 청소년 대상의 순문예잡지이다. 잡지의 내용은 소설, 산문과 번역 등이 있고 따로 서양문학과 서양예술을 소개하는 '독서와 창작', 대만과 홍콩 학생들의 문학창작을 싣는 '학생문단' 두 개의 항목이 있었는데 1950년대 초 문학과 예술이념을 학생들에게 주입하는 주요통로로 기능했음을 짐작할 수 있다. 당시 참여한 학생인 崑南, 西西 등은 이후 홍콩과 대만문단의 주요한 작가로 성장했다. 작가군을 보면 대륙에서 피난 온 우익작가가 위주인데 그중 대만에서도 활동한 林以亮(1919-1996)은 대만작가들과 깊은 교유관계를 가지고 있었다. 편집방침에 있어서 『인인문학』은 특히 중국문예부흥의 길을 개척한다는 목표를 가지고 있었으

31) 穆中南, 주 29의 문장, 22면.

32) 盧瑋鑾, 鄭樹森, 黃繼持, 「5,60年代香港文學現代三人談-導讀『香港新文學年表(1949~1969)』」, 『中外文學』 28卷10期, 2000.3., 21면.

나 36기에 그쳐 다른 잡지에 비해 영향력은 그다지 크지 못했다. 그러나 학생들에게 제공되는 지면을 통해 작가의 양성과 서양문학과 작가 작품에 대한 소개를 통해 서구문학과의 접촉 기회를 제공한 중요한 잡지라고 하겠다.

이상 아주기금회의 원조를 받은 출판사와 각종 잡지의 성향을 일별하고 이들 출판사에서 펴낸 대만작가의 소설과 각 잡지의 소설공모전에 참여한 대만작가의 명단을 살펴보았다. 언뜻 보아도 반공작가부터 자유주의, 모더니즘문학 경향 등 냉전시기 대만문학의 주류 경향과 상당히 깊은 관련성을 가지고 것으로 파악된다.

4. 反共, 自由, 現代-냉전시기 대만문학의 주류적 경향

일반적으로 냉전시기 대만문학의 주류적 경향을 반공문학, 자유주의문학, 모더니즘문학으로 나누어 파악한다. 물론 이 세 가지 경향에 수렴되지 않는 여성문학, 순문학, 대만본토문학 등이 있지만 이렇게 이해하는 이유는 각자의 문예지와 출판사, 인적 관계망으로 형성되어 특정 기간 지속된 진영과 문단이 존재했기 때문이다. 이 세 문단은 냉전시기 시간의 차이를 두고 점차적으로 형성되었는데, 그 배경과 원인에 대해서는 여러 다른 의견이 제기되어 있지만 반공문학의 경우 직간접적인 정부의 개입과 지원으로 형성된 소위 반공문예체제가 토양이 되었고, 개인적인 창작의 자유와 새로운 문예의 추구를 목표로 내세운 자유주의와 모더니즘문학 진영도 반공진영보다 강하지는 못하시만 공동된 생각을 가진 인사들을 결집시킬 물적, 인적 토대와 조건이 마련되어 있었다.

우선 반공문예체제는 중화문예장금위원회(中華文藝獎金委員會)와 중국문예협회(中國文藝協會), 중국청년사작협회(中國青年寫作協會) 등 문예조직과 『문예창작(文藝創作)』(1950-1956)같은 특정 문예지의 발간, 국가정책으로써 추진한 반공문예의 창작과 전파에 협조한 출판사와 많은 문학잡지들이 정부에서 시달하는 문예이론과 방침을 적극 수용하고 반영하는 방식으로 작동되었다.[33] 국민당 정부에 의한 반공문예체제의 강력한 작동으로 1950년대 전반기 대만문학을 규범하고 제한한 틀은 반공항아(反共抗俄), 전투문예(戰鬥文藝), 군중문예(軍中文藝) 등 중국의 공산정권에 대항하는 반공이념이었고 절대다수의 작가가 정부주도의 반민간 조직인 중국문예협회에 소속되어 신문과 잡지를 통해 반공내용의 문학을 생산하였다. 앞서 본 홍콩을 거점으로 한 아주기금회의 지원을 받는 출판사에 문학작품을 발간했거나 그들 출판사에서 발행한 잡지에 작품을 기고하고 응모에 참여한 기존 대만문인이 거의 전부 반공문예체제에 속해 있다고 해도 과언이 아니며 이를 통해 대만의 반공작가들이 아주기금회의 문화적 지원을 받아 대만뿐 아니라 홍콩, 동남아 화교지역으로 무대를 넓혀 갔음을 알 수 있다. 아주출판사나 우련출판사가 지향한 아시아 지역에 대한 반공이념의 확산이란 목적을 생각할 때 대만의 반공문예체제를 통해 준비된 작가들이 이들 출판사가 제공하는 기회를 얻을 수 있었음은 매우 자연스런 일이라고 하겠다.

이처럼 1950년대 대만과 홍콩문단은 아주기금회 같은 미국원조에 기초하여 반공 기조에서 같은 전선을 형성하고 있었다. 그러나 두 지

33) 반공문예체제에 대해서는 이 책에 실린 「민족에서 개인으로-1950년대 냉전대만의 문학풍경」 참고.

역의 상황이 동일한 것은 아니었고 작가, 평론가 등 문단의 구성도 달랐으므로 반공이란 기조는 같지만 정도의 차이는 존재했다고 보인다. 예를 들어 1953년 대만문단에서 반공항아 문예정책과 전투문예를 제기했을 때 홍콩의 작가들은 이를 비판하고 자유문학의 논조로 대응했다. 무산되기는 했지만 당시 대만의 『문단(文壇)』(1952-1986)잡지의 책임자인 穆中南이 이에 관한 토론을 준비한 바 있다. 말하지만 대만은 정부 주도의 강력한 반공문학이 추진되었던 데 비해 홍콩은 좌우문학 진영이 공존하며 경쟁하는 상태였고 영국 식민지로서 제국주의 제한을 받고 있기도 했다. 때문에 대만의 주요 반공문학 작가들이 홍콩의 아주기금회가 주도하는 출판사에서 대거 소설을 출판하고 아주기금회가 지원하는 잡지의 소설 공모전에서 대량 수상할 수 있었던 것은 준비된 대만의 인력을 적극 활용하고자 하는 의도일 수도 있는 것이다. 즉 홍콩에서 반공선전을 일방적으로 추진할 수 없었던 미국의 입장에서 민간 기구를 이용하여 대만 반공문예체제가 배양한 문학적 역량을 활용한 것으로 이렇게 보면 홍콩의 우익문단과 대만문단은 동전의 양면을 이루고 있었다고 하겠다.

1950년대 미국은 아시아 공산당 정권의 힘과 영향의 증강을 약화 또는 저지하기 위해 경제, 문화, 심리 등 일체의 가능한 공개적 혹은 비밀행동을 취한다는 대아시아 냉전전략을 세우고 중공의 동아시아 중국어 문화권의 영향력을 막기 위해 자유중국의 소재지이자 서태평양 방어선의 중요거점인 대만의 국민당 정권을 지원했으며 동시에 홍콩을 중공정권을 관찰하는 정보거점으로 삼아 각종 문화사업을 지원하여 반공문화선전에 활용했다. 이러한 조건과 환경에서 대만과 홍콩 문단의 교류가 빈번할 수 있었으며 대만작가들이 아주기금회의 문화사업을 홍콩진출의 경로로 이용할 수 있었고 나아가 대만의 반공문예론이 홍콩으로 전파되어 논의되는 계기가 되었다. 즉 반공문예체제의 작동으로 홍콩보다 상대적으로 획일적, 배타적, 통일적인 성격을 띤 대만의 반공문예이론과 문예운동이 홍콩문예에 영향을 미쳤다고 하겠다.

아주기금회를 매개로 한 두 지역의 반공문학 교류는 이렇게 대만작가들의 홍콩문단 대거 참여에서 잘 드러나지만 그뿐 아니라 중국전통문화에 대해서도 동일한 시각과 태도를 보여주고 데서도 상관성을 찾을 수 있다. 미국의 문화냉전 전략은 중국어와 중국고전, 전통문화를 통해 홍콩의 중국작가들을 규합하고 나아가 한자 문화권인 아시아 기타지역과의 연관성도 고려한 측면이 있고, 대만에서는 무엇보다 중국공산당의 무산계급문예가 소련에서 들어온 외래사상과 이념에 근거한 것으로서 민족의 전통을 외면하고 부정한다는 점을 강조함으로써 대만에서의 국민당 통치의 정당성을 확보하고자 했다.[34] 즉 목적에서 차이는 있지만 중국의 전통문화와 고전문학의 중시는 국민당의 문예정책과 미국의 문화전략의 공통된 면모라고 하겠다. 앞서 보았듯이 『아주화보』, 『중국학생주간』, 『조국주간』, 『대학생활』 등 아주기금회의 지원을 받는 출판사들의 잡지가 대만에서 많이 읽힌 만큼 영향을 미쳤을 가능성도 있을 것이고 적어도 중국의 공산정권이 고전과 전통을 부정하고 심지어 파괴한다는 점을 반공선전에 활용했을 가능성은 충분하다고 하겠다. 그중 우련출판사에서 발행한 잡지 『대학생활』을 보면 시경(詩經), 한부(漢賦), 당시(唐詩), 송사(宋詞)에서 청대 『홍루몽』에 이르기까지 중국문학경전의 소개와 해석, 중국문자의 소개, 역사인물, 문인소

34) 崔末順, 「反共文學的古典詮釋:五〇年代臺灣文藝雜誌所反映的民族主義文藝論」, 『民國文學與文化研究』 第三輯, 2016.12, 138~168면.

전, 중국고전의 문학기교 소개 등 중국문학, 문자와 역사적 인물을 게재함으로써 중국성을 전파하고 있는데 이러한 민족문화와 전통은 국민당의 반공문예에서도 동일하게 강조하는 부분이다.

1950년부터 작동된 반공문예체제는 냉전시기 내내 지속되었지만 직접적이고 구체적으로 반공이념의 문학적 반영을 요구한 것은 흔히 1956년까지로 본다. 그 이유는 중화문예장금위원회(中華文藝獎金委員會)가 폐지되고 기관지 『문예창작』의 발행이 이 해에 중지되었으며 한편으로 대만문학사에서 반공문학으로부터의 본격적인 이탈의 시작으로 일컬어지는 『문학잡지(文學雜誌)』(1956-1960)의 창간이 이 해에 이루어졌기 때문이다. 이후 국민당 정부는 좀 더 포괄적이고 개방적인 방식으로 반공문학을 추진하는데 그 이유는 대만해협을 사이에 둔 양안 간의 정세가 안정되고 미군의 주둔으로 즉각적인 전쟁의 위험성이 낮아졌기 때문이다. 흔히 2차 대전 이후 냉전이 시작되었다고 하지만 한국과 대만의 경우 1950년대 중반까지 열전(熱戰)상태였다고 하는 것이 더 정확한 표현이라 하겠다. 특히 국공내전에서 패배하고 대만으로 철수해 온 국민당 정부는 언제든 전쟁이 일어날 수 있는 전시 비상상태로 규정하고 반공복국(反共復國)을 국가의 기본정책으로 내세웠다. 정부가 주도한 군중문예와 전투문예는 바로 비상시기의 문예정책이었고 그만큼 직접적이고 적나라한 반공내용의 문학을 요구하였다. 그러나 한국전쟁 이후 미군의 개입으로 양안 간 상호 침략의 길이 봉쇄되고 곧 이어 1954년 미국과 상호방어조약을 체결하면서 전쟁의 가능성은 현저히 낮아졌다. 비록 정치적으로 군사적 긴장을 강조하고 계엄 상태를 지속적으로 유지하면서 강력한 통치를 지향하고 문화적으로도 군중문예운동(1951), 문화청결운동(1954), 전투문예(1955)의 추진 등 전시동원상태를 지속시키려고 시도했지만 반공 일색의 문학으로 제한하지는 않았고 반공 이데올로기에 저촉되지 않는 범위에서 문학적 자유를 허가했다. 1950년대 중반 이후 대두한 자유주의 문학과 모더니즘문학이 이에 속하는데 이들 문학경향에 대해서는 반공문학에 대한 비판에서 비롯되었으며 정부의 창작 제한에 항거하는 문학적 태도라는 평가가 있지만[35] 작가의 면모로 보나 문학적 내용으로 보나 정치적으로 항거하거나 비판적 위치에 있었던 것으로 보기는 어렵다. 자유주의 문학은『자유중국(自由中國)』의 문예란이나 혹은『문학잡지』에 실린 문학을 일컫는데 소설과 산문을 막론하고 일상적 소재나 개인적인 감회, 여행담 등이 많았고,『현대시(現代詩)』(1953-1962),『남성(藍星)』(1954-),『창세기(創世紀)』(1954-) 등의 신시와『현대문학』을 중심으로 전개된 모더니즘 소설은 개인 내면의 감각과 심리적 상태에 치중하는 경향을 보여준다. 胡適(1891-1962)을 위시해『자유중국』의 주요작가 吳魯芹(1918-1983), 陳之藩(1925-2012), 張秀亞, 聶華苓(1925-), 思果, 彭歌 등과 紀弦(1913-2013), 覃子豪(1912-1963), 余光中(1928-2017) 등 신시운동의 주역,『문학잡지』의 夏濟安(1916-1965), 林以亮,『현대문학』의 白先勇(1937-), 王文興 등은 반공과 대척된 지점에서 창작을 했다기보다는 직접적으로 반공이념을 문학에 표현하지 않았다고 보아야 할 것이고 이런 문학이 창작되고 유통될 수 있었던 것은 일차적으로 반공문예가 허용하는 범위에서 벗어나지 않았기 때문이라고 해야 할 것이다.

또한 동시에 미국의 문화냉전과 상당한 관련성을 가지고 있다고 할 수 있는데 미국의 문화원조를 받아 잡지를 창간했거나 미국문학을 비롯한 서구문학의 소개가 빈번히 이루어지고 미신처에서 진행한 서적

35) 陳芳明,『臺灣新文學史(上)』, 聯經, 2011, 317~344면.

출판과 번역계획 등에 의한 미국문화의 전반적 유입 등은 민족의 사활을 내세운 반공내용에서 개인의 내면세계로 문학의 경향을 이동시키는 주요원인이 되었다.[36] 몇 가지 예를 들어 보면, 우선 아주기금회의 원조하에 발행되었고 대학생에게 많은 영향력을 가지고 있던 잡지 『대학생활』은 과학, 의학, 현대 예술 등 다방면에 걸쳐 미국문화를 소개하고 이를 현대와 진보로 선전하였다. 정치적인 자유주의와 철학, 예술상의 실증주의와 존재주의, 현대과학의 이성주의로 공산국가의 낙후성을 재단하면서 미국적인 교양과 지식을 선진적이고 현대적이며 공산주의와 대적할 수 있는 가치로 홍보하였다. 특히 문예에서 학술논문, 독후감과 서평, 명저번역, 보도통신, 문예 창작란을 통해 보들레르(Charles Pierre Baudelaire)부터 릴케(Rainer Maria Rilke)에 이르기까지 광범위한 유럽의 모더니즘문학과 동시에 영미 모더니즘문학을 소개하고 전파했다.[37] 인물의 내면세계와 심리의 변화, 언어와 기교의 운용, 시간성보다 공간성의 계기를 중시하는 서사방식 등은 도식적이고 공식화된 서사를 중시하던 반공문학과는 질적으로 다른 미적 감수성을 제공하였고 계엄하 밀폐된 정치적 분위기에서 하나의 탈출구로 여겨지기도 했다. 하지만 서구 모더니즘문학의 사회현실에의 참여주장은 생략되고 외면되었으며 문학사조로서의 모더니즘의 정신과 이념은 제대로 이식되지 못했고 언어와 기교의 참신한 운용, 복잡한 인간 내면과의 대면이라는 지엽적 측면에 그치게 된다.[38] 그 이유는 여러 가지로 추

36) 이러한 내용은 이미 여러 학자들에 의해 주장되었는데 가장 상세한 내용은 주 2의 王梅香 논문 참고.

37) 『大學生活』, 『文學雜誌』, 『現代文學』 등 문학잡지에 소개된 서구문학에 대해서는 이 책에 실린 「1950, 60년대 대만문학의 경향과 미국원조문화와의 상관성」 참고.

38) 游勝冠, 「前衛, 反共體制與西方現代主義的在地化」, 『媒介現代:冷戰中的台巷文藝國際學術研討會論文集』, 里仁, 2016, 241~266면.

측할 수 있는데 시와 산문, 소설을 막론하고 작가의 사상적 기반이 대체로 반공과 일치했으며 그럼으로 인해 자기검열의 기제가 자연스럽게 작동했을 것이고 무엇보다 국민당 정부가 문학예술에서 전시체제의 기준을 견지하지 않았기 때문이라고 추정된다.

또한 이러한 정세와 맞물려 미국의 공산정권에 대한 심리전이 반공에서 점차 미국문화의 선전으로 초점을 전환했을 가능성도 있으며 모더니즘예술의 급진성과 과격적인 정치주장을 배제한 개인의 창작자유, 인간의 이성적 사고, 일상성과 개성의 존중, 건강한 생활과 개척정신 같은 반공문학의 도식성과는 구별되는 문예를 소개하고 전파했을 가능성도 있을 것이다. 자유주의 문학이 보여주는 온화한 속성, 예를 들어 유머와 여유, 생활과 개인적 취미의 중시, 그리고 목전(目前)의 대만 사회현실과는 동떨어진 개인 내면과 심리에 집착하는 모더니즘소설과 이성적이고 건강한 경향을 고수했던 신시 모더니즘이 이를 어느 정도 입증해 준다고 하겠다.

미국이 문화 원조를 통해 선전, 전파하고자 한 내용과 그것의 대만 사회에 미친 영향 등을 가늠해 볼 수 있는 것으로는 미신처의 각종 문화 활동뿐 아니라[39] 소위 미원문예체제(美援文藝體制)[40]하 진행된 서적 출판과 번역계획의 면면이다. 王梅香의 최근 연구에 의하면 1950년대 대만과 홍콩은 아시아 문화냉전의 중국어 출판센터로서 주로 미국의 외교 목표에 부합하는 반공, 민주의 선전과 서방서적의 번역과 출판이

39) 대만 내 美新處의 활동범위와 이곳에서 발행한 『今日世界』의 미국문화전파에 대해서는 최말순, 주 37 논문 참고.

40) 陳建忠이 주 2의 논문에서 제기한 개념으로 국민당의 반공문예체제가 강압적으로 운영되었던 剛性體制인 데 비해 미국문화원조는 보다 탄력적으로 작가들의 문학 관념과 문화상상에 미국 혹은 서방의 세계관과 미학관에 친화적인 성향을 가져 오게 한 軟性體制라는 것이다.

이루어졌는데 선전효과 확인을 위해 인원을 파견해 독자의 생각과 독서경향 등을 조사, 평가하였다고 한다.[41] 이런 과정을 거쳐 관방기구인 미신처와 아주기금회 같은 민간 기구를 통해 서적번역과 잡지의 간행을 지원했는데, 서적의 번역과 출판은 주제선정과 신청방법 등에서 매우 세분화된 과정을 거쳐 진행되었지만 대체로 미국의 역사, 문학, 인물소전, 과학과 의학지식, 각종 영어선전 독물과 영어학습교재, 영중(英中)대조본 등을 출판했고 미국인들이 즐겨보는 문고판 책자소설 등도 번역, 유포되었다. 미신처에서 진행한 『미국문학선집총서(美國文學選集叢書)』의 내용을 보면 소설, 산문, 시, 비평을 포함하는 방대한 량이었는데 소설의 경우 호손(Nathaniel Hawthorne, 1804-1864), 소로(Henry David Thoreau, 1817-1862), 어빙(Washington Irving, 1783-1859), 멜빌(Herman Melville, 1819-1891)과 트웨인(Mark Twain, 1835-1910) 등 1900년 이전의 작품이 전체의 반을 차지하고 있고, 대만문학의 경향 추이와 관련이 깊은 비평부분을 보면 夏濟安, 梁實秋(1903-1987), 思果, 夏志淸(1921-2013), 余光中, 吳魯芹 등이 엘리엇 문학론, 프로이드 심리학, 워렌과 웰렉의 문학이론과 비평, 예이츠론, 헤밍웨이론 등을 번역했고 일부는 그들이 참여한 『문학잡지』와 『남성』에 게재하기도 했다. 이 총서의 번역과 집행에 참여한 작가, 번역가, 편집인, 학자 등 전문가의 모집과 초빙은 미신처가 직접 관여하였고 책이 출판된 이후 이들 지식인의 명성을 이용해 내학과 학계로 선파될 수 있노록 했다. 대만대학을 비롯한 대학의 영문학과 교수이며 자유주의 작가로 분류되는 이들은 1960년대 대만 모더니즘문학의 전성기를 연 『현대문학』 동인들을 양성한 학자들이

41) 王梅香, 『隱蔽權力:美援文藝體制下的台港文學(1950-1962)』, 國立淸華大學社會學研究所 博士論文, 2015, 63면.

기도 하다. 따라서 대만 자유주의 혹은 모더니즘문학의 형성과 발전에 미국 문화냉전의 영향이 직접적으로 작용했음을 알 수 있다.

문학작품을 포함한 미국관련 서적의 중국어 번역과 출판은 1955년 이후 미국작품의 소개에서 현지작가에 대한 창작 고무와 이들 작품의 영어 번역과 출판으로 나아가게 되는데 주요한 계획 중의 하나가 臺北 미신처에서 출판한 『Heritage Press 시리즈』이다. 이차대전 후의 대만 현대문학 작품을 처음으로 계통성 있게 영문으로 번역 출판한 것인데 동남아 지역에 중국어 문학을 보급하는 목적 이외에도 중공의 문학작품 외국어 번역과 경쟁하기 위해 고전 위주의 중국문학번역보다 대만의 현대문학을 통해 영향력을 확대한다는 의지가 반영된 것이라고 하겠다. 동시에 자유중국 대만을 중국문화의 정통으로 인정하고 반공에 위배되지 않는 선에서 대만작가들에게 창작의 자유를 부여했으며 민주, 자유, 과학, 인성 등의 가치를 내세웠다. 이 계획에 의해 영문으로 번역된 대만작가와 작품을 보면 陳若曦(1938-)의 「招弟的早晨」, 「礦工之妻」, 黃娟(1945-)의 「相親」, 林海音(1918-2001)의 「燭」, 潘人木(1919-2005)의 「寧爲玉碎」, 王文興의 「一個公務員的結婚」, 歐陽子(1939-)의 「牆」, 王禎和(1940-1990)의 「鬼・北風・人」, 張愛玲(1920-1995)의 「等」, 鍾肇政의 「脚的故事」, 및 余光中의 시작과 吳魯芹의 산문 등이 있고, 아주기금회에서 펴낸 『아주화보』의 공모전에서 소설상을 수상한 彭歌의 「黑色的淚」도 있다. 전체적으로 보면 이 총서는 반공보다는 당대 대만의 생활과 풍속을 그리고 있는 작품이 더 많은 비중을 차지하고 있지만 이 두 경향이 배치되는 것은 아니다. 그 외에도 미신처는 미국원작 동화의 개사, 출판을 통해 반공 이데올로기를 강화하거나, 홍콩에서 중국사정을 그린 보도문학 『붉은 깃발 아래의 대학생활(紅旗下的大學生活)』을 기획,

편찬하였고 공산정권하 생활을 그린 張愛玲의 「秧歌」와 「赤地之戀」 등의 창작도 지원하였으며, 작가들의 공동저작으로 『소설보(小說報)』를 발간하여 통속적인 반공서사를 유포하기도 했다. 또한 아주기금회를 통해 대만작가 陳紀瀅(1908-1997)의 반공소설인 『荻村傳』을 영어로 번역했으며 대만의 중화문예장금위원회나 중국문예협회 등 반공문예체제와도 협력관계에 있었다. 아주기금회는 그밖에도 대만작가의 아이오와 대학교(The University of Iowa) 연수와 체류도 지원했는데 1950, 60년대에 한해 보면 余光中, 白先勇, 歐陽子, 王文興, 葉維廉, 聶華苓, 楊牧(1940-), 瘂弦, 陳映眞, 鄭愁予(1933-), 商禽(1930-2010) 등 대만문단을 이끈 유명작가들이 대거 포함되어 있다.

이를 통해 1950년대에서 1960년대까지 냉전시기 대만문학의 주류경향인 반공, 자유, 현대의 점차적 추이는 국민당 정부의 문예정책의 변화와 더불어 미국의 문화원조와 상당히 깊은 관련성을 가지고 있음을 알 수 있었다. 1950년대 중반 이후 전시상태에서 평시상태로의 인식이 문학과 예술상의 개인적 자유를 일정정도 허용하는 국민당 정부의 반공문예체제의 변화였다면 미국의 문화선전 역시 반공 일변도보다 현지 지식인에 대한 미국문화와 문학의 전반적 이식과 전파가 주류적 경향이 되었다는 데서 양국의 이해가 일치했고 이런 조건에서 냉전시기 대만문학의 주류적 경향이 형성되었다고 하겠다.

5. 정리와 전망

본문은 아주기금회를 중심으로 냉전시기 대만문학의 경향과 미국의 문화원조 사이의 관련성을 논의해 보았다. 내용을 간단히 정리하면, 아주기금회의 직접적 영향은 홍콩에서 출자하거나 지원하여 성립한 아주출판사, 우련출판사 등을 통해 대만작가들의 반공소설이 대량 출판되었고, 또한 이들 출판사가 간행한 잡지 『아주화보』나 『중국학생주보』 등의 소설 공모전에 많은 대만작가들이 참여하여 홍콩의 우익문단과 반공문학의 공유현상이 나타났다. 뿐만 아니라 이들 출판사의 간행물인 『대학생활』, 『조국주간』, 『아동낙원』 등도 대만에서 판매되어 아동, 청소년, 대학생을 비롯한 여러 계층에 영향을 미쳤다. 이런 과정에서 냉전초기 대만의 반공문예체제의 형성과 작동으로 반공문예이론과 창작은 역으로 홍콩문단에 영향을 주기도 했다.

문학부문의 원조에서 아주기금회는 또한 대만작가들의 미국연수를 지원하고 관방기구인 미신처와 더불어 1950년대 중반 이후 대만의 주요 문학잡지인 『자유중국』, 『문학잡지』, 『현대문학』 등의 창간에 직, 간접적으로 지원하는 방식으로 대만문단에 영향을 미쳤고 미국을 중심으로 한 서방문학의 소개와 전파로 대만문단의 경향을 반공문학의 민족의제에서 개성과 일상, 인간 내면의 심리와 감각을 다루는 개인의 제로 바꾸는데 일정한 역할을 했다. 즉 냉전시기 대만문학의 반공, 자유주의, 모더니즘의 세 가지 주류적 경향의 중첩과 교체라는 변화에 아주기금회와 관방기구인 미신처의 대공산정권 심리전과 문화원조가 직접적인 역할을 했음을 알 수 있다.

냉전시기 대만문단의 형성과 작동원리, 문학경향의 추세변화는 1970년대 이후의 대만문학의 발전과 추이에도 지대한 영향을 미쳤을 뿐만 아니라 현재의 대만문학 이해와 논의에서도 매우 중요한 쟁점이기도 한다. 해서 지금까지의 관찰을 통해 앞으로 더 구체적인 연구의 필요성이 있다고 생각되는 몇 가지를 제시해 두고자 한다.

첫째는 앞에서 보았듯이 냉전시기 홍콩문단과 대만문단의 교류 상황에 관한 것이다. 1949년 이후 두 지역의 문학교류가 매우 긴밀하게 이루어졌고 그 가운데는 아주기금회의 문화사업 같은 미국의 문화냉전이 큰 영향을 미쳤다는 점은 이미 알려져 있지만 보다 자세하고 구체적인 영향관계나 협력 상황에 대해서는 진일보한 이해가 필요하다. 특히 반공내용에서 모더니즘 경향으로 변화에 홍콩문단과의 교섭과 상호작용에 대한 구체적인 면모를 파악할 필요가 있다. 이 두 지역은 미국의 문화원조라는 동일 조건 이외 대만의 강력한 반공문예체제와 홍콩의 식민체제라는 다른 환경에 처해 있었고 따라서 반공에서 현대로의 변화라는 동일한 문학경로를 보여주고 있기는 하나 상호 문인간의 교유나 작품의 평가와 관련된 문학논쟁에 대해서는 더욱 자세한 고찰이 필요하고 이를 통해 미국 냉전문화와의 관련성을 보다 분명하게 밝힐 수 있지 않을까 한다.

둘째, 아주기금회의 아시아 중국어권 활동은 홍콩과 대만 이외 동남아 화교에 대한 반공문화선전과 친미 지식인의 양성에 많은 비중을 둔 것으로 보이는데 각 지역의 현안과 조건에 따라 진행된 구체적인 면모에 대해서도 상호 대조와 참고 이해의 필요성이 제기된다. 또한 국민당 정부의 화교업무와 화교 학생들에 대한 교육 등과의 연관성에 대해서도 상세한 고찰이 병행되어야 할 것이다.

셋째, 아주기금회를 비롯해 민간 기금회의 역할에 대한 것이다. 지금까지의 고찰에 의하면 민간 기구는 미국 관방이 원하지만 직접 개입하기에 부담이 따르는 활동을 대리하는 찬조자 역할을 한 것으로 보인다. 특히 인적 자원에 대한 지원을 중점적으로 행한 것으로 보이는데 대만 내에서 진행한 전반적인 활동과 문화 사업에 대해서 아직 문서를 확보하지 못해 당시 미디어를 통해 간접적으로 확인했을 뿐이다. 그 외 미신처의 문화선전 활동, 국민당의 반공정책과 어느 정도의 협력관계를 가지는지도 앞으로의 과제가 될 것이다.

넷째, 아주기금회는 아시아 16개국에 지회를 설치하고 운영했으며 한국에서도 다른 민간기구와 비교할 때 문화 제 영역에 걸쳐 전방위적인 원조를 지속적으로 제공하여 냉전 시기 한국문화의 축조에 많은 영향을 미쳤다.[42] 대만의 아주기금회 관련 보도에서 알 수 있듯이 임기를 마친 주한국 대표가 대만으로 발령을 받는 경우도 있고 대만과 한국에서 공동으로 진행한 사업도 있으며 원조를 받는 단체나 개인의 교류도 빈번했던 것으로 보인다. 따라서 대만과 한국에 대한 아주기금회의 원조 분야나 규모 등의 객관적 비교뿐 아니라 이러한 문화사업이 냉전시기 혹은 그 이후의 양국 사회와 문단에 미친 영향 등도 비교, 고찰할 수 있을 것이다.

42) 이봉범, 「냉전과 원조, 원조시대 냉전문화 구축의 역동성-1950~60년대 미국 민간재단의 원조와 한국문화」, 『한국학연구』 제39집, 2015.11., 221~276면.

참고문헌

1. 자료

警察沿革誌編纂委員會, 王詩琅역, 『臺灣社會運動史—文化運動』, 創造, 1989.
今日世界出版社, 『今日世界』(1952.3-1980.12)
南方雜誌社, 『南方』(1941.7.1.-1944.1.1.)
德永直, 「活躍於1934年度的普羅派新人們」, 『文學評論』1:10, 1934.12.
德永直, 中條百合子, 武田麟太郎等, 「關於送報伕」, 『文學評論』1:8, 1934.10.1.
臺灣雜誌社, 『臺灣』(1922-1923)
臺灣青年雜誌社, 『臺灣青年』(1920-1922)
臺灣雜誌社, 『臺灣民報』(1923-1930)
臺灣文藝協會出版部, 『先發部隊』(1934.7)
臺灣文藝協會出版部, 『第一線』(1935.1)
臺灣文藝聯盟, 『臺灣文藝』(1934.11-1936.8)
臺灣新文學社, 『臺灣新文學』(1935.12-1937.6)
臺灣藝術研究會, 『フオルモサ』(1933.7-1934.6)
賴明弘, 「指導殖民地文學」, 『文學評論』2:2, 1935.2.
文藝雜誌南音社, 『南音』(1932.1-10)
文學雜誌社, 『文學雜誌』(1956.9-1960.8)
半月文藝社, 『半月文藝』(1950.3-1954.6)
蕭金堆, 『靈魂的脈搏』, 人文出版社, 1955.
施學習, 「臺灣藝術研究會成立與福爾摩沙創刊」, 『新文學雜誌叢刊2』
楊逵, 「關於藝術的臺灣味」, 『大阪朝日新聞』臺灣版, 1937.2.21.
楊逵, 「新文學管見」, 『臺灣新聞』1935.7.29.-8.14.
吳漫沙, 『大地之春』, 前衛, 1998.
巫永福, 「臺灣文學的回顧與前瞻」, 『風雨中的長青樹』, 中央書局, 1986.
友聯出版社, 『大學生活』(1955.5-1961.11)
李喬, 『埋冤1947 埋冤』, 海洋臺灣出版, 1995.
人人雜誌發行所, 『人人』(1925.3-4)
葉芸芸, 陳昭瑛주편, 『葉榮鐘早年文集』, 晨星, 2002.
自由中國社, 『自由中國』(1949.11-1960.9)

張深切, 『里程碑』, 聖工出版社, 1961.
中華文藝獎金委員會, 『文藝創作』(1951.5-1956.9)
陳萬益主編, 『張文環全集』, 臺中文化中心, 2002.
現代文學雜誌社, 『現代文學』(1960.3-1963.9)

2. 논문 및 단행본

高見順, 『昭和文學盛衰史』, 講談社, 1965.
高碩泰, 『美援與70年代美國外交政策之硏究』, 政治大學外交硏究所碩士論文, 1981.
官有垣, 『半世紀耕耘-美國亞洲基金會與臺灣社會發展』, 臺灣亞洲基金會, 2004.
郭嗣汾, 「淺談香港文學」, 『文訊』20期, 1985.10.
歐陽子, 「回憶現代文學創辦當年」, 『現代文學小說選集』(第一集), 爾雅, 1997.6.
貴志俊彦 · 土屋由香 · 林鴻亦편, 李啓彰등 역, 『美國在亞洲的文化冷戰』, 稻鄉, 2012.
近藤正己, 『西川滿與臺灣文學』, 人間出版社, 1988.
譚貽善, 「香港出版事業亂糟糟-黃震霞, 徐訏返港前的一席談」, 『聯合報』第6版, 1957. 6.28.
戴國煇 · 葉芸芸, 『愛憎2 · 28』, 遠流, 1992.
臺灣銀行經濟硏究室, 『日據時期臺灣經濟史』, 1957.
『臺灣學通訊』 81, 國立臺灣圖書館, 2014.5.10.
戴振豐, 「葉榮鐘與臺灣民族運動(1900-1947)」, 政治大學歷史硏究所碩士論文, 1999.
藍奕青, 『帝國之守-日治時期臺灣的郡制與地方統治』, 臺灣師範大學臺灣史硏究所碩士論文, 2010.
羅森棟, 「今日世界塑造映象的內容與範圍」, 『思與言』第9卷第4-5期, 1971.11; 1972.1.
盧瑋鑾, 鄭樹森, 黃繼特, 「5,60年代香港文學現代三人談-導讀『香港新文學年表(1949~1969)』」, 『中外文學』28卷10期, 2000.3.
廖祺正, 『三十年代臺灣鄉土話文運動』, 成功大學歷史語言硏究所碩士論文, 1990.
廖淑芳, 包雅文, 『探索的年代-戰後臺灣現代主義小說及其發展』, 國立臺灣文學館, 2013.
廖佩婷, 「『臺灣新民報』文藝欄硏究：以週刊至日刊型式的發展與轉變爲主」, 政治大學臺灣文學硏究所碩士論文, 2013.
柳書琴, 『荊棘之道－臺灣旅日青年的文學活動與文化抗爭』, 聯經出版, 2009.5.
柳書琴, 「糞現實主義與皇民文學:1940年代臺灣文壇的認同之戰」, 『東亞現代中文文學國際學報』 4期, 汕頭大學號, 首都師範大學出版社, 2010.
林巾力, 「西川滿'糞寫實主義'論述中的西方, 日本與臺灣」, 『中外文學』 34卷7期, 2005.12
林柏維, 『臺灣文化協會滄桑』, 臺原出版社, 1995.
林瑞明, 「日本統治下的臺灣新文學運動—文學結社及其精神」, 『臺灣文學的本土觀察』, 允晨, 1996.

林純秀, 『冷戰現代性的國族/性別政治：『今日世界』分析』, 世新大學社會發展硏究所碩士論文, 2008.
梅家玲, 「性別vs.家國:50年代的臺灣小說-以『文藝創作』與文獎會得獎小說爲例」, 『臺大文士哲學報』第五十五期, 2001.11.
穆中南, 「香港文學印象」, 『文訊』20期, 1985.10.
白先勇, 「故事新說:我與台大的文學因緣及創作歷程」, 『中外文學』第30卷第2期, 2001.7.
白先勇, 「『現代文學』創立的時代背景及其精神風貌」, 『現文因緣』, 現代文學雜誌社, 1991.
白先勇, 「現代文學的回顧與前瞻」, 『現代文學』復刊一, 1977.8.
馮祖貽, 『百年家族-張愛玲』, 立緖, 2002.
傅東華編, 『文學百題』, 上海生活書店, 1935.
謝尙文, 「帝國主義下的美國文化戰略」, 『海峽評論』第148期, 2003.4.
蕭翔今, 「哀思與追念-蕭翔文先生生平事蹟」, 『笠』詩刊207期, 1998.10.
宋冬陽, 「先人之血, 土地之花一日據時代臺灣左翼文學運動的發展背景」, 『臺灣文藝』88期, 1984.5.
松永正義, 「關於鄉土文學論爭(1930~32)」, 『臺灣學術硏究會誌』, 1989.
宋澤萊, 「忍向屍山血海求教訓-試介鍾逸人, 李喬的二二八長篇小說」, 『臺灣新文學』11期, 1998.12.
垂水千惠, 「糞realism論爭之背景-與人民文庫批判之關係爲中心」, 『葉石濤及其同時代作家文學國際學術硏討會論文集』, 春暉出版社, 2002.
矢內原忠雄, 周憲文 역, 『日本帝國主義下之臺灣』, 帕米爾, 1985.
施淑, 「文協分裂與三十年代初臺灣文藝思想的分化」, 『兩岸文學論集』, 新地, 1997 .
施懿琳, 「民歌采集史上的一頁補白-蕭永東在『三六九小報』的民歌仿作及其價値」, 『第三屆通俗文學與雅正文學全國學術硏討會論文集』, 新文豐, 2002.
岩上, 「燃燒而木訥的鳳凰花-蕭翔文詩文學與生活」, 『笠』詩刊 207期, 1998.10.
楊永彬, 「從『風月』到『南方』-論析一份戰爭時期的中文文藝雜誌」, 『風月・風月報・南方・南方詩集』, 南天書局, 2001.
吳佳馨, 『1950年代台巷現代文學系統關係之硏究: 以林以良, 夏濟安, 葉維廉爲例』, 國立淸華大學臺灣文學硏究所碩士論文, 2008.
吳三連, 蔡培火등, 『臺灣民族運動史』, 自立報社, 1993.
吳瑩眞, 『吳漫沙生平及其日治時期大衆小說硏究』, 南華大學文學硏究所論文, 2002.
姚錫林, 『臺籍日本兵的記憶建構與認同敘事』, 國立成功大學臺灣文學系碩士論文, 2010.
王梅香, 『肅殺歲月的美麗/美力?戰後美援文化與50,60年代反共文學, 現代主義思潮發展之關係』, 國立成功大學臺灣文學硏究所碩士論文, 2005.6.
王梅香, 「麥加錫與美新處在臺灣的文化冷戰」, 『媒介現代：冷戰中的台港文藝學術硏討會』, 國立成功大學人文社會科學中心, 國立臺灣文學館, 2013.5.22.~23.
王梅香, 『隱蔽權力:美援文藝體制下的台港文學(1950- 1962)』, 國立淸華大學社會學硏究所博士論文, 2015.
王美惠,『1930年代臺灣新文學作家的民間文學理念與實踐-以『臺灣民間文學集』爲考察對象』, 國立成功大學歷史研究所博士論文, 2008.
呂正惠,「現代主義在臺灣」,『戰後臺灣文學經驗』, 新地文學, 1995.
葉石濤,『臺灣文學史綱』, 文學界, 1993.
游勝冠,「前衛, 反共體制與西方現代主義的在地化」,『媒介現代:冷戰中的台巷文藝國際學術研討會論文集』, 里仁, 2016.
應鳳凰,「張道藩『文藝創作』與50年代臺灣文壇」,『戰後初期臺灣文學與思潮』, 文津出版社, 2005.
應鳳凰,「1950年代香港美援機構與文學生產—以『今日世界』及亞洲出版社爲例」,『一九五○年代的香港文學與文化國際學術研討會』, 嶺南大學, 2013.5.21.~23.
張道藩,「論文藝作戰與反攻」,『文藝創作』第25期, 1953.5.
張道藩,『三民主義文藝論』, 文藝創作出版社, 1954.
張淑雅,「藍欽大使與1950年代的美國對台政策」,『歐美研究』第28卷第1期, 1998.3.
張瑜珊,『'邊緣'或'潮流'—從'銀鈴會'討論跨語一代的發生與發聲』, 國立交通大學社會與文化研究所碩士論文, 2010.
張宗漢,『光復前臺灣之工業化』, 台北：聯經出版事業公司, 1980.
鄭樹森,「被遺忘的歷史・歷史的遺忘-5,60年代的香港文學」,『從諾貝爾到張愛玲』, 印刻出版社, 2007.
鄭樹森,「香港新文學年表」,『香港文學』62期, 1990.2.5.
趙福生, 杜運通,『從新潮到奔流-19~20世紀中國文學思潮史』3卷, 河南大學出版社, 1992.
趙勳達, 『文藝大衆化的三線糾葛-1930年代臺灣左右翼知識份子與新傳統主義者的文化思維及其角力』, 國立成功大學臺灣文學研究所博士論文, 2009.
周婉窈,『海行兮的年代-日本殖民統治末期臺灣史論集』, 允晨文化, 1993.
周婉窈・蔡宗憲編,『臺灣時報東南亞資料目錄(1909-1945)』, 中央研究院, 1997.
中國文藝協會,『耕耘四年:中國文藝協會概況』, 1954.
中國文藝協會,『文協十年』, 1960.
中國文藝協會,『自由中國文藝創作集』, 正中書局, 1956.
中國文藝協會,『海天集』, 復興書局, 1959.
中島利郎編,『1930年代臺灣鄉土文學論戰資料彙編』, 春暉出版社, 2003.
曾健民,『文學二二八』, 臺灣社會科學出版社, 2004.
陳康芬,「中國文藝協會社群與戰後臺灣50年代反共文學機制的形成」,『眞理大學臺灣文學研究集刊』第六期, 200.4.7.
陳建忠, 「吳漫沙小說在臺灣文學史上的兩種邊緣性」, 『日據時期臺灣作家論-現代性, 本土性, 殖民性』, 五南, 2004.
陳建忠,「美新處(USIS)與臺灣文學史重寫:以美援文藝體制下的台港雜誌出版爲考察中心」,『國文學報』52期.
陳紀瀅,「張道藩先生與文奬會文藝協會」,『中國文藝鬥士張道藩先生哀思錄』, 1968.
陳俐甫,『日治時期臺灣政治運動之硏究』, 稻鄕, 1996.
陳芳明,『臺灣新文學史』, 聯經, 2011.
陳芳明,『殖民地臺灣—左翼政治運動史論』, 麥田, 1998.
陳昭瑛, 「啓蒙, 解放與傳統:論20年代臺灣知識份子的文化省思」, 『跨世紀臺灣的文化發展』學術硏討會發表論文, 1988.10.
陳淑容,『1930年代鄕土文學・臺灣話文論爭及其餘波』, 國立臺南師範學院鄕土文化硏究所碩士論文, 2001.
陳慈玉,「初論日本南進政策下臺灣與東南亞的經濟關係」, PROSEA Occasional Paper No.10, Dec.1997.
秦賢次,「香港文學期刊滄桑錄」,『文訊』第二十期, 1985.10.
塚本照和, 張良澤역,「日本統治期臺灣文學管見(上)」,『臺灣文藝』69期, 1990.10.
崔末順,『海島與半島』, 聯經出版社, 2013.
崔末順,「日據時期臺灣左翼文學運動的形成與發展」,『20世紀臺灣文學專題Ⅰ—文藝思潮與論戰』, 萬卷樓, 2006.
崔末順,「日據時期台韓左翼文學運動及其文學論之比較」, 『跨國的殖民地記憶與冷戰經驗:臺灣文學的比較文學硏究』, 國立淸華大學臺灣文學硏究所, 2011.
崔末順,「日據時期臺灣左翼刊物的朝鮮報導-『臺灣大衆時報』和『新臺灣大衆時報』爲觀察對象」, 中國言語文化學會, 『中國言語文化』第二輯, 2012.12.
崔末順,『現代性與臺灣文學的發展(1920-1949)』, 國立政治大學中文系博士論文, 2004.
崔末順,「反共文學的古典詮釋:五〇年代臺灣文藝雜誌所反映的民族主義文藝論」,『民國文學與文化硏究』第三輯, 2016.12.
彭瑞金,『臺灣新文學運動40年』, 自立晩報, 1991.
河原功, 葉石濤역,「臺灣新文學運動的展開—日本統治下在臺灣的文學運動」,『文學臺灣』1~3期, 1991.12~1992.3.
下村作次郎著, 劉惠禎譯,「關於龍瑛宗的肖月-從『文藝首都』同人金史良的信談起」,『第二屆臺灣本土文化學術硏討會--臺灣文學與社會論文集』, 臺灣師範大學國文系人文敎育硏究中心出版, 1996.05.
行政院文化建設委員會,『光復後臺灣地區文壇大世紀要』, 文訊, 1985.6.
許俊雅, 黃善美,「朝鮮作家朴潤元的譯作及其臺灣紀行－兼論『西國立志編』在中韓的譯本」,『跨國的殖民記憶與冷戰經驗－臺灣文學的比較文學硏究』國際學術硏討會발표논문, 國立淸華大學台文所, 2010.11.19.-20.
胡民祥,「臺灣新文學運動時期'臺灣話'文學化的探討」,『先人之血, 土地之花』, 前衛, 1989.
黃琪椿,『日治時期臺灣新文學運動與社會主義思潮之關係初探(1927~1937)』, 淸華大學文學硏究所碩士論文, 1994.

黃曼君主編,『中國近百年文學理論批評史(1895-1990)』, 湖北教育出版社, 1996.
黃英哲編,『日治時期臺灣文藝評論集』二-四冊, 國家臺灣文學館籌備處, 2006.
黃怡菁,『文藝創作(1950-1956)與自由中國文藝體制的形構與實踐』, 國立淸華大學臺灣文學研究所, 2006.7.
黃靜嘉,「日據下臺灣殖民地法制與殖民統治」, 臺灣省文獻委員會,『臺灣文獻』10卷1期, 1959.3.
黃郋城,「談談南音」,『台北文物』3卷2期, 1954.8.
許俊雅,『無語的春天-二二八小說選』, 玉山社, 2003.
許俊雅,『日據時期臺灣小說硏究』, 文史哲, 1995.
許俊雅・黃善美, 「朝鮮作家朴潤元的譯作及其臺灣紀行－兼論『西國立志編』在中韓的譯本」,『跨國的殖民記憶與冷戰經驗－臺灣文學的比較文學硏究』國際學術會議論文集, 國立淸華大學臺灣文學硏究所, 2010.11.
喜安幸夫,『日本統治臺灣秘史』, 武陵, 1995.
가와하라 이사오(河原功),「일본통치기 대만의 검열실태」, 검열연구회,『식민지 검열, 제도・텍스트・실천』, 소명출판, 2011.
고모리 요이치, 송태욱 역,『후식민-식민지무의식과 식민주의적 의식』, 삼인, 2002.
김윤형,『나는 조선인 가미카제다』, 서해문집, 2012.
김성수 편,『우리문학과 사회주의 리얼리즘 논쟁』, 사계절, 1992.
변은진,「식민지인의 '정치참여'가 갖는 이중성」, 변은진 외,『제국주의시기 식민지인의 '정치참여'비교』, 선인, 2009.
오병수,「아시아 재단과 홍콩의 냉전(1952-1961)-냉전시기 미국의 문화정책」,『동북아논총』48호, 2015.6.
역사문제연구소,『카프문학운동연구』, 역사비평사, 1994.
이봉범,「냉전과 원조, 원조시대 냉전문화 구축의 역동성-1950-60년대 미국 민간재단의 원조와 한국문화」,『한국학연구』제39집, 2015.11.
이마누엘 칸트, 김상현 역,『판단력 비판』, 책세계, 2005.
임규찬,『일본프로문학과 한국문학』, 연구사, 1990.
임규찬・한기형 편,『카프비평자료총서VI-카프 해산기의 창작방법논쟁』, 태학사, 1990.
조진기,『한일 프로문학론의 비교연구』, 푸른사상, 2000.
증천부,『일제시기 대만좌익문학연구』, 세종출판사, 2000.
최성만 역,『기술복제시대의 예술작품』, 대로출판사, 2009.
테리 이글턴, 방대원 역,『미학사상The Ideology of the Aesthetic』, 한신문화사, 1995
한수영,『친일문학의 재인식』, 소명, 2005.
Berman, Russell A., *Modern Culture and Critical Throry,* Univ. of Wisconsin Press, 1989.
Caroll, David, *French Literary Fascism*, Princeton Univ. Press, 1995.
Griffin, Roger, *The Nature of Fascism,* Routledge, 1993.

Hewitt, Andrew, *Fascist Modernism—Aestbetics, Polistics, and the Avant-Garde,* Stanford Univ. Press, 1993.
Ruth Ben-Ghiat, *Fascist Modernities -Italy, 1922-1945,* California UP, 2001.

찾아보기

■ ㄱ

ㄴ

ㄷ

ㅂ

ㅅ

ㅇ

논문출처

이 책에 실린 논문의 출처는 아래와 같다. 약간의 수정을 거쳤음을 밝혀둔다.

해설

「대만문학 한 세기, 현대와 전통의 두 가지 지향성」
『오늘의 문예비평』 2015년 여름 97호, 산지니, 2015.6., 76~91면.

식민지 시기

「식민지 시기 대만 좌익문학운동의 형성과 발전」
최말순 편, 『대만의 근대문학 : 운동·제도·식민성』1, 소명출판, 2013, 259~292면.

「식민지 자치론과 대만 지식인 葉榮鐘의 조선행」
김재용·李海英 편저, 『한국근현대문학과 중국 그리고 동아시아』, 역락, 2018, 117~147면.

「1930년대 대만문단의 향토문학/대만화문논쟁의 쟁점과 성과」
고려대학교 중국학연구소, 『中國學論叢』제58집, 한길, 2017.12., 281~310면.

「1930년대 대만문학 맥락 속의 장혁주」
국제한국문학문화학회, 『사이 間 SAI』제11호, 역락, 2011.11., 61~92면.

「번역과 문화수용에 있어서의 시대, 사회적 맥락」
-1930년대 동아시아 각국의 '사회주의 리얼리즘' 번역과 수용을 중심으로
國立政治大學外國語文學院, 『外國語文研究』 第八期, 2008.8., 121~146면.

「일제말기 대만문학의 심미화 경향과 그 의미」
Duke Kunshan University Academic Center, 『Empire & Language: Translingual Inter-Asia』 국제학술회의, 上海, 2015.03.12. 발표논문

「종족지(種族誌)와 전쟁동원」-일제말 전쟁기 대만의 남방(南方)담론
中央史學硏究所, 『中央史論』 제47집, 학고방, 2018.6., 271~298면.

「파시즘 미학의 소설 형상화 방식」-吳漫沙의 『대지의 봄(大地之春)』을 대상으로
정병호·천팡밍 공편, 『동아시아문학의 실상과 허상』, 보고사, 2013, 231~252면.

해방 후 시기

「마음의 전쟁」-식민지 대만의 전쟁기억과 '조국' 상상
中國語文硏究會, 『中國語文論叢』 第80輯, 한길, 2017.4., 265~285면.

「대만의 2·28항쟁과 관련소설의 역사화 양상」
제주작가회의, 『제주작가』 2018 여름 61, 2018.6., 71~96면.

「민족에서 개인으로」-1950년대 냉전대만의 문학풍경
中央史學硏究所, 『中央史論』 제38집, 학고방, 2013.12., 339~365면.

「1950, 60년대 대만문학 경향과 미국원조문화의 상관성」
동북아역사재단, 『東北亞歷史論叢』 48호, 2015.6., 53~88면.

「아시아 재단(The Asia Foundation)과 냉전시기 대만문학의 경향」
인하대학교 한국학연구소, 『한국학연구』 제47집, 2017.11., 159~194면.

최말순

대만 정치대학 중문학과에서 일제시기 대만문학과 근대성에 대한 연구로 박사학위를 받았다. 현재 대만 정치대학 중문학과와 대만문학연구소 부교수로 재직하고 있다. 저서로는 『海島與半島 : 日據臺韓文學比較』(해도와 반도 : 일제시기 대만과 한국의 문학비교)(2013)가 있으며, 한국에서 일제시기 대만문학 연구논문집인 『대만의 근대문학 : 운동・제도・식민성』(2013) 세 권을 펴냈다. 옮긴 책으로는 대만작가 朱西寧(주시닝)의 소설집인 『이리』(2013)가 있다.

지구적 세계문학 총서 6

식민과 냉전하의 대만문학

초판 1쇄 발행 2019년 12월 16일
초판 2쇄 발행 2020년 8월 6일

지은이 최말순
펴낸이 최종숙

책임편집 이태곤 | **책임디자인** 최선주
편집 권분옥 문선희 백초혜 | **디자인** 안혜진 김주화
마케팅 박태훈 안현진
펴낸곳 글누림출판사 | **등록** 2005년 10월 5일 제303-2005-000038호
주소 서울시 서초구 동광로46길 6-6(반포4동 577-25) 문창빌딩 2층
전화 02-3409-2055(편집부), 2058(영업부) | **팩시밀리** 02-3409-2059
홈페이지 www.geulnurim.co.kr
블로그 blog.naver.com/geulnurim
북트레블러 post.naver.com/geulnurim
이메일 nurim3888@hanmail.net

ISBN 978-89-6327-577-2 94800
978-89-6327-217-7(세트)

정가 35,000원

* 이 도서의 국립중앙도서관 출판시도서목록(CIP)은 서지정보유통지원시스템 홈페이지(http://seoji.nl.go.kr)와 국가자료공동목록시스템(http://www.nl.go.kr/kolisnet)에서 이용하실 수 있습니다.(CIP제어번호: CIP2019048359)